Tras el seudónimo JAMES S. A. COREY se esconden el autor de ciencia ficción y fantasía Daniel Abraham y Ty Franck, asistente personal de George R. R. Martin durante el desarrollo de la adaptación televisiva de *Juego de tronos*. La saga de *space opera* iniciada con *El despertar del Leviatán*, cuyos derechos han sido vendidos a más de veinte países, ha despertado el entusiasmo unánime del público y de la crítica, y cuenta ya con prescriptores de la talla de George R. R. Martin, quien no duda en definir esta serie como una de las mejores que ha leído en mucho tiempo. En 2015, la productora estadounidense Syfy empezó la emisión de *The Expanse*, la adaptación a la pantalla de *El despertar del Leviatán*, cuyo éxito garantizó la grabación de hasta cinco temporadas. A partir de la cuarta, estas se han ofrecido como serie original de Amazon Prime Video. En la actualidad estos títulos de James S. A. Corey se han convertido en una de las obras clave del género en todo el mundo, con dos millones y medio de lectores y el Premio Hugo 2020 a la mejor saga.

Papel certificado por el Forest Stewardship Council®

Título original: : *Caliban's War*

Primera edición en B de Bolsillo: enero de 2025

© 2012 by Daniel Abraham and Ty Franck
© 2017, 2025, Penguin Random House Grupo Editorial, S. A. U.
Travessera de Gràcia, 47-49. 08021 Barcelona
© 2017, David Tejera Expósito, por la traducción
Diseño de la cubierta: Penguin Random House Grupo Editorial,
basado en el diseño original de Orbitt
Imagen de la cubierta: © Daniel Dociu

Penguin Random House Grupo Editorial apoya la protección de la propiedad intelectual. La propiedad intelectual estimula la creatividad, defiende la diversidad en el ámbito de las ideas y el conocimiento, promueve la libre expresión y favorece una cultura viva. Gracias por comprar una edición autorizada de este libro y por respetar las leyes de propiedad intelectual al no reproducir ni distribuir ninguna parte de esta obra por ningún medio sin permiso. Al hacerlo está respaldando a los autores y permitiendo que PRHGE continúe publicando libros para todos los lectores. De conformidad con lo dispuesto en el artículo 67.3 del Real Decreto Ley 24/2021, de 2 de noviembre, PRHGE se reserva expresamente los derechos de reproducción y de uso de esta obra y de todos sus elementos mediante medios de lectura mecánica y otros medios adecuados a tal fin. Diríjase a CEDRO (Centro Español de Derechos Reprográficos, http://www.cedro.org) si necesita reproducir algún fragmento de esta obra.

Printed in Spain – Impreso en España

ISBN: 978-84-10381-22-3
Depósito legal: B-19.281-2024

Compuesto en Comptex&Ass., S. L.
Impreso en Novoprint
Sant Andreu de la Barca (Barcelona)

BB 8 1 2 2 3

La guerra de Calibán

JAMES S. A. COREY

Traducción de David Tejera Expósito
Corrección a cargo de Manu Viciano
Galeradas revisadas por Antonio Torrubia

*Para Bester y Clarke,
responsables de que estemos aquí*

Prólogo

Mei

—¿Mei? —dijo la señorita Carrie—. Deja estar los deberes de dibujo. Ha llegado tu madre.

A Mei le llevó unos instantes darse cuenta de lo que decía la profesora, no porque no conociera las palabras (ya tenía cuatro años y no era un bebé), sino porque no encajaban en el mundo que conocía. Su madre no podía estar ahí. Mami se había marchado de Ganímedes para vivir en la estación Ceres porque, según había dicho papi, necesitaba pasar tiempo sola. Pero el corazón de Mei empezó a latir más rápido. «Ha vuelto», pensó.

—¿Mami?

Mei estaba sentada al lado de su pequeño caballete y, desde allí, la rodilla de la señora Carrie no le dejaba ver el guardarropa. Las manos de Mei estaban embadurnadas de pintura roja y azul, que se entremezclaban en sus palmas y daban lugar a un color verduzco. Se inclinó hacia delante y cogió la pierna de la señorita Carrie con la fuerza necesaria para levantarse y también para apartarla a un lado.

—¡Mei! —gritó la señorita Carrie.

Mei miró la mancha de pintura que había dejado en los pantalones de la señorita Carrie y luego hacia su cara amplia y sombría, que intentaba contener su ira.

—Lo siento, señorita Carrie.

—No pasa nada —dijo la profesora con una voz forzada que denotaba lo contrario, aunque no fuera a castigar a Mei—. Por favor, ve a lavarte las manos y vuelve para recoger los deberes. Prepararé el dibujo para que te lo lleves y se lo puedas enseñar a tu madre. ¿Es un perrito?

—Es un monstruo del espacio.

—Qué monstruo del espacio más bonito. Y ahora ve a lavarte las manos, cariño, por favor.

Mei asintió con la cabeza, se dio la vuelta y se marchó corriendo hacia el baño mientras el babi ondeaba a su alrededor como un pedazo de tela frente a un conducto de aire.

—¡Y no toques las paredes!

—Lo siento, señorita Carrie.

—No pasa nada. Límpialo cuando hayas terminado de lavarte las manos.

Mei abrió el grifo al máximo y las espirales de colores se aclararon de su piel. Hizo los movimientos de secarse las manos sin importarle si caía agua de ellas o no. Sentía que la gravedad había cambiado de dirección y la arrastraba hacia la puerta y hacia el vestíbulo, en lugar de hacia el suelo. El resto de niños la miraban, emocionados igual que ella, mientras Mei limpiaba como podía las marcas de dedos de la pared y metía los botes de pintura en una caja que luego dejó en una estantería. Se quitó el babi sin esperar a que la ayudara la señorita Carrie y lo lanzó a la papelera de reciclaje.

La señorita Carrie se encontraba en el vestíbulo junto a otros dos adultos, y ninguno de ellos era mami. Uno era una mujer a la que Mei no conocía; tenía una sonrisa educada en la cara y sostenía con cuidado el dibujo del monstruo del espacio. El otro era el doctor Strickland.

—No, se ha portado muy bien y ha ido al baño —dijo la señorita Carrie—. Aunque ha habido algún que otro accidente, claro.

—Claro —respondió la mujer.

—¡Mei! —dijo el doctor Strickland, inclinándose tanto que llegó casi a ponerse a su altura—. ¿Cómo está mi niña favorita?

—¿Dónde está...? —empezó a decir, pero antes de que pudiera decir «mami», el señor Strickland la cogió en brazos. Era más alto que papi y olía a sal. La inclinó hacia detrás y le hizo tantas cosquillas en los costados que Mei tuvo que dejar de hablar debido a las carcajadas.

—Muchas gracias —dijo la mujer.

—Encantada de conocerla —dijo la señorita Carrie, estrechando la mano de la mujer—. Nos encanta tener a Mei en clase, de verdad.

El señor Strickland no dejó de hacer cosquillas a Mei hasta que terminó el ciclo de cierre de la puerta del centro de educación infantil tipo Montessori. Fue entonces cuando Mei recuperó el aliento.

—¿Dónde está mami?

—Nos está esperando —dijo el doctor Strickland—. Vamos a llevarte con ella.

Los pasillos más nuevos de Ganímedes eran amplios y pulidos, y los recicladores de aire apenas tenían trabajo. Las hojas afiladas como cuchillas de las palmeras ornamentales sobresalían de docenas de tiestos hidropónicos. Las hojas amplias, cetrinas y estriadas de los potos cubrían las paredes. Las primitivas de color verde oscuro de las lenguas de vaca sobresalían entre ambas. Los LED de espectro completo emitían una luz brillante como el oro blanco. Papi decía que así era como brillaba el Sol en la Tierra, y Mei se imaginaba aquel planeta como una gran e intrincada red de plantas y pasillos sobre los que brillaba el Sol y con techo de color azul celeste. También se imaginaba que se podía escalar aquellas paredes y acabar en cualquier parte.

Mei apoyó la cabeza en el hombro del doctor Strickland y miró hacia atrás mientras decía el nombre de todas las plantas que veía. *Sansevieria trifasciata. Epipremnum aureum.* Oír que pronunciaba bien aquellos nombres siempre hacía sonreír a papi. Cuando lo hacía sin que él estuviera presente, servía para tranquilizarla.

—¿Más? —preguntó la mujer. Era guapa, pero a Mei no le gustaba su voz.

—No —respondió el doctor Strickland—. Mei es la última.

—*Chrysalidocarpus lutenscens* —dijo Mei.

—Muy bien —afirmó la mujer, y luego repitió con voz más calmada—: Muy bien.

Los pasillos se estrechaban a medida que se acercaban a la superficie. Los más antiguos parecían más sucios, aunque no hubiera en ellos suciedad ninguna. Tan solo parecían más usados. Las habitaciones y los laboratorios cercanos a la superficie eran el lugar donde habían vivido los abuelos de Mei cuando llegaron a Ganímedes. En aquel entonces no había nada a más profundidad. Allí el aire olía raro y los recicladores siempre estaban en funcionamiento, zumbando y haciendo ruidos sordos.

Los adultos no hablaban entre ellos, pero de vez en cuando el doctor Strickland se acordaba de que Mei estaba con ellos y le hacía preguntas. ¿Cuál era su serie de dibujos animados favorita del canal de la estación? ¿Quién era su mejor amigo en el colegio? ¿Qué había comido aquel día para almorzar? Pero lo que Mei esperaba era que empezara a hacer las otras preguntas, las que siempre le pedía después y para las que ella ya tenía las respuestas preparadas.

«¿Notas la garganta seca? No.»

«¿Te has levantado con sudores? No.»

«¿Has visto sangre en tu caquita esta semana? No.»

«¿Te has tomado los medicamentos las dos veces todos los días? Sí.»

Pero en aquella ocasión, el doctor Strickland no le hizo ninguna de esas preguntas. Los pasillos se estrechaban y cada vez parecían más antiguos, hasta que la mujer se tuvo que colocar detrás de ellos para dejar paso a las personas que venían en sentido opuesto. La mujer todavía tenía el dibujo de Mei en la mano, enrollado para que el papel no se arrugara.

El doctor Strickland se detuvo delante de una puerta que no

tenía letrero, cambió de lado a Mei y sacó el terminal portátil del bolsillo de su pantalón.

Pulsó una combinación en un programa que Mei no había visto nunca, la puerta comenzó a realizar el ciclo de apertura y los sellos emitieron un sonido hueco que parecía sacado de una película antigua. Entraron en un pasillo lleno de trastos y cajas de metal.

—Esto no es el hospital —dijo Mei.

—Es un hospital especial —dijo el doctor Strickland—. No habías estado nunca, ¿verdad?

A Mei aquello no le parecía un hospital, sino uno de los tubos desiertos de los que papi hablaba a veces. Lugares abandonados de los primeros tiempos de construcción en Ganímedes, que luego habían pasado a utilizarse como almacenes. Aquel tenía una especie de esclusa de aire al otro lado y, cuando la atravesaron, el lugar sí que se pareció un poco más a un hospital. Fuera lo que fuera, estaba más limpio y tenía un ligero aroma a ozono, como las habitaciones de descontaminación.

—¡Mei! ¡Hola, Mei!

Era uno de los niños mayores. Sandro. Tenía casi cinco años. Mei lo saludó y el doctor Strickland pasó de largo. Saber que los niños mayores también estaban allí tranquilizó un poco a Mei. Si estaban, era probable que no pasara nada raro, aunque aquella mujer que caminaba junto al doctor Strickland no fuera su mami. Lo que le hizo recordar...

—¿Dónde está mami?

—La veremos en unos minutos —dijo el doctor Strickland—. Antes tenemos que hacer unas cositas.

—No —dijo Mei—. No quiero.

El doctor la llevó hasta una estancia que parecía una sala de observación, pero de las que no tenían dibujos de leoncitos en las paredes ni mesas en forma de hipopótamos sonrientes. El doctor Strickland la colocó encima de una mesa de reconocimiento de acero y le frotó la cabeza. Mei se cruzó de brazos y frunció el ceño.

—Quiero a mi mami —dijo Mei, y luego emitió el mismo gruñido de impaciencia que había aprendido de papi.

—Bueno, tú espera aquí y voy a ver qué puedo hacer —dijo el doctor Strickland con una sonrisa—. ¿Umea?

—Creo que estamos preparados. Falta confirmar con el centro de mando, cargar y liberar.

—Pues se lo haré saber. Tú quédate aquí.

La mujer asintió y el doctor Strickland se marchó por la puerta. La mujer agachó la cabeza para mirarla, pero la cara bonita de Mei no le sonreía. No le gustaba aquella mujer.

—Quiero mi dibujo —dijo Mei—. No es para ti. Es para mami.

La mujer miró el dibujo que tenía en la mano como si se hubiera olvidado de que estaba allí. Lo desenrolló.

—Es el monstruo espacial de mami —dijo Mei. Y entonces la mujer sonrió. Le acercó el dibujo y Mei lo cogió al momento. Al hacerlo, el papel se arrugó un poco, pero a la niña no le importó. Se volvió a cruzar de brazos, frunció el ceño y gruñó.

—¿Te gustan los monstruos del espacio, niña? —preguntó la mujer.

—Quiero ver a mi mami.

La mujer dio un paso hacia ella. Su sonrisa era tan falsa como las flores de plástico y tenía los dedos delgados. Cogió a Mei y la dejó en el suelo.

—Ven conmigo, niña —dijo—. Voy a enseñarte una cosa.

La mujer se alejó, y Mei dudó unos instantes. No le gustaba, pero le gustaba mucho menos la idea de quedarse sola. La siguió. La mujer anduvo por un pequeño pasillo, introdujo un código en el teclado de una gran puerta de metal parecida a una antigua esclusa de aire y la atravesó cuando se abrió. Mei la siguió. Llegó a una habitación que estaba fría. A Mei no le gustaba. En aquella no había ninguna mesa de reconocimiento, solo una gran caja de cristal como las de los peces en los acuarios, pero sin agua. Lo que había en su interior no era un pez. La mujer hizo un gesto para que Mei se acercara y, cuando lo hizo, dio unos golpes en el cristal.

Lo que había dentro levantó la cabeza al oír el sonido. Era un hombre, pero estaba desnudo y su piel no parecía piel. Tenía unos ojos azules que brillaban tanto que parecía que había un incendio dentro de su cabeza. Y sus manos no parecían normales.

Se acercó al cristal, y Mei empezó a gritar.

1

Holden

—Han vuelto a dejar fuera a Snoopy —dijo el soldado Hillman—. Creo que su comandante se ha enfadado con él.

La sargenta de artillería Roberta Draper, del Cuerpo de Marines de Marte, activó el *zoom* del visor táctico de su armadura y miró hacia la dirección que señalaba Hillman. Un escuadrón de cuatro soldados de los marines de la Organización de Naciones Unidas (ONU) que se encontraba a unos dos mil quinientos metros de distancia deambulaba, a la luz de la cúpula invernadero gigante que protegían, por su puesto de avanzada. Era una cúpula invernadero casi igual en todos los sentidos a la que ellos también protegían en aquellos momentos.

Uno de los cuatro marines de la ONU tenía unos borrones negros a los lados del casco, que hacía que se pareciera a la cabeza de un beagle.

—Cierto, ahí está Snoopy —dijo Bobbie—. Lo han puesto en todas las patrullas del día. A saber qué habrá hecho.

Hacer guardia en los invernaderos de Ganímedes requería ocupar la mente con cualquier cosa. Y eso incluía especular sobre la vida de los marines del bando contrario.

El bando contrario. Dieciocho meses antes no había bandos. Los planetas interiores conformaban una gran familia, feliz y algo disfuncional. Pero entonces ocurrió lo de Eros y las dos superpotencias estaban repartiéndose entre ellas el Sistema Solar, y Ganímedes era la única luna a la que ninguna de las dos estaba dispuesta a renunciar, ya que era la mayor fuente de recursos del sistema joviano.

Al tratarse de la única luna que contaba con magnetosfera, también era el único lugar donde los cultivos en cúpula podían crecer en las duras condiciones del cinturón de radiación de Júpiter, y, aun así, las cúpulas y los cultivos tenían que escudarse para proteger a los civiles de los ocho rems al día que emitía Júpiter hacia la superficie de la luna.

La armadura de Bobbie estaba diseñada para permitir que un soldado pudiera caminar por el cráter dejado por una bomba nuclear minutos después de la explosión. Y también servía para evitar que Júpiter friera a los marines marcianos.

Detrás de los soldados terrícolas que hacían patrulla, la cúpula brillaba debido a los rayos de la débil luz solar que capturaban unos enormes espejos orbitales. E incluso con los espejos, la mayor parte de las plantas terrestres habrían muerto a causa de la poca luz. Solo las versiones muy modificadas que habían producido en masa los científicos de Ganímedes eran capaces de sobrevivir con la escasa luz con la que las alimentaban los espejos.

—Pronto se pondrá el Sol —dijo Bobbie, sin dejar de mirar a los marines terrícolas apostados fuera de la pequeña caseta de guardia, con la certeza de que ellos también la miraban.

Además de Snoopy, distinguió al que llamaban Retaco, mote que le habían puesto al ver que aquel hombre o mujer no podía medir más de un metro y veinticinco centímetros. Se preguntó cómo la llamaban a ella los del otro bando. Quizá Gran Rojo. Su armadura todavía contaba con el camuflaje de la superficie de Marte. Aún no había pasado el tiempo suficiente en Ganímedes para que se lo cambiaran a ese color moteado de gris y blanco.

Durante los minutos siguientes, los espejos orbitales se apagaron uno a uno a medida que Ganímedes pasaba por detrás de Júpiter durante unas horas. El brillo del invernadero que tenía detrás pasó a ser de un azul actínico cuando se encendieron las luces artificiales. Aunque la cantidad de iluminación no descendió demasiado, las sombras se movieron de forma siniestra y sutil. En el cielo, el Sol (que a esa distancia no era mucho mayor que la estrella más brillante) refulgió al perderse detrás del horizonte de Júpiter y, por un momento, se hizo visible el sistema de anillos del planeta.

—Vuelven dentro —anunció el cabo Travis—. Snoopy cierra la marcha. Pobre. ¿Nos podemos retirar también?

Bobbie echó un vistazo al hielo sucio y anodino de Ganímedes que tenía alrededor. Podía sentir el frío de la luna a pesar de encontrarse dentro de su armadura de alta tecnología.

—No.

El escuadrón refunfuñó, pero se mantuvo en línea mientras ella los guiaba por un recorrido a baja gravedad alrededor de la cúpula. Además de Hillman y Travis, en aquella patrulla concreta también estaba un soldado novato llamado Gourab. A pesar de que acababa de llegar a los marines, el hombre refunfuñó con su acento del Valles Marineris con la misma intensidad que los otros dos.

No podía culparlos. Aquello era poco más que una distracción. Algo para mantener ocupados a los soldados marcianos de Ganímedes. Si la Tierra decidía que quería hacerse con la luna, cuatro soldados andando alrededor de un invernadero no iban a detener la invasión. Había docenas de naves de guerra de la Tierra y Marte en órbita y preparadas para atacar, por lo que, si las hostilidades no comenzaban en tierra, era probable que se enterara cuando empezasen a bombardear la superficie.

A su izquierda, la cúpula se elevaba casi medio kilómetro. Tenía unos paneles triangulares de cristal separados por montantes relucientes de color cobrizo que convertían aquella estructura en una jaula de Faraday gigante. Bobbie nunca había entrado en las cúpulas de los invernaderos. La habían enviado desde Marte como parte de un destacamento de refuerzos a los planetas exteriores y había patrullado por la superficie prácticamente desde que llegó. Para ella, Ganímedes estaba constituida por un pequeño puerto espacial, una pequeña base de los marines y el puesto de guardia todavía más pequeño al que ahora llamaba hogar.

Bobbie echó un vistazo a aquel paisaje insustancial mientras patrullaban alrededor de la cúpula. A excepción de acontecimientos catastróficos, Ganímedes no cambiaba mucho. La superficie estaba formada por silicatos y agua helada, todo ello a una temperatura unos pocos grados más alta que el espacio. La atmósfera tenía oxígeno, pero era tan escaso que se podía considerar como vacío. En Ganímedes no había erosión ni fenómenos atmosféricos, por lo que la superficie cambiaba solo cuando caían sobre ella rocas desde el espacio o cuando el agua caliente que venía del núcleo líquido se abría paso hacia ella y creaba lagos efímeros. Pero ese tipo de cosas no ocurría a menudo. En Marte, de donde ella venía, el viento y el polvo cambiaban el paisaje cada hora. En Ganímedes, podía encontrarse con las huellas que había dejado la víspera o incluso muchos días atrás. Y si no volvía a pasar por el mismo lugar, aquellas huellas quedarían allí para la posteridad. Tuvo que reconocer para sus adentros que aquello le daba un poco de miedo.

Empezó a oír un chirrido rítmico que se unió al suave siseo y los ruidos sordos que hacía su servoarmadura. Solía tener minimizado el visor táctico, ya que mostraba tanta información que un marine sabría cualquier cosa menos lo que tenía delante. Lo amplió y usó parpadeos y movimientos oculares para pasar a la pantalla de diagnóstico de la armadura. Un aviso amarillo le advirtió que el mecanismo de la rodilla izquierda tenía poco fluido hidráulico. Tenía que haber alguna fuga en alguna parte, pero sería muy pequeña, porque la armadura no era capaz de localizarla.

—Chicos, un momento —dijo Bobbie—. Hilly, ¿te sobra fluido hidráulico en la mochila?

—Claro —dijo Hillman mientras lo sacaba.

—¿Te importaría echarme un poco en la rodilla izquierda?

Mientras Hillman se agachaba delante de ella y se ponía a trabajar, Gourab y Travis empezaron a discutir sobre lo que Bobbie supuso que serían deportes. Los silenció.

—Esta armadura es antigua —dijo Hillman—. Vas a tener que actualizarte. Estas cosas van a empezar a ocurrirte cada vez más a menudo.

—Sí, debería —respondió Bobbie. Pero decirlo era más fácil que hacerlo. Bobbie no tenía la figura adecuada para una armadura estándar, y los marines le ponían todos los traspiés burocráticos posibles cada vez que intentaba pedir una personalizada. Medía un poco más de dos metros, algo por encima de la altura media de un marine masculino, y en parte gracias a su procedencia polinésica, pesaba más de cien kilos a un g. Ni uno de esos kilos era de grasa y por alguna razón sus músculos no dejaban de crecer cada vez que entraba a un gimnasio. Era marine y se pasaba el día entrenando.

La armadura que tenía puesta era la primera que le iba bien en sus doce años de servicio activo. Y aunque ya empezara a acusar el paso de los años, era más fácil intentar que siguiera funcionando a suplicar para conseguir una nueva.

La radio de Bobbie chasqueó mientras Hillman empezaba a guardar sus herramientas.

—Puesto de avanzada cuatro a patrulla. Adelante, patrulla.

—Le escucho, cuatro —respondió Bobbie—. Aquí patrulla uno. Adelante.

—Patrulla uno, ¿dónde estáis, chicos? Llegáis media hora tarde y aquí pasa algo muy raro.

—Lo siento, cuatro, tenemos problemas con el equipo —dijo Bobbie mientras se preguntaba qué podría ser eso tan raro que ocurría. Aunque no le picó tanto la curiosidad como para preguntarlo por un canal abierto.

—Volved al puesto de avanzada de inmediato. Hemos oído disparos en el puesto de la ONU. Pasamos a cierre de seguridad.

A Bobbie le llevó un momento procesar la información. Vio cómo sus hombres la miraban, con una mezcla de estupor y miedo.

—Chicos, ¿los terrícolas os disparan a vosotros? —preguntó Bobbie, por fin.

—Todavía no, pero están disparando. Venid cagando leches.

Hillman se puso en pie de un salto. Bobbie flexionó la rodilla una vez y los sistemas volvieron a su color verde habitual. Asintió para dar las gracias a Hilly y luego dijo:

—A toda marcha hacia el puesto de avanzada. Vamos.

Bobbie y su escuadrón todavía estaban a medio kilómetro del puesto de avanzada cuando se dio la alarma general. El visor táctico de su armadura se activó de manera automática y pasó a modo de batalla. Los sensores empezaron a buscar enemigos y se conectaron con los satélites para obtener una vista vertical. Notó que el arma que tenía integrada en el brazo derecho se desbloqueaba con un chasquido para poder dispararla.

Si se tratara de un bombardeo orbital, habrían sonado miles de alarmas, pero no pudo evitar mirar al cielo de todas maneras. No vio resplandores ni rastros de misiles. Solo la mole que era Júpiter.

Bobbie empezó a correr a grandes zancadas hacia el puesto de avanzada. Su escuadrón la siguió sin rechistar. Una persona entrenada para usar una armadura de aumento de fuerza corriendo a baja gravedad podía cubrir mucho terreno en poco tiempo. En unos segundos, apareció en el horizonte la parte superior de la cúpula y unos instantes después vieron el motivo de la alarma.

Los marines de la ONU cargaban hacia el puesto de avanzada marciano. La guerra fría había durado un año y aquello marcaba su fin. A pesar del entrenamiento psicológico y la disciplina, Bobbie se sorprendió. Nunca había imaginado que llegaría aquel día.

El resto de su pelotón estaba apostado fuera del puesto de avanzada, dispuesto en línea de fuego frente al puesto de la ONU. Alguien había conducido a *Yojimbo* hacia la línea, y el *mecha* de combate de cuatro metros se alzaba al lado de los marines, como un gigante decapitado con servoarmadura y un enorme cañón, que se movía despacio y apuntaba hacia las tropas terrícolas que se acercaban. Los soldados de la ONU corrían los dos kilómetros y medio que separaban los dos puestos de avanzada como pollos sin cabeza.

«¿Por qué nadie dice nada?», se preguntó Bobbie. El silencio de su pelotón le ponía los pelos de punta.

Y justo cuando su escuadrón llegó a la línea de fuego, su armadura emitió un pitido que indicaba un aviso de interferencias. La vista vertical desapareció cuando perdió contacto con el satélite. Los indicadores que informaban de las constantes vitales y el estado del equipamiento de sus compañeros se desactivaron al interrumpirse la comunicación con sus armaduras. La estática del canal de comunicaciones que tenían abierto también dejó de oírse y dio paso a un silencio todavía más perturbador.

Hizo indicaciones con las manos a su equipo para que se colocaran en el flanco derecho y luego avanzó por la línea mientras buscaba al teniente Givens, su comandante. Distinguió su armadura justo en el centro de la línea, casi debajo de *Yojimbo*. Corrió hacia él y pegó el casco al suyo.

—¿Qué coño está pasando, teniente? —bramó.

El teniente le dedicó una mirada irritada y gritó:

—Sabes lo mismo que yo. No podemos decirles que se retiren por culpa de las interferencias, y han ignorado todos nuestros avisos visuales. Antes de que perdiéramos el contacto por radio, nos dieron autorización para disparar si se acercaban a menos de medio clic de nuestra posición.

Bobbie tenía cientos de preguntas más, pero las tropas de la ONU estaban a unos segundos de rebasar aquel límite de quinientos metros, por lo que corrió a apostarse en el flanco derecho con su escuadrón. Por el camino, ordenó a su armadura contar las unidades que se acercaban y marcarlas como hostiles. La armadura informó de siete objetivos. Menos de un tercio de las tropas que la ONU tenía en el puesto de avanzada.

«No tiene sentido.»

Hizo que su armadura dibujara una línea en el visor táctico

con la marca de los quinientos metros. No dijo a sus compañeros que aquello los avisaba de cuándo podían disparar. Abrirían fuego cuando ella lo hiciera, aunque no supieran por qué.

Los soldados de la ONU cruzaron la línea que marcaba que estaban a un kilómetro y seguían sin pegar ni un tiro. Se acercaban en desbandada, seis de ellos al frente en una línea irregular y un séptimo que cubría la retaguardia a unos setenta metros. El visor táctico de su armadura marcó como objetivo por omisión al que estaba a la izquierda del todo de la línea enemiga, el más cercano a ella. Bobbie tuvo un presentimiento y obligó a los sistemas a apuntar hacia el soldado de la retaguardia y ampliar la imagen.

Aquella pequeña figura creció en su retícula. Un escalofrío le recorrió la espalda y volvió a ampliar la imagen.

La figura que perseguía a los seis marines de la ONU no llevaba traje de aislamiento. Tampoco se podía afirmar que fuera humana. Tenía la piel cubierta por unas láminas quitinosas parecidas a escamas grandes y negras. Su cabeza tenía una apariencia terrorífica: era el doble de grande de lo normal y estaba cubierta de unas extrañas protuberancias.

Pero lo más aterrador eran sus manos. Eran demasiado grandes para su cuerpo y demasiado largas para su anchura, como si hubieran salido de la pesadilla de un niño. Eran las manos de un trol que se esconde bajo la cama, o de una bruja que se escabulle de una habitación por la ventana. No dejaba de abrirlas y cerrarlas de manera muy enérgica y sin descanso.

Las tropas de la Tierra no estaban atacando. Se retiraban.

—¡Disparad a la cosa que los persigue! —gritó Bobbie a nadie en particular.

Antes de que los soldados de la ONU cruzaran la línea de medio kilómetro que marcaba el inicio de las hostilidades por parte de los marcianos, aquella cosa los alcanzó.

—Vaya, joder —susurró Bobbie—. Joder.

Agarró a uno de los marines con sus enormes manos y lo partió en dos como si fuese una hoja de papel. La armadura de titanio y cerámica se partió con la misma facilidad que la carne de su interior, dejando un reguero de tecnología y húmedas vísceras humanas que cayó al hielo sin orden ni concierto. Los cincos soldados restantes corrieron aún más, pero el monstruo que los perseguía casi ni se detuvo mientras mataba.

—¡Disparadle, disparadle, disparadle! —gritó Bobbie mientras abría fuego.

Su entrenamiento y la tecnología de su armadura de combate la convertían en una máquina de matar muy eficiente. Tan pronto como apretó el gatillo del arma de su armadura, una andanada de proyectiles perforantes de dos milímetros se dirigió hacia la criatura a más de mil metros por segundo. En menos de un segundo, había disparado cincuenta. Aquella criatura era un objetivo relativamente lento y de tamaño humano, que se movía en línea recta. Sus sistemas de puntería eran capaces de realizar las correcciones balísticas necesarias para impactar contra un objeto del tamaño de una pelota de béisbol moviéndose a velocidad supersónica. Todas las balas que disparó alcanzaron al monstruo.

Pero no ocurrió nada.

Las balas lo atravesaron y era probable que su velocidad no se redujera mucho antes de salir. De cada orificio de salida, en lugar de sangre, surgió un reguero de filamentos negros que cayeron en la nieve. Era como disparar al agua. Las heridas se cerraban casi a la misma velocidad que se producían y lo único que indicaba que la criatura había recibido los impactos eran las fibras negras que dejaba a su paso.

Entonces alcanzó a un segundo marine de la ONU. En lugar de hacerlo pedazos como al primero, agarró y lanzó a aquel terrícola acorazado (que era probable que pesara un total de más de quinientos kilos) hacia Bobbie. El visor táctico registró el arco ascendente del marine y le indicó que no lo había arrojado «hacia» ella, sino directo contra ella. Con una trayectoria sin demasiado arco, lo que indicaba que iba a mucha velocidad.

Se tiró al suelo a un lado lo más rápido que le permitió lo

abultado de su armadura. El desgraciado marine de la ONU golpeó a Hillman, que estaba a su lado, y ambos desaparecieron de su vista mientras rebotaban por el hielo a una velocidad mortal.

Cuando se giró para volver a mirar al monstruo, ya había matado a otros dos soldados de la ONU.

La línea marciana en su totalidad abrió fuego, como también el enorme cañón de *Yojimbo*. Los dos soldados terrícolas que quedaban se separaron y corrieron en direcciones diferentes para alejarse de aquella cosa e intentar que sus contrapartidas marcianas tuvieran una línea de tiro directa. La criatura recibió cientos, miles de impactos. No dejó de recomponerse ni de correr, y solo disminuyó un poco su velocidad cuando un proyectil del cañón de *Yojimbo* detonó cerca de ella.

Bobbie, que ya estaba en pie, se unió a la ráfaga de disparos, pero no sirvió para nada. La criatura alcanzó a los marcianos y acabó con dos marines en un abrir y cerrar de ojos. *Yojimbo* se hizo a un lado con una destreza nada propia de una máquina de su envergadura. Bobbie pensó que debía de estar pilotándola Sa'id. Siempre alardeaba de que podía hacerlo bailar un tango si quería. Pero aquello ya no importaba. Antes de que Sa'id pudiera girar el cañón del *mecha* para realizar un tiro a bocajarro, la criatura corrió hasta ponerse a su lado, agarró la cabina del piloto y arrancó la puerta de sus goznes. Sacó a Sa'id del arnés de la cabina y lo lanzó hacia arriba unos sesenta metros.

El resto de marines ya había empezado a replegarse, sin dejar de disparar. Sin radio, no había forma de organizar aquella retirada. Bobbie empezó a correr hacia la cúpula con todos los otros. La parte pequeña y distante de su mente que no estaba aterrorizada sabía que el metal y el cristal de la cúpula no ofrecerían protección ninguna contra algo capaz de hacer pedazos a un hombre acorazado o un *mecha* de nueve toneladas. Esa misma parte de su mente se dio cuenta de que era inevitable evitar sentirse aterrorizada.

Cuando llegó a la puerta exterior de la cúpula, solo quedaba otro marine junto a ella. Gourab. De cerca, pudo verle la cara a través del cristal blindado de su casco. Le gritó algo, pero Bobbie no podía oírlo. Se inclinó hacia delante para establecer contacto entre cascos, pero entonces él la empujó hacia atrás y Bobbie cayó en el hielo. Gourab empezó a dar golpes en los controles de la puerta con su puño de metal para intentar abrirse paso a la fuerza, pero la criatura lo alcanzó y le arrancó el casco de la armadura sin el menor esfuerzo. Gourab se mantuvo en pie unos instantes con la cabeza en el vacío, mientras parpadeaba y abría la boca en lo que parecía ser un grito sordo. Luego la criatura le arrancó la cabeza con la misma facilidad con la que le había arrancado el casco.

Se giró para mirar a Bobbie, que seguía en el suelo bocarriba.

De cerca, vio que tenía los ojos de un color azul reluciente. Un azul de tonalidad eléctrica y brillante. Eran bonitos. Levantó el arma y apretó el gatillo durante medio segundo, antes de darse cuenta de que se había quedado sin munición hacía un buen rato. La criatura miró el arma con una expresión que a ella le pareció de curiosidad, y luego la miró a ella e inclinó la cabeza a un lado.

«Se acabó —pensó—. Así es como acaba todo y nunca sabré quién hizo esto ni por qué.»

Podía aceptar su muerte. Pero morir sin conocer aquellas respuestas le parecía muy cruel.

La criatura dio un paso hacia ella, se detuvo y se estremeció. De mitad de su torso surgió un nuevo par de miembros, que se retorcieron en el aire como tentáculos. Su cabeza, que ya era grotesca, pareció ensancharse. Los ojos azules resplandecieron con la misma intensidad que las luces de las cúpulas.

Y, entonces, explotó en una bola de fuego que impulsó a Bobbie sobre el hielo e hizo que chocara contra un pequeño penacho, con la fuerza suficiente para que el gel amortiguador de su armadura se pusiera rígido.

Quedó tumbada bocarriba y empezó a perder la conciencia. El cielo nocturno que tenía encima comenzó a brillar. Las naves que estaban en órbita se disparaban entre ellas.

«Alto el fuego —pensó mientras empezaba a rodearla la negrura. Los marines se estaban retirando—. Alto el fuego.» Todavía no le funcionaba la radio de la armadura. Fue incapaz de informar a nadie de que los marines de la ONU no habían atacado.

Ni de que lo que había atacado era otra cosa.

2

Holden

La cafetera estaba estropeada otra vez.

«¡Otra vez!»

Jim Holden pulsó el botón rojo para encenderla varias veces más a pesar de que sabía que daba igual, pero fue incapaz de evitarlo. La cafetera grande y reluciente estaba diseñada para hacer el café suficiente para mantener contenta a toda una tripulación marciana, pero se negaba a prepararle una simple taza. O a emitir un sonido siquiera. No era solo que se negara a hacer el café, sino que incluso se negaba a intentarlo. Holden cerró los ojos para reprimir el dolor de cabeza por falta de cafeína que acechaba desde sus sienes y pulsó el botón de la consola de pared más cercana para abrir el canal de comunicaciones de la nave.

—Amos —dijo.

Las comunicaciones no funcionaban.

Se empezó a sentir cada vez más ridículo y volvió a pulsar el botón del canal varias veces. Nada. Abrió los ojos y vio que no había ninguna luz en la consola. Luego se dio la vuelta y reparó en que las luces del frigorífico y los hornos también estaban apagadas: la cocina en peso se había amotinado. Holden miró el nombre de la nave, «*Rocinante*», que acababan de grabar en la pared, y dijo:

—Chica, con lo mucho que te quiero, ¿por qué me haces tanto daño?

Sacó su terminal portátil y llamó a Naomi.

Después de unos instantes, respondió al fin.

—¿Sí, hola?

—La cocina no funciona. ¿Dónde está Amos?

Hubo una pausa.

—¿Me estás llamando desde la cocina? ¿A pesar de que estamos en la misma nave? ¿Te quedaba muy lejos la consola de pared?

—La consola de pared de la cocina tampoco funciona. Cuando te he dicho que la cocina no funcionaba, no era una hipérbole ingeniosa, era literal. No funciona nada en la cocina. Te llamo a ti porque sé que siempre llevas encima tu terminal y Amos, no. Y también porque él nunca me dice qué está haciendo, pero a ti sí. Por eso te pregunto. ¿Dónde está Amos?

Naomi rio. Un sonido encantador que siempre dibujaba una sonrisa en la cara de Holden.

—Me ha dicho que iba a poner cables nuevos.

—¿Tienes energía ahí arriba? ¿Nos precipitamos a la deriva y estabais pensando en cómo darme la noticia?

Holden oyó ruidos cerca del micro de Naomi. Canturreaba algo mientras trabajaba.

—Qué va —respondió ella—. Parece que la única zona sin energía es la cocina. Además, Alex dice que queda menos de una hora para que nos enfrentemos a unos piratas espaciales. ¿Quieres subir al centro de mando y combatir contra unos piratas?

—No puedo combatir contra nada sin café. Voy a buscar a Amos —dijo Holden. Luego cortó la llamada y se volvió a guardar el terminal en el bolsillo.

Holden se dirigió a la escalerilla que recorría la quilla de la nave y llamó el ascensor. Perseguían a una nave pirata que solo podía volar largas distancias a alrededor de un g, por lo que Alex Kamal, el piloto de Holden, mantenía la nave a 1,3 para interceptarlos. Usar la escalerilla manual a más de un g era peligroso.

Unos segundos después, se abrió la escotilla de la cubierta y el ascensor chirrió hasta detenerse a sus pies. Holden subió y pulsó el botón de la cubierta de ingeniería. El ascensor comenzó a descender despacio por los raíles mientras las escotillas se abrían a su paso para luego cerrarse.

Amos Burton estaba en el taller mecánico, un nivel por encima de ingeniería. Había un dispositivo de apariencia compleja a medio desmontar en la mesa de trabajo que tenía delante y Amos estaba inclinado sobre él con un soldador. Llevaba un mono gris que le iba varias tallas pequeño, de modo que le apretaba sus anchos hombros cuando se movía. En la espalda tenía bordado el viejo nombre de la nave: «*Tachi*».

Holden detuvo el ascensor y dijo:

—Amos, la cocina no funciona.

Amos lo saludó con un brazo fornido y expresión impaciente, sin dejar de trabajar. Holden esperó. Unos segundos de soldadura más y Amos por fin dejó la herramienta y se giró.

—Sí, no funciona porque he arrancado este cabroncete —respondió mientras señalaba el dispositivo que había estado soldando.

—¿Puedes volver a colocarlo en su sitio?

—Pues no. Todavía no, al menos. Estoy trabajando con él.

Holden suspiró.

—¿Es necesario dejar sin energía la cocina para arreglar esta cosa justo antes de nuestra encarnizada batalla con esa banda de piratas espaciales? Porque tengo la cabeza como un bombo y me gustaría tomarme una taza de café antes de luchar y esas cosas.

—Sí que es importante —dijo Amos—. ¿Te explico por qué o confías en mí?

Holden asintió. Aunque no echaba de menos muchas cosas de sus días en la armada de la Tierra, a veces le ponía nostálgico pensar en el respeto que imponía la cadena de mando. En la *Rocinante* el título de «capitán» no tenía una definición tan clara. El cableado de la nave era cosa de Amos, pero se resistía a informar a Holden cada vez que se ponía a trabajar en algo.

Holden lo dejó estar.

—Vale —respondió—. Pero me gustaría que me avisaras antes de ponerte. Cuando no tengo café me pongo gruñón.

Amos sonrió y se volvió a colocar la protección en la cabeza, casi calva.

—Bueno, capi, en eso sí que puedo ayudarte —dijo mientras extendía hacia atrás la mano para coger un termo de metal enorme de la mesa—. He preparado suministros de emergencia antes de desconectar la cocina.

—Amos, tengo que pedirte perdón por todas las cosas feas que estaba pensando sobre ti.

Amos hizo un gesto de desdén con la mano y volvió al trabajo.

—Para ti. Yo ya me he tomado una taza.

Holden volvió a montar en el ascensor y subió a la cubierta de operaciones mientras se agarraba al termo con ambas manos como si fuera un salvavidas.

Naomi estaba sentada en el puesto de comunicaciones y sensores y seguía los progresos de la persecución de los piratas que se daban a la fuga. De un vistazo, Holden vio que estaban mucho más cerca de ellos que la última vez. Se amarró al asiento del puesto de operaciones de combate. Abrió un cajón y, como supuso que al cabo de poco tiempo estarían a un g más bajo, o en ingravidez, sacó una burbuja para líquidos en la que meter el café.

Mientras la llenaba desde la boquilla del termo, dijo:

—Nos acercamos muy rápido. ¿Qué ocurre?

—La nave pirata ha reducido un poco la velocidad. Iban a un g, pero han bajado a medio hace unos minutos y acaban de dejar de acelerar del todo hace nada. Los sistemas han registrado oscilaciones en las lecturas de su motor, así que creo que los hemos seguido a demasiada velocidad.

—¿Han roto su nave?

—Han roto su nave.

Holden dio un trago largo de la burbuja y se quemó la lengua, pero no pareció importarle.

—¿Cuánto queda para interceptarlos?

—Cinco minutos como máximo. Alex estaba esperando para quemar y frenar a que subieras y te amarraras.

Holden pulsó el botón general en la consola de comunicaciones.

—Amos, amárrate —ordenó—. Cinco minutos para alcanzar a los malos. —Luego pasó al canal de la cabina—. Alex, ¿cómo va por ahí?

—Creo que han roto su nave —respondió Alex con su acento marciano del Valles Marineris.

—Eso mismo opinamos también todos los demás, sí —dijo Holden, convencido.

—Van a tenerlo difícil para escapar.

El Valles Marineris había sido una colonia de chinos, hindúes y texanos en sus primeros años. Alex tenía la piel oscura y el pelo negro azabache de un hindú. A Holden, oriundo de la Tierra, se le hacía muy extraño que alguien con esa apariencia hablara con un exagerado acento de Texas en lugar de uno más cercano al panyabi.

—Y a nosotros nos pondrá las cosas más fáciles —respondió Holden mientras encendía la consola de combate—. Páranos a unos diez mil clics. Voy a rociarlos con los láseres de objetivo y encenderé los cañones de defensa en punta. Abre también las puertas exteriores de los lanzatorpedos. Vamos a hacer todo lo posible por parecer amenazadores.

—Recibido, jefe —respondió Alex.

Naomi se giró en la silla y sonrió a Holden.

—Luchar contra piratas espaciales. Qué romántico.

Holden no pudo evitar devolverle la sonrisa. A pesar de que su alta y delgada figura cinturiana se ocultaba debajo de un mono de oficial de la armada marciana tres tallas más corto y unas cinco más ancho, le parecía igual de guapa. Tenía el pelo largo y ondulado atado en una coleta despeinada detrás de la cabeza. Sus facciones estaban formadas por una mezcla apabullante de rasgos asiáticos, sudamericanos y africanos que eran poco comunes hasta en el crisol de culturas que era el Cinturón. Miró su reflejo de granjero de Montana de pelo castaño en la consola apagada y se sintió muy vulgar en comparación.

—Ya sabes que me gustan mucho todas las cosas que te hagan decir la palabra «romántico» —respondió Holden—. Pero me temo que no tengo el mismo entusiasmo que tú. Habíamos empezado salvando el Sistema Solar de una terrible amenaza alienígena. Y mira cómo hemos acabado.

Holden solo había conocido bien a un policía, y no durante mucho tiempo. Durante la enorme y desagradable serie de jodiendas que habían pasado a englobarse bajo el apelativo de «el incidente de Eros», Holden había trabajado un tiempo con un hombre delgado, anodino y depresivo llamado Miller. Cuando se conocieron, Miller ya había abandonado su trabajo en las autoridades para seguir investigando de forma obsesiva el caso de una persona desaparecida.

No se podía decir que hubieran sido amigos, pero habían conseguido evitar que la especie humana acabara desapareciendo debido a unas maquinaciones corporativas y un arma alienígena que, durante toda la historia de la humanidad, se había confundido con una luna de Saturno. Por esa parte, al menos, aquella colaboración había sido útil.

Holden había sido oficial de la armada durante seis años. Había visto morir a gente, pero solo desde la comodidad de su pantalla de radar. En Eros, había visto morir a miles de personas, de cerca y de manera terrible. Él mismo se había visto obligado a matar a algunas. La dosis de radiación que había recibido allí lo obligaba a tomar medicación de manera regular para acabar con los tumores que no dejaban de aflorar en su cuerpo. Aun así, había salido mejor parado que Miller.

Gracias a Miller, aquella infección alienígena había caído en Venus en lugar de la Tierra, pero el impacto no había acabado con la amenaza. Fuera lo que fuera lo que pretendiera hacer aquella confusa programación alienígena que se apropiaba de todo, era algo que seguía ocurriendo bajo el cielo encapotado del planeta. Y nadie hasta el momento había sido capaz de sacar una conclusión científica al respecto más allá de un: «Vaya, qué raro».

Aquel viejo y fatigado inspector cinturiano había entregado su vida para salvar a la humanidad.

Y salvar a la humanidad había hecho que Holden fuera contratado por la Alianza de Planetas Exteriores para perseguir piratas. Hasta en los peores días, tenía la certeza de que era el que había salido mejor parado de todo aquello.

—Treinta segundos para interceptarlos —anunció Alex.

Holden volvió a centrarse en el presente y llamó a ingeniería.

—¿Estás bien amarrado ahí abajo, Amos?

—Hecho, capi. Estoy listo. Intentad que no acribillen a mi niña.

—Hoy nadie va a acribillar a nadie —dijo Holden, antes de desconectarse. Naomi arqueó una ceja interrogativa al oírlo—. Naomi, activa las comunicaciones. Quiero hablar con esos amigos que tenemos ahí fuera.

Un segundo después, los controles de comunicaciones aparecieron en su consola. Apuntó el haz estrecho hacia la nave pirata y esperó a que el indicador de conexión se pusiera de color verde. Cuando lo hizo, dijo:

—Carguero ligero sin identificar, aquí el capitán James Holden del torpedero *Rocinante* de la Alianza de Planetas Exteriores. Responda, por favor.

No oyó nada en los auriculares, a excepción del ruido quedo y ambiental de la estática que se oía de fondo debido a la radiación.

—Mirad, chicos, esto no es un juego. Sabéis quién soy. También sabéis que hace cinco días atacasteis el carguero de alimentos *Sonámbulo*, desconectasteis sus motores y robasteis seis mil kilos de proteínas y todo el aire. Eso es todo lo que necesito saber sobre vosotros.

El silencio y la estática no cesaron.

—Así que este es el trato. Estoy cansado de seguiros y no voy a permitir que me retraséis hasta que os dé tiempo de arreglar la nave y vuelva a empezar otra de estas divertidas persecuciones. Si no nos enviáis vuestra rendición incondicional en los próximos sesenta segundos, voy a dispararos un par de torpedos con cabezas de plasma de alto rendimiento y convertir vuestra nave en un brillante amasijo de chatarra. Luego volveré a casa y dormiré como un bebé.

La estática cesó al fin cuando se oyó la voz de un chico que parecía demasiado joven para alguien que hubiera decidido vivir de la piratería.

—No puedes hacer eso. La APE no es un gobierno de verdad. No tienes respaldo legal para hacerme nada, capullo, así que lárgate de aquí —dijo la voz, que no dejaba de sonar como si estuviera a punto de tener un berrinche adolescente.

—¿En serio? ¿Eso es lo único que se te ocurre? —respondió Holden—. Mira, olvídate del debate legal y de lo que es o no una autoridad gubernamental durante un momento. Échale un vistazo al retorno de las lecturas de mi nave en vuestro radar láser. Vosotros viajáis en un carguero ligero cochambroso al que alguien soldó un cañón Gauss de andar por casa, mientras que nosotros estamos en un torpedero marciano de tecnología punta con la potencia de fuego suficiente para reducir a cenizas una luna pequeña.

La voz no respondió.

—Chicos, aunque no aceptéis que soy una autoridad legal de verdad, ¿no creéis que si quisiéramos podríamos haceros pedazos?

El canal de comunicaciones continuó en silencio.

Holden suspiró y se frotó el tabique. A pesar de la cafeína, todavía le seguía doliendo la cabeza. Dejó abierto aquel canal con la nave pirata y abrió otro con la cabina.

—Alex, dispara una ráfaga corta con los cañones de defensa en punta delanteros hacia el carguero. Apunta al centro de la nave.

—¡Un momento! —gritó el chico de la otra nave—. ¡Nos rendimos, joder!

Holden se estiró en la ingravidez, algo que disfrutó mucho después de haber pasado varios días en aceleración, y luego sonrió. «Hoy nadie va a acribillar a nadie, sí, señor.»

—Naomi, diles a nuestros nuevos amigos cómo te pueden ceder el control remoto de su nave y llevémoslos a la estación Tycho para que los tribunales de la APE se encarguen del resto. Alex, cuando vuelvan a poner en marcha sus motores, traza el rumbo adecuado para un cómodo viaje a medio g. Yo estaré en la enfermería, buscando aspirinas.

Holden se desabrochó el arnés del asiento de colisión y se empujó hacia la escalerilla de la cubierta. Su terminal portátil empezó a sonar por el camino. Era Fred Johnson, el líder de la APE y su jefe particular en la estación de fabricación Tycho, que ahora también servía como cuartel general de la APE.

—¿Qué pasa, Fred? Hemos pillado a unos piratas malvados y los llevamos ante la justicia.

La cara negra y estirada de Fred se arrugó para formar una sonrisa.

—¿Y ese cambio? ¿Os habéis cansado de hacerlos estallar?

—Qué va, pero por fin hemos encontrado a unos que me han creído al decirles que lo haría.

Fred frunció el ceño.

—Mira, Jim, no te llamo para eso. Necesito que vuelvas a Tycho lo más rápido posible. Está pasando algo en Ganímedes...

3

Prax

Praxidike Meng estaba de pie, apoyado en el marco de la entrada del granero de preparación y mirando cómo se mecían en los campos unas hojas de un verde tan fuerte que parecían de color negro, cuando entró en pánico. El techo abovedado de la cúpula que tenía encima estaba más oscuro de lo normal. La energía de los LED para el crecimiento de las plantas se había cortado y los espejos... en los espejos no quería ni pensar.

Las luces parpadeantes de las naves que combatían en el cielo parecían errores de una pantalla barata, colores y movimientos que no deberían haber estado ahí. La señal de que algo iba rematadamente mal. Se humedeció los labios. Tenía que haber una forma. Tenía que haber una manera de salvarlos.

—Prax —dijo Doris—. Tenemos que irnos. Ahora mismo.

La *Glicina kenon*, un tipo de brote de soja tan modificado que parecía una nueva especie, se había convertido en toda una innovación para la botánica agrícola de bajo presupuesto y representaba los últimos ocho años de su vida. Eran el motivo de que sus padres todavía no hubieran visto en persona a su nieta. Esas y otras pocas cosas habían destrozado su matrimonio. Era capaz de distinguir las sutiles diferencias de los ocho tipos de cepas de cloroplastos de diseño que se podían otear en los campos y que se enfrentaban para obtener la mayor cantidad de proteínas por fotón. Le temblaban las manos. Tenía náuseas.

—Quedan unos cinco minutos para el impacto —informó Doris—. Tenemos que evacuar.
—No veo nada —dijo Prax.
—Se acerca muy rápido. Cuando lo veas, será demasiado tarde. Ya se han ido todos. Somos los últimos. Sube al ascensor de una vez.

Los grandes espejos orbitales siempre habían sido sus aliados, resplandeciendo hacia los campos como cientos de soles mortecinos. No podía creer que lo hubieran traicionado. Era una locura. El espejo que apuntaba justo hacia la superficie de Ganímedes (hacia su invernadero, sus brotes de soja, el trabajo de su vida) no había tomado ninguna decisión en absoluto. Era víctima de la causalidad, como todo lo demás.

—Estoy a punto de marcharme —sentenció Doris—. Si te quedas aquí cuatro minutos más, morirás.
—Espera —dijo Prax.

Entró corriendo en la cúpula, se arrodilló al borde del campo más cercano y empezó a excavar en la tierra oscura y fértil. Olía como a buen pachuli. Enterró los dedos lo más hondo que pudo y cogió un cepellón. Sacó aquella planta pequeña y frágil.

Doris se encontraba en el ascensor industrial, lista para descender hacia las cuevas y túneles de la estación. Prax corrió hacia ella. Teniendo en las manos una planta que salvar, de pronto la cúpula le pareció de una peligrosidad terrible. Se lanzó para atravesar la puerta y Doris pulsó la pantalla de control. La espaciosa habitación de metal del ascensor se sacudió y empezó a moverse hacia abajo. Solía usarse para transportar equipamiento pesado: el arado, el tractor y las toneladas de humus que salían de las plantas de procesado de la estación. En ese momento, solo los transportaba a los tres: a Prax, sentado en el suelo con las piernas cruzadas, el plantón de brotes de soja que tenía en su regazo y Doris, que no dejaba de morderse el labio inferior mientras miraba su terminal portátil. El ascensor parecía demasiado grande.

—El espejo podría fallar —dijo Prax.

—Podría. Pero no dejan de ser mil trescientas toneladas de metal y cristal. La onda expansiva será muy grande.

—Puede que la cúpula aguante.

—No —dijo ella, y Prax dejó de hablarle.

El ascensor zumbó y rechinó a medida que descendía a través de la capa de hielo de la superficie hacia la red de túneles que formaba el grueso de la estación. El aire olía a piezas sobrecalentadas y lubricante industrial. Ni siquiera en aquellas circunstancias Prax terminaba de creerse lo que ocurría. No podía creer que aquellos militares gilipollas hubieran empezado a dispararse. No creía que alguien pudiera ser tan corto de miras, aunque parecía que se había equivocado.

En los meses posteriores a la ruptura de la alianza Tierra-Marte, Prax había pasado de tener un miedo intenso y constante a albergar una esperanza prudente, y luego había terminado por despreocuparse. Cada día que pasaba sin que la Organización de Naciones Unidas o los marcianos actuaran no era sino una prueba más de que seguirían así. Había llegado a pensar que todo estaba mucho más estable de lo que parecía. Aunque las cosas se torcieran y estallara una guerra abierta, no tendría lugar allí. Ganímedes era el lugar de donde salía la comida. Gracias a su magnetosfera, era el lugar más seguro para la gestación de las mujeres embarazadas y se promocionaba como el lugar en el que se daban menos casos de defectos de nacimiento o niños que nacían fallecidos de todos los planetas exteriores. Era el núcleo de todo lo que hacía posible la expansión de la humanidad en el Sistema Solar. El trabajo que hacían era valioso pero delicado al mismo tiempo, por lo que los mandamases nunca dejarían que la guerra llegara hasta allí.

Doris soltó una maldición. Prax la miró. La mujer se pasó una mano por el pelo liso y canoso, se giró y escupió.

—Hemos perdido la conexión —dijo mientras sostenía el terminal portátil—. La red ha pasado a modo seguro.

—¿Quién lo ha hecho?

—La seguridad de la estación. Naciones Unidas. Marte. ¿Cómo quieres que lo sepa?

—Pero si...

Sintió la conmoción como si el techo del ascensor hubiera recibido el golpe de un puño inmenso. Los frenos de emergencia se activaron con un tañido que hizo que se le estremecieran los huesos. Se apagaron las luces y los engulló la oscuridad durante dos latidos hiperveloces. Cuatro LED de emergencia que funcionaban con baterías se encendieron y al momento se apagaron de nuevo, cuando volvió la energía del ascensor. Empezaron a efectuarse diagnósticos de errores críticos: los motores zumbaban, los seguros hacían ruidos y en la interfaz de seguimiento se acumulaban las sumas de comprobación, como si un atleta estuviera haciendo estiramientos antes de una carrera. Prax se levantó y anduvo hacia el panel de control. Los sensores del hueco del ascensor informaron de que la presión atmosférica era mínima y empezaba a desaparecer. Sintió un escalofrío cuando las puertas de contención se cerraron en algún lugar encima de ellos y la presión exterior empezó a aumentar. El aire del hueco había escapado hacia el espacio antes de que los sistemas activaran el cierre de emergencia. La cúpula de Prax corría peligro.

La cúpula de Prax ya no existía.

Se llevó una mano a la boca, sin darse cuenta de que se embadurnaba de tierra la barbilla hasta que ya se había manchado. Una parte de su mente pensaba en las cosas que necesitaba hacer a partir de ese momento para salvar el proyecto: contactar con el jefe de proyecto de RMD-Southern, volver a presentar la solicitud de ayudas y recuperar las copias de seguridad para reconstruir las muestras de inserción vírica. La otra parte de su mente se había quedado quieta e irradiaba una tranquilidad que daba miedo. Aquella sensación de ser dos personas diferentes, una que tomaba medidas desesperadas y otra presa del estupor causado por sentir la muerte tan de cerca, se parecía a las últimas semanas de su matrimonio.

Doris se giró hacia él, con una mueca agotada pero jovial en los labios. Extendió una mano.

—Ha sido un placer trabajar con usted, doctor Meng.

El ascensor zozobró y los frenos de emergencia se soltaron. Se oyó otro impacto a mucha más distancia. Era un espejo o una nave que caía. Soldados que se disparaban en la superficie. Quizás hasta luchaban a más profundidad dentro de la estación. No había manera de saberlo. Prax le estrechó la mano.

—Doctora Bourne —dijo—. Ha sido un honor.

Se tomaron un largo momento de silencio junto a las tumbas de sus antiguas vidas. Doris suspiró.

—Bueno —dijo—, larguémonos de aquí.

La guardería donde se quedaba Mei estaba a mucha profundidad en la luna, pero la estación de metro se encontraba tan solo a unos cientos de metros del muelle de carga del ascensor, y se podía llegar rápido a ella en menos de diez minutos. O se habría podido, si corrieran durante todo el recorrido. Prax vivía desde hacía tres décadas en Ganímedes y ni siquiera se había dado cuenta nunca de que las estaciones de metro tuvieran puertas de seguridad.

Los cuatro soldados que estaban apostados delante de las puertas cerradas de la estación llevaban una armadura de placas gruesas pintada del mismo color beis y acero que las paredes del pasillo. Empuñaban grandes e intimidatorios rifles de asalto y miraban con el ceño fruncido a la docena o más de personas que los rodeaban.

—Soy miembro de la junta de transporte —decía una mujer alta, delgada y de piel oscura a uno de ellos, clavando un dedo en la pechera de un soldado con cada palabra—. Si no nos dejas pasar, vas a tener problemas. Problemas gordos.

—¿Cuánto tiempo va a estar inoperativa? —preguntó un hombre—. Tengo que volver a casa. ¿Cuánto tiempo va a estar inoperativa?

—Señoras y señores —gritó la soldado de la izquierda. Tenía una voz potente que se abrió paso a través de los murmullos y susurros de la multitud, como si fuera una profesora dirigiéndose a unos alumnos inquietos—. Este asentamiento está clausurado por seguridad. Hasta que cesen las acciones militares, no puede haber movimiento entre niveles, a no ser que se trate de personal oficial.

—¿De parte de quién estáis? —gritó alguien—. ¿Acaso sois marcianos? ¿De parte de quién estáis?

—Mientras tanto —continuó la soldado, ignorando aquella pregunta—, vamos a pedirles a todos que tengan paciencia. Cuando el desplazamiento sea seguro, se abrirá el transporte en metro. Hasta ese momento, les rogamos que permanezcan en calma por su propia seguridad.

Prax no sabía que iba a hablar hasta que oyó su propia voz. Le sonó gimoteante.

—Mi hija está en el nivel ocho. Tiene la escuela allí abajo.

—Todos los niveles están cerrados por seguridad, señor —respondió la soldado—. Estará bien. Tiene que tener paciencia.

La mujer de piel oscura de la junta de transporte se cruzó de brazos. Prax vio que dos hombres dejaban de empujar y volvían al pasillo estrecho y oscuro, donde se pusieron a hablar entre ellos. Estaban cerca de la superficie, en los túneles más antiguos donde el aire olía a recicladores, a plástico, calor y aromas artificiales. Y en esos momentos, también a miedo.

—Señoras y señores —gritó la soldado—, tienen que mantener la calma y quedarse donde están hasta que se haya resuelto la situación militar, por su propia seguridad.

—¿Y cuál es esa situación militar? —preguntó una mujer al lado de Prax, con un tono que exigía respuesta.

—Evoluciona con rapidez —respondió la soldado. Prax notó un matiz peligroso en su voz. Aquella soldado tenía tanto miedo como ellos. La única diferencia era que iba armada, así que aquello no iba a funcionar. Tenía que encontrar otra manera. Prax se alejó de la estación de metro mientras sostenía en la mano la única *Glicina kenon* que le quedaba.

Cuando trasladaron a su padre desde los centros más poblados de la luna Europa para ayudar a construir un laboratorio de investigación en Ganímedes, Prax tenía ocho años. La construcción había durado diez años, en los que había pasado por una adolescencia complicada. Cuando ya preparaban la mudanza para viajar a un asteroide de órbita extraña alrededor de Neptuno que su padre tenía como nuevo destino, Prax no se marchó. Había conseguido un puesto de botánico becario mediante el que pensaba que podría plantar marihuana ilegal y sin impuestos, pero descubrió que uno de cada tres becarios había tenido la misma idea. Se pasó cuatro años buscando un armario olvidado o un túnel abandonado que no estuviera ocupado por un experimento hidropónico ilegal, y aquello había hecho que se orientara muy bien en los túneles.

Anduvo a través de los pasillos viejos y estrechos de la primera época de la construcción. Había hombres y mujeres sentados y apoyados contra las paredes o en los bares y restaurantes, con las caras inexpresivas, enfadadas o asustadas. Las pantallas mostraban viejos programas de entretenimiento en bucle: música, teatro o arte abstracto, en lugar de los canales de noticias que solían verse. Ningún terminal portátil emitió el sonido de haber recibido un mensaje.

Cerca de los conductos de aire centrales, encontró lo que buscaba. En las zonas de mantenimiento de transporte siempre había unos viejos escúteres eléctricos tirados. Ya no se usaban. Como Prax era investigador sénior, su terminal portátil le permitió atravesar la valla metálica oxidada. Encontró un escúter con un sidecar y la mitad de la batería cargada. Hacía siete años que no se subía en uno. Puso la *Glicina kenon* en el sidecar, ejecutó la secuencia de diagnóstico y luego salió del conducto.

En las primeras tres rampas había soldados como los que se acababa de encontrar en la estación de metro. Prax no se molestó en detenerse. La cuarta, un túnel de suministros que llevaba desde los almacenes de la superficie hacia los reactores, estaba vacía. Prax se detuvo y la moto quedó en silencio. Había un aroma fuerte y acre que no supo identificar. Poco a poco, aparecieron otros detalles. Unas marcas de quemaduras en la consola de pared y manchas de algo oscuro por todo el suelo. Oyó sonidos en la distancia y tardó un poco en darse cuenta de que se trataba de disparos.

«Evoluciona con rapidez», por lo visto, significaba que estaban librándose combates en los túneles. Apareció en su mente la imagen del aula de Mei agujereada por los disparos y llena de la sangre de los niños, con una lucidez que parecía un recuerdo en lugar de su imaginación. Volvió a sentir el mismo pánico que en la cúpula, pero amplificado cien veces.

—Estará bien —dijo a la planta que estaba a su lado—. No permitirán que haya disparos en la guardería. Allí hay niños.

Las hojas de color verde fuerte ya empezaban a marchitarse. Seguro que no llevarían la guerra hasta los niños. Ni a los suministros de comida. Ni a las frágiles cúpulas agriculturales. Las manos volvieron a temblarle, pero no tanto como para impedirle conducir.

La primera explosión tuvo lugar mientras bajaba por la rampa del séptimo al octavo nivel, junto a una de las altas cavernas sin terminar donde el hielo de la luna había empezado a gotear y a congelarse de nuevo, lo que le daba una apariencia a medio camino entre una obra de arte y una gran zona verde. Hubo un resplandor, sintió un golpetazo y la moto empezó a derrapar. Un muro se acercaba a él a toda velocidad y Prax estiró la pierna para evitar el impacto. Encima de él oyó gritos. Tropas que irían ataviadas con armaduras y se comunicarían por radio. Eso fue lo que creyó, al menos. Aquellos gritos debían de proferirlos la gente normal. Una segunda explosión retumbó en la pared de la caverna, y un pedazo de hielo cerúleo del tamaño de un tractor se desprendió del techo, cayó lenta e inexorablemente hacia el suelo y se hizo pedazos en él. Prax se esforzó para mantener la moto en pie. Sintió que el corazón se le iba a salir del pecho.

En la parte superior de la rampa curvada, vio unas siluetas con armaduras. No sabía si eran marines de la ONU o de Marte. Uno de ellos se giró hacia él y levantó un rifle. Prax aceleró la moto y bajó por la rampa a toda velocidad. Dejó a su paso el zumbido de las armas automáticas y el olor a vapor y a humo.

Las puertas de la escuela estaban cerradas. Prax no habría sabido decir si era buena o mala señal. Detuvo la moto tambaleante y bajó de ella. Sentía las piernas débiles e inestables. Intentó llamar con tranquilidad a las puertas cerradas de acero, pero con el primer intentó se levantó la piel de los nudillos.

—¡Abrid! ¡Mi hija está ahí dentro! —Sonaba como un loco, pero alguien de dentro lo oyó o lo vio por el monitor de seguridad. Las placas articuladas de acero de la puerta vibraron y empezaron a elevarse. Prax se agachó y se escabulló dentro.

Solo había visto unas pocas veces a la nueva profesora, la señorita Carrie, cuando iba a dejar o a recoger a Mei. No pasaría de los veinte años y tenía la complexión alta y delgada propia de los cinturianos. No la recordaba con aquella expresión tan sombría.

El aula estaba intacta, a pesar de todo. Los niños formaban un círculo y cantaban una canción que hablaba de viajar por el Sistema Solar, en la que se rimaba con el nombre de la mayor parte de los asteroides. No había sangre ni agujeros de bala, pero el olor a plástico quemado empezaba a filtrarse por los conductos de ventilación. Tenía que llevar a Mei a un lugar seguro. Pero no sabía con seguridad dónde. Miró hacia el corro de niños y buscó la cara y el pelo de su hija.

—Mei no está aquí, señor —dijo la señorita Carrie entre susurros, con la voz tensa—. Su madre se la ha llevado esta mañana.

—¿Esta mañana? —preguntó Prax, aunque lo que más le llamó la atención fue lo de «su madre». ¿Qué hacía Nicola en Ganímedes? Había recibido un mensaje suyo sobre el juicio por la manutención dos días antes, y era imposible que hubiera viajado de Ceres a Ganímedes en dos días...

—Poco después del desayuno —explicó la profesora.

—O sea, que la han evacuado. Ha venido alguien y ha evacuado a Mei.

Hubo otra explosión que hizo que el hielo se estremeciera. Un niño soltó un aullido agudo y cargado de miedo. La profesora paseó la mirada entre el niño y él. Cuando volvió a hablar, lo hizo en voz más baja.

—Su madre ha venido justo después del desayuno. Se ha llevado a Mei. No ha estado aquí en todo el día.

Prax sacó su terminal portátil. Seguía sin conexión, pero su fondo de pantalla era una foto del primer cumpleaños de Mei, cuando las cosas todavía iban bien. Parecía que había transcurrido una eternidad. Levantó la foto y señaló a Nicola, que reía mientras sostenía aquella cosita rechoncha y adorable que había sido Mei.

—¿Era ella? —preguntó Prax—. ¿Ha estado ella aquí?

La confusión que vio en la cara de la profesora fue respuesta suficiente. Había habido un error. Alguien, que podría haber sido una nueva niñera, una trabajadora social o algo parecido, había pasado por allí para recoger a un niño y se había confundido.

—Estaba en los registros informáticos —dijo la profesora—. Estaba en el sistema. Su foto estaba allí.

Las luces parpadearon. Cada vez olía más a humo, y los recicladores de aire zumbaban más alto y chisporroteaban para succionar todas las partículas del aire. Un niño cuyo nombre Prax debería haber sabido lloriqueaba, y la profesora se intentó girar hacia él por acto reflejo. Prax la agarró por el codo y tiró con fuerza.

—No, ha cometido un error —dijo él—. ¿A quién ha entregado a Mei?

—¡El sistema confirmaba que era su madre! Tenía identificación. Todo parecía correcto.

Se oyó el sonido entrecortado y amortiguado de una ráfaga de disparos que venía de los pasillos. Alguien gritó fuera y los niños empezaron a chillar. La profesora liberó su brazo. Algo golpeó la puerta cerrada.

—Tendría unos treinta años. Pelo y ojos negros. La acompañaba un doctor, estaba en el sistema y Mei no ha protestado en absoluto.

—¿Se han llevado su medicina? —preguntó él—. ¿Se han llevado su medicina?

—No. No lo sé. No lo creo.

Prax sacudió a la mujer sin querer. Solo una vez, pero con fuerza. Si Mei no tenía su medicina, ya se habría saltado la dosis de mediodía. Puede que solo consiguiera aguantar hasta la mañana siguiente antes de que su sistema inmunológico comenzara a fallar.

—Enséñemela —dijo Prax—. Enséñeme la foto de la mujer que se la ha llevado.

—¡No puedo! ¡El sistema está caído! —gritó la profesora—. ¡Están matando a gente en los pasillos!

El corro de niños se disolvió entre gritos y más gritos. La profesora se echó a llorar y se cubrió la cara con las manos. Parecía que la tristeza emanaba de sus poros. Prax podía sentir un pánico animal saltando por su cerebro. La repentina calma no fue suficiente para obviarlo.

—¿Hay algún túnel de evacuación? —preguntó Prax.

—Nos han dicho que nos quedemos aquí —respondió la profesora.

—Y yo le digo que evacúe —replicó Prax, aunque no dejaba de pensar que tenía que encontrar a Mei.

4

Bobbie

Cuando recuperó la conciencia, fue con dolor y un zumbido recalcitrante. Bobbie parpadeó para intentar despejarse y ver dónde se encontraba. Tenía la vista muy desenfocada. Aquel zumbido resultó ser una alarma de su armadura. Unas luces de colores refulgieron en su cara cuando el visor táctico le mostró unos datos que no era capaz de leer. Se encontraba a mitad de un reinicio y las alarmas se sucedían una detrás de otra. Intentó mover los brazos y llegó a la conclusión de que, aunque se encontraba débil, no estaba paralizada ni inmovilizada. El gel amortiguador de la armadura había vuelto a su estado líquido.

A la luz tenue que era capaz de discernir a través de la protección facial de su casco vio que algo se movía a través del cristal. Una cabeza que oscilaba y no dejaba de entrar y salir de su campo de visión. Luego oyó un chasquido cuando alguien conectó un cable al puerto externo de la armadura. Un médico militar que descargaba los datos sobre su condición física.

Oyó por los altavoces de la armadura una voz masculina y joven que dijo:

—Tranquila, artillera. La tenemos. Todo irá bien. Todo va a ir bien. Aguante.

Todavía no había terminado de pronunciar la última palabra cuando Bobbie se volvió a desmayar.

Despertó dando bandazos por un túnel blanco en una camilla. Ya no llevaba puesta la armadura. Bobbie tenía miedo de que los médicos de campaña no se hubieran tomado el tiempo necesario para quitársela bien y hubieran usado el dispositivo que rompía las junturas y las zonas articuladas. Era una forma sencilla de sacar a un soldado herido de un exoesqueleto acorazado de cuatrocientos kilos, pero el proceso destruía la armadura. Bobbie sintió una punzada de remordimiento ante la posibilidad de perder su vieja y leal amiga.

Un momento después recordó que habían hecho pedazos a los miembros de su pelotón delante de sus narices, y la tristeza por haber perdido su armadura le pareció trivial y ofensiva.

La camilla dio una sacudida y Bobbie sintió un calambre en la espalda que hizo que se volviera a desmayar.

—Sargenta Draper —dijo una voz.

Bobbie intentó abrir los ojos, pero se dio cuenta de que no era capaz. Cada párpado le pesaba una tonelada y el simple hecho de intentarlo la dejó exhausta. Intentó responder a la voz, lo que la hizo sentir sorpresa y vergüenza al mismo tiempo cuando oyó los balbuceos etílicos que salieron de su boca.

—Apenas está consciente —dijo la voz. Era una voz masculina, dulce y grave. Tenía un tono de preocupación, pero también cierta calidez. Bobbie quiso que aquella voz no dejara de hablar hasta que volviera a perder la consciencia.

—Déjala descansar. Intentar que recupere del todo la conciencia en estos momentos puede ser peligroso —advirtió otra voz, esta femenina y aguda.

—No me importa si muere, doctora. Necesito hablar con la soldado y no puedo esperar, así que dele lo que sea para conseguirlo —dijo la voz amable.

Bobbie sonrió para sus adentros, ya que no fue capaz de analizar las palabras que decía aquella bonita voz, solo escuchar su tono amable y educado. Le pareció bonito que alguien así se preocupara por ella. Sintió que iba a volver a desmayarse y saludó a la oscuridad como si se tratara de una vieja amiga.

Un fuego abrasador recorrió la columna vertebral de Bobbie, que se irguió en la cama de un salto, más despierta que nunca en su vida. Era la misma sensación que cuando le inyectaban el zumo, el cóctel de productos químicos que suministraban a los tripulantes de las naves para mantenerlos conscientes y alerta durante las maniobras a alta aceleración. Bobbie abrió los ojos y los volvió a cerrar de improviso cuando la luz blanca y brillante de la habitación casi se los achicharra.

—Apagad las luces —farfulló, con un hilo de voz salido de su garganta seca.

El resplandor rojo que se colaba a través de sus párpados se hizo más débil, pero cuando intentó volver a abrirlos todavía había demasiada luz. Alguien le cogió la mano y se la sostuvo mientras ponía en ella una taza.

—¿Puede sostenerla? —preguntó la voz amable.

Bobbie no respondió. Solo se llevó la taza a la boca y bebió toda el agua de dos sorbos, con desesperación.

—Más —dijo, con una voz que ya se parecía más a la suya.

Oyó el ruido de alguien que arrastraba una silla y luego pasos que resonaban en las baldosas del suelo al alejarse. El breve vistazo que había dado a la estancia le confirmó que se encontraba en un hospital. Podía oír el zumbido eléctrico de las máquinas médicas cerca de ella y oler la disputa que había entre el aroma de los antisépticos y el de la orina. Oyó el sonido de un grifo unos momentos y luego los pasos se acercaron a ella. Le volvieron a poner la taza en la mano y en esta ocasión dio pequeños sorbos y dejó que el agua le recorriera la boca antes de tragarla. Era fresca y deliciosa.

—¿Más? —preguntó aquella voz cuando Bobbie terminó de beber.

Bobbie negó con la cabeza.

—Quizá después —respondió. Y luego añadió—: ¿Estoy ciega?

—No. Se le ha administrado una combinación de drogas de concentración y anfetaminas muy fuerte. Por eso tiene las pupilas tan dilatadas. Perdone por no acordarme de aflojar las luces antes de que despertara.

La voz seguía emanando amabilidad y cordialidad. Bobbie quería ver la cara de aquella persona, por lo que se arriesgó a escudriñar a través de un ojo. La luz no la molestó como antes, pero seguía sintiéndose incómoda. El propietario de aquella voz tan amable resultó ser un hombre alto y delgado con un uniforme de los servicios de inteligencia de la armada. Tenía las facciones muy marcadas, como si la calavera hiciera fuerza para salirse de ella. Le dedicó una sonrisa terrorífica que era poco más que un gesto en las comisuras de sus labios.

—Sargenta de artillería Roberta W. Draper de la Segunda Fuerza Expedicionaria de Infantería de Marina —dijo el hombre. Su voz no encajaba para nada con su apariencia, y Bobbie se sintió como si estuviera viendo una película doblada a partir de otro idioma.

Pasaron varios segundos sin que el hombre dijera nada más, así que Roberta respondió.

—Sí, señor. —Luego miró sus condecoraciones y añadió—: Capitán.

Consiguió abrir los dos ojos sin que le dolieran, pero empezó a sentir un extraño hormigueo en las extremidades que hizo que se le entumecieran y le temblaran al mismo tiempo. Reprimió la necesidad de moverlas.

—Sargenta Draper, soy el capitán Thorsson y estoy aquí para recibir su informe. Hemos perdido a todo su pelotón. Ha tenido lugar una batalla campal de dos días entre las fuerzas de las Naciones Unidas y la República Congresual de Marte en Ganímedes. Los cálculos más recientes estiman unas pérdidas de cinco mil millones de dólares en daños estructurales para la RCM y también la muerte de casi tres mil militares y civiles.

Volvió a hacer una pausa, sin dejar de mirarla con unos ojos entrecerrados que brillaban como los de una serpiente. Bobbie no estaba segura de qué esperaba que respondiera.

—Sí, señor —se limitó a decir.

—Sargenta Draper, ¿podría explicarme por qué su pelotón disparó y destruyó el puesto de avanzada militar de la ONU en la cúpula catorce?

La pregunta era tan ilógica para ella que Bobbie dedicó varios segundos a tratar de averiguar qué significado real tenía.

—¿Quién le dio la orden de empezar a disparar y por qué?

Era imposible que estuviera preguntando por qué los soldados habían empezado la trifulca. ¿No sabía nada del monstruo?

—¿No sabe nada del monstruo?

El capitán Thorsson no se movió, pero arrugó las comisuras de sus labios y frunció tanto el ceño que le aparecieron arrugas en la frente.

—Monstruo —repitió él, sin perder ni un ápice de calidez en la voz.

—Señor, era una especie de monstruo... un mutante... Atacó el puesto de avanzada de la ONU. Las tropas de la ONU se replegaron hacia nuestra posición. No les disparábamos a ellos. Esa... Esa cosa fue la que los mató y luego nos mató a nosotros —dijo Bobbie, entre náuseas y pausas para tragar el sabor agrio de su boca—. A todos menos a mí, quiero decir.

Thorsson frunció el ceño unos instantes y luego metió una mano en un bolsillo para sacar una pequeña grabadora digital. La apagó y la puso en una bandeja al lado de la cama de Bobbie.

—Sargenta, voy a darle una segunda oportunidad. Hasta ahora, su hoja de servicio ha sido ejemplar. Es una buena marine. Una de las mejores que tenemos. ¿Le gustaría volver a empezar su declaración?

Cogió la grabadora y puso un dedo encima del botón de borrar mientras le dedicaba una mirada cómplice.

—¿Cree que miento? —preguntó ella. El cosquilleo de sus extremidades se convirtió en la necesidad de estirar una mano y arrancar el brazo de aquel gilipollas engreído de codo para abajo—. Todos le disparamos. Tendrá las grabaciones de las armas de todo el pelotón, en las que podrá ver cómo aquella cosa mataba a los marines de la ONU para luego atacarnos. Señor.

Thorsson negó con su cabeza alargada y entrecerró los ojos hasta que casi desaparecieron.

—No hay transmisiones del pelotón durante todo el combate. Y tampoco se subieron datos a la red...

—Algo las interfirió —lo interrumpió Bobbie—. Yo también perdí la conexión de radio cuando me acerqué al monstruo.

Thorsson continuó como si Bobbie no hubiera dicho nada.

—Y todos nuestros activos en la zona se perdieron cuando la estructura de un espejo orbital cayó sobre la cúpula. Usted se encontraba fuera de la zona de impacto, pero la onda expansiva la desplazó un cuarto de kilómetro, aproximadamente. Nos llevó tiempo encontrarla.

«Todos nuestros activos en la zona se perdieron.» Qué manera tan aséptica de describirlo. Los integrantes del pelotón de Bobbie se convirtieron en vapor y chatarra cuando varios miles de toneladas del espejo cayeron hacia ellos desde la órbita. Uno de los monitores comenzó a emitir un aviso constante a volumen bajo, pero nadie pareció prestarle atención, así que ella tampoco lo hizo.

—Mi armadura, señor. También grabé con ella. El vídeo tiene que seguir ahí.

—Sí —respondió Thorsson—. Hemos examinado el registro de vídeo de su armadura. Solo hay estática.

«Esto parece una película de miedo de las malas», pensó Bobbie. Se sentía como la heroína que ve al monstruo, pero nadie más la cree. Se imaginó cómo sería el segundo acto, en el que sería juzgada en un consejo de guerra y caería en desgracia, para luego conseguir la redención en el tercer acto, cuando apareciera de nuevo el monstruo y matara a todos aquellos que no la creyeron...

—¡Un momento! —exclamó—. ¿Qué tipo de descomprensión se ha usado? Mi armadura es un modelo antiguo. Usa la versión 5.1 de compresión de vídeo. Dígaselo a los técnicos para que vuelvan a intentarlo.

Thorsson la miró durante unos instantes. Luego sacó su terminal portátil y llamó a alguien.

—Traiga la armadura de la sargenta Draper a su habitación. Y mande venir también a un técnico con las herramientas de vídeo.

Dejó a un lado el terminal y dedicó a Bobbie otra de aquellas sonrisas terroríficas.

—Sargenta, admito que tengo muchísima curiosidad por saber qué es lo que quiere que vea. Si esto sigue siendo alguna clase de estratagema, solo conseguirá retrasar todo unos momentos.

Bobbie no respondió, pero su reacción a la actitud de Thorsson había pasado del temor al enfado y la irritación. Se incorporó en la estrecha cama del hospital y se giró a un lado para sentarse en el borde, mientras apartaba a un lado la manta. Debido a su tamaño, cuando los hombres la tenían tan cerca o se asustaban o se ponían cachondos, lo que en cualquier caso los incomodaba. Se inclinó un poco hacia Thorsson y se alegró al ver que él echaba atrás la silla justo la misma distancia.

Bobbie vio en la expresión disgustada de su cara que el capitán comprendió al instante lo que acababa de ocurrir, y apartó la mirada mientras ella sonreía.

Se abrió la puerta de la habitación y entró una pareja de técnicos de la armada que empujaban un estante con ruedas en el que reposaba la armadura de Bobbie. Estaba intacta. No la habían desmontado al quitársela. Se le hizo un nudo en la garganta que tuvo que tragarse. No pensaba mostrar ni el menor atisbo de debilidad delante de aquel payaso de Thorsson.

Aquel payaso señaló al técnico de mayor rango.

—Usted. ¿Cómo se llama? —preguntó.

El joven técnico realizó un saludo militar apresurado.

—Suboficial electricista Singh, señor.

—Señor Singh, la sargenta Draper dice que su armadura utiliza una compresión diferente a la de las nuevas y que por eso no hemos podido abrir sus archivos de vídeo. ¿Es correcto?

Singh se dio un manotazo en la frente.

—Joder, claro —dijo—. No había pensado... Es la vieja armadura Mark III Goliath. Cuando empezaron a fabricar la Mark IV, reescribieron el *firmware* por completo. Usa un sistema de almacenamiento de vídeo completamente diferente. Vaya, menudo estúpido estoy hecho...

—Sí —interrumpió Thorsson—. Haga lo que tenga que hacer para que podamos ver el vídeo almacenado en esa armadura. Cuanto antes lo haga, menos tiempo tendré que pensar en el retraso provocado por su incompetencia.

Bobbie tuvo que reconocer a Singh el acierto de no responder. El electricista conectó la armadura a un monitor y empezó a trabajar al momento. Bobbie la examinó. Tenía muchos arañazos y abolladuras, pero, por lo demás, no parecía haber sufrido daños. Le dieron muchas ganas de ponérsela y dejar bien claro a Thorsson por dónde podía meterse aquella actitud.

Volvió a sentir unos temblores en los brazos y piernas. Algo le palpitaba en el cuello, como latidos de un animal pequeño. Extendió la mano y se lo tocó. Eran sus pulsaciones. Justo cuando iba a decir algo, el técnico levantó un puño en señal de victoria y chocó los cinco con su ayudante.

—Hecho, señor —dijo Singh, y accionó la reproducción.

Bobbie intentó mirar, pero la imagen aún se le hacía borrosa. Acercó la mano al brazo de Thorsson para llamar su atención, pero por algún motivo erró el tiro y empezó a caer hacia delante.

«Allá vamos otra vez», pensó, y hubo unos instantes de caída libre antes de la oscuridad.

—Me cago en Dios —dijo la voz aguda—. Joder, es que te dije que podría pasar algo así. Esta soldado tiene heridas internas y una conmoción cerebral muy fea. No puedes atiborrarla de anfetas y ponerte a interrogarla. Es una irresponsabilidad. ¡Eso es maltrato, coño!

Bobbie abrió los ojos. Volvía a estar echada en la cama. Thorsson estaba sentado en una silla a su lado. Una mujer rubia y fornida con ropa de hospital se encontraba a los pies de la cama, enfadada y con la cara roja. Cuando vio que Bobbie despertaba, se acercó a un lado y la cogió de la mano.

—Sargenta Draper, no intente moverse. Se ha caído y algunas de sus heridas se han agravado. Hemos conseguido estabilizarla, pero necesita descansar.

La doctora miraba a Thorsson mientras decía aquello, colocando signos de exclamación en todas las frases con los gestos de su cara. Bobbie asintió, lo que la hizo sentir como si su cabeza fuera un recipiente de agua que diera bandazos a gravedad cambiante. Que no le doliera sugería que le habían administrado todos los analgésicos que tenían.

—La ayuda de la sargenta Draper ha sido crucial —dijo Thorsson, sin un atisbo de remordimiento en la voz—. Gracias a ella es posible que hayamos conseguido evitar una guerra abierta con la Tierra. Arriesgar su vida para que otros no tengan que hacerlo viene a ser la definición del trabajo de Roberta.

—No me llame Roberta —farfulló Bobbie.

—Artillera —dijo Thorsson—. Siento lo que le ha ocurrido a su equipo, pero siento más no haberla creído. Gracias por responder con profesionalidad. Gracias a ello hemos evitado cometer un error garrafal.

—Más que nada, es que pensaba que era un gilipollas —respondió Bobbie.

—Ese es mi trabajo, soldado. —Thorsson se levantó—. Descanse. La pondremos en una nave tan pronto como se encuentre bien para realizar el viaje.

—¿Una nave? ¿De regreso a Marte?

Thorsson no respondió. Asintió a la doctora y luego se marchó. La doctora pulsó un botón de una de las máquinas que estaban junto a la cama de Bobbie, que sintió que le inyectaban algo frío en el brazo. Se apagaron las luces.

«Gelatina. ¿Por qué siempre dan de comer gelatina en los hospitales?»

Bobbie atacó de forma errática con el tenedor-cuchara aquel montículo tembloroso y verde que tenía en el plato. Por fin tenía ganas de comer de verdad, y la comida blanda y transparente que le servían cada vez le gustaba menos. Hasta la bazofia alta en proteínas y carbohidratos que servían en la mayor parte de las naves de la armada le apetecía más. O un grueso filete de setas recubierto de salsa y cuscús para acompañar...

Se abrió la puerta de la habitación y entraron la doctora, que ahora sabía que se llamaba Trisha Pichon —aunque insistía en que todo el mundo la llamara doctora Trish—, el capitán Thorsson y un hombre nuevo que no conocía. Thorsson le dedicó aquella sonrisa terrorífica suya, pero Bobbie ya había aceptado que la cara de aquel hombre era así. Era como si le faltaran los músculos necesarios para gesticular una sonrisa normal. El hombre nuevo llevaba un uniforme de capellán militar de una afiliación religiosa indeterminada.

La doctora Trish fue la primera en hablar.

—Buenas noticias, Bobbie. Mañana te daremos el alta. ¿Qué tal te sientes?

—Bien. Tengo hambre —respondió Bobbie antes de volver a apuñalar la gelatina.

—Entonces vamos a intentar traerte algo de comida de verdad —dijo la doctora Trish. Luego sonrió y se marchó de la habitación.

Thorsson señaló al capellán.

—Este es el capitán Martens. Nos acompañará en nuestro viaje. Los dejo solos para que se conozcan.

Thorsson se marchó antes de que Bobbie pudiera responder,

y Martens se dejó caer en la silla que había junto a su cama. Extendió la mano y ella se la estrechó.

—Hola, sargenta —dijo—. He...

—Cuando marqué la opción «ninguna» en el formulario 2790 sobre creencias religiosas, no estaba de broma —lo interrumpió Bobbie.

Martens sonrió; al parecer no se había ofendido por la interrupción ni por el agnosticismo de Bobbie.

—No estoy aquí como hombre de fe, sargenta. También tengo estudios de psicoterapia y, dado que presenció la muerte de todos los integrantes de su unidad y ha estado a punto de morir, el capitán Thorsson y la doctora pensaron que quizá necesitara mi ayuda.

Bobbie estuvo a punto de responder con desdén, pero sintió un dolor en el pecho y no lo hizo. Bebió un largo trago de agua para evitar quedar en evidencia.

—Estoy bien. Gracias por venir —dijo luego.

Martens se reclinó en la silla, sin dejar de sonreír.

—Si estuviera bien después de todo por lo que acaba de pasar, sería un síntoma de que algo anda mal. Y está a punto de experimentar una situación en la que se enfrentará a mucha presión intelectual y emocional. Cuando lleguemos a la Tierra, no podrá permitirse sufrir ataques emocionales ni síntomas derivados del trastorno por estrés postraumático. Tenemos mucho trabajo que...

—¿A la Tierra? —repitió Bobbie, sorprendida—. Un momento. ¿Para qué voy a ir yo a la Tierra?

5

Avasarala

Chrisjen Avasarala, ayudante de la subsecretaría de administración ejecutiva, estaba sentada en un extremo de la mesa. Llevaba un sari naranja, la única salpicadura de color entre los tonos militares azul grisáceo de la reunión. Los otros siete que se sentaban a la mesa eran los líderes de sus respectivos departamentos militares de la Organización de las Naciones Unidas, y todos eran hombres. Avasarala conocía sus nombres, currículos, perfiles psicológicos, salarios, aliados políticos y hasta con quiénes se acostaban. En la pared del fondo, los ayudantes personales y los empleados de la ONU estaban quietos e intranquilos, como adolescentes tímidos en un baile. Avasarala sacó un pistacho de su bolso, abrió la cáscara con discreción y se metió en la boca el fruto salado.

—Cualquier reunión con altos cargos de Marte va a tener que esperar hasta que la situación de Ganímedes esté controlada. Cualquier conversación diplomática oficial que tenga lugar antes solo servirá para dar la impresión de que hemos aceptado la nueva situación. —El que hablaba era el almirante Nguyen, el más joven de todos los presentes. Con determinación militar. Regocijándose en sus palabras, como solían hacer todos los hombres jóvenes que alcanzaban el éxito.

El general Adiki-Sandoval asintió con su cara ancha como la de un toro.

—Estoy de acuerdo. Marte no es lo único que tenemos que

tener en cuenta. Si empezamos a menospreciar a la Alianza de Planetas Exteriores, no les quepa duda de que habrá un incremento de actividades terroristas.

Mikel Agee, de los cuerpos diplomáticos, se reclinó en la silla y se humedeció los labios con impaciencia. Llevaba el pelo engominado y peinado hacia detrás, y tenía la cara enjuta, rasgos que le daban el aspecto de una rata con apariencia humana.

—Caballeros, debo expresar mi desacuerdo con...

—Claro, cómo no —dijo el general Nettleford en tono seco.

Agee lo ignoró.

—Reunirnos con Marte en este punto es un primer paso muy necesario. Si empezamos a poner prerrequisitos y obstáculos, el proceso durará más tiempo y aumentarán las posibilidades de que se retomen las hostilidades. Si conseguimos reducir un poco la presión y cambiar de marcha...

El almirante Nguyen asintió con cara inexpresiva. Luego habló con tono coloquial.

—¿Los diplomáticos no tienen metáforas más recientes que el motor de combustión interna?

Avasarala rio entre dientes con los demás. Tampoco tenía a Agee en muy alta estima.

—Marte ya ha dejado claro cuál es su prioridad —dijo el general Nettleford—. Creo que lo mejor que podemos hacer es retirar la Séptima de la estación Ceres y embarcarla. Sentarnos a esperar y ver si los marcianos se retiran de Ganímedes.

—¿Quiere enviarlos al sistema joviano? —preguntó Nguyen—. ¿O se refiere a meterlos hacia Marte?

—Traerlos de vuelta hacia la Tierra se verá casi igual que enviarlos a Marte —dijo Nettleford.

Avasarala carraspeó.

—¿Hay nueva información sobre quién atacó primero? —preguntó.

—Los técnicos trabajan en ello —dijo Nettleford—. Pero eso confirma lo que digo. Si Marte está usando Ganímedes para probar nuevas tecnologías, no podemos permitir que controlen los tiempos. Tenemos que añadir una amenaza propia al tablero.

—¿Se sabe si era la protomolécula? —preguntó Agee—. Quiero decir, ¿está relacionado con aquella cosa que dio al traste con Eros?

—Trabajan en ello —repitió Nettleford, rumiando un poco las palabras—. Hay algunas similitudes muy obvias, pero también algunas diferencias. No se reproducía igual que en Eros. Los habitantes de Ganímedes no han cambiado como ocurrió en Eros. Las imágenes de satélite que tenemos nos confirman que se dirigió a territorio marciano y allí se autodestruyó o se encargaron de ello sus tropas. Si es algo relacionado con Eros, parece que se ha mejorado.

—Así que Marte tenía una muestra y ha conseguido convertirla en un arma —dijo el almirante Souther. No hablaba mucho. Avasarala siempre olvidaba lo alta que sonaba su voz.

—Es una posibilidad —dijo Nettleford—. Una muy probable.

—Miren —dijo Nguyen con una sonrisilla autocomplaciente, como la de un niño que sabe que se saldrá con la suya—, sé que somos los que hemos recibido el primer golpe, pero tenemos que considerar cuáles son los límites de nuestras represalias. Si se trata de un ensayo para algo más grande, esperar puede llegar a ser igual de suicida que tirarnos por una esclusa de aire.

—Deberíamos reunirnos con Marte —dijo Avasarala.

La habitación quedó en silencio. La cara de Nguyen se ensombreció.

—¿Se refiere...? —empezó a decir, pero no terminó la frase.

Avasarala vio cómo los hombres se miraban unos a otros. Cogió otro pistacho de su bolso, se comió el fruto y guardó las cáscaras. Agee intentaba ocultar su cara de satisfacción. Tenía que descubrir quién había usado su influencia para ponerlo al frente de los cuerpos diplomáticos. Era una elección horrible.

—La seguridad va a ser un problema —dijo Nettleford—. No vamos a permitir que ninguna de sus naves entre en nuestro perímetro efectivo de defensa.

—Pues no podemos permitir que nos impongan sus condiciones. Si esa reunión va a tener lugar, tiene que ser aquí, donde podamos tener el control.

—¿Los estacionamos a una distancia de seguridad y que los recojan nuestros transportes?

—Nunca aceptarán algo así.

—Pues preguntémosles a qué estarían dispuestos.

Avasarala se levantó en silencio y se dirigió hacia la puerta. Su ayudante personal, un chico europeo llamado Soren Cottwald, se alejó de la pared del fondo y la siguió. Los generales hicieron como si no la hubieran visto marchar, o quizás estuvieran tan ensimismados con los nuevos problemas que acababa de echarles encima, que ni se dieron cuenta. En todo caso, Avasarala estaba segura de que se alegrarían de su partida tanto como ella de marcharse de aquel lugar.

Los pasillos del complejo de Naciones Unidas de La Haya eran limpios y amplios, decorados con una sencillez que hacía que todo pareciera un diorama de las colonias portuguesas de 1940 expuesto en un museo. Se detuvo delante de la unidad de reciclado orgánico y empezó a rebuscar en su bolso para coger las cáscaras.

—¿Qué me toca ahora? —preguntó.

—Reunión informativa con el señor Errinwright.

—¿Y después?

—Con Meeston Gravis a cuenta del problema de Afganistán.

—Cancélala.

—¿Qué excusa le pongo?

Avasarala se sacudió las manos sobre la unidad, luego se giró y se apresuró hacia las zonas comunes y los ascensores.

—Que se joda —respondió—. Dile que los afganos llevan resistiéndose a que los gobierne una fuerza exterior desde antes de que mis ancestros echaran a patadas a los británicos. Y que cuando descubra la manera de hacer que eso cambie, se lo haré saber.

—Sí, señora.

—Además, necesitaré un resumen actualizado de la situación en Venus. El más reciente. Y no tengo tiempo de sacarme otro doctorado para leerlo, así que si no está en un lenguaje claro y conciso, despide al hijo de puta y contrata a alguien que sepa escribir.

—Sí, señora.

El ascensor que llevaba desde el vestíbulo de las zonas comunes y las salas de reunión hasta los despachos brillaba como un diamante pulido engarzado en acero y tenía el tamaño suficiente para acoger una cena para cuatro. Al entrar, el ascensor los reconoció y empezó a ascender a los niveles superiores poco a poco. A través de las ventanas de las zonas comunes, daba la impresión de que el Binnenhof se hundía entre el hormiguero gigante que formaban el resto de edificios de La Haya bajo un perfecto cielo azul. Era primavera, y la nieve que había adornado la ciudad desde diciembre por fin había desaparecido. Las palomas revoloteaban por las calles mucho más abajo. El planeta estaba habitado por unos treinta mil millones de personas, pero nunca habría más humanos que palomas.

—Es que todos son hombres, joder —dijo Avasarala.

—¿Perdone? —preguntó Soren.

—Los generales. Todos son hombres, joder.

—Creo que Souther es el único que...

—Da igual que le guste follarse a otros hombres. ¿Cuánto hace que una mujer estuvo al mando de las fuerzas armadas? Nunca en todo el tiempo que llevo aquí. Y así estamos, otro ejemplo más de lo que ocurre en política cuando hay demasiada testosterona en el ambiente. Lo que me recuerda: ponte en contacto con Annette Rabbir de infraestructuras. No confío en Nguyen. Si empieza a haber contactos entre él y cualquiera de los de la asamblea general, quiero saberlo.

Soren carraspeó.

—Disculpe, señora. ¿Me acaba de dar la orden de espiar al almirante Nguyen?

—No, acabo de pedirte una auditoría completa del tráfico de la red, aunque todo lo que no venga del despacho de Nguyen me va a importar un carajo.

—Claro. Perdone por no haberla entendido bien.

El ascensor dejó abajo las ventanas y las vistas de la ciudad y entró en el hueco oscuro de los niveles de los despachos privados. Avasarala se hizo estallar los nudillos.

—Aunque, por si acaso —dijo—, que sea por iniciativa tuya.

—Sí, señora. Eso pensaba también.

Para aquellos que solo conocían a Avasarala por su reputación, su despacho era tan modesto que decepcionaba. Se encontraba en el ala este del edificio, donde solían empezar los oficiales de menos rango. Tenía una ventana que daba a la ciudad, pero no hacía esquina. Había una pantalla de vídeo apagada que ocupaba la mayor parte de la pared sur y tenía un color negro mate cuando estaba apagada. El resto de paredes estaban cubiertas con paneles de bambú. La moqueta era delgada y estampada para ocultar las manchas. El único elemento decorativo era una pequeña capilla con una escultura de arcilla del Buda Gautama al lado de su escritorio y una vasija de vidrio decorada con las flores que su marido, Arjun, le enviaba cada jueves. El despacho olía a flores frescas y a humo de pipa vieja, aunque Avasarala nunca fumaba allí dentro y no tenía constancia de que otra persona lo hiciera. A sus pies, la ciudad se extendía entre hormigón y vetustas piedras.

En el cielo del atardecer, Venus refulgía.

En los doce años que llevaba trabajando en ese escritorio, en ese despacho, todo había cambiado. La alianza entre la Tierra y su hermano advenedizo había llegado a parecer eterna e inquebrantable. El Cinturón no había parecido más que una pequeña molestia y un refugio para las pequeñas células de renegados y alborotadores que tenían las mismas probabilidades de morir por el mal funcionamiento de una nave que de caer en manos de la justicia. La humanidad había estado sola en el universo.

Pero luego llegó aquel descubrimiento secreto de que Febe, la peculiar luna de Saturno, era en realidad un arma alienígena que se había lanzado a la Tierra cuando la vida allí era poco más que una idea interesante envuelta en una bicapa lipídica. ¿Cómo no iba a cambiar todo después de aquello?

Pero la verdad era que no había cambiado. Era cierto que la Tierra y Marte no tenían muy claro si habían pasado a ser enemigos mortales o seguían como aliados permanentes. Y que la APE, la Hezbolá del vacío, iba camino de convertirse en una fuerza política real en los planetas exteriores. Y que aquella cosa que pretendía transformar la biosfera primitiva de la Tierra se había hecho con un asteroide para dirigirlo hacia las nubes de Venus y ponerse a hacer algo que todos desconocían.

Pero las estaciones seguían su curso. La política seguía su curso. Y el lucero del alba no había dejado de brillar en aquellos cielos añiles, más incluso que las mayores ciudades de la Tierra.

Había días en que aquello la tranquilizaba.

—El señor Errinwright —dijo Soren.

Avasarala se giró hacia la pantalla apagada de la pared mientras esta se encendía. Sadavir Errinwright tenía la piel más oscura que ella y la cara redonda y tersa. Nadie lo habría mirado dos veces en el Punyab, pero tenía en su voz aquel tono irónico, frío y analítico de los británicos. Llevaba un traje negro y una corbata estrecha y elegante. Estaba en un lugar en el que brillaba la luz del Sol. La conexión no dejaba de titubear para equilibrar las diferencias de luz, lo que a veces lo hacía parecer una sombra en un despacho gubernamental y otras, un hombre dentro de un halo de luz.

—Espero que la reunión haya ido bien.

—Ha ido bien —respondió Avasarala—. Hemos decidido llevar a cabo la cumbre con Marte. Ya se preparan las medidas de seguridad.

—¿Ese ha sido el consenso?

—Cuando les he dicho que lo era, sí. Los marcianos van a enviar a sus hombres más importantes para reunirse con los oficiales de la ONU, presentarles sus disculpas en persona y llegar a un acuerdo para normalizar las relaciones y devolver Ganímedes a su blablablá. ¿Bien?

Errinwright se rascó la barbilla.

—No creo que nuestros análogos de Marte lo vean así —dijo.

—Pues que protesten. Enviaremos notas de prensa beligerantes y amenazaremos con cancelar la reunión hasta el último minuto. El drama es algo maravilloso. Más que maravilloso, es una buena distracción. Pero no deje que ese cabeza de chorlito hable de Venus o de Eros.

La crispación de Errinwright fue casi subliminal.

—Por favor, ¿podría no referirse al secretario general como ese «cabeza de chorlito»?

—¿Por qué no? Sabe que lo llamo así. Se lo he dicho a la cara y le da igual.

—Cree que es de broma.

—Porque es un puto cabeza de chorlito. No deje que diga nada de Venus.

—¿Y los vídeos?

Era una buena pregunta. Fuera lo que fuese lo que había atacado Ganímedes, el problema había comenzado en la zona protegida por las Naciones Unidas. Si los rumores interceptados eran de fiar, que no lo eran, Marte solo tenía la cámara de la armadura de un marine. Avasarala tenía siete minutos de vídeo en alta definición de cuarenta cámaras diferentes en los que aquella cosa acababa con la vida de la gente que la Tierra tenía allí. Incluso si podían convencer a los marcianos de enterrar el asunto, iba a ser una gesta muy complicada.

—Déjeme hasta la reunión —dijo Avasarala—. Deje que vea lo que dicen y cómo lo dicen. Después sabré qué hacer. Si es un arma de Marte, se les notará en los temas que pongan sobre la mesa.

—Entiendo —dijo Errinwright despacio. Por lo tanto, no era así.

—Señor, con todos mis respetos —dijo ella—, por el momento este tema debe quedar entre la Tierra y Marte.

—Una situación dramática entre las dos mayores potencias militares del sistema. ¿Es eso lo que queremos? ¿Cómo puede estar de acuerdo con algo así?

—Recibí un aviso de Michael-Jon de Uturbé en el que se me informaba de que la actividad de Venus había aumentado justo en el momento en que comenzaron los disparos en Ganímedes. No se trató de un pico muy pronunciado, pero ocurrió. Y que haya actividad en Venus justo en el momento en el que aparece en Ganímedes algo muy parecido a la protomolécula sí que es un problema.

Dejó que sus palabras calaran antes de continuar. Los ojos de Errinwright se movían, como si leyera algo en el aire. Era un gesto que hacía siempre que estaba concentrado.

—No es la primera vez que hacemos sonar los tambores de guerra —continuó—. Y hemos sobrevivido. Sabemos cómo afrontarlo. Tengo una carpeta con novecientas páginas de análisis y planes de contingencia en caso de un conflicto con Marte, y hasta catorce escenarios diferentes sobre qué hacer si desarrollan una nueva tecnología inesperada. Pero la carpeta que me dice qué hacer en caso de que aparezca algo en Venus solo tiene tres páginas y la primera de ellas empieza diciendo: «Primer paso: Encontrar a Dios.»

Errinwright estaba serio. Detrás de ella oyó a Soren, del que emanaba un silencio diferente y más inquieto del que estaba acostumbrada. Avasarala había puesto sus cartas sobre la mesa y expresado sus miedos.

—Hay tres opciones —dijo con suavidad—. La primera es que sea cosa de Marte, lo que daría lugar a una guerra. Podemos hacernos cargo de ello. La segunda es que sea cosa de otros, lo que no deja de ser desagradable y peligroso, pero resoluble. La tercera es que la protomolécula actúe por cuenta propia. Ahí sí que no tendríamos nada.

—¿Intentará añadir páginas a esa carpeta tan delgada? —preguntó Errinwright. Parecía que hablaba a la ligera, pero no era así.

—No, señor. Lo que haré será descubrir a cuál de esos tres casos nos enfrentamos y, si es alguno de los dos primeros, resolveré el problema.

—¿Y si es el tercero?

—Me jubilaré —respondió—. Dejaré que ponga a cargo de esta misión a cualquier otro idiota.

Errinwright la conocía lo suficiente como para notar el tono jocoso de su voz. Sonrió y se estiró la corbata con gesto distraído. Era uno de sus gestos delatores. Estaba tan nervioso como ella. Nadie que no lo conociera podría haberlo sabido.

—Es muy arriesgado. No podemos permitir que el conflicto de Ganímedes vaya a más.

—No dejaré que pase de ser una distracción —dijo Avasarala—. Nadie va a empezar una guerra sin mi consentimiento.

—Querrá decir a menos que el secretario general expida la orden ejecutiva y la asamblea general vote a favor.

—Y seré yo la que le diga cuándo es el momento de hacerlo —respondió ella—. Pero si quiere, puede ser usted quien le dé la noticia. Oír estas cosas de una abuelita como yo le encoge la polla.

—Y no queremos que eso ocurra, claro. Infórmeme de lo que descubra. Hablaré con los redactores de discursos para que el texto del anuncio no se salga de guion.

—Y si alguien filtra esos vídeos del ataque, tendrá que vérselas conmigo —sentenció Avasarala.

—Si alguien los filtra, será culpable de traición, lo juzgará un tribunal legítimo y lo condenará a cadena perpetua en la Colonia Penal de la Luna.

—Suficiente.

—No se me aleje ahora, Chrisjen. Estamos en crisis. Cuantas menos sorpresas haya, mejor.

—Sí, señor —respondió ella.

La conexión se cortó y la pantalla volvió a apagarse. Avasarala vio su reflejo, una mancha naranja coronada por el color gris de su pelo. Soren era un borrón de color caqui y blanco.

—¿Quieres tener más trabajo?

—No, señora.

—Pues lárgate de aquí.

—Sí, señora.

Oyó sus pasos marchándose tras ella.

—¡Soren!

—¿Señora?

—Consígueme una lista de todas las personas que testificaron en las audiencias del incidente de Eros. Y somete sus declaraciones a un análisis neuropsíquico, si es que no se ha hecho ya.

—¿Quiere las transcripciones?

—Sí, también.

—Se lo conseguiré lo más pronto posible.

La puerta se cerró detrás de él, y Avasarala se hundió en la silla. Le dolían los pies, y el presentimiento de un dolor de cabeza que tenía desde la mañana estaba dando un paso adelante y carraspeando. El Buda le sonrió con serenidad y ella rio entre dientes, como si compartieran un chiste privado. Solo quería volver a casa, sentarse en el porche y escuchar a Arjun practicar con el piano.

Pero en lugar de eso...

Solía usar su terminal portátil y no los sistemas del despacho para llamar a Arjun. Era un impulso supersticioso el que hacía que quisiera mantenerlos separados, hasta en las cosas más pequeñas como aquella. Arjun aceptó la conexión al instante. Tenía la cara angulosa y una barba corta que ya era blanca casi del todo. Sus ojos siempre irradiaban alegría, incluso cuando lloraba. El simple hecho de mirarlo provocaba a Avasarala una sensación de bienestar en el pecho.

—Voy a llegar tarde a casa —dijo Avasarala, arrepintiéndose al momento del tono inexpugnable que había usado.

Arjun asintió con la cabeza.

—Caramba, no me lo esperaba para nada —dijo él. Hasta siendo sarcástico, sonaba amable—. ¿Has tenido que usar mucho la máscara hoy?

Él lo llamaba la máscara. Como si la Avasarala que se enfrentara al mundo fuera mentira y la que hablaba con él o la que jugaba a pintar con sus nietas fuera la auténtica. Ella pensaba que se equivocaba, pero la ficción era tan reconfortante que siempre le había seguido el juego.

—Hoy, muchísimo. ¿Tú, qué haces, amor?

—Leo el borrador de la tesis de Kukurri. Todavía le falta trabajo.

—¿Estás en tu despacho?

—Sí.

—Deberías salir al jardín —dijo ella.

—¿Porque es donde querrías estar tú? Podemos ir juntos cuando vuelvas.

Avasarala suspiró.

—Puede que llegue muy tarde —respondió.

—Despiértame e iremos.

Tocó la pantalla y él sonrió como si hubiera sentido aquella caricia. Avasarala se desconectó. Tenían la costumbre desde hacía mucho tiempo de no despedirse. Era una de aquellas miles de costumbres personales que eran resultado de décadas de matrimonio.

Avasarala se giró hacia los sistemas de su escritorio y abrió el análisis táctico de la batalla de Ganímedes, los perfiles de los militares más destacados de Marte y el programa principal de la reunión, del que los generales ya habían rellenado la mitad desde que se había marchado de la conferencia. Sacó un pistacho del bolso, abrió la cáscara y se dispuso a empaparse con toda aquella información para desgranarla poco a poco. Por la ventana que tenía detrás, el resto de estrellas se abrían paso a través de la contaminación lumínica de La Haya, pero lo que brillaba con más fuerza era Venus.

6

Holden

Holden soñaba con pasillos largos y enrevesados llenos de monstruosidades casi humanas, pero un zumbido muy alto lo despertó. Estaba a oscuras en un camarote. Se revolvió durante unos instantes entre unos amarres a los que no estaba acostumbrado y luego los desabrochó y comenzó a flotar en microgravedad. La consola de pared volvió a sonar. Holden se impulsó en la cama para llegar a ella y pulsó el botón para encender las luces del camarote. Era pequeño. Tenía un asiento de colisión de unos setenta años de antigüedad encima de una taquilla para los enseres personales que estaba empotrada contra el mamparo, un retrete y un lavabo en una esquina y, enfrente del catre, una consola de pared con el nombre *Sonámbulo* grabado encima.

La consola sonó por tercera vez. Holden pulsó el botón de responder.

—¿Dónde estamos, Naomi? —dijo.

—Última frenada antes de llegar a órbita alta. No te lo vas a creer, pero nos han puesto en cola.

—¿En cola? ¿Estamos en una fila?

—Eso mismo —respondió Naomi—. Creo que están abordando todas las naves que van a atracar en Ganímedes.

«Mierda.»

—Mierda. ¿Qué bando?

—¿Acaso importa?

—Bueno —respondió Holden—. La Tierra me busca por el

robo de varios miles de misiles nucleares y por haberlos puesto en manos de la APE. Y Marte por robar una de sus naves. Supongo que las condenas serán diferentes en cada caso.

Naomi rio.

—En cualquiera de ellos te encerrarían por toda la eternidad.

—Pues, entonces, era pura pedantería.

—El grupo con el que hacemos cola parece de naves de la ONU, pero hay una fragata marciana parada a su lado, observando los registros.

Holden rezó en silencio para agradecer haberle pedido a Fred Johnson en Tycho usar la recién reparada *Sonámbulo* para ir a Ganímedes en lugar de intentar aterrizar con la *Rocinante*. Aquel carguero era la nave menos sospechosa de la flota de la APE en esos momentos. Llamaría mucho menos la atención que su nave de guerra marciana robada. Habían dejado la *Roci* aparcada a un millón de kilómetros de Júpiter, en un lugar donde era muy improbable que mirara nadie. Alex había apagado todos los sistemas de la nave excepto el reciclado de aire y los sensores pasivos, y seguro que estaba en su camarote con el radiador encendido y debajo de una montaña de mantas mientras esperaba recibir su llamada.

—Vale. Voy para arriba. Envía un mensaje láser a Alex y dile cómo va la cosa. Si nos arrestan, que vuelva a llevar la *Roci* a Tycho.

Holden abrió la taquilla de debajo del catre y sacó un mono verde que le quedaba fatal; tenía la palabra «*Sonámbulo*» en la espalda y el nombre «Philips» en el bolsillo delantero. Según los registros de la nave, proporcionados por la magia de los técnicos de Tycho, Holden era el tripulante de cabina Walter Philips, ingeniero y manitas del carguero de alimentos *Sonámbulo*. También era el tercero de a bordo de una tripulación de tres. Dada la reputación que Holden tenía en el Sistema Solar, habían pensado que sería mejor que no ocupara un puesto en la nave en el que tuviera que hablar con alguien con autoridad.

Se lavó en el pequeño lavabo (que no tenía agua, sino un sistema que dispensaba toallitas húmedas y esponjas con jabón) y se rascó disgustado la barba desaliñada que se había dejado crecer como parte de aquel disfraz. Nunca antes había llevado barba y se sintió un tanto decepcionado al ver que el vello facial le crecía por partes de tamaño y densidad diferentes. Amos también se había dejado barba para solidarizarse, pero él tenía una buena mata de pelo y se estaba planteando dejársela por lo bien que le quedaba.

Holden tiró la toallita usada en el recipiente de reciclado, se impulsó hacia la escotilla de la estancia y subió por la escalerilla de la tripulación hacia la cubierta de operaciones.

Tampoco es que se pareciera mucho a una cubierta de operaciones. La *Sonámbulo* tenía casi cien años y no cabía duda de que estaba en las últimas. Si no hubieran necesitado una nave desechable para aquella misión, era probable que los de Fred hubieran convertido en chatarra aquel trasto viejo. Su reciente aventura con los piratas la había dejado medio destrozada, pero, además, se había pasado los últimos veinte años transportando comida entre Ganímedes y Ceres, una ruta gracias a la cual estaba presente en los registros de la luna joviana y servía para reforzar la tapadera. Fred pensó que, dado que realizaba viajes regulares a Ganímedes, la dejarían atravesar las aduanas o cualquier bloqueo sin problema.

Pero al parecer había sido demasiado optimista.

Cuando Holden llegó, Naomi estaba amarrada a uno de los puestos de operaciones. Llevaba un mono verde parecido al suyo, aunque el nombre de su bolsillo rezaba «Estancia». Le sonrió y luego le hizo un gesto para que mirara a la pantalla.

—Ese es el grupo de naves que registran las demás antes de aterrizar.

—Maldición —dijo Holden, ampliando la imagen telescópica para ver con más detalle los cascos y cualquier marca identificativa—. Son naves de la ONU, sin duda. —Algo pequeño atravesó la imagen desde una de las naves hasta el carguero pesado que se encontraba en primera línea—. Y eso parece un esquife de abordaje.

—Pues va a venir bien que lleves un mes sin acicalarte —dijo Naomi mientras le tiraba de un mechón de pelo—. Con esa melena y esa barba tan terrible, no te reconocerían ni tus madres.

—Espero que no hayan reclutado a mis madres —dijo Holden, intentando usar el mismo tono animado de Naomi—. Avisaré a Amos de que ya vienen.

Holden, Naomi y Amos estaban en el pequeño pasillo lleno de taquillas fuera de la puerta interior de la esclusa de aire, esperando al grupo de abordaje y a que terminara el ciclo de apertura. Naomi tenía una apariencia adusta y prominente con su uniforme de capitán recién lavado y las botas magnéticas. La capitana Estancia había dirigido la *Sonámbulo* durante diez años antes del ataque pirata en el que había muerto. Holden pensaba que Naomi era una sustituta más que decente.

Detrás de ella, Amos llevaba un mono con el parche de ingeniero jefe, tenía el ceño fruncido y cara de hastío. A pesar de la microgravedad a la que los sometía la órbita alrededor de Ganímedes, estaba algo encorvado. Holden hizo todo lo posible para imitar su postura y su expresión un tanto enfadada.

Cuando terminó el ciclo de la esclusa, se abrieron las puertas interiores. Llegaron seis marines con armadura de combate y un subteniente con traje de aislamiento y las botas magnéticas activadas. El subteniente dio un vistazo rápido a la tripulación y comprobó algo en su terminal portátil. Tenía la misma expresión de hastío que Amos. Holden pensó que aquel pobre suboficial no había dejado de abordar naves en todo el día y tenía tanta prisa por terminar aquello como ellos de que los dejaran marchar.

—Rowena Estancia, capitana y propietaria del carguero registrado en Ceres *Sonámbulo Llorón*.

No parecía una pregunta, pero Naomi respondió.

—Sí, señor.

—Me gusta el nombre —dijo el subteniente sin levantar la mirada del terminal.

—¿Señor?
—El nombre de la nave. Es particular. Juro que si abordo una nave más que se llame como un hijo o hija gestado después de pasar un fin de semana mágico en Titán, voy a empezar a multar a la gente por falta de originalidad.

Holden sintió una presión que se originaba en la base de su columna y le llegaba hasta el cuero cabelludo. Tal vez aquel subteniente estuviera aburrido de su trabajo, pero era listo y perspicaz y lo acababa de dejar claro.

—Bueno, este lo puse por los tres meses llorosos que pasé en Titán cuando me dejó mi pareja —dijo Naomi, con una sonrisa—. Visto ahora, es posible que haya sido mejor. Le iba a poner el nombre de mi pez.

El subteniente levantó la mirada, sorprendido, y estalló en carcajadas.

—Gracias, capitana. Es la primera vez que me río hoy. Todo el mundo se caga de miedo cuando nos ve, y a estos seis cachos de carne —dijo mientras señalaba a los marines que tenía detrás— les han extirpado el sentido del humor.

Holden lanzó una mirada a Amos. «¿Está flirteando con ella? Me ha dado la impresión de que flirtea con ella.» El ceño fruncido de Amos podría haber significado cualquier cosa.

El subteniente tocó algo en su terminal.

—Proteínas, suplementos, purificadores de agua y antibióticos. ¿Puedo echar un vistazo rápido? —preguntó.

—Sí, señor —dijo Naomi mientras hacía un gesto hacia la escotilla—. Venga por aquí.

Se marchó con el oficial de la ONU y dos de los marines a su espalda. Los otros cuatro se quedaron en estado de alerta junto a la esclusa. Amos dio un codazo a Holden para llamar su atención.

—¿Cómo va la cosa hoy, chicos? —les preguntó.

Los marines lo ignoraron.

—Estaba aquí de cháchara con mi compañero, le decía: «Me apuesto lo que sea a que la armadura de hojalata que llevan esos chavales está muy mal pensada para la entrepierna.»

Holden cerró los ojos e intentó enviar mensajes telepáticos a Amos para que cerrara la boca. No funcionó.

—Me refiero a que ese equipo de alta tecnología tan guapo lo cubre todo, y lo único que no te deja hacer es rascarte las pelotas. Es que, tíos, no me quiero imaginar lo que ocurre cuando uno crece en horizontal y se necesita más espacio ahí abajo, ya sabéis.

Holden abrió los ojos. Todos los marines estaban mirando a Amos, pero no se habían movido ni dicho nada. Holden se dirigió hacia la esquina más alejada de la estancia y se apretó contra ella. Nadie miró siquiera hacia allí.

—Pues —continuó Amos, con voz animada y amistosa— tengo una teoría con la que esperaba que me ayudarais.

El marine que se encontraba más cerca dio medio paso hacia delante, pero nada más.

—La teoría es —explicó Amos— que, para evitar todos estos problemas, lo que se hace es que os cortan esas partes que pueden llegar a ser tan problemáticas con las armaduras. Y de paso también reducen las ganas de follaros unos a otros en esas noches largas y frías que pasáis en la nave.

El marine dio otro paso, y al instante Amos dio otro para acercarse. Quedó tan cerca de la protección del casco del marine que su aliento empañó el cristal.

—Sé sincero conmigo, colega. La forma exterior de las armaduras es anatómicamente correcta, ¿verdad?

Se hizo un silencio largo y tenso que se rompió cuando alguien carraspeó en la escotilla y el subteniente entró en el pasillo.

—¿Algún problema?

Amos sonrió y dio un paso atrás.

—Qué va. Solo intentaba charlar un poco con estos buenos hombres y mujeres a los que mis impuestos les pagan el sueldo.

—¿Sargento? —preguntó el subteniente.

El marine dio un paso atrás.

—No, señor, ningún problema.

El subteniente dio media vuelta y estrechó la mano a Naomi.

—Capitana Estancia, ha sido un placer. Avisaremos por radio cuando tengan permiso para aterrizar. No me cabe duda de que los habitantes de Ganímedes agradecerán mucho estos suministros.

—Encantados de ayudar —dijo Naomi mientras dedicaba al joven oficial una amplia sonrisa.

Cuando terminó el ciclo de la esclusa y las tropas de la ONU se hubieron marchado en su esquife, Naomi soltó un largo suspiro y empezó a masajearse las mejillas.

—Llego a tener que sonreír un segundo más y se me rompe la cara.

Holden tiró de la manga de Amos.

—¿Pero qué coño —dijo con los dientes apretados— acabas de hacer?

—¿Cómo? —preguntó Naomi.

—Amos, que se ha puesto a hacer todo lo posible para cabrear a los marines mientras no estabas. Me extraña que no nos hayan disparado.

Amos bajó la vista hacia la mano de Holden, que todavía lo asía por el brazo, pero no intentó zafarse.

—Capi, eres un buen tipo, pero no valdrías para contrabandista.

—¿Cómo? —repitió Naomi.

—El capitán, aquí presente, estaba tan nervioso que hasta yo he empezado a pensar que se traía algo entre manos. Así que he llamado la atención de los marines hasta que habéis vuelto —explicó Amos—. Y que sepas que no pueden dispararte a no ser que los toques o desenfundes un arma. Estuviste en la armada de la ONU, deberías recordar las normas.

—Entonces... —dijo Holden.

—Entonces —lo interrumpió Amos—, si el subteniente les pregunta por nosotros, le contarán la historia del ingeniero gilipollas que les ha tocado las narices y no la del tipo nervioso de barba desaliñada que intentaba pasar desapercibido en una esquina.

—Mierda —dijo Holden.

—Eres buen capitán y confío en ti en cualquier pelea, pero menudo criminal de mierda estás hecho. Lo de interpretar un papel no se te da nada bien.

—¿Quieres volver a ser capitán? —preguntó Naomi—. A mí me parece un trabajo de mierda.

—Torre de control de Ganímedes, aquí la *Sonámbulo*. Volvemos a solicitar que se nos asigne un amarradero —dijo Naomi—. Tenemos permiso de las patrullas de la ONU y llevamos tres horas en órbita baja. —Apagó el micrófono y añadió—: Gilipollas.

La voz que les respondió era diferente a la que llevaban horas solicitando permiso para atracar. Pertenecía a una persona mayor y menos irritada.

—Lo sentimos, *Sonámbulo*, haremos todo lo posible para incorporaros. Llevamos diez horas de despegues sin parar y todavía queda una docena de naves por salir antes de que podamos empezar a dejar atracar.

Holden encendió el micro.

—¿Es usted el supervisor? —preguntó.

—Así es. Supervisor sénior Sam Snelling, por si necesitan el nombre para poner una queja. «Snelling» va con dos eles.

—No, no —respondió Holden—. No vamos a poner una queja, es solo que hemos visto el tipo de naves que salen del lugar. ¿Son de refugiados? Al ritmo que hemos visto, parece que se ha evacuado a la mitad de la población de la luna.

—Qué va. Tenemos algunos chárteres y líneas comerciales evacuando personas, pero la mayoría de las naves que se han marchado son cargueros de comida.

—¿Cargueros de comida?

—Enviamos casi cien mil kilos de comida cada día y la batalla bloqueó muchos de esos cargamentos en la superficie. Ahora que el asedio empieza a permitir que la gente se marche, se está empezando a recuperar la normalidad con los envíos.

—Un momento —dijo Holden—. ¿Estamos aquí esperando para atracar con un cargamento de comida de emergencia para la gente que se muere de hambre en Ganímedes y ustedes *sacan* de la luna cientos de miles de kilos?

—Casi medio millón, si tenemos en cuenta las reservas —dijo Sam—. Pero no es nuestra comida. La mayor parte de la producción de Ganímedes es propiedad de empresas que no tienen almacenes aquí. Los cargamentos son muy valiosos. Cada día que pasan aquí, esa gente pierde una fortuna.

—Pues... —empezó a decir Holden. Después de una pausa añadió—: *Sonámbulo*, cambio y corto.

Holden se giró en la silla y miró cara a cara a Naomi, que tenía el gesto taciturno que denotaba que estaba tan enfadada como él.

Amos, que estaba relajado cerca de la consola de ingeniería y comía una manzana que había robado de los suministros de emergencia, dijo:

—¿Te sorprende, capitán?

Una hora después les dieron permiso para atracar.

Desde órbita baja y con su rumbo de descenso, la superficie de Ganímedes no era muy diferente a la que había tenido en otros tiempos. Hasta en sus mejores momentos, la luna joviana era un erial de roca de silicato gris y agua helada de un color no tan grisáceo, todo ello adornado con cráteres y lagos congelados. Ya parecía un campo de batalla mucho antes de que los ancestros de la humanidad treparan a tierra seca por primera vez.

Pero la enorme creatividad y dedicación de los humanos en el oficio de la destrucción se había encargado de dejar también su huella. Holden vio los restos de la estructura de un destructor al final de una marca negra y enorme. La onda expansiva del impacto había arrasado las cúpulas pequeñas hasta una distancia de diez kilómetros. Unas diminutas naves de rescate revoloteaban alrededor de la estructura y buscaban supervivientes, o más bien restos de información o tecnología que hubieran sobrevivido al impacto, para evitar que cayeran en manos enemigas.

El peor estrago que se veía a simple vista era la destrucción de una de las enormes cúpulas de invernadero. Las cúpulas agriculturales eran estructuras de acero y cristal gigantescas, con hectáreas de terreno cultivadas con mucho cuidado y cosechas plantadas y atendidas con mucho esmero en su interior. Ver una de ellas destrozada bajo el metal retorcido de lo que parecía ser una batería de espejos era impactante y desmoralizador. Las cúpulas abastecían a los planetas exteriores con sus cultivos especiales. Dentro de ellas se había realizado la ciencia agricultural más avanzada de la historia. Y aquellos espejos orbitales eran maravillas de la ingeniería que ayudaban a hacerlo realidad. Que ambos hubieran colisionado y yacieran hechos una ruina pareció a Holden una estupidez corta de miras tan enorme como cagar en el suministro de agua para negarle un trago a un enemigo.

Cuando el viejo fuselaje de la *Sonámbulo* pudo descansar en la plataforma de aterrizaje que se le había asignado, Holden ya había perdido toda la paciencia respecto a la estupidez humana.

Así que, por supuesto, fue directo a darse de cara con ella.

El inspector de aduanas los esperaba cuando salieron de la esclusa de aire. Era un hombre delgado de rasgos apuestos y calvo como un huevo. Lo acompañaban otros dos hombres con uniformes de seguridad inidentificables, que llevaban táseres en las pistoleras del cinturón.

—Muy buenas. Soy el señor Vedas, inspector de aduanas del embarcadero once, plataformas A14 hasta A22. Papeles, por favor.

Naomi, que volvía a interpretar a la capitana, dio un paso al frente y dijo:

—Enviamos los permisos a su oficina antes de atracar. No...

Holden vio que Vedas no llevaba encima ningún terminal oficial de inspección de cargamento, ni los guardias, el uniforme de la Autoridad Portuaria de Ganímedes. Aquello le olió a estafa de las cutres. Dio un paso al frente y se colocó delante de Naomi.

—Capitana, yo me encargo.

Vedas, el inspector de aduanas, lo miró de arriba abajo.

—¿Y tú, eres?

—Puedes llamarme señor No-me-trago-tu-mentira-de-mierda.

Vedas frunció el ceño y los dos guardias de seguridad se acercaron. Holden les dedicó una sonrisa, metió la mano en su espalda debajo del abrigo y sacó una pistola grande. La dejó colgando en la mano al lado de una pierna, apuntando hacia el suelo, pero, aun así, ellos dieron un paso atrás. Vedas se puso pálido.

—Me conozco esta jugada —dijo Holden—. Nos pedís echar un vistazo al manifiesto y nos indicáis los artículos que hemos incluido «por error». Luego, mientras enviamos a vuestras oficinas los cambios que nos pedís, tus matones y tú os lleváis lo mejor de nuestro cargamento y lo vendéis en lo que supongo que será un mercado negro muy próspero de alimentos y medicinas.

—Soy administrador legal de la estación de Ganímedes —graznó Vedas—. ¿Crees que te las puedes dar de tipo duro con esa arma? Puedo hacer que la seguridad portuaria os arreste y os incaute la nave...

—No, no me las doy de nada —dijo Holden—, pero estoy hasta la coronilla de merluzos que se aprovechan de la miseria y estaré mucho más a gusto cuando mi amigo Amos, ese de ahí detrás, os deje inconscientes a golpes por robar comida y medicinas a los refugiados.

—Me va a venir de perlas para liberar estrés —dijo Amos con entusiasmo.

Holden asintió a Amos.

—Amos, ¿te cabrea mucho que esta gente quiera robar a los refugiados?

—Me cabrea de cojones, capitán.

Holden se dio unos golpecitos con el arma en el muslo.

—El arma es solo para asegurarme de que la «seguridad portuaria» no interfiere hasta que Amos se haya desfogado.

El señor Vedas, inspector de aduanas del embarcadero once,

plataformas A14 hasta A22, dio media vuelta y echó a correr como si su vida dependiera de ello, con sus matones de tres al cuarto detrás de él.

—Te lo has pasado en grande —dijo Naomi. Tenía en la cara una expresión extraña y calculadora, y su voz denotaba cierto tono acusador.

Holden enfundó el arma.

—Descubramos qué coño ha ocurrido aquí.

7

Prax

El centro de seguridad se encontraba a tres niveles de profundidad desde la superficie. Las paredes acabadas y los suministros de energía independientes parecían lujos innecesarios en comparación con el hielo que estaba al descubierto en otros lugares de la estación, pero en realidad eran señales importantes. Al igual que algunas plantas indican que son venenosas con el color brillante de sus hojas, el centro de seguridad advertía de que era inexpugnable. Daba igual que fuera imposible cavar un túnel a través del hielo para escapar de las celdas con un amigo o un amante. Solo con mirarlo, tenía que quedar claro para todo el mundo que era imposible, o, de lo contrario, alguien lo intentaría.

Durante todos los años que había vivido en Ganímedes, Prax solo había estado en aquel lugar en una ocasión, y como testigo. Para ayudar a la ley, no para recibir su ayuda. Las últimas semanas había pasado por allí doce veces, había hecho largas colas, inquieto y desesperado, mientras se enfrentaba a la sensación sobrecogedora de que necesitaba estar en algún otro lugar haciendo algo diferente, aunque no supiera exactamente qué.

—Lo siento, doctor Meng —dijo la mujer del mostrador de información, desde detrás de una ventanilla con un cristal de casi tres centímetros de grosor y protegida con alambres. Parecía cansada. Más que cansada, fatigada. En estado de *shock*. Muerta—. Hoy tampoco tengo nada para usted.

—¿Podría hablar con alguien? Tiene que haber una forma de...

—Lo siento —respondió ella, con la mirada puesta en la siguiente persona desesperada, asustada y desaseada a la que no iba a poder ayudar.

Prax se marchó, apretando los dientes por la impotencia. Aquella cola ya llegaba a las dos horas de espera y había en ella hombres, mujeres y niños de pie, apoyados o sentados. Algunos lloraban. Una mujer con los ojos enrojecidos fumaba un cigarrillo de marihuana y el olor de las hojas ardiendo se mezclaba con el hedor de los cuerpos hacinados, en volutas de humo que serpenteaban por encima del cartel de la pared que rezaba «Prohibido fumar». Nadie protestó. Todos tenían la apariencia atormentada de unos refugiados, incluso aquellos que habían nacido allí.

Cuando se dio por terminada la batalla oficial, las tropas de Marte y de la Tierra se habían replegado. Aquella fuente de recursos de los planetas exteriores había acabado reducida a un erial y la inteligencia colectiva de la estación estaba dedicada a una sola tarea: huir.

Al principio, las dos fuerzas militares habían clausurado los embarcaderos, pero no tardaron demasiado en abandonar la superficie y ponerse a salvo en sus naves, y la oleada de pánico y terror que asoló la estación pasó a ser insostenible. Las escasas naves de pasajeros que obtuvieron permiso para partir iban cargadas de gente que solo quería marcharse del lugar. Las tarifas por pasaje podían dejar arruinadas a personas que llevaban años trabajando en los puestos científicos mejor pagados que había fuera de la Tierra. Los pobres intentaban marcharse de polizones en drones de mercancías, en pequeñas embarcaciones o hasta en trajes espaciales enganchados a estructuras modificadas y lanzadas hacia el espacio en dirección a la luna Europa, con la esperanza de que alguien los rescatara. El pánico había hecho que corrieran todo tipo de riesgos para conseguir acabar en cualquier otro lugar o en la tumba. Cerca de las estaciones de seguridad, de los embarcaderos e incluso de las zonas que habían sido acordonadas por los militares de Marte y de la ONU, los pasillos estaban a rebosar de personas que se arremolinaban para tratar de encontrar algún lugar que los hiciera sentir más seguros.

Prax deseaba estar junto a ellos.

Pero en lugar de eso, su mundo había recuperado cierta rutina. Por la mañana despertaba en su casa, porque siempre volvía allí por la noche para que Mei lo encontrara si regresaba. Comía cualquier cosa que tuviera a mano. Llevaba los dos últimos días con la despensa vacía, pero algunas plantas ornamentales de los pasillos eran comestibles. Tampoco es que tuviera mucha hambre, de todas maneras.

Luego se dedicó a comprobar los cadáveres.

El hospital había puesto en marcha durante la primera semana una transmisión de vídeo en la que se alternaban los cadáveres que se habían recuperado, para así ayudar a su identificación. Pero después Prax había tenido que ir a comprobar los cuerpos en persona. Como buscaba el de una niña, no tenía que revisar la gran mayoría de ellos, pero los que había visto lo habían dejado atormentado. Había encontrado dos cadáveres tan mutilados que podrían haber sido el de Mei, pero el primero de ellos tenía una marca de nacimiento en la nuca, y el otro, las uñas de los pies deformadas. Aquellas niñas muertas eran la tragedia de otros.

Cuando se cercioró de que Mei no estaba entre los fallecidos, salió de caza. La primera noche que había pasado sin Mei, Prax había hecho una lista en su terminal portátil. En ella había apuntado contactos con poder oficial: sus doctores, gente de seguridad o de los ejércitos en disputa. A continuación, gente con la que contactar que pudiera disponer de información: los padres del resto de niños de la escuela, los del grupo de ayuda médica, la madre de Mei. Luego, sus lugares favoritos: la casa de su mejor amiga, los parques de las zonas comunes que más le gustaban, la tienda de chucherías en la que vendían ese sorbete de lima que pedía siempre. Los lugares a los que alguien podía acudir para comprar niños con intereses sexuales: una lista de bares o burdeles extraída de una copia en caché del directorio de la estación. En el sistema estaría el directorio actualizado, pero seguía sin poderse acceder a él. Todos los días revisaba todos los que podía de la lista y, cuando terminó, volvió a empezar.

Más que una lista, todo aquello se había convertido en un horario. Alternaba los días entre hablar con gente de seguridad y con quien pudiera del ejército de Marte o de la ONU. Iba a los parques por la mañana después de comprobar los cuerpos. La mejor amiga de Mei y su familia habían conseguido marcharse, así que tenía una cosa menos que hacer. La tienda de chucherías había ardido en una revuelta. Encontrar a los doctores fue lo más difícil. La doctora Astrigan, pediatra de Mei, había llamado a todas las puertas posibles y le había asegurado que le diría algo si le respondían, pero cuando fue a hablar con ella tres días después, la doctora ni se acordaba de haber hablado con él. El cirujano que había ayudado a drenar los abscesos de la columna cuando la diagnosticaron por primera vez no la había visto. El doctor Strickland del grupo de ayuda y atención médica estaba desaparecido. La enfermera Abuakár había muerto.

El resto de familias del grupo tenían sus propias tragedias de las que preocuparse. Mei no era la única niña desaparecida. Katoa Merton. Gabby Solyuz. Sandro Veintisiete. Prax había discernido el mismo terror y desesperación que lo atenazaban a él en las expresiones de los demás padres. Aquello convertía las visitas en algo más doloroso que revisar los cuerpos. Hacía que el miedo fuera más difícil de olvidar.

Pero lo hizo de igual manera.

Basia Merton, o como lo llamaba Mei, Katoapapi, era un hombre de cuello grueso que siempre olía a menta. Su esposa era delgada como un palillo y tenía una sonrisita nerviosa. Su hogar estaba cinco niveles por debajo de la superficie, a seis estancias del complejo de procesamiento de aguas, y estaba decorado con sedas y bambú. Cuando Basia abrió, no saludó ni sonrió: se limitó a darse la vuelta, volvió dentro y dejó la puerta abierta. Prax lo siguió.

Ya en la mesa, Basia sirvió a Prax un vaso de leche que de milagro no se encontraba en mal estado. Era la quinta vez que Prax pasaba por allí desde que Mei había desaparecido.

—¿Todavía nada? —preguntó Basia. En realidad no se trataba de una pregunta.

—Nada —respondió Prax—. Supongo que en realidad es buena señal.

Al fondo de la casa se oyeron los gritos de una joven y luego los de un chico más joven, que le respondía. Basia ni siquiera se giró para ver qué pasaba.

—Nada nuevo por aquí tampoco. Lo siento.

La leche tenía un sabor maravilloso, suave, apetitoso y agradable. Prax casi sintió cómo las calorías y los nutrientes se abrían paso a través de los tejidos de su boca. Se le ocurrió que, técnicamente, se hallaba en estado de inanición.

—Todavía hay esperanza —dijo Prax.

Basia resopló como si aquellas palabras le hubieran dejado sin aliento. Apretó los labios sin dejar de mirar hacia la mesa. Los gritos del fondo terminaron y se oyó un gemido masculino.

—Nos vamos —dijo Basia—. Mi primo trabaja en la Luna para Magellan Biotech. Han enviado naves de apoyo y, cuando descarguen los suministros médicos, habrá sitio dentro para nosotros. Ya está todo hablado.

Prax dejó el vaso de leche en la mesa. Las estancias que los rodeaban parecían tranquilas, pero sabía que aquello no era más que una ilusión. Empezó a sentir una presión extraña en la garganta que le bajaba hacia el pecho. Sintió la cara grasienta. Tuvo un repentino recuerdo físico del momento en que su esposa le dio a conocer que había pedido el divorcio. Traicionado. Se sentía traicionado.

—... Y después, algunos días más —decía Basia. Había seguido hablando, pero Prax no lo había escuchado.

—Pero ¿y Katoa? —consiguió preguntar Prax a pesar de aquella sensación en la garganta—. Tiene que estar en alguna parte.

La mirada de Basia se alzó un instante y luego se apartó, fugaz como el batir de las alas de un pájaro.

—No lo está. Ha muerto, hermano. Ese chico tenía un lodazal por sistema inmunológico, como bien sabes. Sin los medicamentos, solía ponerse muy enfermo a los tres o cuatro días como mucho. Tengo que cuidar de los dos niños que me quedan.

Prax asintió, en una reacción automática de su cuerpo. Sintió como si un volante de inercia se le hubiera soltado en la nuca. El grano de la mesa de bambú se distinguía más de lo que habría debido. Olió a hielo derretido. El sabor de la leche se le agrió en la boca.

—Eso no lo sabes —respondió, intentando que su voz sonara tranquila. No lo consiguió.

—Estoy bastante seguro.

—Sea quien sea... A quienquiera que se llevase a Mei y a Katoa no le servirán de nada si están muertos. Seguro que saben que necesitan medicinas, lo que quiere decir que los habrán llevado a algún lugar en el que puedan conseguirlas.

—No se los ha llevado nadie, hermano. Se han perdido. Ha ocurrido algo.

—La profesora de Mei dice que...

—La profesora de Mei estaba muy asustada. Lo único que hacía era asegurarse de que los niños no se escupieran mucho los unos a los otros, eso mientras había tiroteos fuera del aula. A saber qué habrá visto y qué no.

—Me aseguró que la madre de Mei y un doctor, sí, un doctor...

—Venga ya, tío. ¿Cómo que no les servirán de nada, si están muertos? La estación está hasta arriba de muertos ahora mismo y no veo que nadie se haya preocupado de que sirvieran de algo. Es una guerra. Esos cabrones han empezado una guerra. —Había lágrimas en sus ojos grandes y negros y tristeza en su voz. Pero no rabia—. En la guerra mueren personas. También niños. Hay que... hay que pasar página, joder.

—No lo sabes —insistió Prax—. No sabes si han muerto y, si te marchas sin saberlo, es como si los abandonaras.

Basia miró hacia el suelo. Empezó a sonrojarse. Negó con la cabeza y las comisuras de sus labios se torcieron hacia abajo.

—No puedes marcharte —dijo Prax—. Tienes que quedarte aquí para buscarlo.

—Ni se te ocurra —respondió Basia—. Ni se te ocurra volver a gritarme en mi propia casa.

—¡Son nuestros hijos! ¡No puedes dejarlos de lado! ¿Qué clase de padre eres? Madre mía...

Basia se inclinó hacia delante y se encorvó sobre la mesa. A su espalda, una chica que ya casi era una adulta miraba desde el pasillo con los ojos muy abiertos. Prax sintió una profunda certeza alzándose en su interior.

—Vas a quedarte —dijo.

El silencio duró tres latidos. Cuatro. Cinco.

—Ya está todo preparado —respondió Basia.

Prax lo golpeó. No pretendía hacerlo ni lo había planeado. El brazo se le estiró con el puño cerrado y salió disparado sin atender a razones. Los nudillos se hundieron en la mejilla de Basia, lo que impulsó su cabeza hacia atrás y lo hizo retroceder. Desde el otro lado de la habitación, la rabia bullía en aquel grandullón. El primero de sus golpes alcanzó a Prax debajo de la clavícula y lo hizo retroceder, también los dos siguientes. Prax sintió que la silla resbalaba debajo de su cuerpo y que empezaba a caer despacio debido a la baja gravedad, pero era incapaz de poner los pies debajo para mantener el equilibrio. Prax hizo aspavientos y lanzó una patada. Golpeó algo con los pies, pero no pudo identificar si era la mesa o a Basia.

Dio contra el suelo y el pie de Basia lo golpeó justo después en el plexo solar. Todo a su alrededor se volvió brillante, resplandeciente y doloroso. En algún lugar muy lejano, oyó el grito de una mujer. No consiguió descifrar sus palabras. Luego las entendió poco a poco.

«No está bien. Él también ha perdido a su hija. No está bien.»

Prax rodó y se obligó a ponerse de rodillas. Tenía sangre en la barbilla y estaba bastante seguro de que era suya. Era el único que sangraba. Basia estaba de pie junto a la mesa, con los puños apretados, las fosas nasales dilatadas y la respiración acelerada. Su hija se encontraba delante de él y se interponía entre Prax y aquel padre malhumorado. Todo lo que veía de ella era su culo, la coleta en la que se recogía el pelo y las manos, con las palmas abiertas hacia su padre en el gesto universal para indicar que se detuviera. Le estaba salvando la vida.

—Será mejor que te marches, hermano —dijo Basia.

—De acuerdo —respondió Prax.

Se puso en pie despacio y anduvo hacia la puerta dando tumbos. Todavía le costaba respirar. Salió de allí.

Aquel era el error que había provocado el desmorone del sistema de riego cerrado: no había que preocuparse de lo que se rompía tanto como del efecto en cascada. La primera vez que había perdido un cultivo entero de *G. kenon*, todo había sido culpa de un hongo que no era dañino para los brotes de soja. Era probable que las esporas hubieran llegado en un cargamento de mariquitas. Aquel hongo se hizo con el sistema hidropónico, se alimentó de nutrientes que no eran para él y alteró el pH. Eso debilitó la bacteria que Prax había usado para emitir nitrógeno, hasta el punto de que llegó a ser vulnerable a un bacteriófago al que podría haber hecho frente en otra situación. El equilibrio de nitrógeno del sistema se descalabró y, cuando se recuperó la población bacteriana, los brotes de soja ya estaban amarillos y marchitos. Era demasiado tarde.

Era la metáfora que solía usar cuando pensaba en Mei y su sistema inmunológico. El problema que tenía en realidad era insignificante. Un alelo mutante que producía una proteína que se plegaba hacia la izquierda en vez de a la derecha. Unos pocos pares de bases de diferencia. Pero esa proteína catalizaba un paso crítico en la transducción de señales a los linfocitos T. Aunque tuviera todas las partes de su sistema inmunológico preparadas para enfrentarse a los patógenos, hacían falta dos dosis diarias de un agente catalizador artificial para que este se pusiera en marcha. Se llamaba inmunosenescencia prematura de Myers-Skelton y los estudios preliminares no habían podido determinar si era más común fuera de la Tierra por ser un efecto desconocido de la baja gravedad o tan solo una mutación más debida a los altos niveles de radiación. No importaba. Fuera lo que fuese que la hubiera provocado, Mei había sufrido una terrible infección en la columna cuando tenía cuatro meses. Si se hubiera encontrado en cualquier otro lugar de los planetas exteriores, habría muerto a causa de ella. Pero muchas personas viajaban a Ganímedes para pasar el tiempo de embarazo, por lo que allí era donde se realizaban las investigaciones sobre salud infantil. Cuando la llevó a la consulta del doctor Strickland, el médico supo al instante lo que le ocurría y consiguió detener el efecto en cascada.

Prax anduvo por los pasillos hacia su casa. Tenía la mandíbula hinchada. No recordaba haber recibido un golpe ahí, pero la tenía hinchada y le dolía. También notaba un dolor muy agudo en las costillas de la izquierda cuando respiraba demasiado hondo, por lo que intentó no hacerlo. Se detuvo en un parque y arrancó algunas hojas de las plantas para cenar. Paró delante de un lugar lleno de *Epipremnum aureum*, que tenía unas hojas en forma de pica que parecían tener algo raro. Todavía eran verdes, pero estaban más gruesas y tenían un reflejo dorado. Alguien había usado agua destilada en el suministro hidropónico en lugar de la solución rica en minerales que necesitaban aquellos cultivos para durar más. Quizás aguantarían así otra semana. Quizá dos. Luego aquellas plantas que servían para reciclar el aire empezarían a morir y, cuando ocurriera, el efecto en cascada estaría demasiado avanzado para hacer algo al respecto. Y si no podían proporcionar a las plantas el agua correcta, Prax supuso que tampoco serían capaces de activar todos los recicladores de aire mecánicos. Alguien tendría que hacer algo para solucionarlo.

Pero que lo hiciera otro.

En su habitación, la pequeña *G. kenon* había orientado sus hojas hacia la luz. Sin pensarlo de manera consciente, metió un dedo en la tierra para comprobarla. El aroma de la tierra bien equilibrada era como el del incienso. A la planta le iba bastante bien, dadas las circunstancias. Echó un vistazo a la hora en su terminal portátil. Habían pasado tres horas desde que había llegado a casa. El dolor persistente de la mandíbula había dejado paso a una sensación de incomodidad que le volvía cada cierto tiempo.

Sin la medicina de Mei, su flora intestinal empezaría a crecer más de la cuenta. Las bacterias que solían vivir en paz en su boca y su garganta comenzarían a volverse contra ella. Pasadas dos semanas, quizá lograra sobrevivir, pero en el mejor de los casos estaría tan enferma que curarla sería muy problemático.

Era la guerra. En la guerra morían niños. Era un efecto en cascada. Prax tosió y sintió un dolor muy intenso que, aun así, era mejor que seguir dándole vueltas a aquello. Tenía que marcharse. Salir de allí. Ganímedes se marchitaba a su alrededor. No iba a conseguir ayudar a Mei. Estaba muerta. Su niñita había muerto.

Llorar dolía aún más que toser.

No podría decir si durmió o perdió el conocimiento. Al despertar, tenía la mandíbula tan hinchada que crujía cada vez que abría mucho la boca. Tenía las costillas un poco mejor. Se sentó al borde de la cama y hundió la cara entre las manos.

Iría al embarcadero. Pediría perdón a Basia y le preguntaría si podía llevarlo con él. Se marcharía del sistema joviano. Iría a cualquier parte y empezaría de cero. Sin un matrimonio fallido ni un proyecto destrozado. Sin Mei.

Se puso una camisa algo menos sucia, se lavó las axilas con un trapo húmedo y se peinó el cabello hacia atrás. Había fracasado. Aquello era inútil. Tenía que aceptar lo ocurrido y seguir adelante. Quizá lo lograra algún día.

Comprobó su terminal portátil. Aquel día le tocaba comprobar los cadáveres de los registros marcianos, pasear por los parques, preguntar al doctor Astrigan y luego visitar una lista de cinco burdeles a los que todavía no había ido para solicitar los placeres ilícitos de la pedofilia, con la esperanza de que no le apuñalara algún matón cívico y justiciero. Los matones también tenían hijos. Y seguro que algunos hasta los querían. Suspiró e introdujo una nueva entrada: «MINERALIZAR EL AGUA DEL PARQUE». Tenía que localizar a alguien que tuviera los códigos de acceso a la planta física. Quizá los de seguridad pudieran ayudarlo con eso al menos.

Y quizá por el camino también topara con Mei.

Aún había esperanza.

8

Bobbie

La *Harman Dae-Jung* era un acorazado como la *Donnager*, de medio kilómetro de eslora y un cuarto de millón de toneladas de peso en seco. El embarcadero que tenía en el interior era tan grande como para albergar cuatro naves de escolta de clase fragata y una gran variedad de lanzaderas ligeras y naves de reparación. En aquellos momentos solo contaba con dos: una lanzadera grande y de aspecto un tanto lujoso, que transportaría a los embajadores marcianos y a los oficiales estatales a la Tierra, y la lanzadera más pequeña y manejable en la que Bobbie había llegado desde Ganímedes.

Bobbie aprovechaba el espacio libre para trotar.

Los diplomáticos presionaban al capitán de la *Dae-Jung* para que los llevaran a la Tierra lo antes posible, por lo que la nave viajaba a una aceleración constante de un g. Aquello hacía que la mayoría de los civiles marcianos se sintieran incómodos, pero a Bobbie no le importaba. Los marines se entrenaban constantemente en alta gravedad y realizaban simulacros de larga duración a un g casi una vez al mes. Nunca se decía que aquel entrenamiento tan duro se realizaba regularmente por si en algún momento había algún enfrentamiento en la superficie de la Tierra. No era necesario.

El tiempo que había pasado en Ganímedes no le había permitido realizar el entrenamiento en alta gravedad, y el largo viaje a la Tierra le había parecido una buena oportunidad para volver a ponerse en forma. Lo último que quería era dar a los nativos la impresión de que era una persona débil.

—*Anything you can do I can do better* —canturreó para sí misma con el aliento entrecortado mientras corría—. *I can do anything better than you.*[1]

Echó un vistazo rápido a su reloj de muñeca. Dos horas. Con aquel ritmo pausado, le daba para recorrer casi veinte kilómetros. ¿Apretaba para llegar a treinta? ¿Cuántas personas de la Tierra correrían de forma regular treinta kilómetros? La propaganda marciana casi la había convencido de que la mitad de los habitantes de la Tierra ni siquiera tenían trabajo. Que vivían con ayudas del gobierno y gastaban sus escasos ingresos en drogas y salones de recreo. Aun así, seguro que algunos de ellos podían correr treinta kilómetros. Habría apostado cualquier cosa a que Snoopy y su tropa de marines terrícolas podían haberlo hecho, al mismo ritmo que huían de...

—*Anything you can do I can do better* —repitió mientras se concentraba solo en el sonido que emitían sus botas al golpear contra la cubierta metálica.

No vio entrar al administrativo en el embarcadero, por lo que cuando la llamó, se giró sorprendida, tropezó y tuvo que apoyar la mano izquierda para no destrozarse la sesera contra la cubierta. Sintió un chasquido en la muñeca y se dio un golpe doloroso en la rodilla derecha, justo antes de rodar por el suelo para absorber el impacto. Se quedó bocarriba unos momentos mientras movía la muñeca y la rodilla para comprobar si se había hecho daño de verdad. Le dolían, pero no tenía esa sensación de fricción al moverlos. No se había roto nada. Acababa de salir del hospital y ya se afanaba en volver. El administrativo se acercó a ella a la carrera y se agachó a su lado.

—Joder, artillera, ¡menudo tropezón! —dijo el chico—. ¡Menudo tropezón!

---

1 «Cualquier cosa que sepas hacer, yo la hago mejor. Puedo hacer cualquier cosa mejor que tú.» La canción es de la película de 1950 *La reina del Oeste*. *(N. del T.)*

El chico le tocó la rodilla derecha, donde ya se le había formado un morado en la piel que asomaba por debajo de los pantalones cortos deportivos y, cuando se dio cuenta de lo que parecía aquello, retiró la mano.

—Sargenta Draper, se requiere su presencia en una reunión en la sala de conferencias G a las catorce cincuenta horas —dijo, mientras recitaba el mensaje de un tirón con voz aguda—. ¿Cómo es que no lleva encima su terminal portátil? Así tienen problemas para localizarla.

Bobbie se puso en pie y probó con cuidado la rodilla para asegurarse de que soportaba su peso.

—Acabas de responderte a ti mismo, chico.

Bobbie llegó a la sala de conferencias cinco minutos antes de tiempo, con un uniforme de servicio rojo y caqui recién planchado y con un brazalete blanco que llamaba la atención y que el médico le había puesto para tratar lo que había resultado ser un esguince leve. Un marine con armadura de batalla completa y armado con un rifle de asalto le abrió la puerta y le dedicó una sonrisa al pasar. Era una sonrisa bonita, repleta de dientes blancos, que se abría debajo de unos ojos almendrados de un color tan oscuro que casi parecía negro.

Bobbie le devolvió la sonrisa y miró el nombre del traje. Cabo Matsuke. Nunca se sabía con quién podías llegar a compartir la cocina o el gimnasio, así que no estaba de más hacer un amigo o dos.

El resto del camino se guio por una voz que no dejaba de repetir su nombre.

—Sargenta Draper —dijo el capitán Thorsson mientras señalaba impaciente una de las sillas de la gran mesa de conferencias.

—Señor —dijo Bobbie. Luego realizó un saludo militar y tomó asiento. Se sorprendió al ver tan pocas personas en la estancia. Thorsson en representación del cuerpo de inteligencia y dos civiles que no conocía.

—Artillera, vamos a repasar algunos detalles de su informe, y le agradeceríamos cualquier aportación.

Bobbie esperó unos momentos para que le presentaran a los dos civiles de la habitación, pero cuando dio por hecho que Thorsson no iba a hacerlo, se limitó a responder:

—Sí, señor. Haré lo que esté en mi mano para ayudar.

La primera de los civiles, una mujer pelirroja con mirada de pocos amigos y un traje caro, dijo:

—Intentamos aclarar la cronología de los acontecimientos que derivaron en el ataque. ¿Podría indicarnos en el mapa dónde se encontraban usted y su grupo cuando recibió el mensaje de radio que les urgía a volver al puesto de avanzada?

Bobbie lo indicó y luego repasó uno a uno los hechos que acaecieron aquel día. En el mapa que habían traído vio por primera vez la distancia a la que la había lanzado a través del hielo la onda expansiva del espejo orbital. Al parecer, había sido cosa de unos centímetros que no hubiera acabado hecha papilla como el resto del pelotón...

—Sargenta —dijo Thorsson, con un tono de voz que indicaba que no era la primera vez que reclamaba su atención.

—Lo siento, señor, las fotos me han dejado atontada. No volverá a ocurrir.

Thorsson asintió, con una expresión extraña que Bobbie no pudo descifrar.

—Intentamos precisar dónde se introdujo la Anomalía antes del ataque —indicó el otro civil, un hombre rechoncho de pelo castaño y ralo.

Ahora lo llamaban la «Anomalía». Esa letra mayúscula podía hasta sentirse cada vez que la pronunciaban. Anomalía, como si fuera algo que ocurre sin otra explicación. Un acontecimiento extraño y aleatorio. La gente todavía tenía miedo de llamarla por su nombre de verdad. El «Arma».

—Veamos —continuó el tipo rechoncho—. Basándonos en el tiempo en que el contacto por radio estuvo operativo y la información de otras instalaciones de la zona sobre la pérdida de la señal, podemos asegurar que la propia Anomalía es la causante de los problemas de radio.

—Un momento —dijo Bobbie, negando con la cabeza—. ¿Cómo dice? Ese monstruo no pudo haber interferido en la señal de radio. No llevaba nada tecnológico. ¡Ni siquiera un traje espacial para respirar, joder! ¿Cómo iba a llevar encima equipo para crear interferencias?

Thorsson le dio unas palmaditas con aire paternalista, un gesto que enfureció a Bobbie en lugar de calmarla.

—Los datos no mienten, sargenta. La zona en la que las radios no estaban operativas se movió. Y el centro siempre era... esa cosa, la Anomalía —dijo Thorsson. Luego se dio la vuelta para hablar con el rechoncho y la pelirroja.

Bobbie se reclinó en la silla y sintió como si los focos dejaran de alumbrarla a ella, como si fuera la única sin pareja de todo el baile. Pero, sin el permiso de Thorsson, no podía levantarse e irse sin más.

—Si nos basamos en las interferencias de las ondas de radio, podemos situar el punto de inserción aquí —dijo la pelirroja mientras señalaba el mapa—. Y el camino hacia el puesto de avanzada de la ONU recorre este penacho.

—¿Qué hay en esa localización? —preguntó Thorsson con el ceño fruncido.

El rechoncho sacó otro mapa y lo estudió con atención unos segundos.

—Parecen ser unos viejos túneles de servicio del sistema hidropónico de la cúpula. Aquí indica que no se han usado en décadas.

—Vamos —dijo Thorsson—, el tipo de túneles que alguien usaría para transportar en secreto algo peligroso.

—Sí —afirmó la pelirroja—. Quizá lo transportaban hacia ese puesto de avanzada de los marines, pero perdieron el control. Los marines lo abandonaron y escaparon al ver que no podían hacer nada.

Bobbie rio con desprecio sin poder reprimirse.

—¿Algo que añadir, sargenta Draper? —preguntó Thorsson.

Thorsson la miraba con una sonrisa enigmática, pero Bobbie había trabajado a sus órdenes el tiempo suficiente para saber que una de las cosas que más odiaba era hablar por hablar. Si te dirigías a él, tenía que ser para aportar algo útil. Los dos civiles la miraban sorprendidos, como si fuera una cucaracha que acabara de erguirse y hablar.

Bobbie negó con la cabeza.

—Cuando era cadete, ¿saben qué decía mi entrenador que era la cosa más peligrosa del Sistema Solar después de un marine de Marte?

Los civiles no dejaron de mirarla, pero Thorsson asintió y articuló con los labios la respuesta al mismo tiempo que ella.

—Una marine de la ONU.

El rechoncho y la pelirroja cruzaron la mirada y ella puso los ojos en blanco.

—Así que no cree que los soldados de la ONU huyeran de algo que se les descontroló.

—Ni de puta coña, señora.

—Pues díganos cuál es su versión.

—El puesto de avanzada de la ONU contaba con un pelotón completo de marines, la misma potencia de fuego que tenía el nuestro. Cuando empezaron a replegarse, solo quedaban seis. Lucharon casi hasta que no quedó nadie en pie. Cuando corrieron hacia nosotros, no intentaban huir: lo hacían para que nosotros los ayudáramos en el combate.

El rechoncho recogió un bolso de cuero del suelo y empezó a buscar en el interior. La pelirroja lo miró, como si aquello le pareciera mucho más interesante que lo que acababa de afirmar Bobbie.

—Si fuese un secreto que los marines de la ONU tenían órdenes de entregar o de proteger, no se habrían acercado a nosotros. Habrían muerto ahí dentro antes de abandonar la misión. Es lo mismo que habríamos hecho nosotros.

—Gracias —dijo Thorsson.

—A ver, es que ni siquiera era nuestro problema, y hasta el último de nosotros luchó para detener esa cosa. ¿Creen que los marines de la ONU habrían hecho algo diferente?

—Gracias, sargenta —repitió Thorsson en voz más alta—. Estoy de acuerdo, pero tenemos que valorar todas las posibilidades. Tendremos en cuenta sus comentarios.

El rechoncho por fin encontró lo que buscaba. Una cajita de caramelos de menta. Sacó uno y se la pasó a la pelirroja. El olor dulce de la hierbabuena llenó el ambiente. Con la boca llena, el rechoncho dijo:

—Sí, gracias, sargenta. Creo que podemos continuar sin robarle más de su tiempo.

Bobbie se puso en pie, dedicó otro saludo militar a Thorsson y abandonó la habitación. El corazón le latía acelerado. La mandíbula le dolía por apretar los dientes.

Los civiles no lo entendían. Nadie lo entendía.

Cuando el capitán Martens llegó al muelle de carga, Bobbie acababa de terminar de desmontar el arma del interior del brazo derecho de su armadura de combate. Separó la ametralladora Gatling de tres cañones de la montura y la colocó a su lado en el suelo, junto a la docena de partes que ya había desencajado. Al lado tenía una lata de limpiador de armas, una botella de lubricante y las varillas y cepillos que usaba para limpiarlas.

Martens esperó a que Bobbie colocara el arma sobre el tapete y luego se sentó a su lado en el suelo. Bobbie insertó un cepillo en el extremo de una varilla, lo sumergió en el limpiador y comenzó a pasarlo por el arma, cañón a cañón. Martens la observó.

Al cabo de unos minutos, reemplazó el cepillo por un trapo pequeño y retiró los restos del limpiador que habían quedado en los cañones. Luego pasó un trapo humedecido con lubricante de armas por los cañones para engrasarlos. Martens habló al fin cuando Bobbie ya estaba engrasando los complejos engranajes que conformaban los mecanismos de la Gatling y el sistema de alimentación de munición.

—¿Sabe? —dijo—. Thorsson lleva la inteligencia naval en la sangre. Entrenó directamente como oficial y fue el mejor de su clase en la academia y el primero de los candidatos para cargos de mando en la flota. Nunca ha hecho nada que no esté relacionado con la inteligencia. La última vez que disparó un arma fue durante las seis semanas que estuvo de cadete, hace veinte años. Nunca ha dirigido una escuadra militar ni servido en un pelotón de combate.

—Es una historia fascinante —replicó Bobbie mientras dejaba a un lado el lubricante y se ponía en pie para empezar a montar el arma—. Muchas gracias por contármela.

—Entonces —continuó Martens, sin titubear—, ¿se imagina cómo de jodida tiene que estar para que Thorsson empiece a preguntarme si es posible que padezca neurosis de guerra?

Bobbie dejó caer la llave inglesa que tenía en la mano, pero la cogió con la otra mano en el aire.

—¿Esto un interrogatorio oficial? Porque si no, puede irse a tomar por...

—¿Esto? ¿Tengo cara de empollón? —respondió Martens—. Soy marine. Diez años de servicio antes de conseguir una beca de estudios. Graduado en Psicología y Teología.

A Bobbie le picaba la punta de la nariz y se la rascó sin pensar. Empezó a olerle a lubricante y llegó a la conclusión de que se lo había restregado por la cara. Martens la miró, pero no dejó de hablar. Para callarlo, Bobbie hizo todo el ruido que le fue posible montando el arma.

—He liderado simulacros de combate, entrenamientos cuerpo a cuerpo y juegos de guerra —continuó, levantando un poco la voz—. ¿Sabía que fui cadete en el mismo campamento en el que su padre fue sargento primero? El sargento mayor Draper es un buen hombre. Para los cadetes era poco menos que un dios.

Bobbie miró hacia arriba y entrecerró los ojos. La manera en la que el loquero afirmaba conocer a su padre le parecía sospechosa.

—Es cierto. Y si estuviera aquí en este momento, estaría aconsejándole que me escuchara.

—Que le follen —respondió Bobbie. Se imaginó a su padre haciendo una mueca de dolor al verla soltar aquel taco para ocultar su pánico—. No tiene ni puta idea.

—Algo sé. Sé que cuando una sargenta de artillería con su nivel de entrenamiento y agudeza para el combate deja que un administrativo imberbe le dé un repaso, es que algo va mal de cojones.

Bobbie tiró al suelo la llave inglesa, lo que hizo que el bote de lubricante de armas cayera a un lado y el líquido empezara a extenderse por el tapete como una mancha de sangre.

—¡Me he caído, joder! Estábamos a un g y... y me he caído y ya está.

—¿Y qué ha pasado en la reunión de hoy? Cuando ha gritado a dos analistas de inteligencia civiles que un marine preferiría morir a fracasar, digo.

—No he gritado —repuso Bobbie, sin saberlo a ciencia cierta. Las imágenes que recordaba de la reunión se habían vuelto borrosas al salir de la sala.

—¿Cuántas veces ha disparado esa arma desde que la limpió ayer?

—¿Cómo? —preguntó Bobbie. Sintió náuseas, pero no supo por qué.

—Y ya puestos, ¿cuántas veces la había disparado anteayer antes de que ayer se pusiera a limpiarla? ¿Y el día anterior?

—Basta —respondió Bobbie, haciendo un gesto poco entusiasta con la mano hacia Martens mientras buscaba un lugar en el que sentarse.

—¿Ha disparado esa arma desde que subió a bordo de la *Dae-Jung*? Porque le puedo asegurar que la ha limpiado todos los días desde su llegada. E incluso ha llegado a hacerlo dos veces algunos días.

—Es que... —respondió Bobbie mientras su cuerpo hacía un ruido sordo al sentarse sobre un contenedor de munición. No recordaba haber limpiado el arma el día anterior—. No lo sabía.

—Eso es trastorno por estrés postraumático, Bobbie. No es una debilidad ni un fracaso moral. Es lo que ocurre cuando se pasa por una experiencia terrible. Ahora mismo no es capaz de procesar lo que les ocurrió a sus hombres y a usted en Ganímedes, y por eso actúa de forma irracional —dijo Martens. Luego se acercó para agacharse a su lado. Por un momento, Bobbie tuvo miedo de que le cogiera la mano, porque si lo hacía era probable que le golpeara.

No lo hizo.

—Está avergonzada —continuó Martens—, pero no hay nada de lo que avergonzarse. La han entrenado para ser fuerte, competente y estar preparada para cualquier cosa. Le han asegurado que si se limita a hacer su trabajo y no olvida ese entrenamiento, será capaz de afrontar cualquier amenaza. Y sobre todo, le han enseñado que las personas más importantes del mundo son aquellos con quienes comparte línea de fuego.

Algo cayó por su mejilla debajo de un ojo y Bobbie se frotó la zona con tanta fuerza que terminó por nublársele la vista.

—Luego le ocurrió algo para lo que su entrenamiento no la había preparado y contra lo que no tenía ningún mecanismo de defensa. Ha perdido a sus compañeros y amigos.

Bobbie hizo un amago de responder y se dio cuenta de que llevaba un rato conteniendo el aliento, por lo que en lugar de hablar soltó el aire de improviso. Martens continuó.

—La necesitamos, Roberta. La necesitamos de vuelta. Nunca me he sentido como usted, pero conozco a mucha gente que sí y sé cómo ayudar. Si me lo permite. Si habla conmigo. No puedo hacer que olvide. No puedo curarla. Pero puedo hacer que se sienta mejor.

—No me llame Roberta —dijo Bobbie, en voz tan baja que casi no pudo ni oírse ella misma.

Realizó algunas respiraciones rápidas para tranquilizarse e intentó no hiperventilar. Empezó a percibir todos los olores que había en la bodega. El olor a goma y metal de su armadura, que se contraponía a los olores ácidos del lubricante de armas y del fluido hidráulico, olores añejos impregnados en el metal a pesar de todas las veces que los marines habían limpiado las cubiertas. Pensar que miles de marines y tripulantes habían pasado por aquel lugar, trabajado con el equipamiento y limpiado los mismos mamparos hizo que volviera en sí.

Se inclinó sobre el arma que acababa de montar y la levantó del tapete antes de que la alcanzara el río de lubricante de armas.

—No, capitán, hablar con usted no va a hacer que me sienta mejor.

—¿Y qué lo hará, sargenta?

—¿Sabe esa cosa que atacó a mis amigos y que hizo estallar esta guerra? Alguien la soltó en Ganímedes —dijo mientras colocaba el arma en la montura con un chasquido metálico y agudo. Impulsó con la mano el cañón triple para hacerlo girar y este emitió el siseo aceitoso de los rodamientos de alta calidad—. Voy a encontrar a los responsables. Y voy a matarlos.

9

Avasarala

El informe tenía más de tres páginas, pero Soren había conseguido encontrar a alguien con los huevos para reconocerlo cuando no sabía alguna cosa. En Venus ocurría algo extraño, más extraño aún de lo que Avasarala sabía o había llegado a imaginar. Una urdimbre de filamentos cubría el planeta casi por completo, formando un diseño de hexágonos de cincuenta kilómetros de largo. Aparte de que los filamentos parecían transportar agua sobrecalentada y corrientes eléctricas, nadie parecía saber qué eran con exactitud. La gravedad del planeta se había incrementado un tres por ciento. Remolinos de benceno e hidrocarburos complejos se emparejaban como nadadores sincronizados para barrer los cráteres donde los restos de la estación Eros habían impactado contra la superficie del planeta. Los mejores científicos del Sistema Solar estudiaban los datos con la boca abierta y la única razón por la que todavía no habían entrado en pánico era porque no sabían de qué tener miedo.

Por una parte, aquella metamorfosis venusiana era la mayor herramienta científica de todos los tiempos. Sea lo que fuera lo que había ocurrido, lo había hecho ante los ojos de todo el mundo. No había por medio acuerdos de confidencialidad ni contratos anticompetitivos de los que preocuparse. Todo el que tuviera un escáner con la sensibilidad necesaria podría echar un vistazo a través de las nubes y ver lo que ocurría allí en cualquier momento. Los análisis eran confidenciales, los estudios realizados a posteriori los financiaban las empresas, pero los datos en bruto estaban orbitando en torno al Sol, a disposición de todo el mundo.

Pero, por otra parte, el problema era que aquello era como si un grupo de lagartos vieran un partido del Mundial de fútbol. Por decirlo de manera suave, no estaban muy seguros de qué estudiaban.

Aun así, los datos eran claros. El ataque a Ganímedes y el repunte de la energía que emitía Venus habían ocurrido justo al mismo tiempo. Y nadie sabía la razón.

—Joder, esto no sirve para nada —dijo Avasarala.

Apagó el terminal portátil y miró por la ventana. A su alrededor, la cafetería estaba sumida en un murmullo constante, como si se encontraran en un restaurante de lujo, pero sin la engorrosa necesidad de pagar. Las mesas eran de madera de verdad y estaban ordenadas con mimo para que todo el mundo disfrutara de las vistas y pudiera mantener una conversación privada si quería. Estaba lloviendo. Aunque las gotas no hubieran golpeado los cristales de las ventanas y emborronado las vistas del cielo y la ciudad, Avasarala lo habría sabido por el olor. Su almuerzo, *saag aloo* frío con algo parecido a pollo *tandoori*, estaba en la mesa sin tocar. Soren seguía sentado frente a ella, con una expresión educada y alerta, como un perro labrador.

—No hay datos que indiquen que se haya producido un despegue —afirmó Soren—. Sea lo que sea lo que hay en Venus, habría tenido que viajar a Ganímedes, y no hay señales de ello.

—Lo que sea que hay en Venus cree que la inercia es optativa y la gravedad no es una constante. No sabemos cómo sería un despegue de esa cosa. Con la información que tenemos en estos momentos, podría llegar a Júpiter a pie.

El chico asintió, aceptando el argumento.

—¿Cómo va lo de Marte?

—Han aceptado reunirse aquí con nosotros. Vienen naves en camino con una delegación diplomática y sus testigos.

—¿Esa marine? ¿Draper?

—Sí, señora. El almirante Nguyen dirige la escolta.
—¿Se está portado bien?
—Por ahora sí.
—Muy bien. ¿Qué es lo que toca ahora? —preguntó Avasarala.
—Jules-Pierre Mao la espera en su despacho, señora.
—Hazme un resumen de él con todo lo que consideres importante.

Soren parpadeó. Un relámpago iluminó el interior de las nubes.

—Ya le envié el informe...

Avasarala sintió una punzada a medio camino entre la irritación y la vergüenza. Se había olvidado de que tenía el historial de aquel hombre en su cola de lecturas desde el día anterior, junto a otros treinta documentos, pero había dormido mal esa noche por culpa de una pesadilla en la que Arjun moría de manera inesperada. Soñaba con enviudar desde que su hijo había muerto en un accidente de esquí, como si su mente confundiera a los dos únicos hombres que había amado en su vida.

Había querido revisar aquella información antes del desayuno, pero se había olvidado. No lo iba a admitir delante de un mocoso europeo, por muy listo, competente y obediente que fuera.

—Sé lo que decían esas instrucciones, lo sé todo —dijo mientras se levantaba—. Es una maldita prueba. Lo que quiero saber es lo que tú crees que es importante sobre él.

Echó a andar en dirección a las puertas talladas de madera de roble a una velocidad que hizo que Soren tuviera que apresurarse para mantener el ritmo.

—El señor Mao es el individuo que controla el interés mayoritario de Mercancías Mao-Kwikowski —dijo Soren, en voz tan baja que solo lo oyó ella—. Antes del incidente, era uno de los mayores proveedores de Protogen. El equipo médico, las estancias para la radiación, el equipo de vigilancia y la infraestructura de encriptación que Protogen puso en Eros o usó para construir aquella estación fantasma salió de un almacén de Mao-Kwik y viajó en un carguero de Mao-Kwik.

—¿Y por qué no lo han metido entre rejas? —preguntó Avasarala mientras empujaba las puertas y se internaba en el pasillo del otro lado.

—No hay pruebas de que Mao-Kwik supiera para qué se iba a utilizar aquel equipo —respondió Soren—. Cuando se supo la verdad sobre Protogen, Mao-Kwik fue uno de los primeros que aportó la información necesaria al comité de investigación. Si la empresa, o él en concreto, no hubiera entregado un terabyte de correos confidenciales, puede que nunca se hubiera podido involucrar a Gurmansdottir y Kolp.

Un hombre de pelo canoso y nariz ancha andina que caminaba hacia ellos levantó la vista de su terminal portátil y la saludó con la cabeza mientras se acercaba.

—Víctor —dijo Avasarala—, siento lo de Annette.

—Los doctores dicen que todo irá bien —dijo el andino—. Le diré que has preguntado por ella.

—Dile también que le aconsejo salir pitando de la cama antes de que su marido empiece a pensar obscenidades —dijo, y el andino rio al pasar. Luego Avasarala se dirigió a Soren—: ¿Quería llegar a un trato? ¿Cooperar a cambio de su perdón?

—Esa es una de las interpretaciones, pero la mayoría da por hecho que fue una venganza personal por lo ocurrido con su hija.

—Estaba en Eros —dijo Avasarala.

—Se *convirtió* en Eros —afirmó Soren mientras entraban en el ascensor—. Fue el foco de la infección. Los científicos creen que la protomolécula se desarrolló usando su cuerpo y su cerebro como plantilla.

Las puertas se cerraron y el ascensor ya sabía quién estaba dentro y adónde se dirigía. Empezó a descender despacio mientras Avasarala arqueaba las cejas.

—Por lo que cuando empezaron a negociar con esa cosa...

—En realidad hablaban con lo que quedaba de la hija de Jules-Pierre Mao —dijo Soren—. O eso creían, al menos.

Avasarala silbó por lo bajo.

—¿He pasado la prueba, señora? —preguntó Soren, con el rostro inexpresivo y tranquilo a excepción de unas pequeñas arrugas alrededor de los ojos que indicaban que sabía que su jefa se la había jugado. Avasarala no consiguió reprimir una sonrisa.

—A nadie le gustan los sabihondos —dijo.

El ascensor se detuvo y las puertas se abrieron.

Jules-Pierre Mao estaba sentado frente al escritorio de Avasarala e irradiaba una sensación de tranquilidad con una leve pizca de diversión. Avasarala le echó un vistazo y se fijó en los detalles: llevaba un traje de seda de calidad de un color entre beis y gris, amplias entradas que no había tratado con terapia capilar y unos ojos azules muy llamativos con los que era probable que hubiera nacido. Enarbolaba la edad como una afirmación de que luchar contra las inclemencias del tiempo y la mortalidad era algo nimio para él. Con veinte años menos tenía que haber sido guapo hasta decir basta. Seguía siéndolo, pero encima tenía clase, y, al verlo, Avasarala sintió el impulso animal de que aquel hombre tenía que gustarle.

—Señor Mao —dijo saludándolo con la cabeza—. Siento haberle hecho esperar.

—No es la primera vez que trabajo con el gobierno —respondió él. Tenía un acento europeo capaz de derretir el hielo—. Entiendo las limitaciones. ¿Qué puedo hacer por usted, ayudante de la subsecretaría?

Avasarala se dejó caer en su silla. El Buda le sonrió con serenidad desde su lugar en la pared. La lluvia seguía empañando la ventana, y la sombra de las gotas daba la impresión de que Mao lloraba. Avasarala unió las puntas de los dedos en ademán reflexivo.

—¿Le apetece un té?

—No, gracias —respondió Mao.

—¡Soren! Tráeme un té.

—Sí, señora —respondió el chico.

—Soren.

—¿Señora?

—No hay prisa.

—Claro que no, señora.

La puerta se cerró detrás de él. Mao sonrió, con aspecto cansado.

—¿Debería haber venido con mis abogados?

—¿Esos mamones? De ningún modo —dijo Avasarala—. Se acabaron los juicios. No quiero reavivar ninguna disputa legal. Hay trabajo que hacer.

—Se lo agradezco —dijo Mao.

—Tengo un problema —continuó ella—. Y no sé cuál es.

—¿Y cree que yo sí?

—Es posible. He repasado las transcripciones de muchas vistas sobre distintos temas. En la mayoría de los casos, son poco más que intentos de cubrirse el culo. Si algún día se llega a conocer la verdad sin paliativos, será gracias a una cagada de alguien.

Aquellos brillantes ojos azules se entrecerraron. La sonrisa se volvió menos complaciente.

—¿Cree que mis ejecutivos y yo hemos sido poco colaborativos? He metido en prisión a hombres poderosos por su causa, ayudante de la subsecretaría. He arriesgado mucho.

En la distancia se oyó el murmullo plañidero de un trueno. La lluvia redobló su golpeteo incansable contra la ventana. Avasarala se cruzó de brazos.

—Es cierto, pero eso no lo convierte en un incauto. Sigue habiendo cosas que ha declarado bajo juramento y otras por las que pasa por encima. Esta sala no está monitorizada. Es una reunión extraoficial. Me gustaría que me dijera todo lo que sabe sobre la protomolécula y no se haya dicho en esas vistas.

El silencio entre ellos se extendió. Avasarala se fijó en su cara y en su cuerpo para buscar alguna señal, pero era imposible leer a aquel hombre. Llevaba mucho tiempo dedicándose a ello y era muy bueno. Todo un profesional.

—Hay cosas que tienden a perderse —continuó Avasarala—.

En una ocasión, durante la crisis financiera, encontramos toda una unidad de auditoría que nadie recordaba. Así es como se hacen las cosas. Se coge una parte del problema, se separa y se hace que alguien se ponga a trabajar en ella, y luego se repite con otra parte de ese problema. Al poco tiempo, se termina con siete, ocho o cientos de pequeños compartimentos con gente trabajando, que no se pueden comunicar entre sí porque vulnerarían los protocolos de seguridad.

—Y usted cree que...

—Que acabamos con Protogen y usted nos ayudó. Solo le pregunto si sabe de la existencia de alguno de esos pequeños compartimentos. Y la verdad es que espero que me diga que sí.

—¿Es una petición del secretario general o de Errinwright?

—No. Es mía.

—Ya les he dicho todo cuanto sé —dijo Mao.

—No le creo.

La máscara bajo la que cubría su verdadera personalidad tituló. Duró solo un instante y la única prueba fue un cambio en el ángulo de su espalda y en la rigidez de su mandíbula, que volvieron a su lugar de inmediato. Era rabia. Interesante.

—Mataron a mi hija —dijo en voz baja—. Aunque hubiera tenido algo que esconder, no lo haría.

—¿Cómo es que afectó precisamente a su hija? —preguntó Avasarala—. ¿Fueron a por ella? ¿Alguien la estaba usando contra usted?

—Fue mala suerte. Estaba en las profundidades del espacio, tratando de demostrar algo. Era joven, rebelde y estúpida. Intentamos que volviera a casa, pero... pero estuvo en el lugar equivocado en el momento equivocado.

Algo se iluminó en las profundidades de la mente de Avasarala. Una corazonada. Un impulso. Le hizo caso.

—¿Ha tenido noticias de ella desde lo ocurrido?

—No la comprendo.

—Desde que la estación Eros colisionó contra Venus, ¿se ha puesto en contacto con usted?

Era interesante observar cómo fingía enfadarse. Casi parecía de verdad. Avasarala no podría haber identificado qué era lo que no cuadraba. La chispa de inteligencia en sus ojos, quizá. La sensación de que estaba más presente que antes. La rabia de verdad hacía que la gente perdiera los estribos. La que veía en él era una táctica.

—Mi Julie está muerta —dijo, con voz temblorosa y teatral—. Murió cuando esa maldita mierda alienígena cayó en Venus. Murió para salvar la Tierra.

Avasarala lo enfrentó con tranquilidad. Bajó la voz y adquirió la expresión de una abuelita preocupada. Si él iba a hacer de hombre compungido, ella haría de madre.

—Pero algo sobrevivió —respondió ella—. Algo sobrevivió al impacto y todo el mundo lo sabe. Tengo razones para pensar que no se ha limitado a quedarse allí. Si algo de su hija ha sobrevivido a esa transformación, puede que haya intentado comunicarse de alguna manera. Que se haya puesto en contacto con usted o con su madre.

—No hay nada en el mundo que desee más que la supervivencia de mi niña —respondió Mao—, pero está muerta.

Avasarala asintió.

—Muy bien —dijo.

—¿Alguna otra cosa?

Volvió a ver aquella rabia falsa. Avasarala se pasó la lengua por la parte trasera de los dientes mientras pensaba. Ahí ocurría algo, había algo oculto, pero no sabía a qué atenerse con Mao.

—¿Sabe lo que ha ocurrido en Ganímedes? —preguntó.

—Ha habido un enfrentamiento —respondió él.

—Puede que sea algo más —dijo ella—. La cosa que mató a su hija sigue ahí fuera. Estaba en Ganímedes. Voy a descubrir cómo y por qué.

Mao hizo como si recibiera un golpe. ¿Sería fingida aquella sorpresa?

—Ayudaré en todo lo que esté en mi mano —dijo en voz baja.

—Empiece por decirme si ocultó algo durante las vistas. Si hubo algún socio al que decidió no nombrar, algún programa de respaldo o personal auxiliar que prefirió dejar al margen. No me importa si no eran legales, puedo conseguirle una amnistía para casi cualquier cosa, pero necesito saberlo. Ahora mismo.

—¿Una amnistía? —preguntó Mao, como si creyera que se trataba de una broma.

—Si confiesa ahora, sí.

—En caso de que así fuera, no dudaría en decírselo —respondió—. Les he contado todo cuanto sé.

—Pues muy bien. Siento haberle hecho perder el tiempo. Y... también haber hurgado en heridas del pasado. Yo también he perdido a un hijo. Charanpal tenía quince años. Murió en un accidente de esquí.

—Lo siento mucho —dijo Mao.

—Si descubre algo más, hágamelo saber —dijo ella.

—Lo haré —respondió él mientras se levantaba del asiento. Avasarala dejó que llegara casi hasta la puerta antes de volver a dirigirse a él.

—¿Jules?

El hombre giró la cabeza y miró por encima del hombro. Parecía un fotograma sacado de una película.

—Si en algún momento descubro que sabía algo más y me lo ha ocultado, no me lo tomaré bien —dijo Avasarala—. Y le aseguro que no soy la clase de persona a la que le conviene joder.

—Si no lo sabía antes de entrar, ahora lo sé muy bien —dijo Mao. Se marchó con aquella frase, tan buena como cualquier otra para despedirse. La puerta se cerró detrás de él. Avasarala suspiró y se reclinó en la silla. Se giró para mirar el Buda.

—Menuda ayuda de mierda que has sido, gordo engreído —dijo.

La estatua, que no era más que una estatua, no respondió. Avasarala apagó las luces y dejó que la tonalidad grisácea de la tormenta inundara la habitación. Había algo en Mao que la incomodaba.

Quizá fuese solo el practicado control de un negociador corporativo de alto nivel, pero Avasarala tenía la sensación de que la había dejado fuera de juego. Excluida. Aquello también era interesante. Se preguntó si Mao intentaría contraatacar, quizá recurrir a alguien más alto en la jerarquía. Merecería la pena avisar a Errinwright de que esperara una llamada furiosa.

Se preguntó si no sería demasiado creer que quedaba algo humano en Venus. La protomolécula, al menos lo que se sabía de ella, se había diseñado para apropiarse de la vida primigenia y rehacerla a su antojo. Pero... quizá la complejidad de la mente humana había sido demasiado para controlarla en su totalidad y aquella chica había sobrevivido al desastre de alguna manera. En caso de que hubiera intentado ponerse en contacto con su padre...

Avasarala cogió su terminal portátil y abrió una conexión con Soren.

—¿Señora?

—Cuando te he dicho que no había prisa, no me refería a que te tomaras el puto día libre. ¿Dónde está mi té?

—En camino, señora. Me han retrasado. Tengo un informe que quizá le interese.

—Será menos interesante si el té está frío —dijo ella antes de desconectarse.

Era probable que poner a Mao cualquier tipo de vigilancia fuera imposible. Mercancías Mao-Kwikowski contaría con sus propios sistemas de comunicaciones, programas de cifrado y varias empresas rivales tan bien financiadas como la Organización de las Naciones Unidas que ya estarían intentando descubrir sus secretos corporativos. Pero quizás hubiera otra manera de vigilar las comunicaciones que se originaban en Venus e iban dirigidas a las instalaciones de Mao-Kwik. O los mensajes dirigidos a ese pozo de gravedad.

Soren llegó con una bandeja en la que había una tetera de metal y una taza de cerámica sin asa. Sin hacer ningún comentario sobre la oscuridad, anduvo con cuidado hacia el escritorio, dejó allí la bandeja y sirvió una taza de té oscuro y humeante. Luego depositó su terminal portátil al lado de la taza en el escritorio.

—Podrías haberme enviado una puta copia —dijo Avasarala.

—Así queda más emocionante, señora —respondió Soren—. La apariencia lo es todo.

Avasarala resopló y cogió la taza con empaque, para luego soplar en aquella superficie oscura antes de echar un vistazo al terminal portátil. Los datos de la parte inferior derecha de la pantalla indicaban que correspondía a un lugar fuera de Ganímedes y siete horas antes. También indicaban el código de identificación del informe asociado. El hombre de la imagen era fornido como un terrícola, moreno, con el pelo descuidado y un estilo peculiar de guapura. Avasarala frunció el ceño sin dejar de dar sorbos al té.

—¿Qué le ha pasado en la cara? —preguntó.

—El encargado de la investigación cree que la barba forma parte de un disfraz.

Avasarala resopló.

—Vaya, pues menos mal que no se ha puesto gafas, porque entonces sí que no lo habríamos reconocido. ¿Qué cojones hace James Holden en Ganímedes?

—Ha llegado en una nave de rescate, no en la *Rocinante*.

—¿Lo habéis confirmado? Ya sabes que esos cabrones de la APE pueden falsificar códigos de registro.

—El encargado de la investigación realizó un análisis visual del diseño interior y comprobó los registros. Además, entre la tripulación no se encuentra el piloto habitual de Holden, por lo que creemos que espera oculto en algún lugar al alcance de un mensaje láser —dijo Soren. Hizo una pausa—. Holden todavía tiene una orden de detención.

Avasarala volvió a encender las luces. Las ventanas se volvieron a convertir en espejos oscuros y echaron la tormenta de nuevo al exterior.

—Dime que no lo hemos capturado —dijo Avasarala.

—No lo hemos capturado —respondió Soren—. Hemos puesto un equipo de vigilancia a él y a su equipo, pero la situación actual de la estación no nos permite observarlos de cerca. Tampoco parece que Marte esté al corriente de que Holden está allí, así que por el momento intentamos que sigan sin saberlo.

—Me alegro de que tengamos a alguien ahí fuera que sabe llevar una operación de inteligencia. ¿Se sabe qué hace Holden ahí?

—Por el momento, se parece mucho a una misión de ayuda humanitaria —dijo Soren mientras se encogía de hombros—. No hemos visto que se reúna con nadie de interés. Hace preguntas. Estuvo a punto de tener problemas con unos oportunistas que desvalijan naves de rescate, pero terminaron por echarse atrás. Todavía es pronto, de todas maneras.

Avasarala dio otro sorbo al té. Tenía que reconocerlo, aquel chico sabía hacer bien las cosas. O quizá conocía a alguien que sabía hacer bien las cosas, daba igual. Si Holden estaba allí, aquello solo podía significar que la APE tenía algún interés en la situación de Ganímedes. Y que no tenían a nadie más en el lugar que les informara.

Que la APE quisiera información no revelaba gran cosa. Incluso si hubiera estado habitada por un puñado de idiotas de gatillo fácil, Ganímedes era una estación fundamental para el sistema joviano y el Cinturón. No era de extrañar que la APE quisiera tener ojos sobre el terreno. Pero enviar a Holden, el único superviviente de la estación Eros, era demasiada coincidencia.

—No saben lo que es —dijo en voz alta.

—¿Señora?

—Han enviado a alguien con experiencia con la protomolécula por alguna razón. Quieren descubrir qué coño está ocurriendo, lo que quiere decir que no lo saben. Por lo que... —Suspiró—. Por lo que no es cosa de ellos. Qué pena, joder. Que sepamos, son los únicos que tienen una muestra viva de esa cosa.

—¿Qué quiere que haga el equipo de vigilancia?

—Vigilar —espetó ella—. Que no le quiten el ojo de encima,

que controlen con quién habla y lo que hace. Quiero informes diarios si no hay nada interesante e información en tiempo real en caso contrario.

—Sí, señora. ¿Quiere que lo capturemos?

—Detenedlos, a él y a su equipo, cuando intenten marcharse de Ganímedes. Si no lo hace, manteneos al margen e intentad que no os descubran. Holden es idiota, pero no es estúpido. Si descubre que lo vigilamos, podría ponerse a emitir imágenes de todos nuestros activos en Ganímedes o cualquier otra cosa. No subestiméis su capacidad para joderlo todo.

—¿Algo más?

Otro relámpago. Luego el trueno. Una tormenta más entre los billones que habían asolado la Tierra desde sus inicios, cuando algo había intentado por primera vez acabar con la vida del planeta. Algo que en esos momentos estaba en Venus. Reproduciéndose.

—Búscame una forma de enviar un mensaje a Fred Johnson sin que Nguyen ni los marcianos se enteren —respondió—. Puede que tengamos que hacer alguna negociación extraoficial.

10

Prax

—Lo hago porque *pas kirrup* —dijo el chico sentado en el catre—. *Porra* ensalada, *sa-sa*? Antes eran diez mil.

No podía tener más de veinte años. Una edad con la que podría haber sido hijo de Prax y con la que también podría haber sido padre de Mei. Un jovenzuelo delgado de figura adolescente que siempre había vivido a baja gravedad. Su delgadez ya era improbable de por sí, y, además, se moría de hambre.

—Puedo firmarte un pagaré, si crees que va a ser mejor —respondió Prax.

El chico sonrió y le dedicó un gesto obsceno.

Por su trabajo, Prax sabía que para los planetas interiores la jerga de los cinturianos era una reafirmación del origen del hablante. Gracias a haber vivido como un botánico en Ganímedes, también sabía que era un indicador de clase social. Se había criado entre tutores que le hablaban en chino y en inglés sin acento. Había hablado con hombres y mujeres de todo el sistema. Por la manera en la que alguien pronunciaba «alopoliploide» podía discernir si esa persona había salido de una universidad de Pekín o de una de Brasil, o si habían crecido a la sombra de las Montañas Rocosas, del monte Olimpo o en los pasillos de la estación Ceres. Él también había crecido en microgravedad, pero el dialecto cinturiano le sonaba tan extraño como a cualquier recién salido de un pozo de gravedad. Si el chico hubiera querido decir algo que Prax no entendiera, no le habría costado el menor esfuerzo. Pero Prax le había pagado por un servicio y sabía que lo que pretendía era regatearle el precio.

El teclado de programación era el doble de grande que un terminal portátil normal y tenía el plástico gastado por el uso. Una barra de progreso se llenaba poco a poco por un lado mientras unos mensajes en chino simplificado rotaban cada vez que avanzaba.

Aquel hueco era uno de los baratos que estaban cerca de la superficie de la luna. No tendría más de tres metros de ancho y cuatro bastos habitáculos enclavados en el hielo de un pasillo público que no era ni más amplio ni estaba mejor iluminado. El plástico viejo de las paredes brillaba por la humedad de la condensación. Se encontraban en la habitación más alejada del pasillo, el chico en su catre y Prax de pie, encorvado en el umbral de la puerta.

—No puedo asegurarte que la grabación esté completa —dijo el chico—. Esto es lo que hay, *tu sais*?

—Cualquier cosa que tengas me valdrá.

El chico asintió una vez. Prax no sabía cómo se llamaba. Aquella pregunta estaba fuera de lugar. Le había llevado muchos días encontrar a alguien dispuesto a piratear el sistema de seguridad y para ello había tenido que navegar entre su propia estupidez, la economía sumergida de la estación Ganímedes y el hambre y la desesperación que no dejaban de crecer hasta en los barrios más corruptos.

Un mes antes, aquel chico podía haber estado birlando datos comerciales que revender o guardar como rehenes para obtener un crédito privado fácil de blanquear. Aquel día se dedicaba a buscar a Mei a cambio de algunas hojas con las que elaborar un pequeño almuerzo. El trueque agricultural, el sistema económico más antiguo de la historia de la humanidad, había llegado a Ganímedes.

—Sistema de autentificación superado —dijo el chico—. Ya estoy metido hasta el culo en los servidores.

—Pero si no puedes piratear los servidores de seguridad...

—No hace falta. Las cámaras tienen memoria y la memoria

se almacena. Desde el cierre de la estación la memoria no ha hecho más que llenarse sin que nadie la revise.

—Estás de broma, ¿no? —dijo Prax—. ¿Me estás diciendo que los dos mayores ejércitos del Sistema Solar se están vigilando y a nadie le ha dado por mirar las cámaras de seguridad?

—Se vigilan entre ellos. No les importamos un pimiento.

La barra de progreso terminó de llenarse y se oyó un pitido. El chico abrió una lista de códigos de identificación y empezó a pasar páginas mientras murmuraba. De la habitación de enfrente llegaba amortiguado el llanto lastimero de un bebé. Parecía que tenía hambre. Cómo no.

—¿Es tu hijo?

El chico negó con la cabeza.

—Un aval —respondió, y tocó dos veces un código. Se abrió una nueva ventana. Apareció una sala amplia. Una puerta medio fundida y forzada. Marcas de quemaduras en las paredes y, lo que era peor, un charco de agua. En aquel lugar no había agua gratis. Aquello significaba que los controles medioambientales estaban muy por debajo de los mínimos de seguridad. El chico miró a Prax.

—*C'est la?*

—Sí —respondió Prax—. Esa es.

El chico asintió y se inclinó de nuevo sobre la consola.

—Necesito las imágenes de antes del ataque. Antes de que el espejo se viniera abajo —dijo Prax.

—*Fale*, jefe. A revisar. Pasamos de las imágenes con delta cero. Solo las que haya algo nuevo, *oui?*

—Bien. Muy bien.

Prax se acercó y se inclinó sobre el hombro del chico. La imagen parpadeó y en la pantalla no cambió nada a excepción del charco, que se hacía más pequeño. Estaban viajando hacia atrás en el tiempo, durante días y semanas, hacia el momento en el que todo se había ido al traste.

En la pantalla aparecieron médicos que, en aquel mundo al revés, andaban hacia atrás y dejaban un cadáver al lado de la puerta. Luego dejaban otro encima. Los dos cadáveres yacían sin moverse, hasta que uno empezó a tocar la pared con suavidad, luego con más fuerza y en un abrir y cerrar de ojos se puso en pie con esfuerzo y se marchó.

—Debería haber una chica. Busco a alguien que se haya llevado a una niña de cuatro años.

—Pero si esto es la guardería, *non?* Las habrá a montones.

—Busco a una en concreto.

El segundo cadáver, de mujer, se incorporó y luego se levantó mientras se agarraba la barriga. Un hombre apareció en la imagen. Llevaba un arma en la mano y curó la herida al hacer que la bala saliera de sus entrañas. Discutieron, se calmaron y marcharon en paz. Prax sabía que lo estaba viendo todo al revés, pero su cerebro falto de calorías y sueño se empeñaba en darle un sentido. Un grupo de soldados entró marcha atrás a través de la puerta maltrecha, como si se tratara de un parto de nalgas, luego se juntaron y se retiraron con prisa. Se iluminó la imagen y la puerta se recompuso, con unas cargas de termita adheridas como frutos, hasta que vino corriendo un soldado con uniforme marciano y las recogió. Cuando terminaron con aquella cosecha tecnológica, los soldados se retiraron muy rápido y dejaron atrás una moto apoyada contra la pared.

Entonces se abrió la puerta y Prax se vio a sí mismo saliendo de ella. Parecía más joven. Golpeó la puerta y las manos realizaron un movimiento entrecortado al chocar contra ella. Luego subió a la moto de una forma un tanto extraña y desapareció de la imagen hacia atrás.

La puerta quedó en calma. Nada se movía. Contuvo el aliento. Una mujer que andaba hacia atrás y llevaba con ella a un niño de cinco años atravesó la puerta, desapareció en su interior y luego volvió a aparecer. Prax tuvo que recordarse que aquella mujer no había ido a dejar a su hijo, sino a recogerlo. Aparecieron dos figuras por el pasillo.

No. Tres.

—Para. Ahí está. —Prax sintió cómo el corazón se le salía del pecho—. Es ella.

El chico esperó a que la cámara enfocara las tres figuras mientras salían al pasillo. Mei tenía una expresión enfadada que se podía adivinar a pesar de la baja resolución de la cámara de seguridad. Conocía aquella cara. Y el hombre que llevaba a la niña...

El alivio y la ira se enfrentaron en su interior, y ganó el alivio. Se trataba del doctor Strickland. Se había marchado con el doctor Strickland, alguien que conocía su enfermedad, las medicinas y todo lo que hacía falta para mantener viva a Mei. Se dejó caer de rodillas, cerró los ojos y empezó a llorar. Si se la habían llevado, significaba que no estaba muerta. Su hija no estaba muerta.

A menos que Strickland también lo estuviera, susurró su mente en un pensamiento aciago.

No conocía a la mujer. Tenía el pelo negro y facciones que a Prax le recordaban a una botánica rusa con la que había trabajado. En la mano llevaba un papel enrollado. En la cara, una sonrisa que podría ser tanto de diversión como de impaciencia. No lo sabía.

—¿Puedes seguirlos? —preguntó—. ¿Ver hacia dónde se dirigen?

El chico lo miró y arrugó los labios.

—¿Por una ensalada? No. Una caja de pollo con salsa de atche.

—No tengo pollo.

—Pues esto es lo que te puedo ofrecer —dijo el chico mientras hacía un gesto de indiferencia con las manos. No había ni rastro de expresión en sus ojos. Prax quiso golpearlo y estrangularlo hasta obligarlo a extraer aquellas imágenes de los ordenadores moribundos. Pero era de esperar que el chico tuviera un arma o algo peor y, al contrario que Prax, sabría cómo usarla.

—Por favor —suplicó Prax.

—Ya te he hecho el favor. *No epressa mé, oui?*

Sintió como la sensación de humillación le formaba un nudo en la garganta y se lo tragó.

—Pollo —repitió.

—*Oui.*

Prax abrió su mochila y puso en el catre dos puñados de hojas, pimientos naranja y cebollas blancas. El chico cogió la mitad y se lo metió en la boca mientras un placer animal le entrecerraba los ojos.

—Haré lo que pueda —respondió Prax.

No pudo hacer nada.

La única proteína comestible que quedaba en la estación o bien manaba a cuentagotas de los suministros de emergencia o caminaba sobre dos piernas. La gente había empezado a usar la estrategia de Prax y se alimentaba de las plantas de los parques y los cultivos hidropónicos. Aunque no se habían preocupado de aprenderse la lección. Comían también las que no eran comestibles, lo que degradaba las funciones de purificación de aire y afectaba aún más al ecosistema de la estación. Una cosa llevaba a la otra y aquello hacía que fuera imposible que hubiera pollo ni nada por lo que sustituirlo. Y aunque lo hubiera, Prax no tenía tiempo para resolver aquel problema.

En su propio hogar, las luces eran tenues y no podía aumentar la potencia. La planta de soja había dejado de crecer, pero no se marchitaba, lo que era una cuestión muy interesante, o lo habría sido en otras circunstancias.

En algún momento del día, un sistema automatizado había activado una rutina de conservación para limitar el uso de energía. En términos generales, aquello era buena señal. O también un síntoma previo a la catástrofe. Pero lo que no cambiaba era lo que Prax tenía que hacer.

Cuando era joven, había entrado en la universidad antes de tiempo y se había embarcado con su familia hacia los sombríos confines del espacio en busca de un futuro lleno de trabajo y prosperidad. Pero aquel cambio no le había sentado bien. Dolores de cabeza, ataques de ansiedad y una fatiga terrible lo habían perseguido durante los primeros años, aquellos en los que tenía que impresionar a sus tutores para que vieran que era una persona brillante y prometedora. Su padre tampoco le había dado tregua. «Las oportunidades no duran toda la vida», había dicho antes de presionar a Prax para que trabajara más duro y encontrara la manera de pensar cuando estaba muy cansado, enfermo o dolorido para pensar. Así había aprendido a emplear listas, notas y resúmenes.

Al apuntar aquellos pensamientos fugaces conseguía pensar con claridad, como un montañista que avanza muy despacio hacia la cima. Bajo aquel ocaso artificial, se dedicó a hacer listas. Los nombres de todos los niños de grupo de terapia de Mei que era capaz de recordar. Sabía que eran unos veinte, aunque solo recordaba dieciséis. Su mente vacilaba. Abrió la imagen de Strickland y aquella misteriosa mujer en su terminal portátil y la miró. Una sensación entre ira y esperanza lo atenazó unos instantes. Tuvo la sensación de estar quedándose dormido, pero se le aceleraba el pulso. Intentó recordar si la taquicardia era un síntoma de la inanición.

Por un instante, volvió en sí con una claridad y lucidez que cayó en la cuenta de que no había sentido en días. Empezaba a venirse abajo. El efecto en cascada empezaba a afectar también a su cuerpo y tardaría poco en no poder seguir investigando a menos que descansara. Sin proteínas. Se sentía medio zombi.

Necesitaba ayuda. Echó un vistazo a la lista de nombres de niños. Necesitaba ayuda, pero primero tenía que comprobar, comprobar una cosa. Tenía que ir... ir...

Cerró los ojos y frunció el ceño. Sabía la respuesta. Sabía que la sabía. La estación de seguridad. Tenía que ir allí y preguntar por todos ellos. Abrió los ojos y escribió «estación de seguridad» en la lista para no olvidarse. Luego añadió debajo: «Estación de cuidados de la ONU» y «Estación de cuidados de Marte». Todos los lugares en los que ya había estado, día tras día, solo que con nuevas preguntas que hacer. Sería fácil. Y, luego, cuando encontrara la respuesta, había algo más que se suponía que tenía que hacer. Le llevó un minuto recordar lo que era y luego lo escribió al final de la página.

«Conseguir ayuda.»

—Han desaparecido todos —dijo Prax mientras el vaho de su aliento flotaba condensado por el frío—. Todos estos son pacientes y no están. Dieciséis de los dieciséis. ¿Sabe qué probabilidad hay de algo así? No es una casualidad.

El hombre de seguridad llevaba días sin afeitarse. Tenía parte de la mejilla y el cuello enrojecidos por una quemadura del frío, una herida grande, irritada, en carne viva y que no se había tratado. Debía de haber tocado con la cara una de las zonas sin aislar de Ganímedes. Tenía suerte de que todavía le quedara piel. Llevaba un abrigo pesado y guantes. En el escritorio había escarcha.

—Le agradezco la información, señor, y me aseguraré de transmitirla a las estaciones de emergencia...

—No, no me ha entendido. Se los ha llevado él. Están enfermos y él se los llevó.

—Quizás intentara salvarlos —dijo el empleado de seguridad. Tenía la voz hecha jirones, rasposa y débil. Aquello no era buena señal. Prax sabía que no era buena señal, pero no podía recordar por qué. El hombre de seguridad estiró la mano, lo apartó a un lado con cuidado y asintió a la mujer que tenía detrás. Prax se sorprendió mirándola como si estuviera borracho.

—Me gustaría denunciar un asesinato —dijo la mujer, con voz entrecortada.

El agente de seguridad asintió, sin un atisbo de sorpresa ni incredulidad en la mirada. Prax consiguió recordar.

—Se los llevó antes —dijo—. Se los llevó antes del ataque.

—Tres hombres allanaron mi apartamento —dijo la mujer—. Entraron y... mi hermano estaba conmigo e intentó detenerlos.

—¿Cuándo tuvieron lugar los hechos, señora?

—Antes del ataque —dijo Prax.

—Hace unas horas —respondió la mujer—. En el nivel cuatro. Sector azul. Apartamento 1453.

—Muy bien, señora. Venga conmigo a esa mesa de ahí. Necesito que rellene un informe.

—Mi hermano está muerto. Le han disparado.

—Y lo siento muchísimo, señora. Necesito que rellene un informe para que podamos capturar a los responsables.

Prax vio cómo se alejaban. Se giró hacia la cola de personas traumatizadas y desesperadas que esperaban su turno para suplicar ayuda, justicia o que se aplicara la ley. Sintió una punzada de rabia que se desvaneció poco a poco. Necesitaba ayuda, pero no la iba a encontrar allí. Mei y él no eran más que una gota de agua en aquel mar. No eran importantes.

El hombre de seguridad volvió y se puso a hablar de algo horrible con una mujer alta y guapa. Prax no se había dado cuenta de que el hombre había vuelto y no había escuchado el principio de la historia que contaba la mujer. Empezaba a perder constancia del tiempo. Aquello no iba bien.

La pequeña parte de su mente que todavía estaba cuerda le susurró que si moría no habría nadie que buscara a Mei. Que estaría perdida. Le susurró que necesitaba comida, que la necesitaba desde hacía días. Que no le quedaba mucho tiempo.

—Necesito ir al centro de emergencias —dijo en voz alta. La mujer y el hombre de seguridad al parecer no lo oyeron—. Gracias de todas maneras.

A medida que empezaba a ser consciente de su propia condición, Prax se quedó estupefacto y asustado. Sus andares eran erráticos, tenía los brazos débiles y le dolían mucho, aunque no recordaba haber hecho ningún esfuerzo para ello. No había levantado nada pesado ni escalado por ninguna parte. Tampoco recordaba haber hecho su rutina diaria de ejercicio desde hacía mucho tiempo. Recordaba cómo vibraba el espejo al caer y la muerte de su cúpula como si fuera algo que había pasado hacía una eternidad. No era de extrañar que se viniera abajo.

La gente se atropellaba en los pasillos del centro de emergencias, como en un matadero. Hombres y mujeres, muchos de los cuales parecían estar más fuertes y sanos que él, se empujaban unos a otros y hacían que hasta los lugares más amplios fueran incómodos. Cuanto más se acercaba al embarcadero, más mareado se sentía. Allí, entre los cuerpos hacinados, el aire era más caliente y olía a aliento cetónico. Aliento de santo, como lo llamaba su madre. El olor de la descomposición de las proteínas, de los cuerpos canibalizando los músculos para sobrevivir. Se preguntó cuántos miembros del gentío sabían a qué se debía aquel olor.

La gente gritaba. Se empujaba. A su alrededor, se zarandeaban como siempre había imaginado que lo harían las olas contra la playa.

—¡Pues abra la puerta y déjenos mirar! —gritó una mujer muy por delante de él.

«Vaya —pensó Prax—. Esto es una revuelta por la comida.»

Empujó hacia un borde para intentar salir. Para escapar. Delante de él, la gente gritaba. Detrás, lo empujaban. Los paneles LED del techo brillaban entre el blanco y el dorado. Las paredes eran de un gris industrial. Extendió la mano. Había llegado a una pared. El dique se abrió en alguna parte y la gente comenzó a fluir de improviso hacia delante, un movimiento colectivo que amenazó con obligarle a dejarse arrastrar por la corriente. La multitud disminuyó, y Prax se tambaleó hacia delante. A su lado vio una cara familiar que no reconoció. ¿Quizá se trataba de alguien del laboratorio? Era un hombre de huesos grandes y musculado. Un terrícola. Quizás alguien a quien había visto mientras recorría aquella estación deteriorada. ¿Lo habría visto rebuscando para conseguir comida? No, parecía estar bien alimentado. No tenía las mejillas demacradas. Tuvo la sensación de que era un amigo, pero también un extraño. Alguien a quien Prax conocía y al mismo tiempo no. Como el secretario general o un actor famoso.

Prax sabía que se le había quedado mirando, pero no pudo

evitarlo. Conocía aquella cara. Estaba seguro. Estaba relacionada con la guerra.

A Prax se le iluminó la bombilla. Volvía a estar en su apartamento, con Mei en brazos mientras intentaba calmarla. Tendría poco más de un año, todavía no andaba y los médicos seguían trabajando para encontrar la medicación adecuada que la mantuviera con vida. En los canales de noticias se escuchaban debates de gente preocupada mientras la niña gemía por el dolor de los cólicos. La cara de un hombre no dejaba de aparecer en las imágenes.

«Me llamo James Holden. Y mi nave, la *Canterbury*, acaba de ser destruida por un navío de guerra con tecnología de camuflaje y lo que parecen ser piezas grabadas con números de serie de la armada marciana.»

Era él. Por eso había reconocido su cara y al mismo tiempo sentía que no lo conocía de nada. Prax notó que el estómago le daba un vuelco y se dio cuenta de que había dado un paso al frente. Se detuvo. Al otro lado de las puertas de carga oyó vítores. Prax sacó su terminal portátil y miró la lista. Dieciséis nombres, dieciséis niños desaparecidos. Y al final de la página, un mensaje conciso en mayúsculas: «CONSEGUIR AYUDA».

Prax se volvió hacia aquel hombre que había empezado guerras y salvado planetas, y en aquel momento sintió timidez e inseguridad.

—Conseguir ayuda —dijo, y empezó a andar.

11

Holden

Santichai y Melissa Supitayaporn eran una pareja octogenaria de misioneros terrícolas de la Iglesia de la Ascensión Humana, una religión que rehuía del supernaturalismo en todas sus formas y cuya doctrina se podía resumir en «los humanos puede ser mejores de lo que ya son, así que a ello». También se encargaban de la oficina central de la estación de emergencias con la eficiencia implacable de unos dictadores innatos. Poco después de llegar, Holden había recibido una concienzuda bronca por parte de Santichai, un hombre de apariencia frágil con el pelo ralo y canoso, sobre su encontronazo con los oficiales de aduanas en el embarcadero. Al cabo de varios minutos en los que intentó justificarse, minutos durante los que aquel pequeño misionario no había hecho otra cosa que gritarle, al final se limitó a rendirse y pedir perdón.

—No haga que nuestra situación sea todavía más precaria —repitió Santichai, que parecía más tranquilo después de aquella disculpa, pero seguía obstinado en no dar el brazo a torcer. Señaló hacia la cara de Holden con un dedo menudo y moreno.

—Entendido —dijo Holden mientras levantaba las manos en señal de rendición.

El resto de la tripulación había desaparecido después de que Santichai alzara la voz enfadado por primera vez, dejando a Holden solo con el hombre. Vio a Naomi en la sala amplia que hacía de almacén en el depósito de emergencia, hablando con

Melissa, la esposa de Santichai, que esperaba que fuera menos irascible. Holden no oía gritos, aunque con las voces de varias docenas de personas, el rechinar de mecanismos, el chirrido de motores y la alarma de marcha atrás de tres carretillas elevadoras, Melissa podría haberle tirado granadas a Naomi sin que él oyera nada.

Holden encontró su oportunidad para escapar y señaló a Naomi al otro lado de la habitación.

—Perdone, tengo que... —dijo.

Santichai lo interrumpió con un movimiento brusco de la mano que hizo ondear su túnica naranja. Holden se vio incapaz de desobedecer a aquel hombrecillo.

—Esto —dijo Santichai, señalando las cajas que habían sacado de la *Sonámbulo*— no es suficiente.

—Es que...

—La APE nos prometió que la semana pasada recibiríamos veintidós mil kilos de proteínas y suplementos. Aquí hay menos de doce mil kilos —indicó Santichai, reforzando su afirmación con un golpecito en el bíceps de Holden.

—Yo no me encargo de...

—¿Por qué nos prometen cosas que no tienen intención de cumplir? Si solo tienen doce mil, pues prométannos eso. No prometan veintidós mil y luego nos traigan doce —dijo, acompañado de más golpecitos.

—Estoy de acuerdo —dijo Holden mientras, con las manos en alto, se ponía a una distancia donde no le alcanzaran los golpecitos—. Tiene toda la razón. Llamaré a mi contacto en la estación Tycho de inmediato y descubriré qué ha pasado con el resto de suministros que le prometieron. Seguro que están en camino.

Santichai se encogió de hombros y su túnica volvió a revolotear.

—Espero que lo haga —dijo, y luego salió disparado hacia una de las carretillas elevadoras—. ¡Oye, tú! ¿Es que no ves que ahí pone «medicinas»? ¿Por qué dejas ahí cosas que no son medicinas?

Holden aprovechó aquella distracción para escapar y trotó hacia donde se encontraban Naomi y Melissa. Naomi había abierto un formulario en su terminal portátil y rellenaba la documentación bajo la mirada de Melissa.

Holden paseó la mirada por el almacén mientras Naomi seguía a lo suyo. La *Sonámbulo* era solo una de las veinte naves de rescate que habían atracado en las últimas veinticuatro horas, y aquella enorme estancia se llenó muy rápido con cajas de suministros. El aire frío olía a polvo, ozono y al aceite caliente de las carretillas elevadoras, pero al fondo se notaba el olor vago y desagradable de la descomposición, como a vegetación podrida. Observó cómo Santichai danzaba por el almacén y gritaba instrucciones a un par de trabajadores que cargaban con una caja pesada.

—Su marido es un hombre de armas tomar, señora —dijo Holden a Melissa.

Melissa era más alta y corpulenta que su pequeño marido, pero también tenía aquella mata de pelo ralo y canoso. Sus ojos eran de un azul brillante y casi desaparecían cuando su cara dibujaba una sonrisa, como era el caso en aquel momento.

—Nunca he conocido a nadie en toda mi vida que se preocupe más por el bienestar de las personas y tan poco por cómo se sienten —respondió—. Pero al menos se asegura de que estén bien alimentados antes de decirles todo lo que están haciendo mal.

—Creo que ya está —dijo Naomi mientras pulsaba la tecla para enviar el formulario completado al terminal de Melissa, un modelo encantador y anticuado que sacó de un bolsillo de la túnica cuando oyó el sonido al recibirlo.

—Señora Supitayaporn —dijo Holden.

—Melissa.

—Melissa, ¿cuánto tiempo llevan su marido y usted en Ganímedes?

—Unos... —dijo, tocándose la barbilla con el dedo y poniendo la mirada perdida—. ¿Diez años? ¿Tanto ya? Por ahí andará, porque Dru acaba de dar a luz y...

—Se lo pregunto porque lo único que nadie de fuera de Ganímedes parece saber es cómo empezó todo esto —dijo Holden mientras hacía un gesto para abarcar todo lo que le rodeaba.

—¿La estación?

—La crisis.

—Bueno, la ONU y los soldados de Marte empezaron a dispararse, y luego llegaron los errores en los sistemas...

—Claro —dijo Holden, interrumpiéndola de nuevo—. Eso lo tengo claro. Pero ¿por qué? Nadie se había disparado durante el año entero en que la Tierra y Marte compartieron esta luna. Ya había conflictos antes de que ocurriera el incidente de Eros, pero aquí no pasó nada. ¿Y de repente todos se empiezan a disparar en todas partes? ¿Qué lo ha provocado?

Melissa parecía atribulada, otra expresión que hacía que sus ojos casi desaparecieran debajo de aquella masa de arrugas.

—No lo sé —respondió—. Daba por hecho que habían empezado a dispararse en el resto del sistema. Aquí no es que nos lleguen muchas noticias.

—Pues no —indicó Holden—, solo ha sido aquí y durante unos días. Luego se han detenido, sin razón aparente.

—Qué raro —dijo Melissa—. Aunque no creo que importe. Sea lo que fuera lo que ocurrió, no cambia lo que tenemos que hacer ahora.

—Supongo que no —convino Holden.

Melissa sonrió, lo abrazó con afecto y luego se marchó a revisar los documentos de otra persona.

Naomi enganchó su brazo al de Holden y comenzaron a andar hacia la salida del almacén para internarse en la estación, mientras esquivaban cajas de suministros y mozos de almacén a su paso.

—¿Cómo es posible que haya habido una batalla campal y aquí nadie sepa por qué? —preguntó.

—Sí que lo saben —respondió Holden—. Alguien tiene que saberlo.

En tierra, la estación tenía peor aspecto que desde el espacio. Las plantas que producían el oxígeno necesario para la subsistencia y que adornaban las paredes de los pasillos habían adoptado una tonalidad amarillenta poco halagüeña. Muchos pasillos no tenían luces y se habían tenido que forzar y abrir haciendo palanca las puertas presurizadas automáticas: si una zona de la estación se despresurizaba de improviso, ocurriría lo mismo en muchas de las zonas adyacentes. Las pocas personas con las que se encontraron habían evitado mirarlos a la cara o lo habían hecho con hostilidad manifiesta. Holden deseó haber llevado el arma a la vista en lugar de en una pistolera oculta en la parte baja de la espalda.

—¿Quién es nuestro contacto? —preguntó Naomi en voz baja.

—¿Mmm?

—Digo yo que Fred tendrá a alguien en la estación —dijo casi susurrando, mientras sonreía y saludaba con la cabeza a un grupo de personas que pasaba a su lado. Todos llevaban armas a la vista, armas cuerpo a cuerpo de todo tipo. Le devolvieron la mirada con una expresión inquisitiva en sus caras. Holden acercó la mano hacia el arma debajo de su abrigo, pero los hombres siguieron adelante y se alejaron, algunos mirando hacia atrás antes de perderse de vista al doblar una esquina.

—¿No te dio indicaciones para que nos encontráramos con alguien? —preguntó Naomi a un volumen de voz normal.

—Me dio algunos nombres, pero las comunicaciones con esta luna han sido tan irregulares que no pudo...

Holden dejó de hablar cuando se oyó un ruido muy alto que provenía de otro lugar del embarcadero. La explosión dio paso a un rugido que acabó por convertirse en los gritos del gentío. Las pocas personas que estaban con ellos en el pasillo echaron a correr, algunos hacia el ruido, pero la mayoría en sentido opuesto.

—¿Deberíamos...? —empezó a decir Naomi mientras miraba a la gente que corría hacia el lugar de los hechos.

—Estamos aquí para descubrir qué es lo que ocurre —indicó Holden—, así que vamos allá.

No tardaron mucho en perderse en los enrevesados pasillos del embarcadero de Ganímedes, pero daba igual mientras siguieran moviéndose hacia el ruido y junto a la creciente oleada de gente que corría en su misma dirección. Un hombre alto, robusto y pelirrojo, con el pelo de punta, corrió durante un rato al lado de ellos. Llevaba una tubería larga de metal negro en cada mano. Sonrió a Naomi e intentó darle una, pero ella la rechazó.

—Ya era hora, me cago en la puta —gritó con un acento que Holden no supo reconocer. Intentó entregar la tubería que le sobraba a Holden al ver que Naomi no la aceptaba.

—¿Qué ha pasado? —preguntó Holden mientras cogía la tubería.

—¿Esos mastuerzos comemierda se llevan la manduca y los currillos tenemos que dejar que nos la cuelen? Y un carajo. Se van a enterar, los tragalefa follamadres.

El pelirrojo pelosdepunta gritó y agitó la tubería para luego empezar a correr más rápido y desaparecer entre la multitud. Naomi rio y aulló a su espalda. Holden le lanzó una mirada, pero ella se limitó a sonreír.

—Es que es contagioso —admitió.

La última curva del pasillo los llevó a otro almacén amplio, que parecía casi idéntico al que dirigían los Supitayaporn, a excepción de que aquella sala estaba a rebosar de personas enfurecidas que se empujaban hacia el muelle de carga. Las puertas del muelle estaban cerradas y un pequeño grupo de guardias de seguridad del embarcadero intentaba retener a la multitud. Cuando Holden llegó, la muchedumbre todavía soportaba los embates de los de seguridad, que los retenían con pistolas táser y porras eléctricas, pero la tensión no dejaba de crecer y la ira se podía mascar en el ambiente. Le daba la impresión de que no podrían aguantar así mucho tiempo.

Detrás de la primera línea de aquellos policías de alquiler y sus armas no letales de disuasión había un pequeño grupo de hombres ataviados con trajes negros y calzado a juego. Llevaban escopetas y tenían en la cara la expresión de los que esperan a que les den permiso para actuar.

Era probable que pertenecieran al equipo de seguridad corporativo, por tanto.

Holden echó un vistazo a la sala y consiguió poner aquella situación en perspectiva. Detrás de la puerta cerrada del embarcadero se encontraba uno de los pocos cargueros corporativos que quedaban y en su interior tendría las últimas raciones de comida que habían despojado de Ganímedes.

Y aquella multitud estaba hambrienta.

Holden recordó su intento de escapar de un casino de Eros cuando la estación echó el cierre de seguridad. Recordó aquellas multitudes furiosas enfrentándose a hombres armados, los gritos y el olor a sangre y cordita. Antes de darse cuenta de que había tomado una decisión, se sorprendió abriéndose paso hacia el frente de aquella multitud. Naomi lo siguió mientras murmuraba disculpas al pasar. Lo agarró por el brazo e hizo que se detuviera un momento.

—¿Vas a hacer algo muy estúpido? —preguntó.

—Voy a evitar que disparen a esta gente por haber cometido el crimen de estar hambrientos —respondió él mientras hacía un gesto incómodo por haber pronunciado aquellas palabras grandilocuentes.

—No apuntes a nadie con el arma —dijo Naomi mientras lo soltaba.

—Pero ellos también tienen armas.

—Armas, en plural. Tú tienes un arma, en singular, razón por la que seguirá en tu pistolera a menos que quieras hacer esto tú solo.

«Esa es la manera en la que mejor se hacen las cosas: solo», podría haberle dicho el inspector Miller. Para él, había sido cierto. Y eso ya era motivo suficiente para intentar hacer las cosas de otra manera.

—Muy bien —accedió Holden, y luego siguió abriéndose paso hacia el frente. Cuando llegó, dos personas se habían convertido en el centro de aquella trifulca. Un empleado de seguridad del embarcadero, de pelo canoso, que llevaba una etiqueta con la palabra «Supervisor» impresa, y una mujer alta y enjuta, de piel oscura, que podría haber pasado perfectamente como la madre de Naomi. Se gritaban el uno al otro mientras sus respectivos grupos miraban y gritaban para reafirmar lo que decían e insultarse entre ellos.

—¡Solo tenéis que abrir la maldita puerta y dejarnos mirar! —gritó la mujer, con un tono gracias al que Holden supo que no era ni por asomo la primera vez que lo decía.

—No vas a conseguir nada si no dejas de gritarme —le respondió a gritos el supervisor de pelo canoso. A su lado, sus compañeros guardias de seguridad tenían los nudillos blancos debido a la fuerza con la que agarraban sus porras eléctricas, y los chicos de la empresa llevaban las escopetas colgando de una manera que para Holden resultaba mucho más amenazadora.

La mujer dejó de gritar y pasó a mirar a Holden cuando este se abrió paso hasta el supervisor.

—Pero ¿quién...? —preguntó.

Holden subió al muelle de carga que el supervisor tenía al lado. Los guardias agitaron un poco las porras eléctricas, pero nadie le golpeó. Los matones de la empresa se limitaron a entrecerrar los ojos y cambiar un poco de postura. Holden sabía que aquella confusión sobre su identidad no duraría demasiado y que cuando descubrieran quién era realmente, tendría que vérselas muy de cerca con una de aquellas porras eléctricas o, en el peor de los casos, recibir un tiro de escopeta en la cara. Extendió la mano con ímpetu hacia el supervisor y dijo en voz alta, para que se oyera entre los gritos de la multitud:

—Muy buenas. Me llamo Walter Philips, soy representante de la APE de la estación Tycho y hablo en nombre del coronel Frederick Johnson.

El supervisor le estrechó la mano, sin ocultar su desconcierto. Los gorilas de la empresa volvieron a cambiar de posición y agarraron sus armas con más firmeza.

—Señor Philips —respondió el supervisor—. La APE no tiene autoridad...

Holden lo ignoró y se giró hacia la mujer a la que el hombre había gritado.

—Señora, ¿a qué viene todo esto?

—Esa nave —respondió ella, señalando hacia la puerta— tiene casi diez mil kilos de judías y arroz, ¡suficiente para alimentar a toda la estación durante una semana!

La multitud emitió un murmullo de asentimiento a su espalda y avanzaron uno o dos pasos.

—¿Es cierto? —preguntó Holden al supervisor.

—Como he dicho —respondió el hombre mientras levantaba las manos y hacía como si intentara empujar hacia atrás a la multitud con la única ayuda de su fuerza de voluntad—, el cargamento es propiedad de la empresa y no tenemos permitido hablar sobre su contenido...

—¡Pues abre la puerta y déjanos mirar! —volvió a gritar la mujer. Después de su grito, la multitud comenzó a corear sus palabras: «déjanos mirar, déjanos mirar». Holden agarró de un codo al supervisor de seguridad y le acercó la cara.

—En unos treinta segundos esa turba va a destrozaros a ti y a tus hombres para entrar en la nave —dijo—. Creo que deberías hacerles caso antes de que se pongan violentos.

—¡Violentos! —bufó el hombre con una risilla anodina—. Ya se han puesto violentos. La única razón por la que la nave no ha despegado todavía es porque uno ha hecho estallar una bomba y se ha cargado los cepos de atraque. Si intentan hacerse con la nave, tendremos que...

—No se harán con la nave —dijo una voz grave mientras una mano pesada se apoyaba en el hombro de Holden. Cuando se dio la vuelta, uno de los matones de la empresa estaba a su espalda—. Esta nave es propiedad de Mercancías Mao-Kwikowski.

Holden se apartó aquella mano del hombro.

—Una docena de tipos con tásers y escopetas no van a detenerlos —dijo mientras señalaba hacia la turba, que no había dejado de corear.

—Señor... —el matón le dio un vistazo de arriba abajo— Philips. Me importa un carajo lo que usted o la APE opinen sobre cualquier cosa, y mucho menos lo que opinen sobre cómo tengo que hacer mi trabajo. Así que ¿por qué no se va a tomar por culo antes de que empiecen los tiros?

Al menos lo había intentado. Holden dedicó una sonrisa al hombre y empezó a extender la mano hacia la cartuchera de la parte trasera de la espalda. Deseó tener a su lado a Amos, pero no lo había visto desde que habían bajado de la nave. Antes de que alcanzara la pistola, unos dedos largos y delgados le envolvieron la mano con fuerza.

—A ver qué les parece esta idea —dijo Naomi, de improviso al lado de Holden—. ¿Qué tal si nos dejamos de poses y yo les digo cómo va a funcionar esto de verdad?

Tanto Holden como el matón se volvieron para mirar sorprendidos a Naomi, que levantó un dedo para indicar que esperaran un momento y sacó su terminal portátil. Llamó a alguien y activó el altavoz externo.

—Amos —dijo, todavía con el dedo en alto.

—¿Qué pasa? —se oyó por el altavoz.

—Una nave intenta salir del embarcadero 11, plataforma B9. Está llena de comida que nos vendría muy bien aquí. Si consigue salir, ¿tendríamos cerca alguna nave de combate de la APE para interceptarla?

Se hizo un largo silencio, y luego Amos rio entre dientes y dijo:

—Ya sabe que sí, jefa. ¿A quién estoy diciendo esto en realidad?

—Avisa a esa nave y que inutilice el carguero. Prepara a un equipo de la APE que pueda asegurarlo, saquearlo y llevárselo.

—Sin problema —se limitó a decir Amos.

Naomi desconectó el terminal y se lo volvió a meter en el bolsillo.

—No nos pongas a prueba, chico —dijo al matón con un tono afilado en la voz—. Esa amenaza no era un farol. O les dais el cargamento a esa gente o nos quedamos con la maldita nave entera. Tú eliges.

El matón la miró unos instantes y luego hizo unas señas a su equipo y se marchó. La seguridad del embarcadero los siguió, y Holden y Naomi tuvieron que apartarse para evitar a la multitud que se apresuraba hacia las puertas del muelle de carga.

Cuando estuvieron a salvo de ser pisoteados, Holden dijo:

—Has estado muy bien.

—Puede que recibir un tiro en nombre de la justicia te pareciera algo muy heroico —repuso ella, sin cambiar aquel tono afilado de su voz—, pero me gusta tenerte cerca, así que deja de hacer el capullo.

—Bien jugado, eso de amenazarlos con la nave —continuó Holden.

—Te has comportado como ese gilipollas del inspector Miller, así que yo me he limitado a actuar como solías hacer tú. Lo que les he dicho es lo que sueles decir tú cuando no tienes tanta prisa por desenfundar.

—No me he comportado como Miller —dijo Holden, dolido por la acusación por saberla cierta.

—No te estabas comportando como tú mismo.

Holden hizo un gesto de indiferencia con las manos, para luego darse cuenta de que no había sido más que otra imitación de Miller. Naomi bajó la mirada hacia los parches de capitana que tenía en los hombros de su mono de la *Sonámbulo* y dijo:

—Quizá debería quedármelos...

Un hombre pequeño de aspecto descuidado, pelo entrecano, facciones chinas y barba de una semana se acercó a ellos y asintió con nerviosismo. Se retorcía las manos con preocupación, un gesto que Holden pensaba que solo hacían las ancianas bajitas de las películas antiguas.

El hombre volvió a asentir hacia ellos y dijo:

—¿Es usted James Holden? ¿El capitán James Holden? ¿De la APE?

Holden y Naomi cruzaron una mirada. Holden se atusó la barba rala.

—¿Esto sirve de algo en absoluto? Sea sincero.

—Capitán Holden, me llamo Prax, Praxidike Meng. Soy botánico.

Holden le estrechó la mano.

—Encantado de conocerle, Prax. Pero me temo que tenemos...

—Tiene que ayudarme —continuó Prax. Se notaba que el hombre llevaba unos meses pasándolo mal. La ropa le colgaba por la inanición y tenía la cara cubierta por unas magulladuras amarillentas de golpes recientes.

—Claro. Mire, diríjase a los Supitayaporn en la estación de emergencias y dígales que he dicho que...

—¡No! —gritó Prax—. Eso no es lo que necesito. ¡Necesito que me ayude a mí!

Holden lanzó una mirada a Naomi. Ella hizo un gesto de indiferencia. «Tú verás.»

—Muy bien —dijo Holden—. ¿Cuál es el problema?

12

Avasarala

—Tener una casa pequeña es un lujo de un tipo más profundo —dijo su marido—. Poder vivir en un espacio de nuestra propiedad o poder permitirnos pequeños placeres como hornear pan o lavar los platos. Son el tipo de cosas que olvidan tus amigos de las altas esferas. Los vuelve menos humanos.

Estaba sentado a la mesa de la cocina, reclinado en una silla laminada de bambú que se había desgastado hasta parecer madera de nogal sucia. Las cicatrices de la cirugía oncológica formaban dos líneas pálidas en la piel parduzca de su garganta y apenas se veían bajo su incipiente barba blanca. Tenía menos pelo y la frente más amplia que cuando se habían casado. El sol de aquella mañana de domingo brillaba e iluminaba la mesa.

—Y una mierda —dijo ella—. Solo porque tú intentes vivir como un granjero mugriento no quiere decir que Errinwright, Lus o cualquiera de los otros sean menos humanos. Hay casas más pequeñas que esta en las que viven seis familias, y esa gente está cien veces más cerca de ser unos animales que la gente con la que trabajo.

—¿De verdad piensas así?

—Claro que sí. ¿Cómo crees que sacaría las fuerzas para ir a trabajar cada mañana, si no? Si alguien no se encarga de sacar a esos cabrones medio bárbaros de los suburbios, ¿a quién vais a dar clase los universitarios como tú?

—Ahí has estado muy acertada —afirmó Arjun.

—Lo que hace que sean menos humanos es que no meditan, joder. Una casa pequeña no es un lujo —dijo Avasarala. Luego hizo una pausa—. Una casa pequeña y mucho dinero es posible que sí.

Arjun le sonrió. Su sonrisa seguía siendo preciosa. Avasarala se sorprendió devolviéndosela, a pesar de que una parte de ella quería estar enfadada. Fuera, Kiki y Suri gritaban mientras sus cuerpecitos semidesnudos retozaban por el césped. Su enfermera corría cerca detrás de ellos, con la mano en un costado como si le doliera.

—Tener un jardín grande es un lujo —dijo Avasarala.

—Lo es.

Suri entró corriendo por la puerta trasera, con la mano cubierta de tierra suelta y una sonrisa amplia en la cara. Sus pasos dejaron surcos oscuros en la alfombra.

—¡Tata! ¡Tata! ¡Mira lo que he encontrado!

Avasarala se volvió en la silla. En la palma de la mano de su nieta había una lombriz que movía los anillos marrones y rosados de su cuerpo, húmeda como la tierra que caía de las manos de Suri. Avasarala convirtió su expresión en una máscara de sorpresa y satisfacción.

—Qué maravilla, Suri. Vamos para fuera y enséñale a la tata dónde la has encontrado.

El patio olía a tierra húmeda y césped recién cortado. El jardinero, un hombre delgado que no era mucho más mayor de lo que habría sido su hijo, estaba agachado al fondo y arrancaba malas hierbas con la mano. Suri corrió hacia él a toda pastilla mientras Avasarala iba tranquila detrás de ella. Cuando llegó junto a él, el jardinero la saludó con la cabeza, pero no pudieron hablar. Suri señalaba, hacía gestos y no dejaba de contar aquella aventura enorme y épica que había sido encontrar una lombriz normal y corriente en el barro. Kiki apareció al lado de Avasarala y le cogió la mano con tranquilidad. Le encantaba la pequeña Suri, pero en privado (o al menos, Arjun era el único que lo sabía) pensaba que Kiki era la más inteligente de sus nietas. Era callada, pero tenía los ojos negros brillantes y podía imitar a cualquiera que hubiera escuchado. A Kiki no se le escapaba nada.

—Querida esposa —llamó Arjun desde la puerta trasera—, alguien quiere hablar contigo.

—¿Dónde?

—Por los sistemas de la casa —respondió Arjun—. Dice que no respondes al terminal.

—Eso tiene un motivo —dijo Avasarala.

—Es Gloria Tannenbaum.

Avasarala pasó la mano de Kiki a la enfermera a regañadientes, besó a Suri en la cabeza y volvió a la casa. Arjun le sostuvo la puerta abierta. Se le veía compungido.

—Estos gilipollas ya no me dejan ni ser abuela —refunfuñó Avasarala.

—Es el precio del poder —respondió Arjun con una solemnidad seria y jocosa al mismo tiempo.

Avasarala abrió la conexión con el sistema en su despacho privado. Se oyó un chasquido y luego una distorsión momentánea mientras saltaban mensajes de privacidad, antes de que apareciera en pantalla la cara chupada y sin cejas de Gloria Tannenbaum.

—¡Gloria! Lo siento, no llevaba el terminal encima y estaba con las niñas.

—No pasa nada —dijo la mujer mientras le dedicaba una sonrisa limpia y frágil, que era lo más cerca que podía llegar a una emoción sincera—. Lo más seguro es que haya sido mejor así. Da por hecho siempre que los terminales portátiles se vigilan más de cerca que las líneas civiles.

Avasarala se hundió en la silla y el cuero expulsó el aire con suavidad bajo su peso.

—Espero que os vaya bien todo a Etsepan y a ti.

—Todo bien —dijo Gloria.

—Me alegro, me alegro. ¿Se puede saber por qué coño me llamas?

—Hablaba con un amigo cuya esposa está destinada en la

Mikhaylov. Por lo que dice, la han sacado de su patrulla y la envían a un destino lejano.

Avasarala frunció el ceño. La *Mikhaylov* formaba parte de un pequeño convoy que controlaba el tráfico entre las estaciones profundas que orbitaban en la frontera externa del Cinturón.

—¿Qué destino lejano?
—Me he informado —dijo Gloria—. A Ganímedes.
—¿Nguyen?
—Sí.
—Tu amigo es un bocazas —dijo Avasarala.
—Por eso nunca le digo la verdad —repuso Gloria—. He pensado que debías saberlo.
—Te debo una —dijo Avasarala.

Gloria asintió una vez, con un movimiento vehemente como el de un cuervo, y se desconectó.

Avasarala se quedó sentada en silencio un largo rato, con los dedos apretados contra los labios y la cabeza intentando dar sentido a toda aquella cadena de acontecimientos que fluía como un riachuelo entre peñascos. Nguyen estaba enviando más naves a Ganímedes y lo estaba haciendo con disimulo.

La razón de por qué lo había hecho así era simple. Si lo hacía al descubierto, Avasarala lo habría impedido. Nguyen era joven y también ambicioso, pero no estúpido. Sacaba sus propias conclusiones y, de alguna manera, había deducido que enviar más tropas hacia aquella herida abierta que era la estación Ganímedes iba a solucionar las cosas.

—¡Oye, tata! —llamó Kiki. Por el tono de voz, Avasarala sabía que preparaba una travesura. Se puso en pie al lado del escritorio y se dirigió hacia la puerta.

—Estoy aquí, Kiki —dijo mientras salía a la cocina.

El globo de agua le golpeó en el hombro sin reventar, cayó al suelo, rebotó y explotó a sus pies, lo que oscureció las baldosas de piedra que la rodeaban. Avasarala levantó la cabeza, con la mirada llena de rabia. Kiki estaba en pie en el umbral de la puerta que daba al patio, con una mirada satisfecha pero aterrada al mismo tiempo.

—¿Has visto cómo acabas de dejar mi casa? —preguntó Avasarala.

La cara de la niña palideció. Luego asintió.

—¿Sabes lo que les pasa a los niños malos que dejan así la casa de sus tatas?

—¿Les hacen cosquillas?

—¡Les hacen cosquillas! —exclamó Avasarala antes de abalanzarse hacia ella.

Kiki la esquivó sin problema. Era una niña de ocho años. Las articulaciones solo le iban a doler por crecer demasiado rápido. Además, terminaría por dejar que su tata la cogiera y le hiciera cosquillas hasta hacerle gritar. Cuando Ashanti y su marido llegaron de su vuelo desde Nóvgorod para recoger a sus hijos, Avasarala tenía el sari lleno de manchas verdes de césped y el pelo alborotado en todas las direcciones, como una versión suya de dibujos animados a la que hubiera alcanzado un rayo.

Abrazó a los niños dos veces antes de que se marcharan, les dio chocolate a hurtadillas al hacerlo, besó a su hija, saludó con la cabeza a su yerno y se despidió de todos con la mano desde la puerta. El equipo de seguridad siguió a su coche. Sus familiares más cercanos tenían que tener cuidado con los secuestros. La vida era así.

Se dio una ducha larga con una generosa cantidad de agua, casi demasiado caliente. Siempre le había gustado darse duchas con el agua casi hirviendo, desde niña. Si la piel no le ardía ni le palpitaba un poco cuando se pasaba la toalla, significaba que no lo había hecho bien.

Arjun estaba en la cama y leía su terminal portátil con el rostro serio. Avasarala se acercó a su armario, soltó la toalla húmeda en el cesto y se puso una túnica de algodón.

—Cree que lo han hecho ellos —dijo.

—¿Que quién ha hecho qué? —preguntó Arjun.

—Nguyen. Cree que los marcianos están detrás de todo y

que van a atacar Ganímedes de nuevo. Sabe que los marcianos no están desplazando allí su flota, y aun así no deja de enviar refuerzos. Le da igual que eso nos joda las conversaciones de paz, porque piensa que son inútiles, que no hay nada que perder. ¿Me estás escuchando?

—Claro. Nguyen cree que es cosa de Marte y está formando una flota para las represalias. ¿Ves?

—¿Sabes de lo que hablo?

—Lo normal es que no. Pero Maxwell Asinnian-Koh acaba de publicar un ensayo sobre posliricismo que va a valerle una avalancha de mensajes cargados de odio.

Avasarala rio entre dientes.

—Vives en tu mundo, querido.

—Lo sé —afirmó Arjun mientras pasaba el pulgar por la pantalla del terminal portátil. Levantó la mirada—. No te importa, ¿verdad?

—Es una de las razones por las que te quiero. Anda, lee sobre posliricismo.

—¿Y tú, qué vas a hacer?

—Lo mismo de siempre. Intentar que la civilización no estalle mientras las niñas vivan en ella.

Cuando era joven, su madre había intentado enseñarle a hacer punto. Avasarala no había aprendido muy bien, pero había sacado alguna lección de aquella experiencia. En una ocasión, la madeja de hilo se le había enmarañado y Avasarala había tirado con frustración, lo que la dejó peor que al principio. Su madre le había quitado aquel desastre de las manos, pero en lugar de desenrollarlo ella y devolvérselo, se sentó con las piernas cruzadas a su lado y le indicó cómo deshacer los nudos poco a poco. Había sido amable, considerada y paciente, había buscado los lugares donde podía hacerse más laxo el sistema hasta que, casi de improviso, el hilo se había desenredado.

Había diez naves en la lista, naves que iban desde un antiguo transporte que ya era poco más que un montón de chatarra hasta un par de fragatas capitaneadas por nombres que le sonaban. No era una flota muy grande, pero suficiente para resultar amenazadora. Con suavidad, intención y paciencia, Avasarala empezó a desenmarañarlo.

Primero, el transporte, porque era el más sencillo. Había cuidado su relación con los chicos de mantenimiento y seguridad desde hacía años. Pasaron cuatro horas antes de que alguien con los planos y los registros encontrara un perno que no se había reemplazado cuando debía y menos de media hora más en que se expidiera la retirada obligatoria. La *Wu Tsao*, la fragata con mejores armas, estaba capitaneada por Golla Ishigawa-Marx. Su hoja de servicio era sólida e impecable. Era un hombre competente, leal y poco creativo. Bastaron tres conversaciones para conseguirle un ascenso a jefe del comité de supervisión de construcción, donde probablemente no podría hacer ningún daño. Todos los oficiales de la tripulación de la *Wu Tsao* recibieron la orden de volver a la Tierra para estar presentes en la ceremonia. La segunda fragata fue más difícil, pero Avasarala encontró la manera. Y cuando lo logró, el convoy ya era tan pequeño que la nave de apoyo médico era la de mayor clasificación que quedaba.

El nudo se deshizo entre sus dedos. Las tres naves que no logró desenmarañar eran viejas y les faltaba potencia. En caso de que tuviera lugar una refriega, no serían una fuerza significativa. Y gracias a eso, los marcianos solo podrían ofenderse si buscaban una excusa para hacerlo.

No creyó que lo fueran a hacer y, si se daba el caso, aquello también sería interesante.

—¿No se habrá dado cuenta el almirante Nguyen? —preguntó Errinwright. Estaba en una habitación de hotel de algún lugar al otro lado del planeta. A su espalda se veía el cielo nocturno y llevaba una camisa con los botones superiores desabrochados.

—Pues que se dé cuenta —respondió Avasarala—. ¿Qué va a hacer? ¿Ir llorando a su mamá y decirle que le he quitado sus juguetitos? Si no sabe jugar con los niños grandes, no debería haber llegado a almirante, coño.

Errinwright sonrió y se hizo estallar los nudillos. Parecía cansado.

—¿Cuáles son las naves que sí que van a llegar?

—La *Bernadette Koe*, la *Aristófanes* y la *Fiódorovna*.

—Vale, esas. ¿Y qué va a decirles a los marcianos sobre ellas?

—Nada, a no ser que pregunten —respondió Avasarala—. Si lo hacen, puedo quitarles importancia. Una nave de apoyo médico, un transporte y una cañonera diminuta podrían servir para mantener a raya a los piratas. No es lo mismo que si enviáramos un par de cruceros. Así que que les follen.

—Lo dirá de una manera más amable, espero.

—Pues claro, señor. No soy estúpida.

—¿Y Venus?

Avasarala respiró hondo y dejó que el aire silbara al salir entre sus dientes.

—Ese es el verdadero hombre del saco —dijo—. Recibo informes diarios, pero no sabemos qué tenemos delante. Ya ha terminado de construir esa red que cubre toda la superficie planetaria, pero ahora se desmorona y se alzan desde ella unas estructuras con una compleja simetría radial. Pero no lo hacen a lo largo del eje de rotación, sino en el plano de la eclíptica. De modo que, sea lo que sea lo que está ahí abajo, se está orientando con el Sistema Solar completo en mente. Además, los análisis espectrográficos muestran un repunte en óxido de lantano y oro.

—No me he enterado de nada.

—Ni usted ni nadie, pero nuestros cerebritos creen que pueden ser un sistema de superconductores a temperaturas muy altas. Están intentando replicar esas estructuras de cristal en los laboratorios y han descubierto algunas cosas que no entienden. Resulta que esa cosa de ahí abajo es mejor química y física que nosotros. Y tampoco es que me sorprenda de la hostia, por cierto.

—¿Alguna relación con Ganímedes?

—La de siempre —respondió Avasarala—. Nada más. O al menos, no de forma directa.

—¿Cómo que no de forma directa?

Avasarala frunció el ceño y apartó la mirada. El Buda se la devolvió.

—¿Sabía que el número de sectas religiosas suicidas se ha duplicado desde el incidente de Eros? —dijo—. Yo no hasta que me llegó el informe. La iniciativa medioambiental para reconstruir la planta de tratamiento de aguas residuales de El Cairo casi fracasó el año pasado porque un grupo de milenialistas decía que no la íbamos a necesitar.

Errinwright se inclinó hacia delante y entrecerró los ojos.

—¿Cree que está relacionado?

—Yo no creo que haya un puñado de ultracuerpos saliendo de Venus —respondió—, pero... sí que he pensado en lo que nos ha hecho a nosotros. A todo el Sistema Solar. A ellos, a nosotros y a los cinturianos. No es saludable tener a Dios durmiendo a simple vista donde todos podemos verle soñar. Nos va a volver locos de miedo. Me va a volver loca de miedo a mí. Por eso preferimos obviarlo y resolvemos las cosas como si el universo fuera el mismo que cuando éramos jóvenes, pero sabemos que no es así. Todos actuamos como si estuviéramos cuerdos, pero...

Avasarala negó con la cabeza.

—La humanidad siempre ha convivido con lo inexplicable —dijo Errinwright. Su voz sonó implacable. Avasarala había conseguido que empezara a sentirse incómodo. No solo eso, también había conseguido hacerse sentir incómoda a ella misma.

—Lo inexplicable nunca se ha alimentado de planetas —respondió Avasarala—. Aunque esa cosa de Ganímedes no haya salido de Venus por su cuenta, está más que claro que tiene alguna relación. Y si es cosa nuestra...

—Si fabricamos algo así es porque hemos encontrado una nueva tecnología y la estamos utilizando —dijo Errinwright—. Hemos pasado de las lanzas de piedra a la pólvora y luego a las armas nucleares. Es a lo que nos dedicamos, Chrisjen. Yo me preocuparé por eso. Usted no pierda Venus de vista y no deje que la situación con Marte se desmadre.

—Sí, señor —respondió ella.

—Todo va a ir bien.

Mientras miraba la pantalla apagada en la que un momento antes había estado su superior, Avasarala pensó que aquel hombre quizás hasta lo creía de verdad. Ella ya no estaba segura. Había algo que la tenía intranquila, aunque aún no sabía concretar qué era. Estaba allí, en las profundidades de su conciencia, como una astilla clavada en un dedo. Abrió la grabación del puesto de avanzada de la ONU, superó el sistema de seguridad obligatorio y observó de nuevo cómo morían los marines.

Kiki y Suri iban a crecer en un mundo en el que había ocurrido algo así, un mundo en el que Venus siempre había sido la colonia de una entidad totalmente alienígena, poco comunicativa e implacable. El miedo que acarreaba aquello se convertiría para ellos en algo normal, en algo que llegarían a tratar con la misma naturalidad que respirar. En la pantalla, un hombre de la misma edad de Soren vació el cargador de su rifle de asalto sobre el atacante. Gracias a la imagen ampliada, Avasarala vio cómo docenas de impactos atravesaban aquella cosa y dejaban a su paso un rastro de filamentos negros que salían a chorro de su espalda. El soldado volvió a morir. Al menos había sido rápido. Pausó la imagen. Trazó la figura del atacante con el dedo.

—¿Quién eres? —preguntó a la pantalla—. ¿Qué es lo que quieres?

Algo se le escapaba. Le ocurría tan a menudo que la sensación ya le era familiar, pero aquello no la ayudaba a resolverla. Ya lo descubriría. Todo lo que podía hacer hasta entonces era seguir capeando el temporal. Cerró los archivos, esperó a que los protocolos de seguridad se aseguraran de que no había copiado nada y luego se desconectó y se volvió hacia la ventana.

Se dio cuenta de que ya pensaba en la próxima vez. Qué información podría sacar en claro la próxima vez. Qué tipo de patrones podría entrever la próxima vez. El próximo ataque, la próxima matanza. En su mente ya daba por hecho que lo que había ocurrido en Ganímedes iba a volver a ocurrir tarde o temprano. Los genios no vuelven a las lámparas, y desde el momento en el que la protomolécula se había liberado sobre la población civil de Eros para ver qué ocurría, la civilización había cambiado. Cambiado tanto y tan rápido que aún los tenía jugando a pillar.

«Jugando a pillar.»

Había algo en eso. Había algo en las palabras, como la melodía de una canción que tuviera en la punta de la lengua. Apretó los dientes, se puso en pie y paseó a lo largo de la ventana. Odiaba aquella parte. La odiaba.

Se abrió la puerta del despacho. Cuando se giró para mirar a Soren, él se encogió. Avasarala redujo su expresión ceñuda unos grados. No era justo asustar así a aquel pobre animalito. Era probable que no fuera más que el becario sin suerte que sacó la pajita más corta y le tocó la vieja gruñona. Además, en cierto modo, le caía bien.

—¿Sí? —dijo Avasarala.

—He pensado que querría saber que el almirante Nguyen ha enviado una protesta al señor Errinwright por interferencias en su campo de mando. No ha puesto en copia del mensaje al secretario general.

Avasarala sonrió. Quizá no pudiera desentrañar todos los misterios del universo, pero al menos podía mantener a raya a los niños. Y si Nguyen no estaba recurriendo al cabeza de chorlito, todo aquello era poco más que hacer pucheros. No iba a sacar nada en claro de aquello.

—Está bien saberlo. ¿Y los marcianos?

—Ya han llegado, señora.

Suspiró, se ajustó el sari y levantó la barbilla.

—Pues vamos a detener la guerra —dijo.

13

Holden

Amos, que había regresado por fin con una lata de cerveza en la mano unas horas después de la revuelta por la comida diciendo que había llevado a cabo un «reconocimiento», tenía ahora en su poder una lata de comida. La etiqueta aseguraba que eran «productos derivados del pollo». Holden esperaba que el pirata informático hacia el que los dirigía Prax viera que aquella ofrenda estaba más o menos relacionada con lo que había pedido.

Prax los guiaba con la velocidad frenética de alguien que tiene que hacer una última cosa antes de morir y puede sentir la muerte en sus talones. Holden sospechaba que aquello no estaba muy alejado de la realidad. Aquel pequeño botánico parecía de verdad estar en las últimas.

Lo habían subido a bordo de la *Sonámbulo* mientras reunían los suministros que necesitaban, y Holden lo había obligado a comer y darse una ducha. Prax se había empezado a desnudar mientras Holden le enseñaba a usar el grifo de la nave, como si la privacidad fuera un desperdicio de su precioso tiempo. Ver el cuerpo magullado de aquel hombre le había impresionado. El botánico no dejaba de hablar de Mei y de cuánto necesitaba encontrarla. Holden se había dado cuenta de que nunca en su vida había necesitado algo con la misma intensidad con la que aquel hombre quería volver a ver a su hija.

Para su sorpresa, aquello lo entristeció.

A Prax se lo habían arrebatado todo, le habían eliminado toda la grasa de su cuerpo hirviéndolo, dejando solo la humanidad en su estado más básico. Lo único que le quedaba era aquella necesidad de encontrar a su pequeña, y Holden lo envidiaba por ello.

Cuando Holden había estado moribundo y atrapado en el infierno de la estación Eros, había descubierto que necesitaba ver a Naomi una última vez o, al menos, saber que se encontraba a salvo. Esa era la razón por la que no había muerto en aquel lugar. Esa y que había tenido a su lado a Miller con otra pistola. A pesar de que Naomi y él habían pasado a ser amantes, aquella conexión no hacía sombra a la que motivaba a Prax. Hacía sentir a Holden que le faltaba algo importante, aunque no supiera decir qué.

Después de la ducha de Prax, Holden había subido por la escalerilla hacia el centro de mando, donde Naomi intentaba piratear el maltrecho sistema de seguridad de Ganímedes, la había levantado de la silla y la había abrazado unos instantes. Naomi se puso rígida por la sorpresa durante un segundo y luego se relajó en sus brazos.

—Hola —le susurró al oído.

Puede que no le hiciera sombra, pero era lo que tenía y era maravilloso.

Prax se detuvo en la intersección y se dio unos golpecitos en los muslos con las manos, como metiéndose prisa a sí mismo. Naomi se había quedado en la nave para seguirles el rastro gracias a unos localizadores que todos llevaban encima y a través de las cámaras de seguridad de la estación que todavía funcionaban.

Detrás de Holden, Amos carraspeó y dijo en voz muy baja para que Prax no lo oyera:

—Si perdemos a este tipo, no quiero ni pensar qué posibilidades tenemos de volver deprisa.

Holden asintió. Amos tenía razón.

Hasta en sus mejores tiempos, Ganímedes era un laberinto de pasillos grises e idénticos y, de vez en cuando, cavernas que parecían parques. Y quedaba claro que la estación no estaba en sus mejores tiempos. La mayoría de los quioscos de información pública estaban desconectados, funcionaban mal o habían quedado destruidos. La red pública era poco de fiar, como mínimo. Y los ciudadanos se movían como carroñeros a lo largo del cadáver de aquella luna que había sido grandiosa en otra época, a veces aterrorizados y a veces amenazadores. Amos y él llevaban armas de fuego a la vista, y Amos lucía una mirada que hacía que la gente lo pusiera en su lista de «no joder a este tío» de inmediato. No era la primera vez que Holden se preguntaba qué tipo de vida había llevado su compañero antes de enrolarse en la *Canterbury*, el viejo carguero de hielo en el que habían servido juntos.

Prax se detuvo de improviso delante de una puerta que se parecía mucho a los centenares de ellas por las que ya habían pasado, en la pared de un pasillo gris que se parecía a cualquier otro pasillo gris.

—Aquí es. Está ahí dentro.

Antes de que Holden respondiera, Prax ya estaba aporreando la puerta. Holden dio un paso atrás y se apartó para poder ver bien lo que había al otro lado. Amos se hizo hacia el lado contrario, se encajó la lata de pollo debajo del brazo izquierdo y metió el pulgar de la mano derecha en su cinturón, justo al lado de la pistolera. Un año patrullando el Cinturón y ocupándose de la peor calaña que había resultado de la falta de gobierno había hecho que su tripulación automatizara ciertos hábitos. Holden lo agradecía, pero no tenía muy claro que le gustara. Era un hecho que trabajar en seguridad no había mejorado en nada la vida de Miller.

Un adolescente flacucho y sin camisa, que llevaba un cuchillo grande en la mano, abrió la puerta con fuerza.

—Pero ¿qué coño...? —empezó a decir, pero se interrumpió cuando vio a Holden y Amos al lado de Prax. Miró sus armas y continuó—: Vaya.

—Te he traído el pollo —respondió Prax mientras señalaba hacia la lata que llevaba Amos—. Necesito ver el resto de las grabaciones de las cámaras.

—Yo podría haberlas conseguido —dijo Naomi al oído de Holden—, con el tiempo suficiente.

—Lo de «el tiempo suficiente» es el problema —susurró Holden—. Pero lo usaremos como plan B.

El adolescente delgado hizo un gesto de indiferencia y abrió la puerta del todo mientras indicaba a Prax que entrara. Holden lo siguió, y Amos cerró la retaguardia.

—Bueno —dijo el chico—. A ver eso, *oui*?

Amos dejó la caja en una mesa mugrienta y sacó una de las latas que había dentro. La levantó para que el chico la viera.

—¿Y la salsa? —preguntó el chaval.

—¿No prefieres otra lata? —respondió Holden mientras se acercaba al chico con una sonrisa agradable—. Venga, consigue esa grabación y dejaremos de darte la brasa. ¿Te parece?

El chico levantó el mentón y empujó a Holden un paso hacia atrás.

—No me presiones, machote.

—Lo siento —dijo Holden, sin que flaqueara su sonrisa—. Ahora vete a conseguir la maldita grabación que le prometiste a mi amigo.

—A lo mejor, no —dijo el chico. Luego agitó la mano delante de la cara de Holden—. *Riche, ou non?* Quizá me puedas pagar con algo más que pollo. Mucho más.

—Te voy a dejar las cosas claras —respondió Holden—. ¿Quieres estafarnos? Porque en ese caso...

Una mano robusta le cayó sobre el hombro y lo interrumpió.

—Déjame a mí, capi —dijo Amos mientras se ponía entre Holden y el chico. Tenía en la mano una lata de pollo y no dejaba de juguetear con ella lanzándola al aire y atrapándola.

—Han secuestrado a la niñita de este tío —dijo Amos, señalando a Prax con la mano izquierda mientras jugaba con la lata con la derecha—. Solo quiere saber dónde está y le gustaría pagar el precio que habíais acordado por la información.

El chico hizo un gesto de indiferencia e intentó hablar, pero Amos se llevó un dedo a los labios para silenciarlo.

—Y ahora que ya puede pagarte ese precio —continuó, con un tono amistoso y agradable—, tú quieres estafarle porque sabes que está desesperado y te daría cualquier cosa para recuperar a su hija. Quieres sacarle los cuartos, ¿verdad?

El chico volvió a hacer un gesto de indiferencia.

—*Non*...

Amos aplastó la lata de sucedáneo de pollo contra la cara del chico con tanta velocidad que por un momento Holden se preguntó por qué aquel pirata informático estaba tirado en el suelo y sangraba por la nariz. El mecánico le clavó una rodilla en el pecho y lo sujetó contra el suelo. La lata de pollo se elevó y volvió a caer con fuerza contra la cara del chico, que emitió un chasquido agudo. Empezó a gritar, pero Amos le cerró la boca con la mano izquierda.

—Mira, pedazo de mierda —gritó Amos. La amabilidad de su voz había dado paso a una furia animal que Holden nunca le había oído antes—, ¿vas a permitir que una niña siga secuestrada porque quieres más pollo de los cojones?

Amos golpeó con la lata la oreja del pirata informático, que se salpicó de rojo. Apartó la mano de la boca del chico, que empezó a pedir ayuda a gritos. El mecánico levantó la lata de pollo una vez más, pero Holden lo cogió del brazo y lo apartó del chico, que no dejaba de balbucear.

—Basta ya —dijo mientras agarraba a Amos con la esperanza de que el grandullón no decidiera machacarlo a él con la lata. Amos siempre había sido el tipo de persona que se metía en las peleas de bar por diversión.

Aquello era diferente.

—Basta ya —repitió Holden, y no lo soltó hasta que Amos dejó de forcejear—. No puede ayudarnos con los sesos desparramados.

El chico retrocedió por el suelo y apoyó los hombros contra una pared. Asintió mientras Holden hablaba y se agarró la nariz sanguinolenta con el índice y el pulgar.

—¿Es verdad? —preguntó Amos—. ¿Vas a ayudar?

El chico volvió a asentir con la cabeza y se puso en pie a duras penas, sin apartarse de la pared.

—Lo acompañaré —dijo Holden mientras daba unas palmaditas a Amos en el hombro—. ¿Por qué no te quedas aquí y te relajas un poco?

Antes de que Amos respondiera, Holden señaló al asustado pirata informático.

—Tú, manos a la obra.

—Ahí —dijo Prax cuando Mei volvió a aparecer en la imagen del vídeo—. Esa es Mei. El hombre es el doctor Strickland. No conozco a la mujer, pero la profesora de Mei dijo que estaba registrada como su madre. Tenía su fotografía en la ficha y también una autorización para recogerla. La seguridad del colegio es muy estricta. Nunca dejan que un niño salga de allí sin asegurarse.

—Averigua dónde fueron —ordenó Holden al informático. Luego preguntó a Prax—: ¿Por qué tiene un doctor?

—Mei padece... —empezó a decir Prax, se detuvo y luego continuó—. Mei padece una enfermedad genética inusual que inutiliza su sistema inmunológico y no puede dejar de medicarse. El doctor Strickland lo sabía. También han desaparecido otros dieciséis niños con el mismo problema. Él puede mantenerlos... puede mantener a Mei con vida.

—¿Lo has oído, Naomi?

—Claro, y he seguido el rastro del *hacker* a través de la seguridad de los servidores. No lo volveremos a necesitar.

—Muy bien —dijo Holden—, porque estoy seguro que cuando nos larguemos de aquí no podremos volver a contar con él.

—Todavía nos queda pollo —respondió Naomi, riendo entre dientes.

—Amos se ha asegurado de que lo próximo que pida el chico sea cirugía estética.

—Au —respondió Naomi—. ¿Está bien?

Holden pensó que se refería a Amos.

—Sí, pero... ¿hay algo que no sepa sobre él y pueda darnos problemas aquí? Porque la verdad es que...

—*Qui* —dijo el *hacker* mientras señalaba la pantalla.

Holden vio cómo el doctor Strickland llevaba a Mei por un pasillo de aspecto antiguo y aquella mujer morena los seguía. Llegaron a una puerta parecida a una vieja escotilla presurizada. Strickland hizo algo en el panel que había a un lado y los tres pasaron dentro.

—Ahí dentro no se puede mirar —dijo el informático mientras se encogía como si esperase recibir un castigo por aquel defecto de los sistemas de seguridad de Ganímedes.

—Naomi, ¿adónde lleva? —preguntó Holden mientras hacía un gesto con la mano para dar a entender al *hacker* que no era culpa suya.

—Parece que hacia una zona antigua de la excavación original —respondió Naomi, haciendo pausas entre las palabras mientras trabajaba con su consola—. Ahora se utiliza como almacén. Detrás de esa puerta no debería haber más que polvo y hielo.

—¿Puedes llevarnos hasta allí? —preguntó Holden.

—Sí —dijeron Prax y Naomi al mismo tiempo.

—Pues andando.

Hizo un gesto a Prax y al *hacker* para que salieran de la habitación y luego los siguió. Amos estaba sentado en la mesa y hacía girar una lata de pollo sobre el borde como si fuera una moneda muy grande. Con la poca gravedad que había en aquella luna, parecía que podía girar para siempre. La expresión de su cara era distante e ilegible.

—Lo has hecho bien —dijo Holden al informático, que no dejaba de mirar a Amos con una expresión que alternaba entre la rabia y el miedo—. Te pagaremos. No somos estafadores.

Antes de que el chico respondiera, Amos se puso en pie y cogió la caja de pollo enlatado. Le dio la vuelta y tiró al suelo las latas, que rodaron en todas las direcciones por aquella pequeña estancia.

—Quédate el cambio, gilipollas —dijo antes de tirar la caja vacía hacia la pequeña cocina.

—Y se cierra el telón —dijo Holden.

Después de que Amos y Prax hubieran salido por la puerta, Holden se quedó detrás vigilando al informático por si se le ocurría la mala idea de vengarse. Pero no había razón para preocuparse. Cuando Amos salió por la puerta, el chico empezó a recoger las latas de pollo y a amontonarlas encima de la mesa.

Mientras Holden salía y cerraba la puerta, Naomi le dijo:

—Sabes lo que significa, ¿verdad?

—¿El qué? —preguntó Holden. Luego dijo a Amos—: Volvemos a la nave.

—Prax ha dicho que todos los niños con esa enfermedad particular de Mei han desaparecido —continuó Naomi— y su médico es quien se la llevó de la escuela.

—Así que podemos dar por hecho que el resto de desapariciones también son cosa de él o de los que trabajan con él —afirmó Holden.

Amos y Prax andaban juntos delante de él por el pasillo, el grandullón todavía con la mirada perdida. Prax le puso una mano en el brazo y Holden lo oyó susurrar:

—Gracias.

Amos se encogió de hombros.

—¿Para qué querría a esos niños? —preguntó Naomi.

—A mí me preocupa más averiguar cómo sabía que tenía que llevárselos unas pocas horas antes de que empezara el tiroteo.

—Cierto —dijo Naomi, en voz baja—. Cierto, ¿cómo lo sabía?

—Porque las cosas se han torcido así por su culpa —respondió Holden, poniendo de manifiesto lo que ambos pensaban.

—Si se ha llevado a todos esos niños y él o la gente con la que trabaja es capaz de desatar una guerra entre la Tierra y Marte para encubrir los secuestros...

—Esto empieza a parecerse al tipo de estrategias que hemos visto antes, ¿verdad? Tenemos que saber qué hay al otro lado de esa puerta.

—Una de dos —dijo Naomi—. O no encontramos nada porque después del secuestro han salido pitando de esta luna...

—O —continuó Holden— nos encontramos a muchos tíos con armas.

—Eso es.

La cocina de la *Sonámbulo* estaba en silencio mientras Prax y la tripulación de Holden volvían a visionar el vídeo. Naomi había reunido las imágenes de las cámaras de seguridad del secuestro de Mei en un solo archivo. Vieron cómo el doctor la llevaba a lo largo de varios pasillos, por un ascensor y al final por la puerta de la zona abandonada de la estación. Después del tercer visionado, Holden hizo un gesto a Naomi para que lo apagara.

—¿Qué podemos sacar en claro? —preguntó, tamborileando con los dedos sobre la mesa.

—La niña no tiene miedo. No intenta escapar —dijo Amos.

—Conoce al doctor Strickland desde siempre —explicó Prax—. Para ella es casi como de la familia.

—Lo que significa que alguien ha comprado al doctor —dijo Naomi—. O eso o el plan lleva en marcha desde hace...

—Cuatro años —apuntó Prax.

—Cuatro años —repitió Naomi—. Que es mucho tiempo para una estafa a no ser que haya muchísimo en juego.

—¿Es un secuestro? Si piden un rescate para liberarla...

—No cuadra. Unas horas después de que Mei desapareciera por esa escotilla —dijo Holden, señalando la imagen estática de la pantalla de Naomi—, la Tierra y Marte empezaron a dispararse. Alguien se ha complicado mucho la vida para llevarse a dieciséis niños enfermos y ocultarlo.

—Si no fuera porque Protogen está acabada —terció Amos—, diría que esto se parece al tipo de mierdas que suelen hacer.

—Y el responsable también tiene muchos recursos tecnológicos —dijo Naomi—. Pudieron piratear el sistema de la escuela incluso antes de que la seguridad de la red de Ganímedes se viniera abajo por la batalla y colar la ficha de esa mujer en el directorio de Mei sin dejar rastro de haber alterado nada.

—Algunos niños de esa escuela tienen padres muy ricos y poderosos —explicó Prax—. Lo más probable es que tuviera una seguridad de primera.

Holden tamborileó una última vez con ambas manos encima de la mesa y luego dijo:

—Lo que nos lleva de vuelta a la gran pregunta. ¿Qué vamos a encontrarnos al otro lado de esa puerta?

—Matones corporativos —respondió Amos.

—Nada —dijo Naomi.

—A Mei —dijo Prax, en voz baja—. Puede que esté Mei.

—Necesitamos estar preparados para cualquiera de esas tres posibilidades: violencia, encontrar pistas o rescatar a la niña. Así que vamos a pensar un plan. Naomi, quiero un terminal con un enlace de radio que pueda conectar a cualquier red que encontremos al otro lado y que te permita entrar en el sistema.

—Perfecto —dijo Naomi, que ya se levantaba de la mesa para dirigirse hacia la escalerilla de la quilla.

—Prax, tú tienes que encontrar la forma de que Mei confíe en nosotros si la encontramos. Y también darnos indicaciones sobre cualquier complicación que pueda suponer su enfermedad durante un rescate. ¿Cuánto tiempo tenemos para traerla de vuelta y medicarla? Ese tipo de cosas.

—Muy bien —dijo Prax mientras sacaba su terminal y empezaba a hacer anotaciones.

—¿Amos?

—¿Sí, capi?

—A nosotros nos ha tocado la violencia. Vamos a prepararnos.

La sonrisa de Amos empezó y terminó en las comisuras de sus ojos.

—De puta madre.

14

Prax

Prax no se dio cuenta de lo que cerca que había estado de desmayarse hasta que comió. Unas latas de pollo con algún tipo de salsa *chutney* picante, unas galletas saladas blanduzcas de las que no se hacían migajas y se solían consumir en gravedad cero y un vaso de tubo de cerveza. Sintió de improviso un hambre atroz e imparable y lo engulló todo.

Cuando terminó de vomitar, la mujer que parecía encargarse de los asuntos técnicos de la nave (sabía que se llamaba Naomi, pero no podía evitar pensar en ella como Cassandra porque se parecía mucho a una becaria llamada así con la que había trabajado hacía tres años) le dio un caldo de proteínas ligero que sentaría mejor a su aparato digestivo atrofiado. Al cabo de unas horas, empezó a recuperar la mente. Era una sensación parecida a la de despertarse una y otra vez, pero sin quedarse dormido. Allí, sentado en la bodega de la nave de Holden, se dio cuenta de aquel cambio en su proceso cognitivo, de lo mucho más claros que eran sus pensamientos y de lo bien que sentaba volver a ser él mismo. Y luego, al cabo de unos minutos, otro conjunto de ganglios faltos de azúcar volvería a funcionar con esfuerzo y todo sucedería de nuevo.

Y con cada uno de aquellos pasos hacia la conciencia real se sentía cada vez más decidido a atravesar la puerta por la que habían pasado Strickland y Mei.

—Conque doctor, ¿eh? —dijo el grandote, Amos.

—Tengo el título aquí mismo. La universidad es muy buena. Mucho dinero para becas. Bueno... ahora supongo que ya no.

—Nunca me interesó demasiado la educación formal.

El comedor de la nave de asistencia era pequeño y se le notaba el paso del tiempo. Las paredes de tela de fibra de carbono tenían grietas en el barniz, y la superficie de la mesa estaba picada después de años, quizá décadas, de uso. La luz tenía un espectro estrecho y decantado hacia el rosa que habría acabado con cualquier planta en unos tres días. Amos tenía una bolsa de lona llena de cajas de plástico de diferentes tamaños que parecían contener distintas armas de fuego. Había desenrollado un tapete rojo de fieltro y desmontado un arma enorme de color negro mate sobre él. Aquellas partes delicadas de metal parecían una escultura. Amos humedeció una bola de algodón en una solución limpiadora de color azul celeste y la frotó con cuidado contra un mecanismo plateado sujeto a un tubo de metal negro, para sacar brillo a unas láminas de metal que ya estaban limpias como una patena.

Prax se sorprendió a sí mismo acercando las manos hacia las piezas desmontadas. Quería juntarlas, que ya estuvieran limpias, pulidas y preparadas. Amos fingió no darse cuenta de un modo que daba a entender que estaba más que al tanto.

—No tengo ni idea de por qué se la han llevado —dijo Prax—. El doctor Strickland siempre se portó de maravilla con ella. Nunca... nunca le haría daño. No, no creo que fuera capaz.

—Es probable que no —dijo Amos. Volvió a humedecer el algodón en la solución limpiadora y empezó a frotarlo contra una vara de metal que tenía un muelle alrededor.

—Tengo que ir a ese sitio —dijo Prax, mientras pensaba: «Cada segundo que pasamos aquí es un segundo en el que pueden estar haciendo daño a Mei. Un segundo en el que podría morir o en el que podrían estar sacándola de aquí en una nave.» Intentó que las palabras que había pronunciado no sonaran como un lamento o una exigencia, pero le dio la impresión de que habían sonado como ambas.

—Prepararse es lo peor de todo —dijo Amos, como si intentara consolarlo—. Lo único que quiere uno es empezar cuanto antes y que esa mierda pase lo más rápido posible.

—Pues sí —afirmó Prax.

—Te entiendo —dijo Amos—. No es que sea divertido, pero es necesario. Para ir sin el equipo preparado, mejor no ir. Además, ¿cuánto tiempo lleva desaparecida la niña?

—Desde la batalla. Desde que cayó el espejo.

—Las posibilidades de que una hora marque la diferencia no son tantas, ¿no crees?

—Pero...

—Lo sé —suspiró Amos—. Lo sé. Esta es la parte mala. No tanto como esperar a que volvamos, ojo. Eso va a ser más jodido todavía.

Amos soltó el algodón y empezó a colocar aquel muelle largo y negro en el perno metálico y brillante. Los vapores del alcohol que contenía la solución limpiadora humedecieron los ojos de Prax.

—Yo os espero a vosotros.

—Sí, lo sé —respondió Amos—. Y me aseguraré de ir lo más rápido posible. El capitán es muy buen tipo, pero a veces se distrae mucho. Haré que vaya al grano. No te preocupes.

—No —dijo Prax—. No me refería a que os esperaré cuando crucéis esa puerta, sino a que os estoy esperando ahora mismo. Voy a entrar ahí con vosotros.

Amos colocó el perno con el muelle en la carcasa del arma y le dio vueltas con cuidado con la punta de los dedos. Prax no se dio cuenta de que se había puesto de pie.

—¿En cuántos tiroteos has estado? —preguntó Amos. Lo dijo en voz baja, con tono tranquilo y amable—. Porque yo he estado en unos... Joder, este va a ser el undécimo. O el que hace doce, si cuento aquella vez en la que el tipo se volvió a levantar como una pelea distinta. Lo que quiero decir es que, si quieres que tu pequeña esté a salvo, lo mejor es no meterla en un túnel junto a un tipo que dispara un arma sin tener ni idea.

Para reforzar lo que acababa de decir, Amos terminó de montar el arma. El metal emitió un chasquido.

—No pasará nada —dijo Prax, pero le temblaban las piernas solo de estar en pie.

—¿Está lista para disparar? —preguntó Amos.

—¿Cómo dices?

—Si tuvieras esta arma en las manos ahora mismo, apuntaras a un tipo malo y apretaras el gatillo, ¿haría *pum*? Me has visto montarla. ¿Es peligrosa o segura?

Prax abrió la boca y luego la cerró. El dolor que tenía en el esternón se amplificó un poco. Amos empezó a soltar el arma.

—Segura —respondió Prax.

—¿Estás convencido de eso, doctor?

—No la has cargado, así que es segura.

—¿Estás seguro del todo?

—Sí.

Amos miró el arma y frunció el ceño.

—Vale, has acertado, pero, aun así, no vas a venir.

Se oyeron unas voces que provenían de la entrada de la esclusa de aire. La voz de Jim Holden no era como Prax se la había imaginado. Esperaba que fuera grave y profunda, pero incluso en aquellos momentos en los que la preocupación le atenazaba la garganta y le abreviaba las vocales, había en ella cierta suavidad. La voz de la mujer (Naomi, no Cassandra) no era más grave, pero sí más sombría.

—Las cifras son esas —dijo ella.

—Pues no están bien —dijo Holden, agachándose para entrar en el comedor—. Tiene que haber un error. No tiene sentido.

—¿Qué pasa, capi? —preguntó Amos.

—Los empleados de seguridad no nos van a servir de nada —respondió Holden—. Los que hay en la estación ya se las ven y se las desean para evitar que el lugar caiga directamente en la catástrofe.

—Que es por lo que a lo mejor no deberíamos ir por ahí con las armas desenfundadas —dijo Naomi.

—Por favor, ¿podríamos no volver a tener esa conversación ahora mismo?

Naomi apretó los dientes y Amos hizo un esfuerzo para mantener la vista fija en el arma y pulir partes que ya estaban relucientes. A Prax le dio la sensación de que no era ni por asomo la primera vez que se hablaba del tema.

—Eso de disparar primero y preguntar después... —dijo Naomi—. Antes no eras como él. Y no eres él.

—Bueno, pues hoy tengo que ser él —replicó Holden, con una voz que terminaba la discusión. El silencio se hizo incómodo.

—¿Qué ocurre con las cifras? —preguntó Prax. Holden lo miró, confundido—. Habéis dicho que hay algo mal en las cifras.

—Dicen que ha aumentado la tasa de mortalidad, pero tiene que ser un error. El enfrentamiento duró... ¿Cuánto? ¿Un día? ¿Día y medio? ¿Por qué iban a empeorar las cosas ahora?

—No —dijo Prax—. Es cierto. Es cosa del efecto en cascada. Irá a peor.

—¿El efecto en cascada? —preguntó Naomi. Amos metió el arma en su caja y cogió una más grande. Una que quizá contenía una escopeta. Se quedó mirando a Prax y esperando.

—Es el obstáculo principal de los ecosistemas artificiales. En un ambiente evolutivo normal, hay suficiente diversidad para acolchar el sistema cuando ocurre algo catastrófico. Es algo que siempre está presente en la naturaleza. Siempre hay acontecimientos catastróficos. Pero nosotros no podemos fabricar nada con tanta profundidad. Si algo va mal, solo pueden activarse unos pocos mecanismos para compensarlo. Esos mecanismos se sobrecargan y se pierde el equilibrio. Cuando falla lo siguiente, quedan incluso menos mecanismos y se sobrecargan más. Es un sistema simple complejo, es la manera técnica de llamarlo. Al ser simple, es propenso al efecto en cascada y, al ser complejo, no se puede predecir lo que va a fallar. Ni de qué manera. Es imposible a nivel computacional.

Holden se apoyó en la pared con los brazos cruzados. A Prax

todavía se le hacía raro verlo en persona. Parecía el mismo hombre que había visto en las pantallas, pero a la vez no.

—La estación Ganímedes —dijo Holden— es el centro agrícola y de suministros alimentarios más importante después de la Tierra y Marte. No puede desmoronarse sin más. No lo permitirían. La gente viene aquí a dar a luz, por Dios.

Prax inclinó la cabeza a un lado. El día anterior no habría sido capaz de explicar algo así. Por un lado, no tenía el azúcar en sangre suficiente para alimentar el pensamiento y, por otro, no tenía nadie a quién contárselo. Le gustaba poder volver a pensar, aunque solo fuera para explicar lo grave que se había vuelto la situación.

—Ganímedes está acabada —explicó Prax—. Puede que los túneles aguanten, pero las estructuras medioambientales y sociales ya están destruidas. Aunque volviéramos a poner en marcha el sistema medioambiental, y para ello haría falta mucho trabajo, ¿cuánta gente se quedaría en un lugar así? ¿Cuántos irían a prisión? Algo acabará ocupando el nicho, pero no será lo mismo que teníamos antes.

—Por el efecto en cascada —dijo Holden.

—Eso es —afirmó Prax—. Es lo que le intentaba decir antes a Amos. Todo va a venirse abajo. Quizá la ayuda sirva para que la caída sea un poco más llevadera, pero es demasiado tarde. Es demasiado tarde, Mei sigue desaparecida y no sabemos qué será lo próximo que se rompa. Tengo que ir con vosotros.

—Prax —dijo Cassandra. No. Naomi. Quizá el cerebro de Prax todavía no estuviera al cien por cien.

—Aunque crean que pueden hacerlo, Strickland y esa mujer no van a conseguir mantenerla a salvo. ¿No lo veis? Aunque no le hagan daño, aunque ese sea el caso, todo lo que los rodea se va a desmoronar. ¿Y si se quedan sin aire? ¿Y si no llegan a comprender lo que ocurre?

—Sé que es difícil —dijo Holden—, pero ponerte a gritar no sirve de nada.

—No estoy gritando. No estoy gritando. Lo único que hago es deciros que se han llevado a mi pequeña y que tengo que ir a por ella. Necesito estar ahí cuando se abra esa puerta. Aunque ella no esté al otro lado. Aunque esté muerta. Necesito ser el que la encuentre.

Se oyó un sonido profesional, agudo y bonito a su manera: el de un cargador deslizándose en el interior de una pistola, una pistola cuyo metal negro se encontraba en la enorme mano de un hombre. Rodeada por unos dedos que la hacían parecer muy pequeña. Bajo la mirada de Prax, Amos hizo pasar una bala a la recámara. Luego cogió la pistola por el cañón, con cuidado de que no dejara de apuntar hacia la pared, y se la acercó.

—Pero pensaba... —dijo Prax—. Has dicho que no estoy...

Amos estiró los brazos otro centímetro. El gesto no dejaba lugar a dudas. «Cógela.» Prax la cogió. Era más pesada de lo que parecía.

—Esto... ¿Amos? —dijo Holden—. ¿Le acabas de dar un arma cargada?

—El doctor tiene que venir, capi —respondió Amos mientras se encogía de hombros—. Así que yo creo que debería venir.

Prax vio cómo la mirada de Amos bailaba entre Holden y Naomi.

—Quizá deberíamos hablar sobre ese proceso tuyo de toma de decisiones, Amos —dijo Naomi, cuidando de usar las palabras adecuadas.

—Claro, claro —respondió Amos—. Cuando volvamos.

Prax había andado por la estación durante semanas como si fuera un nativo, un lugareño. Como un refugiado sin lugar al que huir. Se había acostumbrado al aspecto de los pasillos, a cómo la gente apartaba rápido la mirada de él por si intentaba cargarlos con sus problemas. Con Prax alimentado, armado y formando parte de un grupo, la estación se había convertido en un lugar diferente. La gente seguía lanzándoles miradas fugaces, pero el miedo era distinto y el hambre luchaba contra él. Holden y Amos no tenían señales de desnutrición, ni marcas alrededor de los ojos ni la mirada afligida por pensar que todo lo que tenían alrededor se venía abajo sin remedio. Naomi estaba en la nave y conectada a la red de seguridad local, lista para coordinarlos a los tres en caso de que se separaran.

Quizá por primera vez en su vida, Prax se sintió como un extranjero. Veía su hogar de la misma manera que lo haría Holden: como un pasillo enorme con el hielo de la parte superior de las paredes pintado y el de la parte inferior, el que la gente podía tocar por accidente, cubierto de una gruesa capa de aislante térmico. El hielo al descubierto de Ganímedes era capaz de arrancar la piel al más mínimo contacto. El pasillo estaba demasiado oscuro, los focos habían empezado a fallar. Un pasillo amplio que Prax había recorrido a diario cuando iba a la escuela se había convertido en una zona oscura en la que no cesaba el goteo del agua, después de que fallaran los sistemas de regulación climática. Las plantas estaban marchitas o en proceso de marchitarse, y el aire empezaba a adquirir un regusto rancio que auguraba que dentro de muy poco se encenderían los recicladores de emergencia. O deberían encenderse, mejor dicho. Más les valía a todos.

Pero Holden tenía razón. La gente de cara enjuta y mirada desesperada que pasaba a su lado eran científicos que trabajaban con comida, técnicos de cultivos, expertos en hematosis y asistentes agriculturales. Si la estación Ganímedes se venía abajo, el efecto en cascada no pararía ahí. Cuando despegara el último cargamento de comida, el Cinturón, el sistema joviano y la miríada de bases de larga duración que trazaban sus propias órbitas alrededor del Sol tendrían que encontrar una manera diferente de conseguir vitaminas y micronutrientes para los niños. Prax se preguntó si las bases que estaban en los planetas más lejanos podrían mantenerse por su cuenta. Si tenían sus propios sistemas hidropónicos y granjas de levadura y no fallaba nada...

Se estaba distrayendo. Se estaba obsesionando con cualquier cosa que no fuese el miedo a lo que los esperaba detrás de aquella puerta. Lo asumió.

—¡Quietos todos!

La voz era grave, rasposa y con flemas, como si a aquel hombre le hubieran arrancado las cuerdas vocales y las hubieran pasado por el barro antes de devolvérselas. Estaba en pie en medio de una intersección de túneles que tenían delante y llevaba puesta una armadura policial dos tallas más pequeña, que a duras penas contenía su mole. Su acento y constitución dejaban claro que era de Marte.

Amos y Holden se detuvieron y se giraron para mirar a su alrededor, a todas partes menos al hombre que tenían delante. Prax miró hacia el mismo sitio que ellos. A su alrededor había otros hombres que los acechaban, medio escondidos. Sintió el sabor metálico del pánico en la boca.

—Cuento seis —dijo Holden.

—¿Y el de los pantalones grises? —preguntó Amos.

—Vale, puede que siete. Pero ese lleva siguiéndonos desde que hemos salido de la nave. Puede que no tenga relación.

—Seis sigue siendo más que tres —dijo Naomi en sus oídos—. ¿Necesitáis refuerzos?

—Venga ya. ¿Tenemos refuerzos? —preguntó Amos—. ¿Vendrá Supitayaporn a hablar con ellos hasta que mueran de aburrimiento?

—Nosotros nos encargamos —dijo Prax mientras acercaba la mano a la pistola que llevaba en el bolsillo—. No podemos dejar que nadie...

Amos rodeó la mano de Prax con la suya para que dejara la pistola en el bolsillo y no la pusiera a la vista.

—Este no es el tipo de gente a la que se dispara —dijo Amos—. Es el tipo de gente con la que se habla.

Holden dio un paso hacia el marciano. La seguridad con la que avanzaba casi hizo que el rifle de asalto que llevaba al hombro pareciera inofensivo. Incluso la armadura de aspecto caro que llevaba puesta no parecía fuera de lugar con su sonrisa distendida.

—Hola —dijo Holden—. ¿Hay algún problema, señor?

—Es posible —dijo el marciano, con acento—. O no. Depende de vosotros.

—Yo diría que no —respondió Holden—. Ahora, si nos disculpa, nosotros nos...

—Un momento —interrumpió el marciano mientras avanzaba hacia ellos. La cara se parecía a la de alguien que Prax había visto alguna vez en el metro, una que no llamaba la atención—. Vosotros no sois de por aquí.

—Yo sí —dijo Prax—. Soy el doctor Praxidike Meng. Jefe de botánicos del proyecto de granjas de soja de RMD-Southern. ¿Quién eres tú?

—Deja que se encargue el capitán —dijo Amos.

—Pero...

—Se le da muy bien.

—Lo que creo es que sois del equipo de salvamento —dijo el marciano—. Pero estáis muy lejos del embarcadero. Tiene pinta de que os habéis perdido. Quizá necesitéis que alguien os escolte de vuelta a un lugar seguro.

Holden cambió el pie de apoyo. Por casualidad, el rifle de asalto se movió unos centímetros, sin sugerir la menor provocación.

—No sé —dijo Holden—. Estamos muy bien protegidos. Yo creo que podremos cuidar de nosotros mismos. ¿Cuál es el precio que pedís por la... escolta?

—Ahora nos entendemos. Sois tres, así que diría unos cien en divisa marciana. Os acompañarán cinco, de aquí.

—¿Y qué tal si os venís con nosotros y os consigo pasaje para todos fuera de esta bola de hielo?

El marciano se quedó boquiabierto.

—No tiene gracia —dijo, pero su máscara de superioridad y confianza había desaparecido. Prax vio que había ocultado ansiedad y desesperación.

—Vamos de camino a un viejo sistema de túneles —dijo Holden—. Alguien secuestró a unos niños justo antes de que todo se fuera a la mierda. Se los han llevado allí. La hija del doctor es una de las secuestradas, así que vamos a rescatarla y a preguntar con educación cómo sabían de antemano que iba a ocurrir todo esto. Puede que encontremos resistencia y nos vendría bien tener a un par de amigos que sepan cuál es el lado de las armas por el que salen las balas.

—Me la estás colando —dijo el marciano. Con el rabillo del ojo, Prax vio cómo una de los que iban con él daba un paso al frente. Una mujer delgada que llevaba un tejido protector barato.

—Somos de la APE —dijo Amos, y señaló con la cabeza a Holden—. Él es James Holden, de la *Rocinante*.

—No me jodas —se sorprendió el marciano—. Eres él. Eres Holden.

—Es culpa de la barba —dijo Holden.

—Yo soy Wendell. Trabajaba para Seguridad Pinkwater antes de que esos cabrones se largaran y nos dejaran aquí. Digo yo que eso anula el contrato. Si quieres contratar potencia de fuego profesional, no vas a encontrar a nadie mejor que nosotros.

—¿Cuántos sois?

—Seis, incluyéndome a mí.

Holden miró a Amos. Prax sintió que Amos se encogía de hombros en la misma medida en que lo vio. Parecía que, después de todo, el otro hombre del que habían hablado no tenía nada que ver con ellos.

—Muy bien —dijo Holden—. Hemos intentado hablar con la seguridad local, pero no nos han dado ni los buenos días. Venid con nosotros, ayudadnos y te doy mi palabra de que os sacaremos de Ganímedes.

Wendell sonrió. Tenía uno de los incisivos tintado de rojo con un pequeño diseño en blanco y negro encima.

—Lo que usted diga, jefe —dijo. Luego levantó el arma—. ¡En formación! Tenemos contrato nuevo, gente. ¡Vamos a ello!

Hubo vítores a su alrededor. Prax vio sonreír a la mujer delgada que estaba a su lado, y le estrechó la mano como si fuera candidata en unas elecciones. Prax parpadeó y le devolvió la sonrisa, y Amos posó su mano sobre el hombro de Prax.

—¿Ves? Te lo he dicho. Ahora sigamos.

La estancia era más oscura de lo que había parecido en el vídeo. El hielo se había derretido en algunas partes y se habían formado unos pequeños canales que parecían venas blanquecinas, pero la escarcha que las cubría era reciente. La puerta era igual a cualquier otra de los cientos por las que habían pasado para llegar hasta allí. Prax tragó saliva. Le dolía el estómago. Quería gritar a viva voz el nombre de Mei y que ella respondiera a su llamada.

—Bien —dijo Naomi en sus oídos—. He desactivado el cierre. Cuando estéis listos, adelante.

—No hay razón para esperar —respondió Holden—. Ábrela.

El sellado de la puerta emitió un sonido sibilante.

La puerta se abrió.

15

Bobbie

La primera gran reunión entre los diplomáticos de Marte y de la ONU llevaba ya tres horas y, hasta el momento, solo habían realizado las presentaciones y leído el orden del día. Un terrícola bajito llevaba un traje de color carbón que seguro que era más caro que la armadura de reconocimiento de Bobbie y estaba parloteando sobre el apartado 14, subapartado D, artículos 1 a 11, relativos a los efectos sobre el precio de los productos conforme a los tratados comerciales en vigor de las recientes hostilidades. Bobbie miró a su alrededor, se dio cuenta de que las demás personas sentadas en torno a aquella larga mesa de roble miraban con extrema atención al que leía el orden del día y contuvo el tremendo bostezo que intentó abrirse paso desde su interior.

Se distrajo intentando deducir quiénes eran aquellas personas. Todos se habían presentado con su nombre y título en algún momento, pero aquello no significaba demasiado. Todos los que estaban en aquel lugar eran asistentes, subsecretarios o directores de algo. Había hasta algunos generales, pero Bobbie sabía lo suficiente sobre política para tener claro que los militares presentes serían los menos importantes. Quienes ostentaban el poder real eran los que estaban callados y tenían títulos modestos. De aquellos había varios, entre ellos un hombre de cara redonda y corbata estrecha, que se había presentado como el secretario de algo. A su lado había una abuela ataviada con un sari de color brillante, una mancha amarilla entre todos aquellos colores pardos, añiles y grises. Estaba comiendo pistachos y tenía en la cara una semisonrisa enigmática. Bobbie se entretuvo unos minutos intentando adivinar quién mandaba, el cararrechoncha o la abuela.

Pensó en servirse un vaso de agua de una de las jarras de cristal que había repartidas a intervalos regulares por la mesa. No tenía sed, pero darle la vuelta al vaso, servir el agua y bebérsela haría pasar un minuto, quizá dos. Miró hacia la mesa y vio que nadie bebía. Quizás esperaban a que otra persona fuese la primera.

—Tomémonos un pequeño descanso —dijo el hombre del traje gris—. Diez minutos y continuaremos con la sección quince del orden del día.

La gente se levantó y empezó a dirigirse al baño y a las zonas de fumadores. La abuela acercó su bolso a uno de los conductos de reciclado y tiró las cáscaras de pistacho. El cararrechoncha sacó su terminal y llamó a alguien.

—Por Dios —dijo Bobbie, frotándose los ojos hasta que se le nubló la vista.

—¿Algún problema, sargenta? —dijo Thorsson, reclinándose en la silla y sonriendo—. ¿Le ha sentado mal la gravedad?

—No —respondió Bobbie. Luego añadió—: Bueno, sí, pero sobre todo es que me están dando ganas de clavarme una pluma en el ojo, aunque sea para variar un poco.

Thorsson asintió y le dio una palmadita en la mano, gesto que realizaba cada vez más a menudo. Seguía siendo igual de irritante y paternalista, pero lo que preocupaba a Bobbie era que significara que Thorsson estuviera calentando motores para ponerse a tirarle los tejos. Eso sí que sería incómodo.

Apartó la mano y se inclinó hacia Thorsson hasta que este giró la cabeza y la miró a los ojos.

—¿Por qué nadie dice nada de ese maldito monstruo? —susurró—. ¿No estoy... no estamos aquí por eso?

—Tiene que aprender cómo funcionan estas cosas —dijo Thorsson, apartando la mirada para seguir toqueteando su terminal—. La política va despacio porque hay mucho en juego y nadie quiere ser quien lo jodió todo. —Dejó el terminal en la mesa y le guiñó un ojo—. Aquí la gente se juega la carrera.

—La carrera...

Thorsson se limitó a asentir y volvió a enfrascarse con su terminal.

«¿La carrera?»

Por un instante se vio bocarriba, mirando hacia el vacío estrellado sobre Ganímedes. Sus hombres estaban muertos o moribundos. La radio de su traje, muerta; su armadura, un ataúd congelado. Vio la cara de aquella cosa. Sin armadura, en medio de toda aquella radiación y del vacío. Vio el copo de nieve rojo de sangre helada alrededor de sus garras. ¿En serio nadie de aquella mesa quería hablar sobre el tema porque podría afectar a sus carreras?

A la mierda.

Cuando los participantes en la reunión volvieron a la sala y se hubieron sentado en la mesa, Bobbie levantó la mano. Se sintió un poco ridícula, como una estudiante de quinto de primaria en una habitación llena de adultos, pero no tenía ni idea de cuál era el protocolo a seguir para las preguntas. El lector del orden del día le lanzó una mirada irritada y no le hizo caso. Thorsson metió el brazo bajo la mesa y le dio un fuerte apretón en la pierna.

Bobbie mantuvo la mano en alto.

—¿Perdón? —dijo.

La gente de la mesa alternó entre lanzarle miradas cada vez menos amistosas y volverse hacia otro lado con gesto despectivo. Thorsson incrementó la presión sobre su pierna hasta que Bobbie se hartó y le agarró la muñeca con la otra mano. Se la apretó hasta que crujieron los huesos, y Thorsson se apresuró a apartarla mientras ahogaba un grito de sorpresa. Giró su silla para mirarla a la cara, con los ojos muy abiertos y los labios tan apretados que casi no se le veían.

La del sari amarillo tocó el brazo del lector del orden del día y este dejó de hablar al instante. «Muy bien, esa es la jefa», decidió Bobbie.

—Por lo menos a mí —empezó a decir la abuela mientras sonreía a modo de leve disculpa hacia la sala— me gustaría escuchar lo que la sargenta Draper tenga que decir.

«Se acuerda de mi nombre —pensó Bobbie—. Interesante.»

—¿Sargenta? —dijo la abuela.

Bobbie no sabía muy bien qué hacer, pero se puso en pie.

—Me gustaría saber por qué nadie dice nada sobre el monstruo.

La abuela recuperó aquella sonrisa enigmática. Nadie dijo nada. El silencio insufló adrenalina a la sangre de Bobbie. Notó que le empezaban a temblar las piernas. Lo que más quería en el mundo en aquel momento era sentarse y hacer que todos la olvidaran y miraran hacia otra parte.

Frunció el ceño y trabó las rodillas.

—Ya saben —continuó Bobbie, sin poder evitar hablar en voz más alta—, ese monstruo que mató a cincuenta soldados en Ganímedes y por el que estamos todos aquí.

La habitación quedó en silencio. Thorsson la miró como si se hubiera vuelto loca. Quizá fuera verdad. La abuela se estiró el sari y le sonrió para darle ánimos.

—Porque claro —dijo Bobbie, levantando el orden del día—, estoy segura de que los acuerdos comerciales, los derechos de explotación acuífera o quién se puede follar a quién el segundo jueves después del solsticio de invierno son cosas más importantes.

Calló para respirar hondo, desprovista de aire por la gravedad de la situación y el discurso que acababa de soltar. Pero lo vio en los ojos de los demás, vio que si dejaba de hablar en ese momento, sería solo algo raro que había pasado y todos podrían volver al trabajo y olvidarla. Vio que, en ese caso, su carrera no se despeñaría en llamas por un precipicio.

Cayó en la cuenta de que le daba igual.

—Pero —dijo, tirando el orden del día por encima de la mesa hacia un sorprendido hombre con traje marrón que lo esquivó como si pudiera infectarlo con lo que fuese que padecía Bobbie— ¿qué coño pasa con ese monstruo?

Antes de que pudiera continuar, Thorsson se levantó de golpe.

—Perdonen un momento, señoras y señores. La sargenta Draper sufre estrés relacionado con la fatiga de combate y necesita atención.

La agarró por el codo y la sacó de la habitación mientras los murmullos afloraban a sus espaldas. Thorsson se detuvo en el recibidor de la sala de conferencias y esperó a que la puerta se cerrara detrás de ellos.

—Usted... —dijo Thorsson mientras la empujaba hacia una butaca. En una situación normal, aquel oficial de inteligencia delgaducho no podría haberla empujado, pero a Bobbie parecía que no le respondían las piernas y se dejó caer en el asiento—. Usted... —repitió, antes de dirigirse a alguien a través de su terminal—: Baje aquí ahora mismo. Usted... —dijo por tercera vez, señalando a Bobbie. Luego se puso a andar de un lado a otro delante de la butaca.

Al cabo de unos minutos, el capitán Martens entró al trote en el recibidor de la sala de conferencias. Se detuvo en seco cuando vio a Bobbie repantigada en la butaca y la cara iracunda de Thorsson.

—Pero ¿qué...? —empezó a decir, pero Thorsson lo interrumpió.

—Es culpa suya —dijo a Martens. Luego se giró para dirigirse a Bobbie—. Y usted, sargenta, acaba de confirmar que ha sido un tremendo error traerla. Cualquier ventaja que pudiera habernos supuesto tener a la única testigo ocular se ha echado a perder por su... estúpida verborrea.

—Ella... —intentó decir de nuevo Martens.

Pero Thorsson le clavó un dedo en el pecho.

—Dijo que podía controlarla.

Martens dedicó a Thorsson una sonrisa triste.

—No, yo no dije eso. Dije que podía ayudarla si se me daba el tiempo necesario.

—No importa —respondió Thorsson mientras hacía un gesto de desdén con la mano—. Se van los dos a Marte en la próxima nave y allí podrán justificarse ante una junta disciplinaria. Ahora, fuera de mi vista.

Giró sobre sus talones y volvió a la sala de conferencias. Al entrar, abrió la puerta lo mínimo para que su cuerpo enjuto pudiera atravesarla.

Martens se sentó en la butaca que estaba al lado de la de Bobbie y dejó escapar un suspiro profundo.

—Bueno —dijo—. ¿Y qué tal?

—¿Acabo de destruir mi carrera? —pregunto Bobbie.

—Es posible. ¿Cómo se siente?

—Me siento... —empezó a decir ella. Se dio cuenta de que tenía muchas ganas de hablar con Martens y aquella sensación la enfadó—. Creo que necesito coger aire.

Antes de que Martens pudiera oponerse, Bobbie se levantó y se dirigió hacia los ascensores.

El complejo de la ONU era como una ciudad en sí misma. Solo encontrar la manera de salir le había llevado casi una hora. Por el camino había atravesado el caos y la energía de un edificio gubernamental como si fuera un fantasma. La gente pasaba a su lado con prisa en los largos pasillos, hablando en voz alta en grupo o por sus terminales portátiles. Bobbie nunca había estado en Olimpia, el lugar donde se encontraba el edificio congresual de Marte. Sí que había visto algunos minutos de las emisiones de las sesiones gubernamentales cuando se hablaba de algún tema que le interesaba, pero no era comparable con la actividad que había allí en la ONU. La gente de aquel complejo de edificios gobernaba a treinta mil millones de ciudadanos y cientos de millones de colonos. En comparación, los cuatro mil millones de Marte de pronto le parecieron una aldea.

En Marte, por norma general se pensaba que la de la Tierra era una civilización decadente. Ciudadanos vagos y consentidos que sobrevivían con las ayudas del gobierno. Políticos gordos y corruptos que se enriquecían a costa de las colonias. Una infraestructura en degradación que gastaba casi un treinta por ciento de sus presupuestos en sistemas de reciclaje para que la población no se ahogara en su propia mierda. Se podía decir que el desempleo era inexistente en Marte. Toda la población estaba relacionada de forma directa o indirecta con la mayor hazaña de ingeniería de la historia de la humanidad: la terraformación de un planeta. Proporcionaba a todo el mundo una sensación de propósito, una visión compartida del futuro. No como los terrícolas, que vivían a la espera de la siguiente paga del gobierno, la próxima visita a la farmacia o el paseo de rigor por los centros de ocio.

O eso era lo que se decía, al menos. De pronto, Bobbie ya no estaba tan segura.

Después de varias visitas a algunos puestos de información repartidos por el complejo, consiguió dar con la salida. En la puerta había un guardia aburrido que la saludó con la cabeza al pasar. Salió al exterior.

Al exterior. Sin traje.

Cinco segundos después estaba dando manotazos a la puerta, que resultó ser solo de salida, para intentar volver al interior. El guardia se apiadó de ella y empujó la puerta para abrirla. Bobbie volvió dentro a toda prisa y se dejó caer en un sofá cercano mientras resoplaba e hiperventilaba.

—¿Su primera vez? —le preguntó el guardia, sonriendo.

Bobbie no pudo articular palabra, pero asintió.

—¿De Marte o de la Luna?

—De Marte —respondió cuando recuperó el aliento.

—Lo sabía. Es por las cúpulas. La gente que ha estado en una cúpula solo entra un poco en pánico, pero los cinturianos se ponen como locos. Locos de verdad. Al final siempre nos toca devolverlos a casa drogados para que no chillen.

—Ya —dijo Bobbie, contenta porque el guardia le diera conversación mientras ella intentaba recuperarse—. No me extraña.

—¿La trajeron de noche?

—Sí.

—Es lo que se suele hacer con los que vienen de fuera. Ayuda con la agorafobia.

—Ya.

—Si quiere, puedo dejarle la puerta abierta un rato, por si necesita volver a entrar.

Con la suposición de que lo iba a volver a intentar, el guardia se ganó a Bobbie al instante, y hasta hizo que lo mirara de verdad por primera vez. De estatura terrícola, pero con una piel bonita, tersa y tan negra que casi parecía azul. Tenía complexión atlética y compacta, con unos encantadores ojos grises. Le sonreía sin rastro de burla.

—Gracias —dijo—. Bobbie. Bobbie Draper.

—Chuck —dijo él—. Mire al suelo y luego levante la cabeza poco a poco hacia el horizonte. Haga lo que haga, no mire hacia arriba del todo.

—Creo que esta vez me las apañaré, Chuck, pero muchas gracias.

Chuck echó un vistazo rápido al uniforme de Bobbie.

—Semper fi, artillera.

—¡A la carga! —respondió Bobbie, sonriendo.

Cuando intentó salir por segunda vez, hizo lo que Chuck le había recomendado y miró hacia el suelo unos segundos. Aquello ayudó a reducir la sensación apabullante de sobrecarga sensorial. Pero solo un poco. Miles de aromas pugnaban por abrirse paso en su olfato. El agradable de las plantas y la tierra que ya había experimentado en las cúpulas. El del metal caliente y el aceite de un laboratorio de fabricación. El del ozono de los motores eléctricos. Los sintió todos al mismo tiempo y notó cómo se superponían unos a otros y se mezclaban con otros demasiado exóticos para identificarlos. Y los sonidos eran una cacofonía incesante. Gente que hablaba, el ruido de la maquinaria de construcción, el de los coches eléctricos, el de una lanzadera transorbital despegando, todo al mismo tiempo y sin descanso. Normal que le hubiera provocado un ataque de pánico. Solo con aquellos dos sentidos, las sensaciones amenazaban con imponerse a ella. Y eso sumado al imponente cielo azul que se extendía hacia el infinito...

Bobbie se detuvo fuera con los ojos cerrados y respiró hasta oír que Chuck cerraba la puerta detrás de ella. Ya no tenía escapatoria. Darse la vuelta y pedir a Chuck que volviera a dejarla entrar sería admitir la derrota. Le había quedado claro que aquel hombre había estado un tiempo en el CMONU y no se iba a permitir parecer débil frente a la competencia. Desde luego que no.

Cuando el oído y el olfato se le acostumbraron a aquella andanada de sensaciones, volvió a abrir los ojos y miró el hormigón de la acera en la que se encontraba. Los levantó poco a poco hasta que vio el horizonte. Delante de ella había varios caminos largos que atravesaban un espacio verde muy cuidado. En la distancia vio un muro gris de unos diez metros de alto, con unas torres de guardia repartidas de manera regular a lo largo de él. El complejo de la ONU contaba con más seguridad de la que esperaba. Se preguntó si sería capaz de salir de allí.

Pero no tenía por qué preocuparse. Cuando se acercó a la puerta vigilada que la separaba del mundo exterior, el sistema de seguridad confirmó con su terminal que tenía condición de persona VIP. La cámara que había sobre el puesto de guardia le escaneó la cara, la comparó con la foto de su ficha y confirmó su identidad a pesar de encontrarse a veinte metros de la puerta. Cuando llegó a la salida, el guardia le dedicó un enérgico saludo militar y le preguntó si necesitaba que la llevaran a algún lado.

—No, solo voy a dar un paseo —respondió Bobbie.

El guardia sonrió y le deseó un buen día. Bobbie empezó a andar por la calle y a alejarse del complejo de la ONU, pero cuando se dio la vuelta vio que dos guardias de seguridad armados la seguían a una distancia prudencial. Se encogió de hombros y siguió andando. Era probable que alguien se quedara sin trabajo si una VIP como ella se perdía o resultaba herida.

Su agorafobia disminuyó cuando estuvo fuera de las instalaciones de la ONU. Los edificios se alzaban a su alrededor como muros de acero y cristal, tan altos en el cielo que impedían que

Bobbie lo viera. Unos pequeños coches eléctricos zumbaban por las calles, dejando a su paso agudos chirridos y un aroma a ozono.

Y había gente por todas partes.

Bobbie había asistido a algunos partidos en el estadio Armstrong de Marte para ver jugar a los Diablos Rojos. El estadio tenía capacidad para veinte mil aficionados, pero como los Diablos solían estar muy abajo en las clasificaciones, en general nunca pasaba de la mitad de público. Aquel número relativamente modesto era la mayor concentración de personas que Bobbie había visto en el mismo lugar al mismo tiempo. En Marte había miles de millones de personas, pero no tenían muchos espacios abiertos en los que reunirse. Parada en una intersección, mirando por dos calles que parecían perderse en el infinito, Bobbie estaba segura de que, solo por la acera, había visto más personas que la media de un partido de los Diablos Rojos. Intentó imaginarse la cantidad de gente que debía de haber en aquellos edificios de altura de vértigo que la rodeaban por todas partes. No pudo. Seguro que habría millones de personas solo en las calles y los edificios que tenía a la vista.

Y si la propaganda de Marte era cierta, la mayoría no tenía trabajo. Intentó imaginarse cómo sería no tener un lugar concreto al que acudir todos los días.

Los terrícolas habían descubierto que, cuando no había nada mejor que hacer, la gente tenía bebés. Durante un breve período, en los siglos XX y XXI, había parecido que la población iba a decrecer. Cuantas más mujeres accedían a la educación superior y de allí al mercado laboral, la media de miembros de la familia descendía.

Pero bastaron unas décadas de descenso pronunciado en la cantidad de puestos de trabajo para acabar con la tendencia.

O quizás era solo lo que le habían enseñado en la escuela. Solo en la Tierra, donde la comida crecía por sí sola, donde el aire era un subproducto fortuito de plantas que no había que cuidar, donde los recursos estaban desperdigados por cualquier parte, una persona podía elegir no hacer nada de nada. Los que sentían el ansia de trabajar producían tanto de más que el resto podía sobrevivir a base de eso. Un mundo que ya no se dividía entre los que tenían y los que no, sino entre los comprometidos y los apáticos.

Bobbie se dio cuenta de que estaba al lado de una de las cafeterías con terraza y tomó asiento.

—¿Le pongo algo? —preguntó una joven sonriente con el pelo teñido de un azul eléctrico.

—¿Qué me recomiendas?

—Hacemos el mejor té con leche de soja, si le apetece.

—Claro —respondió Bobbie, sin tener muy claro qué era el té con leche de soja. Las dos cosas le gustaban por separado, así que decidió arriesgarse.

La chica del pelo azul se marchó rápido y se puso a hablar con el chico, igual de joven, que estaba detrás de la barra mientras este hacía el té. Bobbie miró a su alrededor y se dio cuenta de que todos los trabajadores tenían más o menos la misma edad.

Cuando llegó el té, preguntó:

—Oye, ¿te importa si te hago una pregunta?

La chica se encogió de hombros, con una sonrisa que invitaba a preguntar.

—¿Todos los que trabajáis aquí tenéis la misma edad?

—Bueno —respondió la chica—, más o menos. Hay que conseguir créditos antes de la universidad.

—No soy de por aquí —aclaró Bobbie—. ¿Me lo puedes explicar?

Azul pareció verla por primera vez y se fijó en el uniforme de Bobbie y las insignias que lo adornaban.

—Ah, claro, eres de Marte. ¿Verdad? Me gustaría ir.

—Es genial. Venga, cuéntame eso de los créditos.

—¿No lo tenéis en Marte? —preguntó, confundida—. Pues bien, cuando pides plaza en una universidad tienes que tener al menos un año de créditos de trabajo. Así se aseguran de que te gusta trabajar y no desperdician espacio en las aulas con la gente que luego se conforma con lo básico.

—¿Lo básico?

—La ayuda básica, ya sabes.

—Creo que lo entiendo —dijo Bobbie—. ¿La ayuda básica es el dinero con el que viven los que no trabajan?

—No es dinero, sino... bueno, lo básico. Para tener dinero hay que trabajar.

—Gracias —respondió Bobbie.

Dio un sorbo del té mientras Azul salía pitando hacia otra mesa. El té estaba delicioso. Tenía que admitir que, aunque era triste, tenía cierto sentido hacer un poco de criba antes de invertir recursos en educar a la gente. Bobbie ordenó a su terminal que pagara la cuenta, y este le indicó el total después de hacer el cambio de moneda. Añadió una buena propina para aquella chica de pelo azul que quería que su vida no se limitara a la ayuda básica.

Bobbie se preguntó si Marte acabaría así después de la terraformación. ¿Acabarían así los marcianos si no tenían que luchar cada día para conseguir los recursos necesarios para sobrevivir? ¿Se convertiría en una cultura en la que se podría elegir si se quería contribuir? El sistema consideraba que las horas de trabajo y la inteligencia colectiva de quince mil millones de personas eran pérdidas aceptables. Pensar en aquello entristecía a Bobbie. ¡Tanto esfuerzo para llegar a un punto en el que se podía vivir así! Enviar a los jóvenes a trabajar a una cafetería para ver si estaban por la labor de contribuir. Y, si no se daba el caso, dejar que vivieran el resto de su vida con lo básico.

Pero una cosa estaba clara: todas las carreras y el entrenamiento a un g que tenían que realizar los marines marcianos no servían para nada. No había manera de que Marte pudiera derrotar a la Tierra a base de infantería. Aunque soltaran a todos los soldados de Marte, bien armados, en una sola ciudad de la Tierra, sus habitantes podrían vencerlos usando palos y piedras.

Sumida en aquellos pensamientos, de pronto reparó en que acababa de levantarse una carga muy pesada de la que no había sido consciente hasta ese momento. Thorsson y todas sus mentiras no importaban. El pique con la Tierra para ver quién la tenía más larga no importaba. Convertir Marte en otra Tierra no importaba, no si todo iba a acabar de aquel modo.

Lo único que importaba era averiguar quién había soltado aquella cosa en Ganímedes.

Bebió lo que le quedaba del té y pensó: «Voy a necesitar un vehículo.»

16

Holden

La puerta daba a un pasillo muy largo que a Holden le pareció igual que el resto de los de Ganímedes: paredes de hielo con placas estructurales aislantes antihumedad y tuberías internas, una superficie de goma para andar y LED de espectro completo para imitar la luz solar de los cielos azules de la Tierra. Podían estar en cualquier parte.

—¿Seguro que vamos bien, Naomi?

—Es la puerta que vimos atravesar a Mei en el vídeo del *hacker* —respondió ella.

—Muy bien —dijo Holden. Bajó una rodilla al suelo e hizo un gesto para que su ejército improvisado lo imitara—. Naomi, nuestra coordinadora, tiene información sobre la estructura de los túneles, pero poco más. No tenemos ni idea de hacia dónde han ido los malos. Ni siquiera sabemos si siguen por aquí.

Prax hizo un amago de quejarse, pero Amos lo hizo callar apoyándole una pesada mano en un hombro.

—Así que es posible que tengamos que dejar atrás muchas intersecciones. No me gusta.

—Ya —dijo Wendell, el líder de Pinkwater—. A mí tampoco me gusta.

—Dejaremos a un guardia en cada intersección hasta que sepamos hacia dónde estamos yendo —dijo Holden. Luego añadió—: Naomi, conecta todos sus terminales portátiles a nuestro canal. Chicos, auriculares puestos. Las reglas del canal son que no se habla a menos que yo os haga una pregunta directa o que alguien esté a punto de morir.

—Entendido —dijo Wendell, y el resto de su equipo lo imitó.

—Cuando sepamos en qué nos hemos metido, avisaré a todos los guardias para que avancen hasta nuestra posición si hacen falta. Si no, serán nuestra vía de escape si las cosas se complican.

Todos asintieron.

—Fantástico. Amos, tú, delante. Wendell, tú nos cubrirás las espaldas. Los demás, separaos a una distancia de un metro —dijo Holden. Luego dio un golpe en la pechera de Wendell—. Si esto sale bien, además de sacaros de aquí, diré a los de la APE que os ingresen unos créditos en vuestras cuentas.

—De lujo —dijo la mujer delgada de la armadura barata. Luego insertó un cargador en su semiautomática.

—Venga, vamos. Amos, el mapa de Naomi dice que a cincuenta metros hay otra puerta presurizada y luego un almacén.

Amos asintió y se apoyó en el hombro su arma, una escopeta automática pesada con un grueso cargador. Tenía varios cargadores más y granadas colgando de su arnés de armadura marciana. El metal chasqueaba un poco al andar. Amos avanzó por el pasillo a paso ligero. Holden echó un vistazo rápido hacia atrás y se alegró al ver que los de Pinkwater mantenían el ritmo y el espacio. Quizá parecieran medio muertos de hambre, pero sabían lo que hacían.

—Capi, hay un túnel que se abre hacia la derecha poco antes de la puerta presurizada —dijo Amos mientras se detenía y bajaba una rodilla al suelo para cubrir aquel pasillo inesperado.

No aparecía en el mapa. Por tanto, se habían excavado nuevos túneles desde la última vez que se había actualizado el mapa de la estación. Una modificación como aquella significaba que Holden tenía incluso menos información de la que pensaba. No era buena señal.

—Bien —dijo Holden mientras señalaba a la mujer delgada de la pistola semiautomática—. ¿Tú eres?

—Paula —respondió ella.

—Paula, esta es tu intersección. Intenta no disparar a nadie a no ser que te disparen a ti primero, pero no dejes que pase nadie por aquí bajo ninguna circunstancia.

—Entendido —dijo Paula. Luego se posicionó mirando hacia el pasillo lateral con el arma preparada.

Amos cogió una granada de su arnés y se la pasó.

—Por si la cosa se va de madre —dijo.

Paula asintió y apoyó la espalda contra la pared. Amos volvió al frente y se dirigió hacia la puerta presurizada.

—Naomi —dijo Holden, mirando la puerta y su mecanismo de cierre—, puerta presurizada 223-B6. Ábrela.

—Recibido —respondió ella. Unos segundos después, Holden oyó cómo se movían los pernos.

—La siguiente intersección del mapa está a diez metros —dijo Holden. Miró hacia el personal de Pinkwater y señaló al azar a un hombre mayor de aspecto arisco—. Te quedas en ella cuando lleguemos.

El hombre asintió y Holden hizo un gesto a Amos. El mecánico agarró la escotilla con la mano derecha y empezó una cuenta atrás desde cinco con la izquierda. Holden se puso en posición encarando la puerta, con el fusil de asalto listo.

Cuando la cuenta llegó a uno, Holden respiró hondo y cruzó la puerta al instante de abrirla Amos.

Nada.

Solo otros diez metros de pasillo, mal iluminados por los pocos LED que quedaban intactos después de décadas. Los años en microcongelación habían creado una textura sobre la superficie de las paredes que se parecía a una telaraña semiderretida. Parecía delicada, pero ya estaba mineralizada y era dura como la roca. A Holden le recordó a un cementerio.

Amos comenzó a avanzar hacia la intersección y la siguiente escotilla, apuntando con el arma hacia el fondo del pasillo. Holden lo siguió, con el fusil algo desviado a la derecha para controlar el pasillo lateral, guiado por un instinto de cubrir cualquier punto de acceso posible a su posición que se había vuelvo automático a lo largo del último año.

El año que había trabajado de policía.

Naomi había dicho que él no era así. Holden había dejado el ejército sin haber entrado jamás en una batalla que no fuera perseguir piratas desde la comodidad de la cubierta de operaciones de una nave de guerra. Había trabajado durante años en la *Canterbury* transportando hielo desde Saturno hasta el Cinturón sin tener que preocuparse de nada más violento que tripulantes borrachos peleándose por puro aburrimiento. Él había sido el mediador, el que siempre encontraba la manera de que se tranquilizaran las cosas. Cuando los ánimos estaban a flor de piel, él era quien mantenía la calma, hacía un chiste o se sentaba a escuchar cómo alguien se desfogaba a voz en grito.

La persona que era ahora echaba mano de su arma primero y preguntaba después. Quizá Naomi tenía razón. ¿Cuántas naves había atacado durante el año que había pasado desde lo de Eros? ¿Una docena? ¿Más? Le reconfortaba pensar que al menos las naves iban tripuladas por gente muy mala. La peor escoria, personas que aprovechaban el caos de la guerra y la retirada de la Armada de la Coalición para robar. El tipo de gente que se haría con las partes más caras de tu motor, te robaría el aire y te dejaría morir asfixiado a la deriva. Al destruir cada una de esas naves, era posible que hubiera salvado docenas de naves inocentes y cientos de vidas. Pero hacerlo le había quitado algo que a veces echaba de menos.

Veces como los momentos en los que Naomi decía: «Tú no eres así.»

Si conseguían localizar la base secreta a la que habían llevado a Mei, había muchas posibilidades de que tuvieran que rescatarla a tiros. Holden tuvo la esperanza de que aquella situación le resultara incómoda, al menos para sentir que todavía no había cambiado tanto.

—¿Capi? ¿Estás bien?

Amos lo miraba.

—Sí —dijo Holden—. Pero quiero cambiar de trabajo.

—Puede que no sea el mejor momento para cambiar de carrera, capi.

—Bien visto —dijo Holden, y luego señaló al hombre mayor de los de Pinkwater, al que había avisado antes—. Esta es tu intersección. Mismas instrucciones. Defiéndela a no ser que te llame.

El tipo se encogió de hombros y asintió. Luego se volvió hacia Amos.

—¿A mí no me das una granada?

—No —respondió Amos—. Paula es más guapa que tú.

Volvió a realizar la cuenta atrás desde cinco, y Holden atravesó la puerta a la carrera, como la vez anterior.

Esperaba encontrar otro de aquellos pasillos grises, pero al otro lado había un espacio abierto con unas mesas y equipamiento polvoriento desperdigado de manera peligrosa por la estancia. Una impresora 3D enorme, sin resina y a medio desmontar. Unos telemanipuladores ligeros industriales. La típica cajonera de suministros automatizada que solía estar debajo de los escritorios en los laboratorios científicos o las enfermerías. Las paredes también tenían aquella telaraña mineralizada, pero no estaba presente en las cajas ni en el equipamiento. Un cubo de paredes de cristal de dos metros estaba a un lado en una esquina. Sobre una de las mesas había un pequeño montón de sábanas o lonas apiladas. Al otro lado de la sala, la otra escotilla estaba cerrada.

Holden señaló hacia el equipamiento abandonado y dijo a Wendell:

—Mira a ver si encuentras un punto de acceso a la red. Y si puedes, conecta esto. —Le pasó un conector que Naomi había improvisado con prisas.

Amos envió a dos de los que quedaban del personal de Pinkwater a cubrir la siguiente escotilla, y luego se acercó a Holden y señaló el cubo de cristal con el arma.

—Ahí caben un par de niños —dijo—. ¿Crees que es donde los metían?

—Quizá —respondió Holden, acercándose para examinarlo—. Prax, ¿podrías...? —Holden dejó de hablar cuando vio que el botánico se había alejado en dirección a las mesas y estaba junto a un montón de harapos. Al ver a Prax al lado de aquello, la perspectiva de Holden cambió y de pronto no se parecía en nada a una pila de harapos. Se parecía mucho a un cuerpo pequeño debajo de una sábana.

Prax se lo quedó mirando, acercó una mano rápida hacia él y la retiró antes de tocarlo. Le temblaba todo el cuerpo.

—Es... esto es... —dijo a nadie en particular, mientras su mano se movía de nuevo adelante y atrás.

Holden miró a Amos e hizo un gesto con los ojos hacia Prax. El mecánico grandullón se acercó a él y lo asió por el brazo.

—¿Te parece si le echamos un vistazo nosotros?

Holden dejó que Amos alejara un poco a Prax de la mesa antes de avanzar hacia ella. Cuando levantó la sábana para ver lo que había debajo, Prax emitió un sonido agudo, como si inspirara antes de chillar. Holden se puso delante para bloquearle el campo de visión.

En la mesa yacía un cuerpo pequeño. Era delgado, con una mata de pelo negro y despeinado y la piel oscura. Llevaba ropas de colores vivos: pantalones amarillos y una camiseta verde con el dibujo de un cocodrilo y margaritas. A simple vista no se podía adivinar la causa de la muerte.

Holden oyó un ajetreo, dio media vuelta y vio cómo Prax, con la cara roja, forcejeaba con Amos para acercarse a la mesa. El mecánico lo tenía agarrado con un brazo, a medio camino entre una llave de lucha libre y un abrazo.

—No es ella —dijo Holden—. Es un niño, pero no es ella. Es un chico. De unos cuatro o cinco años.

Al oírlo, Amos dejó de hacer fuerza y soltó a Prax. El botánico se acercó rápidamente a la mesa, levantó la sábana y soltó un pequeño sollozo.

—Es Katoa —dijo Prax—. Lo conozco. Su padre...

—No es Mei —repitió Holden mientras ponía la mano en el hombro de Prax—. Hay que seguir buscando.

Prax se sacudió la mano del hombro.

—No es Mei —repitió Holden.

—Pero Strickland estuvo aquí —dijo Prax—. Era el médico de los dos. Creía que, si Strickland estaba con ellos, estarían a...

Holden no dijo nada. Estaba pensando lo mismo. Si uno de los niños estaba muerto, todos podían estarlo.

—Pensaba que él los mantendría con vida —continuó Prax—. Pero dejaron morir a Katoa. Lo dejaron morir y le pusieron una sábana encima. Basia, lo siento mucho...

Holden agarró a Prax y lo giró hacia él, como imaginaba que habría hecho un policía.

—Eso de ahí —dijo, señalando al pequeño cuerpo sobre la mesa— no es Mei. ¿Quieres encontrarla? Pues tenemos que ponernos en marcha.

Prax tenía los ojos llenos de lágrimas y los hombros le temblaban con cada sollozo, pero asintió y se alejó de la mesa. Amos lo vigilaba con atención. La expresión del mecánico era indescifrable. Holden no pudo evitar pensar: «Espero que traer a Prax haya sido buena idea.»

Al otro lado de la sala, Wendell silbó y meneó una mano. Señaló hacia el conector de acceso a la red de Naomi, que había enchufado en un puerto de la pared, y levantó el pulgar.

—Naomi, ¿estás dentro? —preguntó Holden mientras volvía a poner la sábana en su sitio para cubrir el cadáver del niño.

—Sí, estoy dentro —respondió ella, distraída mientras examinaba los datos—. El tráfico de ese nódulo está cifrado. He puesto en ello a la *Sonámbulo*, pero no es ni de lejos tan lista como la *Roci*. Puede que tarde un poco.

—Sigue con ello —respondió Holden, e hizo una señal a Amos—. Pero si hay tráfico en la red, significa que alguien sigue por aquí.

—Si esperas un minuto —dijo Naomi—, quizá te pueda conseguir el vídeo de las cámaras de seguridad y un mapa más actualizado.

—Danos lo que puedas y cuando puedas, pero no nos vamos a quedar esperando.

Amos se acercó despacio a Holden y tocó en el visor de su casco. Prax estaba solo al lado del cubo de cristal y miraba hacia dentro como si hubiera algo que ver. Holden esperó a que Amos dijera algo sobre él, pero Amos lo sorprendió.

—¿Te has fijado en la temperatura, capi?

—Sí —respondió Holden—. Siempre que la compruebo, no pasa de «frío de cojones».

—Acabo de acercarme a la puerta —continuó Amos—. Ha subido como medio grado.

Holden lo meditó unos instantes, lo comprobó en su visor táctico y se dio unos golpecitos en el muslo.

—La habitación de al lado tiene climatización. La están calentando.

—Eso parece —dijo Amos mientras asía su gran escopeta automática con las dos manos y le quitaba el seguro con el pulgar.

Holden gesticuló para que los de Pinkwater se acercaran a ellos.

—Parece que hemos llegado a la parte habitada de esta base. Amos y yo vamos delante. Vosotros tres —dijo Holden, señalando a los tres de Pinkwater que no eran Wendell— seguidnos y cubrid los flancos. Wendell, tú cúbrenos el culo y asegúrate de que podamos salir rápido de aquí si la cosa se tuerce. Prax...

Holden se quedó callado y miró a su alrededor para buscar al botánico. Se había acercado en silencio a la puerta que daba a la habitación contigua. Había sacado del bolsillo la pistola que le había dado Amos. Mientras Holden lo miraba, Prax extendió la mano y abrió la puerta. Luego la atravesó sin titubear.

—Me cago en la puta —dijo Amos como si no pasara nada.

—Mierda —exclamó Holden—. Vamos, vamos, vamos —dijo luego mientras salía disparado hacia la puerta abierta.

—Quietos todos —se oyó decir a Prax en voz alta, pero vacilante, justo antes de que Holden llegara a la escotilla.

Holden se lanzó al interior de la siguiente sala y giró hacia la derecha; Amos entró justo detrás de él y fue hacia la izquierda. Prax estaba unos metros más allá de la puerta, con una pistola grande y negra en su mano pálida y temblorosa. Aquel lugar se parecía mucho al que acababan de dejar atrás, con la única diferencia que allí había un pequeño grupo de personas. Personas armadas. Holden intentó retener en la memoria las cosas que podía usar de cobertura. Media docena de cajas de embalaje grises que contenían equipo científico a medio montar estaban desperdigadas por la sala. El terminal portátil de alguien estaba sobre un banco, emitiendo música de baile. Sobre un cajón había varias cajas de pizza abiertas en las que faltaba la mayoría de las porciones, varias de las cuales estaban en las manos de los miembros del grupo. Holden intentó contarlos. Cuatro. Ocho. Una docena exacta, todos con los ojos abiertos como platos mientras se miraban entre ellos, pensando qué hacer.

A Holden aquello le recordó mucho a una habitación llena de personas tomándose un descanso para comer mientras preparaban una mudanza. Excepto que todos aquellos tenían pistoleras en los costados y habían dejado el cadáver de un niño en la habitación de al lado.

—¡Quietos! ¡Todos! —repitió Prax, con más fuerza en la voz.

—Deberíais hacerle caso —dijo Holden, cubriendo despacio con el cañón de su fusil todos los ángulos de la sala.

Para terminar de convencerlos, Amos se acercó hacia el trabajador más cercano y, con gesto indiferente, le hundió la culata de su escopeta automática en las costillas, lo que hizo que cayera al suelo como un saco. Holden oyó a los de Pinkwater que entraban en la sala con paso firme detrás de él y se ponían a cubierto.

—Wendell —dijo Holden, sin bajar el fusil—. Por favor, desármalos.

—No —dijo una mujer de expresión ceñuda, que tenía una porción de pizza en la mano—. Me parece a mí que no.

—¿Disculpa? —dijo Holden.

—No —repitió la mujer, dando otro mordisco a su pizza. Luego añadió con la boca llena—: Sois siete. Nosotros somos doce solo en esta habitación. Y ahí detrás hay muchos más que vendrán corriendo cuando oigan el primer disparo. Así que no, no nos vais a desarmar.

Dedicó a Holden una sonrisa grasienta y luego dio otro mordisco. Holden olió el aroma a queso y *pepperoni* de la buena pizza por encima del omnipresente olor a hielo de Ganímedes y de su propio sudor. Hizo rugir su estómago en el peor momento. Prax apuntó con su arma a la mujer, aunque la mano había empezado a temblarle tanto que quizá no se sintiera muy amenazada.

Amos miró a Holden con el rabillo del ojo, como preguntándole: «¿Qué hacemos ahora, jefe?»

En la mente de Holden, la sala pasó a convertirse en un problema táctico con un chasquido casi físico. Los once adversarios potenciales que seguían en pie estaban divididos en tres grupos. Ninguno llevaba armadura visible. Casi con toda certeza, Amos podría derribar al grupo de cuatro que estaba más a la izquierda con una sola ráfaga de su escopeta automática. Holden confiaba en poder con los tres que tenía justo delante. Aquello dejaba cuatro más para la gente de Pinkwater. Era mejor no contar con Prax para nada de todo aquello.

Terminó aquel cálculo rápido de bajas potenciales y, casi por iniciativa propia, su pulgar puso el fusil de asalto en modo de disparo automático.

«Tú no eres así.»

«Mierda.»

—No tenemos por qué hacer esto —dijo en lugar de abrir fuego—. Nadie tiene que morir. Buscamos a una niña pequeña. Ayudadnos a encontrarla y todos saldremos de esta.

Holden vio que la arrogancia y la valentía de la expresión de la mujer no eran más que una máscara. Tras ella distinguió su preocupación, al sopesar las bajas que sufriría su equipo contra el riesgo de hablar las cosas y ver qué ocurría. Holden le dedicó una sonrisa y un asentimiento con la cabeza para ayudarla a decidir. «Habla conmigo. Aquí todos somos personas razonables.»

Solo que no todos lo eran.

—¿Dónde está Mei? —gritó Prax, agitando el arma hacia la mujer como si con aquel gesto pudiera golpearla a distancia—. ¡Dime dónde está Mei!

—Yo... —empezó a decir la mujer.

—¿Dónde está mi pequeña? —volvió a gritar Prax mientras amartillaba su arma.

Y Holden vio, como a cámara lenta, que once manos se abalanzaban hacia las pistoleras de sus cinturones.

«Mierda.»

17

Prax

En las películas y los juegos que formaban la base del conocimiento de Prax sobre cómo actuaba la gente violenta, amartillar un arma tenía poco de amenaza y más de advertencia. Un agente de seguridad que quería interrogar a alguien podía empezar con amenazas y golpes, pero cuando amartillaba el arma significaba que a partir de ese momento se lo iba a tomar en serio. Tampoco era algo a lo que Prax hubiera dado muchas vueltas, no más que cuando tenía que elegir urinario y no estaba solo en el baño o cuando tenía que subir y bajar del metro. Aquel protocolo formaba parte de la sabiduría que había aprendido sin que nadie se la enseñara. Gritabas, amenazabas, amartillabas tu arma y entonces la gente hablaba.

—¿Dónde está mi pequeña? —gritó.

Amartilló su pistola.

La reacción fue casi inmediata: un sonido agudo y entrecortado, como cuando fallaba una válvula de alta presión, solo que mucho más intenso. Saltó hacia atrás y estuvo a punto de soltar la pistola. ¿Había disparado por error? No, no había tocado el gatillo con el dedo. El aire tenía un olor intenso y ácido. La mujer de la pizza había desaparecido. No, no había desaparecido. Estaba en el suelo. Le había pasado algo terrible en la mandíbula. La miró y su boca destrozada empezó a moverse, como si intentara hablar. Prax solo llegó a oír un chillido muy agudo. Se preguntó si se le habrían roto los tímpanos. La mujer de la mandíbula destrozada exhaló una bocanada larga y entrecortada y ya no volvió a inhalar. Con un cierto desapego, Prax cayó en la cuenta de que la mujer había desenfundado la pistola. Aún la tenía agarrada en la mano. Prax no estaba seguro de cuándo lo había hecho. El terminal que emitía música disco pasó a una canción diferente que apenas logró superar el pitido de sus oídos.

—Yo no he disparado —dijo. Su voz sonó como si estuviera en vacío parcial, con demasiado poco aire para soportar la energía de las ondas sonoras. Pero podía respirar. Volvió preguntarse si el tiroteo le habría roto los tímpanos. Miró alrededor. No había nadie. Se había quedado solo en aquella sala. O no, quizá se hubieran puesto a cubierto. Se le ocurrió que quizás él también debería haberlo hecho. Pero nadie disparaba y Prax no sabía muy bien adónde ir.

La voz de Holden pareció llegar desde muy lejos.

—¿Amos?

—¿Sí, capi?

—¿Le quitas el arma, por favor?

—Voy a ello.

Amos salió de detrás de una de las cajas que estaban más cerca de la pared. Su armadura marciana tenía una mancha blanca y alargada por el pecho y dos círculos blancos debajo de las costillas. Amos cojeó hacia él.

—Lo siento, doctor —dijo—. Dártela ha sido una mala idea. Quizá la próxima vez, ¿vale?

Prax se quedó mirando la mano abierta del grandullón y luego puso el arma en ella con cuidado.

—¿Wendell? —llamó Holden. Prax seguía sin tener claro dónde estaba, pero esa vez sonó más cerca. Era probable que estuviera recuperando la audición. El olor agrio del aire pasó a ser algo más metálico. Le recordaba a cuando las composteras de abono se estropeaban: un olor caliente, orgánico y desagradable.

—Una baja —dijo Wendell.

—Traeremos un médico —dijo Holden.

—Gracias, pero ya no hace falta —aclaró Wendell—. Completemos la misión. Hemos acabado con la mayoría, pero dos o tres han escapado por la puerta. Van a dar la alarma.

Un soldado de Pinkwater se puso en pie. La sangre le corría por el brazo izquierdo. Otro yacía en el suelo y le faltaba la mitad de la cabeza. Holden apareció. Se masajeaba el codo derecho y su armadura tenía una nueva grieta en el lado izquierdo del casco, a la altura de la sien.

—¿Qué ha ocurrido? —preguntó Prax.

—Has empezado un tiroteo —respondió Holden—. Venga, continuemos antes de que puedan preparar las defensas.

Prax empezó a darse cuenta de que había más cuerpos. Hombres y mujeres que antes comían pizza y escuchaban música. Llevaban pistolas, pero los de Holden contaban con escopetas automáticas, fusiles de asalto y algunos hasta con armaduras de apariencia militar. No es que estuvieran igualados.

—Amos, al frente —dijo Holden, y el grandullón cruzó la puerta hacia lo desconocido. Prax empezó a moverse para seguirlo, pero el líder de los Pinkwater lo agarró por el codo.

—¿Por qué no se queda aquí conmigo, profesor? —dijo.

—Sí, yo... Está bien.

Al otro lado de la puerta, la disposición de las salas cambiaba. Saltaba a la vista que seguían en los viejos túneles de Ganímedes. Las paredes aún tenían aquellas telarañas de escarcha mineralizada, la luz la emitían unos viejos focos LED y en las paredes grises se podían ver los lugares en los que el hielo se había derretido y vuelto a congelar debido a los errores del sistema climático hacía años o décadas. Pero atravesar aquella puerta era como pasar de la tierra de los muertos a la de los vivos. El aire era más cálido y olía a cuerpos, tierra húmeda y al sutil y penetrante aroma del desinfectante de fenol. La sala amplia en la que entraron podía haber sido la sala común en cualquiera de la docena de laboratorios en los que Prax había trabajado. Había tres puertas de oficina de metal cerradas en la pared del fondo y una puerta de carga enrollable abierta enfrente de ellos. Amos y Holden se acercaron a las tres puertas cerradas y Amos las abrió las tres de sendos puntapiés. Holden gritó algo, pero su voz se perdió en el estallido de un disparo y en el de la escopeta de Amos, que lo devolvió.

Los dos soldados de Pinkwater que quedaban, sin contar a Wendell, se abalanzaron hacia delante y apoyaron la espalda contra la pared a cada uno de los lados de la puerta de carga. Prax hizo un amago de ir hacia ellos, pero Wendell le puso una mano en el hombro para detenerlo. El hombre a la izquierda de la puerta asomó la cabeza y la retiró de inmediato. Una bala dejó una marca en el lugar de la pared donde había estado un instante antes.

—¿Tienes algo ya? —preguntó Holden, y por un momento Prax pensó que hablaba con ellos. Holden tenía la mirada sombría y un ceño fruncido que parecía grabado en su piel. Entonces Naomi dijo algo que lo hizo sonreír y pasó a dar la impresión de estar solo triste y cansado—. Muy bien. Tenemos un plano parcial de la zona. Al otro lado hay un espacio abierto. Desciende unos dos metros y tiene salidas a nuestras diez en punto y una en punto. Está construido como un foso, por lo que, si se apostan a defender, tenemos ventaja al estar a más altura.

—Entonces parece un sitio de mierda para preparar una defensa —dijo Wendell.

Se oyeron disparos y tres pequeños agujeros aparecieron en el metal de la puerta de carga. Los del otro lado estaban nerviosos.

—Aun así, las pruebas parecen indicar que...

—¿Quieres hablar con ellos, capi? —preguntó Amos—. ¿O vamos directos al grano?

Prax se dio cuenta de que aquella pregunta tenía más subtexto del que era capaz de entrever. Holden empezó a decir algo, dudó y luego señaló con la barbilla hacia el umbral de la puerta.

—Terminemos con esto —dijo.

Holden y Amos trotaron hacia la puerta, seguidos de cerca

por Prax y Wendell. Alguien gritaba órdenes en la sala contigua. Prax consiguió distinguir las palabras «carga» y «evacuación» y el estómago le dio un vuelco. «Evacuación.» No podían dejar que nadie se marchara de allí hasta que encontraran a Mei.

—He contado siete —dijo un soldado de Pinkwater—. Puede que haya más.

—¿Algún niño? —preguntó Amos.

—No he visto ninguno.

—Deberíamos echar otro vistazo —dijo Amos, y se asomó por la puerta. Prax contuvo el aliento y pensó que la cabeza del hombre quedaría hecha pedazos por una ráfaga de balas, pero Amos ya estaba retirándola cuando empezaron los disparos.

—¿Qué tenemos? —preguntó Holden.

—Más de siete —dijo Amos—. Usan la posición como cuello de botella, pero el compañero tiene razón. O no tienen ni idea de lo que hacen o hay algo ahí dentro que no pueden dejar atrás.

—Vamos, que o son unos principiantes muy asustados o tiene algo muy importante que defender —dijo Holden.

Una lata de metal del tamaño de un puño entró rodando entre tañidos por la puerta. Amos cogió la granada como si no pasara nada y la tiró de vuelta por el hueco de la puerta. La detonación iluminó la sala y el sonido fue mucho más potente que cualquier cosa que Prax hubiera oído hasta ese momento. El pitido de sus oídos se redobló.

—Podrían ser las dos cosas —gritó Amos con tranquilidad desde muy lejos.

En la habitación contigua, algo tembló. La gente gritaba. Prax imaginó a unos técnicos como los que había en la habitación anterior destrozados por la metralla de su propia granada. Uno de los soldados de Pinkwater se asomó para mirar entre la neblina. Resonó un fusil de asalto y el soldado retrocedió con las manos en la tripa. Empezó a manar sangre entre sus dedos. Wendell empujó a Prax y se agachó al lado de su soldado herido.

—Lo siento, señor —dijo el hombre de Pinkwater—. Me he

descuidado. Déjeme aquí y vigilaré la retaguardia mientras pueda.

—Capitán Holden —llamó Wendell—. Si vamos a hacer algo, mejor que sea cuanto antes.

Los gritos de la sala de al lado se incrementaron. Alguien estaba dando bramidos inhumanos. Prax se preguntó si allí dentro tendrían ganado. Los rugidos sonaban a toro malherido. Tuvo que reprimir el impulso de cubrirse las orejas con las manos. Se volvió a oír algo muy alto. Holden asintió.

—Amos, suavízalos un poco y luego entramos.

—Señor, sí, señor, capi —dijo Amos mientras dejaba la escopeta.

Cogió dos granadas, les quitó las anillas rosadas de plástico, las lanzó por el umbral de la puerta y volvió a coger la escopeta. La detonación doble resonó más que la primera, pero no a tanto volumen. Antes de que el sonido se desvaneciera, Amos, Holden, Wendell y el soldado que quedaba atravesaron la puerta agachados mientras disparaban.

Prax dudó. No llevaba armas. El enemigo estaba al otro lado del umbral. Podía quedarse allí y cuidar del que había recibido un disparo en el vientre, pero no podía quitarse de la cabeza la imagen del cuerpo inerte de Katoa. Aquel cadáver que estaba a menos de cien metros. Y Mei...

Prax atravesó la puerta con la cabeza gacha. Tenía a Holden y Wendell a su derecha, mientras que Amos y el otro soldado estaban a su izquierda. Los cuatro estaban agachados y con las armas preparadas. El humo irritó los ojos y las fosas nasales de Prax, y los recicladores de aire emitieron quejidos de protesta al intentar purificar el aire.

—Venga ya —dijo Amos—. Menudo locurote.

La sala constaba de dos pisos: una pasarela superior de un metro y medio de ancho y el piso inferior a dos metros por debajo. A las diez en punto, había un pasillo amplio que salía de la habitación en el piso inferior, y una puerta abierta a la una en punto en el piso superior. El pozo que tenían debajo era un caos. Había manchas de sangre en las paredes y hasta llegaba a salpicar el techo. Debajo había cuerpos tirados en el suelo. Un ligero vapor emanaba de aquella carnicería.

Habían usado parte del equipo de laboratorio como cobertura. Prax vio un microcentrifugador destrozado. Unas astillas de hielo o cristal de centímetros de grosor relucían entre aquella masacre. Una bañera de nitrógeno estaba volcada sobre un costado, con una lucecita que indicaba que había pasado a modo seguro. Un enorme batiburrillo de cosas, que fácilmente podía pesar unos doscientos kilos, se mantenía en equilibrio a duras penas, y a su lado estaba tirado el juguete de un niño, que lo habría lanzado jugando.

—Menudo equipamiento militar más raro guardaban aquí —dijo Wendell, sorprendido. Del pasillo amplio que había a las diez en punto llegaron chillidos y sonido de disparos.

—No creo que esto lo hayamos hecho nosotros —dijo Holden—. Venga, a paso ligero.

Se dejaron caer al piso de abajo entre aquella escabechina. Un cubo de cristal como el que habían visto antes se erguía en toda su gloria, a pesar de haber estallado. El suelo resbalaba por la sangre. En una esquina había una mano que todavía agarraba una pistola. Prax apartó la mirada. Mei estaba allí. No podía perder la concentración. No podía sentir náuseas.

Continuó adelante.

Holden y Amos iban delante, en dirección al tiroteo. Prax trotaba detrás de ellos. Cuando paró un momento para dejar que Wendell y su compañero lo adelantaran, los hombres de Pinkwater le dieron un leve empujón hacia delante. Prax comprendió que vigilaban la retaguardia, por si alguien atacaba desde detrás. Debió haberlo pensado antes.

El pasillo se abrió ante ellos. Era amplio pero de poca altura. Había *mechas* de carga industrial e indicadores de color ámbar inactivos al lado de palés de cajas de suministros cubiertos de gomaespuma protectora. Amos y Holden avanzaban por el pasillo con tanta eficiencia que a Prax le costaba mantener el ritmo, pero con cada esquina que doblaban y cada puerta que abrían, se dio cuenta de que solo quería ir más rápido. Mei estaba allí y tenían que encontrarla. Antes de que resultara herida. Antes de que ocurriera algo. Y a medida que encontraban cadáveres, sentía cada vez más en su interior la desasosegante sensación de que ya había ocurrido algo.

Avanzaron más rápido. Muy rápido. Cuando llegaron al final, donde había una esclusa de aire de cuatro metros de alto y al menos siete de largo, a Prax le costó imaginar que hubiera alguien detrás de ella. Amos dejó su escopeta automática colgando de un costado mientras toqueteaba los controles de la esclusa. Holden miró el techo con los ojos entrecerrados, como si hubiera algo escrito allí arriba. El suelo tembló y la base secreta rechinó.

—¿Eso ha sido un despegue? —preguntó Holden—. ¡Ha sido un despegue!

—Sí —dijo Amos—. Parece que tienen una plataforma de lanzamiento ahí fuera. Aunque los monitores no indican que contenga nada más. Fuera lo que fuera, el último tren acaba de partir.

Prax oyó gritar a alguien. Solo le llevó un segundo darse cuenta de que había sido él. Como si viera su cuerpo actuar desde fuera, se abalanzó sobre las puertas de metal y empezó a golpearlas con los puños cerrados. Mei estaba allí. Justo ahí fuera, en aquella nave que se marchaba de Ganímedes. La sentía como si sus corazones estuvieran conectados por un hilo y cada vez se estirara más.

Se desvaneció unos momentos. O quizá más. Cuando recuperó el sentido, colgaba de uno de los amplios hombros de Amos y la armadura se le clavaba en el estómago. Levantó la cabeza para ver cómo la esclusa se cerraba poco a poco detrás de ellos.

—Bájame —dijo Prax.

—No puedo —respondió Amos—. El capi ha dicho que...

Se oyó el repicar de un fusil de asalto y Amos dejó a Prax en el suelo y se acuclilló sobre él, con la escopeta lista.

—¿Qué coño pasa, capi? —preguntó Amos.

Prax miró hacia arriba justo a tiempo para ver cómo derribaban al soldado de Pinkwater y la sangre manaba de su espalda. Wendell estaba tumbado y disparaba desde una esquina.

—Se nos había pasado alguien —dijo Holden—. O han llamado a más amigos.

—No disparéis —dijo Prax—. ¡A lo mejor Mei está ahí! ¿Y si la tienen con ellos?

—No la tienen, doctor —dijo Amos—. No te levantes.

Holden gritaba a una velocidad que hacía muy difícil descifrar lo que decía. Prax no sabía si hablaba con Amos, con Wendell, con Naomi en la nave o con él. Podía estar haciéndolo con cualquiera de ellos. O con todos. Cuatro personas doblaron la esquina con las armas preparadas. Llevaban el mismo mono que el resto. Uno era moreno, tenía el pelo largo y perilla. Otra era una mujer de piel gualda como la mantequilla. Los dos de en medio parecían hermanos: tenían el mismo pelo castaño con el mismo corte y la misma nariz grande.

Desde algún lugar a la derecha de Prax llegaron dos estallidos de una escopeta y los cuatro recién llegados cayeron, como si se tratara de la escena de una comedia. Ocho piernas que perdían el apoyo al mismo tiempo. Cuatro personas que Prax no conocía y con las que nunca se había encontrado cayeron al suelo. Cayeron sin más. Supo que nunca se volverían a levantar.

—¿Wendell? —llamó Holden—. Informa.

—Caudel ha muerto —dijo Wendell. No parecía triste. No parecía nada de nada—. Creo que me he roto la muñeca. ¿Alguien sabe de dónde han salido?

—No —respondió Holden—. Pero no demos por hecho que fueran los únicos.

Volvieron sobre sus pasos, hacia los pasillos amplios y largos. Por allí había cuerpos de hombres y mujeres que ellos no habían matado, pero que yacían muertos de todos modos. Prax no contuvo las lágrimas. No había razón para ello. Si lograba seguir andando, paso a paso, sería suficiente.

Llegaron de nuevo al pozo sanguinolento después de unos minutos, quizás una hora o quizás una semana. Prax no lo sabía y cualquiera de aquellas opciones le parecía igual de factible. Los cuerpos destrozados olían mal, la sangre empezaba a condensarse y a parecerse a una gelatina violácea y las vísceras al descubierto liberaban colonias de bacterias que normalmente mantenían controladas los intestinos. Había una mujer en la pasarela. ¿Cómo se llamaba? Paula, eso.

—¿Por qué no te has quedado en tu puesto? —espetó Wendell al verla.

—Guthrie ha pedido refuerzos. Dice que le han disparado en el estómago y que se iba a desmayar. Le he traído adrenalina y anfetaminas.

—Bien hecho —dijo Wendell.

—¿Uchi y Caudel?

—Han muerto —respondió Wendell.

La mujer asintió, pero Prax vio que algo más cruzaba sus rasgos. Todo el mundo había perdido a alguien. Su propia tragedia no era más que una entre docenas. Cientos. Miles. Y cuando el efecto en cascada afectara a todos, quizá millones. Cuando las muertes llegaban a ese nivel, los números empezaban a perder sentido. Se apoyó en la bañera de nitrógeno y hundió la cabeza entre las manos. Había estado tan cerca. Tan cerca...

—Tenemos que encontrar esa nave —dijo.

—Debemos replegarnos y reagruparnos —dijo Holden—. Hemos venido aquí buscando a una niña perdida. Ahora tenemos una estación científica encubierta a medio recoger para llevársela de aquí. Y también una plataforma de despegue secreta. Y con un tercer bando que también se enfrentaba a esta gente al mismo tiempo que nosotros.

—¿Un tercer bando? —preguntó Paula.

Wendell señaló la escabechina.

—No ha sido cosa nuestra —dijo.

—No sabemos a qué nos enfrentamos —dijo Holden—. Y tenemos que replegarnos hasta saberlo.

— 208 —

—No podemos abandonar —se lamentó Prax—. No puedo abandonar. Mei está...

—Probablemente muerta —dijo Wendell—. Es probable que esa niña esté muerta. Y si no lo está, ya no la encontraremos en Ganímedes.

—Lo siento —dijo Holden.

—El chico muerto —dijo Prax—, Katoa. Su padre se llevó a la familia de Ganímedes lo más pronto que pudo. Los puso a salvo. En algún lugar.

—Bien pensado —dijo Holden.

Prax miró a Amos para que lo apoyara, pero el grandullón estaba revisando los restos, a todas luces reticente a tomar partido.

—El niño estaba vivo —dijo Prax—. Basia dijo que estaba seguro de que su hijo había muerto, recogió sus cosas y se marchó. Y mientras se marchaba en aquel transporte, su hijo estaba aquí. En este laboratorio. Vivo. Así que no me vengáis con que es probable que Mei haya muerto.

Todos quedaron en silencio un momento.

—No lo hagáis —repitió Prax.

—¿Capi? —preguntó Amos.

—Un minuto —respondió Holden—. Prax, no diré que sé por lo que estás pasando, pero yo también tengo seres queridos. No puedo decirte lo que tienes que hacer, pero déjame pedirte una cosa. Te pido, solo te pido, que pienses en qué clase de estrategia te conviene más. A ti y a Mei.

—Capi —repitió Amos—. En serio, tienes que ver esto.

Amos estaba junto al cubo de cristal destrozado. La escopeta le colgaba en la mano, olvidada. Holden anduvo hacia él y siguió su mirada hacia el contenedor roto. Prax se apartó de la bañera de nitrógeno y fue hacia ellos. Entre las paredes de cristal que todavía estaban enteras había una urdimbre de filamentos delgados y negros. Prax no pudo distinguir si eran polímeros artificiales o alguna sustancia natural. Era una especie de telaraña, pero tenía una estructura fascinante. Extendió la mano para tocarla, pero Holden lo agarró por la muñeca y se la retiró con tanta fuerza que le dolió.

Cuando Holden habló, sus palabras sonaron calmadas y sopesadas, con lo que solo consiguieron hacer más aterrador el pánico que había detrás de ellas.

—Naomi, prepara la nave. Tenemos que salir de esta luna. Tenemos que largarnos ahora mismo.

18

Avasarala

—¿Qué opina? —preguntó el secretario general desde la ventana de la parte superior izquierda de la pantalla. En la parte superior derecha, Errinwright se inclinó un centímetro hacia delante, como preparándose para intervenir si Avasarala perdía las formas.

—Ya ha leído el informe, señor —respondió Avasarala con delicadeza.

El secretario general trazó un círculo en el aire con una mano indiferente. Estaba cerca de los sesenta y soportaba el paso del tiempo con la educada transigencia de un hombre al que no atribulaban los pensamientos onerosos. Los años que Avasarala había pasado formándose como tesorera del Fondo de Previsión de Trabajadores del gobernador del distrito de la Zona de Interés Regional de Maharashtra-Karnataka-Goa, él los había pasado como preso político en una instalación de baja seguridad del recién repoblado bosque nuboso andino. Los mecanismos de poder lentos y costosos que lo habían ascendido a aquel puesto y su capacidad para hacer como que escuchaba le daban la ventaja de emanar un aura de seriedad sin la necesidad de molestarse en tener una opinión propia. Ni aunque hubieran preparado a alguien desde su nacimiento para convertirse en el hombre de paja ideal que encabezara un gobierno, ese alguien habría sido tan perfecto como lo era el secretario general Esteban Sorrento-Gillis.

—Los informes políticos nunca ahondan en lo importante —dijo el cabeza de chorlito—. Dígame lo que opina.

«Opino que no te has leído el puto informe —pensó Avasarala—. Tampoco es que yo pueda protestar.» Carraspeó.

—Parece más precalentamiento que pelea, señor —dijo Avasarala—. Los participantes son del más alto nivel: Michel Undawe, Carson Santiseverin, Ko Shu. Han traído los efectivos militares suficientes para demostrar que no son unos meros peleles políticos. Pero, hasta el momento, solo ha dicho algo interesante una marine que trajeron casi de adorno. Por lo demás, seguimos esperando a que alguien diga algo con sustancia.

—¿Y qué hay de...? —El secretario general hizo una pausa y bajó la voz—. ¿Qué hay de esa «hipótesis alternativa»?

—En Venus hay actividad —respondió Avasarala—. Seguimos sin saber qué significa nada de ella. Ha habido un flujo ascendente de hierro elemental en el hemisferio norte que ha durado catorce horas. También se han registrado varias erupciones volcánicas. Ya no hay movimiento en las placas tectónicas del planeta y suponemos que la protomolécula está haciendo algo en el manto, pero no podemos determinar qué. Los cerebritos han creado un modelo estadístico que muestra la producción de energía aproximada que se espera después de los cambios que hemos visto. Sugiere que la media de actividad ha aumentado en un trescientos por ciento anual durante los últimos dieciocho meses.

El secretario general asintió, con expresión seria. Casi parecía que entendía algo de lo que Avasarala acababa de decir. Errinwright carraspeó.

—¿Tenemos alguna prueba que relacione la actividad de Venus con lo sucedido en Ganímedes? —preguntó.

—La tenemos —dijo Avasarala—. Un pico de energía anómalo que tuvo lugar al mismo tiempo que el ataque en Ganímedes. Pero es lo único. Podría ser una coincidencia.

Se oyó la voz de una mujer por el canal del secretario general, y él asintió.

—Me temo que se requiere de mi presencia —dijo—. Está haciendo un buen trabajo, Avasarala. Un trabajo soberbio.

—No puedo expresar lo mucho que significa esa afirmación viniendo de usted, señor —respondió ella, con una sonrisa—. Me despediría si lo hago.

Un instante después, el secretario general soltó una carcajada y el mensaje verde de conexión terminada apareció en la pantalla. Errinwright se reclinó en la silla, apretándose las sienes con las palmas de las manos. Avasarala cogió su taza de té y le dio un sorbo mientras levantaba las cejas sin dejar de mirar a la cámara, como esperando a que él dijera algo. Él té no se había enfriado todavía.

—Muy bien —dijo Errinwright—. Usted gana.

—¿Vamos a destituirlo?

Errinwright rio entre dientes. En su cámara también se veía el cielo oscuro detrás de las ventanas, lo que indicaba que se encontraba en la misma cara del planeta que ella. Que fuera de noche para ambos confería a aquella reunión un tono íntimo y de cercanía que quizá se debiera más a lo cansada que estaba que a otra cosa.

—¿Qué necesita para resolver la situación de Venus? —preguntó él.

—¿Resolver?

—No me he expresado bien —respondió—. Ha tenido la vista puesta en Venus desde el principio. Ha procurado que mantengamos la calma con Marte. Ha refrenado a Nguyen.

—Se ha dado cuenta, ¿eh?

—La cumbre no está yendo a ninguna parte, y no pienso desperdiciar sus capacidades teniéndola de niñera de algo que está en punto muerto. Necesitamos claridad, y la necesitamos para ayer. Chrisjen, solicite los recursos que necesite, bien para descartar Venus o para conseguir las pruebas que necesitamos. Tiene carta blanca.

—Por fin voy a poder jubilarme —dijo ella, riendo. Para su sorpresa, Errinwright se lo tomó en serio.

—Sin problema, pero primero lo de Venus. Es la cuestión más importante a la que cualquiera de los dos nos hayamos enfrentado nunca. Confío en usted.

—Me pondré con ello —respondió Avasarala.

Errinwright asintió y se desconectó.

Avasarala se inclinó hacia delante en la silla y se apretó los labios con los dedos. Había ocurrido algo. Algo había *cambiado*. O Errinwright había leído lo suficiente sobre Venus para que le entrara el canguelo o alguien la quería fuera de las negociaciones con Marte. Alguien con el poder suficiente para decirle a Errinwright que le ofreciera lo que ella quisiera. ¿Tenía Nguyen mecenas tan poderosos?

Sí, tendría lo que ella quisiera. Después de todo lo que había dicho (y de lo que en realidad quería decir cuando lo dijo), no podía rechazar el proyecto, aunque haberlo conseguido le dejaba cierto regusto agridulce. Quizás estaba viendo cosas donde no las había. Era un hecho que no había dormido mucho, y la falta de sueño siempre la ponía paranoica. Miró la hora. Las diez en punto de la noche. No iba a tener tiempo de volver con Arjun. Pasaría otra mañana en las deprimentes habitaciones VIP bebiendo café aguado y fingiendo que le importaba lo que el último embajador de la Región Independiente de Pashwiri opinaba sobre la música disco.

«A la mierda —pensó—. Necesito una copa.»

La sala Dashiri albergaba a cualquier tipo de persona de las que componían el complejo organismo que era la Organización de las Naciones Unidas. En el bar, los asistentes y oficinistas se aproximaban a la luz, reían muy alto y fingían ser más importantes de lo que eran en realidad. Parecía un ritual de apareamiento, solo un poco más sofisticado que el de los mandriles, pero adorable a su manera. Roberta Draper, la marine de Marte que les había echado mierda encima aquella mañana, también estaba allí, con un vaso de pinta que parecía pequeño en sus manazas y expresión de estar pasándolo bien. Era probable que Soren acabara apareciendo, quizá no esa noche, pero sí cualquier otra. El hijo de Avasarala habría estado entre aquellas personas si las cosas hubieran sido de otra manera.

En el centro de la sala había mesas con terminales integrados que permitían recibir información cifrada desde miles de fuentes diferentes. Y los reguladores de privacidad incluso evitaban que los camareros miraran por encima del hombro de los administradores de cierta importancia que se bebían la cena mientras trabajaban. Al fondo había unas mesas de madera negra en unos habitáculos, que identificaron a Avasarala antes de que se sentara. Si se acercaba demasiado alguien que no tuviera cierta posición, un joven discreto con el pelo peinado a la perfección se encargaría de llevarlo a otra mesa, en otro lugar, con gente menos importante.

Avasarala dio un sorbo a su gin-tonic mientras la maraña de consecuencias no dejaba de hacerse y rehacerse en su mente. Era imposible que Nguyen tuviera la influencia suficiente para poner a Errinwright en su contra. ¿Serían los marcianos los que habían pedido apartarla? Intentó recordar con quién había sido maleducada y de qué manera, pero no le vino a la mente ningún sospechoso viable. Y si era cosa de ellos, ¿qué iba a hacer al respecto?

Bueno, si no podía formar parte de las negociaciones con los marcianos de manera oficial, aún tenía contactos para hacerlo de manera extraoficial. Avasarala empezó a reír entre dientes incluso antes de saber bien la razón. Levantó el vaso, pulsó en la mesa para indicarle que ya podía dejar que se sentara otra persona y luego atravesó el bar. La música consistía en unos arpegios suaves en una escala hipermoderna, que resultaban agradables a pesar de todo. El aire olía a un perfume tan caro que le costaba creer que alguien se lo hubiera echado sin razón. A medida que se acercaba a la barra, hubo pausas en las conversaciones y miradas entre los jóvenes ambiciosos que iba dejando atrás. «Ahí va la vieja —se los imaginaba diciendo—. ¿Qué hace aquí?»

Se sentó al lado de Draper. La mujerona la miró. En sus ojos había cierto aire de reconocimiento que auguraba que aquello iba a ir bien. Quizá no supiera quién era Avasarala, pero sí que había adivinado lo que era. Se la veía inteligente. Perceptiva. Y, cojones, aquella mujer era enorme. No gorda, ojo, sino solo... grandota.

—¿Puedo invitarla a una copa, sargenta? —preguntó Avasarala.

—Ya llevo demasiadas —respondió Draper. Y un momento después añadió—: Venga, vale.

Avasarala enarcó una ceja y el camarero, sin mediar palabra, sirvió a Draper otra copa de lo que fuera que estaba bebiendo.

—Menuda primera impresión ha dejado hoy —dijo Avasarala.

—Pues sí —respondió Draper. Parecía tranquila y nada preocupada por ello—. Thorsson me va a sacar de aquí. Se acabó. Puede que se haya acabado todo.

—Normal. Ya tienen lo que querían de usted, en todo caso.

Draper la miró de arriba abajo. Avasarala supuso que debía de tener sangre polinesia. Quizá samoana. Sangre de algún lugar donde la evolución había creado humanos del tamaño de montañas. Tenía los ojos entrecerrados y vio en ellos cierto ardor. Cierta ira.

—Pero si no he hecho una mierda.

—Ha estado aquí. Eso es todo lo que necesitaban de usted.

—¿Para qué?

—Querían convencerme de que ese monstruo no era cosa de ellos. Uno de los argumentos que han usado es que ni siquiera sus propios soldados, y ahí entra usted, sabían de su existencia. Al traerla aquí, pretendían hacer ver que no tienen miedo de hacerlo. Eso es todo lo que necesitaban. Les habría dado igual que usted se quedara sentada todo el día con un dedo metido en el culo y discutiendo sobre deportes. Les habría servido igual. Usted no era más que decoración.

La marine lo asimiló y luego arqueó una ceja.

—Eso no me gusta demasiado —dijo.

—Ya, bueno —continuó Avasarala—. Thorsson es gilipollas, pero si va a dejar de trabajar con políticos por esa razón, se va a quedar sin amigos.

La marine rio entre dientes. Luego soltó una carcajada. Por último se tranquilizó, al ver la mirada que le dedicaba Avasarala.

—¿Sabe esa cosa que mató a sus amigos? —preguntó Avasarala mientras la marine la miraba a los ojos—. No fue cosa mía.

Draper inspiró con fuerza, como si Avasarala le hubiera metido el dedo en la llaga. Cosa que tenía sentido, porque así era. La mandíbula de Draper rumió unos momentos.

—Tampoco fue cosa nuestra.

—Bueno, al menos ya tenemos eso claro.

—De poco servirá. No van a hacer nada. No van a hablar de nada. Les da igual. Lo sabe, ¿verdad? Lo que ha pasado no les importará mientras puedan proteger sus carreras y se aseguren de que el equilibrio de poder no se incline hacia donde no debe. A ninguno le importa una puta mierda lo que era esa cosa ni de dónde salió.

A su alrededor, el bar no estaba en silencio, pero sí más tranquilo. El ritual de apareamiento había pasado a convertirse en lo segundo más interesante que ocurría allí.

—A mí me importa —repuso Avasarala—. De hecho, me acaban de dar una amplia manga ancha para que descubra qué era esa cosa.

No era del todo verdad. Solo habían puesto a su disposición un presupuesto enorme para implicar o descartar a Venus. Pero se parecía bastante, y era el marco adecuado para lo que ella quería.

—¿En serio? —preguntó Draper—. ¿Y qué va a hacer?

—Lo primero es contratarla a usted. Necesito un enlace con el ejército de Marte y esa debería ser usted. ¿Cree que podrá hacerlo?

La gente había dejado de hablar entre sí en el bar. Fue como si la sala se hubiera quedado vacía. Los únicos sonidos eran el de la música suave y el de la risa de Draper. Un anciano que aireaba una colonia de clavo y canela pasó a su lado, atraído por aquel espectáculo pacífico aun sin saber en qué consistía.

—Soy una marine de Marte —dijo Draper—. Marciana. Usted es de la ONU. De la Tierra. No somos ni ciudadanas del mismo planeta. No puede contratarme.

—Me llamo Chrisjen Avasarala. Pregunte por ahí.

Se quedaron un momento en silencio.

—Yo me llamo Bobbie —dijo Draper.

—Encantada, Bobbie. Quiero que trabajes para mí.

—¿Puedo pensármelo?

—Claro —respondió Avasarala y envió al terminal de Bobbie su número privado—. Siempre que cuando termines de pensártelo, vengas a trabajar para mí.

En los apartamentos VIP, Avasarala buscó en el sistema el tipo de música que Arjun estaría escuchando en aquel momento. Si es que no dormía. Rechazó el impulso de llamarlo. Ya era tarde y había bebido lo suficiente como para ponerse sensiblera. Lloriquear en su terminal portátil sobre lo mucho que amaba a su marido no era algo que quisiera convertir en un hábito. Se quitó el sari y se dio una ducha caliente y larga. No solía beber alcohol. No le gustaba cómo abotargaba la mente. Aquella noche había hecho la vista gorda y había concedido a su cerebro la pizca de esparcimiento que necesitaba para ver ciertas conexiones.

Draper la mantendría conectada con Marte, aunque no fuese con el lento discurrir diario de las negociaciones. Era un buen comienzo. Establecería otros contactos. También podía convencer a Foster, de datos. Tendría que empezar a redirigir más trabajo a través de él. Estrechar la relación. No serviría de nada ir de frente e insistirle en que se convirtiera en su nuevo mejor amigo por el simple hecho de gestionar las solicitudes de cifrado para Nguyen. Primero le enviaría unos pastelitos sin ningún tipo de compromiso. Luego soltaría el anzuelo. ¿A quién más podía...?

Su terminal portátil emitió un sonido de alerta. Cerró la ducha, se puso un albornoz y aceptó la llamada, no sin antes taparse bien y hacerle un nudo doble. Ya no tenía edad para enseñar el cuerpo desnudo a través de un terminal, por mucho que hubiera bebido. La conexión procedía de alguien en vigilancia prioritaria. En la pantalla apareció la imagen de un hombre de mediana edad con bigote y unas patillas largas que no le sentaban nada bien.

—¡Ameer! Perro viejo. ¿Qué has hecho para que te tengan trabajando a estas horas?

—Mudarme a Atlanta, señorita —dijo el analista, con una amplia sonrisa. Era el único que la llamaba señorita. No hablaba con él desde hacía tres años—. Acabo de volver del almuerzo y he visto un informe no programado para usted. Me he puesto en contacto de inmediato. He llamado a su asistente, pero no ha respondido.

—Es joven. Todavía tiene que dormir. Es una debilidad. Un momento, que establezca la privacidad.

Terminó el momento de cháchara amistosa. Avasarala se inclinó hacia delante y tocó dos veces el terminal portátil para añadir una capa de cifrado. El icono rojo se volvió verde.

—Adelante —dijo.

—Es de Ganímedes, señorita. Tenía usted una vigilancia establecida sobre James Holden.

—¿Sí?

—Ha empezado a moverse. Parece ser que se ha reunido con un científico local, un tal Praxidike Meng.

—¿A qué se dedica Meng?

En Atlanta, Ameer abrió otro archivo sin perder comba.

—Es botánico, señorita. Emigró a Ganímedes con su familia de niño. Está especializado en una cepa de soja que acepta bajas presiones y poca luz. Divorciado, una hija. No se conoce que tenga relación con la APE ni ningún partido político establecido.

—Continúa.

—Holden, Meng y Burton han dejado su nave. Están armados y han entrado en contacto con un pequeño grupo de seguridad privada. Pinkwater.

—¿Cuántos son?

—El analista que tenemos sobre el terreno no lo concreta, señorita. Una fuerza pequeña. ¿Quiere que pregunte?

—¿Cuánto retraso tenemos?

Las cejas de color castaño de Ameer temblaron.

—Cuarenta y un minutos y ocho segundos, señorita.

—No preguntes todavía. Si se me ocurre alguna otra cosa que quiera saber, te las enviaré juntas.

—El analista informa de que Holden ha negociado con los de seguridad privada. Podría ser una renegociación de última hora o que todo se haya hecho sobre la marcha. Parece que han llegado a un acuerdo. Todo el grupo se ha dirigido hacia un complejo de pasillos abandonados y ha entrado por la fuerza.

—¿Un qué?

—Una puerta de acceso en desuso, señorita.

—¿Qué coño quiere decir eso? ¿Cómo es de grande? ¿Dónde está?

—¿Quiere que pregunte?

—Lo que deberías hacer es ir a Ganímedes y darle una patada en los huevos a ese analista de poca monta. Y pídele que aclare eso.

—Sí, señorita —dijo Ameer mientras una sonrisa empezaba a asomar a sus labios. Luego frunció el ceño de improviso—. Un momento. Ha llegado una actualización.

De modo que la APE tenía algo en Ganímedes. Quizá fuese algo que habían dejado allí o quizás algo que habían encontrado. Fuera lo que fuera, aquella puerta misteriosa ponía todo aquello algo más interesante. Mientras Ameer leía y asimilaba la nueva información, Avasarala se rascó el dorso de la mano y reevaluó su posición. Había creído que Holden estaba en Ganímedes como observador. Para transmitir información. Pero si había ido para reunirse con el tal Praxidike Meng, aquel botánico del todo desconocido, quizá fuese porque la APE ya sabía bastante sobre el monstruo de Bobbie Draper. Añadiendo a aquello el hecho de que el jefe de Holden era el único que tenía en su poder la única muestra conocida de protomolécula, en la mente de Avasarala empezó a cobrar forma una narrativa sobre la caída de Ganímedes.

Aunque tenía ciertas lagunas. Si la APE se había dedicado a jugar con la protomolécula, no habían dejado ningún rastro. Y el perfil psicológico de Fred Johnson no encajaba con un ataque terrorista. Johnson era de la vieja escuela, y el ataque de aquel monstruo era algo decididamente innovador.

—Ha habido un tiroteo, señorita. Holden y los suyos han encontrado resistencia armada. Han establecido un perímetro. El analista destinado sobre el terreno no puede acercarse.

—¿Resistencia? Creía que esos túneles estaban en desuso. ¿A quién coño han disparado?

—¿Quiere que pregunte?

—¡Me cago en la puta!

Algo importante estaba ocurriendo a cuarenta minutos-luz de distancia, y ella estaba en un dormitorio que no era el suyo e intentaba encontrarle sentido presionando la oreja contra una pared. La sensación de frustración era casi física. Sentía cómo la aplastaba.

Cuarenta minutos para enviar el mensaje. Cuarenta minutos para recibir respuesta. Dijera lo que dijera o diera la orden que diera, tardaría una hora y media en recibir información de una situación que era evidente que cambiaba deprisa.

—Detenlos —dijo—. A Holden, a Burton, a sus amigos de Pinkwater y a ese botánico misterioso. Detenlos a todos. Ya.

Ameer se quedó callado un momento en Atlanta.

—Pero, señorita, si están en un tiroteo...

—Pues envía a los perros, que deshagan el entuerto y los atrapen. Se acabó la vigilancia. Hacedlo ahora mismo.

—Sí, señorita.

—Llámame cuando se haya hecho.

—Sí, señorita.

Vio la cara de Ameer mientras redactaba la orden, la confirmaba y la enviaba. Casi podía imaginar la pantalla y los golpes de sus dedos. Deseó que fuese más rápido, que su voluntad superara la velocidad de la luz y fuese obedecida de una puta vez.

—Órdenes enviadas. Me pondré en contacto con usted cuando reciba información del analista sobre el terreno.

—Aquí estaré. Si no acepto la llamada, vuelve a intentarlo hasta que me despierte.

Se desconectó y se reclinó en el asiento. Tenía la mente inquieta como un enjambre de abejas. James Holden había vuelto a cambiar las reglas del juego. Aquello no se le daba mal, al chico, pero también lo hacía más previsible. El otro, ese Meng, sí que era un elemento inesperado. Podía ser un topo, un voluntario o un conejillo de Indias que hubieran puesto ahí para llevar a la APE hacia una trampa. Pensó en apagar la luz e intentar dormir, pero lo consideró mala idea y no lo hizo.

En lugar de ello, se conectó a la base de datos de investigación de inteligencia de la ONU. Quedaba como mínimo hora y media antes de que le llegara cualquier otra información. Mientras tanto, quería saber quién era Praxidike Meng y por qué era importante.

19

Holden

—Naomi, prepara la nave. Tenemos que salir de esta luna. Tenemos que largarnos ahora mismo.

A su alrededor, Holden vio cómo los filamentos negros se expandían y formaban una telaraña negra que lo rodeó. Volvía a estar en Eros. Veía miles de cuerpos que se convertían en algo muy diferente. Creía que había logrado escapar, pero Eros lo perseguía. Miller y él se habían marchado de allí, pero, aun así, había acabado con Miller.

Ahora había vuelto a por él.

—¿Qué ocurre, Jim? —dijo Naomi desde la distancia de la radio del traje—. ¿Jim?

—¡Prepara la nave!

—Es esa cosa —dijo Amos. Hablaba con Naomi—. Como lo de Eros.

—Por Dios, han... —consiguió farfullar Holden antes de que el terror inundara su mente y lo dejara sin palabras. El corazón le latía contra las costillas como si quisiera abrirse paso, y tuvo que comprobar los niveles de oxígeno de su visor táctico. Sentía que en aquella sala no había aire suficiente.

Con el rabillo del ojo vio cómo algo parecido a una mano cercenada se escabullía pared arriba dejando a su paso un rastro de mejunje marrón. Cuando Holden se volvió para apuntar hacia allí con su fusil de asalto, resultó ser una mancha de sangre en una zona descolorida del hielo.

Amos fue hacia él, con una expresión preocupada en su cara robusta. Holden hizo un gesto para que no se acercara, dejó la culata del fusil en el suelo y se apoyó en una caja cercana para recuperar el aliento.

—Deberíamos salir de aquí —dijo Wendell. Paula y él ayudaban a mantenerse en pie al hombre al que habían disparado en el abdomen. El herido tenía problemas para respirar. Se había formado una pequeña burbuja roja de sangre en su orificio nasal izquierdo que se inflaba y desinflaba con cada débil inhalación.

—¿Jim? —llamó Naomi en su oído y en voz baja—. Jim, lo he visto por la cámara del traje de Amos y sé lo que significa. Estoy preparando la nave. El tráfico local cifrado casi ha desaparecido. Creo que se ha marchado todo el mundo.

—Se ha marchado todo el mundo —repitió Holden.

Los pocos que quedaban de Pinkwater lo miraron y sus expresiones de preocupación pasaron al terror al ver el miedo en la cara de Holden, aunque no tenían ni idea de lo que eran aquellos filamentos. Esperaban que él hiciera algo, y él sabía que tenía que hacerlo, pero no podía pensar con claridad. Aquella telaraña negra enmarañaba sus pensamientos y le hacía ver imágenes demasiado fugaces para encontrarles sentido, como salidas de un vídeo que se reproducía a mucha velocidad: Julie Mao en la ducha con aquellos hilos negros que la rodeaban y el cuerpo convertido en una pesadilla; los cadáveres desperdigados por el suelo de la sala antirradiación; aquella gente infectada parecida a zombis que salía a trompicones de los trenes de Eros y vomitaba mejunje marrón a todo lo que tenía alrededor, aquel potingue del que la más mínima gota era una sentencia de muerte; imágenes del espectáculo grotesco en que se había convertido Eros, como la de un torso reducido a unas costillas y un brazo que se arrastraba por un paisaje lleno de protomolécula, con un objetivo desconocido.

—Capi —dijo Amos, y se acercó para tocar el brazo de Holden.

Holden se asustó y estuvo a punto de caer al suelo. Consiguió tragar la saliva ácida que había empezado a acumularse en su garganta.

—Vale —dijo—. Ya estoy. Vamos. Naomi, avisa a Alex. Necesitamos la *Roci*.

Naomi se quedó un momento en silencio y luego preguntó:

—¿Y qué hacemos con el blo...?

—¡Ahora mismo, Naomi, joder! —gritó Holden—. ¡Ya, me cago en todo! ¡Llama a Alex ya!

Naomi no respondió, pero el hombre al que habían disparado en el estómago soltó un último estertor y se desmayó, lo que casi hizo que Wendell, que estaba herido, cayera al suelo con él.

—Tenemos que marcharnos —dijo Holden a Wendell, lo que en realidad significaba: «No podemos ayudarle. Si nos quedamos aquí, moriremos todos.»

Wendell asintió, pero se puso de rodillas y empezó a quitarle al hombre la armadura ligera, sin comprender el sentido de las palabras de Holden. Amos sacó el botiquín de su arnés y se agachó al lado de Wendell para ayudarlo con el hombre herido, mientras Paula los miraba con la cara pálida.

—Tenemos que marcharnos —repitió Holden, que quería agarrar a Amos y zarandearlo hasta que le hiciera caso—. Amos, para, tenemos que marcharnos ahora mismo. Eros...

—Capi —lo interrumpió Amos—, con todo el respeto, no estamos en Eros. —Sacó una jeringa del botiquín y la inyectó en el herido—. No hay refugios antirradiación ni zombis que vomiten ese mejunje. Solo esa cristalera rota, muchos tipos muertos y esos filamentos negros. No sabemos a qué coño nos enfrentamos, pero no estamos en Eros. Y no vamos a dejar atrás a este tío.

La pequeña parte de la mente de Holden a la que le quedaba uso de razón sabía que Amos estaba en lo cierto. Y, además, Holden quería seguir creyendo que era el tipo de persona que nunca pensaría en dejar atrás a un extraño herido, y mucho menos si estaba herido por su culpa. Se obligó a respirar hondo y despacio tres veces. Prax se agachó al lado de Amos y sostuvo el botiquín.

—Naomi —llamó Holden, con la intención de pedir perdón por haberle gritado.

—Alex está de camino —respondió ella con voz seria, pero sin sonar acusatoria—. Está a unas horas de distancia. Atravesar el bloqueo no será sencillo, pero dice que cree que ha encontrado un buen ángulo. ¿Dónde quieres que atraque?

Holden respondió antes siquiera de darse cuenta de que había tomado una decisión.

—Dile que lo haga en el embarcadero de la *Sonámbulo*. Se la voy a regalar a alguien. Reúnete con nosotros fuera de la exclusa de aire cuando lleguemos.

Sacó la llave magnética de la *Sonámbulo* de un bolsillo de su arnés y se la lanzó a Wendell.

—Con esto podrás entrar en la nave que vas a usar. Considéralo un pago por adelantado por tus servicios.

Wendell asintió y se guardó la llave antes de volver a su hombre herido. Parecía que todavía respiraba.

—¿Podemos llevarlo? —preguntó Holden a Amos, orgulloso por lo firme que volvía a sonar su voz e intentando no pensar en que había estado a punto de dejar morir a aquel hombre un momento antes.

—No nos queda otra, capi.

—Pues que alguien lo levante —ordenó Holden—. No, tú no, Amos. Te necesito en el frente.

—Yo lo llevo —dijo Wendell—. Tampoco es que pueda disparar bien con la mano hecha unos zorros.

—Prax, ayúdalo —dijo Holden—. Salgamos de aquí cagando hostias.

Retrocedieron por la base tan rápido como les permitían sus heridas. Volvieron a pasar al lado de los hombres y mujeres que habían tenido que matar para entrar y, lo que era peor, al lado de los que no habían matado ellos. Pasaron junto al pequeño e inerte cadáver de Katoa. La mirada de Prax derivó hacia el cuerpo al pasar, pero Holden lo agarró de la chaqueta y tiró de él hacia la escotilla.

—Sigue sin ser Mei —dijo—. Si nos retrasas, te dejaré atrás.

Justo cuando terminó de pronunciar aquella amenaza, se sintió como un gilipollas, pero no lo decía sin razón. Encontrar a la hija del científico había dejado de ser una prioridad desde el momento en que vieron los filamentos negros. Y, puestos a sincerarse consigo mismo, dejar atrás a aquel científico también significaba no estar presente cuando encontraran a su hija convertida en un monstruo por la protomolécula, con menjunje marrón goteándole de orificios con los que no había nacido y con aquellas hebras negras saliéndole de los ojos y la boca.

El hombre mayor de Pinkwater que se había quedado cubriendo la salida corrió hacia ellos para ayudar a llevar al herido sin que nadie se lo pidiera. Prax lo soltó sin decir palabra y se colocó detrás de Paula, que examinaba el pasillo que se abría ante ellos con su pistola automática.

Los pasillos que antes les habían parecido aburridos cobraron un aire siniestro al volver sobre sus pasos. La escarcha que al entrar había recordado a Holden a una tela de araña se le antojó las venas de un ser vivo. Que las viera latir tenía que estar provocado por la adrenalina que hacía vibrar sus ojos.

Júpiter lanzaba sobre la superficie de Ganímedes ocho rem. Ocho rem al día, a pesar de su magnetosfera. ¿Cuánto tiempo tardaría en crecer allí la protomolécula si Júpiter era una fuente inagotable de energía? Eros se había convertido en algo terrible una vez que la protomolécula se había hecho con ella. Algo capaz de acelerar hasta velocidades increíbles sin inercia. Algo que, si los informes estaban en lo cierto, era capaz de cambiar la propia atmósfera y la composición química de Venus. Y eso lo había hecho solo a partir de poco más de un millón de humanos y mil billones de toneladas de roca.

Ganímedes tenía diez veces esa cantidad de habitantes y una masa varios órdenes de magnitud por encima de la de Eros. ¿De qué sería capaz aquella antigua arma alienígena con un botín así?

Amos abrió la última escotilla de la base oculta y la tripulación volvió a penetrar en los túneles más concurridos de Ganímedes. Holden no veía a nadie actuar como si estuviera infectado. No había zombis descerebrados trastabillando por los pasillos. No había vómito marrón cubriendo las paredes, ni el suelo, repleto de virus alienígena en busca de un huésped. No había matones contratados por Protogen guiando a la gente hacia su muerte.

«Protogen ya no existe.»

Una sensación en algún lugar de su mente de la que Holden no se había percatado se abrió paso hacia su conciencia. Protogen ya no existía. Holden había ayudado a desmantelarla. Había estado en aquella habitación en la que había muerto el arquitecto del experimento de Eros. La flota marciana había bombardeado Febe hasta reducirla a un gas que había caído presa de la enorme gravedad de Saturno. Eros había chocado contra la atmósfera ácida y caliente como una autoclave de Venus, donde las naves de la humanidad no podían penetrar. El propio Holden se había llevado la única muestra que Protogen tenía de la protomolécula.

Entonces, ¿quién había llevado la protomolécula a Ganímedes?

Había entregado aquella muestra a Fred Johnson para que la usara en los tratados de paz. La Alianza de Planetas Exteriores había conseguido muchas concesiones en el caos en el que había derivado la breve escaramuza entre los planetas interiores. Pero no todo lo que habían querido. Las flotas de los planetas que seguían en la órbita de Ganímedes eran la prueba de ello.

Fred tenía la única muestra de la protomolécula que quedaba en el Sistema Solar. Porque se la había dado Holden.

—Es cosa de Fred —dijo en voz alta, sin darse cuenta.

—¿Qué es cosa de Fred? —preguntó Naomi.

—Esto. Lo que está pasando aquí. Ha sido él.

—No —dijo Naomi.

—Para expulsar las tropas de los planetas interiores, o para probar alguna clase de superarma, o para lo que sea. Pero ha sido él.

—No —repitió Naomi—. No lo sabemos.

El humo empezó a inundar el pasillo, junto a un aroma nauseabundo a pelo y carne quemados que impidió responder a Holden. Amos levantó una mano para que el grupo se detuviera, y los de Pinkwater lo hicieron y tomaron posiciones defensivas. Amos avanzó por el pasillo hacia la intersección y miró hacia la izquierda unos instantes.

—Aquí ha pasado algo chungo —dijo después—. He visto a media docena de muertos y a una cantidad mayor de personas celebrándolo.

—¿Tienen armas? —preguntó Holden.

—Ya te digo.

El Holden que habría intentado abrirse paso hablando con ellos, aquel que le gustaba a Naomi y que ella quería que volviera, casi ni se opuso a que dijera:

—Pasaremos a la fuerza.

Amos volvió a asomarse por la esquina y disparó una ráfaga larga con su escopeta automática.

—Vamos —dijo cuando dejó de oírse el eco de los disparos.

Los de Pinkwater recogieron al herido, se apresuraron pasillo arriba y pasaron al lado del lugar del combate. Prax trotaba detrás a no mucha distancia, con la cabeza gacha y zarandeando los brazos delgados. Holden lo seguía y echó un vistazo a los cadáveres que ardían en el centro del amplio pasillo. Quemarlos tenía que ser una forma de enviar un mensaje. Las cosas aún no estaban tan mal para que empezaran a comerse unos a otros, ¿verdad?

Fuera del fuego había algunos cuerpos que empapaban de sangre el suelo de metal corrugado. Holden no fue capaz de discernir si habían sido obra de Amos. El viejo Holden se lo habría preguntado. El nuevo no lo hizo.

—Naomi —llamó, con ganas de oír su voz.

—Aquí estoy.

—Estamos encontrando problemas.

—¿Ha sido...? —Percibió el miedo en su voz.

—No. No es la protomolécula. Parece que tenemos suficiente con los de aquí. Cierra las esclusas —dijo Holden, sin pensar demasiado sus palabras—. Ve calentando el reactor. Si nos ocurre algo, márchate y reúnete con Alex. No vayas a Tycho.

—Jim —dijo ella—. Creo...

—No vayas a Tycho. Es cosa de Fred. No vuelvas con él.

—No —respondió ella, como si aquel fuera su nuevo mantra.

—Si no estamos ahí en media hora, márchate. Es una orden, segunda de a bordo.

Al menos así ella podría escapar, se dijo Holden a sí mismo. Sea lo que fuera lo que hubiera ocurrido en Ganímedes, al menos Naomi podría salir viva de allí. Vio en su mente la imagen aterradora de Julie, muerta en la ducha, pero con la cara de Naomi. No se esperaba el pequeño grito de angustia que fue incapaz de reprimir. Amos se giró para mirarlo, pero Holden le hizo un gesto con la mano sin decir nada.

Fred era el responsable.

Y si era cosa de Fred, Holden tenía parte de la culpa.

Holden había pasado un año como esbirro del Fred político. Había perseguido y destruido naves para aquel gran experimento gubernamental de la APE que lideraba Fred. Había reemplazado el hombre que había sido con el que era ahora, en parte porque también creía en el sueño de Fred de asegurar la libertad y la soberanía de los planetas exteriores.

Y, en secreto, Fred había estado planeando... aquello.

Holden pensó en todas las cosas que había hecho para ayudar a Fred a construir aquel nuevo régimen en el Sistema Solar. Nunca había llevado a Naomi a la Tierra a conocer a su familia. Tampoco es que Naomi hubiera sido capaz de bajar al planeta, pero sí que podría haberlo organizado para que los suyos viajaran a la Luna y la conocieran. Papá Tom se habría resistido. Odiaba viajar. Pero a Holden no le cabía duda de que, cuando les explicara lo importante que era para él, todos habrían ido a conocerla.

Y encontrar allí a Prax y descubrir cuánto necesitaba a su hija había hecho que Holden se diera cuenta de lo mucho que quería conocer aquella sensación. Experimentar aquella especie de ansia por la presencia de otro ser humano. Poder presentar a sus padres a la siguiente generación. Mostrarles que todo el esfuerzo y la energía que habían invertido en él tenían una recompensa. Que estaba pasando el testigo. Quería, con más intensidad que nunca, ver sus caras cuando les presentara a aquel hijo. Su hijo. El hijo de Naomi.

Fred le había arrebatado aquello. Primero desperdiciando su tiempo al convertirlo en un matón de la APE y luego con aquella traición. Holden se juró a sí mismo que, si salía de Ganímedes, Fred pagaría por ello.

Amos volvió a detener al grupo, y Holden se dio cuenta de que estaban de vuelta en el embarcadero. Se esforzó en apartar aquella ensoñación. No recordaba cómo habían llegado hasta allí.

—Parece despejado —dijo Amos.

—Naomi —llamó Holden—. ¿Cómo lo ves cerca de la nave?

—Por aquí también parece despejado —respondió ella—. Pero a Alex le preocupa que...

Un chirrido electrónico la interrumpió.

—¿Naomi? ¡Naomi! —gritó Holden, pero no hubo respuesta. Luego dijo a Amos—: ¡Vamos, a paso ligero hacia la nave!

Amos y los de Pinkwater corrieron hacia el embarcadero tan rápido como les permitieron sus cuerpos malheridos y su compañero inconsciente. Holden cubría la retaguardia, corriendo con el fusil de asalto al hombro después de haberle quitado el seguro.

Cruzaron los enrevesados pasillos del sector del embarcadero mientras Amos apartaba a los peatones con gritos y la amenaza silenciosa de su escopeta. Una anciana que llevaba un hiyab se apartó de ellos como una hoja que vuela antes de una tormenta. En realidad, ya estaba muerta. Si la protomolécula estaba suelta, todos los que iban pasando al lado de Holden ya estaban muertos. Santichai y Melissa Supitayaporn y también el resto de personas que habían ido a salvar a Ganímedes. Los alborotadores y asesinos que habían sido ciudadanos corrientes de la estación antes de que el ecosistema social se fuera al traste. Si la protomolécula estaba suelta, podían darse todos por muertos.

Pero ¿por qué no había ocurrido todavía?

Holden se obligó a dejar de pensar en ello. Más tarde, si es que había un más tarde, podría preocuparse del tema. Alguien gritó a Amos, y este pegó un tiro al aire con la escopeta. Si quedaba alguien de seguridad del embarcadero aparte de los buitres que intentaban hacerse con parte de todos los envíos que llegaban, no intentaron detenerlos.

La esclusa de aire exterior de la *Sonámbulo* estaba cerrada cuando llegaron a ella.

—Naomi, ¿estás ahí? —preguntó Holden mientras buscaba la tarjeta a toda prisa en los bolsillos. Naomi no respondió y, un momento después, Holden recordó que había dado la tarjeta a Wendell—. Wendell, ábrenos la puerta.

El líder de Pinkwater tampoco respondió.

—Wendell... —empezó a decir Holden, pero se detuvo al ver que Wendell miraba con los ojos como platos hacia algo que tenían detrás. Holden se volvió y vio a cinco hombres, todos terrícolas, con armaduras grises sin ningún tipo de emblema. Todos llevaban armas perforadoras grandes.

«No», pensó Holden, y levantó su arma para descargar una ráfaga automática completa sobre ellos. Tres de los cinco cayeron al suelo con manchas rojas en la armadura. El nuevo Holden disfrutó el momento, el antiguo se mantuvo en silencio. No importaba quiénes fueran aquellos hombres. No importaba que pertenecieran a la seguridad de la estación, que fueran militares de los planetas interiores o lo que quedaba de los mercenarios que habían destruido la base secreta. Los mataría a todos si intentaban impedir que sacara a su tripulación de aquella luna infectada.

No vio quién disparó el tiro que le alcanzó en la pierna e hizo que perdiera el equilibrio. Un segundo antes estaba en pie y vaciaba el cargador del fusil contra aquellos asaltantes de armadura gris, y al siguiente sintió un mazazo en la armadura de su muslo derecho que lo derribó. Mientras caía, vio cómo los dos hombres de armadura gris que quedaban en pie caían bajo los impactos de la escopeta de Amos, que descargó de un solo y largo bramido.

Holden rodó sobre un costado para ver si había algún herido más, pero entonces vio que aquellos cinco solo eran la mitad de los efectivos enemigos. Los de Pinkwater ya estaban levantando las manos y soltando las armas ante los otros cinco soldados de armadura gris que se acercaban desde detrás por el pasillo.

Amos no los vio. Soltó el cargador vacío de la escopeta y, cuando empezaba a sacar uno nuevo, un mercenario apuntó a su nuca con un arma grande y apretó el gatillo. El casco de Amos salió disparado y él cayó de bruces contra la cubierta de metal corrugado del suelo, con un ruido carnoso. La sangre salpicó el suelo donde había caído.

Holden intentó insertar otro cargador en su fusil de asalto, pero las manos no le respondían y, antes de poder recargar, un soldado pudo acercarse a él y arrancarle el arma de una patada.

Le dio tiempo de ver cómo ponían bolsas negras en las cabezas de los miembros del equipo de Pinkwater que quedaban en pie, antes de que otra se cerrara sobre su propia cabeza y lo arrojara a la oscuridad.

20

Bobbie

Habían proporcionado a la delegación de Marte una *suite* de despachos para su uso en el edificio de la ONU. Los muebles eran de madera de verdad y los cuadros de las paredes eran originales y no copias impresas. La moqueta olía a nueva. Bobbie pensó que o en el recinto de la ONU todos vivían como reyes o alguien se estaba pasando de la raya para impresionar a los marcianos.

Thorsson la había llamado unas horas después de su encuentro con Avasarala en el bar y le había pedido que se reuniera con él al día siguiente. Bobbie estaba esperando en el recibidor de aquel despacho temporal, sentada en una poltrona de cojines de terciopelo verde y cuerpo de madera de cerezo que debía de haber costado el equivalente a dos años de su sueldo en Marte. Había una pantalla en la pared de enfrente en la que se veía un canal de noticias silenciado. El silencio convertía las imágenes en un conjunto de diapositivas confusas y en ocasiones macabras: dos presentadores sentados en el escritorio de una sala azul, un edificio grande en llamas, una mujer andando por un pasillo blanco mientras gesticulaba animosamente, un acorazado de la ONU anclado a una estación orbital y con daños graves en un flanco, un hombre con la cara roja que hablaba directamente hacia la cámara y tenía de fondo una bandera que Bobbie no reconocía.

Todo aquello tenía un significado, pero al mismo tiempo no

lo tenía. Unas horas antes, las mismas imágenes podrían haber frustrado a Bobbie. Se habría sentido obligada a encontrar el mando a distancia y activar el sonido para dar contexto a aquella información visual.

Pero, en ese momento, dejó que las imágenes fluyeran a su alrededor como el agua entre las rocas de un canal.

Un joven que había visto varias veces en la *Dae-Jung*, pero a quien no conocía, cruzó deprisa el recibidor sin dejar de tocar la pantalla de su terminal. Cuando llegó al centro de la sala, dijo:

—Ya puede recibirla.

A Bobbie le costó un momento comprender que el hombre hablaba con ella. Al parecer, había caído tan bajo que ya no merecía la transferencia de información cara a cara. Eran más datos sin sentido. Más agua que fluía a su alrededor. Se levantó con un gruñido. Las horas que había estado paseando a un g el día anterior le habían dejado más secuelas de las que creía.

Se sorprendió un poco al reparar en que el despacho de Thorsson era uno de los más pequeños de los de la *suite*. Aquello significaba que o bien le daba igual la relación tácita entre el tamaño de los despachos y la importancia de los puestos o que en realidad era el miembro menos importante de la delegación entre los que merecían un espacio privado. Le traía bastante sin cuidado cuál de las dos opciones era la correcta. Thorsson no pareció darse cuenta de su presencia y mantuvo la cabeza gacha hacia el terminal de su escritorio. A Bobbie le daba igual que la ignoraran, y también la lección que él pretendiera enseñarle al hacerlo. El tamaño del despacho impedía que Thorsson tuviera sillas para los invitados, y el dolor de las piernas de Bobbie ya era suficiente distracción.

—Puede que ayer exagerara un poco —dijo él, al fin.

—¿Ah, sí? —respondió Bobbie mientras pensaba dónde podría conseguir un poco más de aquel té con leche de soja.

Thorsson levantó la cabeza para mirarla. Sus rasgos parecieron intentar componer la versión momificada de una sonrisa amable.

—Voy a ser sincero con usted. No cabe duda de que su pataleta afectó a nuestra credibilidad. Pero, como bien señaló Martens, la culpa es sobre todo mía por no haber comprendido del todo la gravedad de su trauma.

—Vaya —dijo Bobbie. Había un marco con una foto colgado en la pared detrás de Thorsson. En ella se veía una ciudad con una estructura alta de metal en el fondo. Parecía una grúa de misiles arcaica. En la imagen se podía leer PARÍS.

—Así que, en lugar de enviarla a casa, se quedará trabajando aquí. Tendrá la oportunidad de reparar el daño que ha hecho.

—¿Por qué estoy aquí? —preguntó Bobbie, mirando a Thorsson directamente a los ojos por primera vez desde que había entrado.

El asomo de sonrisa de Thorsson desapareció, reemplazado por un fruncimiento de ceño igual de leve.

—¿Cómo dice?

—¿Por qué estoy aquí? —repitió Bobbie, pensando más allá del comité disciplinario. Pensando en lo complicado que sería que la volvieran a destinar a Ganímedes si Thorsson no la enviaba de vuelta a Marte. En ese caso, ¿se le permitiría dejar su puesto? ¿Abandonar el cuerpo y comprarse ella su propio pasaje? Pensar en dejar de ser marine la entristecía. Era el primer sentimiento intenso que tenía en bastante tiempo.

—¿Por qué...? —empezó a preguntar Thorsson, pero Bobbie lo interrumpió.

—Por lo visto, no era para hablar del monstruo. Sinceramente, creo que estoy aquí de adorno y que lo mejor es que me envíe a casa. Tengo cosas pendientes y...

—Está aquí —empezó a decir Thorsson, con voz cada vez más seria— para hacer exactamente lo que yo le ordene y cuando se lo ordene. ¿Ha quedado claro, soldado?

—Sí —dijo Bobbie, sintiendo fluir el agua a su alrededor. Ella era la piedra. Aquello no le afectaba para nada—. Tengo que irme.

Se volvió y empezó a andar. Thorsson no fue capaz de articular palabra antes de que se marchara. Mientras recorría la *suite* hacia la salida, vio a Martens vertiendo crema en polvo en una taza de café en la pequeña cocina. Él también la vio a ella.

—Bobbie —dijo. Los últimos días se había mostrado mucho más cercano a ella. En una situación normal, habría pensado que estaba allanando el camino hacia un interés romántico o sexual. Pero con Martens, estaba segura de que aquello era poco más que otra herramienta de su repertorio para «reparar marines destrozados».

—Capitán —dijo ella. Se detuvo. Sintió cómo la puerta principal tiraba de ella con una especie de gravedad física, pero Martens nunca se había portado mal con ella. Tenía la extraña impresión de que nunca iba a volver a ver a aquellas personas. Extendió la mano hacia él y, mientras las estrechaban, Bobbie dijo—: Me marcho. Ya no tendrá que seguir perdiendo el tiempo conmigo.

Martens le dedicó su sonrisa triste.

—A pesar de que siento que no he conseguido nada, no tengo la sensación de haber perdido el tiempo. ¿Amigos?

—Espero... —empezó a decir Bobbie. Se detuvo y tragó un nudo que se le había formado en la garganta—. Espero que todo esto no haya destrozado su carrera ni nada.

—Eso no me preocupa —dijo él mientras la miraba a la espalda. Bobbie ya se dirigía hacia la puerta. No se giró.

En el pasillo, Bobbie sacó el terminal y marcó el número que le había dado Avasarala. Saltó el contestador de inmediato.

—De acuerdo —dijo—. Acepto el trabajo.

El primer día de un trabajo nuevo siempre tenía algo liberador y terrorífico. Bobbie siempre tenía la incómoda sensación de verse superada por cualquier nueva misión que le asignaban, de no saber cómo hacer ninguna de las cosas que se le pedían, miedo de vestirse mal, decir algo equivocado o de que todos la odiaran. Pero por abrumadora que fuera aquella sensación, quedaba ensombrecida por el hecho de que empezar en un nuevo trabajo le daba la oportunidad de empezar de cero y ser como quisiera ser, de que al menos por un tiempo sus opciones eran ilimitadas.

Ni siquiera esperar a que Avasarala reparara en su presencia era suficiente para quitarle aquella sensación.

Al ver el despacho de Avasarala, Bobbie vio reforzada la impresión de que la *suite* de Marte se había usado para impresionar. La subsecretaria tenía el poder suficiente para, con una sola llamada, hacer que Bobbie dejara de estar bajo las órdenes de Thorsson y se convirtiera en enlace con la ONU. Pero su despacho tenía una moqueta barata que olía a desagradable tabaco rancio. Su escritorio era viejo y estaba arañado. No había sillas de madera de cerezo. Lo único que parecía cuidado en aquella sala eran las flores frescas y el altar del Buda.

Avasarala irradiaba cansancio. Tenía unas ojeras que no habían estado durante las reuniones oficiales, y que no habían sido visibles a la luz tenue del bar donde le había hecho la oferta. Sentada detrás de aquel enorme escritorio con aquel sari cerúleo, parecía muy pequeña, como una niña haciéndose pasar por adulta. Solo las canas y las patas de gallo echaban a perder la ilusión. De pronto, Bobbie pasó a imaginarla como una muñeca gruñona que no dejara de quejarse de que los niños le movían las manos y los pies y la obligaban a tomar el té con animales de peluche. La idea hizo que le dolieran las mejillas al intentar evitar sonreír.

Avasarala tocó el terminal del escritorio y gruñó, irritada.

«Te has quedado sin té, abuela muñeca. Ya has bebido suficiente», pensó Bobbie mientras reprimía una carcajada.

—Soren, has vuelto a cambiar de sitio mis putos archivos. No encuentro una mierda.

El hombrecillo estirado que había acompañado a Bobbie al despacho y luego parecía haberse convertido en decoración carraspeó. Bobbie se sobresaltó. Estaba detrás de ella, más cerca de lo que esperaba.

—Señora, me pidió que moviera algunos de los...

—Que sí, que sí —lo interrumpió Avasarala, dando golpes

más fuertes en la pantalla del terminal, como si así fuera a conseguir que el dispositivo comprendiera lo que quería. La escena recordó a Bobbie a las personas que hablaban más alto cuando intentaban comunicarse con alguien que hablaba otro idioma.

—Vale, aquí están —dijo Avasarala, irritada—. ¿Por qué los has puesto...?

Tocó la pantalla unas veces más y el terminal de Bobbie emitió un pitido.

—Ahí tienes —dijo Avasarala—. Es el informe y todos mis apuntes sobre lo ocurrido en Ganímedes. Léelo. Hoy. Quizá luego te envíe información actualizada, cuando haya hecho unas pocas preguntas educadas.

Bobbie sacó su terminal y fue pasando por encima los documentos que acababa de recibir. Había cientos de páginas. «¿De verdad quiere me lea hoy todo esto?», fue lo primero que pensó. Aunque después le vino a la cabeza: «¿De verdad me acaba de pasar todo lo que sabe sobre el tema?». Aquello hacía que el trato reciente que había recibido de su propio gobierno fuera peor aún.

—No te llevará mucho —continuó su nueva jefa—. No dice gran cosa. Muchas tonterías de ayudantes bien pagados que creen que pueden ocultar que en realidad no saben nada escribiendo el doble.

Bobbie asintió, pero la sensación de que aquello empezaba a sobrepasarla empezó a imponerse a la emoción de poder empezar de cero.

—Señora, ¿tiene la sargenta Draper acreditación suficiente para...? —empezó a preguntar Soren.

—La tiene. Se la acabo de conceder. Bobbie, tienes acreditación de seguridad —lo interrumpió Avasarala—. Deja de tocarme los cojones, Soren. Se me ha acabado el té.

Bobbie se esforzó para no girarse y mirar a Soren. La situación ya debía de resultarle bastante incómoda como para que encima lo humillaran delante de una extraña que llevaba exactamente diecisiete minutos en el puesto.

—Sí, señora —dijo Soren—. Pero me pregunto si no convendría que también avisara a seguridad de que ha concedido acreditación a la sargenta. Les gusta saber ese tipo de cosas.

—Bla, bla, me quejo y bla —dijo Avasarala—. Es lo único que te oigo decir, Soren.

—Sí, señora —repuso él.

Bobbie acabó por mirarlos a la cara a medida que discutían. Estaba poniendo fino a Soren delante de un nuevo miembro del equipo que, para colmo, en teoría era del bando enemigo. La expresión del hombre no había cambiado, como si estuviera siguiendo la corriente a una abuela loca. Avasarala empezó a entrechocar los dientes con impaciencia.

—¿Acaso no lo he dejado claro? ¿Es que he perdido la capacidad del habla?

—No, señora.

—Bobbie, ¿tú me estás entendiendo?

—Sí, señora.

—Bien, pues largo de mi despacho y a trabajar los dos. Bobbie, a leer. Soren, mi té.

Bobbie se volvió para marcharse y vio que Soren la miraba, inexpresivo. Aquello, a su manera, era más desconcertante que si se hubiera mostrado enfadado con buen motivo.

Al pasar a su lado, Avasarala dijo:

—Soren, un momento. Lleva esto a Foster, de datos. —Entregó a Soren lo que parecía ser una memoria portátil—. Asegúrate de que le llega antes de que se marche.

Soren asintió, sonrió y cogió aquella pequeña oblea negra.

—Por supuesto.

Cuando dejaron el despacho de Avasarala, y después de que Soren cerrara la puerta, Bobbie dejó escapar un suspiro largo y sonoro y le sonrió.

—Vaya, qué incómodo. Lo siento por... —empezó a decir Bobbie, pero se detuvo cuando vio que Soren levantaba la mano para quitarle importancia.

—No pasa nada —dijo—. En realidad, tiene un día bastante bueno.

Bobbie se quedó embobada, mirándolo, y Soren se dio la vuelta y lanzó sobre su escritorio la memoria, que cayó debajo de un paquete de galletas a medio consumir. Se sentó, se puso unos auriculares y empezó a desplazar hacia abajo por la pantalla la lista de contactos del terminal de su mesa. No dio más señales de ser consciente de la presencia de Bobbie.

—¿Sabes una cosa? —dijo Bobbie, al fin—. Yo solo tengo que leer, así que si estás muy ocupado puedo llevar yo esa cosa al tipo de datos. Solo si estás ocupado con otra cosa, claro.

Soren la miró al fin, inquisitivo.

—¿Por qué iba a necesitar que lo hicieras?

—Bueno —dijo Bobbie mientras miraba la hora en su terminal—, ya son casi las dieciocho cien horas y no sé cuándo soléis terminar por aquí, así que había pensado...

—No te preocupes. En realidad, mi trabajo consiste sobre todo en... —Hizo un gesto con la cabeza hacia la puerta cerrada—. En tranquilizarla y tenerla contenta. Para ella cualquier cosa es prioritaria, así que en realidad nada lo es, ¿sabes? Ya haré eso cuando sea necesario. Hasta entonces, que la perra ladre lo que quiera si eso la hace feliz.

Bobbie sintió un escalofrío repentino por la sorpresa. No, no era sorpresa. Era conmoción.

—¿La acabas de llamar perra?

—¿No es como la llamarías tú también? —respondió Soren, con una sonrisa tranquilizadora. ¿O era de burla? ¿Se tomaba a Avasarala, a ella misma o al monstruo de Ganímedes a broma? Bobbie imaginó que levantaba de la silla a aquel pequeño ayudante y lo hacía trizas con las manos. Las cerró sin querer.

Pero dijo:

—Me ha dado la impresión de que la señora secretaria creía que era muy importante.

Soren se giró para volver a mirarla.

—No te preocupes, Bobbie. De verdad. Sé cómo hacer mi trabajo.

Quedó en silencio un rato.
—Entendido —respondió.

Una música atronadora despertó de improviso a Bobbie de un sueño muy profundo. Se incorporó en aquella cama desconocida y en una habitación casi sumida en la oscuridad. La única luz que veía era el parpadeo nacarado de su terminal portátil al otro lado de la habitación. La música pasó de ser una cacofonía sin melodía a la canción que había seleccionado como tono para las llamadas de teléfono antes de irse a la cama. Era una llamada. Soltó una ristra de improperios y reptó fuera de la cama hacia el terminal.

Llegó al borde antes de lo esperado y se dio de bruces contra el suelo, ya que no fue capaz de compensar la mayor gravedad de la Tierra con su cuerpo medio dormido. Logró evitar abrirse la cabeza, pero le costó torcerse un par de dedos de la mano derecha.

Mientras insultaba, en voz incluso más alta, continuó su periplo por el suelo hacia el terminal, que seguía brillando. Cuando por fin llegó a él, aceptó la conexión y dijo:

—Como esto no sea porque ha muerto alguien, me ocuparé yo de que muera.

—Bobbie —dijo su interlocutor. A la mente dispersa de Bobbie le costó un momento poner nombre a la voz. Soren. Miró la hora en el terminal y vio que eran las cero cuatro once. Se preguntó si la llamaba borracho para reprenderla o para disculparse. Aun así, tampoco es que aquello fuera lo más extraño que le había ocurrido durante las últimas veinticuatro horas.

Bobbie se dio cuenta de que Soren seguía hablando y volvió a ponerse el terminal en la oreja.

—... Te espera con urgencia, así que baja cuanto antes.
—¿Puedes repetirlo?

Él empezó a repetirlo despacio, como si se dirigiera a un niño con problemas.

—La jefa quiere que vayas a su despacho, ¿vale?

Bobbie volvió a mirar la hora.

—¿Ahora mismo?

—No —respondió Soren—, mañana a la hora de siempre. Ha hecho que te llame a las cuatro de la mañana para asegurarse de que no te olvidas.

El fogonazo de rabia la ayudó a despertar. Bobbie hizo un esfuerzo para dejar de apretar los dientes y dijo:

—Dile que voy ahora mismo.

Trastabilló hacia una pared y luego hacia una consola, que se activó al tocarla. Cuando la tocó por segunda vez, se encendieron las luces de la habitación. Avasarala le había proporcionado un pequeño apartamento amueblado desde el que se podía ir andando a su despacho. No era mucho mayor que un hueco de alquiler barato en Ceres. Una habitación grande que servía al mismo tiempo de sala de estar y dormitorio, una más pequeña con una ducha y un retrete y otra aún más pequeña que se suponía que era una cocina. El macuto de Bobbie estaba tirado en una esquina; había sacado alguna que otra cosa, pero aún no había deshecho la maleta. Se había quedado despierta hasta la una de la mañana leyendo y no se había preocupado de nada más, excepto de lavarse los dientes y derrumbarse en la cama que se desplegaba desde el techo.

Mientras examinaba la habitación e intentaba despertar del todo, Bobbie tuvo una súbita revelación. Fue como si acabara de quitarse unas gafas de sol opacas que no sabía que llevara puestas y se quedara parpadeando a causa de la claridad. Acababa de despertar después de tres horas de sueño para reunirse con una de las mujeres más poderosas del Sistema Solar y lo único que le importaba era que no tenía ordenadas sus pertenencias y las ganas de machacar hasta la muerte a un compañero de trabajo con el juego de bolis de metal que tenía en su escritorio. Eso y que era una marine profesional que había aceptado trabajar para el peor enemigo de su gobierno porque alguien de inteligencia naval se había portado mal con ella. Y para colmo, quería volver a

Ganímedes para matar a alguien sin tener ni pajolera idea de quién podía tratarse.

Aquella lucidez meridiana y repentina de lo descarrilada que estaba su vida le duró unos segundos, hasta que regresaron la confusión y la falta de sueño y volvió a quedarse con la sensación de que estaba olvidando hacer algo importante.

Se puso el uniforme que había llevado el día anterior y se enjuagó la boca antes de salir por la puerta.

El modesto despacho de Avasarala estaba lleno de gente. Bobbie reconoció al menos a tres civiles que habían estado presentes en la primera reunión a la que había asistido en la Tierra. Uno de ellos era el hombre de cara rechoncha, que luego había descubierto que era Sadavir Errinwright, el jefe de Avasarala y quizás el segundo hombre más poderoso de la Tierra. Cuando llegó Bobbie, ambos estaban enfrascados en una discusión acalorada y Avasarala no la vio entrar.

Bobbie vio a un pequeño grupo de gente con uniforme militar y se dirigió hacia ellos, pero se dio cuenta de que eran generales y almirantes y cambió de rumbo. Acabó al lado de Soren, la única persona de la habitación, además de ella, que estaba sola. Soren no le dedicó ni una mirada, pero había algo en su postura que emanaba un aura despiadada, inquietante e hipócrita. Cayó en la cuenta de que Soren era el tipo de hombre que Bobbie podría llevarse a la cama si estaba lo suficientemente borracha, pero en el que nunca confiaría para que le cubriera las espaldas. Luego lo pensó mejor. No, nunca estaría tan borracha.

—¡Draper! —llamó Avasarala en voz alta, dándose cuenta por fin de que había llegado.

—Sí, señora —respondió Bobbie con decisión, dando un paso al frente mientras todos los presentes dejaban de hablar para mirarla.

—Eres mi enlace —dijo Avasarala, que tenía unas ojeras tan pronunciadas que empezaban a dejar de parecer cansancio y empezaban a parecer una enfermedad sin diagnosticar—. Así que enlaza, joder. Llama a tu gente.

—¿Qué ha ocurrido?

—La situación de Ganímedes acaba de convertirse en la montaña de mierda definitiva —respondió Avasarala—. Hemos pasado al conflicto armado.

21

Prax

Prax estaba arrodillado con los brazos atados a la espalda. Le dolían los hombros. Le dolía levantar la cabeza y le dolía bajarla. Amos estaba bocabajo en el suelo. El botánico creía que había muerto hasta que vio que también le habían atado los brazos a la espalda. La munición antidisturbios que los secuestradores habían disparado en la nuca del mecánico le había dejado un moretón enorme y violáceo. Casi todos los demás, como Holden, algunos mercenarios de Pinkwater o Naomi, estaban en posiciones parecidas a la suya, pero no todos.

Recordó que cuatro años antes habían sufrido una plaga de polillas. Formaban parte de un experimento, pero falló la contención: eran unas polillas acronictas marrones grisáceas de casi tres centímetros de largo que terminaron campando a sus anchas por la cúpula. Prax y los suyos construyeron una trampa impregnando una fibra resistente al calor con unas feromonas artificiales que colocaron bajo unas luces de espectro total y onda larga. Las polillas se acercaron demasiado y el calor las mató. El olor de aquellos cuerpecillos en llamas había impregnado el aire durante días, un aroma casi exactamente igual al que emanaba del cauterizador eléctrico que los captores estaban utilizando para tratar al hombre herido de Pinkwater. Unas volutas de humo blanquecino flotaban sobre la mesa de oficina de plástico impreso sobre la que lo habían colocado.

—Tenéis... —dijo el hombre de Pinkwater, atontado por los

efectos de los sedantes—. Tenéis que seguir adelante y continuar sin mí. No me queda mucho...

—Otra hemorragia —dijo una de los secuestradores. Era una mujer ancha, con un lunar debajo del ojo izquierdo, y llevaba unos guantes de goma manchados de sangre—. Aquí.

—Oído. Me ocupo —dijo el hombre que tenía el taladro mientras apretaba la punta de metal contra la herida abierta que el herido tenía en la barriga. Se oyó el sonido incisivo de una descarga eléctrica, y otra pequeña voluta de humo surgió de la herida.

Amos rodó de improviso, con la nariz ensangrentada y hecha un desastre y la cara cubierta de sangre.

—Buede que be equivoque, cabi —dijo, con palabras que tenían que abrirse paso a través del caos bulboso en el que se había convertido su nariz—, bero no creo que estos tibos sean de la seguridad de la estación.

La sala en la que había acabado Prax cuando le quitaron la capucha negra no tenía nada que ver con el típico entorno de las fuerzas de la ley. Parecía un despacho viejo, del tipo en el que un inspector de seguridad o un trabajador del embarcadero podría haber usado en el pasado, antes de que comenzara el efecto en cascada. Tenía un escritorio grande con un terminal de superficie integrado, en el techo brillaban unas luces dentro de plafones y tenía una planta marchita (una *Sanseviera trifasciata*) con hojas grandes de color verde y marrón que empezaban a convertirse en un lodo oscuro. Los guardias de armadura gris, soldados o lo que fueran habían sido muy metódicos y eficientes. Los prisioneros estaban todos colocados contra la misma pared, atados por los tobillos y las muñecas y se les habían requisado los terminales portátiles, las armas y sus efectos personales, todo lo cual estaba amontonado en la pared de enfrente junto a dos guardias cuyo único cometido era asegurarse de que nadie los tocara. Las armaduras que habían quitado a Amos y Holden estaban apiladas en el suelo al lado de sus armas. La pareja que Prax había identificado como el equipo médico se había puesto a trabajar, ocupándose en primer lugar del malherido que necesitaba más ayuda. Aún no habían tenido tiempo de ayudar al resto.

—¿Alguna idea de qué va esto? —preguntó Wendell, con voz ahogada.

—No son de la APE —respondió Holden.

—Pues eso nos deja con una lista de sospechosos muy larga —dijo el capitán de Pinkwater—. ¿Has jodido a alguien que debería saber?

Una expresión de dolor inundó los ojos de Holden e hizo un gesto lo más parecido a un encogimiento de hombros que pudo, dadas las circunstancias.

—Tengo una especie de lista —respondió.

—Otra hemorragia por aquí —dijo la mujer.

—Oído —dijo el hombre del taladro. Roce, humo, olor a carne quemada.

—Sin ánimo de ofender, capitán Holden —dijo Wendell—, pero empiezo a arrepentirme de no haberte pegado un tiro cuando tuve oportunidad.

—No me ofendes —respondió Holden mientras asentía.

Cuatro de los soldados volvieron a la habitación. Todos tenían la figura achaparrada de un terrícola. Uno, un hombre de piel oscura con un mechón de canas y aire autoritario, hablaba en voz baja como un loco. No dejaba de mirar a todos los prisioneros, con la mirada perdida. Como si fueran cajas. Cuando puso los ojos en Prax, el hombre asintió, pero no se dirigía a él.

—¿Están estables? —preguntó el hombre de piel oscura al equipo médico.

—Si fuera por mí —respondió la mujer—, a este no lo movería.

—¿Y si lo hacemos?

—Puede que sobreviva si mantenemos la aceleración alta en mínimos hasta que pueda llevarlo a una enfermería de verdad.

—Perdonad —interrumpió Holden—. ¿Puede decirme alguien qué coño pasa?

Lo ignoraron como si se hubiera dirigido a una pared.

—Quedan diez minutos —dijo el hombre de piel oscura.

—¿Una nave de transporte?

—Todavía no. Las instalaciones de seguridad.

—Fantástico —respondió la mujer, con tono amargo.

—Porque si me permitís deciros una cosa —continuó Holden—, deberíamos empezar por sacar a todo el mundo de Ganímedes. Si queréis que vuestros compañeros sigan encajando en la definición de humanos, tenemos que irnos. Había protomolécula en el laboratorio en el que estábamos.

—Quiero que los transporten de dos en dos —dijo el hombre de piel oscura.

—Sí, señor —respondió la mujer.

—¿Me escucháis? —gritó Holden—. La protomolécula está suelta en la estación.

—No nos escuchan, Jim —dijo Naomi.

—Fergusson, Mott —continuó el hombre de piel oscura—. Informad.

La habitación quedó en silencio mientras alguien informaba sobre la situación desde algún lugar desconocido.

—Mi hija está desaparecida —dijo Prax—. Se la han llevado en esa nave.

A él tampoco le escuchaban. No esperaba que lo hicieran. A excepción de Holden y su tripulación, nadie le había hecho caso. El hombre de piel oscura se inclinó hacia delante, con la mirada muy centrada. Prax sintió cómo se le erizaban los pelillos de la nuca. Tuvo una premonición.

—Repite eso —dijo el hombre. Y un segundo después añadió—: ¿Cómo que nosotros estamos disparando? ¿A quién te refieres con «nosotros»?

Alguien respondió. El equipo médico y los guardias armados también tenían la mirada puesta en el comandante. Con cara de póquer.

—Recibido. Equipo Alfa, nuevas órdenes: llegar al embarcadero y asegurar una nave de transporte. El uso de la fuerza está autorizado. Repito: el uso de la fuerza está autorizado. Sargento Chernev, necesito que corte las ataduras de las piernas de los prisioneros.

Uno de los guardias armados preguntó de nuevo.

—¿Las de todos, señor?

—Las de todos. Y vamos a necesitar una camilla para este caballero.

—¿Qué ocurre, señor? —preguntó el sargento, su voz a medio camino entre el temor y la confusión.

—Lo que ocurre es que acabo de darles una orden —dijo el hombre de piel oscura, dando zancadas hacia la puerta—. Nos vamos.

Prax notó la vibración irregular del tajo del cuchillo contra los tobillos. No se había dado cuenta de que tenía los pies dormidos hasta que sintió esa sensación de hormigueo y pinchazos, que le llenó los ojos de lágrimas. Mantenerse en pie le dolía. En la distancia, se oyó el estruendo sordo de un contenedor que había caído desde una gran altura. El sargento liberó a Amos de sus ataduras de los pies y se acercó a Naomi. Un guardia seguía apostado al lado de los suministros. El equipo médico sellaba el vientre del herido con un gel de olor dulce. El sargento se agachó.

El único aviso que tuvo Prax fue la mirada que cruzaron Holden y Amos. Holden empezó a andar hacia la puerta con la tranquilidad de alguien que va al servicio.

—¡Eh! —exclamó el que guardaba las armas mientras levantaba un fusil del tamaño de su brazo.

Holden levantó la cabeza con cara de inocencia, atrayendo todas las miradas, mientras detrás de él Amos daba un rodillazo al sargento en la cabeza. Prax soltó un gañido de sorpresa y el arma salió despedida hacia él. Intentó levantar las manos, pero todavía las tenía atadas a la espalda. Wendell dio un paso al frente, apoyó un pie en la cadera de la doctora y la empujó hacia la línea de fuego del guardia.

Naomi estaba arrodillada sobre el cuello del sargento, que

empezaba a ponerse violáceo. Holden dio una patada en el hueco de la rodilla al hombre que sostenía el taladro, al mismo tiempo que Amos derribaba al del fusil. El taladro cauterizador chisporroteó al chocar contra el suelo e hizo un sonido similar al de un dedo al golpear contra un cristal. Paula tenía el puñal del sargento en las manos y se había acercado a uno de sus compatriotas para cortar el cable que le ataba las muñecas. El hombre del fusil lanzó un codazo y dejó a Amos sin aliento. Holden se arrojó sobre la mitad masculina del equipo médico y le inmovilizó los brazos con las rodillas. Luego Amos hizo algo que Prax no alcanzó a ver, y el del fusil soltó un gruñido y se dobló sobre sí mismo.

Paula consiguió partir la brida que retenía al hombre de Pinkwater mientras la mujer del equipo médico recogía el fusil. El hombre al que acababa de liberar sacó el arma de la pistolera del sargento caído y se inclinó hacia delante para presionar el cañón del arma contra la sien de la doctora, que levantó el fusil un cuarto de segundo demasiado tarde.

Todo el mundo se quedó quieto. La doctora sonrió.

—Jaque mate —dijo, y bajó el fusil hacia el suelo.

Todo había ocurrido en menos de diez segundos.

Naomi cogió el puñal y, con presteza y decisión, cortó las ataduras del resto mientras Holden desactivaba la red de comunicaciones de las armaduras grises y sin marcas y ataba con bridas las manos y los pies de sus propietarios. Las tornas habían cambiado por completo. Prax estaba masajeándose los dedos cuando visualizó la absurda imagen del hombre de piel oscura volviendo para gritarle órdenes. Se oyó otro estruendo, un sonido parecido al de un contenedor enorme resonando como un tambor al caer.

—Solo quiero que sepáis que aprecio mucho que os hayáis preocupado por los míos —dijo Wendell a la pareja que formaba el equipo médico.

La mujer le sugirió algo obsceno y desagradable, pero con una sonrisa en la boca mientras lo hacía.

—Wendell —llamó Holden mientras rebuscaba en la caja de las pertenencias. Lanzó una tarjeta llave al líder de los de Pinkwater—. La *Sonámbulo* sigue siendo tuya, pero tienes que sacarla de aquí y salir pitando ya mismo.

—No hace falta que me lo jures —dijo Wendell—. Coged esa camilla. No vamos a abandonarlo ahora y tenemos que salir de aquí antes de que lleguen los refuerzos.

—Sí, señor —dijo Paula.

Wendell se volvió hacia Holden.

—Ha sido interesante conocerte, capitán, pero no repitamos esto nunca.

Holden asintió, pero no dejó de ponerse la armadura para estrecharle la mano. Amos estaba haciendo lo mismo, y al terminar empezó a devolverles a todos las armas y los objetos confiscados. Holden comprobó el cargador de su arma y luego salió por la misma puerta que había atravesado el hombre de piel oscura. Amos y Naomi lo seguían de cerca. Prax tuvo que acelerar el paso para alcanzarlos. Se oyó otra detonación, no tan lejana como la anterior. Prax sintió que el hielo temblaba bajo sus pies, pero también podría haber sido su imaginación.

—¿Qué... qué pasa?

—La protomolécula está escapando —respondió Holden mientras lanzaba un terminal portátil a Naomi—. La infección se abre camino.

—Do greo gue sea eso lo gue ogurre, capi —dijo Amos. Hizo una mueca de dolor y se tiró de la nariz con la mano derecha. Cuando la soltó, parecía más derecha. Expulsó por los orificios nasales sendos coágulos sanguinolentos y luego respiró hondo—. Ahora mejor.

—¿Alex? —llamó Naomi por el auricular—. Alex, dime que este canal todavía funciona. Dime algo.

Le temblaba la voz.

Otra explosión, aquella la más estruendosa que Prax hubiera oído jamás. En esa ocasión el temblor no podía ser imaginario, porque lo tiró al suelo. El aire olía raro, como a hierro recalentado. Las luces de la estación parpadearon y se apagaron, hasta que se encendieron los LED de color azul pálido de evacuación de emergencia. Sonó una alarma de baja presión, cuyo tritono estaba diseñado para restallar a través de un aire cada vez más escaso. Cuando Holden habló, su voz sonó casi pensativa.

—O quizás están bombardeando la estación.

La estación de Ganímedes había sido uno de los primeros puntos de apoyo permanentes de la humanidad en los planetas exteriores. Se había construido para durar, no solo arquitectónicamente, sino también por la forma en que encajaría con la gran expansión humana hacia la oscuridad de los límites del Sistema Solar. Que ocurriera algo desastroso siempre había sido una posibilidad y formaba parte del ADN del proyecto desde el principio. Había sido la estación más segura del sistema joviano. En otros tiempos, su nombre era sinónimo de recién nacidos y cúpulas llenas de cultivos comestibles. Pero todo aquello se había corroído en los meses que habían pasado desde la caída de los espejos.

Las puertas presurizadas cuyo cometido era aislar las descompresiones se habían abierto a la fuerza cuando falló la hidráulica. Los suministros de emergencia se habían agotado pero no repuesto. Todas las cosas de valor que podían cambiarse en el mercado negro por comida o un pasaje se habían robado y vendido. La infraestructura social de Ganímedes se desmoronaba lenta e irremediablemente. Ni la peor de las previsiones había tenido en cuenta algo como aquello.

Prax estaba en pie en la sala común abovedada donde Nicola y él habían tenido su primera cita. Habían pasado el rato juntos en una pequeña *pâtisserie*, comiendo, bebiendo café y flirteando. Todavía recordaba su cara y aquella sensación embriagadora que había sentido cuando ella le cogió la mano. Donde había estado la *pâtisserie* había un caos de hielo desmenuzado. Estaba en la intersección de una docena de pasillos, repletos de oleadas de personas que se dirigían hacia el embarcadero o hacia un lugar más profundo de la luna donde el hielo las mantuviera a salvo, o quizá solo hacia algún lugar en el que pudieran convencerse de que estaban a salvo.

El único hogar que Prax había conocido jamás se desmoronaba a su alrededor. Miles de personas iban a morir en las próximas horas. Prax estaba seguro de ello, y una parte de él estaba aterrorizada. Pero Mei se había marchado en aquella nave, así que no era una de esas personas. Aún tenía que rescatarla, pero no de aquel desastre. Eso lo volvía soportable.

—Alex dice que la cosa está que arde ahí fuera —informó Naomi mientras los cuatro atravesaban las ruinas al trote—. Que arde de verdad. No va a poder llegar al embarcadero.

—Podría atracar en esa otra plataforma de aterrizaje —dijo Prax—. Podríamos volver allí.

—Ese es el plan —respondió Holden—. Dale a Alex las coordenadas de la base científica.

—Sí, señor —respondió Naomi al momento.

Amos levantó la mano como un niño en el colegio.

—¿La de la protomolécula?

—Es la única plataforma de aterrizaje secreta que conocemos —respondió Holden.

—Vale. Bien.

Cuando Holden se volvió hacia Prax, tenía la mirada sombría y nerviosa.

—Bueno, Prax, tú eres de aquí. Nuestra armadura es apta para el vacío, pero vamos a necesitar trajes de aislamiento para Naomi y para ti. Estamos a punto de atravesar un infierno, y puede que haya zonas despresurizadas. No tenemos tiempo para equivocarnos al girar en una intersección ni pararnos a pensar. Te necesitamos como guía. ¿Estás preparado?

—Sí —respondió Prax.

Encontrar los trajes de aislamiento de emergencia fue sencillo. Eran tan comunes que prácticamente no tenían valor alguno y se almacenaban en unos puestos de emergencia de colores vivos. Ya no quedaba nada de los suministros en las salas y pasillos principales, pero les resultó fácil atravesar a gachas un pasillo secundario estrecho que acababa en una zona menos transitada, en la que Prax solía llevar a Mei a una pista de patinaje. Los trajes que encontraron allí eran de color naranja y verde fluorescente, para hacerlos más visibles a los equipos de rescate. El camuflaje les hubiera ido mejor. Las máscaras olían a plástico volátil y las junturas eran poco más que anillas cosidas en el tejido. Los radiadores de los trajes parecían descuidados y propensos a incendiarse si se usaban demasiado tiempo. Se oyó otra explosión y luego dos más, cada una de ellas más cercana que la anterior.

—Bombas nucleares —dijo Naomi.

—Puede que sea munición Gauss —dijo Holden. Parecía como si hablaran del tiempo.

Prax hizo un gesto de indiferencia.

—En todo caso, si alcanzan un pasillo habrá vapor supercalentado —dijo mientras presionaba el último sello de un costado y comprobaba que se encendía el LED verde y barato que confirmaba el flujo de oxígeno. El sistema de calefacción pasó al amarillo y luego volvió al verde—. Puede que Amos y tú sobreviváis si vuestra armadura está en buen estado. Pero dudo que Naomi y yo tengamos la menor oportunidad.

—Genial —dijo Holden.

—He perdido la *Roci* —respondió Naomi—. No, he perdido la conexión del todo. La estaba enlazando a través de la *Sonámbulo*. Es probable que ya haya despegado.

«O que la hayan convertido en chatarra.» El pensamiento se leía en los rostros de todos, pero nadie le puso voz.

—Por aquí —dijo Prax—. Hay un túnel de servicio que solíamos usar en mis años de universidad. Nos servirá para rodear el complejo del Arco de Mármol y continuar al otro lado.

—Tú mandas, colega —dijo Amos. Le volvía a sangrar la nariz. La sangre parecía negra a la luz tenue y azulada del casco.

Era su último paseo. Pasara lo que pasara, Prax nunca volvería a aquel lugar, porque iba a dejar de existir. Aquella carrera apresurada por el pasillo de servicio al que Jaimie Loomis y Tanna Ibtrahmin-Sook lo habían llevado una vez para colarse sería el último recuerdo que tendría del lugar. El amplio anfiteatro de techo bajo debajo de la vieja depuradora de aguas residuales donde había realizado sus primeras prácticas estaba destrozado y el estanque corría peligro. No inundaría los pasillos de inmediato, pero en unos días estarían hasta arriba. Y en unos días, daría igual.

Todo brillaba a la luz de los LED de emergencia o estaba sumido en las sombras. El suelo estaba inundado de aguanieve, ya que el sistema de calefacción intentaba luchar sin éxito contra aquella locura. Encontraron el camino bloqueado dos veces, una por una puerta presurizada que todavía funcionaba y otra debido a un alud de hielo. No se encontraron a casi nadie por el camino. Todos los demás huían hacia el embarcadero. Prax los guiaba casi en dirección contraria.

Pasaron por otra sala grande y abovedada, luego una rampa de construcción, luego por un túnel vacío y luego...

La puerta de acero azul que bloqueaba el camino no estaba cerrada con llave, pero sí en modo seguro. El indicador decía que al otro lado había vacío. Uno de aquellos puños divinos que golpeaban Ganímedes había abierto una brecha en aquel lugar. Prax se detuvo, mientras en su mente repasaba la arquitectura tridimensional de la estación que era su hogar. Si la base secreta estaba *allí* y él estaba *aquí*, entonces...

—No podemos llegar —dijo.

Los demás guardaron silencio unos instantes.

—Esa no es una buena respuesta —dijo Holden—. Piensa otra.

Prax respiró hondo. Si volvían sobre sus pasos, podían bajar un nivel, ir en dirección oeste e intentar llegar al pasillo desde abajo, aunque una explosión capaz de llegar hasta donde estaban habría afectado también al nivel inferior casi sin la menor duda. Si seguían adelante hacia la vieja estación de metro, tal vez conseguirían encontrar un pasillo de servicio —no es que estuviera seguro de que hubiera alguno, pero podía ser— que los llevara en la dirección correcta. Se oyeron tres detonaciones más que hicieron temblar el hielo. Con un sonido parecido al de un bate de béisbol al realizar un *home run*, se abrió una grieta en la pared que tenía al lado.

—Prax, chaval —dijo Amos—, cuanto antes mejor.

Llevaban trajes de aislamiento, así que si abrían la puerta el vacío no los mataría. Pero sí que habría escombros por todas partes. Cualquier golpe lo bastante fuerte para atravesar la superficie habría...

Habría...

—No podemos llegar... a través de los túneles de la estación —dijo—. Pero sí que podemos subir. Salir a la superficie y continuar en esa dirección.

—¿Y eso cómo lo hacemos? —preguntó Holden.

Encontrar una ruta de acceso que no estuviera cerrada les llevó veinte minutos, pero Prax lo consiguió. Con el ancho justo para tres hombres uno al lado de otro, era una unidad de mantenimiento automatizada para los exteriores de las cúpulas. La unidad de mantenimiento en sí se había desguazado para usar las partes, pero daba igual. La esclusa de aire aún funcionaba con la energía de una batería. Naomi y Prax introdujeron las instrucciones para cerrar la puerta interior y comenzar el ciclo de apertura de la exterior. La presión de escape fue como una ventolera momentánea, y luego todo quedó tranquilo. Prax salió a la superficie de Ganímedes.

Había visto imágenes de la aurora en la Tierra, pero nunca imaginó que llegaría a ver nada parecido en la oscuridad de su propio cielo. Pero allí, y no solo por encima de él sino también en líneas que iban de horizonte a horizonte, había franjas de color verde, azul y dorado: reflectores, escombros y emanaciones de gas producto del enfriamiento del plasma. Manchas incandescentes que señalaban los encendidos de motores. Un proyectil de munición Gauss impactó contra la superficie de la luna a varios kilómetros de distancia, y el temblor hizo que perdieran el equilibrio. Prax se quedó tumbado unos instantes y vio cómo el géiser de agua provocado por el impacto ascendía y luego empezaba a caer de nuevo como nieve. Era bonito. La parte racional y científica de su mente intentó calcular cuánta energía se transferiría a la luna al recibir el impacto de un proyectil de wolframio de un cañón de riel. Sería como un hongo nuclear en miniatura, pero sin la molestia de la radiación. Se preguntó si el proyectil se detendría antes de alcanzar el núcleo de níquel y hierro de Ganímedes.

—Vale —dijo Holden a través de la radio barata del traje de emergencia de Prax. Los bajos se oían fatal y Holden sonaba como un personaje de dibujos animados—. ¿Ahora por dónde?

—No lo sé —respondió Prax, poniéndose de rodillas. Señaló hacia el horizonte—. Más o menos hacia allí.

—Necesito que seas más preciso —dijo Holden.

—Nunca había estado en la superficie —se excusó Prax—. En una cúpula sí, pero no fuera del todo. Sé que estamos cerca, pero no cómo llegar hasta allí.

—Muy bien —dijo Holden. En el vacío que tenían sobre las cabezas, algo enorme y muy lejano explotó. La imagen se pareció a una de esas bombillas que aparecían sobre alguien en los dibujos animados cuando se le ocurría una idea—. Podemos hacerlo. Podemos resolverlo. Amos, ve hacia esa colina de allí, a ver qué ves. Prax y Naomi, id en esa dirección.

—No creo que haga falta, señor —dijo Naomi.

—¿Por qué no?

Naomi levantó la mano y señaló detrás de Holden y Prax.

—Porque estoy bastante segura de que eso que desciende por ahí es la *Roci* —respondió.

22

Holden

La plataforma de aterrizaje secreta se hallaba al fondo de un pequeño cráter. Cuando Holden llegó al borde y vio debajo de él la *Rocinante*, la repentina y mareante liberación de tensión le reveló cuánto miedo había pasado en las horas anteriores. La *Roci* era su hogar, y por mucho que su mente racional le asegurara que aún corrían un peligro terrible, el hogar era un lugar seguro. Hizo una breve pausa para recobrar el aliento y una luz blanca y fulgurante iluminó la escena, como si alguien hubiera sacado una foto. Holden miró hacia arriba a tiempo de ver cómo se apagaba una nube de gas resplandeciente en órbita alta.

Había gente muriendo en el espacio sobre sus cabezas.

—Vaya —exclamó Prax—, es más grande de lo que esperaba.

—Una corbeta —respondió Amos, con evidente orgullo en la voz—. Una nave de escolta de flota de clase fragata.

—No he entendido nada de lo que has dicho —dijo Prax—. A mí me parece un cincel muy grande con una taza de café bocabajo encima.

—Eso es el motor... —empezó a explicar Amos.

—Ya basta —dijo Holden—. Todos a la esclusa de aire.

Amos abrió la marcha y se dejó resbalar acuclillado por la pared helada del cráter, manteniendo el equilibrio con las manos. Prax fue detrás, por una vez sin necesidad de ayuda. Naomi descendió la tercera, con los reflejos y el equilibro pulidos por toda una vida a gravedad variable. Hasta consiguió parecer grácil.

Holden fue el último y estaba preparado para dejarse caer colina abajo dando tumbos, aunque, para su sorpresa, no fue así.

Mientras avanzaban a saltos por el fondo del cráter hacia la nave, la puerta exterior de la esclusa de aire se abrió y apareció Alex con una armadura marciana y un fusil de asalto. Cuando estuvieron lo bastante cerca de la nave para superar la saturación de radio orbital, Holden exclamó:

—¡Alex, tío, qué alegría verte!

—¿Cómo va, capi? —respondió Alex, con un alivio que no logró ocultar ni el exagerado acento de su voz—. No tenía muy claro cómo iba a estar la cosa en esta plataforma. ¿Os sigue alguien?

Amos subió por la rampa y dio a Alex un abrazo de oso con el que lo levantó del suelo.

—¡Qué bien sienta volver a casa! —exclamó.

Prax y Naomi iban detrás, y Naomi dio a Alex unas palmaditas en el hombro al pasar a su lado.

—Lo has hecho bien. Gracias.

Holden se detuvo en la rampa y miró hacia arriba por última vez. En el cielo todavía se veían los resplandores y los rastros luminosos de la batalla que tenía lugar. Le vino a la mente un recuerdo repentino e instintivo de cuando era joven, vivía en Montana y veía resplandecer los tremendos relámpagos entre las nubes de tormenta.

Alex miró hacia arriba como él y dijo:

—La verdad es que el viaje ha sido movido.

Holden le pasó un brazo por el hombro.

—Gracias por venir.

Cuando terminó el ciclo de la esclusa de aire y la tripulación se había quitado los trajes de aislamiento o armaduras, Holden hizo las presentaciones:

—Alex, te presento a Prax Meng. Prax, te presento al mejor piloto de todo el Sistema Solar, Alex Kamal.

Prax estrechó la mano de Alex.

—Gracias a todos por ayudarme a buscar a Mei.

Alex frunció el ceño con una pregunta incipiente, pero Holden se apresuró a negar con la cabeza para evitar que la formulara.

—Encantado de conocerte, Prax —dijo el piloto.

—Alex —dijo Holden—, prepáranos para el despegue, pero no salgas hasta que me haya sentado en el asiento del copiloto.

—Entendido —dijo Alex, y se marchó en dirección a la proa de la nave.

—Todo está de lado —comentó Prax mientras echaba un vistazo a la bodega, que se encontraba justo al otro lado de la puerta interior de la esclusa de aire.

—La *Roci* no pasa mucho tiempo posada sobre la panza como ahora —explicó Naomi mientras lo cogía de la mano y lo llevaba a la escalerilla de la tripulación, que estaba en horizontal a lo largo del suelo—. Estamos de pie sobre un mamparo y la pared de la derecha es lo que suele ser la cubierta.

—Se nota que creciste a baja gravedad y no has pasado mucho tiempo en naves —dijo Amos—. Tío, te vas a cagar con lo que te espera.

—Naomi —llamó Holden—. Sube al centro de mando y amárrate. Amos, lleva a Prax a la cubierta de la tripulación y luego baja a ingeniería y prepara la *Roci* para un viaje movidito.

Antes de abandonar aquel lugar, Holden puso la mano sobre el hombro de Prax.

—Tanto el despegue como el trayecto van a ser rápidos y ajetreados. Si no estás entrenado para vuelos a alta gravedad, te va a resultar muy incómodo.

—No te preocupes por mí —dijo Prax mientras ponía lo que era probable que pensara que era una mirada dura.

—Sé que eres duro. Si no, no podrías haber sobrevivido estas últimas semanas. A estas alturas, no tienes nada que demostrar. Amos te llevará a la cubierta de la tripulación. Busca un camarote que no tenga nombre en la puerta y puedes quedártelo. Métete en el asiento de colisión y amárrate, luego pulsa el botón verde y brillante del panel que estará a tu izquierda. El asiento te inyectará unas drogas sedantes que también evitarán que te estallen los vasos sanguíneos si tenemos que quemar fuerte.

—¿Mi camarote? —preguntó Prax, con voz extrañada.

—Ya te daremos ropas y alguna otra cosa más cuando salgamos de este embrollo. Allí podrás guardarlas.

—Mi camarote —repitió Prax.

—Sí —confirmó Holden—. Tu camarote.

Se dio cuenta de que Prax hacia lo posible para tragar el nudo que se le había formado en la garganta, y comprendió lo que debía de significar una simple oferta de comodidad y seguridad para alguien que había pasado por lo que aquel pequeño botánico durante el mes anterior.

Las lágrimas asomaban a los ojos de Prax.

—Venga, vamos a instalarte —dijo Amos, y se llevó a Prax a popa, hacia la cubierta de la tripulación.

Holden se marchó en sentido contrario, pasó por el centro de mando, donde Naomi ya estaba amarrada en uno de los puestos, y siguió hacia la cabina. Llegó al asiento del copiloto y se ajustó los amarres.

—Cinco minutos —anunció por el canal de comunicaciones general de la nave.

—Entonces... —dijo Alex, estirando la palabra mientras pulsaba interruptores para terminar la comprobación de los sistemas antes del despegue—. ¿Buscamos a alguien que se llama Mei?

—Es la hija de Prax.

—¿Ahora nos dedicamos a eso? En mi opinión, estamos abarcando un poco demasiado.

Holden asintió. Encontrar hijas perdidas no formaba parte de sus obligaciones. Eso habría sido más cosa de Miller. Y Holden no habría podido explicar con claridad de dónde venía la certeza con la que sentía que aquella niña perdida era el epicentro de todo lo que había ocurrido en Ganímedes.

—Creo que esa niña perdida es el epicentro de todo lo que ha ocurrido en Ganímedes —dijo, encogiéndose de hombros.

—Muy bien —respondió Alex. Pulsó algo dos veces en un panel y frunció el ceño—. Vaya, tenemos un rojo en el tablero.

Parece que la esclusa de aire de la bodega no está bien sellada. Puede que haya recibido algún impacto al descender. La cosa estaba muy calentita ahí arriba.

—Pues ahora no podemos parar para arreglarla —dijo Holden—. Mantenemos la bodega despresurizada la mayor parte del tiempo, de todas maneras. Si la puerta interior de la esclusa no da problemas de sellado, cancela la alarma y salgamos de aquí.

—Entendido —dijo Alex, y pulsó para ignorar el aviso.

—Un minuto —anunció Holden por el canal de comunicaciones de la nave, y se volvió hacia Alex—. Tengo curiosidad.

—¿Por qué?

—Por saber cómo has conseguido atravesar ese huracán de mierda que tenemos encima y por si serás capaz de volver a hacerlo.

Alex rio.

—Es cuestión de asegurarse de no pasar nunca de ser la tercera mayor amenaza en el tablero de nadie. Y, por supuesto, de no estar cerca ya cuando se hayan ocupado de las dos primeras.

—Te voy a subir el sueldo —dijo Holden, y luego empezó la cuenta atrás de diez segundos. Cuando llegó a uno, la *Roci* expulsó sobre Ganímedes cuatro pilares de vapor supercalentado—. Colócanos en posición para quemar al máximo tan pronto como puedas —añadió, con una vibración artificial en la voz por el traqueteo del despegue de la nave.

—¿Tan cerca?

—Ahí debajo no queda nada que merezca la pena —respondió Holden, sin dejar de pensar en los restos de filamentos negros que había visto en la base oculta—. Que arda.

—Muy bien —respondió Alex. Luego, cuando la nave terminó de reorientarse hacia arriba, añadió—: Hincando espuelas.

A pesar de que el zumo corría por sus venas, Holden se desvaneció por un momento. Cuando volvió en sí, la *Roci* viraba con brusquedad de lado a lado. La cabina era todo un espectáculo de sonidos de alarma.

—Hala, chica —estaba murmurando Alex—. Venga, nena.

—Naomi —llamó Holden, sin dejar de mirar en la consola el confuso escaparate de luces rojas de amenaza e intentar descifrarlas con el cerebro reseco—. ¿Quién nos dispara?

—Todo el mundo. —Sonaba igual de mareada que él.

—Cierto —dijo Alex, tan concentrado que su voz hasta perdió parte de su acento característico—. No bromea.

El conjunto de amenazas que veía en la pantalla empezó a cobrar sentido, y Holden confirmó que era verdad. Era como si la mitad de las naves de los planetas interiores que había en aquella cara de Ganímedes hubiera lanzado al menos un misil contra ellos. Introdujo el código para desbloquear las armas y cedió a Amos el control de los CDP.

—Amos, cúbrenos.

Alex hacía todo lo posible para evitar el impacto de los misiles entrantes, pero era una causa perdida. Nada que llevara carne dentro podía superar en velocidad al metal y el silicio.

—¿Dónde...? —empezó a decir Holden, pero se detuvo para apuntar a un misil que vagaba al alcance de los CDP delanteros de estribor. Los cañones de defensa en punta dispararon una larga ráfaga contra él, pero el misil logró evitar los disparos con un giro brusco. Aquel cambio de trayectoria les daba unos segundos de ventaja.

—Tenemos Calisto a este lado de Júpiter —dijo Alex, refiriéndose a la luna de Júpiter con cierto tamaño más cercana a Ganímedes—. Voy a meternos en su sombra.

Holden comprobó los vectores de las naves que les habían disparado. Si alguna los estaba persiguiendo, la jugada de Alex solo les daría unos minutos más. Pero al parecer no tenían ninguna detrás. De la docena aproximada que les había atacado, la mitad tenía daños moderados o graves, y las demás seguían ocupadas disparándose entre ellas.

—Parece que hemos sido la amenaza número uno de todo el mundo durante un segundo —dijo Holden—. Pero ya no tanto.

—Sí, lo siento, capi. No tengo muy claro por qué ha ocurrido.

—No es culpa tuya —dijo Holden.

La *Roci* tembló, y Amos pegó un grito por el canal de comunicaciones de la nave.

—¡No estaréis intentando tocarle el culo a mi chica!

Dos de los misiles más cercanos desaparecieron de la pantalla de amenaza.

—Buen trabajo, Amos —dijo Holden mientras comprobaba los tiempos de impacto actualizados. Habían ganado otro medio minuto.

—Qué va, capi, el mérito es de la *Roci* —respondió Amos—. Yo solo saco lo mejor de ella.

—Vamos a agazaparnos a la sombra de Calisto. Nos vendría bien una distracción —dijo Alex a Holden.

—Bien. Naomi, espera unos diez segundos —dijo Holden—. Luego ataca con todo lo que tenemos. Necesitaremos cegarlos unos segundos.

—Recibido —dijo Naomi. Holden vio cómo preparaba un arsenal enorme de interferencias láser y señuelos.

La *Rocinante* dio otro bandazo, y de pronto Calisto ocupó al completo la pantalla delantera de Holden. Alex se dirigía hacia ella a una velocidad suicida, pero giró y quemó al máximo en el último segundo para colocarlos en una órbita baja y aprovechar el efecto onda.

—Tres... Dos... Uno... ¡Ya! —dijo mientras la *Roci* caía de cola en picado hacia Calisto y la rebasaba volando tan bajo que Holden pensó que podría haber abierto una esclusa y recoger nieve con las manos.

Al mismo tiempo, las interferencias de Naomi hicieron efecto en los sensores de los misiles que los perseguían y los cegaron mientras sus procesadores se afanaban en limpiar el ruido.

Cuando volvieron a fijar el objetivo en la *Rocinante*, la nave había dado la vuelta a Calisto gracias a la asistencia gravitatoria y su propio motor, y volaba a toda velocidad en un nuevo vector. Dos de los misiles intentaron seguir la persecución, pero el resto cayó en direcciones aleatorias o estalló contra la luna. Para cuando sus dos perseguidores hubieron retomado el rumbo, la *Roci*

llevaba mucha ventaja y tenían tiempo para derribarlos a tiros.
—Lo conseguimos —dijo Alex.
La duda que destilaba la voz del piloto resultó muy desconcertante para Holden. ¿Habían estado tan cerca de no contarlo?
—Nunca lo puse en duda —dijo Holden—. Llévanos a Tycho. A medio g. Estaré en mi camarote.

Cuando terminaron, Naomi se desplomó de costado en el catre que compartían, con los rizos de su pelo negro pegados a la frente por el sudor. Seguía jadeando. Él también.
—Ha sido... vigoroso —dijo ella.
Holden asintió, pero aún no había recuperado el aliento suficiente para responder. Cuando había bajado de la cabina por la escalerilla, Naomi lo esperaba abajo, ya libre de sus amarres. Lo había agarrado y besado con tanto ímpetu que le había hecho una herida en el labio. Él ni se había dado cuenta. Apenas lograron llegar al camarote con la ropa puesta. Holden no tenía muy claro qué había ocurrido después, aunque sí que tenía las piernas cansadas y le dolía el labio.
Naomi rodó sobre él y se levantó del catre.
—Tengo que mear —dijo mientras se ponía una bata y salía por la puerta. Holden se limitó a asentir, todavía incapaz de articular palabra.
Se colocó en mitad de la cama y dedicó un momento a estirar los brazos y las piernas. La verdad era que los camarotes de la *Roci* no estaban construidos para tener dos ocupantes, y mucho menos los asientos de colisión que se abrían y servían como camas. Pero durante el último año había dormido cada vez más a menudo en el de Naomi, hasta que de buenas a primera había pasado a ser de los dos y ya no dormía en ningún otro sitio. No podían compartir el catre durante las maniobras a alta gravedad, pero hasta entonces nunca habían dormido en ninguna situación que requiriera aquellas maniobras. Y la tendencia tenía visos de mantenerse.

Holden empezaba a dormirse cuando se abrió la escotilla y Naomi volvió a entrar. Le tiró una toallita húmeda y fría en la tripa.

—Vaya, muy tonificante —dijo Holden, incorporándose de golpe por el frío repentino.

—Estaba más caliente y húmeda cuando la he cogido.

—Eso —dijo Holden mientras se limpiaba— ha sonado muy guarro.

Naomi sonrió, se sentó al borde de la cama y le hincó un dedo en las costillas.

—¿Todavía piensas en sexo? Pensaba que habíamos conseguido quitarte la urgencia.

—Estar tan cerca de la muerte hace maravillas con mi periodo refractario.

Naomi subió al catre y se puso a su lado, todavía con la bata puesta.

—Ya sabes que he empezado yo —dijo—. Y lo muy a favor que estoy de reafirmar la vida a través del sexo.

—¿Por qué me da la impresión de que al final de esa frase falta un «pero»?

—Pero...

—Ya decía yo.

—Tenemos que hablar de una cosa. Y me parece un buen momento.

Holden se colocó de costado, de cara a ella, y se apoyó en un codo. Un grueso mechón de pelo le cubrió la cara, pero se lo retiró con la otra mano.

—¿Qué he hecho? —preguntó.

—No es nada que hayas hecho en particular —dijo Naomi—. Es más bien lo que estamos a punto de hacer.

Holden le puso la mano en el brazo y esperó a que continuara. La fina tela de la bata se pegaba a la piel húmeda de debajo.

—Estoy preocupada —dijo Naomi—. Me preocupa que estemos volando hacia Tycho para hacer alguna temeridad de las gordas.

—Naomi, tú no estabas allí. No has visto...

—Lo he visto, Jim, por la cámara del traje de Amos. Sé lo que es. Sé cuánto te aterra. A mí también me da un miedo que te cagas.

—No —dijo Holden, sorprendido por el tono iracundo de su voz—. No lo sabes. No estuviste en Eros cuando ocurrió. Nunca has...

—Oye, sí que estuve allí. Quizá no durante la peor parte, como tú —replicó Naomi con voz calmada—. Pero ayudé a arrastrar lo que quedaba de Miller y de ti hasta la enfermería. Y te vi intentar morir allí. No podemos acusar sin más a Fred de...

—En estos momentos, y me refiero a este mismo instante, Ganímedes podría estar transformándose.

—No...

—Sí. Podría. Y es posible que estemos dejando atrás a millones de personas muertas que aún no saben que lo están. ¿Te acuerdas de Melissa y Santichai? Ahora piensa en ellos convertidos en las piezas que la protomolécula considere más oportunas en un momento determinado. Piensa en ellos como partes de algo. Porque si esa cosa anda suelta en Ganímedes, es en lo que se van a convertir.

—Jim —dijo Naomi, con un nuevo tono de advertencia en la voz—. A eso es a lo que me refiero. La intensidad de tus sentimientos no demuestra nada. Estás a punto de acusar a un hombre que ha sido tu amigo y mecenas durante un año de matar a toda la población de una luna. Ese no es el Fred que conocemos. Y no se merece eso por tu parte.

Holden se sentó en la cama. En parte quería alejarse de la presencia física de Naomi y en parte estaba enfadado con ella por no simpatizar lo suficiente con su forma de ver las cosas.

—Yo mismo entregué a Fred la única muestra. Se la di y él me juró a la cara que nunca la usaría. Pero lo de ahí abajo demuestra lo contrario. Dices que es mi amigo, pero Fred siempre ha atendido solo al beneficio de su causa. Incluso ayudarnos es solo otro movimiento en su juego político.

—¿Experimentos con niños secuestrados? —preguntó Naomi—. ¿Una luna entera, una de las más importantes de los planetas exteriores, en riesgo y quizá borrada del mapa? ¿Crees que tiene sentido? ¿A ti te parece que Fred Johnson haría algo así?

—La APE tiene más interés en Ganímedes que cualquiera de los planetas interiores —respondió Holden, admitiendo por fin lo que se temía desde que había visto los filamentos negros—. Y los planetas interiores no están dispuestos a cedérsela.

—Para —dijo Naomi.

—Quizás intenta expulsarlos de allí, o puede que les haya vendido la muestra a cambio de la luna. Eso al menos explicaría todas las naves de los planetas interiores que hemos visto...

—No. Para —insistió ella—. No quiero quedarme aquí sentada escuchando cómo te convences a ti mismo.

Holden intentó responder, pero Naomi se giró hacia él y le puso la mano en la boca con suavidad.

—Ya no me gustaba este nuevo Jim Holden en el que te estás convirtiendo. ¿Uno que saca el arma antes de preguntar? Sé que hacer de recadero para la APE ha sido un trabajo de mierda y que hemos hecho cosas bastante chungas en nombre de la protección del Cinturón, pero ese hombre seguías siendo tú. Seguía pudiendo verte acechando bajo la superficie, esperando el momento de regresar.

—Naomi... —dijo él mientras se quitaba la mano de la cara.

—Pero ¿este tío que está impaciente por llegar a Tycho y convertirla en una escena del Lejano Oeste? Ese no es Jim Holden en absoluto. A ese hombre no lo reconozco —dijo ella, y frunció el ceño—. No, mentira. Sí que lo reconozco. Pero se llamaba Miller.

Lo peor de todo aquello para Holden fue la calma con la que hablaba Naomi. No levantó la voz ni parecía enfadada. Pero aquella tristeza resignada era infinitamente peor.

—Si ese es el hombre en el que te has convertido, más vale que me desembarques en cualquier sitio. No puedo seguir acompañándote —dijo Naomi—. Lo dejo.

23

Avasarala

Avasarala estaba de pie al lado de la ventana, observando la niebla matinal. En la distancia vio despegar una nave de transporte. El escape del motor dejó a su paso una columna de humo blanco resplandeciente que luego desapareció. Le dolían las manos. Sabía que algunas de las partículas de luz que observaba en el cielo en ese mismo instante eran en realidad explosiones a minutos luz de distancia. La estación Ganímedes, que había sido el lugar sin atmósfera más seguro del sistema, había pasado a ser una zona de guerra y se había convertido en un erial. Era imposible para ella distinguir cuál de aquellas luces anunciaba la catástrofe, tanto como elegir una molécula concreta de sal en el océano, pero sabía que estaba allí y saberlo le hacía un nudo en el estómago.

—Puedo pedir que nos lo confirmen —dijo Soren—. Nguyen debería entregar su informe de operaciones en las próximas dieciocho horas. Cuando lo tengamos...

—Ya sabemos qué va a decir —espetó Avasarala—. Si quieres, te lo digo ahora mismo. El ejército de Marte adoptó una posición amenazadora y él se vio obligado a responder con agresividad. Bla, bla y más mierda de bla. ¿De dónde ha sacado las naves?

—Es almirante —dijo Soren—. Creía que iban con el cargo.

Avasarala se volvió. El chico parecía cansado. Llevaba despierto desde la madrugada. Igual que todos. Tenía los ojos inyectados en sangre y la piel, pálida y húmeda.

—Yo misma deshice ese grupo de mando en persona —dijo Avasarala—. Lo fui mondando hasta que se pudo pisotear como una hormiga. ¿Y ahora está ahí fuera con una potencia de fuego capaz de enfrentarse a la flota marciana?

—Eso parece —respondió Soren.

Avasarala reprimió las ganas de escupir. Por fin le llegó el retumbar de los motores del transporte, un sonido amortiguado por la distancia y los cristales. La luz ya había desaparecido. Para su mente privada de sueño, era justo como intentar hacer política en el sistema joviano o en el Cinturón. Las cosas sucedían y podía verlas suceder, pero solo se enteraba a posteriori. Cuando era demasiado tarde.

Había cometido un error. Nguyen era un ave de presa. El clásico adolescente que creía que cualquier problema se podía resolver con la cantidad adecuada de tiros. Hasta el momento, se había comportado siempre con la sutileza de un elefante en una cacharrería. Pero había reconstruido su mando sin que ella se enterara. Y había hecho que la apartaran de las negociaciones con Marte.

Lo que solo podía significar que aquello no era obra suya. Nguyen tenía un mecenas o una camarilla. Avasarala no se había dado cuenta de que solo era un actor secundario, y quienquiera que tuviera detrás la había sorprendido. Se enfrentaba a una sombra, y era algo que odiaba.

—Más luz —dijo.

—¿Disculpe?

—Averigua cómo ha conseguido esas naves —ordenó Avasarala—. Antes de irte a dormir. Quiero un informe completo. Quiero saber de dónde han salido los reemplazos de naves, quién los ordenó y cómo se justificaron. Todo.

—¿Le gustaría tener también un pony, señora?

—No te quepa duda de que sí, joder —dijo. Luego se dejó caer apoyada en el escritorio—. Haces bien tu trabajo. Algún día conseguirás uno de verdad.

—Me encantaría, señora.

—¿Anda por aquí esa mujer?

—Está en su escritorio —dijo Soren—. ¿Quiere que la haga pasar?

—Más vale que sí.

Cuando Bobbie entró en la sala con una hoja de papel barato apretada en el puño, Avasarala se volvió a sorprender por lo mal que encajaba allí la marciana. No era solo el acento ni lo particular de su físico lo que indicaba que había pasado la infancia en la gravedad baja de Marte. Su imponencia física llamaba la atención en los salones repletos de políticos. Daba la impresión de que la habían hecho salir de la cama con prisas en mitad de la noche, como al resto, pero a ella le daba buen aspecto. Quizás acabara siendo útil o quizá no, pero era algo que convenía recordar.

—¿Qué tienes? —preguntó Avasarala.

La marine frunció el ceño con fuerza.

—He conseguido ponerme en contacto con varias personas al mando, aunque la mayoría no tenían ni idea de quién leches soy. Puede que me haya pasado el mismo tiempo diciéndoles que trabajo para usted que hablando de Ganímedes.

—Que te sirva de lección. Los burócratas de Marte son estúpidos, gente fácil de sobornar. ¿Qué te han dicho?

—¿Quiere la versión larga?

—La corta.

—«Nos habéis disparado.»

Avasarala se reclinó en la silla. Le dolían la espalda y las rodillas, y sentía más que nunca el nudo de rabia y tristeza que tenía siempre en la boca del estómago, debajo del corazón.

—Claro que sí —afirmó Avasarala—. ¿Y la delegación de paz?

—Ya se ha marchado —respondió Bobbie—. Van a publicar un comunicado en algún momento de mañana explicando que la ONU negociaba con mala fe. Todavía discuten sobre las palabras exactas.

—¿Qué los retrasa?

Bobbie negó con la cabeza. No entendía la pregunta.

—¿Qué palabras son las que barajan y cuáles quiere cada bando? —insistió Avasarala.
—No lo sé. ¿Importa?
Claro que importaba. La diferencia entre: «La ONU ha estado negociando de mala fe» y «La ONU negociaba de mala fe» se podía medir en cientos de vidas. En miles. Avasarala intentó tragarse la impaciencia. No era algo que estuviera en su naturaleza.
—Muy bien —dijo—. Mira a ver si puedes conseguirme algo más.
Bobbie le acercó el papel. Avasarala lo cogió.
—¿Qué coño es esto?
—Mi dimisión —dijo Bobbie—. He pensado que querría tener todos los papeles en regla. Ahora estamos en guerra, así que me volverán a embarcar. Me asignarán un nuevo destino.
—¿Quién te ha llamado a filas?
—Todavía nadie —respondió Bobbie—, pero...
—¿Quieres hacer el favor de sentarte? Hablar contigo así me hace sentir como si estuviera en el fondo de un puto pozo.
La marine se sentó. Avasarala respiró hondo.
—¿Pretendes matarme? —preguntó Avasarala. Bobbie parpadeó, pero antes de que pudiera responder, Avasarala levantó la mano para que guardara silencio—. Soy una de las personas más poderosas de la ONU. Estamos en guerra. Así que ¿quieres matarme?
—Pues... ¿supongo que sí?
—No quieres. Lo que quieres es descubrir quién asesinó a tus hombres y que los políticos dejen de engrasar la máquina con sangre de marine. ¡Y joder! ¿Sabes qué? Yo quiero lo mismo.
—Pero soy una militar marciana y sigo en servicio activo —dijo Bobbie—. Si me quedo aquí y trabajo para usted, estaré cometiendo traición. —Lo dijo con un tono que no denotaba queja ni acusación.
—No te han llamado a filas —dijo Avasarala—. Y no van a hacerlo. El código de conducta diplomático en tiempos de guerra es casi el mismo para nuestras dos facciones, diez mil pági-

nas a letra de nueve puntos. Si te llegaran órdenes ahora mismo, podría meter de por medio tantas consultas y pedir tantas aclaraciones que morirías de vieja en esa silla. Si lo único que quieres es matar a alguien en nombre de Marte, no vas a conseguir mejor objetivo que yo. Pero si lo que quieres es detener esta guerra absurda y descubrir quién está detrás de ella, vuelve a tu escritorio y entérate de qué palabras quiere cada bando.

Bobbie quedó en silencio un largo momento.

—Lo ha usado como herramienta retórica —dijo al fin—, pero en realidad tendría mucho sentido que la matara. Y puedo hacerlo.

Avasarala sintió un ligero escalofrío en la espalda, pero impidió que se reflejara en su expresión.

—Procuraré no abusar de ese argumento en el futuro. Ahora vuelve al trabajo.

—Sí, señora —dijo Bobbie.

La marine se levantó y salió del despacho. Avasarala resopló, hinchando las mejillas como globos. Acababa de proponer a una marine de Marte que la matara en su propio despacho. Vaya si necesitaba una puta siesta. Le sonó el terminal portátil. Acababa de llegarle un informe de alta prioridad que no esperaba, lo que hacía que una banda de color rojo oscuro se superpusiera a la configuración de su pantalla. La tocó, preparada para recibir más malas noticias de Ganímedes.

Era sobre Venus.

Hasta siete horas antes, la *Arboghast* había sido un destructor de tercera generación, construido por Astilleros Bush hacía trece años y luego reacondicionado como navío científico militar. Llevaba ocho meses en la órbita de Venus. La mayoría de los datos de exploración que habían llegado a Avasarala provenían de esa nave.

El acontecimiento que veía en aquel momento había sido grabado por dos estaciones telescópicas lunares con cámaras inteligentes de amplio espectro que habían resultado estar colocadas en el ángulo preciso y por una docena de miras ópticas que iban a bordo de la nave. Los conjuntos de datos que habían reunido coincidían a la perfección.

—Vuelve a reproducirlo —dijo Avasarala.

Michael-Jon de Uturbé había sido técnico de campo cuando lo había conocido treinta años antes. En la actualidad era el líder de facto del comité de ciencias especiales y estaba casado con la compañera de habitación de Avasarala en la universidad. En el tiempo que había pasado, había perdido pelo y el que quedaba había encanecido, su piel oscura había empezado a adherírsele a los huesos y seguía sin cambiar aquella colonia barata de aroma floral que siempre había usado.

Siempre había sido un hombre exageradamente tímido, casi antisocial. Avasarala sabía que no tenía que pedirle demasiado si quería mantener el contacto. Su despacho, que era pequeño y estaba hecho un desastre, se encontraba a menos de medio kilómetro del de Avasarala, pero solo lo había visto unas cinco veces en la última década, siempre cuando tenía mucha prisa por comprender algo hermético y complejo.

Michael-Jon tocó dos veces el terminal portátil, y la imagen que aparecía en la pantalla volvió al comienzo de la reproducción. La *Arboghast* volvía a estar intacta y flotaba sobre la neblina nubosa de Venus con una gama de colores imposibles. El indicador de tiempo del vídeo comenzó a avanzar a velocidad real.

—Ve diciéndome —pidió Avasarala.

—Hum, vale. Empecemos por el repunte. Es justo como el que vimos la última vez que Ganímedes se fue al traste.

—Maravilloso. Ya tenemos dos casos.

—Este tuvo lugar antes del enfrentamiento —explicó él—. Quizás una hora antes. O un poco menos.

Eso se correspondía con el tiroteo de Holden. Antes de que pudiera capturarlo. Pero ¿cómo era posible que Venus respondiera ante el ataque de Holden a Ganímedes? ¿Acaso los monstruos de Bobbie habían estado presentes en el enfrentamiento?

—Ahora es cuando suena la radio. Justo... —Detuvo la reproducción—. Aquí. Hace un barrido enorme en la franja entre los tres y los siete segundos. Estaba buscando, pero sabía dónde buscar. Todos esos escaneos activos, diría yo. Llamaron la atención.

—Muy bien.

Volvió a iniciar la reproducción. La resolución se volvió un poco más granulosa, y él hizo un sonido de satisfacción.

—Esto fue interesante —dijo, como si el resto no lo fuera—. Parece una señal de radio de algún tipo. Interfirió con toda la telescopía excepto con un sistema de espectro estrictamente visible en la Luna. Pero duró solo una décima de segundo. El pico de microondas que le sigue es una señal bastante normal del escaneo activo de sensores.

«Pareces decepcionado», estuvo a punto de decir Avasarala, pero el temor y la expectación por lo que estaba a punto de ocurrir la detuvo. La *Arboghast*, con 572 almas a bordo, se deshizo como una nube. Las placas del casco se separaron en filas limpias y ordenadas. Las vigas de las superestructuras y las cubiertas se separaron. Las zonas de ingeniería se desunieron y se alejaron. En la imagen que tenía frente a ella, la tripulación al completo había quedado expuesta al vacío. En el instante que estaba presenciando, estaban agonizando pero no muertos todavía. Que se pareciese a observar un plan de construcción animado —aquí van los camarotes de la tripulación, aquí los motores, aquí las placas que protegen el motor y tal y cual— solo conseguía volverlo más monstruoso.

—Lo que viene ahora es muy interesante —dijo Michael-Jon al tiempo que detenía la reproducción—. Mira lo que se ve cuando ampliamos la imagen.

«No me los muestres —quiso decir Avasarala—. No quiero verlos morir.»

Pero cuando Michael-Jon acercó la imagen, lo que apareció en pantalla no era un ser humano, sino una maraña enrevesada de conductos. La hizo avanzar despacio, fotograma a fotograma, hasta que se volvió borrosa.

—¿Se está extirpando? —preguntó Avasarala.
—¿Cómo? No, qué va. Espera, la acercaré más.

La imagen se volvió a ampliar. Aquella neblina era una ilusión creada por un montón de pequeños pedazos de metal: pernos, tuercas, cepos Edison, juntas tóricas. Avasarala entrecerró los ojos. Aquellos elementos tampoco estaban sueltos. Cada pequeña pieza estaba colocada en línea con las que iban antes y después de ella, como raspaduras de hierro bajo la influencia de un imán.

—No destruyeron la *Arboghast* —dijo Michael-Jon—. La desmantelaron. Parece que sufrió quince oleadas diferenciadas y que cada una de ellas deshizo una capa de mecanismos. Hasta dejar la nave desmontada hasta los tornillos.

Avasarala respiró hondo. Luego otra vez. Y otra. Hasta que el sonido dejó de sonar abrupto y consiguió reducir al mínimo la impresión y el miedo para luego empujarlos al fondo de su mente.

—¿Qué puede haber hecho algo así? —dijo por fin. Pretendía que fuese una pregunta retórica. Por supuesto, no había respuesta. Ninguna fuerza conocida por la humanidad podía hacer lo que acababa de ver. Pero él se tomó la pregunta de otra manera.

—Estudiantes licenciados —respondió él con alegría—. Mi examen final de Diseño Industrial fue igual. Nos daban máquinas a todos y teníamos que desmontarlas y descubrir para qué servían. Si conseguíamos mejorar el diseño, nos subían la nota.
—Un momento después añadió con melancolía—: Aunque, por supuesto, luego teníamos que volver a montarlas, ¿sabes?

En la pantalla, el orden rígido y disciplinado de las piezas flotantes de metal cesó, y las vigas y pernos, las enormes placas de cerámica y los minúsculos cepos comenzaron a flotar a la deriva, empujados a un movimiento caótico por la ausencia de lo que los había retenido. Habían transcurrido setenta segundos desde la primera oleada. Poco más de un minuto, y la nave no había respondido con ningún disparo. Tampoco es que hubiera un objetivo claro al que disparar.

—¿Y la tripulación?

—Desmontó los trajes. No se molestó en desensamblar los cuerpos. Quizás los interpretara como unidades lógicas o quizá ya conocía todo lo que necesitaba sobre la anatomía humana.

—¿Quién ha visto esto?

Michael-Jon parpadeó, se encogió de hombros y volvió a parpadear.

—¿Este vídeo concreto o alguna otra versión de lo mismo? Somos los únicos que tenemos los dos metrajes en alta definición, pero es Venus. Cualquiera que estuviera mirando lo habrá visto. No es que haya ocurrido en un laboratorio aislado.

Avasarala cerró los ojos y se apretó el tabique con los dedos, como si luchara contra un dolor de cabeza, mientras intentaba mantener la máscara en su sitio. Era mejor dar a entender que estaba dolorida. Mejor dar a entender que estaba impaciente. La embargó el terror como una convulsión, como algo que estuviera sucediendo a otra persona. Las lágrimas amenazaron con inundarle los ojos y se mordió el labio superior hasta que se le pasaron. Abrió el localizador de personal de su terminal portátil. Nguyen no habría sido una opción ni aunque estuviera al alcance del aparato. Nettleford y una docena de naves aceleraban hacia la estación Ceres, y tampoco confiaba del todo en él. Souther.

—¿Puedes enviarle esta versión de las imágenes al almirante Souther?

—Imposible. La versión todavía no está autorizada para enviar.

Avasarala lo miró, inexpresiva.

—¿Autorizas la versión para su envío? —preguntó él.

—Autorizo su envío al almirante Souther. Por favor, envíasela de inmediato.

Michael-Jon asintió rápido y tecleó en la consola con la punta de ambos dedos meñiques. Avasarala sacó su propio terminal portátil y envió un mensaje sencillo a Souther: VÉALO Y LLÁMEME. Cuando se levantó, le dolieron las piernas.

—Me alegro de volver a verte —dijo Michael-Jon sin mirarla—. Deberíamos quedar todos un día para cenar.

—Claro —dijo Avasarala antes de marcharse.

En el baño de mujeres hacía frío. Avasarala se detuvo delante del lavabo y apoyó las manos en el granito. No estaba acostumbrada a sobrecogerse ni a sentir miedo. El control había formado parte de toda su vida: había hablado, había acosado y se había burlado de todos aquellos a los que necesitaba hacerlo para que el mundo girara en la dirección que ella quería. Las pocas veces que el implacable universo se había impuesto a su voluntad todavía la atormentaban: un terremoto en Bangladés cuando era niña, una tormenta en Egipto, que los había dejado a Arjun y a ella atrapados en la habitación de un hotel durante cuatro días mientras menguaban las reservas de comida, y la muerte de su hijo. Cada uno de aquellos acontecimientos habían vuelto en contra suya su constante pretensión de seguridad y su orgullo, y la habían dejado hecha un ovillo en la cama durante semanas, con los dedos agarrotados y los sueños convertidos en pesadillas.

Aquello era peor. Antes podía consolarse con la idea de que el universo estaba desprovisto de propósito. Que todas aquellas cosas horribles tan solo se debían a la confluencia del azar y fuerzas aleatorias. La destrucción de la *Arboghast* era diferente. Había sido un acto intencionado e inhumano. Era como mirar a Dios a la cara y no ver ni un atisbo de compasión en ella.

Sacó el terminal portátil con una mano temblorosa. Arjun respondió casi de inmediato. Por la postura de su mandíbula y la dulzura de sus ojos, supo que había visto alguna versión del acontecimiento. Y no se había preocupado por el destino de la humanidad, sino por ella. Intentó sonreír, pero aquello la superaba. Las lágrimas resbalaron por sus mejillas. Arjun suspiró con suavidad y bajó la mirada.

—Te quiero mucho —dijo Avasarala—. Gracias a ti he conseguido sobreponerme a cosas inimaginables.

Arjun sonrió. Las arrugas le sentaban bien. La edad lo había vuelto un hombre más guapo. Como si aquel chico de cara redonda y solemnidad tan cómica que se colaba a hurtadillas por su ventana para leerle poemas de noche solo estuviera esperando el momento de convertirse en quien había pasado a ser.

—Te quiero. Siempre te he querido. Y si nos reencarnamos, también te volveré a querer.

Avasarala sollozó, se enjugó los ojos con el dorso de la mano y asintió.

—Ya está bien —dijo.

—¿Vuelves al trabajo?

—Vuelvo al trabajo. Puede que llegue tarde a casa.

—Aquí estaré. Puedes despertarme.

Quedaron en silencio un momento, y luego ella se desconectó. El almirante Souther no la había llamado. Errinwright no la había llamado. La mente de Avasarala daba saltos como un terrier atacando un transporte de tropas. Irguió la espalda y se obligó a poner un pie delante del otro. Le dio la impresión de que aquella acción tan simple le despejaba la cabeza. Unos pequeñas carretas eléctricas estaban preparadas para acercarla a su despacho, pero no les hizo caso y cuando llegó andando ya casi se había calmado del todo.

Bobbie estaba encorvada sobre su escritorio, y la figura de la mujer hacía que el mueble pareciera sacado de una escuela infantil. Soren no estaba por allí, por suerte para ella. No tenía entrenamiento militar.

—Imagina que estás atrincherada y esperas una amenaza terrible que se dirige directa hacia ti, ¿vale? —dijo Avasarala mientras se sentaba en el borde del escritorio de Soren—. Imagina que estás en una luna y que un bando desconocido te ha arrojado un cometa encima. Una amenaza masiva, ¿me sigues?

Bobbie la miró con expresión confundida durante unos instantes. Luego se encogió de hombros y le siguió el juego.

—Vale —dijo la marine.

—¿Por qué elegirías ese preciso momento para enfrentarte a tus vecinos? ¿Quizá solo estés asustada y ataques lo que tienes más cerca? ¿Quizá porque crees que los otros capullos son los responsables de que caiga la roca? ¿Quizá porque eres así de tonta y ya está?

—Estamos hablando de Venus y de la lucha en el sistema joviano —afirmó Bobbie.

—Es una metáfora bastante transparente, sí —respondió Avasarala—. Bueno, ¿por qué harías algo así?

Bobbie se reclinó en la silla y el plástico crujió bajo su peso. Los ojos de la mujerona se entrecerraron. Abrió la boca por un momento, la cerró, frunció el ceño y volvió a intentarlo.

—Lo haría para consolidar mi poder —respondió Bobbie—. Si uso mis recursos para detener el cometa, en el momento en que desaparezca esa amenaza lo tengo todo perdido. Los otros me pillarán con los pantalones bajados. Zas. Pero si les doy antes una patada en el culo, cuando la otra amenaza haya pasado, gano yo.

—Pero si cooperáis...

—Para eso tendría que confiar en los otros —dijo Bobbie, negando con la cabeza.

—Hay un millón de toneladas de hielo llegando que van a mataros a ambos. ¿Por qué narices no ibas a confiar en el otro bando?

—Depende. ¿El otro bando son terrícolas? —preguntó Bobbie—. Tenemos a las dos principales fuerzas militares del sistema, además de lo que quiera que hayan conseguido reunir los cinturianos. Eso suma tres bandos con mucha historia a sus espaldas. Cuando ocurra lo que sea que va a pasar en Venus, alguien quiere tener guardados ya todos los ases en la manga.

—Y si ambos bandos, la Tierra y Marte, hacen los mismos cálculos, vamos a invertir toda nuestra energía en prepararnos para la guerra que vendrá después.

—Eso es —afirmó Bobbie—. Y sí, esa es la forma de que perdamos todos juntos.

24

Prax

Prax estaba sentado en su camarote. Sabía que, para tratarse de la estancia de una nave, aquel lugar era grande. Hasta espacioso. A pesar de ello, era más pequeño que el dormitorio que tenía en Ganímedes. Estaba sentado en un colchón de gel, y la gravedad de la aceleración lo impulsaba hacia abajo, lo que hacía que los brazos y las piernas le pesaran más de lo normal. Se preguntó si aquella sensación de pesar más de improviso (los cambios discontinuos propios de los viajes espaciales, para ser más concretos) activaba alguna señal evolutiva para el cansancio. La sensación de que lo empujaban hacia el suelo o la cama era igual de fuerte que el peor de los cansancios, por lo que era normal pensar que dormir un poco más lo solucionaría, haría que todo mejorara.

—Es probable que tu hija esté muerta —dijo en voz alta. Esperó a ver cómo le reaccionaba el cuerpo—. Es probable que Mei esté muerta.

En aquella ocasión no se puso a llorar, así que al parecer iba mejorando.

Había dejado Ganímedes atrás hacía un día y medio y ya era demasiado pequeña para verla a simple vista. Júpiter era un disco borroso y rosado del tamaño de una uña que devolvía la luz de un sol que era poco más que una estrella muy brillante. Sabía que iban en dirección al Sol desde el sistema joviano, hacia el Cinturón. En una semana, el Sol tendría casi el doble de su tamaño actual y, aun así, seguiría siendo insignificante. En ese trasfondo de tanta inmensidad, distancias y velocidades tan vastas para la mente humana, parecía que nada debería importar. Prax tendría que aceptar que no había estado presente cuando Dios creó las montañas, ya fuesen de la Tierra, Ganímedes o cualquier otro lugar más lejano de aquel vacío. Se encontraba en una pequeña caja de metal y cerámica que intercambiaba materia por energía para transportar a media docena de primates a través de un vacío mayor que millones de océanos. ¿Cómo podía algo tener importancia, comparado con eso?

—Es probable que tu hija esté muerta —repitió, y esa vez Prax se atragantó con las palabras y empezó a asfixiarse.

Pensó que tendría algo que ver con la sensación repentina de encontrarse a salvo. En Ganímedes, el miedo había embotado su mente. El miedo, la malnutrición, la rutina y la capacidad de moverse en cualquier momento, de hacer algo aunque fuera inútil. Volver a comprobar los embarques, esperar en una fila en seguridad, corretear por los pasillos y ver cuántos nuevos agujeros de bala había en ellos.

En la *Rocinante*, había tenido que bajar el ritmo. Había tenido que parar. Allí no podía hacer nada más que esperar durante la larga caída en dirección al Sol hacia la estación Tycho. No tenía nada para distraerse. No estaba en una estación (ni siquiera en una maltrecha y al borde de la destrucción) en la que rebuscar. Lo único que tenía era el camarote que le habían proporcionado, su terminal portátil, unos monos que le quedaban grandes. Una pequeña caja con artículos de aseo personal. Eso era todo lo que tenía. Y también la comida y el agua limpia suficientes para que su cerebro pudiera volver a funcionar.

Notaba que cada hora que pasaba despertaba un poco más. No supo lo mal que lo habían pasado su cuerpo y su mente hasta que empezó a mejorar. Le había ocurrido ya varias veces: notaba que estaba recuperado del todo, pero poco después se daba cuenta de que no, de que había un escalón más.

De modo que se exploraba a sí mismo y palpaba la herida que

tenía en el centro de su mundo personal, como si presionara la punta de la lengua contra una cuenca vacía.

—Tu hija —repitió entre lágrimas—. Es probable que esté muerta. Pero si no lo está, tienes que encontrarla.

Eso sonaba mejor, o, si no mejor, al menos correcto. Se inclinó hacia delante con las manos entrelazadas y apoyó en ellas la barbilla. Con determinación, imaginó el cuerpo de Katoa tumbado en la mesa. Cuando su mente se rebeló contra ello e intentó pensar en otra cosa (en cualquier otra cosa), la obligó a regresar y sustituyó al chico por Mei. Quieta, vacía, muerta. La pena comenzó a ascender desde algún lugar justo encima de su estómago, y la observó como si se tratara de algo que no formaba parte de su cuerpo.

Durante su época de estudiante había recopilado datos para un estudio del *Pinus contorta*. De todas las variedades de pinos que crecían en la Tierra, aquella había sido la más resistente en baja gravedad. Su trabajo consistió en recoger las piñas caídas y quemarlas para recolectar las semillas. En la espesura, esos pinos no germinaban sin fuego y la resina de las piñas avivaba las llamas, aunque significara la muerte del árbol progenitor. Para que las cosas mejoraran, antes tenían que empeorar. Para sobrevivir, la planta tenía que superar lo insuperable.

Eso lo entendía.

—Mei está muerta —dijo—. La has perdido.

No tenía que esperar a que aquella idea dejara de hacerle daño. Nunca iba a dejar de hacer daño. Pero no podía permitir que ganara la fuerza suficiente para imponerse a él. Tenía la sensación de estar haciéndose un daño espiritual permanente a sí mismo, pero era la estrategia que estaba poniendo en práctica. Y hasta donde alcanzaba a saber, parecía estar funcionando.

Su terminal portátil emitió un sonido. Se había terminado el bloqueo de dos horas. Prax se enjugó las lágrimas con el dorso de la mano, respiró hondo, soltó el aire y se puso en pie. Dos horas, dos veces al día. Había decidido que sería suficiente tiempo entre las llamadas para mantenerse atento y fuerte en aquel nuevo ambiente de menos libertad y más calorías. Sería tiempo suficiente para mantenerse funcional. Se lavó la cara en el baño compartido (la tripulación lo llamaba «el tigre») y se dirigió a la cocina.

El piloto, que se llamaba Alex, estaba de pie junto a la cafetera y hablaba a través de una unidad de comunicaciones montada en la pared. Tenía la piel más oscura que la de Prax y el pelo negro y ralo en el que se le empezaba a entrever alguna cana. Su voz tenía el extraño y marcado acento que compartían algunos marcianos.

—Lo veo al ocho por ciento y bajando.

La unidad de pared dijo algo obsceno y gracioso. Era Amos.

—Te digo que se ha roto el sello —insistió Alex.

—Ya lo he repasado dos veces —dijo Amos por el canal de comunicaciones.

El piloto cogió de la cafetera una taza que tenía grabada la palabra «Tachi».

—Pues a la tercera va la vencida.

—Venga, va. Espera ahí.

El piloto dio un sorbo largo y ruidoso a la taza, y luego, al ver a Prax, lo saludó con la cabeza. Prax sonrió, incómodo.

—¿Te encuentras mejor? —preguntó Alex.

—Sí. Creo que sí —respondió Prax—. No lo sé.

Alex se sentó a una de las mesas. La estancia tenía diseño militar, todo bordes redondeados y curvas para minimizar el daño si una maniobra o un impacto repentino pillaba desprevenido a alguien. El control de reservas de comida contaba con una interfaz biométrica que se había desactivado. Era una medida de seguridad extrema, pero no se usaba. En la pared, estaba el nombre ROCINANTE impreso en letras del tamaño de su mano y alguien había pintado un narciso amarillo con aerosol y una plantilla. Quedaba muy fuera de lugar, pero al mismo tiempo, muy adecuado. Al planteárselo así, a Prax le pareció que encajaba con casi todo lo que había en aquella nave, incluida la tripulación.

—¿Te vas adaptando? ¿Necesitas algo?

—Todo bien —dijo Prax mientras asentía—. Gracias.

—Nos dieron caña al salir de allí. Mira que las he pasado canutas al timón, pero esta vez fue de las peores.

Prax asintió y cogió un paquete de comida del dispensador. Era una pasta texturizada dulce y rica de trigo y miel, que tenía un olor fuerte y recóndito a pasas asadas. Se sentó sin pensar, y el piloto interpretó aquello como una invitación a continuar la conversación.

—¿Cuánto tiempo estuviste en Ganímedes?

—La mayor parte de mi vida —respondió Prax—. Mi familia salió cuando mi madre estaba embarazada. Habían trabajado en la Tierra y la Luna, ahorrando para marcharse a los planetas exteriores. Al principio se asentaron en Calisto, por poco tiempo.

—¿Cinturianos?

—No exactamente. Se enteraron de que los contratos tenían mejores condiciones más allá del Cinturón. Todo fue cosa de esa idea de «crear un futuro mejor para la familia». Era el sueño de mi padre, en realidad.

Alex dio un sorbo al café.

—Y de ahí Praxidike. ¿Te pusieron el nombre de la luna Praxídice?

—Exacto —respondió Prax—. Más tarde se enteraron de que en realidad era el nombre de una mujer y se avergonzaron un poco. A mí siempre me ha dado igual. Mi esposa... mi exesposa lo encontraba adorable. Es posible que fuera la razón de que empezara a fijarse en mí. Cuesta lo suyo destacar, y en Ganímedes no se puede levantar una piedra sin que salgan de debajo cinco botánicos con doctorados. Bueno, no se podía.

La pausa que siguió fue tan marcada que Prax se dio cuenta de lo que iba a ocurrir a continuación y se blindó contra ello.

—Me he enterado de que tu hija está perdida —dijo Alex—. Lo siento mucho.

—Es probable que esté muerta —dijo Prax, de la misma manera en que lo había practicado.

— 286 —

—Está relacionado con ese laboratorio que encontrasteis ahí abajo, ¿verdad?

—Eso creo. Tiene que ser eso. Se la llevaron justo antes del primer incidente. A ella y a otros de su grupo.

—¿Su grupo?

—Tiene una inmunodeficiencia. Inmunosenescencia prematura de Myers-Skelton. Desde siempre.

—Mi hermana tenía huesos de cristal. Es duro —repuso Alex—. ¿La capturaron por eso?

—Doy por hecho que sí —dijo Prax—. ¿Qué otra razón tendrían para secuestrar a una niña?

—Esclavismo o prostitución —respondió Alex con suavidad—. Pero no se me ocurre por qué se llevarían a niños enfermos. ¿Es cierto que os encontrasteis con la protomolécula?

—Eso parece —respondió Prax.

La burbuja de comida se le enfriaba en las manos. Sabía que tenía que comer más y quería hacerlo porque sabía bien, pero había algo que volvía a retorcerse en los confines de su mente. Era algo sobre lo que ya había pensado antes, cuando tenía cosas que hacer y se moría de hambre. Pero en aquel ataúd civilizado que se precipitaba a través del vacío, todos los viejos pensamientos empezaban a chocar unos contra otros. Habían ido justo a por los niños del grupo de Mei. Niños con problemas de inmunodeficiencia. Y habían estado trabajado con la protomolécula.

—El capitán estuvo en Eros —dijo Alex.

—Tuvo que acusar mucho la pérdida cuando ocurrió —dijo Prax, por decir algo.

—No, no vivía allí. Estuvo en la estación durante el incidente. Bueno, estábamos todos, pero él fue el que pasó más tiempo allí. Vio cómo empezó todo. La infección inicial. A eso me refería.

—¿En serio?

—Aquello lo cambió un poco. He volado con él desde que íbamos de un lado a otro entre Saturno y el Cinturón, transportando hielo en una barcaza pedorra. No le caía bien, me parece. Ahora somos una familia. Ha sido un viaje de la hostia.

Prax apretó con fuerza la burbuja. Hala, ahora la pasta sabía menos a trigo y más a pasas y miel. No estaba tan buena como antes. Recordó la expresión de terror en la cara de Holden cuando encontraron aquellos filamentos negros, cómo su voz denotaba que luchaba por contener el pánico. Ahora tenía sentido.

Como si pensar en él lo hubiera invocado, Holden apareció en el umbral. Llevaba debajo del brazo una carcasa de aluminio con placas electromagnéticas a lo largo de la base. Una pequeña cajonera personal diseñada para no moverse ni en alta gravedad. Prax las había visto antes, pero nunca las había necesitado. Para él, la gravedad siempre había sido una constante. Hasta entonces.

—Capitán —dijo Alex, con un matiz de saludo—. ¿Va todo bien?

—Solo llevo algunas cosas a mi camarote —respondió Holden. La tirantez de su voz era imposible de pasar por alto. Prax tuvo la repentina sensación de estar entrometiéndose en algo privado, pero ni Alex ni Holden dieron más señales de que así fuese.

Holden siguió adelante por el pasillo. Cuando estuvo fuera de alcance auditivo, Alex suspiró.

—¿Problemas? —preguntó Prax.

—Sí, pero no te preocupes. No tiene nada que ver contigo. Es algo que lleva macerándose un tiempo.

—Lo siento —dijo Prax.

—Tenía que ocurrir. Mejor superarlo cuanto antes, sea como sea —dijo Alex, pero con un inconfundible pavor en la voz.

Aquel hombre le caía bien a Prax. La consola de pared emitió un sonido y se oyó la voz de Amos.

—¿Cómo va ahora?

Alex acercó el terminal, gracias a un brazo articulado lleno de junturas complicadas y retorcidas, y lo tocó con los dedos de una mano mientras con la otra sostenía la taza de café. El terminal parpadeó mientras una ristra de datos pasaba a convertirse en gráficos y tablas en tiempo real.

—Diez por ciento —dijo Alex—. No. Doce. Sigue subiendo. ¿Qué ocurría?

—Una grieta en un sello —respondió Amos—. Vale, eres listo de narices. ¿Qué más tienes por ahí?

Alex tocó el terminal y Holden volvió a aparecer por el pasillo, sin la cajonera.

—La batería de sensores de atraque está tocada. Parece que se han fundido algunas guías —dijo Alex.

—Muy bien —dijo Amos—. Vamos a cambiar esas granujas.

—O quizá podríamos hacer algo para lo que no hiciera falta salir de una nave en propulsión —espetó Holden.

—Puedo hacerlo, capi —respondió Amos. Sonó ofendido incluso a través de los pequeños altavoces de la pared.

Holden negó con la cabeza.

—El más ligero despiste y el escape te reducirá a átomos. Vamos a dejar que se encarguen los técnicos de Tycho. Alex, ¿qué más tenemos?

—Fuga de memoria en los sistemas de navegación. Es probable que reventara un sistema de red y se haya reiniciado mal —respondió el piloto—. La bodega sigue despresurizada. La batería de radio está tiesa sin razón aparente. Los terminales portátiles no responden. Y una de las cápsulas médicas no deja de mostrar errores, así que nada de ponerse enfermo.

Holden se acercó a la cafetera y habló por encima del hombro mientras la manipulaba. Su taza también rezaba «Tachi». Justo en ese momento, Prax se dio cuenta de que decía lo mismo en todas. Se preguntó quién o qué era «Tachi».

—¿Necesitamos maniobras extravehiculares en la bodega?

—No lo sé —respondió Alex—. Deja que eche un vistazo.

Holden sacó la taza de café de la máquina con un leve suspiro y acarició las placas de metal del aparato como si fuesen un gato. Prax carraspeó por impulso.

—Perdón —dijo—. ¿Capitán Holden? Me preguntaba si podría usar las comunicaciones, en caso de que se arregle la radio o tengamos disponibles los mensajes láser.

—Ahora mismo intentamos pasar desapercibidos —respondió Holden—. ¿Qué quieres enviar?

—Tengo que investigar un poco —respondió Prax—. Los datos de cuando se llevaron a Mei que conseguimos en Ganímedes. Hay imágenes de la mujer que estaba con ellos. Y si logro averiguar qué le ocurrió al doctor Strickland... Desde el día que desapareció mi hija, solo he podido usar un sistema cerrado. Me gustaría tener acceso a las bases de datos públicas, por lo menos. Sería un buen lugar para empezar a buscar.

—Y es hacer eso o quedarte sentado rumiando hasta que lleguemos a Tycho —dijo Holden—. Muy bien. Pediré a Naomi que te cree una cuenta de acceso a la red de la *Roci*. No sé si los archivos de la APE tendrán algo al respecto, pero también podrás echarles un vistazo.

—¿En serio?

—Claro —respondió Holden—. Tienen una base de datos de reconocimiento facial más que decente. La guardan dentro de su perímetro de seguridad, así que a lo mejor necesitas que uno de nosotros haga la solicitud.

—¿Y no pasará nada? No quiero daros problemas con la APE.

La sonrisa de Holden era cariñosa y agradable.

—No te preocupes, de verdad —respondió—. Alex, ¿qué más tenemos?

—Parece que la puerta de la bodega no sella bien, pero eso ya lo sabíamos. Puede que haya recibido un impacto o que la agujerearan. Ya podemos acceder a los archivos de vídeo, así que... un momento.

Holden se movió para mirar por encima del hombro de Alex. Prax dio otro trago a la comida y cedió a la curiosidad. En una esquina de la pantalla apareció la imagen de una bodega de carga, no era más ancha que la palma de la mano de Prax. La mayor parte del cargamento eran palés electromagnéticos encajados en las placas que había cerca de la amplia puerta de la bodega, pero algunos se habían soltado y la gravedad de la propulsión los mantenía contra el suelo. Daba a la estancia una apariencia irreal, al estilo de los grabados de Escher. Alex hizo *zoom* en la imagen para acercarla a la puerta. En una esquina había una gruesa sección doblada hacia dentro, y el metal brillaba en los lugares en los que la torsión había agrietado las capas exteriores. A través del agujero se vislumbraba un mar de estrellas.

—Bueno, al menos está a simple vista —dijo Alex.

—¿Qué nos golpeó? —preguntó Holden.

—No lo sé, capi —respondió Alex—. No veo restos de quemaduras. Pero un proyectil Gauss no puede haber doblado el metal de esa manera, le habría hecho un agujero y punto. Y no hay ninguna brecha en la bodega, así que, fuera lo que fuera, no salió por el lado contrario.

El piloto volvió a aumentar la imagen para examinar más de cerca los bordes del doblez. Era cierto que no había marcas de quemaduras, pero sí que se veían unos borrones negros en el metal de la puerta y de la cubierta. Prax frunció el ceño y abrió la boca para decir algo, pero luego la volvió a cerrar.

Holden dijo lo que Prax había estado pensando.

—Alex, ¿eso es la huella de una mano?

—Eso parece, capi, pero...

—Aleja la imagen. Busca en la cubierta.

Eran pequeñas. Sutiles. Era fácil que pasaran desapercibidas en aquella imagen tan pequeña. Pero ahí estaban. Huellas de manos embadurnadas con algo oscuro que Prax sospechaba que antes había sido rojo. También vio la marca inconfundible de cinco dedos de pie descalzo. Una larga mancha de oscuridad.

El piloto siguió el rastro.

—La bodega está despresurizada, ¿verdad?

—Lleva en vacío desde hace día y medio, señor —confirmó Alex. Se habían puesto serios. Ya no había lugar para las bromas.

—Sigue el rastro hacia la derecha —dijo Holden.

—Sí, señor.

—Vale, para. ¿Qué es eso?

El cuerpo estaba hecho un ovillo en posición fetal, excepto las palmas de las manos, que tenía apretadas contra la cubierta.

Yacía allí quieto del todo, como si se encontrara a alta gravedad y estuviera aplastado contra la cubierta por su propio peso. La carne tenía el tono negruzco de la antracita y el rojo de la sangre. Prax no distinguió si aquello había sido un hombre o una mujer.

—Alex, ¿llevamos un polizón?

—Me juego el cuello a que no viene en el manifiesto de carga, señor.

—¿Y es posible que haya forzado mi nave solo con sus manos?

—Es una posibilidad, señor.

—¿Amos? ¿Naomi?

—También lo estoy viendo. —La voz de Naomi llegó por el terminal un momento antes de que Amos silbara por lo bajo.

Prax volvió a pensar en los sonidos violentos y misteriosos que había oído en el laboratorio, en los cuerpos de los guardias a los que no se habían enfrentado, en el cristal destrozado, en los filamentos negros. El experimento que había escapado de aquel laboratorio estaba allí. Había huido hacia la superficie fría y desolada de Ganímedes y esperado hasta encontrar la manera de escapar. Prax sintió cómo se le ponía la piel de gallina en los brazos.

—Bueno —dijo Holden—, pero está muerto, ¿verdad?

—Me parece a mí que no —respondió Naomi.

25

Bobbie

El toque de diana empezó a sonar en el terminal portátil de Bobbie a las cuatro y media de la mañana: lo que ella y sus compañeros llamaban entre gruñidos «y media muerte», en los tiempos en que era marine y tenía compañeros con los que gruñir, al menos. Se había dejado el terminal en el salón, cerca del catre desplegado que usaba de cama y con el volumen tan alto que le habrían pitado los oídos de haber estado al lado. Pero Bobbie llevaba despierta desde hacía una hora. En el pequeño baño donde estaba, el sonido era poco más que una molestia que resonaba por el apartamento como una radio en el fondo de un pozo. El eco era poco más que un recordatorio de que todavía no tenía muchos muebles ni nada colgado en las paredes.

No importaba. Nunca había tenido invitados.

El toque de diana era una bromita de mal gusto que Bobbie se estaba gastando a sí misma. El ejército de Marte se había formado cientos de años después de que las trompetas y los tambores se usaran como medios para transmitir información a las tropas. A los marcianos no los afectaba la nostalgia que sentían por esas cosas los militares de la ONU. La primera vez que Bobbie había oído un toque de diana había sido en un vídeo de historia militar. En aquel momento le gustó descubrir que, a pesar de lo fastidioso que podía resultar el equivalente marciano, una sucesión de pitidos electrónicos atonales, nunca llegaría a ser tan molesto como el que oían al despertar sus análogos de la Tierra.

Pero Bobbie ya no era una marine de Marte.

—No soy una traidora —se dijo Bobbie a sí misma ante el espejo. La Bobbie del espejo no parecía muy convencida.

Después de la tercera repetición de aquel estruendo de trompetas, el terminal portátil emitió un pitido y se sumió en un silencio hosco. Bobbie tenía el cepillo de dientes en la mano desde hacía media hora. La pasta de dientes había empezado a endurecerse. La metió debajo del agua caliente para ablandarla y empezó a cepillarse.

—No soy una traidora —repitió, aunque el cepillo hizo ininteligibles sus palabras—. No lo soy.

No lo era ni aunque estuviera en el baño del apartamento que le había proporcionado la ONU, se cepillara los dientes con la pasta que le había proporcionado la ONU y enjuagara el lavabo con el agua que le había proporcionado la ONU. No mientras todavía usara un buen cepillo de dientes marciano y se frotara hasta que le sangraran las encías.

—No lo soy —repitió, retando a la Bobbie del espejo a rebatirlo.

Colocó el cepillo de dientes en su pequeño estuche de aseo personal, lo llevó al salón y lo metió en el macuto. Todas sus pertenencias se quedaban en el macuto. Tenía que poder marcharse rápido cuando los suyos le ordenaran volver a casa. Y lo harían. Recibiría un mensaje urgente en su terminal, de los que parpadeaban con los bordes rojos y grises de la ARCM CINC-COM. Le ordenarían volver con su unidad de inmediato. Le dirían que todavía era uno de ellos.

Que no era una traidora por haberse quedado.

Se estiró el uniforme, metió el terminal ya silenciado en el bolsillo y se aseguró de que estaba bien peinada en el espejo que había al lado de la puerta. Llevaba un moño tan tirante que parecía que se hubiera hecho un *lifting*, sin un solo pelo fuera de lugar.

—No soy una traidora —dijo al espejo. La Bobbie del espejo del recibidor parecía más receptiva a la idea que la Bobbie del espejo del baño—. Está clarísimo, joder —dijo antes de marcharse y cerrar con un portazo.

Subió en una de las pequeñas motos eléctricas que estaban disponibles para todo el mundo en las instalaciones de la ONU y llegó a la oficina tres minutos antes de las cinco de la mañana. Soren ya estaba allí. Daba igual a qué ahora llegara, aquel hombre siempre se le adelantaba. O dormía en el escritorio o la estaba espiando para saber a qué hora ponía la alarma cada mañana.

—Bobbie —dijo, con una sonrisa que ni siquiera fingía ser sincera.

Bobbie no se vio con ánimo de responder, así que se limitó a asentir y se dejó caer en su silla. Una mirada a las ventanas opacas del despacho de Avasarala le indicó que la anciana todavía no había llegado. Abrió la lista de tareas en la pantalla del escritorio.

—Me ha hecho añadir a mucha gente —dijo Soren, refiriéndose a la lista de personas a las que debía llamar Bobbie como enlace militar con Marte—. Insiste mucho en que consigamos un borrador preliminar del comunicado de Marte sobre Ganímedes. Esa es tu prioridad para hoy, ¿vale?

—¿Por qué? —preguntó Bobbie—. El comunicado en sí se publicó ayer. Ambos lo leímos.

—Bobbie —dijo Soren, con un suspiro que denotaba el hartazgo de tener que explicarle las cosas más simples y una sonrisa que anunciaba que en realidad no—, son las reglas del juego. Marte publica una declaración oficial en la que condena nuestras acciones. Nosotros hurgamos un poco y encontramos un borrador preliminar. Si era más duro que la declaración que se ha publicado, significa que alguien del cuerpo diplomático ha pedido que se rebaje el tono. Significa que el gobierno no quiere que el problema escale. Si el tono del borrador era más sosegado, significa que están pinchándonos a propósito para provocar una respuesta.

—Pero si ya saben que conseguiréis esos borradores preliminares, no tiene sentido. Se asegurarán de que os lleguen las filtraciones adecuadas para que os quedéis con la impresión que les interesa a ellos.

—¿Ves? Ya lo vas entendiendo —dijo Soren—. Saber lo que tu oponente quiere que pienses sobre un tema determinado es información útil para descubrir qué piensan *ellos*. Así que tú limítate a conseguir el borrador preliminar, ¿vale? Antes de que termine la jornada.

«Pero ya nadie habla conmigo porque ahora soy un pelele marciano de la ONU y, aunque no sea una traidora, es muy probable que todo el mundo piense que lo soy.»

—De acuerdo.

Bobbie abrió la lista recién revisada e hizo la primera solicitud de conexión del día.

—¡Bobbie! —gritó Avasarala desde su escritorio. Había una infinidad de maneras electrónicas de ponerse en contacto con Bobbie, pero Avasarala casi nunca las usaba.

Se arrancó de cuajo el auricular y se puso en pie. La sonrisa de superioridad de Soren fue más bien psíquica, porque su cara no se movió para nada.

—¿Señora? —dijo Bobbie al entrar en el despacho de Avasarala—. Me ha parecido oírle gritar.

—Los listillos no caen bien a nadie —dijo Avasarala, sin levantar la vista del terminal de su escritorio—. ¿Dónde está el primer borrador de ese informe que te pedí? Ya casi es la hora de comer.

Bobbie se enderezó un poco y entrelazó las manos a la espalda.

—Señora, lamento informar de que no he podido encontrar a nadie dispuesto a compartir conmigo el borrador preliminar de ese informe.

—¿Te has colocado en posición de firmes? —preguntó Avasarala mientras levantaba la cabeza para mirarla por primera vez—.

Joder, ni que te fuera a hacer marchar hacia el pelotón de fusilamiento. ¿Has hablado con todos los de la lista?

—Sí, yo... —Bobbie se detuvo un instante para respirar hondo y luego se internó unos pasos más en el despacho. En voz baja, dijo—: Nadie quiere hablar conmigo.

La mujer arqueó una ceja blanca como la nieve.

—Interesante.

—¿Lo es? —preguntó Bobbie.

Avasarala le dedicó una sonrisa cálida y sincera y luego sirvió té de una tetera negra de metal en dos pequeñas tazas.

—Siéntate —dijo, señalando la silla libre de su escritorio. Bobbie no hizo amago de moverse, y Avasarala añadió—: Que sientes ese puto culo, he dicho. Hablar contigo cinco minutos significa no poder mover el cuello durante una hora.

Bobbie se sentó, dudó y cogió una de las pequeñas tazas de té. No era mucho más grande que un vaso de chupito, y el té que contenía era muy oscuro y tenía un olor desagradable. Dio un pequeño sorbo y se quemó la lengua.

—Es un *Lapsang souchong* —explicó Avasarala—. Me lo consigue mi marido. ¿Qué te parece?

—Me parece que huele a pies de indigente —respondió Bobbie.

—Ya lo creo, pero a Arjun le gusta y, cuando te acostumbras a beberlo, no está tan mal.

Bobbie asintió y dio otro sorbo, pero no dijo nada más.

—Muy bien —añadió Avasarala—, eres una marciana que estaba descontenta y a la que una poderosa anciana tentó con muchos brillantes tesoros para ayudar al otro bando. Eres la peor de las traidoras, porque, al fin y al cabo, todo lo que te ha ocurrido desde que llegaste a la Tierra se debe a que estabas de morros.

—Pero...

—Calla de una puta vez, querida. Deja hablar a los mayores.

Bobbie calló de una vez y siguió bebiendo aquel té horrible.

—Pero —continuó Avasarala, con la misma sonrisa agradable en su cara llena de arrugas— si yo perteneciera al otro bando, ¿a quién crees que enviaría filtraciones de información errónea?

—A mí —respondió Bobbie.

—A ti. Porque estás desesperada por demostrar tu valía a tu nueva jefa, y ellos podrían enviarte información descaradamente falsa sin preocuparse de cómo pueda joderte la vida a largo plazo. Si yo fuera un friki marciano del contraespionaje, ya habría reclutado a uno de tus mejores amigos de casa y lo estaría usando para canalizar hacia ti una pila así de alta de datos falsos.

«Mis mejores amigos están muertos», pensó Bobbie.

—Pero nadie...

—Nadie de allí te ha respondido, sí. Lo que indica dos cosas. Primera, que aún intentan descubrir qué pretendo al tenerte aquí, y segunda, que no tienen una campaña de desinformación preparada porque están igual de confundidos que nosotros. Contactará alguien contigo la semana que viene, más o menos. Te pedirá que filtres información de mi oficina, pero te lo pedirá de una forma que dejará en tus manos un buen montón de información falsa. Si resulta que eres leal y espías para ellos, bien. Si resulta que no y me cuentas lo que te han pedido, bien también. A lo mejor tienen suerte y haces las dos cosas.

Bobbie dejó la taza de té en el escritorio. Tenía los puños apretados.

—Esta es la razón por la que todo el mundo odia a los políticos —dijo.

—No. Nos odian porque ostentamos poder. Bobbie, sé que a tu mente no le gusta funcionar así y lo respeto. No tengo tiempo para explicarte las cosas —dijo Avasarala mientras la sonrisa desaparecía de su expresión como si nunca hubiera estado allí—. Así que tú da por hecho que sé lo que hago, y que cuando te pida que hagas cosas imposibles es porque hasta tu fracaso nos ayudará de una manera u otra en nuestra causa.

—¿Nuestra causa?

—Estamos en el mismo bando. El bando No-Queremos-Perder-Todos-Juntos. ¿O no?

—Cierto —respondió Bobbie, con una mirada al Buda de la capilla, que estaba sonriéndole con serenidad. «Eres miembro del equipo», pareció decirle su cara rechoncha—. Ese es nuestro bando.

—Pues sal ahí fuera de una puta vez y empieza a llamar de nuevo a todo el mundo. Esta vez toma notas detalladas de quién se niega a cooperar contigo y las palabras exactas que usan para hacerlo. ¿De acuerdo?

—Entendido, señora.

—Muy bien —dijo Avasarala mientras la sonrisa volvía a aparecer en sus facciones—. Fuera de mi despacho.

Quizá fuese cierto que la familiaridad acababa dando paso al desprecio, pero a Bobbie no le había gustado Soren desde el principio. Llevaba sentada a su lado varios días y su desagrado había aumentado varios niveles. Cuando no la ignoraba, el hombre era condescendiente con ella. Hablaba demasiado alto por teléfono, hasta cuando ella intentaba mantener una conversación con otra persona. A veces se sentaba en el escritorio de Bobbie para hablar con algún visitante. Se ponía demasiada colonia.

Lo peor era que se pasaba el día comiendo galletas.

Aquello la sorprendía, sobre todo porque era de complexión enjuta, y Bobbie no era de las personas que se fijan en los hábitos alimenticios de los demás. Pero la máquina expendedora de la sala de descanso tenía las galletas preferidas de Soren, que venían en un paquete de papel de aluminio que crujía cada vez que lo tocaba. Al principio le había molestado un poco. Pero después de varios días teniendo que escuchar los grandes éxitos de radio Crujidito Crunchi Ñam, se hartó. Terminó su última e inútil llamada y se giró para mirar al hombre. Él no le hizo caso y siguió trabajando en el terminal de su escritorio.

—Soren —dijo Bobbie, con la intención de pedirle que pusiera las galletitas de los cojones en un plato o una servilleta para no tener que oír más aquellos crujidos del demonio. Antes de que pudiera decir algo más que su nombre, él levantó un dedo para indicarle que se callara y señaló su auricular.

—No —dijo—, en realidad no es buen...

Bobbie no estaba segura de si hablaba con ella o con alguien por teléfono, así que se levantó, se acercó al escritorio del hombre y se sentó en el borde. Él la fulminó con la mirada, pero ella se limitó a sonreír y articular un «me espero». El borde del escritorio crujió un poco bajo su peso.

El hombre le dio la espalda.

—Entiendo —dijo—, pero no es buen momento para hablar de... Ya veo, sí. Es posible que pueda... Ya veo, sí. Foster no querrá... Sí. Sí, entiendo. Allí estaré.

Soren se volvió hacia ella y tocó de nuevo el escritorio para desconectar la llamada.

—¿Qué pasa?

—Odio tus galletas. Ese crujido constante del paquete me va a volver loca.

—¿Galletas? —preguntó Soren, con gesto desconcertado. Bobbie pensó que aquella quizá fuese la primera expresión sincera que le veía en la cara.

—Sí, ¿por qué no las pones en una...? —empezó a preguntar Bobbie, pero antes de que terminara Soren cogió el paquete y lo tiró a la papelera de reciclaje que tenía al lado de su escritorio.

—¿Contenta?

—Bueno...

—No tengo tiempo para usted, sargenta.

—De acuerdo —respondió Bobbie, y volvió a su escritorio.

Soren se quedó inquieto, como si tuviera algo más que decir, así que Bobbie prefirió no llamar a la siguiente persona de su lista. Esperó a que el hombre hablara. Era posible que lo de las galletas hubiera sido un error por su parte. Tampoco era que la molestara tanto, tanto. Si no tuviera tanta presión encima, lo más seguro es que ni se hubiera dado cuenta. Cuando Soren se decidiera a hablar al fin, se disculparía por haber sido tan dura y le ofrecería comprarle un paquete nuevo. Pero, en lugar de hablar, el hombre se puso en pie.

—Soren, quería... —empezó a decir Bobbie, pero él abrió un cajón del escritorio sin hacerle caso. Sacó un pequeño objeto de plástico negro. Bobbie cayó en la cuenta de que era la memoria portátil que Avasarala le había dado unos días atrás, quizá porque acababa de oír a Soren mencionar a Foster. Era el tipo del Departamento de Datos, así que Bobbie supuso que por fin iba a encargarse de esa pequeña tarea, que al menos lo alejaría del escritorio durante unos minutos.

Pero vio que Soren se dirigía hacia los ascensores.

Bobbie había hecho de recadera de aquí para allá para la gente del Departamento de Datos y sabía que el departamento se encontraba en el mismo piso y en la dirección opuesta a los ascensores.

«Vaya.»

Estaba cansada. Estaba medio asqueada por el remordimiento, y eso que ni siquiera estaba tan segura de por qué debería tener remordimientos. Pero, de todos modos, aquel hombre no le caía bien. La corazonada que la asaltó era, casi con certeza, fruto de su propia paranoia y de la imagen confusa que tenía del mundo.

Se levantó y lo siguió.

—Es una estupidez —dijo para sí misma, mientras sonreía y saludaba con la cabeza a un asistente que pasó a su lado con prisas. Bobbie medía más de dos metros en un planeta de gente bajita. No iba a integrarse nunca.

Soren subió a un ascensor. Bobbie se detuvo fuera de las puertas y esperó. Oyó cómo el hombre pedía a alguien que pulsara el uno a través de las puertas de aluminio y cerámica. Bajaba directo al nivel de la calle, pues. Bobbie pulsó el botón de bajada y cogió el siguiente ascensor hasta el primer piso.

Como era de esperar, cuando llegó abajo no lo vio por ninguna parte.

Una marciana enorme correteando por el recibidor del edificio de la ONU llamaría un poco la atención, así que desechó ese plan. Sintió cómo una oleada de incertidumbre, decepción y desesperanza empezaba a lamer la orilla de su mente.

Tenía que olvidar que era un edificio de oficinas. Tenía que olvidar que no había enemigos armados, que no tenía detrás a su escuadrón. «Olvida todo eso y fíjate en la lógica de la situación sobre el terreno. Piensa de manera táctica. Sé lista.»

—Tengo que ser lista —dijo.

Una mujer bajita con traje rojo que acababa de llegar y pulsar el botón para llamar el ascensor la oyó.

—¿Cómo?

—Que tengo que ser lista —respondió Bobbie—. No puedo corretear por ahí como un pollo sin cabeza. —«Ni aunque vaya a cometer una locura muy estúpida.»

—Eh... vale —dijo la mujer, y pulsó el botón para llamar al ascensor varias veces más.

Al lado del panel de control del ascensor había un terminal de cortesía. «Si no eres capaz de encontrar al objetivo, restringe su libertad. Haz que venga él hacia ti. Muy bien.» Bobbie pulsó el botón de la recepción del recibidor. Un sistema automatizado con una voz muy realista y andrógina le preguntó en qué podía ayudarla.

—Por favor, llame a Soren Cottwald a la recepción del recibidor —pidió Bobbie.

La voz computerizada le agradeció haber usado el sistema de cortesía automatizado de la ONU y desconectó la llamada.

Era posible que Soren no tuviera encendido el terminal o que lo hubiera configurado para ignorar las convocatorias como aquella. O quizá la recibiese pero no hiciese caso. Bobbie encontró un sofá desde el que se veía la recepción y movió un ficus para que la ocultara.

Dos minutos después apareció Soren corriendo hacia el mostrador, con el pelo más despeinado de lo normal. Seguro que ya había salido del todo cuando recibió la llamada. Empezó a hablar con una de las recepcionistas humanas. Bobbie cruzó el recibidor hacia un pequeño quiosco de café y aperitivos, donde se escondió lo mejor que pudo. Después de escribir algo en su escritorio, la recepcionista señaló el terminal de al lado de los ascensores. Soren frunció el ceño y dio unos pocos pasos hacia él, pero a mitad de camino se detuvo y empezó a mirar a su alrededor, nervioso, antes de dirigirse de nuevo hacia la salida del edificio.

Bobbie lo siguió.

Al salir, la altura de Bobbie pasó a ser al mismo tiempo una ventaja y una desventaja. Ser cabeza y media más alta que la mayoría de las personas que la rodeaban le permitía seguir a Soren desde bastante lejos mientras caminaba con prisa por la acera. Podía verle la nuca desde más de media manzana de distancia. Pero al mismo tiempo, si el hombre miraba hacia atrás, era imposible que no viese la cara de la marciana, que sobresalía más de treinta centímetros de la multitud.

Pero el hombre no se dio la vuelta. De hecho, actuaba como si tuviera bastante prisa y se abría paso a empujones y con evidente impaciencia entre los grupos de personas que ocupaban las aceras del campus de la ONU. No miró a su alrededor ni hizo pausas junto a alguna buena superficie reflectante ni volvió sobre sus pasos. Se había puesto nervioso por la convocatoria, pero al salir había decidido estar furiosamente no nervioso.

Como si se hiciera el tonto. Bobbie sintió que se le relajaban los músculos, se le soltaban las articulaciones y que su corazonada se deslizaba un centímetro hacia la certeza.

Tres manzanas después, el hombre entró en un bar.

Bobbie se detuvo a media manzana para sopesar la situación. La parte delantera del bar, un lugar con el originalísimo nombre de «Pete's», tenía cristales tintados. El lugar perfecto en el que esconderte para comprobar si alguien te estaba siguiendo. Quizás el hombre se había vuelto inteligente.

O quizá no.

Bobbie se acercó a la puerta delantera. Que la pillara siguiéndolo no iba a tener consecuencias. Soren ya la odiaba. Lo más sospechoso que estaba haciendo Bobbie era escabullirse del trabajo para meterse en un bar de los alrededores. ¿Quién iba a chivarse? ¿Soren? ¿El mismo que también había salido antes de tiempo para ir al mismo bar?

Si Soren solo había entrado para echarse una cerveza en horas de trabajo, se acercaría a él, le pediría perdón por lo de las galletas e invitaría a la segunda ronda.

Bobbie empujó la puerta y entró.

Sus ojos tardaron unos instantes en adaptarse de la luz de principios de tarde a la penumbra del bar. Cuando lo hicieron, vio una larga barra hecha de bambú en la que había un camarero humano, media docena de asientos con el mismo número de clientes y ni rastro de Soren. El aire olía a cerveza y a palomitas de maíz quemadas. Los clientes la miraron y volvieron a enfrascarse en sus bebidas y el murmullo de sus conversaciones.

¿Habría conseguido Soren escabullirse del bar para quitársela de encima? No creía que el hombre la hubiera visto, pero tampoco es que ella tuviera práctica en seguir a la gente. Estuvo a punto de preguntar al camarero de la barra si había visto entrar a alguien a la carrera y hacia dónde había ido, pero entonces vio un cartel al fondo del bar que rezaba MESAS DE BILLAR y una flecha que señalaba hacia la izquierda.

Bobbie anduvo hacia el lugar, giró a la izquierda y llegó hasta una habitación más pequeña en la que había cuatro mesas de billar y dos hombres. Uno de ellos era Soren.

La miraron cuando asomó por la esquina.

—Hola —dijo Bobbie.

Soren le sonrió, pero aquel hombre siempre sonreía. Para él, sonreír era como una suerte de camuflaje. Una forma de ocultarse. El otro era alto, estaba en forma y llevaba una vestimenta demasiado casual, que se pasaba en su intento de encajar en un antro con mesas de billar. El atuendo se daba de bruces con el porte militar de su pelo rapado y su postura. Bobbie tuvo la impresión de que no era la primera vez que veía su cara, aunque le sonaba de un ambiente distinto. Intentó imaginarlo vestido de uniforme.

—Bobbie —dijo Soren, lanzando una mirada fugaz a su compañero y apartándola enseguida—. ¿Juegas?

Cogió un taco que estaba apoyado en una de las mesas y comenzó a entizar la punta. Bobbie no quiso señalar que no había bolas en ninguna mesa y que justo detrás de Soren había otro cartel que rezaba: SOLICITE LAS BOLAS PARA ALQUILARLAS.

El compañero no dijo nada, pero se metió algo en el bolsillo. Bobbie entrevió entre sus dedos el plástico negro.

La mujer sonrió. Sabía dónde había visto antes a aquel hombre.

—No —dijo a Soren—. No es muy popular en el lugar del que vengo.

—Por la pizarra, supongo —respondió él. La sonrisa se volvió un poco más sincera y mucho más calculadora. Sopló los restos de tiza de la punta del taco y dio un paso lateral, situándose hacia el lado izquierdo de Bobbie—. Demasiado pesada para que la transportaran las primeras naves coloniales.

—Tiene sentido —dijo Bobbie, retrocediendo hasta la puerta para tener los flancos protegidos.

—¿Algún problema? —preguntó el compañero de Soren, mirando a Bobbie.

Antes de que Soren respondiera, Bobbie dijo:

—Tú dirás. Tú eres el que estaba en esa reunión de madrugada en el despacho de Avasarala, la noche en que Ganímedes se fue a tomar por culo. Del equipo de Nguyen, ¿verdad? Teniente noséqué.

—La estás cagando, Bobbie —advirtió Soren, sosteniendo el taco sin mucha fuerza en la mano derecha.

—Y —continuó ella— sé que Soren te acaba de dar algo que su jefa pidió que llevara al Departamento de Datos hace unos días. Supongo que no trabajarás en el Departamento de Datos, ¿verdad?

El lacayo de Nguyen dio un paso amenazador hacia ella y Soren se desvió más a su izquierda.

Bobbie estalló en carcajadas.

—De verdad —dijo, mirando a Soren—. O dejas de hacerle pajas a ese taco o te lo llevas a algún lugar privado.

Soren miró sorprendido el taco que tenía en las manos, como si acabara de darse cuenta de que estaba ahí, y lo soltó.

—Y tú —dijo Bobbie al lacayo—. Si intentas salir por esta puerta, me vas a dar la mayor alegría que me han dado en todo el mes. —Sin mover los pies, cambió el peso hacia delante y flexionó un poco los codos.

El lacayo la miró a los ojos un momento largo. Ella respondió con una amplia sonrisa.

—Venga ya —dijo—. Como sigas poniéndome así de cachonda, me va a dar algo.

El lacayo levantó las manos, en una postura a medio camino entre una pose de pelea y una de rendición. Sin dejar de mirar a Bobbie, el hombre giró un poco la cara hacia Soren y dijo:

—Esto es problema tuyo. Ocúpate. —Se retiró dos pasos poco a poco, se volvió, cruzó la sala y se metió en un pasillo que Bobbie no alcanzaba a ver desde su posición. Un segundo después, se oyó un portazo.

—Mierda —espetó Bobbie—. Seguro que habría ganado más puntos con la vieja si hubiera recuperado esa memoria portátil.

Soren empezó a escabullirse hacia la puerta trasera. Bobbie cruzó la distancia que los separaba con presteza felina, lo agarró por la camisa y lo acercó a ella hasta que sus narices casi se rozaron. Su cuerpo se sintió vivo y libre por primera vez desde hacía mucho tiempo.

—¿Qué vas a hacer? —preguntó Soren, forzando una sonrisa—. ¿Darme una paliza?

—Qué va —respondió Bobbie, afectando un forzadísimo acento del Valles Marineris—. Voy a chivarme de ti, colega.

26

Holden

Holden vio cómo el monstruo se estremecía, agazapado contra el mamparo de la bodega. A través del monitor de vídeo, se veía pequeño, difuminado y granuloso. Se concentró en respirar. «Coge aire despacio, llena los pulmones hasta el fondo. Suelta el aire poco a poco. Haz una pausa. Repite. No pierdas los papeles delante de la tripulación.»

—Bueno —dijo Alex—. Ahí tenemos el problema.

Intentaba hacer un chiste. Había hecho un chiste. Lo normal sería que Holden se hubiera reído por su acento exagerado y la cómica obviedad. Alex podía ser un tipo muy divertido, a su manera seca y sutil.

Pero en aquellos momentos, Holden tuvo que cerrar los puños para evitar estrangularlo.

—Subo —dijo Amos.

—Bajo —dijo Naomi al mismo tiempo.

—Alex —dijo Holden, fingiendo una calma que no sentía—, ¿cuál es el estado de la esclusa de aire de la bodega?

Alex tocó dos veces en el terminal.

—Estanca, capi. Cero pérdidas.

Aquello era bueno, porque por mucho miedo que diera a Holden la protomolécula, también sabía que no era mágica. Tenía masa y ocupaba espacio. Si ni siquiera una molécula de oxígeno podía escapar por la esclusa de aire, estaba bastante seguro de que no podría entrar nada del virus. Pero...

—Alex, pon el oxígeno al máximo —ordenó Holden—. Todo lo que puedas sin hacer que explote la nave.

La protomolécula era anaeróbica. Si de alguna manera lograba entrar alguna partícula, quería que el ambiente fuera lo más hostil posible para ella.

—Y sube a la cabina. Séllate en su interior. Si ese mejunje se extiende por la nave de algún modo, necesito que tengas el dedo sobre el control manual del reactor.

Alex frunció el ceño y se atuso el pelo ralo.

—Me parece un poco exagerado...

Holden lo agarró por los brazos, con fuerza. Alex puso los ojos como platos y levantó las manos por inercia, en un gesto de rendición. A su lado, el botánico parpadeó, confundido y alarmado. Aquella no era la mejor manera de inspirar confianza. De haberse encontrado en otra situación, quizá Holden habría tenido más cuidado.

—Alex —dijo Holden, sin poder reprimir los temblores a pesar de estar agarrando al piloto—. ¿Puedo contar contigo para hacer explotar la nave si entra esa mierda? Porque, si no, considérate relegado de tu cargo y confinado a tu camarote de inmediato.

Alex lo sorprendió, no porque en aquel momento reaccionara con rabia, sino porque levantó los brazos y puso las manos en los antebrazos de Holden. Tenía el gesto serio, pero había amabilidad en su mirada.

—Me encerraré en la cabina y prepararé la nave para picar espuelas. Señor, sí, señor —dijo—. ¿Con qué ordenes cancelo?

—Orden directa de Naomi o mía —respondió Holden, con un disimulado suspiro de alivio. No había tenido que decir: «Si esa cosa entra y nos mata, más te vale explotar con la nave.» Soltó los brazos de Alex y el piloto dio un paso atrás, con el gesto arrugado por la preocupación en su amplia cara morena. El pánico que amenazaba con abrumar a Holden podía escapar a su control si dejaba que alguien empatizara con él, así que añadió—: Para ayer, Alex. Vamos.

Alex asintió una vez y, aunque pareció como si quisiera añadir algo, dio media vuelta y se dirigió hacia la escalerilla de la tripulación para subir a la cabina. Naomi bajó por la misma escalerilla unos instantes después, y Amos apareció desde abajo al poco tiempo.

Naomi fue la primera en hablar.

—¿Cuál es el plan? —Habían intimado durante el tiempo suficiente para que Holden identificara en su voz el miedo que pretendía ocultar.

El capitán hizo una pausa para respirar hondo dos veces más.

—Amos y yo vamos a ver si podemos echarlo por las puertas de carga de la bodega. Tú ábrenoslas.

—Hecho —dijo ella, y fue a la escalerilla para subir al centro de mando.

Amos estaba observándolo con un aire especulador en los ojos.

—Bueno, capi, y ¿cómo vamos a «echarlo» por esas puertas?

—Pues —dijo Holden— estaba pensando en reventarlo a tiros y luego coger un lanzallamas para acabar con los restos. Así que venga, vamos a por el equipo.

Amos asintió.

—Joder, pero si parece que nos lo acabamos de quitar.

Holden no era claustrofóbico.

Nadie que elegía dedicarse a los vuelos espaciales de larga duración lo era. Incluso si esa persona era capaz de burlar las pruebas psicológicas y las simulaciones, un viaje solía ser suficiente para separar a quienes podían soportar largos períodos en lugares cerrados de aquellos que se subían por las paredes y tenían que volver a casa sedados.

En su época de alférez, Holden había pasado días enteros en naves exploradoras tan pequeñas que, literalmente, uno no se podía agachar para rascarse los pies. Había tenido que arrastrarse entre el casco interno y externo de buques de guerra. Una vez se había tenido que quedar en su asiento de colisión durante veintiún días durante un viaje de quemado rápido entre la Luna y Saturno. Nunca había tenido pesadillas en las que lo enterraban vivo ni en las que lo aplastaban.

Por primera vez en la década y media que llevaba viajando por el espacio, la nave en la que se encontraba le pareció muy pequeña. No solo era estrechez, sino también una opresión terrible. Se sentía atrapado, como un animal en un cepo.

Alguien infectado con la protomolécula estaba en su bodega, a menos de doce metros de distancia de él. Y no podía escapar hacia ninguna parte.

Ponerse la armadura no le ayudó a superar aquella sensación de reclusión.

Lo primero que se puso fue lo que los soldados de infantería llamaban el condón de cuerpo entero. Era un mono ceñido de cuerpo entero, fabricado con varias capas de Kevlar, goma, gel amortiguador y una red de sensores que registraba las heridas y las constantes vitales. Sobre él iba un traje de aislamiento un poco menos ceñido, que contaba con sus propias capas de gel de autosellado con el que se reparaban las rasgaduras y los agujeros de bala al instante. Y, por último, iban varias piezas de armadura blindada y ajustable capaces de desviar disparos de fusil de alta velocidad y de liberar sus capas externas para deshacerse de la energía de un láser.

Para Holden, aquello era como envolverse en su propia mortaja.

Pero a pesar de todas esas capas y del peso, seguía sin ser tan aterrador como habría sido llevar una servoarmadura de reconocimiento de los marines. Era lo que los chicos de la armada llamaban ataúdes andantes. Le habían puesto ese nombre para reflejar que cualquier cosa con la fuerza suficiente para romper la armadura también licuaría al marine de su interior, así que para qué molestarse en abrirlo. Se podía echar todo a la tumba y listos. Era una exageración, claro, pero la idea de entrar en la bodega llevando puesto algo que ni siquiera podría mover sin la ayuda de la mejora de fuerza le ponía de los nervios. ¿Y si se acababa la batería?

Claro que, por otra parte, una buena armadura con mejora de fuerza podría venir muy bien si lo que quería era expulsar monstruos fuera de la nave.

—Te lo has puesto al revés —advirtió Amos, señalando el muslo de Holden.

—Mierda —dijo Holden. Amos tenía razón. Tenía la cabeza tan metida en el culo que se había equivocado con las hebillas de las placas de la armadura en los muslos—. Lo siento, me está costando horrores concentrarme.

—Un miedo de cojones —asintió Amos.

—Bueno, yo no diría que...

—No hablaba de ti —dijo Amos—. Me refería a mí. Me da un miedo de cojones entrar en la bodega con esa cosa ahí dentro. Y yo no fui el que vio cómo Eros se transformaba en ese menjunje desde cerca. Así que lo entiendo. No te preocupes, Jim.

Que Holden recordara, era la primera vez que Amos lo llamaba por su nombre. Holden asintió con la cabeza y se puso a enderezarse la armadura del muslo.

—Sí —dijo Holden—. Acabo de liarme a gritos con Alex porque no lo veía bastante asustado.

Amos había terminado de ponerse la armadura y estaba sacando de su taquilla su escopeta automática favorita.

—¿Ah, sí?

—Sí. Ha hecho un chiste y yo tenía un miedo que te cagas, así que le he gritado y le he amenazado con relevarlo.

—¿Te lo puedes permitir? —preguntó Amos—. Diría que es el único piloto que tenemos.

—No, Amos. No podría haber echado a Alex de la nave, igual que no podría echaros a ti o a Naomi. No somos ni el esqueleto mínimo de una tripulación. Somos lo que sea que hay cuando no se tiene esqueleto.

—¿Te preocupa que Naomi se vaya? —preguntó Amos. Hablaba con tranquilidad, pero sus palabras sentaron a Holden como un martillazo en las costillas. Holden notó que se quedaba sin aire y tuvo que concentrarse un minuto en seguir respirando.

—No —respondió después—. O sea, sí, claro que me preocupa. Pero no es eso lo que más me asusta ahora mismo.

Holden cogió el fusil de asalto, lo miró, lo volvió a colocar en la taquilla y, en su lugar, cogió una pistola pesada sin retroceso. Los cohetes autocontenidos que usaba como munición no transmitirían impulso y lo lanzarían por los aires al disparar en gravedad cero.

—Te vi morir —dijo, sin mirar a Amos.
—¿Cómo?
—Que te vi morir. Cuando nos capturó aquel equipo de secuestro o quienes coño fueran. Vi cómo uno de ellos te disparaba en la nuca y cómo caías al suelo de cara. Había sangre por todas partes.
—Ya, pero...
—Sé que era munición antidisturbios. Sé que nos querían vivos. Sé que la sangre fue porque se te rompió la nariz al dar con la cabeza contra el suelo. Todo eso lo sé ahora. Cuando ocurrió, lo único que pensé fue que te habían matado de un tiro en la cabeza.

Amos introdujo un cargador en la escopeta y pasó un cartucho a la recámara, pero no hizo ningún otro sonido.

—Todo esto es muy frágil —dijo Holden, abarcando con un gesto a Amos y la nave—. Esta pequeña familia que tenemos. Como la jodamos, aunque sea una vez, vamos a perder algo irreemplazable.

Amos frunció el ceño y miró a Holden.

—Seguimos hablando de Naomi, ¿verdad?
—¡No! O sea, sí. Pero no. Cuando creí que estabas muerto, se me vino el mundo a los pies. Y ahora que tengo que concentrarme en echar a esa cosa de la nave, no pienso en otra cosa que en perder a alguien de la tripulación.

Amos asintió, se echó la escopeta al hombro y se sentó en el banco que había junto a su taquilla.

—Lo entiendo. ¿Qué quieres hacer?

—Me gustaría sacar a ese puto monstruo de mi nave —dijo Holden mientras introducía un cargador en la pistola—. Pero por favor, prométeme que no vas a morir mientras lo hacemos. Eso me ayudaría mucho.

—Capi —dijo Amos con una sonrisa—, si algo llega a matarme, es porque ya habrá matado a todo lo demás. Nací para ser el último superviviente. Cuenta con ello.

Holden no dejó de sentir miedo ni pánico. Las sensaciones siguieron agazapadas en su pecho, igual que antes. Pero al menos ya no se sentía tan solo con ellas.

—Vamos a deshacernos de ese polizón.

La espera dentro de la esclusa de aire de la bodega se le hizo interminable. La puerta interior se cerró, la bomba aspiró todo el aire de la estancia y luego comenzó el ciclo de apertura de la puerta exterior. Holden movió el arma, nervioso, y la comprobó media docena de veces mientras esperaba. Amos estaba quieto, con pose relajada y la escopeta acunada sin fuerza entre los brazos. Lo bueno, si en aquella espera había algo bueno, era que con la bodega despresurizada, la esclusa podía hacer todo el ruido del mundo sin alertar a la criatura de que iban a por ella.

Cesaron los ruidos del exterior y Holden empezó a oír solo su propia respiración. Una luz amarilla se activó cerca de la puerta exterior de la esclusa para avisar de que al otro lado no había atmósfera.

—Alex —dijo Holden, después de conectar un cable al terminal de la esclusa. La radio seguía sin funcionar en toda la nave—. Estamos a punto de entrar. Apaga los motores.

—Recibido —dijo Alex, y desapareció la gravedad. Holden movió con los pies los controles deslizantes de los talones para activar las botas magnéticas.

La bodega de la *Rocinante* estaba hasta los topes. Era alta y estrecha y ocupaba todo el estribor de la nave, embutida en el espacio sin usar entre el casco exterior y la cubierta de ingeniería. En el lado de babor, lo que ocupaba ese mismo espacio era el tanque de agua de la nave. La *Roci* era un buque de guerra. Cualquier flete que llevara sería una añadidura.

Lo malo de aquello era que, cuando estaba en aceleración, la bodega se convertía en un pozo con las puertas al fondo. Los diversos cajones que ocupaban el espacio estaban amarrados a las monturas de los mamparos o, en algunos casos, sujetos a bases electromagnéticas. Con la aceleración amenazando con arrojar a cualquiera siete metros hacia las puertas de la bodega, sería imposible luchar con efectividad en ese lugar.

En microgravedad, la estancia se convertía en un pasillo largo con mucha cobertura.

Holden entró el primero, anduvo por la cubierta con las botas magnéticas activadas y se cubrió detrás del enorme cajón metálico lleno de cargadores adicionales para los cañones de defensa en punta de la nave. Amos lo siguió y se colocó detrás de otra caja a unos dos metros.

Debajo de ellos, el monstruo parecía estar dormido.

Estaba quieto, acurrucado contra el mamparo que separaba la bodega de la cubierta de ingeniería.

—Muy bien. Naomi, ya puedes abrir —dijo Holden. Sacudió el cable que iba dejando atrás para desengancharlo de una esquina del cajón y darse un poco de margen.

—Abriendo compuertas —respondió ella, con una voz que se oía débil y confusa a través del casco de Holden.

Las puertas de la bodega del fondo de la estancia se abrieron en silencio y dejaron a la vista varios metros cuadrados de una negrura salpicada de estrellas. El monstruo no se dio cuenta de que se habían abierto, o quizá no le importó.

—Hibernan de vez en cuando, ¿no? —preguntó Amos. El cable que salía de su traje y llegaba hasta la esclusa parecía un cordón umbilical de alta tecnología—. Como hizo Julie cuando pilló el bicho y se quedó unas semanas en aquel hotel de Eros.

—Quizá —respondió Holden—. ¿Cómo quieres que lo hagamos? Yo casi estoy pensando en bajar ahí, coger a esa cosa, lanzarla por la compuerta y asunto resuelto. Pero tengo serias dudas de si deberíamos tocarlo.

—Sí, no deberíamos volver a entrar con los trajes puestos en ese caso —convino Amos.

Holden recordó de improviso cómo, después de haber estado jugando fuera, se quitaba toda la ropa y la dejaba en el vestíbulo antes de que madre Tamara le dejara entrar al resto de la casa. Aquello sería más o menos lo mismo, aunque haría muchísimo más frío.

—Ahora que lo pienso, me gustaría tener un palo muy largo —dijo Holden, mirando los diversos objetos almacenados en la bodega para buscar algo que le viniera bien.

—Esto... ¿capi? —dijo Amos—. Nos está mirando.

Holden se dio la vuelta y comprobó que Amos tenía razón. La criatura solo había movido la cabeza, pero era obvio que miraba hacia ellos, con unos ojos azules retroiluminados y aterradores.

—Pues vale —dijo Holden—. No está hibernando.

—A ver, puedo intentar hacer que se suelte del mamparo con uno o dos tiros y decirle a Alex que acelere. A lo mejor así sale por la puerta trasera y cae directo al escape de la nave. Debería bastar para librarnos de él.

—Vamos a pensar en cómo... —dijo Holden, pero antes de que pudiera terminar, una luz que salió de la escopeta de Amos refulgió varias veces por toda la bodega. El monstruo recibió varios impactos y se convirtió en una masa de carne que rotaba hacia la puerta.

—Alex, dale... —empezó a decir Amos.

El monstruo pasó a la acción de improviso. Extendió un brazo hacia el mamparo, un brazo que pareció estirársele para alcanzarlo, y tiró con la fuerza suficiente para doblar las placas de acero. La criatura se escabulló hacia la parte superior de la bodega a tanta velocidad que, cuando golpeó la caja detrás de la que se ocultaba Holden, sus botas perdieron el agarre magnético.

Al recibir el impacto y salir despedido por los aires, Holden tuvo la impresión de que la bodega giraba a su alrededor. La caja salió despedida detrás de él a la misma velocidad. Holden se estampó contra el mamparo una milésima de segundo antes que la caja, y el palé magnético se acopló a la nueva pared y atrapó la pierna de Holden.

La rodilla se le dobló mal y el dolor hizo que todo a su alrededor se volviera rojo por unos instantes.

Amos empezó a disparar el arma a bocajarro contra el monstruo, pero la criatura le dio un revés de mano con aire indiferente y lo arrojó contra la esclusa de aire de la bodega, con la fuerza suficiente para doblar la puerta interior. La puerta exterior se cerró de golpe en el momento en el que se dañó la interior. Holden intentó moverse, pero tenía la pierna atrapada bajo la caja, que estaba acoplada al mamparo con unos electroimanes capaces de sujetar un cuarto de tonelada de peso durante una aceleración de diez g. Iba a tardar en poder moverla. Los controles de la caja que servían para apagar los imanes mostraban el brillo anaranjado de un sellado completo diez centímetros más allá de su alcance.

El monstruo se volvió hacia él y lo miró. Tenía unos ojos azules demasiado grandes para el tamaño de la cara, lo que confería a la criatura una mirada curiosa, infantil. Extendió una mano enorme.

Holden disparó hasta que vació el cargador del arma.

Los minicohetes autocontenidos que usaba aquella arma sin retroceso explotaron con minúsculos fogonazos de luz y humo al alcanzar a la criatura, cada uno de ellos impulsándola hacia atrás y desprendiendo pedazos de su torso. Unos filamentos negros se diseminaron por la habitación, como las líneas con las que se representan las salpicaduras de sangre. Cuando lo golpeó el último cohete, el monstruo se soltó del mamparo y cayó hacia las puertas abiertas de la bodega.

Aquel cuerpo rojo y negro se precipitó hacia el oscuro retal salpicado de estrellas, y Holden se permitió albergar una leve esperanza. Cuando quedaba menos de un metro para que llegara a las puertas, la criatura extendió uno de sus largos brazos y agarró el borde de una caja. Holden sabía la fuerza que tenía y que no se iba a soltar.

—Capitán —le gritó Amos al oído—. Holden, ¿sigues consciente?

—Sí, Amos. Un poco apurado.

Mientras hablaba, el monstruo se izó a la caja y se quedó sentado, inmóvil, como una gárgola espantosa que se hubiera convertido en piedra de improviso.

—Voy a darle al control manual y luego hacia ti —dijo Amos—. La puerta interior está jodida, así que perderemos algo de atmósfera, pero no demasiada...

—Vale, pero no tardes —dijo Holden—. Estoy atrapado. Tienes que apagar los imanes de este cajón.

Un instante después, se abrió la puerta de la esclusa con un soplido de aire. Amos empezó a regresar al interior de la bodega y, justo en ese momento, el monstruo se agarró al mamparo con una mano y con la otra cogió el pesado contenedor de plástico y se lo lanzó. Golpeó contra el mamparo con tanta fuerza que Holden notó la vibración a través del traje. Estuvo a pocos centímetros de arrancarle la cabeza de cuajo a Amos. El fornido mecánico soltó un improperio y cayó de nuevo hacia atrás mientras las puertas de la esclusa de aire se volvían a cerrar.

—Lo siento —dijo Amos—. Me he asustado. Voy a volver a abrir esto...

—¡No! —gritó Holden—. Deja de abrir la maldita puerta. Ahora estoy atrapado entre dos putas cajas. Y la puerta podría cortar mi cable en cualquier momento. De verdad que no quiero quedarme encerrado aquí sin radio.

Con la esclusa de aire cerrada, el monstruo regresó al mamparo que daba hacia la sala de máquinas y volvió a hacerse un ovillo contra él. Los tejidos de las heridas abiertas que le había hecho Holden palpitaban húmedos.

—Lo veo, capitán —dijo Alex—. Si piso el acelerador, creo que puedo sacarlo por las puertas.

—No —dijeron Naomi y Amos casi al mismo tiempo.

—No —repitió Naomi—. Holden está debajo de esas cajas. Si aceleramos a g alta, le romperemos todos los huesos del cuerpo, eso si no sale también volando.

—Sí, tiene razón —dijo Amos—. Eso mataría al capitán. No es una opción.

Holden escuchó durante unos instantes cómo su tripulación discutía para mantenerlo con vida y vio que la criatura se acurrucaba contra el mamparo y parecía volverse a dormir.

—Bueno —interrumpió Holden—, es cierto que un acelerón me dejaría hecho pedacitos ahora mismo. Pero no significa necesariamente que no sea una opción.

Las palabras que llegaron a continuación por el canal le parecieron salidas de otro mundo. Holden tardó un poco en identificar siquiera la voz del botánico.

—Vaya —dijo Prax—. Eso es interesante.

27

Prax

Cuando Eros murió, todo el mundo miraba. La estación estaba diseñada como un motor de extracción de datos científicos, por lo que cada muerte y cada metamorfosis se había capturado, grabado y retransmitido al sistema. Todo lo que los gobiernos de Marte y la Tierra habían intentado contener se había filtrado durante las semanas y los meses siguientes. Las conclusiones que se sacaran de ello ya tenían más que ver con cómo fuese cada cual que con el metraje en sí. Para algunos, aquello era noticia. Para otros, pruebas. Para más personas de las que a Prax le hubiera gustado, había sido un entretenimiento de una decadencia terrible, como una película *snuff* dirigida por Bubsy Berkeley.

Prax también lo había visto, como el resto de su equipo. Para él, había sido un rompecabezas. El impulso de aplicar la lógica de la biología convencional a los efectos de la protomolécula había sido apabullante y, por lo general, poco fructífero. Las partes individuales eran tentadoras: las curvas espirales tan parecidas a espirales de nautilo o las señales de calor de los cuerpos infectados que cambiaban en patrones muy parecidos a los de las fiebres hemorrágicas. Pero nada encajaba con lo demás.

Sin duda, alguien, en algún lugar, estaba cobrando dinero de una beca por estudiar lo que había ocurrido, pero el trabajo de Prax no iba a quedarse esperándolo. Había vuelto a sus brotes de soja. La vida había seguido adelante. Lo de Eros no se había convertido en una obsesión, pero sí en un enigma muy conocido que otra persona tendría que resolver.

Prax flotaba inerte en un puesto sin usar del centro de mando, viendo las imágenes de la cámara de seguridad. La criatura extendió la mano hacia el capitán Holden, que abrió fuego contra ella una y otra vez. Prax vio la descarga filamentosa que emergía de la espalda de la criatura. Le resultó familiar, por supuesto. Era uno de los sellos distintivos de los vídeos de Eros.

El monstruo comenzó a tambalearse. En lo morfológico, no era muy diferente a un humano. Tenía una cabeza, dos brazos y dos piernas. No contaba con estructuras autónomas, ni manos o cajas torácicas que le sirvieran para realizar otra función.

Naomi, que se encontraba en los controles, dio un respingo. Era raro oírlo solo a través del aire que compartían y no por el canal de comunicaciones. Le parecía íntimo, a unos niveles que le hacían sentir un poco incómodo, pero tenía ante sí algo más importante. Notaba la mente nublada, como si la cabeza se le hubiera llenado de algodón. Reconoció aquella sensación. Estaba pensando en algo de lo que todavía no era consciente.

—Estoy atrapado —dijo Holden—. Tienes que apagar los imanes de este cajón.

La criatura estaba al otro lado de la bodega de carga. Mientras Amos entraba, el monstruo se agarró con una mano y con la otra arrojó una caja grande. A pesar de que el vídeo era de baja calidad, Prax distinguió sus enormes trapecios y deltoides, músculos aumentados a una escala aterradora y sobrehumana. Pero a grandes rasgos conservaban su posición normal. Por tanto, la protomolécula funcionaba sometida a limitaciones. Fuera lo que fuese aquella criatura, no estaba haciendo lo mismo que las muestras de Eros. Sin duda, aquella cosa de la bodega de carga usaba la misma tecnología, pero destinada a una aplicación diferente. Algo cambió en el relleno de algodón de su mente.

—¡No! Deja de abrir la maldita puerta. Ahora estoy atrapado entre dos putas cajas.

La criatura regresó al mamparo, cerca de dónde la habían

encontrado descansando al principio. Se acurrucó allí y las heridas de su cuerpo palpitaron visiblemente. Pero no se había posado en aquel lugar. Con los motores desconectados, no había ni una pizca de gravedad que lo mantuviera en el sitio. Si allí estaba cómoda, tenía que haber un motivo.

—¡No! —gritó Naomi. Tenía las manos sobre los asideros cerca de los controles, la tez cenicienta—. No. Holden está debajo de esas cajas. Si aceleramos a g alto, le romperemos todos los huesos del cuerpo, eso si no sale también volando.

—Sí, tiene razón —respondió Amos. Parecía cansado. Quizás aquella era su manera de expresar tristeza—. Eso mataría al capitán. No es una opción.

—Bueno, es cierto que un acelerón me dejaría hecho pedacitos ahora mismo. Pero no significa necesariamente que no sea una opción.

En el mamparo, la criatura se movió. No demasiado, pero lo hizo. Prax aumentó la imagen al máximo. Una mano enorme con garras (con garras, pero, aun así, con cuatro dedos y un pulgar) se agarró al mamparo y la otra se puso a darle zarpazos. La primera capa estaba fabricada con tela y aislante térmico, y salió en jirones gomosos. Cuando se deshizo de ella, la criatura atacó la cubierta de acero armado que había debajo. A su alrededor, en el vacío, empezaron a flotar pequeños tirabuzones de metal que reflejaban la luz como pequeñas estrellas. ¿Por qué lo estaba haciendo? Si quería provocar daños estructurales, había mejores formas de hacerlo. Quizás intentaba abrirse paso a través del mamparo para llegar a otro lugar, siguiendo alguna señal...

El relleno de algodón desapareció y, en su lugar, se formó la imagen de una raíz nueva y blancuzca emergiendo de una semilla. Se notó sonreír. «Vaya. Eso es interesante.»

—¿El qué, doctor? —preguntó Amos.

Prax se dio cuenta de que había hablado en voz alta.

—Esto... —empezó a decir, buscando las palabras que explicaran lo que había visto—. Parece que intenta escalar un gradiente de radiación. Me refiero a que... la versión de la protomolécula que se liberó en Eros se alimentaba de la energía de la radiación, así que supongo que es normal que esta también...

—¿Esta? —preguntó Alex—. ¿Cuál?

—Esta versión. O sea, parece evidente que esta se diseñó para reprimir la mayor parte de los cambios. Casi no ha alterado el cuerpo del huésped. Tiene que tener más restricciones, pero, aun así, parece seguir necesitando una fuente de radiación.

—¿Por qué, doctor? —preguntó Amos. Intentaba ser paciente—. ¿Por qué crees que necesita radiación?

—Bueno —respondió Prax—, porque hemos apagado el motor y, ahora que el reactor funciona en modo mantenimiento, esa cosa intenta abrirse paso hacia el núcleo.

Se hizo el silencio por un momento, y luego Alex soltó un improperio.

—Vale —dijo Holden—. Alex, no tenemos elección. Hay que sacar de aquí esa cosa antes de que atraviese el mamparo. No hay tiempo para preparar otro plan.

—Capitán —dijo Alex—. Jim...

—Entraré un segundo después de que esa cosa salga volando —dijo Amos—. Si no sigues ahí, ha sido un honor servir con usted, capi.

Prax agitó las manos, como si así pudiera llamar la atención de los demás. El movimiento lo hizo girar despacio por la cubierta de operaciones.

—Un momento. No. Justo ese es el nuevo plan —dijo—. Se mueve gradiente de radiación arriba. Es como una raíz que busca el agua.

Naomi se había girado para mirarlo mientras daba vueltas. Para Prax, era ella la que giraba, y su cerebro se reinició con la sensación de que la tenía debajo, alejándose en espiral. Cerró los ojos.

—Vas a tener que dirigirnos —dijo Holden—. Rápido. ¿Cómo podemos controlarlo?

—Cambiando el gradiente —respondió Prax—. ¿Cuánto tiempo nos llevaría preparar un contenedor con algunos radioisótopos sin escudar?

—Depende —respondió Amos—. ¿Cuántos necesitamos?

—Una cantidad mayor de la que emite ahora mismo el reactor —respondió Prax.

—Un cebo —dijo Naomi mientras lo agarraba y lo acercaba a un asidero—. Te refieres a que hagamos algo que parezca una comida más apetecible para así sacar a esa cosa por la compuerta.

—Es lo que acabo de decir. ¿No es lo que acabo de decir? —preguntó Prax.

—No exactamente, no —respondió Naomi.

En la pantalla, la criatura estaba creando poco a poco una nube de virutas de metal. Prax no estaba seguro porque la resolución de la imagen no era demasiado buena, pero parecía como si la mano le estuviera cambiando de forma mientras excavaba. Se preguntó hasta qué punto las restricciones en la expresión de la protomolécula tenían en cuenta el daño y la regeneración. Los procesos regenerativos eran una muy buena oportunidad de que fallaran los sistemas de represión. El cáncer no era más que una división celular desmesurada. Si aquella cosa empezaba a cambiar, quizá no se detendría.

—En todo caso —dijo Prax—, creo que será mejor que nos demos prisa.

El plan era muy simple. Amos volvería a entrar en la bodega y liberaría al capitán tan pronto como las compuertas se cerraran detrás del intruso. Naomi, desde el centro de mando, haría que las compuertas se cerraran en el instante en que la criatura saltara detrás del cebo radiactivo. Alex encendería los motores tan pronto como hacerlo no pusiera en peligro al capitán. Y el cebo, un cilindro de medio kilo dentro de una fina carcasa de papel de aluminio para no atraer a la bestia demasiado pronto, pasaría por la esclusa principal y sería arrojado al vacío por el único otro tripulante.

Prax flotaba en la esclusa de aire con el cebo sujeto entre los gruesos guantes del traje de aislamiento. Su mente estaba inundada de incertidumbre y arrepentimiento.

—Quizás habría sido mejor que Amos hiciera esta parte —dijo Prax—. Nunca he hecho antes nada extravehicular.

—Lo siento, doctor. Tengo que cargar con un capitán de noventa kilos —replicó Amos.

—¿No podríamos haberlo automatizado? Un telemanipulador de laboratorio podría...

—Prax —lo interrumpió Naomi, y la afabilidad de la sílaba transportó el peso de miles de «Saca-tu-culo-ahí-fuera».

Prax comprobó los sellos del traje una vez más. Todo parecía en orden. El traje era mucho mejor que el que llevaba al salir de Ganímedes. Desde la esclusa de aire de personal que había cerca de la parte delantera de la nave hasta las puertas de la bodega, en la misma popa, había veinticinco metros. Ni siquiera tendría que recorrerlos todos. Comprobó que el cable de radio estaba bien conectado al enchufe de la esclusa de aire.

Esa era otra pregunta interesante. ¿Las interferencias de la radio las causaba el monstruo de manera natural? Prax intentó imaginar cómo se podría generar ese efecto de manera biológica. ¿Se solucionaría el problema cuando el monstruo abandonara la nave? ¿O cuando el escape le prendiera fuego?

—Prax —llamó Naomi—. Venga.

—Muy bien —dijo—. Salgo ya.

La puerta exterior de la esclusa de aire terminó el ciclo de apertura. El primer impulso de Prax fue salir a la oscuridad como lo haría al entrar en una habitación grande. El segundo fue arrastrarse a cuatro patas para mantener la mayor superficie del cuerpo posible en contacto con la nave. Prax cogió el cebo con una sola mano y se valió de los asideros inferiores para impulsarse hacia arriba y adelante.

La oscuridad que lo rodeaba era abrumadora. La *Rocinante* era una balsa de metal y pintura en medio de un océano. Más que un océano. Había estrellas a su alrededor en todas las direcciones; las más cercanas se encontraban a cientos de vidas de distancia y había muchas más detrás de ellas, y aún más detrás de esas. La sensación de encontrarse sobre una pequeña luna o asteroide y mirar hacia arriba para ver un cielo demasiado amplio dio paso a la de hallarse en lo más alto del universo y estar mirando hacia abajo, hacia un abismo sin fin. Era como esa ilusión óptica en la que se ve una vasija o dos caras, cambiando a la velocidad de la percepción. Prax sonrió y extendió los brazos hacia la nada, a pesar de que el primer sabor de la náusea ya ascendía al fondo de su lengua. Había leído sobre casos de euforia extravehicular, pero la experiencia no se parecía en nada a lo que había imaginado. Prax era el ojo de Dios, embebido de la luz de infinidad de estrellas, y también era la mota de polvo de una mota de polvo, sostenida gracias a sus botas magnéticas sobre el casco de una nave mucho más poderosa que él mismo, nimia en comparación con el abismo. Los altavoces del traje chasqueaban a causa de la radiación de fondo, la radiación del nacimiento del universo, y entre la estática había inquietantes voces que susurraban.

—Esto... ¿doctor? —dijo Amos—. ¿Algún problema ahí fuera?

Prax miró a alrededor, esperando ver a su lado al mecánico. Lo único que encontró fue un universo de estrellas blanco como la leche. Había tantas que todo debería estar iluminado, pero la *Rocinante* estaba a oscuras a excepción de las luces del traje de maniobras extravehiculares y, hacia la parte trasera de la nave, una nebulosa blanca y apenas visible en el lugar en que la atmósfera había escapado de la bodega.

—No —respondió Prax—. No hay problema.

Intentó dar un paso adelante, pero el traje no se movió. Tiró para levantar el pie del casco. El pulgar de un pie avanzó un centímetro y se detuvo. Prax sintió cómo el pánico anegaba su pecho. Algo fallaba en sus botas magnéticas. A ese ritmo, no conseguiría llegar a la puerta de la bodega antes de que la criatura se abriera camino hacia ingeniería y el reactor.

—Hum, sí que tengo un problema —dijo—. No puedo mover los pies.

—¿En qué posición están los controles deslizantes? —preguntó Naomi.

—Vale, es eso —respondió Prax mientras movía hacia abajo la configuración de las botas para adecuarlas a su fuerza—. Ya está. No he dicho nada.

Era la primera vez que andaba con botas magnéticas, y la sensación era extraña. A lo largo de la mayor parte de la zancada, sentía como si la pierna tuviera una libertad casi incontrolable, pero luego, a medida que la acercaba al casco, había un momento crítico en el que la fuerza tomaba el control y la impulsaba contra el metal. Avanzó poco a poco, flotando y dejándose atrapar, paso a paso. No alcanzaba a ver las puertas de la bodega, pero sabía dónde estaban. Desde su posición, mirando a popa, estaban a la izquierda del cono del motor. O sea, en la parte derecha de la nave. «No, a estribor. En las naves lo llaman estribor.»

Sabía que justo después del borde de metal negro que marcaba el límite de la nave, la criatura escarbaba en las paredes, desgarraba la carne de la nave para llegar al corazón. Si descubría lo que tramaban, si tenía la capacidad cognitiva suficiente para un razonamiento básico, podía salir de la bodega e ir a por él. El vacío no la mataba. Prax se imaginó intentando escapar moviéndose con sus incómodas botas magnéticas mientras la criatura lo despedazaba. Inhaló una larga y temblorosa bocanada y levantó el cebo.

—Muy bien —dijo—. Ya estoy en posición.

—¿Para qué esperar, pues? —dijo Holden, con una voz dolorida pero que intentaba sonar animada.

—Exacto —respondió Prax.

Pulsó el pequeño temporizador, se agachó hacia el casco de la nave y, entonces, valiéndose de todos los músculos de su cuerpo, se estiró y lanzó el pequeño cilindro hacia la nada. El cebo salió volando, reflejó la luz que venía del interior de la bodega y luego se desvaneció. Prax tuvo la nauseabunda certeza de que se había dejado algún paso y de que el papel de aluminio no se desenvolvería como debía.

—Se mueve —confirmó Holden—. Lo ha olido. Ya sale.

Entonces lo vio, vio cómo sus dedos negros y alargados se doblaban sobre la nave y cómo aquel cuerpo oscuro se impulsaba hacia el exterior, como si naciera en el abismo. Sus ojos brillaban en tono azulado. Prax solo oía su respiración acelerada por el pánico. Sintió la necesidad primaria de quedarse quieto y en silencio, como un animal de las antiguas praderas de la Tierra, aunque en el vacío la criatura no lo habría oído si chillara.

El monstruo se movió, sus ojos terroríficos se cerraron, se abrieron de nuevo, se cerraron. Y entonces saltó. La luz de las estrellas se eclipsó a su paso.

—Despejado —dijo Prax, sorprendido por la entereza de su voz—. Está fuera de la nave. Cerrad las puertas de la bodega ahora mismo.

—Recibido —dijo Naomi—. Cerrando compuertas.

—Voy a entrar, capi —avisó Amos.

—Voy a desmayarme, Amos —dijo Holden, pero su voz sonaba lo bastante animada para convencer a Prax de que estaba de broma.

En la oscuridad se apagó una estrella para volver a iluminarse al momento. Luego otra. Prax trazó la trayectoria en su mente. Se eclipsó otra estrella.

—Calentando motores —informó Alex—. Confirmad cuando estéis todos asegurados, ¿vale?

Prax miró y esperó. La siguiente estrella no se apagó. ¿No debería haberlo hecho, igual que el resto? ¿Había calculado mal? ¿Quizá la criatura viajaba en círculos? Si podía maniobrar en el vacío, ¿se habría dado cuenta de que Alex había vuelto a encender el reactor?

Prax dio media vuelta hacia la esclusa de aire principal.

La *Rocinante* le había parecido insignificante, poco más que un mondadientes en un océano de estrellas, pero la distancia que lo separaba de la esclusa principal se le hizo inmensa. Movió un pie y luego el otro, intentando correr sin tener nunca los dos pies separados del casco. Las botas magnéticas no permitían que las liberase al mismo tiempo, por lo que el pie trasero quedaba atrapado hasta que el delantero daba la señal de contacto establecido. Notó un picor en la nuca y se sobrepuso al impulso de mirar hacia atrás. No había nada a su espalda y, si lo había, mirar no iba a servir de nada. El cable de su enlace de radio se fue enrollando y quedando por detrás a medida que avanzaba. Lo cogió para llevar consigo la parte que quedaba suelta.

El pequeño resplandor verde y amarillo de la esclusa de aire abierta lo llamaba como en una ensoñación. Se oyó a sí mismo gimotear un poco, pero el sonido se perdió entre la ristra de improperios que soltó Holden.

—¿Qué pasa ahí abajo? —espetó Naomi.

—El capitán está un poco indispuesto —dijo Amos—. Creo que puede haberse roto algo.

—Tengo la rodilla como si algo hubiera parido en ella —dijo Holden—, pero estaré bien.

—¿Podemos quemar ya? —preguntó Alex.

—Todavía no —respondió Naomi—. Las puertas de la bodega están todo lo cerradas que pueden estar hasta que atraquemos, pero la esclusa de aire delantera no se ha sellado.

—Ya casi estoy —anunció Prax, al tiempo que pensaba: «No me dejéis aquí. No me dejéis en el pozo con esa cosa.»

—Muy bien —dijo Alex—. Avisadme cuando pueda sacarnos de aquí cagando leches.

En las profundidades de la nave, Amos dio un pequeño gruñido. Prax llegó a la esclusa de aire y se impulsó hacia dentro con tanta fuerza que resonaron todas las junturas del traje. Cogió el cable y empezó a tirar de él para meter en la nave todo lo que había quedado fuera. Se lanzó hacia la pared del fondo y palmeó los controles hasta que comenzó el ciclo de cierre y se selló la puerta exterior. Prax rotaba despacio en los tres ejes espaciales, a la pálida luz de los controles de la esclusa. La puerta exterior permaneció cerrada. Nada la arrancó de cuajo ni aparecieron aquellos ojos azules para perseguirlo. Dio con suavidad contra la pared y oyó el lejano zumbido de una bomba de aire, que indicaba la presencia de atmósfera.

—Estoy dentro —dijo—. En la esclusa de aire.

—¿El capitán está estable? —preguntó Naomi.

—¿Lo ha estado alguna vez? —respondió Amos.

—Estoy bien. Me duele la rodilla. Sácanos de aquí.

—¿Amos? —llamó Naomi—. Veo que seguís en la bodega. ¿Hay algún problema?

—Es posible —dijo Amos—. Nuestro colega se ha dejado algo aquí.

—¡No lo toques! —La voz de Holden sonó como un ladrido—. Buscaremos un soplete y lo reduciremos a sus componentes atómicos.

—No creo que sea buena idea —dijo Amos—. He visto esas cosas antes y no les gustan los sopletes cortadores.

Prax se apoyó para quedar en pie y ajustó los controles de las botas para quedar sujeto con suavidad al suelo de la esclusa de aire. La puerta interior de la esclusa pitó para indicar que era seguro quitarse el traje y volver a entrar en la nave. Amos no hizo caso y activó una consola de pared. Cambió a una cámara de la bodega. Holden flotaba cerca de la esclusa de carga. Amos estaba agarrado a una escalerilla acoplada a la pared y examinaba algo pequeño y brillante que estaba pegado al mamparo.

—¿Qué es, Amos? —preguntó Naomi.

—Bueno, tendría que quitarle de encima parte de esta mierda —respondió Amos—, pero parece una carga incendiaria estándar. No una de las grandes, pero sí lo suficiente para vaporizar unos dos metros cuadrados.

Hubo un momento de silencio. Prax liberó el sello del casco, lo levantó y respiró hondo el aire de la nave. Cambió a la cámara del exterior. El monstruo, visible de pronto a la tenue luz que salía de la bodega, flotaba por detrás de la nave, alejándose poco a poco. Estaba abrazado al cebo radioactivo.

—¿Una bomba? —dijo Holden—. ¿Dices que esa cosa nos ha dejado una *bomba*?

—Y una bastante peculiar. En mi opinión —respondió Amos.

—Amos, ven conmigo a la esclusa de la bodega —dijo Holden—. Alex, ¿tenemos que hacer algo más antes de prender fuego a ese bicho? ¿Prax ya ha vuelto a entrar?

—¿Estáis en la esclusa? —preguntó Alex.

—Acabo de llegar. Dale.

—No me lo dirás dos veces —dijo Alex—. Preparaos para quemar.

La cascada bioquímica derivada de la euforia, el pánico y lo reconfortante de la seguridad redujo la capacidad de respuesta de Prax, por lo que, cuando se inició la aceleración, no estaba bien sujeto al suelo. Salió disparado hacia la pared y se golpeó la cabeza contra la puerta interior de la esclusa de aire. No le importó. Se sentía genial. Había conseguido sacar al monstruo de la nave. Lo veía arder en el rastro flamígero que dejaba a su paso la *Rocinante*.

Pero en aquel momento, algún dios furioso golpeó un costado de la nave y la hizo girar en el vacío. Prax salió disparado del suelo cuando el leve agarre magnético de sus botas se reveló insuficiente para impedirlo. La puerta exterior de la esclusa de aire se abalanzó sobre él y el mundo se volvió negro.

28

Avasarala

Hubo otro repunte. El tercero. Pero esta vez parecía imposible que lo hubieran provocado los monstruos de Bobbie. Así que quizá... quizá fuese una coincidencia. Lo que daba pie a otra pregunta. Si esa cosa no había salido de Venus, ¿de dónde venía?

No obstante, el mundo conspiraba para distraerla.

—Esa mujer no es lo que creíamos, señora —dijo Soren—. Yo también me tragué el cuento de la pequeña marciana desamparada. Es buena.

Avasarala se reclinó en su silla. El informe de inteligencia que tenía en la pantalla mostraba a la mujer a quien llamaba Roberta Draper vestida con ropas civiles. Si acaso, la hacían parecer más corpulenta incluso. El nombre que aparecía en pantalla era Amanda Telelé, agente libre del Servicio de Inteligencia Marciano.

—Todavía estoy recabando información —dijo Soren—. Parece que sí que hubo una Roberta Draper, pero murió en Ganímedes junto al resto de marines.

Avasarala rechazó las palabras con un gesto y ojeó el informe. Registros de mensajes esteganográficos clandestinos entre la supuesta Bobbie y un agente conocido de Marte en la Luna, que comenzaban el día en que Avasarala la había reclutado. Avasarala esperó a que el miedo empezara a estrujarle el pecho, la sensación de traición. Pero no llegó. Pasó a otras partes del informe, absorbió más información y esperó a que su cuerpo reaccionara. Pero seguía sin hacerlo.

—¿Por qué hemos investigado esto? —preguntó.

—Fue un presentimiento —dijo Soren—. Por la manera en la que se comportaba cuando usted no estaba presente. Era un poco demasiado... escurridiza, supongo. Me daba mala espina, así que tomé la iniciativa. Dije que usted había dado la orden.

—¿Para que no quedara como una puta imbécil por meter un topo en mi propia oficina?

—Me pareció lo adecuado —respondió Soren—. Si quiere recompensarme por mi buen hacer, acepto primas y promociones.

—Ya me imagino que sí —dijo Avasarala.

El hombre esperó y se inclinó un poco hacia delante sobre las puntas de los pies. Esperaba a que Avasarala diera la orden de arrestar a Bobbie y someterla a un cuestionario de inteligencia completo. Entre los eufemismos, «cuestionario de inteligencia completo» era de los más obscenos, pero estaban en guerra con Marte y una agente de inteligencia tan valiosa infiltrada en el corazón de la ONU podría tener información de valor incalculable.

«Entonces —pensó Avasarala—, ¿por qué no estoy reaccionando?»

Extendió el brazo hacia la pantalla, se detuvo, retiró la mano y frunció el ceño.

—¿Señora? —dijo Soren.

Fue la cosa más nimia e inesperada. Soren se mordió la cara interna del labio inferior. Fue un gesto insignificante, casi imperceptible. Como un tic en la mesa de póquer. Y al verlo, Avasarala supo lo que ocurría.

No reflexionó sobre ello, ni razonó, ni dudó, ni reconsideró. Le vino todo a la mente sin más, claro como si siempre lo hubiera sabido, completo y perfecto. Soren estaba nervioso porque el informe que leía Avasarala no soportaría un escrutinio riguroso.

No lo soportaría porque era falso.

Era falso porque Soren trabajaba para otra persona, alguien

que quería controlar la información que llegaba al despacho de Avasarala. Nguyen había vuelto a reunir su pequeña flota sin que ella se enterara, porque Soren era quien vigilaba el flujo de datos. Alguien había determinado que había que tenerla controlada. Manipularla. Aquello estaba preparado desde mucho antes de que Ganímedes se fuese al carajo. El monstruo de Ganímedes estaba previsto.

Y, en consecuencia, había sido Errinwright.

El hombre le había permitido exigir sus negociaciones de paz, le había permitido pensar que había socavado a Nguyen, le había permitido contratar a Bobbie. Todo ello, para que no sospechara.

Aquello no era una esquirla que hubiera escapado de Venus, sino un proyecto militar. Un arma que la Tierra quería para acabar con sus rivales antes de que el proyecto alienígena de Venus terminara lo que estuviera haciendo. Alguien, posiblemente Mao-Kwikowski, se había quedado con una muestra de la protomolécula en algún laboratorio independiente y protegido, la había convertido en un arma y había abierto la puja.

El ataque de Ganímedes había sido en parte una prueba de concepto y en parte un ataque devastador al suministro alimenticio de los planetas exteriores. La APE nunca había estado entre los postores. Y luego Nguyen se había marchado al sistema joviano para recoger la cosecha, James Holden y su amigo botánico se habían inmiscuido en algún momento y Marte había descubierto que estaba a punto de perder la subasta.

Avasarala se preguntó cuánto habría ofrecido Errinwright a Jules-Pierre Mao para pujar por encima de Marte. Seguro que sería más que solo dinero.

La Tierra estaba a punto de conseguir la primera arma basada en la protomolécula, y Errinwright la había mantenido a oscuras porque, fuera lo que fuese que pretendía hacer con ella, a ella no le iba a gustar. Y porque Avasarala era una de las pocas personas del Sistema Solar que quizás habría podido detenerlo.

Se preguntó si aún podría.

—Gracias, Soren —dijo—. Te lo agradezco mucho. ¿Sabemos dónde está ahora mismo?

—La está buscando a usted —respondió Soren, y a sus labios asomó una sonrisa taimada—. Quizá piense que duerme, señora. Es bastante tarde.

—¿Dormir? Eso me suena de algo —respondió Avasarala—. Muy bien. Voy a tener que hablar con Errinwright.

—¿Quiere que haga que la detengan?

—No, no quiero.

La decepción apenas se le notó.

—¿Cómo deberíamos proceder, entonces? —preguntó Soren.

—Hablaré con Errinwright —respondió ella—. ¿Puedes traerme un té?

—Sí, señora —dijo Soren, y le faltó hacer reverencias mientras salía del despacho.

Avasarala se reclinó en la silla. Tenía la mente tranquila. Tenía el cuerpo centrado y quieto, como si acabara de terminar una sesión de meditación particularmente larga y eficaz. Realizó una solicitud de conexión y esperó, con curiosidad por ver cuánto tardaba en responder Errinwright o su asistente. Al momento de realizarla, se marcó como PENDIENTE EN PRIORIDAD. Tres minutos después, apareció Errinwright en la pantalla. Hablaba desde su terminal portátil y la imagen se movía con los giros y las sacudidas del coche en el que iba. Dondequiera que estuviese era noche cerrada.

—¡Chrisjen! —dijo—. ¿Ocurre algo?

—Nada en particular —dijo Avasarala mientras maldecía en silencio la calidad de la conexión. Quería verle la cara. Quería ver cómo le mentía—. Soren me ha traído algo muy interesante. Inteligencia cree que mi enlace con Marte es una espía.

—¿En serio? —dijo Errinwright—. Qué mala pata. ¿Va a arrestarla?

—Me parece que no —dijo Avasarala—. Creo que me dedicaré a controlar yo su flujo de información. Mejor malo conocido, ¿no cree?

El hombre hizo una pausa casi imperceptible.

—Es buena idea. Hágalo.

—Gracias, señor.

—Ya que la tengo por aquí, me gustaría preguntarle una cosa. ¿Tiene algo entre manos que la retenga en su despacho o podría trabajar desde una nave?

Avasarala sonrió. Ahí estaba la siguiente jugada, pues.

—¿Por qué lo pregunta?

El coche de Errinwright llegó a un sector con el asfalto más liso y la cámara enfocó mejor su rostro. Llevaba un traje negro con camisa de cuello alto y sin corbata. Parecía un sacerdote.

—Ganímedes. Necesitamos dejar patente que nos tomamos en serio la situación. El secretario general quiere que algún alto cargo vaya en persona al lugar. Que informe sobre la vertiente humanitaria. Dado que usted es quien se ha encargado del tema, ha pensado que sería la cara adecuada que enviar allí. Y yo he pensado que tal vez así tenga ocasión de investigar más a fondo el ataque inicial.

—Ha estallado la guerra —respondió Avasarala—. No creo que la armada se pueda permitir usar una nave para llevar allá fuera mis cansados huesos. Además, estoy coordinando la investigación de Venus, ¿no? Ya sabe, carta blanca y demás.

Errinwright sonrió de un modo que parecía muy real.

—Ya me he encargado de prepararlo. Jules-Pierre Mao va a llevar un yate de la Luna a Ganímedes para supervisar las ayudas humanitarias de su empresa. Nos ha ofrecido pasaje. Tiene mejores instalaciones que nuestros despachos de aquí, y es probable que también más ancho de banda. Podrá seguir vigilando Venus desde allí.

—¿Ahora Mao-Kwik forma parte del gobierno? No lo sabía —replicó ella.

—Todos estamos en el mismo bando. Mao-Kwik tiene el mismo interés que todo el mundo en atender a esas personas.

La puerta de Avasarala se abrió y Roberta Draper irrumpió en el despacho. Parecía hecha una mierda. La piel cenicienta, como si llevara mucho tiempo sin dormir. Apretaba con fuerza los dientes. Avasarala señaló la silla con el mentón.

—Uso mucho ancho de banda —dijo.

—No será un problema. Tendrá prioridad máxima en todos los canales de comunicación.

La marciana se sentó al otro lado del escritorio, fuera de la imagen de la cámara. Bobbie se agarró los muslos con ambas manos y separó los codos del cuerpo, como una luchadora preparándose para saltar al cuadrilátero. Avasarala se obligó a no mirar a la mujer.

—¿Puedo pensármelo?

—Chrisjen —dijo Errinwright mientras acercaba el terminal portátil a su cara grande y rechoncha, que terminó por ocupar toda la pantalla—, ya le he dicho al secretario general que esto podría no seguir adelante. Incluso en el mejor navío, los viajes al sistema joviano son duros. Si tiene mucho que hacer o el viaje la incomoda en lo más mínimo, dígamelo y buscaré a otra persona. El problema es que no será tan buena como usted.

—¿Quién lo es? —repuso Avasarala, con un gesto de la mano. La rabia bullía en sus entrañas—. Vale. Me ha convencido. ¿Cuándo me marcho?

—El yate partirá en cuatro días. Siento haberle dado la noticia con tan poca antelación, pero no me lo han confirmado hasta hace una hora.

—Serendipia.

—Si fuese un hombre religioso, diría que es una señal. Enviaré los detalles a Soren.

—Envíemelos directamente, mejor —aclaró Avasarala—. Soren ya va a estar muy ocupado.

—Como quiera —dijo él.

Su jefe había desatado una guerra en secreto. Trabajaba con las mismas empresas que habían sacado al genio de la lámpara en Febe, sacrificado Eros y puesto en peligro a toda la humanidad. Era un niño asustado y bien vestido que encaraba una pelea que creía que podía ganar porque la auténtica amenaza hacía que se meara encima de miedo. Avasarala le sonrió. Ya habían muerto hombres y mujeres buenos por culpa suya y de Nguyen. En Ganímedes habían muerto niños. Los cinturianos estarían desesperados buscando calorías. Algunos morirían de hambre.

Las mejillas redondas de Errinwright bajaron un milímetro. Las cejas se le crisparon un poco. Sabía que ella lo sabía. Por supuesto que lo sabía. Era imposible que los que jugaban a su nivel se engañaran entre ellos. Derrotaban a sus oponentes aunque estos supieran exactamente lo que ocurría. Igual que él la estaba derrotando a ella en aquel preciso instante.

—¿Se encuentra bien? —preguntó Errinwright—. Creo que es mi primera conversación con usted en diez años en la que no ha soltado ni un taco.

Avasarala sonrió a la pantalla y acercó las puntas de los dedos, como si lo acariciara.

—Mamón —dijo, midiendo la palabra.

Cuando se desconectó, Avasarala se cubrió la cara con las manos un momento, expulsó con fuerza todo el aire que tenía en los pulmones y luego inspiró fuerte para concentrarse. Cuando se incorporó en la silla, vio que Bobbie la estaba observando.

—Buenas tardes —dijo Avasarala.

—Llevo un buen rato buscándola —dijo Bobbie—. Me han bloqueado las conexiones.

Avasarala gruñó.

—Tenemos que hablar de algo. De alguien, quiero decir. De Soren —dijo Bobbie—. ¿Recuerda los datos que le encargó hace unos días? Se los dio a otra persona. No sé a quién, pero era militar, me juego lo que haga falta.

«Así que eso es lo que lo ha asustado», pensó Avasarala. Que lo pillaran con las manos en la masa. El pobre imbécil había subestimado a la marine de Avasarala.

—Muy bien —respondió.

—Entiendo que no tiene razones para confiar en mí —dijo Bobbie—, pero... Oiga, ¿por qué se ríe?

Avasarala se levantó y se estiró hasta notar un placentero dolor en los hombros.

—En estos momentos, eres literalmente la única persona de mi equipo en la que confío lo más mínimo. ¿Recuerdas cuando dije que esa cosa de Ganímedes no era nuestra? Entonces no lo era, pero ahora sí. La hemos comprado, y supongo que planeamos usarla contra vosotros.

Bobbie se levantó. Su cara, antes cenicienta, se volvió blanca del todo.

—Tengo que decírselo a mis superiores —dijo, con voz ronca y ahogada.

—No, no tienes que hacerlo. Ya lo saben. Y aún no puedes demostrarlo, igual que no puedo yo. Si se lo cuentas ahora, lo harán público, nosotros lo negaremos y bla, bla, bla. El problema gordo que tenemos ahora es que te vienes conmigo a Ganímedes. Me envían para allá.

Avasarala se lo explicó todo. El informe de inteligencia falso de Soren, lo que implicaba, la traición de Errinwright y la misión a Ganímedes en el yate de Mao-Kwik.

—No puede hacerlo —dijo Bobbie.

—Es una jodienda —aceptó Avasarala—. Van a controlar todas mis conexiones, aunque es probable que ya lo estén haciendo aquí. Y si me envían a Ganímedes, puedes apostarte lo que quieras a que allí no va a ocurrir nada. Me están metiendo en una caja hasta que sea demasiado tarde para cambiar nada. O al menos, es lo que intentan. Pero no pienso renunciar a la puta partida todavía.

—No puede subirse a esa nave —dijo Bobbie—. Es una trampa.

—Claro que lo es —dijo Avasarala, meneando una mano—. Pero es una trampa en la que tengo que caer. ¿Qué pasaría si rechazo una solicitud del secretario general? Se sabría y todos empezarían a pensar que estoy a punto de retirarme. Nadie apoya a un jugador que se quedará sin poder el año siguiente. Todo el mundo juega de cara al futuro, lo que conlleva que siempre hay que dar impresión de fuerza. Errinwright lo sabe, por eso lo ha hecho de esta manera.

Fuera del despacho, despegó otra lanzadera. Avasarala oyó el rugido del motor al acelerar y casi sintió la presión de la propulsión y la falsa gravedad empujándola hacia atrás. Había pasado treinta años sin abandonar el pozo de gravedad de la Tierra. No iba a ser agradable.

—Si sube a esa nave, la matarán —dijo Bobbie, pronunciando con fuerza cada palabra.

—No es así como funciona el juego —aclaró Avasarala—. Lo que harán...

La puerta se volvió a abrir. Soren traía una bandeja. La tetera era de acero y venía con una única taza esmaltada y sin asa. Abrió la boca para decir algo, pero entonces vio a Bobbie. Era fácil olvidar lo grandota que era hasta que un hombre de la altura de Soren se encogía visiblemente al verla.

—¡El té! Qué bien. ¿Tú quieres, Bobbie?

—No.

—Muy bien. Déjalo en la mesa, Soren. No voy a bebérmelo contigo plantado ahí. Eso es. Y sírveme la taza.

Avasarala lo observó mientras daba la espalda a la marine. No le temblaron las manos, eso tuvo que concedérselo. Avasarala permaneció en silencio mientras esperaba a que se la llevara, como si estuviera enseñando a una mascota a traer un juguete. Cuando le llevó la taza de té, sopló en la superficie y dispersó las tenues volutas de vapor. El hombre tuvo cuidado de no girarse hacia Bobbie.

—¿Alguna otra cosa, señora?

Avasarala sonrió. ¿De cuántas muertes era responsable, aquel chico, por el simple hecho de haberle mentido? Nunca lo sabría con seguridad, ni él tampoco. Avasarala solo podía aspirar al «ni uno más».

—Soren —dijo Avasarala—. Van a descubrir que fuiste tú.

Fue la gota que colmó el vaso. Soren miró a su espalda y luego de nuevo hacia ella, casi verdoso de ansiedad.

—¿A quiénes se refiere? —dijo, intentando sonar encantador.

—A ellos. Si cuentas con que impulsen tu carrera, quiero que comprendas que no te van a ayudar. ¿Sabes cómo son los hombres para los que trabajas? Cuando se enteren de que has fallado, te dejarán de lado. No toleran los errores.

—Eh...

—Y yo tampoco. No dejes ningún efecto personal en tu escritorio.

Avasarala lo vio en sus ojos. El futuro que aquel hombre había planeado y por el que se había esforzado, mediante el que se había definido, acababa de desaparecer. Su lugar lo ocupó una vida con la ayuda básica. Una vida que no era suficiente. Que estaba muy lejos de serlo. Pero era toda la justicia que Avasarala podía hacer con tan poca anticipación.

Bobbie carraspeó cuando se cerró la puerta.

—¿Qué le ocurrirá? —preguntó.

Avasarala dio un sorbo al té. Sabía bien. Era té verde fresco filtrado a la perfección, sabroso y dulce, sin una pizca de amargor.

—¿A quién coño le importa? —respondió—. El yate de Mao-Kwik zarpa en cuatro días. No es mucho tiempo, y no podremos ni cagar sin que se enteren los malos. Voy a pasarte una lista de personas con las que tengo que tomar una copa, un café o almorzar antes de marcharnos. Tu trabajo es ocuparte de que lo haga.

—¿Ahora soy su secretaria de asuntos sociales? —preguntó Bobbie, resentida.

—Mi marido y tú sois las únicas personas con vida que sé que no intentan detenerme —dijo Avasarala—. Así de mal están las cosas. Tengo que hacer lo que te acabo de decir y no puedo confiar en nadie más. Así que podría decirse que sí, eres mi secretaria de asuntos sociales. Eres mi guardaespaldas. Eres mi psiquiatra. Todo a la vez. Tú.

Bobbie agachó la cabeza y abrió las fosas nasales para respirar hondo. Frunció los labios y movió la enorme cabeza hacia la izquierda, luego a la derecha y luego de nuevo al centro. Rápido.

—Está jodida —dijo.

Avasarala dio otro sorbo al té. Debería estar hecha polvo. Debería estar llorando. Le habían arrebatado su poder, la habían engañado. Jules-Pierre Mao se había sentado justo allí, a menos de un metro, y se había burlado de ella en su cara. También Errinwright, Nguyen y todos los que habían formado parte de su pequeña cábala la habían engañado. La habían dejado allí sentada moviendo hilos e intercambiando favores mientras creía que hacía algo de verdad. Durante meses, quizás años, no se había percatado de que la estaban aislando.

Se la habían jugado. Debería haberse sentido humillada. Pero en lugar de ello, se sintió viva. Aquel era su juego y, si le llevaban ventaja después del primer tiempo, darían por hecho que iba a perder. No había nada mejor que ser subestimada.

—¿Tienes un arma?

Bobbie estuvo a punto de reír.

—No les gusta que haya soldados de Marte caminando por las instalaciones de las Naciones Unidas con armas. Tengo que comer con un tenedor-cuchara embotado. Estamos en guerra.

—Vale, bien. Cuando subamos al yate, serás responsable de la seguridad. Vas a necesitar un arma. Te la conseguiré.

—¿Puede hacerlo? La verdad es que preferiría tener mi armadura.

—¿Armadura? ¿Qué armadura?

—Vine aquí con una servoarmadura de tamaño personalizado. Sacaron la grabación de vídeo del monstruo de ella. Me dijeron que la iban a enviar aquí para que ustedes confirmaran que el metraje no era falso.

Avasarala miró a Bobbie y dio un sorbo al té. Seguro que Michael-Jon sabía dónde estaba. Hablaría con él a la mañana siguiente y conseguiría que la cargaran a bordo del yate de Mao-Kwik con una etiqueta inofensiva que rezara ROPA o algo parecido a un lado.

Bobbie continuó hablando, quizá porque pensaba que Avasarala aún no estaba convencida.

—Lo digo en serio. Si me consigue un arma, soy una soldado. Pero con esa armadura, soy una superheroína.

—Si aún la tenemos, te la conseguiré.

—Muy bien —dijo Bobbie. Sonrió. Por primera vez desde que se habían conocido, Avasarala tuvo miedo de ella.

«Que Dios se apiade de quien te obligue a ponértela.»

29

Holden

La gravedad volvió cuando Alex encendió el motor, y Holden bajó flotando hasta la cubierta de la esclusa de aire de la bodega a un cómodo medio g. Con el monstruo fuera de la nave, no necesitaban correr. Lo único que tenían que hacer era poner cierta distancia entre la nave y la criatura y meterla en el campo de acción del escape, caliente como el fuego estelar, para descomponerla en partículas subatómicas. Ni siquiera la protomolécula podría sobrevivir si la reducían a iones.

O eso esperaba, al menos.

Cuando aterrizó en la cubierta, pretendía girar hacia la consola de pared y comprobar las cámaras de popa. Quería ver cómo la antorcha acababa con aquella cosa, pero justo en el momento en el que su pie entró en contacto con el suelo, sintió una terrible punzada de dolor en la rodilla. Gritó y se derrumbó.

Amos flotó hasta él, le quitó las botas magnéticas y se empezó a arrodillar a su lado.

—¿Estás bien, capi? —preguntó.

—Estoy bien. Bien nivel: creo-que-me-he-reventado-la-rodilla.

—Bueno, las heridas en las articulaciones son mucho menos dolorosas en microgravedad, ¿no?

Holden estaba a punto de responder cuando la nave recibió un martillazo enorme en un flanco. El casco resonó como un gong. El motor de la *Roci* se desconectó casi de inmediato, y la nave empezó a girar sin control. Amos salió despedido del lado de Holden, cruzó la esclusa de aire y se estrelló contra la puerta exterior. Holden se deslizó por la cubierta y quedó en pie apoyado contra la pared que tenía cerca. La rodilla cedió ante su peso y estuvo a punto de desmayarse.

Pulsó un botón del casco con la barbilla y la armadura le inyectó una dosis de anfetaminas y analgésicos. Aunque la rodilla no dejó de dolerle, en unos segundos sintió el dolor como algo lejano y fácil de ignorar. Dejó de ver las cosas desde aquella amenazadora visión de túnel y la esclusa de aire se volvió muy brillante. El corazón le empezó a bombear con fuerza.

—Alex —dijo, aunque sabía la respuesta antes de preguntar—, ¿qué ha sido eso?

—La bomba de la bodega ha estallado cuando hemos prendido fuego a nuestro pasajero —respondió el piloto—. Tenemos daños muy graves en la bodega misma, el casco exterior y en ingeniería. El reactor ha hecho un apagado de emergencia. La explosión ha convertido la bodega de carga en un segundo motor durante la explosión y nos ha puesto en rotación. He perdido el control de la nave.

Amos gimió y empezó a mover las extremidades.

—Menuda mierda.

—Tenemos que cancelar el giro —dijo Holden—. ¿Qué necesitas para volver a activar los propulsores de posición?

—Holden —interrumpió Naomi—, creo que Prax está herido en la esclusa. No se mueve.

—¿Se está muriendo?

La vacilación duró un segundo muy largo.

—Su traje opina que no.

—Pues la nave va antes —zanjó Holden—. Primeros auxilios, después. Alex, hemos recuperado la radio y han vuelto las luces. Por tanto, ya no hay interferencias y las baterías deben de seguir funcionando. ¿Por qué no puedes activar los propulsores?

—Parece que... ni la bomba primaria ni la secundaria funcionan. No hay presión de agua.

—Confirmado —dijo Naomi un segundo después—. La primaria no estaba dentro del alcance de la explosión. Si no funciona, es que ingeniería está hecha un cisco. La secundaria está en la cubierta de encima. No debería tener daños físicos, pero ha habido un pico de energía enorme justo antes de que se desconectara el reactor. Puede haberla freído o reventado un disyuntor.

—Muy bien, vamos a ello. Amos —dijo Holden, izándose a la puerta exterior de la esclusa de la bodega, donde yacía el mecánico—, ¿estás bien?

Amos levantó la mano para asentir a la manera cinturiana y luego gruñó.

—Me ha dejado sin aire, nada más.

—Levanta, grandullón —dijo Holden, poniéndose de pie.

En la gravedad parcial de su rotación, sentía la pierna pesada, caliente y rígida como una tabla. Si no hubiera ido hasta arriba de drogas, era probable que apoyar peso en ella le arrancara un chillido. Pero en lugar de eso levantó a Amos, aplicando a su rodilla incluso más presión.

«Esto me va a costar caro luego», pensó. Pero las anfetaminas consiguieron que «luego» pareciera algo muy lejano.

—¿Qué pasa? —farfulló Amos. Era fácil que tuviera una conmoción, pero Holden ya le conseguiría atención médica más tarde, cuando tuvieran la nave bajo control.

—Tenemos que llegar hasta la bomba de agua secundaria —dijo Holden, esforzándose en hablar despacio a pesar de las drogas—. ¿Cuál es el punto de acceso más rápido?

—Por el taller mecánico —respondió Amos, y cerró los ojos, como si se hubiera quedado dormido de pie.

—Naomi —dijo Holden—. ¿Tienes control sobre el traje de Amos desde ahí?

—Sí.

—Llénalo de anfeta. No puedo arrastrar por ahí a esta mole y lo necesito.

—Muy bien —respondió ella.

Un par de segundos después, Amos abrió los ojos de golpe.

—Joder —dijo—. ¿Me he quedado dormido? —Seguía arrastrando las palabras, pero la salían con una especie de energía maníaca.

—Tenemos que llegar al punto de acceso del mamparo en el taller mecánico. Coge cualquier cosa que creas que nos hará falta para volver a activar la bomba. Puede que se haya roto un disyuntor o freído el cableado. Nos vemos allí.

—Muy bien —respondió Amos. Se fue apoyando en los asideros del suelo para llegar hasta la puerta interior de la esclusa de aire. La puerta se abrió un instante después, y él desapareció.

La nave rotaba y la gravedad tiraba de Holden hacia un punto intermedio entre la cubierta y el mamparo de estribor. Ninguna de las escalerillas ni asideros de la nave para gravedad cero tendrían la orientación correcta. No habría sido gran problema de haber contado con los cuatro miembros, pero maniobrar con una pierna menos era complicado.

Y para colmo, cuando atravesara el centro de rotación de la nave, estuviera donde estuviera, todo se pondría al revés.

Por un momento, cambió de punto de vista. El despiadado efecto Coriolis repiqueteó en los huesecillos de sus orejas y se vio a bordo de un pedazo de metal en rotación, perdido en una caída libre constante. Un instante después, estaba debajo, a punto de ser aplastado. Sintió los sudores fríos que preceden a la náusea cuando su cerebro buscó formas de explicar las sensaciones del giro. Tocó con la barbilla los controles del traje para que le inyectara una buena dosis de emergencia de drogas antieméticas en el flujo sanguíneo.

Sin concederse más tiempo para pensarlo, Holden agarró los asideros y se impulsó hacia la puerta interior de la esclusa de aire. Vio cómo Amos llenaba un cubo de plástico con herramientas y suministros que sacaba de cajones y taquillas.

—Naomi —llamó Holden—. Voy a echar un vistazo en ingeniería. ¿Funciona alguna cámara allí?

Naomi dio un gruñido corto e indignado que Holden interpretó como una negativa y dijo:

—Tengo sistemas cortocircuitados por toda la nave. O las cámaras están destruidas o no llega energía a su circuito.

Holden se izó a la escotilla de presión de la cubierta, que separaba el taller mecánico de ingeniería. La luz de estado de la escotilla parpadeaba furibunda en rojo.

—Mierda, ya me lo temía.

—¿Qué pasa? —preguntó Naomi.

—Tampoco tienes lecturas ambientales, ¿verdad?

—De ingeniería, no. Está todo caído.

—Bueno —dijo Holden con un largo suspiro—. La escotilla dice que la estancia contigua está despresurizada. Parece que esa carga incendiaria ha hecho un agujero en el mamparo y la cubierta de ingeniería está en vacío.

—Oh, oh —dijo Alex—. La bodega también está despresurizada.

—Y la puerta de la bodega está rota —añadió Naomi—. Y también su esclusa de aire.

—Y mis cojones treinta y tres —dijo Amos, con un bufido indignado—. Hagamos que la maldita nave deje de girar y saldré a echar un vistazo.

—Amos tiene razón —dijo Holden, renunciando a la escotilla y poniéndose de pie. Trastabilló bajando un mamparo muy inclinado y llegó hasta el panel de acceso en el que lo esperaba Amos, cubo en mano—. Lo primero es lo primero.

Mientras el mecánico usaba una llave de torsión para soltar los pernos del panel de acceso, Holden dijo:

—En realidad, Naomi, casi que despresuriza también el taller mecánico. Que no haya atmósfera por debajo de la cuarta cubierta. Anula los controles de seguridad para que podamos abrir la escotilla de ingeniería si hace falta.

Amos soltó el último perno y sacó el panel del mamparo. Al otro lado había un espacio oscuro y estrecho lleno de una maraña de cables y tuberías.

—Vaya —dijo Holden—. Igual tendríamos que ir preparando un S.O.S. por si no podemos arreglarlo.

—Claro, porque ahora mismo hay muchísima gente ahí fuera muriéndose de ganas de ayudarnos —dijo Amos.

El mecánico se impulsó hacia el estrecho pasaje entre los dos cascos y se perdió de vista. Holden lo siguió. A dos metros de la escotilla se encontraba el mecanismo de bombeo, cuadrado y de apariencia complicada, que mantenía la presión de agua en los propulsores de maniobra. Amos se detuvo junto a él y empezó a desmontar partes. Holden esperaba detrás y la estrechez de la estancia no le permitía ver lo que hacía el mecánico.

—¿Qué pinta tiene? —preguntó Holden después de unos minutos en los que no había dejado de escuchar a Amos maldecir por lo bajo.

—Por aquí parece que está todo bien —dijo Amos—. De todas maneras, voy a cambiar este disyuntor para asegurarnos, pero no creo que el problema sea la bomba.

«Mierda.»

Holden volvió a salir por la escotilla de mantenimiento, se arrastró hasta el mamparo inclinado y subió de nuevo hasta la escotilla de ingeniería. La furibunda luz roja había pasado a un amarillo taciturno al estar despresurizados ambos lados de la escotilla.

—Naomi —dijo Holden—. Tengo que entrar en ingeniería. Necesito saber qué ha ocurrido ahí dentro. ¿Has desconectado la seguridad?

—Sí, pero ahí dentro no tengo sensores. La habitación podría estar a rebosar de radiación...

—Pero sí que tienes sensores en el taller mecánico, ¿verdad? Si abro la escotilla y te salta un aviso de radiación, dímelo. La cerraré de inmediato.

—Jim —dijo Naomi, perdiendo un ápice de la tirantez con que le había hablado todo el día—. ¿Cuántas veces crees que puedes irradiarte a lo bestia antes de que acabe contigo?

—¿Al menos una más?

—Haré que la *Roci* prepare una camilla en la enfermería —dijo, no del todo en broma.

—Que sea de las que no dan mensajes de error.

Sin darse tiempo a sí mismo para cambiar de opinión, Holden soltó el seguro de la escotilla de la cubierta. Contuvo la respiración mientras la abría, esperando encontrar al otro lado el caos y la destrucción, seguidos de la alarma de radiación de su traje.

Pero en lugar de eso, lo único raro que vio fue un pequeño agujero cerca de la zona del mamparo donde había tenido lugar la explosión. No parecía haber más daños.

Holden se impulsó por la abertura y se quedó colgando por los brazos unos momentos mientras inspeccionaba la estancia. El enorme reactor de fusión que dominaba el centro del compartimento parecía intacto. El mamparo de estribor estaba doblado hacia dentro de cualquier manera y tenía una abertura chamuscada en el centro, como si se hubiera formado allí un volcán en miniatura. Holden se estremeció al pensar en la cantidad de energía que debía haberse expulsado para doblar un mamparo así, blindado y protegido contra la radiación, y también en lo cerca que había estado de hacer un agujero en el reactor. ¿Cuántos julios había de diferencia entre una pared destrozada y una brecha total de contención?

—Dios, ha estado cerca —dijo en voz alta sin dirigirse a nadie en particular.

—Ya he cambiado todas las partes que se me ocurren —dijo Amos—. El problema no viene de aquí.

Holden se soltó del borde de la escotilla, se dejó caer medio metro hacia el mamparo inclinado que tenía debajo y se deslizó a cubierta. El otro único daño visible era un trozo de lámina blindada del mamparo, encajada en la pared justo detrás del reactor. Holden no veía forma de que la metralla hubiera llegado hasta allí sin atravesar el reactor o rebotando en los dos mamparos que tenía alrededor. No había nada que indicara que había ocurrido lo primero, así que, por increíblemente improbable que fuese, tenía que haber sido lo segundo.

—Muy cerca, ya lo creo —dijo mientras rozaba con la mano

el trozo de metal aserrado. Se había introducido unos buenos quince centímetros en la pared. Más que suficiente para haber atravesado como mínimo el blindaje del reactor. O algo peor.

—Voy a pasar a tu cámara —dijo Naomi. Un momento después, silbó—. Qué pasada. Las paredes de ahí tienen mucho cableado. Es imposible hacer un agujero de ese tamaño sin que se rompa algo.

Holden intentó sacar la metralla de la pared con las manos, pero fue inútil.

—Amos, trae unas tenazas y mucho cable de repuesto.

—Entonces no hará falta esa llamada de auxilio, ¿no? —preguntó Naomi.

—No, pero sería fantástico que alguien enfocara una cámara a la popa y me asegurara que, a cambio de todos estos problemas, hemos acabado con esa maldita cosa.

—Lo he visto con mis propios ojos, capi —dijo Alex—. Ha quedado reducido a gas.

Holden estaba echado en una camilla de la enfermería, dejando que la nave le examinara la pierna. A intervalos regulares, un manipulador le pinchaba en la rodilla, que ya tenía del tamaño de un melón y la piel estirada como el parche de un tambor. Pero la camilla también se ocupaba de mantenerlo medicado a la perfección, por lo que notaba aquellos pinchazos y golpes ocasionales como presión y no dolor.

La consola que tenía al lado de la cabeza le avisó para que se quedara quieto. Luego dos brazos le agarraron la pierna y un tercero le introdujo un tubo flexible del grosor de un alfiler en la rodilla y empezó a hacerle una artroscopia. Sintió unos ligeros tirones.

Prax estaba en la cama de al lado. Tenía la cabeza vendada sobre los tres centímetros de piel que le habían vuelto a adherir. Tenía los ojos cerrados. Amos, que al final no sufría una conmoción sino un chichón muy feo en la cabeza, estaba en las cubiertas inferiores realizando reparaciones improvisadas en todo lo que había resultado dañado por la bomba del monstruo. Entre ellas, poner un parche temporal en el agujero del mamparo de ingeniería. La puerta de la bodega no se podría arreglar hasta que atracaran en Tycho. Alex los llevaba a un cómodo cuarto de g para facilitarles el trabajo.

A Holden no le importaba tardar más en llegar. La verdad era que no tenía prisa por llegar a Tycho y tener que enfrentarse a Fred después de lo que había visto. Cuanto más pensaba en ello, menos seguro estaba de haber tenido razón y más de que Naomi estaba en lo cierto. No tenía sentido que Fred estuviera detrás de nada de aquello.

Pero no estaba seguro. Y tenía que estar seguro.

Prax murmuró algo y se tocó la cabeza. Empezó a tirarse de las vendas.

—Yo no tocaría eso —dijo Holden.

Prax asintió y volvió a cerrar los ojos para dormirse. O intentarlo, al menos. El automédico sacó el tubo de la pierna de Holden, le aplicó un aerosol de antisépticos y empezó a ponerle una venda muy ceñida. Holden esperó a que el puesto médico hubiera terminado con la rodilla y luego se volvió en la camilla para intentar levantarse. Su pierna no aguantaba el peso ni a un cuarto de g. Saltó a la pata coja hasta una taquilla de almacenamiento y sacó una muleta.

Cuando pasó al lado de la camilla del botánico, Prax lo cogió del brazo, con una fuerza que le sorprendió.

—¿Está muerto?

—Sí —dijo Holden, dándole palmaditas en la mano—. Lo conseguimos. Gracias.

Prax no respondió, se limitó a ponerse de lado y empezó a temblar. Holden tardó un momento en darse cuenta de que sollozaba. Se marchó sin añadir nada. ¿Qué más podía decir?

Holden usó la escalerilla automática con la intención de ir al centro de mando y leer los detallados informes de daños que recopilaban Naomi y la *Roci*. Se detuvo al llegar a la cubierta de la tripulación y oyó hablar a dos personas. No entendía las palabras, pero reconoció la voz de Naomi y era el mismo tono que usaba cuando hablaba de temas íntimos.

Las voces venían de la cocina. Holden se sintió como un mirón, pero se acercó a la escotilla hasta que fue capaz de entenderlas.

—No es solo eso —decía Naomi. Holden estuvo a punto de entrar, pero algo en el tono de la mujer hizo que se detuviera. Tenía la horrible sensación de que hablaba sobre él. Sobre ellos. Sobre por qué se iba a marchar.

—¿Por qué le das tantas vueltas? —dijo la otra persona. Era Amos.

—Casi matas a golpes a un hombre con una lata de pollo en Ganímedes —respondió Naomi.

—¿Permitir que una niña siga prisionera por comida? Que le den. Si estuviera aquí, le volvería a reventar la cara.

—¿Confías en mí, Amos? —preguntó Naomi. Sonaba triste. Más que eso. Asustada.

—Más que en nadie —respondió Amos.

—Estoy asustadísima. Jim está a punto de hacer algo muy estúpido en Tycho. El tío este al que llevamos parece que está al borde de una crisis nerviosa.

—Bueno, está...

—Y tú —continuó—. Cuento contigo. Sé que siempre me has apoyado, pase lo que pase. Pero puede que ya no, porque el Amos que yo conozco no pegaría una paliza de muerte a un chaval flacucho por mucho pollo que pidiera. Siento que todo el mundo está perdiendo la cabeza. Necesito entenderlo, porque estoy asustada, asustada de verdad.

Holden sintió la necesidad de entrar, cogerle la mano, abrazarla. Era lo que demandaba con aquel tono de voz, pero se contuvo. Se hizo un largo silencio. Se oyó el sonido de trastos, seguido del repiqueteo del metal contra vidrio. Alguien removía el azúcar en el café. Los sonidos eran tan claros que casi podía verlo.

—Voy a hablarte de Baltimore —dijo Amos, con la voz relajada como si fuera a hablar del tiempo—. La ciudad no es agradable. ¿Sabes lo que es conejear? ¿El trapicheo de conejas? ¿Una puta coneja?

—No. ¿Es una droga?

—No —dijo Amos, riendo—. No, conejear a una puta consiste en obligarla a hacer la calle hasta que la dejan preñada, y luego ofrecerla a clientes que se flipan por las chicas embarazadas, y luego devolverla a las calles cuando suelta al crío. Como hay restricciones a la procreación, follarse a chicas embarazadas se ha puesto muy de moda.

—¿Conejear?

—Sí, ya sabes, por lo de parir como una coneja. ¿No lo habías oído nunca?

—Vale —dijo Naomi, intentando ocultar su repulsión.

—¿Y los niños? Son ilegales, pero no desaparecen sin más, al menos no enseguida —continuó Amos—. También tienen sus usos.

Holden sintió que se le encogía un poco el pecho. Era algo en lo que nunca había pensado. Un instante después, Naomi habló y se hizo eco de su espanto.

—Por Dios.

—Dios no tiene nada que ver —respondió Amos—. No hay Dios en el trapicheo de conejas. Pero algunos chavales acaban entrando en las bandas de proxenetas. Otros acaban en la calle...

—¿Y otros acaban consiguiendo pasaje en una nave y se marchan para no volver? —preguntó Naomi, en voz baja.

—Quizá —respondió Amos, con la misma voz relajada y animada de siempre—. Quizás algunos lo hagan, pero la mayoría... desaparecen y punto. Cuando ya están usados. Son casi todos.

Se hizo un largo silencio. Holden oyó que bebían café.

—Amos —dijo Naomi, con voz constreñida—, no lo...

—Así que me gustaría encontrar a esa niña antes de que alguien termine de usarla y desaparezca. Me gustaría hacer eso por ella —dijo Amos. La voz se le quebró por un instante, pero recuperó la compostura con un carraspeo—. Por su padre.

Holden pensó que habían terminado y empezaba a marcharse cuando oyó a Amos, con la voz tranquila de nuevo, decir:

—Y luego voy a matar a quienquiera que la secuestrara.

30

Bobbie

Antes de trabajar para Avasarala en la ONU, Bobbie no conocía la existencia de Mercancías Mao-Kwikowski o no recordaba haber oído antes el nombre. Se había pasado toda la vida vistiendo, comiendo o sentándose en productos que los cargueros de Mao-Kwik transportaban por el Sistema Solar sin saberlo. Al terminar de examinar los archivos que le había pasado Avasarala, la había sorprendido el tamaño y el alcance de la empresa. Cientos de naves, docenas de estaciones, millones de empleados. Jules-Pierre Mao tenía una cantidad significativa de propiedades en toda luna y planeta habitable del Sistema Solar.

Su hija de dieciocho años había sido propietaria de una nave de carreras. Y esa era la hija que no le gustaba a Jules-Pierre.

A Bobbie no le entraba en la cabeza la idea de ser tan rico como para poseer una nave espacial solo para participar en carreras. Que esa misma chica se hubiera escapado para ser una rebelde de la APE seguramente era un buen indicador de la relación entre el dinero y la felicidad, pero a Bobbie le costaba ponerse tan filosófica.

Ella había crecido sin problemas en una familia marciana de clase media. Su padre había cumplido veinte años de servicio como suboficial y, después de dejar el cuerpo, había trabajado de asesor de seguridad privada. La familia de Bobbie siempre había tenido un buen hogar. Sus dos hermanos mayores y ella habían podido ir a la universidad sin tener que pedir créditos de estudio. Nunca se había considerado una persona pobre.

Hasta ese momento.

Tener una nave de carreras iba más allá de ser rico. Era especiación. Una ostentación digna de la antigua realeza de la Tierra, como la pirámide de un faraón con un motor de reacción. Bobbie había creído que jamás volvería a ver un exceso tan ridículo como aquel.

Y, entonces, salió de la lanzadera de vuelos cortos y llegó a la estación privada L5 de Jules-Pierre Mao.

Jules no atracaba sus naves en órbita en una estación pública. Ni siquiera usaba las estaciones corporativas de Mao-Kwik. Tenía una estación espacial entera y funcional en órbita alrededor de la Tierra para sus naves personales, y para colmo adornada como un pavo real. Tenía un nivel de extravagancia que a Bobbie nunca se le habría ocurrido imaginar.

También pensó que volvía muy peligroso a Mao. Todo lo que hacía era una ostentación de su ausencia de ataduras. Era un hombre sin limitaciones. Matar a una política veterana del gobierno de la ONU podría ser mal asunto. Podría terminar costándole mucho dinero. Pero nunca pondría en peligro de verdad a un hombre con tanta riqueza y poder.

Avasarala no lo entendía.

—Odio la gravedad rotacional —dijo Avasarala mientras daba un sorbo a una taza de té.

Llevaban solo tres horas en la estación, mientras se transfería el cargamento de la lanzadera al yate de Mao, pero les habían asignado una *suite* con una sala de estar enorme y cuatro dormitorios, cada uno de ellos con su ducha. Una pantalla gigante fingía ser una ventana y mostraba una Tierra creciente con nubes que ocultaban continentes enteros sobre la negrura. Tenían una cocina privada con tres empleados cuyo mayor encargo hasta el momento había sido preparar el té de la ayudante de la subsecretaría. Bobbie estuvo a punto de pedir un buen almuerzo solo para darles algo que hacer.

—No puedo creer que estemos a punto de subir a una nave propiedad de ese hombre. ¿Ha oído alguna vez que alguien tan rico vaya a la cárcel? ¿O que vaya a juicio si quiera? Ese tío podría entrar aquí, dispararle en la cara mientras lo transmite en directo y salir impune.

Avasarala se rio de ella. Bobbie reprimió la rabia, que en realidad era una manera de ocultar su miedo.

—Esas no son las reglas del juego —dijo Avasarala—. No se dispara a la gente. Se la margina, que es peor.

—No lo es. He visto lo que es recibir un tiro. He visto recibir tiros a mis amigos. Cuando dice que «esas no son las reglas del juego», se refiere al de la gente como usted. No al de la gente como yo.

El gesto de Avasarala se puso más serio.

—Sí, a eso me refería —afirmó la anciana—. A este nivel, las reglas son diferentes. Es como una partida de go. Todo consiste en ejercer influencia. En controlar el tablero sin ocuparlo.

—El póquer también es un juego —aseguró Bobbie—, pero a veces la apuesta sube tanto que un jugador decide que es más fácil matar al otro y coger el dinero. Pasa a menudo.

Avasarala asintió, pero no respondió al momento, a todas luces sopesando las palabras de Bobbie, que vio su rabia reemplazada por una oleada de afecto por aquella anciana gruñona y arrogante.

—De acuerdo —dijo Avasarala mientras dejaba sobre la mesa la taza de té y ponía las manos sobre los muslos—. Tendré en cuenta lo que has dicho, sargenta. Creo que es poco probable, pero me alegro de que estés aquí para decírmelo.

«Pero no te lo tomas en serio», le dieron a Bobbie ganas de gritarle. En lugar de eso, se limitó a pedir al sirviente que pululaba cerca un bocadillo de cebolla y champiñones. Mientras se lo comía, Avasarala bebía té, picoteaba galletas y charlaba de cosas triviales sobre la guerra y sus nietos. Bobbie intentaba hacer gruñidos preocupados durante las partes de la guerra y «oooh» adorables cuando hablaba sobre los niños. Pero lo único en lo que la marine podía pensar era en la pesadilla táctica que iba a ser la protección de Avasarala en una nave espacial controlada por el enemigo.

Su armadura de reconocimiento estaba en una caja grande etiquetada como ROPA FORMAL que ya estarían cargando en el yate de Mao mientras esperaban. Bobbie deseaba escabullirse para ponérsela. No se dio cuenta de que Avasarala llevaba varios minutos sin decir nada.

—Bobbie —dijo entonces la anciana, sin llegar a fruncir el ceño—. ¿Te aburren las historias sobre mis queridos nietos?

—Sí —respondió Bobbie—, la verdad es que mucho.

Bobbie había creído que la estación Mao era la ostentación de riqueza más ridícula que había visto jamás, pero solo hasta que subió a bordo del yate.

La estación era extravagante, pero al menos realizaba una función. Era el garaje orbital de Jules Mao, el lugar en el que podía almacenar y abastecer su flota privada de naves. Debajo de toda la purpurina había una estación funcional, con mecánicos y personal de asistencia técnica que realizaban trabajos de verdad.

El yate, el *Guanshiyin*, tenía el tamaño de un transporte chapucero cualquiera, capaz de transportar a doscientos clientes, pero con tan solo una docena de camarotes individuales. La zona de la bodega tenía el tamaño justo para transportar los suministros necesarios en un viaje largo. No era demasiado rápido. Se mirara por donde se mirara, era un miserable fracaso como nave espacial útil.

Pero su cometido no era ser útil.

El cometido del *Guanshiyin* era ser cómodo. Cómodo hasta la extravagancia.

Se parecía al vestíbulo de un hotel. Tenía una moqueta suave y mullida y auténticos candeleros de cristal que reflejaban las luces. Todo lo que debería haber tenido ángulo era redondeado.

Suave. Las paredes estaban empapeladas con fibra natural y bambú. Lo primero que pensó Bobbie fue que tenía que ser muy difícil de limpiar, y luego que la dificultad era intencionada.

Cada *suite* de habitaciones ocupaba casi una cubierta entera de la nave. Todas las habitaciones tenían baño privado, equipo de entretenimiento audiovisual, sala de juegos y un bar bien surtido. La sala de estar tenía una pantalla gigantesca que reproducía la vista del exterior y no habría podido tener mejor definición ni siendo una ventana de verdad. Al lado del bar había un montaplatos junto a un intercomunicador a través del cual se podía pedir comida preparada por chefs del Le Cordon Bleu a cualquier hora del día o de la noche.

La moqueta era tan gruesa que Bobbie estaba segura de que unas botas magnéticas no funcionarían sobre aquella cubierta. No importaba. Una nave de esas características nunca dejaría de funcionar, nunca tendría que apagar los motores durante un trayecto. Era probable que el tipo de personas que volaban en el *Guanshiyin* nunca hubieran tenido que ponerse un traje de aislamiento en sus vidas.

Toda la decoración del baño estaba bañada en oro.

Bobbie y Avasarala estaban sentadas en la sala con el jefe de su equipo de seguridad de la ONU, un hombre atractivo, de pelo entrecano y ascendencia kurda, llamado Cotyar. Al conocerlo, Bobbie se había preocupado. No parecía un soldado, sino el típico profesor de instituto amistoso. Pero cuando vio cómo recorría las habitaciones de Avasarala con una practicada eficiencia, al tiempo que desarrollaba su plan de seguridad y dirigía al equipo, dejó de preocuparse.

—Bien, ¿vuestras impresiones? —preguntó Avasarala mientras se reclinaba con los ojos cerrados en un lujoso sillón.

—Esta estancia no es segura —respondió Cotyar, con un acento que a Bobbie le sonaba exótico—. No deberíamos hablar aquí de temas delicados. Su habitación privada sí que la hemos revisado para tener estas conversaciones.

—Esto es una trampa —dijo Bobbie.

—¿Esa mierda no la habíamos discutido ya? —dijo Avasarala, inclinándose hacia delante para lanzar a Bobbie una mirada feroz.

—Tiene razón —dijo Cotyar sin levantar la voz, a todas luces reacio a hablar de esas cosas en una habitación sin asegurar—. Hasta el momento hemos topado con catorce tripulantes, y estimo que son menos de un tercio de la tripulación completa de la nave. Para vuestra protección, contamos con un equipo de seis...

—Siete —interrumpió Bobbie mientras levantaba la mano.

—Eso mismo —aceptó Cotyar con un asentimiento—. Siete. No controlamos ninguno de los sistemas de la nave. Asesinarnos sería tan sencillo como sellar la cubierta en la que nos encontramos y despresurizarla.

Bobbie señaló a Cotyar.

—¿Lo ve? —dijo.

Avasarala agitó una mano, como si espantara una mosca.

—¿Qué pinta tienen las comunicaciones?

—Sólidas —respondió Cotyar—. Hemos montado una red interna privada y se nos ha proporcionado el sistema de mensajes láser de respaldo y un equipo de radio para su uso personal. El ancho de banda es decente, aunque tendrá un ligero retraso a medida que nos alejemos de la Tierra.

—Bien —dijo Avasarala, sonriendo por primera vez desde que había subido a la nave. Hacía tiempo que ya no parecía cansada: había pasado a lo que fuera en que se transformaba el cansancio al volverse una forma de vida.

—Nada de ello es seguro —dijo Cotyar—. Podemos asegurar nuestra red privada interna, pero no tenemos manera de saber si monitorizan el tráfico entrante y saliente del equipo que usamos. No tenemos acceso a los controles de la nave.

—Y esa es justo la razón por la que estoy aquí —zanjó Avasarala—. Meterme en una burbuja, enviarme rumbo a un lugar lejano y leer todo mi puto correo.

—Tendremos suerte si solo hacen eso —dijo Bobbie. Al ver lo cansada que parecía Avasarala, había recordado que ella también lo estaba. Sintió cómo se le iba la mente unos instantes.

Avasarala terminó de decir algo, y Cotyar respondió que sí mientras asentía con la cabeza. La anciana se giró hacia Bobbie y preguntó:

—¿Estás de acuerdo?

—Esto... —dijo Bobbie mientras intentaba recordar sin éxito la conversación—. Yo...

—Tú... estás a punto de desmayarte en esa puta silla. ¿Cuánto tiempo llevas sin dormir de un tirón?

—Pues más o menos el mismo que usted —repuso Bobbie. «Cuando mis compañeros de pelotón estaban vivos y usted no intentaba evitar que el Sistema Solar se fuera al traste.» Se preparó para otro comentario mordaz, para otra observación de que no podía hacer su trabajo estando en tan baja forma. Estando tan débil.

—Muy cierto —dijo Avasarala. Bobbie sintió otra oleada de cariño por la anciana—. Mao nos ha preparado una cena de bienvenida. Quiero que vengáis Cotyar y tú. Cotyar será mi guardaespaldas, se quedará al fondo de la estancia y se limitará a parecer amenazador.

Bobbie rio antes siquiera de plantearse reprimir la risa. Cotyar sonrió y le guiñó un ojo.

—Y tú serás mi secretaria de asuntos sociales —continuó Avasarala— y darás conversación a la gente. Intenta descubrir cosas sobre la tripulación y el estado de ánimo general que hay en la nave. ¿De acuerdo?

—Entendido.

—Me he fijado —dijo Avasarala, cambiando al mismo tono que usaba cuando iba a pedir un favor incómodo— en que el director ejecutivo se te ha quedado mirando durante la presentación oficial en la esclusa de aire.

Bobbie asintió. Ella también se había dado cuenta. A algunos hombres les llamaban la atención las mujeres grandes, y

Bobbie tenía la sensación de que aquel era uno de ellos. Solían ser hombres problemáticos con las mujeres, así que intentaba evitarlos.

—¿Cabe la posibilidad de que tengas una charla con él en la cena? —preguntó Avasarala.

Bobbie rio y esperaba que el resto también riera. Hasta Cotyar se había quedado mirando a la anciana, a pesar de que había hecho una solicitud razonable.

—Mire, no —respondió Bobbie.

—¿Acabas de decir que no?

—Eso es, no. Y una mierda. Ni de puta coña. *Nein und abermals nein. Nyet. La. Siei* —aclaró Bobbie, sin detenerse hasta que se le acabaron los idiomas—. Y la verdad es que me ha cabreado un poco.

—No te estoy pidiendo que te acuestes con él.

—Me alegro, porque yo no uso el sexo como arma —dijo Bobbie—. Yo uso las armas como armas.

—¡Chrisjen! —exclamó Jules Mao, cogiendo la mano de Avasarala y estrechándosela.

El señor del imperio Mao-Kwik era mucho más alto que la anciana. Tenía la clase de cara atractiva que cautivaba a Bobbie, y también la clase de caída de cabello masculina sin tratar que indicaba que le daba igual cautivar que no. Elegir no emplear su riqueza para solucionar un problema tan tratable como la alopecia le confería incluso más sensación de ostentar el control. Llevaba un suéter ancho y pantalones de algodón que parecían hechos a medida. Cuando Avasarala le presentó a Bobbie, el hombre sonrió e inclinó la cabeza, casi sin mirarla.

—¿Ya se ha instalado su personal? —preguntó para que Avasarala supiera que la presencia de Bobbie le recordaba a los subordinados. Bobbie apretó los dientes, pero mantuvo la cara impasible.

—Sí —respondió Avasarala, con una cordialidad que Bobbie

habría jurado que era genuina—. Las habitaciones son maravillosas, y su tripulación ha sido de lo más agradable.

—Excelente —dijo Jules al tiempo que se ponía la mano de Avasarala sobre el brazo y la guiaba hacia una mesa enorme. Por todas partes los rodeaban hombres ataviados con chaquetas blancas y corbatas negras. Uno de ellos se apresuró a sacar una silla. Jules ayudó a sentarse a la anciana—. El chef Marco me ha prometido que esta noche preparará algo especial.

—¿Qué tal si me sirve unas respuestas claras? ¿Habrá de esas en el menú? —preguntó Bobbie mientras un camarero sacaba una silla para ella.

Jules se colocó en su silla, presidiendo la mesa.

—¿Respuestas?

—Habéis ganado —dijo Bobbie, sin hacer caso a la sopa humeante que un camarero le puso delante. Mao echó un poco de sal en la suya y empezó a comer, como si aquello fuera una conversación informal—. Ya tenéis a la ayudante de la subsecretaría en la nave. No hay razón para seguir mintiéndonos. ¿Cuál es el plan?

—Ayuda humanitaria —respondió él.

—Y una mierda —dijo Bobbie. Miró a Avasarala, pero la anciana se limitaba a sonreír—. No me trago que tengas tiempo para pasar unos meses de viaje a Júpiter solo para supervisar el reparto de arroz y zumos. En esta nave no caben suministros de ayuda suficientes para dar un solo almuerzo a todo Ganímedes, mucho menos para marcar una diferencia a largo plazo.

Mao se reclinó en la silla y los hombres de traje blanco se afanaron en retirar la sopa por toda la mesa. También se llevaron la de Bobbie, aunque ni siquiera la había probado.

—Roberta —empezó a decir Mao.

—No me llame Roberta.

—Sargenta, esas preguntas debería hacérselas a sus superiores en la oficina de asuntos exteriores de la ONU, no a mí.

—Me encantaría, pero por lo visto hacer preguntas va contra las reglas de este «juego».

El hombre le dedicó una sonrisa cálida, condescendiente y vacía.

—He ofrecido mi nave para que la señora ayudante de la subsecretaría esté lo más cómoda posible mientras se dirige hacia su nueva tarea. Y aunque no se los hayan presentado, en esta nave hay personal cuya experiencia será decisiva para los ciudadanos de Ganímedes cuando hayan llegado ustedes.

Bobbie llevaba con Avasarala el tiempo suficiente para saber que estaban jugando al juego delante de sus narices. Mao se reía de ella. El hombre sabía que era todo mentira y sabía que ella también lo sabía. Pero mientras se mantuviera en calma y le diera respuestas razonables, nadie podría acusarle de nada. Era demasiado poderoso para llamarlo mentiroso a la cara.

—Eres un mentiroso y... —empezó a decir, pero algo que había dicho el hombre la hizo recapitular—. Un momento, ¿cómo que cuando hayan llegado «ustedes»? ¿Tú no vienes?

—Me temo que no —dijo Mao, con una sonrisa al camarero que le estaba poniendo otro plato delante. Parecía un pescado entero, con cabeza y los ojos muy abiertos. Bobbie miró boquiabierta a Avasarala, que estaba frunciendo el ceño a Mao.

—Me dijeron que dirigiría usted personalmente esta misión de ayuda —dijo Avasarala.

—Esa era mi intención, pero me temo que han surgido otros asuntos que me son inexcusables. Cuando terminemos esta cena exquisita, regresaré a la estación en la lanzadera. La nave y la tripulación se encuentran a su disposición hasta que termine el trabajo de vital importancia que tiene que realizar en Ganímedes.

Avasarala se limitó a mirar a Mao. Por primera vez desde que Bobbie la conocía, la anciana se había quedado sin palabras.

Uno de los hombres de chaqueta blanca trajo un pescado a Bobbie mientras aquella prisión de lujo volaba hacia Júpiter a un relajado cuarto de g.

Avasarala no dijo ni una palabra cuando bajaron en el ascensor hacia la *suite*. Ya en el salón, se detuvo para coger del bar una botella de ginebra e indicó a Bobbie que la siguiera. Bobbie la acompañó al dormitorio principal, seguidas de cerca por Cotyar.

Cuando cerraron la puerta y Cotyar hubo comprobado con su terminal portátil de seguridad que no había micrófonos ocultos en la habitación, Avasarala dijo:

—Bobbie, empieza a pensar una forma de tomar el control de la nave o sacarnos de ella.

—Olvídese —dijo Bobbie—. Hagámonos con esa lanzadera de Mao antes de que se marche. Está dentro del alcance de la estación, o no iría a usarla él.

Para su sorpresa, Cotyar asintió.

—Estoy de acuerdo con la sargenta. Si queremos marcharnos, el plan de la lanzadera es más sencillo que el de tomar y controlar la nave frente a una tripulación hostil.

Avasarala se sentó en la cama con una larga exhalación que convirtió en un profundo suspiro.

—No puedo marcharme ya. Las cosas no funcionan así.

—¡El puto juego! —gritó Bobbie.

—Sí —restalló Avasarala—. Sí, el puto juego. Mis superiores me han ordenado hacer este viaje. Si me marcho ahora, se acabó. Lo harán con educación y dirán que he caído enferma de improviso o que estoy agotada, pero la excusa que pondrán para mí también será la razón de que no se me permita seguir haciendo mi trabajo. Estaré a salvo, pero me quedaré sin poder. Mientras finja que hago lo que me han ordenado, puedo seguir trabajando. Sigo siendo la ayudante de la subsecretaría de administración ejecutiva. Sigo teniendo contactos. Influencia. Si ahora huyo, los perderé. Si los pierdo, será como si esos cabrones me hubieran pegado un tiro directamente.

—Pero... —empezó a decir Bobbie.

—Pero —la interrumpió Avasarala— si sigo siendo eficaz, encontrarán la manera de aislarme. Habrá un fallo inexplicable en las comunicaciones o lo que sea. Cualquier cosa con la que tenerme apartada de la red. Y cuando eso ocurra, exigiré al capitán que cambie el rumbo hacia la estación más cercana para hacer reparaciones. Si tengo razón, no lo hará.

—Ah —dijo Bobbie.

—Oh —dijo Cotyar un momento después.

—Sí —dijo Avasarala—. Cuando eso ocurra, anunciaré que se me ha capturado de manera ilegal y vosotros me conseguiréis el control de esta nave.

31

Prax

Cada día que pasaba, la pregunta lo atormentaba más: ¿Qué harían ahora? No se sentía demasiado diferente a cuando había pasado aquellos primeros días terribles en Ganímedes y compañía listas para obligarse a hacer cosas. La única diferencia era que ya no solo estaba buscando a Mei, sino también a Strickland. Y a esa mujer misteriosa del vídeo. Y a quienquiera que hubiera construido aquel laboratorio secreto. En ese sentido, estaba mucho mejor que antes.

Por otra parte, antes había buscado solo en Ganímedes. Ahora su campo de acción se había expandido para abarcarlo todo.

El retraso de comunicaciones con la Tierra (o con la Luna en realidad, porque la Asesoría de Seguridad Persis-Strokes tenía su sede en órbita y no en el pozo de gravedad) era de poco más de veinte minutos. Hacía que fuera imposible mantener una conversación, por lo que en la práctica la mujer de cara angulosa y pocos amigos que tenía en la pantalla se limitaba a recitar una serie de vídeos promocionales cada vez más cercanos a lo que Prax quería escuchar.

—Con Pinkwater, la empresa de seguridad que en la actualidad tiene más presencia física y operativa en los planetas exteriores, tenemos una relación que se basa en compartir información —dijo la mujer—. También tenemos acuerdos de colaboración con Al Abbiq y Star Helix. Gracias a ellos podemos realizar acciones inmediatas, ya sea de manera directa o a través de nuestros socios, en cualquier planeta o estación del sistema.

Prax asintió para sí mismo. Eso era justo lo que necesitaba. Alguien que tuviera ojos y contactos en todas partes. Alguien que pudiera ayudarle.

—Adjunto una autorización —dijo la mujer—. Necesitamos que pague la tasa administrativa, pero no cobraremos nada más hasta que hayamos sopesado el alcance de la investigación que está dispuesto a que le facturemos. Cuando lo hayamos concretado, le enviaré una propuesta detallada con una hoja de cálculo desglosada y a partir de ahí podremos decidir la carga de trabajo que mejor le convenga.

—Gracias —respondió Prax. Abrió el documento, lo firmó y lo devolvió. Enviarlo a la Luna supondría veinte minutos a la velocidad de la luz. Otros veinte minutos en recibir respuesta. A saber cuánto tiempo entre una cosa y la otra.

Era un comienzo. Al menos, aquello hacía que se sintiera mejor.

La nave estaba tranquila, con un aire de anticipación como si fuera a ocurrir algo, pero Prax no sabía qué exactamente. Iban a llegar a la estación Tycho, pero después de eso, no estaba seguro. Se levantó de su catre, atravesó la cocina vacía, subió por la escalerilla hacia el centro de mando y se dirigió al puesto del piloto. La pequeña estancia estaba oscura, ya que casi toda la luz procedía de los paneles de control y de la superficie de pantallas de alta definición que cubrían 270 grados de un paisaje en el que se podía apreciar el espacio, el lejano Sol y la mole cada vez más cercana de la estación Tycho, un oasis en aquel inmenso vacío.

—¿Qué pasa, doctor? —dijo Alex desde el asiento del piloto—. ¿Has venido a apreciar las vistas?

—Sí... si no te importa, claro.

—Sin problema. No he tenido copiloto desde que viajamos en la *Roci*. Amárrate ahí. Pero si pasa algo, no toques nada.

—No lo haré —aseguró Prax mientras se dejaba caer en el asiento de aceleración.

Al principio parecía que la estación crecía poco a poco. Los dos anillos que rotaban en sentido contrario eran poco más grandes que los pulgares de Prax; la esfera que rodeaban, poco más que una bola de chicle. A medida que se acercaban, la textura borrosa que rodeaba la esfera de construcción empezó a concretarse en telemanipuladores y grúas pórtico que se elevaban sobre una silueta extraña y aerodinámica. La nave que construían no estaba terminada, y los soportes de acero y cerámica quedaban expuestos al vacío, como huesos. Unas pequeñas luciérnagas titilaban por aquí y por allá: soldadores y naves de sellado que disparaban a demasiada distancia para ver algo más que la luz.

—¿La están construyendo para volar en atmósfera?

—No, pero la verdad es que sí que lo parece. Es la *Chesapeake*. O lo será. Está diseñada para soportar una aceleración alta sostenida. Creo que están hablando de poner la pobre a unos ocho g durante un par de meses.

—¿Para llegar adónde? —preguntó Prax, haciendo cálculos mentales de servilleta de bar—. Tendría que estar fuera de la órbita de... cualquier cosa.

—Sí, la envían al espacio profundo. Van a ir detrás de la *Nauvoo* esa.

—¿La nave generacional que debería haber lanzado Eros contra el Sol?

—Esa misma. Apagaron los motores cuando el plan se fue al traste, pero ha seguido adelante desde entonces. No estaba terminada, así que no pueden traerla por control remoto. Por eso están construyendo esa recolectora. Espero que la recuperen, la *Nauvoo* era una maravilla. Pero, claro, aunque lo hagan, no podrán evitar que los mormones aniquilen Tycho a base de denuncias si encuentran la manera de hacerlo.

—¿Por qué tendría que costarles tanto?

—La APE no reconoce los tribunales de la Tierra y Marte, y domina los del Cinturón. Así que la cosa se reduce a ganar en un tribunal que no cuenta o perder en uno que sí.

—Vaya —dijo Prax.

En las pantallas, la estación Tycho se hizo más grande y detallada. Prax no supo discernir qué detalle se la puso en perspectiva, pero en un abrir y cerrar de ojos fue consciente del verdadero tamaño de la estación que tenía delante y soltó un pequeño grito ahogado. La esfera de construcción debía de tener medio kilómetro de diámetro, el mismo tamaño que dos cúpulas de cultivo puesta una sobre otra. Poco a poco, esa gran esfera industrial aumentó de tamaño hasta llenar las pantallas y la iluminación de los indicadores de equipamiento y las burbujas de observación de cristal reemplazó la luz de las estrellas. La oscuridad se llenó de andamios y placas de acero y cerámica. Había enormes motores capaces de desplazar la estación, del tamaño de una ciudad flotante, a cualquier lugar del Sistema Solar. Había complicados pivotes, como los cardanes de un asiento de colisión construido para gigantes, capaces de reconfigurar por completo la estación cuando se reemplazaba la gravedad rotacional por la de impulso.

Verla le quitó el aliento. La estructura que se abría ante él tenía una elegancia y una funcionalidad tan bonitas, simples y efectivas como las de una hoja o una raíz. Era impresionante tener ante él algo tan parecido al fruto de la evolución, pero diseñado por mentes humanas. La cumbre del verdadero significado de la creatividad. Lo imposible hecho realidad.

—Qué buen trabajo —dijo Prax.

—Sí —afirmó Alex. Luego habló por el canal de comunicaciones de la nave—. Hemos llegado. Todo el mundo amarrado para el atraque. Paso a control manual.

Prax se incorporó un poco en el asiento.

—¿Debería ir a mi camarote?

—Ahí estás bien. Amárrate fuerte por si nos damos contra algo —dijo Alex. Y luego añadió con un tono más fuerte y entrecortado—: Control de Tycho, aquí la *Rocinante*. ¿Tenemos vía libre para atracar?

Prax oyó una voz distante que respondía solo a Alex.

—Recibido —respondió Alex—. Vamos para allá.

En las series y las películas de acción que había visto Prax en Ganímedes, pilotar una nave siempre daba la impresión de ser un gran esfuerzo físico. Había visto a hombres atléticos y sudorosos luchando contra los mandos, pero ver a Alex no se parecía en nada a aquello. También tenía dos palancas de control, pero sus movimientos eran cortos y tranquilos. Tocó en algún lado y la gravedad que sentía Prax cambió, su asiento se movió unos centímetros. Tocó otra vez y hubo otro cambio. En la pantalla de estado apareció un túnel iluminado de azul y dorado que atravesaba el vacío, hacia arriba y a la derecha, hasta terminar en un costado del anillo rotatorio.

Prax vio la cantidad enorme de datos que recibía Alex y preguntó:

—¿Por qué en manual? ¿La nave no podría usar esos datos para atracar ella sola?

—¿Por qué en manual? —repitió Alex, con una risilla—. Porque es divertido, doctor. Porque es divertido.

Las luces largas y azuladas de las ventanas de la cúpula de observación de Tycho eran tan claras que Prax veía a la gente que lo miraba desde el otro lado. Estuvo a punto de olvidar que las pantallas de la cabina no eran ventanas. Tuvo un instinto muy fuerte de saludar para ver cómo alguien le devolvía el saludo.

Se oyó la voz de Holden a través de la línea de Alex. Prax no distinguió las palabras, pero el tono de voz era inconfundible.

—Parece que todo va bien, capi —dijo Alex—. Quedan unos diez minutos.

El asiento de colisión se movió a un lado y el suelo de la estación giró hacia abajo cuando Alex empezó a igualarlos a la rotación de Tycho. Generar incluso un tercio de g en un anillo tan grande debería requerir unas fuerzas inerciales prohibitivas, pero con el control de Alex, la nave y la estación se aproximaron suave y lentamente. Antes de casarse, Prax había visto un espectáculo de danza basado en tradiciones neotaoístas. Durante la primera hora, había sido muy aburrido, pero luego los pequeños movimientos de los brazos, piernas y torsos, que se desplazaban, doblaban y caían al unísono, se habían convertido en algo cautivador. La *Rocinante* se colocó junto a la esclusa telescópica de aire del atracadero con la misma delicadeza que Prax había visto en aquel baile, solo que más impresionante por saber que en lugar de piel y músculos, aquello eran toneladas de acero de alta resistencia a la tracción y reactores de fusión encendidos.

La *Rocinante* realizó una última corrección, que hizo que se volvieran a mover los cardanes de los asientos, y se ajustó al atracadero. El último giro de igualado no había sido más brusco que ninguna de las pequeñas correcciones que Alex había hecho durante el acercamiento. Se oyó un golpetazo desconcertante cuando los garfios de atraque de la estación se acoplaron a la nave.

—Control de Tycho —dijo Alex—. Aquí la *Rocinante*. Confirmamos el atraque. Esclusa de aire sellada. Las lecturas indican que los cepos están bien colocados. ¿Pueden confirmar?

Hubo un breve silencio y luego un murmullo.

—Gracias también a vosotros, Tycho —respondió Alex—. Nos alegramos de estar de vuelta.

La gravedad de la nave había experimentado un cambio sutil. Ya no era la aceleración del motor lo que creaba la sensación de peso, sino la rotación del anillo al que acababan de anclarse. Al ponerse en pie, Prax sintió que se inclinaba un poco hacia un lado y tuvo que reprimir el impulso de compensar demasiado inclinándose hacia el lado contrario.

Holden estaba en la cocina cuando Prax llegó, y la cafetera soltaba un líquido negro y caliente cuyo chorro también estaba un poco desplazado. El efecto Coriolis, recordó a Prax una clase de instituto casi perdida en la memoria. Amos y Naomi llegaron al mismo tiempo. Ya estaban todos, y Prax creyó que era el momento adecuado para agradecer a los demás lo que habían hecho por él. Lo que habían hecho por Mei, a pesar de que era probable que estuviera muerta. Pero lo refrenó el dolor crudo que había en el rostro de Holden.

Naomi estaba delante de él, con un morral al hombro.

—Te marchas —dijo Holden.

—Me marcho. —Su voz parecía tranquila, pero irradiaba significado en resonancias armónicas.

Prax parpadeó.

—Muy bien —respondió Holden.

Por un instante, nadie se movió. Luego, Naomi se inclinó para dar un leve beso a Holden en la mejilla. Los brazos del capitán se movieron para abrazarla, pero ella ya había dado un paso atrás y se marchaba por el estrecho pasillo con el porte de una mujer de camino hacia algún lugar. Holden cogió el café. Amos y Alex se miraron entre ellos.

—Esto... ¿capitán? —dijo Alex. Comparada con la voz del hombre que acababa de atracar un navío de guerra con potencia nuclear a una rueda giratoria de metal en medio del vacío interplanetario, aquella voz sonaba indecisa y preocupada—. ¿Tenemos que buscar un nuevo segundo de a bordo?

—No buscaremos nada hasta que yo lo diga —respondió Holden. Luego, con voz más calmada, añadió—: Pero espero que no, por Dios.

—Sí, señor —afirmó Alex—. Yo también.

Los cuatro hombres quedaron en silencio durante un rato largo e incómodo. Amos fue el primero en hablar.

—¿Sabes, capi? En el sitio que he alquilado caben dos personas. Si quieres, la cama libre es tuya.

—No —respondió Holden. Hablaba sin mirarlos, pero extendió la mano y se apoyó en la pared—. Me quedaré en la *Roci*. Estaré aquí.

—¿Seguro? —preguntó Amos, y de nuevo dio la sensación transmitir un significado adicional que se le escapaba a Prax.

—Yo no voy a ninguna parte —afirmó Holden.

—Muy bien, pues.

Prax carraspeó, y Amos lo cogió por el codo.

—¿Y tú, qué? —preguntó el mecánico—. ¿Tienes dónde caerte muerto?

El discurso que Prax había preparado («Quería deciros lo

mucho que agradezco...») colisionó contra la pregunta e hizo descarrilar ambos pensamientos.

—Yo... esto... No, pero...

—Muy bien. Pues coge tus cosas y vente conmigo.

—Vale. Muchas gracias. Pero primero quería deciros lo mucho...

Amos le apretó el hombro con una manaza.

—Que sea luego —dijo el grandullón—. Ahora mismo, ¿qué tal si te vienes conmigo?

Holden estaba apoyado contra la pared. Apretaba los dientes, como si estuviera a punto de gritar o vomitar o sollozar. Miraba la nave, pero su cabeza estaba en otro lugar. La pena se acumuló en el interior de Prax como si se estuviera mirando en un espejo.

—Sí —respondió—, vale.

Las habitaciones de Amos eran incluso más pequeñas que los camarotes de la *Rocinante*: dos pequeñas estancias privadas, una zona común que tenía la mitad del tamaño de la cocina de la nave y un baño con un lavabo desplegable y un retrete integrado en la ducha. El lugar le habría provocado claustrofobia si Amos estuviera con él allí.

Pero después de ayudar a Prax a instalarse y de darse una ducha rápida, el mecánico se había marchado por los lujosos y amplios pasillos de la estación. En aquel lugar había plantas por todas partes, pero la mayoría parecían decorativas. La curvatura de la cubierta era tan leve que Prax casi podía imaginar que se hallaba en algún sector desconocido de Ganímedes, como si su hueco pudiera estar a un viaje en metro de distancia. Como si Mei pudiera estar en aquel lugar, esperándolo. Prax dejó que la puerta exterior se cerrara, sacó su terminal portátil y lo conectó a la red local.

Todavía no le habían respondido de Persis-Strokes, pero supuso que aún era muy pronto. Mientras tanto, iba a tener problemas con el dinero. Si quería financiar algo así, no podía hacerlo solo.

Aquello únicamente le dejaba una opción: Nicola.

Prax preparó el terminal y se enfocó con la cámara. En la pantalla, su figura parecía devastada, enjuta. Aquellas semanas lo habían dejado en los huesos, y el tiempo que había pasado en la *Rocinante* no había sido suficiente para recuperarse. Era posible que nunca se recuperara, que las mejillas hundidas que veía en la pantalla formaran parte de su nueva identidad. No importaba. Empezó a grabar.

—Hola, Nici —saludó—. Quería que supieras que estoy bien. He conseguido llegar a la estación Tycho, pero todavía no sé nada de Mei. Voy a contratar los servicios de un asistente de seguridad. Le voy a contar todo lo que sé. Parece que van a poder ayudar de verdad, pero es caro. Podría acabar siendo muy caro. Y también es posible que la niña esté muerta. —Prax hizo una pausa para coger aire.

»Puede que la niña ya esté muerta —repitió—, pero tengo que intentarlo. Sé que tu economía no anda muy bien. También que tienes un nuevo marido del que preocuparte, pero si pudieras aportar algo... No es para mí. Yo no quiero quitarte nada. Es para Mei. Solo para ella. Si puedes darle algo a ella, es tu última oportunidad.

Hizo otra pausa, debatiéndose entre un «gracias» y un «es lo menos que podrías hacer, joder». Al final se limitó a detener la grabación y enviarla.

El retraso entre Ceres y la estación Tycho era de quince minutos, con sus posiciones relativas actuales. Y, aun así, tampoco sabía qué hora sería en la estación. El mensaje podría llegar allí en mitad de la noche o durante la cena. Y quizás ella no tuviera nada que responderle.

No importaba. Tenía que intentarlo. Solo podría dormir si sabía que había hecho todo lo posible por intentarlo.

Grabó y envió mensajes a su madre, a su antiguo compañero de habitación de la universidad, que había conseguido una plaza en la estación Neptuno, y a su tutor de posdoctorado. Cada vez que la contaba, la historia se volvía un poco más fácil de relatar. Empezó a hilar mejor los detalles. Pero a ellos no les dijo nada de la protomolécula. En el mejor de los casos, los habría asustado. En el peor, creerían que el dolor lo había vuelto loco.

Después de enviar el último mensaje, se quedó sentado en silencio. Había otra cosa que creía que debía hacer ahora que tenía acceso completo a las comunicaciones. Aunque no quisiera hacerla.

Empezó a grabar.

—Basia —dijo—. Soy yo, Praxidike. Quería que supieras que he confirmado que Katoa está muerto. Vi el cuerpo. No... no parecía haber sufrido. Y creo que, si estuviera en tu situación, me gustaría que... me gustaría saber la verdad. Lo siento, yo...

Apagó la grabación, la envió y se acurrucó en la pequeña cama. Esperaba que fuera dura e incómoda, pero el colchón era igual de agradable que el gel amortiguador del asiento de colisión y se durmió sin problema. Despertó cuatro horas más tarde, como si alguien hubiera activado un interruptor en su cabeza. Amos aún no había vuelto, aunque en la estación ya era medianoche. Todavía no había recibido respuesta de Persis-Strokes, por lo que grabó una consulta educada (para asegurarse de que el mensaje anterior no se había traspapelado), pero la reprodujo antes de enviarla y acabó borrándola. Se dio una ducha larga, se lavó el pelo dos veces, se afeitó y volvió a grabar otra consulta en la que tenía una apariencia menos cercana a un lunático delirante.

Diez minutos después de enviarla, oyó el sonido que avisaba de un mensaje entrante. Intelectualmente, sabía que no podía ser una respuesta. Con el retraso, su mensaje ni siquiera habría llegado aún a la Luna. Cuando lo abrió, vio que era de Nicola. Su cara en forma de corazón estaba más envejecida de lo que recordaba. Se vislumbraban en sus sienes las primeras hebras grises. Pero cuando puso aquella sonrisa delicada y triste, fue como si Prax volviera a tener veinte años y la tuviera sentada frente a él en aquel gran parque, con el ritmo de la música bhangra y los láseres delineando obras de arte en la cúpula de hielo que los cubría. Recordó lo que había sido amarla.

—He recibido tu mensaje —dijo—. Yo... Lo siento mucho, Praxidike. Me gustaría poder ayudar, pero por Ceres las cosas no andan muy bien. Hablaré con Taban. Gana más que yo y, si le hago entender lo que ha ocurrido, puede que esté dispuesto a ayudar. Por mí.

»Cuídate mucho, viejecito. Te veo muy cansado.

En la pantalla, la madre de Mei se inclinó hacia delante y detuvo la grabación. Un icono indicaba que había realizado una transferencia de ochenta reales FusionTek. Prax comprobó el cambio para ver a cuántos dólares de la ONU equivalía el pagaré de empresa. Era casi el salario de una semana. No era suficiente. Ni por asomo. Pero, aun así, había sido un sacrificio para ella.

Volvió a abrir el mensaje y pausó la imagen entre dos palabras. Nicola lo miró desde el terminal, con la boca abierta lo suficiente para que asomaran los dientes blancos. Tenía los ojos tristes y juguetones. Durante mucho tiempo había pensado que era su alma y no solo una casualidad fisiológica lo que le daba aquella imagen de alegría contenida. Se había equivocado.

Seguía sentado, perdido en el recuerdo y la imaginación, cuando llegó otro mensaje. Era de la Luna. De Persis-Strokes. Abrió la hoja de cálculo adjunta con una ligera sensación a caballo entre la esperanza y la ansiedad. Al ver la primera hilera de cifras, se le cayó el alma a los pies.

Quizá Mei estuviera ahí fuera. Quizá siguiera viva. Sabía a ciencia cierta que Strickland y los suyos lo estaban. Que era posible encontrarlos. Que era posible atraparlos. Que se podía impartir justicia.

Pero no se lo podía permitir.

32

Holden

Holden estaba sentado en una silla desplegable de la cubierta de ingeniería de la *Rocinante*, revisando los daños y preparando anotaciones para los mecánicos de la estación Tycho. Todos los demás se habían marchado. «Unos más que otros», pensó.

REEMPLAZAR EL MAMPARO DE ESTRIBOR DE LA CUBIERTA DE INGENIERÍA.

DAÑOS IMPORTANTES EN EL CABLEADO DE ENERGÍA DE BABOR. ES POSIBLE QUE HAYA QUE CAMBIAR LA CAJA DE DISTRIBUCIÓN AL COMPLETO.

Aquellas cinco líneas de texto representaban cientos de horas de trabajo y cientos de miles de dólares en piezas. También eran el resultado de que la nave y la tripulación hubieran estado a un pelo de la aniquilación total. Describir todo aquello en dos frases parecía hasta sacrílego. Redactó una nota a pie de página con las piezas de fabricación civil que era probable que estuvieran disponibles en Tycho y funcionarían con su nave de guerra marciana.

A su espalda, una consola de pared mostraba un informativo de Ceres. Holden la había encendido para mantener la mente ocupada mientras trasteaba con la nave y apuntaba cosas.

Pero todo era mentira, claro. Sam, la ingeniera de Tycho que solía estar al mando de las reparaciones de la nave, no necesitaba su ayuda. No necesitaba que le apuntara una lista de piezas. En todos los sentidos, estaba mejor cualificada que él para lo que estaba haciendo en aquellos momentos. El problema era que, en el momento en que Holden lo dejara todo en sus manos, se le acabarían las razones para permanecer en la nave. Tendría que enfrentarse a Fred sobre el asunto de la protomolécula en Ganímedes.

Y quizá también perder a Naomi.

Si sus primeras sospechas eran ciertas y Fred había usado la protomolécula como moneda de cambio y regateado con ella o, peor aún, la había usado como arma, Holden lo mataría. Era algo que sabía tan bien como su propio nombre, y le daba miedo. Que fuera un delito grave y que casi con toda certeza haría que lo derribaran allí mismo era menos importante que el hecho de que sería la prueba definitiva de que Naomi había tenido buen motivo para marcharse. Sería la prueba de que se había convertido en el hombre en que temía convertirse. En otro inspector Miller que se dedicaba a impartir justicia fronteriza desde el cañón de su arma. Pero siempre que visualizaba la escena, siempre que imaginaba que Fred confesaba y suplicaba piedad, Holden era incapaz de verse no matándolo por lo que había hecho. Recordó ser el tipo de hombre que habría tomado una decisión diferente, pero no pudo recordar cómo era ser esa clase de persona.

Si se equivocaba y Fred no tenía nada que ver con la tragedia de Ganímedes, entonces Naomi habría tenido razón desde el principio y él habría sido demasiado cabezota para darse cuenta. Debería ser capaz de pedirle perdón con la humildad suficiente para recuperarla. En general, la estupidez solía ser un crimen menor que tomarse la justicia por su mano.

Pero que Fred no fuese quien estuviera jugando a ser Dios con aquel supervirus alienígena era mucho, muchísimo peor para la humanidad en general. Era desagradable saber que el peor resultado para la humanidad era al mismo tiempo el mejor para él. Holden sabía que no dudaría en sacrificar su felicidad o a él mismo para salvar a todos los demás. Pero saberlo no acallaba la vocecita del fondo de su cabeza, que no dejaba de repetir: «Que les den a todos. Quiero recuperar a mi novia.»

Un recuerdo subconsciente lo sacó de su ensimismamiento, y escribió MÁS FILTROS DE CAFÉ en la lista de suministros necesarios.

La consola de pared que tenía detrás emitió un sonido de alarma medio segundo antes de que su terminal portátil también sonara para indicarle que había alguien en la esclusa de aire solicitando permiso para entrar. Tocó la pantalla para cambiar a la cámara de la puerta exterior de la esclusa y vio que Alex y Sam esperaban en el pasillo. Sam no había perdido aquella adorable apariencia de hada pelirroja ataviada con mono gris que Holden recordaba. Llevaba una caja de herramientas grande y reía. Alex dijo algo y ella rio aún más, tanto que casi soltó la caja de herramientas. Con el interfono desconectado, aquello parecía una película muda.

Holden tocó el botón del interfono y dijo:

—Entrad, chicos. —Tocó en otro lugar y la esclusa comenzó el ciclo de apertura. Sam saludó a la cámara y entró en la nave.

Unos minutos más tarde, la escotilla de presión de ingeniería se abrió con un sonido hueco y la escalerilla automática chirrió mientras descendía. Sam y Alex se bajaron de ella, y Sam soltó en la cubierta las herramientas, que resonaron con un estruendo metálico.

—¿Qué tal? —preguntó la ingeniera, dando a Holden un abrazo rápido—. ¿Has hecho que vuelvan a disparar a mi chica?

—¿Cómo que «tu» chica? —dijo Alex.

—Esta vez no —respondió Holden mientras señalaba los mamparos agujereados de la cubierta de ingeniería—. Estalló una bomba en la bodega, abrió un agujero y la metralla llegó hasta la caja de distribución de aquí.

Sam silbó.

—O la metralla dio un buen rodeo o tu reactor sabe agacharse.

—¿Cuánto crees que tardarás?

—Con el mamparo no hay problema —dijo mientras tecleaba algo en su terminal portátil. Luego se lo llevó a la boca y se dio golpecitos en los dientes con una esquina—. Podemos remendarlo con una pieza única desde la bodega, lo que nos facilitará mucho el trabajo. Con la caja de distribución tardaré más, pero no mucho. Digamos que cuatro días si pongo a mi gente a ello ya mismo.

—Muy bien —respondió Holden, con la mueca de quien se ve obligado a reconocer más y más errores—. También tenemos una puerta de la bodega dañada que hay que arreglar o reemplazar. Y la esclusa de aire de la bodega también está hecha unos zorros.

—Échale un par de días más, pues —respondió Sam. Luego se arrodilló y empezó a sacar cosas de la caja de herramientas—. ¿Te importa si empiezo a tomar medidas?

Holden hizo un gesto hacia la pared.

—Estás en tu casa.

—¿Habéis visto las noticias? —preguntó Sam mientras señalaba a los presentadores de la consola de pared—. Ganímedes está bien jodida, ¿no?

—Sí —respondió Alex—. Para el arrastre.

—Pero por ahora solo ha ocurrido en Ganímedes —aclaró Holden—. Lo que significa que hay algo que todavía se me escapa.

—Naomi se va a quedar conmigo —anunció Sam, como si llevaran desde el principio hablando de ese tema. Holden notó que se le petrificaban las facciones e intentó combatirlo, obligándose a sonreír.

—Ah. Mola.

—No quiere hablar de ello, pero como me entere de que le has hecho alguna putada, voy a usar esto con tu polla —dijo Sam, sosteniendo en alto una llave de torsión. Alex soltó una breve risilla nerviosa que se quedó en el aire, avergonzada.

—Considérame advertido —dijo Holden—. ¿Cómo está?

—Callada —respondió Sam—. Vale, ya tengo lo que necesitaba. Tiro millas y les digo a los de producción que se pongan con el parche del mamparo. Nos vemos, chicos.

—Adiós, Sam —dijo Alex, sin dejar de mirarla mientras subía por la escalerilla automática y se cerraba la puerta presurizada—. Tengo veinte años de más y estoy bastante seguro de que también el equipamiento equivocado, pero vaya si me gusta esa chica.

—¿Amos y tú os vais pasando el embobamiento por Sam? —preguntó Holden—. ¿O debería preocuparme de que os batáis en un duelo al amanecer?

—Mi amor es puro —respondió Alex con una sonrisa—. No lo mancillaría haciendo... bueno, ya sabes, nada al respecto.

—El tipo de amor del que escriben los poetas, vamos.

—Vale, a ver —dijo Alex mientras se apoyaba en la pared y se miraba las uñas—. Hablemos del asunto de la segunda de a bordo.

—Mejor, no.

—Mejor, sí —insistió Alex. Dio un paso al frente y se cruzó de brazos, negándose a ceder terreno—. He pilotado yo solo esta preciosidad desde hace más de un año. Si ha funcionado es solo porque Naomi es una oficial de operaciones magnífica y me quita mucho trabajo. Si la perdemos, no volamos. Así de claro.

Holden guardó el terminal portátil en el bolsillo y se dejó caer contra las planchas protectoras del reactor.

—Lo sé. Lo sé. No creí que llegara a esto.

—A irse —afirmó Alex.

—Exacto.

—Nunca hemos hablado de salarios —dijo Alex—. No tenemos salarios.

—¿Salarios? —Holden miró a Alex con el ceño fruncido y marcó un ritmo con los dedos en el reactor que tenía detrás. Resonó como una tumba metálica—. Todo el dinero que nos da Fred y que no hemos gastado en la nave está en la cuenta que abrí. Si necesitas dinero, un veinticinco por ciento de esa cantidad es tuyo.

Alex negó con la cabeza y meneó las manos.

—No, no me malinterpretes. No necesito dinero y no creo que nos estés robando. Solo señalo que nunca hemos hablado de salarios.

—¿Y?

—Y, por tanto, no somos una tripulación normal. No volamos por dinero ni porque nos haya reclutado un gobierno. Estamos aquí porque es lo que queremos. Eso es lo único que nos ata a ti. Creemos en la causa y queremos formar parte de lo que haces. En el momento en que perdamos eso, más nos vale buscarnos un trabajo de verdad, de los que se cobran.

—Pero Naomi... —empezó a decir Holden.

—Era tu novia —terminó Alex con una carcajada—. Joder, Jim, ¿es que no la has visto? Puede salir con cualquier otro cuando quiera. De hecho, ¿te importaría si...?

—Ya lo pillo. Lo pillo. La he cagado y es culpa mía. Lo sé. Lo tengo claro. Tengo que ir a ver a Fred y empezar a buscar la manera de arreglar este embrollo.

—A no ser que Fred haya sido el responsable.

—Sí. A no ser.

—Me preguntaba cuándo vendrías por aquí —dijo Fred Johnson cuando Holden entró por la puerta de su despacho.

Fred tenía un aspecto al mismo tiempo mejor y peor que cuando Holden lo había conocido un año antes. Mejor porque la Alianza de Planetas Exteriores, el seudogobierno del que Fred era presidente, ya no era una organización terrorista sino un gobierno de facto que se podía sentar en una mesa de negociaciones con los planetas interiores. Y Fred había tomado la función de administrador con un gusto que seguro que no había sentido como revolucionario. Se hacía evidente en sus hombros relajados y la media sonrisa que se había convertido en su expresión por defecto.

Y peor porque lo sucedido en el último año y la presión de gobernar lo habían envejecido. Tenía el pelo ralo y más canoso y su cuello era una maraña de piel suelta y músculos envejecidos y flácidos. Sus ojeras habían pasado a ser permanentes. Su piel de color café no tenía muchas arrugas, pero había adquirido un matiz grisáceo.

Sin embargo, la sonrisa que dedicó a Holden era sincera, y rodeó el escritorio para estrecharle la mano y acompañarlo a la silla.

—He leído tu informe de Ganímedes —dijo Fred—. Cuéntame. Quiero las impresiones sobre el terreno.

—Fred —dijo Holden—, quiero hablarte de otra cosa.

Fred asintió y volvió a su asiento detrás del escritorio.

—Dime.

Holden hizo un amago de hablar, pero se detuvo. Fred lo miraba fijamente. Su expresión no había cambiado, pero había algo más perspicaz en su mirada, más nítido. Holden tuvo la sensación repentina e irracional de que Fred ya sabía todo lo que estaba a punto de decirle.

Lo cierto era que Holden siempre había tenido miedo de Fred. Nunca sabía por dónde podría salirle aquel hombre. Fred había contactado con la tripulación de la *Rocinante* en el momento exacto en el que necesitaban ayuda de verdad. Se había convertido en su mecenas, en su puerto franco contra la miríada de enemigos que habían acumulado durante aquel año. Y, aun así, Holden no podía olvidar que tenía delante al coronel Frederick Lucius Johnson, el Carnicero de la estación Anderson. Un hombre que había pasado la última década ayudando a organizar y administrar la Alianza de Planetas Exteriores, una organización capaz de asesinar y cometer actos terroristas para lograr sus objetivos. Era obvio que Fred había ordenado algunos de aquellos asesinatos personalmente. Era muy posible que el Fred líder de la APE hubiera matado a más personas que el Fred coronel de marines de la Organización de las Naciones Unidas.

¿Se resistiría alguien como él a usar la protomolécula para llevar a cabo sus planes?

Quizá. Quizá la protomolécula fuese ir demasiado lejos. Y Fred había sido su amigo y merecía la oportunidad de defenderse.

—Fred, yo... —empezó a decir Holden, pero se detuvo.

Fred volvió a asentir, pero la sonrisa desapareció de su cara y la reemplazó un leve fruncimiento de ceño.

—Esto no me va a gustar —dio por sentado.

Holden se agarró al reposabrazos de la silla del despacho y se impulsó para ponerse en pie. Lo hizo con más fuerza de la que pretendía y, con la escasa gravedad rotacional de 0,3 g que había en la estación, sus pies se separaron del suelo un segundo. Fred rio entre dientes y el ceño volvió a convertirse en sonrisa.

Fue la gota que colmó el vaso. Aquella carcajada y la sonrisa rompieron el miedo y lo convirtieron en rabia. Cuando Holden volvió a tocar el suelo, se inclinó hacia delante y golpeó el escritorio de Fred con ambas manos.

—No —espetó—. Tú no tienes derecho a reírte. No hasta que me convenzas de que todo esto no es culpa tuya. Si eres capaz de hacer lo que creo que tal vez hayas hecho y, aun así, te ríes, te pegaré un tiro aquí mismo.

La sonrisa de Fred no cambió, pero sí que lo hizo algo en sus ojos. No estaba acostumbrado a que lo amenazaran, pero tampoco era algo nuevo para él.

—Lo que crees que tal vez haya hecho —repitió Fred, sin llegar a formularlo como una pregunta.

—La protomolécula, Fred. Eso es lo que está pasando en Ganímedes. Un laboratorio en el que experimentaban con niños, esa maraña negra de porquería y un monstruo que casi destruye mi nave. Esas son mis putas «impresiones sobre el terreno». Alguien ha estado jugando con ese bicho, puede que esté suelto por ahí y los planetas interiores se están cosiendo a tiros en su órbita.

—Y crees que es culpa mía —afirmó Fred. De nuevo, sin llegar a formularlo como una pregunta.

—¡Tiramos esa mierda a Venus! —gritó Holden—. ¡Te di a ti la única muestra! ¿Y de repente hay un brote en Ganímedes, la principal fuente de alimentos de tu futuro imperio, el único lugar que las armadas interianas no cederían nunca?

Por un momento, Fred dejó que el silencio actuara como respuesta.

—¿Me estás preguntando si he usado la protomolécula para sacar de Ganímedes a las tropas interianas y reforzar mi control sobre los planetas exteriores?

El tono tranquilo de la voz de Fred hizo darse cuenta a Holden de que acababa de gritar, y respiró hondo varias veces para tranquilizarse. Cuando le bajaron un poco las pulsaciones, dijo:

—Sí, justo eso te pregunto.

—No —dijo Fred, con una amplia sonrisa en la cara que no se reflejaba en su mirada—. Tú no tienes derecho a preguntarme eso.

—¿Cómo?

—Por si te has olvidado, eres un empleado de esta organización.

Fred se puso en pie y se irguió en toda su altura, una docena de centímetros más que la de Holden. No dejó de sonreír, pero su cuerpo cambió, dio la impresión de extenderse. De improviso parecía muy grande. Holden dio un paso atrás antes de poder contenerse.

—No —continuó Fred—. Lo único que te debo es lo que indica en el último contrato que firmamos. ¿Te has vuelto loco de remate, chaval? ¿Te das cuenta de que acabas de irrumpir aquí? ¿De gritarme? ¿De exigirme respuestas?

—Eres el único que podría... —empezó a decir Holden, pero Fred lo ignoró.

—Me entregaste la única muestra que conocemos. Pero estás suponiendo que si no conoces algo es porque no existe. He aguantado tus gilipolleces más de un año ya —continuó Fred—. Esa actitud tuya de que el universo te debe respuestas. Esa indignación santurrona que blandes como un garrote contra todos los que te rodean. Pero yo no tengo por qué aguantar tus mierdas. ¿Sabes por qué?

Holden negó con la cabeza, temiendo que si hablaba le saliera un hilo de voz.

—Porque soy el puto jefe —dijo Fred—. Porque soy el que dirige este sitio. Has sido muy útil y puede que vuelvas a serlo en algún momento del futuro, pero ya tengo bastante mierda con la que lidiar ahora mismo sin que encima tú te lances a otra de tus cruzadas a mi costa.

—Así que... —dijo Holden, alargando la última «e».

—Así que estás despedido. Este ha sido el último contrato que firmamos tú y yo. Terminaré las reparaciones de la *Rocinante* y te pagaré, porque un trato es un trato. Pero creo que por fin hemos construido naves suficientes para empezar a vigilar nuestro cielo sin tu ayuda y, aunque no las tuviéramos, estoy harto de ti.

—Despedido —repitió Holden.

—Y, ahora, largo de mi despacho antes de que también decida quedarme con la *Rocinante*. Ahora tiene más piezas montadas en Tycho que originales. Creo que podría argumentar sin problemas que soy el dueño de esa nave.

Holden se retiró hasta la puerta mientras se preguntaba si aquella amenaza iba del todo en serio. Fred vio cómo se marchaba, pero no se movió. Cuando Holden llegó a la puerta, Fred dijo:

—No he sido yo.

Se sostuvieron la mirada sin respirar un largo momento.

—No he sido yo —repitió Fred.

—Vale —dijo Holden, y salió del despacho.

Cuando se cerró la puerta y dejó de ver a Fred, Holden soltó un suspiro y se derribó contra una pared del pasillo. Fred tenía razón en una cosa: Holden llevaba demasiado tiempo usando su miedo como excusa. «Esa indignación santurrona que blandes como un garrote contra todos los que te rodean.» Había visto la humanidad al borde de la extinción por su propia estupidez como especie, y aquello le había sacudido los cimientos. Había seguido adelante a base de miedo y adrenalina desde Eros.

Pero no era excusa. Ya no.

Empezó a sacar el terminar portátil para llamar a Naomi cuando, de improviso, lo asimiló. «Estoy despedido.»

Había tenido un contrato de exclusividad con Fred desde hacía más de un año. La estación Tycho era su base de operaciones. Sam había pasado casi el mismo tiempo que Amos arreglando y poniendo a punto la *Roci*. Todo aquello había quedado atrás. Ahora tendrían que buscar trabajo, encontrar sus propios amarres, pagar las reparaciones. Ya no tenían un mecenas que los llevara de la manita. Por primera vez en mucho tiempo, Holden era un capitán independiente de verdad. Iba a tener que ganarse la vida, mantener la nave y alimentar a su tripulación. Se detuvo un momento para asimilarlo mejor.

Era maravilloso.

33

Prax

Amos se inclinó hacia delante en la silla. La simple presencia física de aquel hombre hacía que la habitación pareciera más pequeña, y un olor a alcohol y tabaco viejo emanaba de él como el calor de una hoguera. Su gesto no podría haber sido más amable.

—No sé qué hacer —dijo Prax—. Es que no sé qué hacer. Todo esto es culpa mía. Nicola estaba tan... Estaba perdida y enfadada. Me levantaba cada día y, al mirarla, sabía lo atrapada que estaba. Y también sabía que Mei iba a crecer con eso, que pasaría su infancia intentando que su madre la quisiera cuando lo único que quería Nici era marcharse de allí. Y pensé que sería mejor. Cuando empezó a hablar de irse, estaba listo para que lo hiciera, ¿sabes? Pero cuando... cuando se lo tuve que decir a Mei...

Prax enterró la cabeza entre las manos y empezó a bambolearse adelante y atrás.

—¿Vas a vomitar otra vez, doctor?

—No, estoy bien. Si hubiera sido mejor padre, ahora estaría conmigo.

—¿Te refieres a tu hija o a tu exmujer?

—Nicola me da igual. Si hubiera sido mejor para Mei... Si hubiera ido a por ella nada más oír el aviso... Si no me hubiera quedado esperando en la cúpula... Total, ¿para qué? ¿Por las plantas? Murieron de todos modos. Me quedaba una, pero también la perdí. No he podido salvar ni siquiera una. Pero si hubiera ido en aquel momento, si la hubiera encontrado, yo...

—Sabes que ya se la habían llevado antes de que se liara parda, ¿verdad?

Prax negó con la cabeza. No estaba dispuesto a permitir que la realidad tuviera misericordia de él.

—Y luego esto. Tuve una oportunidad. Conseguí escapar. Tenía algo de dinero. Y me comporté como un estúpido. Era su última oportunidad y me comporté como un estúpido.

—Bueno, doctor, todo esto es nuevo para ti.

—Debería haber sido mejor padre para ella. Merecía un padre mejor. Era una niña tan... es que era tan buena...

Por primera vez, Amos lo tocó. La manaza lo cogió por el hombro, desde la clavícula hasta el omóplato, y tiró de él hasta que le enderezó la espalda. Los ojos de Amos estaban más que inyectados en sangre, la esclerótica, veteada de rojo. Su aliento era caliente y acre. El ideal platónico de un marinero de borrachera durante una parada en puerto. Pero tenía la voz firme y sobria.

—Mei tiene un buen padre, doctor. Te preocupabas por ella, y solo eso ya es más de lo que llega a hacer mucha gente.

Prax tragó saliva. Estaba cansado. Estaba cansado de tener que ser fuerte, de albergar esperanza, de su determinación y de prepararse para lo peor. No quería seguir siendo aquella persona. No quería ser nadie. La mano de Amos parecía el cepo de una nave y evitaba que Prax vagara a la deriva en la oscuridad. Lo único que quería era dejarse llevar.

—Ha desaparecido —dijo Prax. Le pareció una buena excusa, una explicación—. Me la quitaron, no sé quiénes son, no puedo recuperarla y no entiendo nada.

—Esto aún no ha acabado.

Prax asintió, no porque se sintiera reconfortado, sino porque sabía que era el momento en que debía fingir que sí.

—No voy a encontrarla nunca.

—Te equivocas.

La puerta emitió un pitido y se abrió. Holden entró en la estancia. De primeras, Prax no fue capaz de ver qué era lo que había cambiado en él, pero que algo había pasado... algo había cambiado... era innegable. Tenía la misma cara y la misma ropa. Prax tuvo la imposible sensación de volver a estar en una clase sobre metamorfosis.

—¿Qué tal? —saludó Holden—. ¿Todo bien?

—Alguna turbulencia —dijo Amos. Prax vio su propia confusión reflejada en la cara de Amos. Ambos eran conscientes de la transformación, aunque ninguno de ellos supiera en qué consistía—. ¿Has echado un polvo o algo, capi?

—No —respondió Holden.

—O sea, me alegro si lo has hecho, ¿eh? —dijo Amos—. Es solo que no te tenía por...

—No he echado un polvo —dijo Holden, y titubeó. La sonrisa que les dedicó luego fue casi radiante—. Me han despedido.

—¿A ti o a todos?

—A todos.

—Vaya —dijo Amos. Se quedó quieto un momento y luego se encogió de hombros—. Vale.

—Tengo que hablar con Naomi, pero no acepta mis llamadas. ¿Crees que podrías encontrarla?

La cara de Amos se torció en un gesto incómodo, como si acabara de chupar un limón.

—No quiero discutir con ella —aclaró Holden—. Es solo que no dejamos bien las cosas al despedirnos. Y es culpa mía, así que quiero arreglarlo.

—Sé que ha estado yendo a ese bar que nos dijo Sam la última vez, el Blawe Blome. Pero te estás comportando como un capullo y lo del bar no lo sabes por mí.

—Sin problema —dijo Holden—. Gracias.

El capitán dio media vuelta para marcharse, pero se detuvo en el umbral. Daba la impresión de que tenía la cabeza en otra parte.

—¿Qué turbulencia? —preguntó—. Has dicho que había alguna turbulencia.

—El doctor quería contratar un pelotón de seguridad privado de la Luna para seguir la pista a la niña. No le ha salido la jugada y se lo ha tomado un poco a la tremenda.

Holden frunció el ceño. Prax notó que la cara empezaba a ponérsele roja como un tomate.

—Creía que éramos nosotros los que buscábamos a la niña —dijo Holden. Parecía confundido de verdad.

—El doctor no lo tenía muy claro.

—Ah —dijo Holden. Se volvió hacia Prax—. Vamos a encontrar a tu hija. No necesitas la ayuda de nadie más.

—No puedo pagaros —respondió Prax—. Tenía todo el dinero en las cuentas de Ganímedes y, aunque siguiera allí, no tengo acceso a ellas. Lo único que tengo es lo que me está dando la gente. Supongo que en total podría reunir unos mil dólares de la ONU. ¿Sería suficiente?

—No —dijo Holden—. Con eso no llega ni para el aire de una semana, ya no digamos el agua. Tendremos que ocuparnos del asunto.

Holden inclinó la cabeza a un lado, como atendiendo a algo que solo él pudiera oír.

—He hablado con mi exmujer —dijo Prax—. Y con mis padres. No se me ocurre nadie más.

—¿Qué te parece todo el mundo? —dijo Holden.

—Me llamo James Holden —dijo el capitán desde la pantalla gigante del puesto de piloto de la *Rocinante*— y quiero pediros vuestra ayuda. Hace cuatro meses, horas antes del primer ataque sobre Ganímedes, secuestraron de la guardería a una niña con una enfermedad genética que amenaza su vida. Durante el caos que...

Alex detuvo el vídeo. Prax intentó incorporarse en el asiento, pero la silla con cardanes del copiloto se movió bajo su cuerpo. El botánico se reclinó.

—No sé —dijo Alex en el asiento del piloto—. El verde del fondo hace que parezca más pálido de lo que es, ¿no crees?

Prax entrecerró los ojos un poco, pensó y luego asintió.

—No le sienta muy bien el color —respondió—. Quizás un poco más oscuro.

—Voy a intentarlo —dijo el piloto, y se puso a tocar la pantalla—. Naomi es la que se suele encargar de esto. Los paquetes de comunicaciones no son lo mío. Pero lo conseguiremos. ¿Qué te parece así?

—Mejor —respondió Prax.

—Me llamo James Holden y quiero pediros vuestra ayuda. Hace cuatro meses...

La parte de Holden en aquella pequeña presentación duraba menos de un minuto, que se había grabado con la cámara del terminal portátil de Amos. Luego, Amos y Prax habían pasado una hora intentando montar el resto del vídeo. Alex era quien había sugerido usar el equipo de la *Rocinante*, que era mejor. Cuando se trasladaron, reunir toda la información resultó fácil. Habían usado el principio del vídeo que Prax había grabado para Nicola y sus padres como plantilla. Alex lo ayudó a grabar el resto, que era una explicación del estado de Mei. Añadieron el vídeo de seguridad en el que Strickland y la mujer misteriosa se la llevaban de la guardería, los datos de laboratorio secreto junto a imágenes del filamento de protomolécula, imágenes de Mei jugando en parques y un vídeo corto de su segunda fiesta de cumpleaños, en el que se embadurnaba la frente con el glaseado de la tarta.

Prax se sintió raro al verse en el vídeo. Había visto muchas grabaciones suyas, pero el hombre que aparecía en pantalla era más delgado de lo que esperaba. Más viejo. Tenía la voz más aguda de lo que se solía oír, menos dubitativa. El Praxidike Meng que estaba a punto de enviar un mensaje a toda la humanidad era diferente del hombre que era en realidad, pero se parecía lo suficiente. Y si aquello ayudaba a encontrar a Mei, no le importaba. Si aquello la traía de vuelta, estaba dispuesto a ser cualquiera.

Alex deslizó los dedos por los controles para reordenar la presentación, colocando las imágenes de Mei después de Holden. Habían abierto una cuenta corriente en una cooperativa de ahorro y crédito cinturiana que contaba con una amplia variedad de opciones para empresas unipersonales temporales sin ánimo de lucro, lo que permitiría que las contribuciones se aceptaran de manera automática. Prax lo miraba con unas ganas terribles de aportar algo o encargarse él de hacerlo. Pero no quedaba nada más que hacer.

—Listo —sentenció Alex—. Es lo más bonito que puedo dejarlo.

—Muy bien —dijo Prax—. Y, ahora, ¿qué hacemos con él?

Alex lo miró. El piloto parecía cansado, pero también había emoción en su mirada.

—Pulsar enviar.

—Pero hay un proceso de revisión...

—No hay proceso de revisión, doctor. Esto no es el gobierno. Qué leches, ni siquiera somos una empresa. Solo somos unos monos volando a toda pastilla e intentando mantener los culos apartados del escape del motor.

—Ah —dijo Prax—. ¿En serio?

—Te acostumbrarás a medida que vayas conociendo al capitán. Aunque puede que te interese tomarte un día libre para pensarlo.

Prax se incorporó sobre un codo.

—¿Pensar el qué?

—Si enviamos esto o no. Si funciona como creemos que lo hará, vas a estar en el candelero. Quizá sirva para lo que queremos o quizá tenga otras consecuencias. Lo que tienes que tener claro es que, una vez rompas el huevo, no hay marcha atrás.

Prax pensó unos segundos. Las pantallas siguieron brillando.

—Lo hago por Mei —dijo.

—Pues muy bien —dijo Alex, al tiempo que cambiaba el control de comunicaciones al puesto del copiloto—. ¿Quieres hacer los honores?

—¿Adónde irá? O sea, ¿adónde lo vamos a enviar?

—Es una transmisión normal y corriente —respondió Alex—.

Puede que se hagan eco algunos canales locales del Cinturón. Pero sale el capitán, así que la gente la verá y la distribuirá por la red. Y...

—¿Y?

—No hemos añadido a nuestro autoestopista, pero se ven esos filamentos del cubo de cristal. Básicamente, estamos anunciando que la protomolécula sigue ahí fuera. Eso amplificará la señal.

—¿Y creemos que esa es la solución?

—La primera vez que hicimos algo parecido empezamos una guerra —respondió Alex—. Tal vez «solución» sea decir demasiado, pero le dará vidilla al asunto.

Prax se encogió de hombros y pulsó el botón de enviar.

—Torpedos fuera —dijo Alex con una risita.

Prax durmió en la estación, arrullado por el zumbido de los recicladores de aire. Amos se había vuelto a marchar, dejando una nota para que Prax no lo esperara despierto. Quizá solo fuera su imaginación, pero le parecía que la gravedad rotacional daba una sensación distinta. Con un diámetro como el de la estación Tycho, el efecto Coriolis no debería molestarle tanto, y mucho menos tumbado en la oscuridad de su habitación. Aun así, no lograba estar cómodo. No podía olvidar que le estaban dando vueltas, que era la inercia la que lo apretaba contra aquel delgado colchón mientras su cuerpo intentaba escapar hacia el vacío. La mayor parte del tiempo que había pasado en la *Rocinante* había sido capaz de engañar a su mente y hacerle creer que tenía debajo la tranquilizadora masa de una luna. Llegó a la conclusión de que su malestar no era tanto producto de la forma en que se generaba la aceleración como de lo que significaba.

Mientras su mente divagaba a la deriva y su yo perdía capas como un meteorito entrando en una atmósfera, sintió un enorme brote de gratitud. Una parte iba dirigida a Holden y otra a Amos. A toda la tripulación de la *Rocinante*. En la duermevela, creyó que volvía a estar en Ganímedes. Se moría de hambre y recorría pasillos helados con la certeza de que, muy cerca, una de sus plantas de soja había sido infectada por la protomolécula y lo seguía para vengarse. Con la lógica quebrada de los sueños, al mismo tiempo estaba en Tycho y buscaba trabajo, pero todo al que entregaba su currículo negaba con la cabeza y señalaba que le faltaba algún título o credencial que no entendía o no sabía reconocer. Lo único que lo hacía soportable era que sabía muy bien, a ciencia cierta, que nada de aquello era real. Que dormía y que, cuando despertara, estaría en algún lugar seguro.

Lo despertó un sabroso olor a carne. Tenía los ojos legañosos como si hubiera llorado en sueños y las lágrimas hubieran dejado residuos salinos al evaporarse. La ducha siseó y salpicó. Prax se puso el mono y volvió a preguntarse por qué tenía la palabra TACHI grabada a la espalda.

El desayuno estaba servido: carne, huevos, tortillas de harina y café solo. Comida de verdad que habría costado una fortuna a alguien. Había dos platos, así que Prax cogió uno y empezó a comer. Era muy posible que hubiera costado una décima parte del dinero que le había enviado Nicola, pero tenía un sabor maravilloso. Amos salió de la ducha con una toalla enrollada a las caderas. Tenía una cicatriz blanca y enorme que recorría gran parte del lado derecho de su abdomen y que hacía que el ombligo pareciera estar descentrado. Tenía un tatuaje con una calidad casi fotográfica de una joven de pelo ondulado y ojos almendrados sobre el corazón. A Prax le pareció ver una palabra debajo de aquella cara tatuada, pero no quiso quedarse mirando.

—¿Qué tal, doctor? —saludó Amos—. Tienes mejor aspecto.

—He podido descansar —respondió Prax mientras Amos entraba en la habitación y cerraba la puerta. Siguió hablando más alto—. Quería darte las gracias. Anoche estaba un poco deprimido. Podáis o no ayudarme a encontrar a Mei...

—¿Por qué no íbamos a poder encontrarla? —preguntó Amos, con la voz amortiguada por la puerta—. No me estarás perdiendo el respeto, ¿verdad, doctor?

—No, claro que no —dijo Prax—. Solo quería que supieras que lo que me ofrecéis tanto el capitán como tú es... es muchísimo...

Amos volvió a salir con una sonrisa. El mono le cubría la cicatriz y los tatuajes, como si nunca hubieran existido.

—Sabía a qué te referías. Era coña. ¿Está bueno el filete? Siempre me he preguntado dónde guardan las vacas en este trasto, ¿tú no?

—No, no, es carne cultivada en cubas. Se distingue si te fijas en las fibras musculares. ¿Ves cómo están distribuidas las capas por aquí? En realidad se suele obtener un corte mejor que cuando se saca directamente del ganado.

—No jodas —dijo Amos mientras se sentaba enfrente de él—. No lo sabía.

—La microgravedad también vuelve el pescado más nutritivo —dijo Prax, con la boca llena de huevo—. Aumenta la producción de aceite. Nadie sabe la razón, pero hay un par de estudios muy interesantes al respecto. Creen que, más que a la baja gravedad, se debe al flujo constante de agua que hay que suministrar para que los animales no dejen de nadar, agoten el oxígeno de una burbuja de agua y se ahoguen.

Amos arrancó un pedazo de tortilla de harina y lo mojó en la yema.

—En tu familia, ¿las conversaciones durante la cena eran así?

Prax parpadeó.

—Casi siempre, sí. ¿Por qué? ¿Cómo eran las tuyas?

Amos rio entre dientes. Parecía de muy buen humor. Tenía los hombros relajados y la disposición de su mandíbula había cambiado. Prax recordó la conversación que habían tenido la noche anterior con el capitán.

—Te has acostado con alguien, ¿verdad?

—Joder, ya te digo —dijo Amos—. Pero eso no es lo mejor.

—¿No?

—Bueno, está de puta madre, pero no hay nada mejor en el mundo que conseguir trabajo el mismo día que te dan la patada.

Prax sintió una punzada de confusión. Amos sacó el terminal portátil del bolsillo, lo tocó dos veces y se lo pasó. En la pantalla había unos bordes rojos de seguridad y el nombre de la cooperativa de ahorro y crédito con la que Alex se había puesto en contacto la noche anterior. Cuando Prax vio el saldo de la cuenta, los ojos casi se le salieron de las órbitas.

—¿Es... es lo que...?

—Es dinero suficiente para mantener la *Roci* volando durante un mes. Y solo lleva activa siete horas —dijo Amos—. Acabas de contratar a tu propio equipo, doctor.

—Es que no... ¿En serio?

—Y no solo eso. Mira los mensajes que te están llegando. El capitán dio un puñetazo en la mesa en su momento, pero lo de tu niña es demasiado. La gente la ha tomado como imagen de toda la mierda que pasó en Ganímedes.

Prax sacó su propio terminal. La bandeja de correo que tenía asociada con la presentación tenía más de quinientos mensajes de vídeo y miles de texto. Empezó a abrirlos. Hombres y mujeres que no conocía, algunos de ellos entre lágrimas, le ofrecían sus oraciones, su rabia y su apoyo. Un cinturiano con una melena entrecana y despeinada farfullaba con un dialecto tan cerrado que Prax casi no pudo entenderlo, pero le pareció que el hombre le ofrecía matar a alguien si lo necesitaba.

Media hora después, el desayuno de Prax estaba helado. Una mujer de Ceres le explicó que había perdido a su hija con el divorcio y que le enviaba a su cuenta el dinero mensual que se gastaba en tabaco para mascar. Un grupo de ingenieros alimentarios de la Luna había recaudado dinero y mandado lo que equivaldría al salario de un mes si Prax aún fuera botánico. Y un anciano de Marte con la piel del color del chocolate y el pelo encrespado miraba a la cámara con gesto serio desde el otro lado del Sistema Solar y decía que apoyaba a Prax.

Cuando empezó el siguiente mensaje, se parecía mucho a los anteriores. El hombre de la imagen era anciano, de ochenta o noventa años, y tenía un fleco de pelo blanco que se recogía hacia atrás y la cara llena de marcas. Había algo en su expresión que llamó la atención de Prax. Un titubeo.

—Doctor Meng —dijo el hombre. Tenía un tono dulce que a Prax le recordó a los vídeos que le grababa su abuelo—. Siento mucho el sufrimiento por el que han pasado tanto usted como su familia. El sufrimiento que aún tienen que soportar. —El hombre se humedeció los labios—. El vídeo de seguridad de su presentación. Creo que conozco al hombre que aparece en él. Pero su apellido no es Strickland.

34

Holden

Según la guía de la estación, el Blawe Blome tenía fama por dos cosas: una bebida que se llamaba Azul Miserable y la gran cantidad de mesas de golgo. La guía advertía a los posibles parroquianos de que la estación solo permitía al bar servir dos Azules Miserables por cliente debido a que la bebida contenía una mezcla suicida de etanol, cafeína y metilfenidato. Holden supuso que también contenía algún colorante alimenticio azul.

Mientras andaba por los pasillos de la sección de ocio de Tycho, la guía comenzó a explicarle las reglas del golgo. Después de unos momentos de confusión absoluta —«se dice que un gol está "prestado" cuando la defensa desvía el tiro»—, la apagó. Era muy improbable que se dedicara a jugar a algo. Y una bebida desinhibidora que daba subidón y energía sería redundante para él en esos momentos.

La verdad era que Holden nunca se había sentido mejor en toda su vida.

La había cagado muchas veces el año anterior. Había apartado a su tripulación de él. Se había unido a un bando con el que no sabía si estaba de acuerdo a cambio de seguridad. Quizás hubiera echado a perder la única relación saludable que había tenido en toda su vida. Había dejado que lo cegara su miedo a convertirse en otra persona, en alguien que dominaba el miedo transformándolo en violencia. En alguien a quien Naomi no amaba, a quien su tripulación no respetaba y que a él mismo no le gustaba demasiado.

El miedo no había desaparecido. Seguía ahí y le hacía sentir un hormigueo en el cuero cabelludo cada vez que pensaba en Ganímedes y lo que podría andar suelto y estar creciendo allí en aquel mismo instante. Pero por primera vez en mucho tiempo, era consciente de ello y no se estaba escondiendo. Se había dado permiso a sí mismo para tener miedo. Aquello era lo que marcaba la diferencia.

Holden oyó el bullicio del Blawe Blome varios segundos antes de ver el lugar. El sonido empezó como un latido rítmico apenas audible, que fue incrementando el volumen poco a poco hasta convertirse en un gemido electrónico sobre el que se oía una voz femenina que cantaba en una mezcla de hindi y ruso. Cuando llegó a la puerta frontal del club, la canción había terminado y en la siguiente canturreaban dos hombres alternativamente, en lo que parecía una discusión hecha música. El gemido electrónico se había visto reemplazado por unas guitarras furiosas. La línea de bajo no había cambiado en absoluto.

En el interior, el club era una agresión para los sentidos. Había una pista de baile inmensa que dominaba la zona central y un juego de luces cambiantes y resplandecientes se reflejaba al ritmo de la música en las decenas de cuerpos que se retorcían en la pista. En el pasillo la música se oía alta, pero dentro era ensordecedora. Contra una pared había una barra de cromo alargada, donde media docena de camareros se afanaban en servir los pedidos.

En la pared del fondo había un cartel que rezaba GOLGO y una flecha que señalaba hacia un largo pasillo. Holden lo siguió y la música sonó más apagada a cada paso que daba hacia la estancia del fondo, donde se hallaban las mesas de juego. Cuando llegó, quedó reducida al sonido quedo de aquellas líneas de bajo.

Naomi estaba en una mesa con su amiga Sam, la ingeniera, y un grupo de cinturianos. Llevaba el pelo recogido con una goma elástica roja, del grosor suficiente para ser decorativa. En lugar del mono, llevaba unos pantalones grises sueltos que Holden no le había visto nunca y una blusa amarilla que hacía que su piel acaramelada pareciera más oscura. Holden tuvo que detenerse un momento. Se le encogió el pecho al ver que Naomi sonreía a alguien que no era él.

Mientras se acercaba, Sam tiró una pequeña pelota de metal a la mesa. El grupo que había al otro lado reaccionó con una serie de movimientos enérgicos. Desde donde estaba, Holden no podía ver muy bien lo que ocurría, pero los hombros caídos y los insultos a media voz que venían del otro grupo le llevaron a suponer que Sam había hecho algo bueno para su equipo.

Sam giró sobre sí misma y levantó la mano. El grupo de su lado de la mesa, el que incluía a Naomi, se turnó para chocarle los cinco. Sam fue la primera que lo vio, y dijo algo que Holden no alcanzó a oír. Naomi se volvió y le dedicó una mirada inquisitiva que lo clavó en el suelo. No le sonrió ni frunció el ceño. Holden levantó las palmas de las manos en un gesto de «no he venido a pelear». Por un momento, se quedaron mirándose uno a otro en medio del bullicio.

«Por Dios —pensó—, ¿cómo he dejado que lleguemos a este punto?»

Naomi lo saludó con la cabeza y señaló hacia una mesa de la esquina. Holden se sentó y pidió una bebida. No una de esas azules rompehígados por las que era famoso el bar, sino un whisky barato de factura cinturiana. Había terminado por acostumbrarse. No es que disfrutara del sabor, pero al menos toleraba el regusto a moho que dejaba en la boca. Naomi se despidió del resto de su equipo durante unos minutos y fue hacia él. No llegó con paso calmado, pero tampoco con los andares de quien va a una reunión que teme.

—¿Quieres que te pida algo? —preguntó Holden cuando Naomi se sentó.

—Claro, un martini de uva —respondió ella.

Mientras Holden introducía el pedido en la consola de la

mesa, Naomi lo miró con media sonrisa misteriosa que le licuó las entrañas.

—Muy bien —dijo Holden, autorizando al terminal para abrir una cuenta en el bar y pagar las bebidas—. Un martini espantoso de camino.

Naomi rio.

—¿Espantoso?

—La única excusa que se me ocurre para beber algo con zumo de uva es un caso casi mortal de escorbuto.

Naomi volvió a reír, desatando al menos uno de los nudos del estómago de Holden, y se quedaron sentados en un silencio amistoso hasta que llegaron las bebidas. Naomi dio un sorbito, hizo chasquear los labios con gusto y dijo:

—Venga, suéltalo.

Holden dio un sorbo mucho más largo, con el que casi estuvo a punto de terminarse el pequeño vaso de whisky, e intentó convencerse a sí mismo de que la calidez que se extendía en su barriga podía pasar por coraje. «No acababa de estar cómodo con la forma en que dejamos las cosas y he pensado que deberíamos hablar. No sé, procesarlo juntos.» Carraspeó.

—La he jodido bien jodida —dijo—. He tratado mal a mis amigos. Peor que mal. Tenías todo el motivo del mundo para hacer lo que hiciste. No podía oír lo que me decías en el momento, pero hiciste bien en decírmelo.

Naomi dio otro sorbo al martini y luego, con un gesto natural, levantó la mano para quitarse la goma elástica que le recogía la maraña de rizos negros detrás de la cabeza. El pelo enredado le cayó a los lados de la cara, recordando a Holden a una hiedra encaramada a unas paredes de piedra. Cayó en la cuenta de que, desde que la conocía, Naomi siempre se había soltado el pelo en los momentos más emocionales. Lo usaba para esconderse, no literalmente, sino porque era uno de sus rasgos más atractivos. Aquellos rizos negros y resplandecientes atraían la mirada sin remedio. Era una técnica de distracción. De pronto, la hizo parecer tan humana, vulnerable y perdida como él. Holden sintió una avalancha de cariño que seguro que se le reflejó en la cara, porque Naomi lo miró y se ruborizó.

—¿Qué estás haciendo, Jim?

—¿Disculparme? —respondió él—. ¿Reconocer que tenías razón y que me estaba convirtiendo en mi propia versión retorcida de Miller? Esas dos cosas, como mínimo. Con un poco de suerte, quizá dejar la puerta abierta a una reconciliación.

—Me alegro —dijo Naomi—. Me alegro de que te estés dando cuenta. Pero llevo meses diciéndotelo y...

—Espera —interrumpió Holden. Podía sentir cómo Naomi se ponía a la defensiva, se impedía a sí misma creerle. Lo único que podía hacer era ofrecerle la verdad absoluta, así que lo hizo—: No podía oírte. Porque estaba aterrorizado y porque he sido un cobarde.

—Tener miedo no te convierte en cobarde.

—No —respondió Holden—. Claro que no. Pero evitar encararlo, no confesarte cómo me sentía, no dejar que Alex, Amos y tú me ayudarais, sí. Y eso puede haberme costado mi relación contigo, la lealtad de la tripulación y todo lo que me importa de verdad. Me hizo seguir en un trabajo de mierda más de lo que debería porque era lo seguro.

Un pequeño grupo de jugadores de golgo empezó a gravitar hacia la mesa que compartían, y Holden se alegró de ver que Naomi hacía un ademán para que se marcharan. Significaba que quería seguir hablando. Era un buen comienzo.

—Dime —dijo ella—, ¿cuál es tu siguiente paso?

—No tengo ni idea —respondió Holden con una sonrisa—. Y es lo mejor que me ha pasado en mucho tiempo. Pero pase lo que pase ahora, te necesito allí.

Naomi estuvo a punto de abrir la boca para protestar, pero antes de que lo hiciera, Holden la detuvo y dijo:

—No, no me refiero a eso. Me encantaría volver a estar contigo, pero no tengo el menor problema con la idea de que puede llevar tiempo, o incluso no ocurrir jamás. Me refiero a que la *Roci* te necesita. La tripulación te necesita.

—No quiero dejarla —dijo Naomi, con una sonrisa tímida.

—Es tu hogar —dijo Holden—. Siempre lo será mientras quieras. Seguirá siendo así pase lo que pase entre nosotros.

Naomi empezó a enrollarse uno de aquellos frondosos rizos en un dedo y terminó de beber la copa. Holden señaló el menú que había en la mesa, pero ella rechazó la invitación moviendo una mano.

—Todo esto viene a que has plantado cara a Fred, ¿verdad?

—En parte, sí —respondió Holden—. Estaba en su despacho, aterrado y dándome cuenta de que llevaba mucho, mucho tiempo pasando miedo. También la he jodido bien jodida con él, aunque supongo que eso en parte es culpa suya. Cree de verdad en la causa, y comprometerse con alguien así termina dando problemas. Pero la culpa sigue siendo sobre todo mía.

—¿Lo has dejado?

—Me ha despedido, pero era probable que fuera a dejarlo.

—Vaya —dijo Naomi—. Entonces nos has dejado sin paga y sin mecenas. Me halaga un poco que lo primero que quieras parchear sea a mí.

—Tú —repuso Holden— eres lo único que de verdad me interesa parchear.

—Sabes lo que toca ahora, ¿verdad?

—¿Que te vuelves a mudar a la nave?

Naomi sonrió para ignorar el comentario.

—Ahora nos tocará pagar las reparaciones. Si disparamos un torpedo, tendremos que buscar a alguien que nos venda uno nuevo. Tendremos que pagarnos el agua, el aire, las tasas de atraque, la comida y los suministros médicos para nuestra carísima enfermería automatizada. ¿Tienes algún plan para todo eso?

—¡Qué va! —dijo Holden—. Pero debo decir que, por alguna razón, hace que me sienta genial.

—¿Y cuando se te pase la euforia?

—Pensaré un plan.

La sonrisa de Naomi se volvió más reflexiva y se tiró de nuevo del rizo.

—Aún no estoy lista para mudarme a la nave —dijo Naomi mientras extendía las manos para coger las de Holden—, pero cuando la *Roci* esté arreglada, voy a necesitar que mi camarote esté libre.

—Sacaré de inmediato las cosas mías que quedan allí.

—Jim —dijo Naomi, apretándole los dedos una vez antes de soltarlo—, te quiero, y todavía no estamos bien. Pero es un buen principio.

Y sí, pensó Holden, de verdad lo era.

Cuando Holden despertó en su viejo camarote de la *Rocinante*, se sentía mejor que nunca en los últimos meses. Salió de la cama y deambuló desnudo por la nave hasta la proa. Se dio una ducha de una hora con agua que tendría que pagar, calentada gracias a la electricidad que el muelle le facturaría hasta el último kilovatio-hora. Volvió al catre mientras se le secaba la piel, rosada por el agua ardiendo.

Se preparó y comió un gran desayuno y bebió cinco cafés mientras se ponía al día con los informes técnicos de la reparación de la *Roci* hasta entender todo lo que se le había hecho a la nave. Holden había pasado a leer una columna de un humorista político sobre el estado de las relaciones entre la Tierra y Marte cuando le sonó el terminal y aceptó una llamada de Amos.

—Oye, capi —dijo, con una cara enorme que llenaba toda la pantalla—. ¿Vas a venir hoy a la estación o quieres que vayamos nosotros a la *Roci*?

—Que sea aquí —respondió Holden—. Sam y su equipo van a seguir con el trabajo y me gustaría tenerles el ojo echado.

—Pues nos vemos en un rato —dijo Amos, y se desconectó.

Holden intentó terminar la columna humorística, pero no dejaba de desconcentrarse y tenía que leer el mismo párrafo una y otra vez. Lo dejó y pasó un rato limpiando la cocina. Luego puso la cafetera para Amos y el equipo de reparaciones cuando llegaran.

La máquina borboteaba feliz como un bebé satisfecho cuando la escotilla de la cubierta anunció la apertura, y Amos y Prax bajaron a la cocina por la escalerilla de la tripulación.

—Capi —saludó Amos, dejándose caer en una silla con un ruido sordo.

Prax lo siguió al interior de la estancia, pero no se sentó. Holden cogió tazas, sirvió café y las puso sobre la mesa.

—¿Qué hay de nuevo? —preguntó.

Amos respondió con una sonrisilla de idiota y pasó el terminal a Holden por encima de la mesa. Cuando Holden lo miró, mostraba el saldo de la cuenta de la campaña «Salvar a Mei» de Prax. Había algo más de medio millón de dólares de la ONU.

Holden silbó y se dejó caer en una silla.

—Por Dios, Amos. Esperaba sacar... yo qué sé, pero esto no.

—Ya ves. Esta mañana iba por algo menos de trescientos mil, pero ha subido los otros doscientos mil en las últimas dos horas. Parece que todo el mundo que sigue la mierda de Ganímedes en las noticias ha convertido a la pequeña Mei en la cara visible de la tragedia.

—¿Es suficiente? —interrumpió Prax, con la voz cargada de angustia.

—Ya lo creo que sí —respondió Holden, riendo—. Mucho más que suficiente. Con esto, financiamos la misión de rescate de sobra.

—También tenemos una pista —dijo Amos, y bebió un sorbo de café para hacer una pausa dramática.

—¿De Mei?

—Claro —dijo Amos, poniéndose más azúcar en el café—. Prax, envíale ese mensaje que has recibido.

Holden vio el mensaje tres veces y cada una de ellas le ensanchó un poco más la sonrisa. «El vídeo de seguridad de su presentación. Creo que conozco al hombre que aparece en él —decía el anciano de la pantalla—. Pero su apellido no es Strickland. Cuando trabajé con él en la Universidad de Tecnología y Minería de Ceres, se llamaba Merrian. Carlos Merrian.»

—Esto de aquí —dijo Holden después del tercer visionado— es lo que mi viejo amigo el inspector Miller llamaría una pista de la hostia.

—¿Qué hacemos ahora, jefe? —preguntó Amos.

—Creo que tengo que hacer una llamada.

—Muy bien. El doctor y yo vamos a quitarnos de en medio y ver cómo le sigue llegando dinero.

Se marcharon juntos y Holden esperó a oír cerrarse la escotilla de la cubierta detrás de ellos para enviar una solicitud de conexión a la centralita de comunicaciones de Ceres. El retraso entre Ceres y la posición actual de Tycho andaba por los quince minutos, así que Holden se puso cómodo y se dedicó a jugar a un juego sencillo en el terminal, que le dejaba la mente libre para pensar y planear. Si sabían quién era Strickland antes de ser Strickland, quizá pudieran rastrear su historial profesional. En algún momento, había dejado de ser un tipo llamado Carlos que trabajaba en una escuela técnica para ser un tipo apellidado Strickland que secuestraba niños. Conocer la razón sería un buen comienzo para descubrir dónde estaba en aquel momento.

Casi cuarenta minutos después de enviar la solicitud, recibió respuesta. Le sorprendió un poco ver al mismo anciano del mensaje de vídeo. No esperaba conectar con él al primer intento.

—Hola —dijo el hombre—. Soy el doctor Moynahan y esperaba su mensaje. Supongo que quiere conocer más detalles sobre el doctor Merrian. Por resumir un poco, trabajó conmigo en el laboratorio de ciencias biológicas de la UTMC. Su especialidad eran los sistemas de limitación de desarrollo biológico. Nunca se le dio muy bien el juego académico. No hizo muchos aliados mientras estuvo aquí, por lo que cuando cruzó algunas zonas grises morales, lo echaron sin pensárselo dos veces. No conozco los detalles. No era el jefe de su departamento. Si quiere saber algo más, no dude en preguntar.

Holden vio el mensaje dos veces mientras tomaba notas y maldecía el retraso de quince minutos. Cuando estuvo listo, envió su respuesta.

—Muchísimas gracias por su ayuda, doctor Moynahan. De verdad que se lo agradecemos. Supongo que no sabrá lo que ocurrió cuando lo echaron de la universidad, ¿verdad? ¿Pasó a alguna otra institución? ¿Entró en alguna empresa? Cualquier cosa.

Pulsó el botón de enviar y se reclinó en la silla para volver a esperar. Intentó seguir con el juego del terminal, pero se frustró y lo apagó. Abrió el canal público de entretenimiento de Tycho y vio unos dibujos animados para niños que eran lo bastante ruidosos y frenéticos para distraerlo.

Cuando el mensaje de respuesta hizo vibrar su terminal de nuevo, casi lo tiró de la mesa por las prisas de ver el vídeo.

—La verdad —decía el doctor Moynahan mientras se frotaba la incipiente barba gris— es que ni siquiera llegó a enfrentarse al tribunal ético. Lo dejó el día antes. Armó un alboroto en el laboratorio y se puso a gritar que ya no íbamos a poder mangonearlo más. Que había conseguido trabajo de pez gordo en una empresa con toda la financiación y los recursos que quisiera. Nos llamó chupatintas sin ambición, estancados en un cenagal de mezquinas restricciones éticas. Lo que no recuerdo es el nombre de la compañía para la que iba a trabajar.

Holden pulsó el botón de pausa y sintió que un escalofrío bajaba por su columna vertebral. «Estancados en un cenagal de mezquinas restricciones éticas.» No necesitaba que Moynahan le dijera qué empresa contrataría a un hombre como él. Había oído unas palabras muy parecidas de boca de Anthony Dresden, el arquitecto del proyecto Eros que había matado a un millón y medio de personas como parte de un grandioso experimento biológico.

Carlos Merrian había pasado a trabajar para Protogen y luego había desaparecido. Había regresado como Strickland, secuestrador de niños pequeños.

Y, pensó Holden, también como asesino.

35

Avasarala

En la pantalla el joven rio, igual que había reído veinticinco segundos antes en la Tierra. Era el tipo de retraso que más odiaba Avasarala. Demasiado para que la conversación tuviera una mínima apariencia de normalidad, pero no el suficiente para imposibilitarla. Todo lo que hacía tardaba demasiado, toda lectura de reacciones y matices se complicaba por el esfuerzo de recordar qué los había provocado en concreto de entre sus propias palabras y expresiones.

—Eres la única —dijo el hombre— capaz de coger otra guerra entre la Tierra y Marte, convertirla en un crucero privado y encima parecer cabreada por ello. En mi departamento, todo el mundo daría su testículo izquierdo por ir contigo.

—Pues la próxima vez empezaré la colección, pero...

—En cuanto a un inventario militar exacto —había dicho el hombre veinticinco segundos antes—, existen informes, pero no son tan buenos como me gustaría. Por ser tú, he puesto a unos becarios a afinar los parámetros de búsqueda. Me da la impresión de que el presupuesto para investigación viene a ser una décima parte de lo que de verdad se destina a la investigación. Con acreditación, tengo permisos para verlo, pero a la gente de la Armada se le da bastante bien disimular las cosas. Creo que descubrirás... —Se le nubló la expresión—. ¿Una colección?

—Olvídalo. ¿Por dónde ibas?

Esperó cincuenta segundos y cada uno de ellos se le hizo interminable.

—No estoy seguro de que podamos obtener una respuesta definitiva —continuó el joven—. Puede que tengamos suerte, pero si es algo que quieren esconder, lo más probable es que se salgan con la suya.

«Sobre todo teniendo en cuenta que sabrán que lo estás buscando y lo que te he pedido que busques», pensó Avasarala. Aunque el flujo de dinero entre Mao-Kwikowski, Nguyen y Errinwright figurara en los presupuestos en ese mismo instante, cuando Avasarala y los suyos miraran ya lo habrían ocultado. Lo único que podía hacer era seguir presionando en todos los frentes que se le ocurrieran con la esperanza de que la cagaran en alguno. Tres días más de solicitudes de información y preguntas y ya podría pedir análisis del tráfico de datos. No podía saber a ciencia cierta cuál era la información que ocultaban, pero si lograba descubrir qué tipos y categorías de datos estaban apartando de ella, podría hacerse una idea.

Una idea, pero no demasiado concreta.

—Haz lo que puedas —dijo—. Yo me dedicaré a disfrutar de los lujos de la vida aquí, en medio de la nada. Llámame cuando tengas algo.

No esperó otros cincuenta segundos para la despedida que demandaba la etiqueta. La vida era demasiado corta para esas gilipolleces.

Su camarote privado del *Guanshiyin* era una preciosidad. La cama y el sofá iban a juego con la moqueta, en tonos oro y verde que deberían quedar chillones juntos pero no lo hacían. La luz era la mejor aproximación a la de la media mañana que había visto en la vida, y los recicladores de aire tenían un ambientador que aportaba cierto matiz a tierra y césped recién cortado. Lo único que arruinaba la sensación de estar en un club de campo privado en el cinturón verde del sur de Asia era la baja gravedad de la aceleración. La baja gravedad y aquel maldito retraso en las comunicaciones.

Avasarala odiaba la baja gravedad. Aunque la aceleración se mantuviese perfectamente constante y el yate nunca tuviera que virar ni esquivar ningún obstáculo, sus tripas estaban demasiado acostumbradas a que las cosas cayeran a un g. No había digerido bien la comida desde que había subido a bordo y siempre sentía que le faltaba aire.

Su sistema emitió un sonido. Un nuevo informe de Venus. Lo abrió. El análisis preliminar de los restos del *Arboghast* estaba en camino. Había una ionización en el metal que por lo visto era consistente con la teoría de alguien sobre el funcionamiento de la protomolécula. Era la primera vez que se confirmaba una predicción, el primer y diminuto punto de apoyo para alcanzar a comprender lo que ocurría de verdad en Venus. Había una cronología exacta de los tres repuntes de energía. Había un análisis de espectro de la exosfera del planeta que mostraba más nitrógeno elemental de lo esperado. Avasarala sintió cómo se le nublaba la vista. La verdad era que todo aquello no le importaba.

Debería. Era importante. Quizá más importante que cualquier otra cosa que estuviera ocurriendo. Pero, al igual que Errinwright, Nguyen y los otros, estaba atrapada en aquella insignificante contienda humana de guerra, influencia y la división tribal entre la Tierra y Marte. Y también los planetas exteriores, si es que había alguien que se los tomara en serio.

Joder, había llegado a un punto en el que le preocupaban más Bobbie y Cotyar que lo que ocurriera en Venus. Cotyar era un buen hombre, y su desaprobación ponía a Avasarala a la defensiva y cabreada. Y Bobbie daba la impresión de estar a punto de venirse abajo. Era lógico, ¿no? Había visto cómo sus amigos morían a su alrededor, todo su mundo se había desmoronado y estaba trabajando para el que siempre había sido su enemigo. La marine era dura, en muchos sentidos, y tener en el equipo a alguien sin ningún tipo de lealtad ni lazos hacia nadie de la Tierra era un auténtico beneficio. Sobre todo después del mamón de Soren.

Se reclinó en la silla, irritada por cómo se sentía pesando tan poco. Lo de Soren aún le escocía. No la traición en sí, porque la traición era algo inherente al puesto. Si empezaba a dejar que eso la afectara, de verdad debería jubilarse. No era eso, sino el hecho de no haberlo visto venir. De haberse permitido tener un punto ciego, y que Errinwright hubiera sabido aprovecharse de ello. Que la hubiera dejado sin ventaja. Odiaba que se la jugaran así. Y odiaba todavía más que aquel error fuera a suponer guerra, más violencia y más niños muertos.

Aquel era el precio por haberla cagado. Más niños muertos.

Así que no pensaba volver a cagarla.

Se imaginó a Arjun, la amable tristeza de su mirada. «No todo es responsabilidad tuya», habría dicho.

—La puta responsabilidad es de todos —dijo en voz alta—. Pero yo soy la única que se la toma en serio.

Sonrió. Que los espías y los monitores de Mao buscaran sentido a la frase. Se los imaginó rebuscando en la habitación en busca de algún otro dispositivo de comunicaciones, investigando para descubrir con quién había estado hablando. O quizá se limitaran a pensar que a la vieja se le había ido la olla.

Que especularan.

Cerró el informe de Venus. Durante su ensimismamiento había llegado otro mensaje, marcado como asunto que requería respuesta. Cuando leyó el resumen de inteligencia, arqueó las cejas.

«Me llamo James Holden y quiero pediros vuestra ayuda.»

Avasarala observó a Bobbie mientras miraba la pantalla. Parecía cansada y preocupada al mismo tiempo, y sus ojos no estaban tan inyectados en sangre como resecos. Parecían rodamientos desengrasados. Si hubiera necesitado algún ejemplo para ilustrar la diferencia entre soñoliento y cansado, le habría servido la marine.

—Ha escapado, entonces —dijo Bobbie.

—Él, su botánico de compañía y toda esa maldita tripulación —dijo Avasarala—. Así que ahora tenemos una sola historia sobre lo que estaban haciendo en Ganímedes y emocionó tanto a tus chicos y los nuestros que empezaron a dispararse entre ellos.

Bobbie la miró.

—¿Cree que es verdad?

—¿Qué es la verdad? —replicó Avasarala—. Lo que creo es que Holden tiene muchos antecedentes de largar a los cuatro vientos cualquier cosa que sabe o cree saber. Sea cierto o no, es lo que él cree.

—¿Y la parte de la protomolécula? O sea, acaba de decir a todo el mundo que la protomolécula está suelta en Ganímedes.

—Sí, lo ha hecho.

—La gente tiene que estar reaccionando a eso, ¿no?

Avasarala pasó al resumen de inteligencia y luego a las imágenes de las trifulcas en Ganímedes. Gente enjuta y asustada, agotada por la tragedia y la guerra y animada por el pánico. Se notaba que las fuerzas de seguridad que se habían desplegado contra ellos intentaban ser amables, que no eran matones que se regocijaran en el uso de la violencia. Eran ordenanzas que intentaban evitar que los débiles y los moribundos se hicieran daño entre ellos, funcionando en el límite entre la violencia necesaria y la incompetencia.

—Cincuenta muertos hasta ahora —indicó Avasarala—. Es una estimación, aun así. Ese sitio está tan jodido ahora mismo que puede que vayan a morir de enfermedades y malnutrición de todos modos.

—He estado en ese restaurante —dijo Bobbie.

Avasarala frunció el ceño mientras intentaba discernir si aquello había sido una metáfora de algo. Bobbie señaló la pantalla.

—Ese que está al lado de donde muere la gente. Comí ahí justo después de que me desplegaran. Las salchichas estaban buenas.

—Lo siento —dijo Avasarala, pero la marine se limitó a negar con la cabeza.

—Pues ya ha saltado la liebre, entonces —reflexionó Bobbie.

—Quizá —respondió Avasarala—. O quizá no.

—James Holden acaba de decir a todo el Sistema Solar que la protomolécula está en Ganímedes. ¿En qué universo es eso un «quizá no»?

Avasarala pasó a un canal general de noticias, revisó las etiquetas y abrió un vídeo en el que participaban los expertos que le interesaban. Los datos se cargaron durante unos segundos y ella levantó un dedo, pidiendo paciencia.

—... Irresponsable del todo —estaba diciendo un hombre con cara seria que llevaba una bata blanca y un kufi. El desprecio de su voz podría haber marchitado un bosque entero.

La entrevistadora apareció a su lado. Tendría unos veinte años, el pelo corto y llevaba un traje liso y oscuro que denotaba que era una periodista seria.

—¿Está afirmando que la protomolécula no tiene nada que ver?

—No lo tiene. Las imágenes que han enviado Holden y su grupito no tienen nada que ver con la protomolécula. Esa maraña que se ve es lo que ocurre cuando hay un escape de aglutinante. Pasa a menudo.

—Entonces, ¿no hay razón para alarmarse?

—Alice —dijo el experto, dirigiendo hacia la entrevistadora toda su condescendencia—, unos días después del incidente, Eros se había convertido en un espectáculo terrorífico. Desde que se iniciaron las hostilidades, Ganímedes no ha mostrado ni un solo síntoma de que haya una infección en marcha. Ni uno.

—Pero Holden tiene a un científico en su equipo. El doctor Praxidike Meng, botánico, cuya hija...

—No conozco a ese tal Meng, pero jugar con plantas de soja lo convierte en experto en la protomolécula en la misma medida en que lo convierte en neurocirujano. Por supuesto que lo siento mucho por su hija desaparecida, pero no. Si la protomolécula estuviera en Ganímedes, lo sabríamos desde hace mucho. La gente se ha alarmado literalmente por nada.

—Puede seguir hablando así horas y horas —dijo Avasarala, apagando la pantalla—. Y tenemos a decenas como él. Marte está haciendo lo mismo, saturar las noticias con el contrarrelato.

—Impresionante —dijo Bobbie, apartando su silla del escritorio.

—Mantiene a la gente tranquila. Eso es lo importante. Holden se cree un héroe, que está del lado del pueblo; opina que la información tiene que ser libre y todas esas patrañas, pero es un puto idiota.

—Está en su propia nave.

Avasarala se cruzó de brazos.

—¿A qué te refieres?

—A que está en su propia nave y nosotras, no.

—Vale, pues somos todos unos putos idiotas —respondió Avasarala—. Muy bien.

Bobbie se levantó y empezó a deambular por la estancia. Cambiaba de dirección mucho antes de llegar a las paredes. Aquella mujer estaba acostumbrada a deambular por estancias mucho más pequeñas.

—¿Qué quiere que haga al respecto? —preguntó Bobbie.

—Nada —respondió Avasarala—. ¿Qué coño podrías hacer? Estás encerrada aquí conmigo. Yo misma no puedo hacer casi nada y tengo amigos en las altas esferas. Tú no tienes nada de nada. Solo quería hablar con alguien sin tener que esperar dos minutos para que me interrumpiera.

Se había pasado. El gesto de Bobbie se tranquilizó, se calmó y se volvió distante e impenetrable. Estaba cerrándose en banda. Avasarala se acercó al borde de la cama.

—Ahí no he sido justa —dijo Avasarala.

—Lo que usted diga.

—Pues claro que lo digo, joder.

La marine inclinó la cabeza a un lado.

—¿Eso era una disculpa?

—Lo más parecido a una que te puedo ofrecer ahora mismo.

Algo cambió en la mente de Avasarala. No sobre Venus, ni sobre James Holden y su reclamo de la pobre niñita desaparecida. Ni siquiera sobre Errinwright. Tenía que ver con Bobbie, con su deambular y su insomnio. Entonces lo comprendió y soltó una carcajada desprovista de humor. Bobbie se cruzó de brazos y dejó que preguntara su silencio.

—No vas a verle la gracia —aclaró Avasarala.

—Pruebe a ver.

—Me recuerdas a mi hija.

—¿Ah, sí?

Había cabreado a Bobbie y ahora iba a tener que explicarse. Los recicladores de aire zumbaron. Algo lejano gimió en las entrañas del yate, como si estuvieran en un antiguo barco de vela hecho de madera y alquitrán.

—Mi hijo murió a los quince años —dijo Avasarala—. Un accidente de esquí. ¿Te lo había contado? Estaba en una colina por la que ya había descendido unas veinte o treinta veces. La conocía, pero algo salió mal y chocó contra un árbol. Calcularon que iba a unos sesenta kilómetros por hora en el momento del impacto. Hay gente que sobrevive a golpes a esa velocidad, pero no fue su caso.

Por un instante, se sintió como si volviera a estar allí, en casa mientras el médico le daba las malas noticias en la pantalla. Aún podía oler el incienso que Arjun había encendido. Aún podía oír las gotas de lluvia repicando contra las ventanas, como si alguien tamborileara en ellas con los dedos. Era el peor recuerdo que tenía, y lo veía como si estuviera allí mismo, vívido. Inhaló una bocanada de aire larga, profunda y temblorosa.

—En los seis meses siguientes, estuve a punto de divorciarme tres veces. Arjun es un santo, pero los santos también tienen límites. Nos peleábamos por cualquier cosa. Por nada. Ambos nos echábamos la culpa por no haber salvado a Charanpal, y nos resentíamos cuando el otro intentaba responsabilizarse. Así que, por supuesto, mi hija fue la que peor lo pasó.

»Una noche, Arjun y yo salimos por algún motivo. Llegamos tarde a casa y habíamos vuelto a pelearnos. Ashanti estaba en la cocina fregando los platos. Fregaba a mano platos que ya estaban limpios. Los restregaba con un trapo y un detergente horrible y abrasivo. Los dedos le sangraban, pero parecía no haberse dado cuenta, ¿sabes? Intenté hacer que parara y sacarla de allí, pero empezó a gritar y no se tranquilizó hasta que dejé que siguiera fregando. La ira me cegó. Odié a mi hija. En ese preciso momento, la odié.

—¿Y en qué le recuerdo yo a ella?

Avasarala abarcó la habitación con un gesto. La cama con sus sábanas de lino de verdad. El papel texturizado de las paredes, el perfume del aire.

—No haces concesiones. No eres capaz de ver las cosas como yo te digo que son, y cuando intento obligarte, te marchas.

—¿Eso es lo que quiere? —dijo Bobbie. Empezaba a levantar el tono de voz poco a poco. Era rabia, pero al menos Avasarala había conseguido que volviera—. ¿Quiere que esté de acuerdo con cualquier cosa que diga y, si no lo estoy, me va a odiar por ello?

—Pues claro que quiero que me lo digas cuando hago el gilipollas. Para eso te pago. Solo te voy a odiar en ese preciso momento —respondió Avasarala—. Quiero mucho a mi hija.

—No lo pongo en duda, señora, pero no soy ella.

Avasarala suspiró.

—No te he hecho venir y te he enseñado todo esto porque estuviera cansada del retraso en las comunicaciones. Estoy preocupada. Qué coño, tengo miedo.

—¿De qué?

—¿Quieres que te haga una lista?

Bobbie sonrió por fin. Avasarala le devolvió la sonrisa.

—Tengo miedo de que ya me hayan sacado de la partida —dijo—. Tengo miedo de no poder evitar que esos buitres y su camarilla utilicen su nuevo juguetito. Y... tengo miedo de estar equivocada. ¿Qué ocurriría, Bobbie? ¿Qué ocurriría si esa maldita cosa de Venus, sea lo que sea, despierta y nos encuentra tan divididos, jodidos e inefectivos como estamos ahora?

—No lo sé.

El terminal de Avasarala dio un pitido. Miró el nuevo mensaje. Era una nota del almirante Souther. Avasarala le había enviado un mensaje absolutamente inofensivo proponiéndole salir a comer cuando ambos volvieran a la Tierra y luego lo había cifrado con un patrón privado para que pasara la autorización de alta seguridad. Sus vigilantes tardarían al menos un par de horas en descifrarlo. Abrió la respuesta, que llegaba en texto plano.

ME ENCANTARÍA.
EL ÁGUILA ATERRIZA A MEDIANOCHE. LOS ZOOS INTERACTIVOS SON ILEGALES EN ROMA.

Avasarala rio, en esa ocasión con auténtico placer. Bobbie llegó muy por encima de su hombro y Avasarala giró la pantalla para que la marine grandullona pudiera leerlo.

—¿Qué significa?

Avasarala le hizo gestos para que se acercara hasta casi tocarle la oreja con los labios. A esa distancia tan íntima, la mujerona olía a sudor limpio y al jabón con aroma a pepino que había en todos los camarotes de invitados de Mao.

—Nada —susurró Avasarala—. Solo me sigue el juego, pero esta gente se volverá loca para descubrir de qué hablamos.

Bobbie se levantó, con una elocuente expresión de incredulidad en la cara.

—Así es como funciona esto del gobierno, ¿verdad?

—Bienvenida a la jaula de grillos —respondió Avasarala.

—Creo que voy a ir a emborracharme.

—Yo, a seguir trabajando.

Bobbie se detuvo cuando llegó al umbral de la puerta. Parecía pequeña debajo de aquel amplio marco. Una puerta en una nave espacial que conseguía que Roberta Draper pareciera pequeña. Un ejemplo más de que, en aquel yate, todo era opulento hasta decir basta.

—¿Qué pasó con ella?

—¿Con quién?

—Con su hija.

Avasarala cerró el terminal.

—Arjun le cantó hasta que se tranquilizó. Le llevó unas tres horas. Se sentó en una encimera y se puso a cantar todas las canciones que les cantábamos a los dos cuando eran pequeños. Ashanti terminó por dejar que la llevara a su habitación y la metiera en la cama.

—Lo odió a él también, ¿verdad? Porque él pudo ayudarla y usted no.

—Parece que lo va pillando, sargenta.

Bobbie se humedeció los labios.

—Tengo ganas de hacerle daño a alguien —dijo Bobbie—. Y me temo que si no son ellos, voy a terminar siendo yo.

—Todos nos enfrentamos al dolor de maneras diferentes —respondió Avasarala—. Si te sirve de algo, nunca podrás matar a la gente suficiente para evitar que muera tu pelotón. Igual que yo nunca podré salvar a la gente suficiente para que uno de ellos sea Charanpal.

Bobbie hizo una pausa larga para sopesar aquellas palabras. Avasarala casi podía oír cómo las ideas se retorcían en la cabeza de la mujer una y otra vez. Soren había sido un idiota por subestimarla. Pero Soren había sido un idiota por muchas cosas. Cuando al fin habló, la voz de la marine sonó tranquila y agradable, como si no dijera nada profundo.

—Pero no pasa nada por intentarlo.

—Eso es lo que hacemos —dijo Avasarala.

Bobbie asintió con brusquedad. Por un instante, Avasarala pensó que le iba a dedicar un saludo militar, pero en vez de eso dio media vuelta y salió hacia el bar gratuito que había en la amplia sala común. También había una fuente con chorros de agua que salpicaban a unas estatuas de caballos y mujeres semidesnudas, elaboradas con bronce falso. Si eso no daba ganas a la gente de tomarse un copazo de algo fuerte, nada lo lograría.

Avasarala tocó el terminal para volver a ver el vídeo.

—Me llamo James Holden...

Lo volvió a apagar.

—Al menos te has quitado esa puta barba —dijo a nadie en particular.

36

Prax

Prax recordó su primera epifanía. O probablemente, pensó, la que recordaba como la primera. A falta de más pruebas, aceptó que era la primera. Estaba en segundo curso, tenía solo diecisiete años y se encontraba en un laboratorio de ingeniería genética. Sentado entre las mesas de acero y los microcentrifugadores, intentaba adivinar por qué sus resultados habían sido tan malos. Volvió a comprobar sus cálculos y a leer las notas de laboratorio. El error no podía explicarse por una técnica descuidada, y su técnica no era ni siquiera descuidada.

Luego se dio cuenta de que uno de los reactivos que había usado tenía quiralidad y supo lo que había ocurrido. No había hecho nada mal, pero había dado por hecho que el reactivo se había obtenido de una fuente natural, cuando en realidad era fabricado. En lugar de ser todo moléculas de izquierdas, había una mezcla de quiralidades y la mitad de ellas eran inactivas. Descubrirlo había hecho que sonriera de oreja a oreja.

Había sido un fracaso, pero un fracaso que comprendía, lo que lo convertía en una victoria. Lo único que lamentaba era haber tardado tanto en darse cuenta de algo que debería haber descubierto antes.

Apenas había dormido los cuatro días posteriores a que se emitiera el vídeo. En lugar de ello, se había dedicado a leer los comentarios y los mensajes que acompañaban a los donativos, responder a algunos y a hacer preguntas a desconocidos de todo el sistema. La buena voluntad y la generosidad que destilaban eran contagiosas. Durante dos días, no había dormido por la euforia de sentirse útil. Cuando había conseguido dormir, había soñado que encontraba a Mei.

Cuando tuvo la respuesta, solo deseó haberla encontrado antes.

—Con el tiempo que tuvieron, podrían habérsela llevado a cualquier parte, doctor —dijo Amos—. No es por joder, pero es lo que hay.

—Es cierto —afirmó Prax—. Podrían habérsela llevado a cualquier parte mientras tuvieran suministros de su medicina disponibles. Pero ella no es el factor limitante. La cuestión es de dónde salieron.

Prax había convocado la reunión sin tener mucha idea de dónde se podría realizar. La tripulación de la *Roci* era pequeña, pero las habitaciones de Amos eran más pequeñas todavía. Había pensado hacerla en la cocina de la nave, pero los técnicos seguían trabajando en las reparaciones y Prax quería privacidad. Terminó por comprobar el flujo de contribuciones del vídeo de Holden y coger el dinero suficiente para alquilar una habitación en un club de la estación.

Estaban en una sala privada. Al otro lado de la pantalla de pared que hacía de ventana, unos telemanipuladores de construcción cambiaban ínfimamente de posición mientras los cohetes de control de inclinación se encendían y apagaban en patrones tan complejos como el lenguaje. Otra de las cosas que Prax nunca había pensado antes de llegar allí: los telemanipuladores de la estación tenían que activar cohetes de control de inclinación para que los movimientos que realizaban no desplazaran la estación en la que se encontraban. En todo y en todas partes tenía lugar un baile de movimientos minúsculos y sus consecuencias eran visibles.

Dentro de la estancia sonaba una música tranquila y melodiosa que flotaba entre las amplias mesas y las sillas con gel amortiguador. La voz del cantante era profunda y tranquilizadora.

—¿De dónde? —preguntó Amos—. Creía que venían de Ganímedes.

—El laboratorio de Ganímedes no estaba equipado para hacer investigaciones de ese calado —explicó Prax—. Y su plan consistía en que Ganímedes se convirtiera en un campo de batalla, lo cual habría sido mala idea si estaban haciendo allí la investigación principal. Ese laboratorio era de campo.

—Donde tengas la olla, no metas la polla —convino Amos.

—Tú vives en una nave espacial —dijo Holden.

—Y no follo en la cocina.

—Tú ganas.

—En todo caso —continuó Prax—, podemos asumir que el trabajo se realizaba desde una base mejor protegida. Y esa base tiene que estar en algún lugar del sistema joviano. Cerca.

—Me he vuelto a perder —interrumpió Holden—. ¿Por qué tiene que estar cerca?

—Por el tiempo de transporte. Mei puede ir a cualquier lugar si tiene un buen suministro de medicamentos, pero ella es más robusta que... que esas cosas.

Holden levantó una mano para hacer una pregunta, como si estuviera en el colegio.

—Vale, a lo mejor no te estoy entendiendo bien, pero ¿dices que esa cosa que se metió en la nave, me tiró un palé de almacenamiento de quinientos kilos y casi se abrió paso a zarpazos hasta el núcleo del reactor es más delicada que una niña de cuatro años sin sistema inmunológico?

Prax asintió. Lo atenazaron el terror y la amargura. La niña ya no tenía cuatro años. El cumpleaños de Mei había sido el mes anterior y se lo había perdido. Ya tenía cinco. Pero, a estas alturas, el terror y la amargura eran sus compañeros de viaje. Intentó no pensar en ello.

—Seré más claro —dijo Prax—. El cuerpo de Mei no está enfrentándose a su condición. En eso consiste su enfermedad, si os paráis a pensarlo. En un cuerpo normal ocurren toda una serie de cosas que no tienen lugar en el suyo. Ahora comparadlo con una de esas cosas, una de esas criaturas. Como la que entró en la nave.

—Ese hijo de puta era bastante activo —dijo Amos.

—No —replicó Prax—. O sea, sí, pero no. Me refería a actividad a nivel bioquímico. Strickland, Merrian o quienquiera que esté usando la protomolécula para reconfigurar un cuerpo humano está tomando un sistema complejo y superponiéndole otro. Sabemos que el resultado es inestable.

—Vale —dijo Naomi. Estaba sentada junto a Amos y enfrente de Holden—. ¿Y eso cómo lo sabemos?

Prax frunció el ceño. Cuando había practicado para la presentación, no esperaba que le hicieran tantas preguntas. Las cosas que él consideraba obvias desde un primer momento no lo eran para los demás. Por eso no se había metido en la enseñanza. Lo único que veía en sus caras en aquel momento era pura confusión inexpresiva.

—Muy bien —dijo—. Dejadme empezar por el principio. En Ganímedes había algo que hizo que estallara la guerra. También había un laboratorio secreto con personal que, como mínimo, sabía que iba a tener lugar un ataque antes de que ocurriera.

—Correcto —dijo Alex.

—Vale —continuó Prax—. En el laboratorio había restos de protomolécula, un chico muerto y un puñado de personas que se preparaban para marcharse. Y, cuando llegamos, solo tuvimos que pelear para entrar durante la primera mitad del camino. Después de eso, algo iba por delante de nosotros matando a todo el mundo a su paso.

—¡Anda! —exclamó Amos—. ¿Crees que fue el mismo cabrón que se coló en la *Roci*?

Prax reprimió las palabras «es obvio» antes de que le salieran disparadas de la boca.

—Es probable —dijo en su lugar—. Y también parece bastante probable que en el ataque original hubiera más de una de esas cosas.

—¿Así que escaparon dos? —preguntó Naomi, aunque Prax vio que ya intuía el problema de esa teoría.

—No, porque sabían qué iba a ocurrir. Una escapó cuando Amos les devolvió aquella granada. La otra se liberó a propósito. Pero eso da igual. Lo que importa es que usan la protomolécula para reconfigurar cuerpos humanos y no son capaces de controlarlos con fidelidad perfecta. La programación que están introduciendo falla.

Prax asintió, como si hacerlo pudiera obligarlos a seguir su cadena de razonamiento. Holden negó con la cabeza, se detuvo y asintió.

—La bomba —dijo.

—La bomba —confirmó Prax—. Aunque no supieran que el segundo bicho iba a quedar en libertad, lo habían dotado de un dispositivo explosivo incendiario.

—¡Anda! —exclamó Alex—. ¡Ya lo pillo! Deduces que esa gente sabía que, tarde o temprano, iban a perder las riendas de ese bicho, así que lo configuraron para que explotara si se les iba de las manos.

En las profundidades del espacio, una grúa de construcción se desplazaba a toda velocidad por el casco de la nave a medio construir y su foco de posición proyectó una repentina e intensa luz en la cara de su entusiasta piloto.

—Eso es —dijo Prax—. Pero también podría ser un arma secundaria o una carga que se suponía que esa cosa debía entregar. Yo creo que es una medida de seguridad. Es lo más probable, pero podría ser otras muchas cosas.

—Cierto, pero la dejó en la nave —dijo Alex.

—Con el tiempo, expulsó la bomba —matizó Prax—. ¿Lo veis? Escogió reconfigurarse a sí mismo para eliminar la carga. No la colocó para destruir la *Roci*, aunque podría haberlo hecho. No la usó contra un objetivo que ya tuviera fijado. Se limitó a soltarla.

—Y sabía que debía hacerlo...

—Tiene la inteligencia suficiente para reconocer una amenaza —dijo Prax—. Aún no sé mediante qué mecanismo. Podría ser un proceso cognitivo, un sistema de red o algún tipo de respuesta inmune modificada.

—Vale, Prax. Si, según dices, la protomolécula es capaz de deshacerse de cualquier control que se le haya impuesto y liberarse, ¿en qué situación nos deja? —preguntó Naomi.

«Al principio de todo», pensó Prax, y se lanzó a explicar la información que pensaba transmitirles desde el principio.

—Significa que dondequiera que esté el laboratorio principal, o sea, el sitio en el que no soltaron una de esas cosas, tiene que estar lo bastante cerca de Ganímedes para llevarla allí antes de que se soltara de la correa. No sé cuánto tiempo será, y me la juego a que ellos tampoco. Así que, cuanto más cerca, mejor.

—Una luna de Júpiter o una estación secreta —concluyó Holden.

—No se puede montar una estación secreta en el sistema joviano —objetó Alex—. Hay demasiado tráfico. No pasaría desapercibida. Joder, si era el centro neurálgico de la astronomía extrasolar hasta que llegamos a Urano. Si colocaras algo cerca, los observatorios se quejarían porque les cagas las imágenes, ¿no?

Naomi tamborileó en la mesa, con un sonido similar al goteo de la condensación dentro de los conductos metálicos de ventilación.

—Pues la elección obvia es Europa —dijo.

—Es Ío —dijo Prax, con un matiz de impaciencia en el tono—. He usado algo del dinero para investigar sobre los aranceles que se aplican en los tipos de arilaminas y nitroarenos que se usan en la investigación mutagénica. —Hizo una pausa—. No pasa nada, ¿verdad? Porque haya usado el dinero, digo.

—Para usarlo está —respondió Holden.

—Vale. Pues los mutágenos que solo empiezan a funcionar después de haberlos activado están muy controlados, ya que se pueden usar para investigación en armas biológicas. Pero si tienes que trabajar con ese tipo de cascada biológica y sistemas de restricción, te hacen falta. La mayoría de los suministros iban a Ganímedes, pero también había un flujo regular hacia Europa. Y cuando investigué ese flujo, no pude encontrar un destinatario, porque volvían a sacarlos de Europa unas dos horas después de haber llegado a la luna.

—Hacia Ío —aventuró Holden.

—No había registro del destino, pero los contenedores que se usan tienen que seguir las especificaciones de seguridad de la Tierra y de Marte. Son muy caros. Y esos contenedores que iban en el cargamento a Europa se devolvieron al fabricante a cambio de crédito en un transporte que salía de Ío.

Prax respiró hondo. Había sido como arrancar una muela, pero estaba bastante seguro de haber dejado claros todos los puntos que necesitaba para que las pruebas fuesen, si no conclusivas, al menos muy sugerentes.

—Entonces —dijo Amos, alargando la «e» hasta casi dar dos sílabas de más a la palabra—, ¿suponemos que los malos están en Ío?

—Sí —dijo Prax.

—Me cago en la puta, doctor. Haber empezado por ahí.

La gravedad de aceleración llegaba a un g, pero no tenía el sutil efecto Coriolis que había en la estación Tycho. Prax estaba sentado en su catre, inclinado sobre su terminal portátil. En el viaje hacia la estación Tycho había habido momentos en los que su única distracción era estar apenado y medio muerto de hambre. Nada físico había cambiado. Las paredes seguían siendo estrechas y agobiantes. El reciclador de aire no había dejado de zumbar ni repicar. La única diferencia era que, en lugar de sentirse solo, Prax había pasado a ser el centro de una enorme red de personas que tenían el mismo objetivo que él.

SEÑOR MENG, HE VISTO EL REPORTAJE SOBRE USTED Y LO APOYO CON TODO MI CORAZÓN Y MIS ORACIONES. SIENTO NO PODER ENVIARLE DINERO PORQUE VIVO CON LA AYUDA BÁSICA, PERO HE INCLUIDO EL REPORTAJE EN EL BOLETÍN DE NOTICIAS DE MI IGLESIA. ESPERO QUE ENCUENTRE A SU HIJA SANA Y SALVA.

Prax había redactado una plantilla para responder a la gente que le enviaba mensajes amables y se le había ocurrido crear un filtro que identificara dichos mensajes y usara la plantilla para responder de manera automática. No lo hizo porque no estaba seguro de poder configurarlo bien y tampoco quería que nadie sintiera que no se atendía a sus buenos deseos con las palabras que merecía. Y al fin y al cabo, tampoco es que tuviera nada que hacer en la *Rocinante*.

LE ESCRIBO PORQUE CREO QUE TENGO INFORMACIÓN QUE LE PUEDE AYUDAR EN LA BÚSQUEDA DE SU HIJA. DESDE QUE ERA MUY JOVEN, HE TENIDO SUEÑOS PREMONITORIOS MUY INTENSOS Y TRES DÍAS ANTES DE VER EL ARTÍCULO DE JAMES HOLDEN SOBRE USTED Y SU HIJA, LA VI EN UN SUEÑO. SE ENCONTRABA EN LA LUNA, EN UN LUGAR MUY PEQUEÑO SIN ILUMINACIÓN, Y ESTABA ASUSTADA. INTENTÉ CONSOLARLA. SÉ QUE LA VA A ENCONTRAR EN LA LUNA O EN UNA ÓRBITA CERCANA.

Prax no respondía a absolutamente todos los mensajes, claro.
El viaje a Ío no les iba a llevar mucho más tiempo que el de Tycho. Era posible que menos, ya que en esta ocasión seguramente no tendrían que afrontar el caos de un polizón infectado por la protomolécula que hacía estallar la bodega de carga. Cada vez que Prax pensaba demasiado en ello, le picaba la palma de la mano. Sabía dónde estaba Mei, o por lo menos dónde había estado. Cada hora que pasaba lo acercaba a ella y cada mensaje que

llegaba a su cuenta de ayuda le daba un poco más de poder. Quizás hubiera alguien más que supiera quién era Carlos Merrian y qué estaba haciendo.

Con algunos de ellos había empezado conversaciones, sobre todo intercambiando mensajes en vídeo. Había hablado con un agente de seguridad de la estación Ceres que le había ayudado con algunas búsquedas sobre aranceles y parecía un buen hombre. Había intercambiado alguna que otra grabación de vídeo con una psicoterapeuta de Marte, pero se empezó a sentir incómodo cuando intuyó que la mujer le tiraba los tejos. Todo un colegio, cien niños como mínimo, le había enviado una grabación en la que cantaban una canción en español y francés compuesta en honor a Mei y su regreso.

En términos intelectuales, sabía que nada había cambiado. Que seguía habiendo muchas probabilidades de encontrarla muerta, o al menos de no volver a verla nunca más. Pero con tanta gente, y de manera tan continuada, diciéndole que todo iba a salir bien, que esperaban que todo saliera bien, que estaban con él, costaba más caer en la desesperanza. Seguro que era algo parecido al efecto de refuerzo grupal. Era bastante común en algunas especies para el cultivo: una planta enferma o con algún problema se podía trasladar a un grupo de miembros de la misma especie en perfecto estado y la proximidad hacía que mejorara, aunque se le suministraran aparte la tierra y el agua. De acuerdo, en ese caso había mediación química, pero los humanos eran animales sociales y una mujer que sonreía desde la pantalla, cuyos ojos parecían mirar hasta lo más profundo de los de Prax y diciendo lo que este quería que fuese cierto era casi imposible de descartar de buenas a primeras.

Era egoísta, y Prax lo sabía, pero también adictivo. Había dejado de prestar atención a los donativos que entraban en la cuenta cuando supo que había alcanzado el dinero suficiente para financiar el viaje de la nave hasta Ío. Holden le había pasado un informe de gastos y una detallada hoja de cálculo con los costes, pero Prax no creía que Holden fuese a estafarlo, así que apenas había mirado nada más que el total de la parte de abajo. Cuando se alcanzó la cifra necesaria, dejó de preocuparse por el dinero.

Lo que ocupaba su tiempo y su atención eran los comentarios.

Oyó a Alex y Amos charlando tranquilos en la cocina. Le recordó a cuando vivía en la residencia universitaria. Saber que había otras voces, otras presencias, y lo reconfortante de aquellos sonidos familiares. No era tan distinto a leer los hilos de comentarios.

PERDÍ A MI HIJO HACE CUATRO AÑOS Y AUN ASÍ NO PUEDO NI IMAGINARME POR LO QUE DEBE DE ESTAR PASANDO EN ESTOS MOMENTOS. ME GUSTARÍA PODER AYUDARLE MÁS.

Había reducido la lista a unas pocas decenas. Era media tarde para la hora aleatoria que se había dispuesto en la nave, pero tenía muchísimo sueño. Pensó en dejar el resto de mensajes para después de echarse una siesta, pero decidió leerlos sin obligarse a responderlos todos. Alex rio. Amos hizo lo propio.

Prax abrió el quinto mensaje.

ERES UN PUTO ENFERMO Y UN CABRONAZO DE MIERDA. COMO TE VEA, JURO POR DIOS QUE TE VOY A MATAR CON MIS PROPIAS MANOS. A LA GENTE COMO TÚ DEBERÍAN VIOLARLA HASTA LA MUERTE PARA QUE SE ENTERARAN DE LO QUE SE SIENTE.

Prax intentó recuperar el aliento. El dolor repentino que sintió era como si le hubieran dado un golpe en el plexo solar. Borró el mensaje. Llegó otro, y luego tres más. Después, una docena. Prax abrió con miedo uno de los nuevos.

OJALÁ TE MUERAS.

—No lo entiendo —dijo Prax al terminal.

Los mensajes de odio habían empezado a llegar de pronto, y eran constantes y del todo inexplicables. Inexplicables hasta que abrió un mensaje en el que vio un enlace a un vídeo público. Prax envió una solicitud y cinco minutos después la pantalla se le quedó en negro, vio brillar por un instante el logo azul de uno de los mayores agregadores de noticias de la Tierra y apareció el título de la lista de vídeos: La Verdadera Transmisión.

Cuando desapareció el logo, Nicola lo miraba desde la pantalla. Prax extendió la mano hacia los controles, con una parte de su mente insistiendo en que de algún modo había pasado a sus mensajes privados, aunque el resto de él sabía lo que era en realidad. Nicola se humedeció los labios, apartó la vista por un momento y luego volvió a mirar a cámara. Parecía cansada. Exhausta.

—Me llamo Nicola Mulko. Estaba casada con Praxidike Meng, el hombre que pidió ayuda para encontrar a su hija desaparecida... a mi hija, Mei.

Una lágrima resbaló por la mejilla de Nicola, que no se la enjugó.

—Lo que no saben, lo que nadie sabe, es que Praxidike Meng es una persona horrible. Desde que conseguí separarme de él, he intentado recuperar a Mei. Creía que solo me maltrataría a mí. No pensaba que también pudiera hacerle daño a la niña. Pero algunos de los amigos que tengo en Ganímedes me han asegurado que después de marcharme...

—Nicola —dijo Prax—. No. No lo hagas.

—Praxidike Meng es un hombre violento y peligroso —aseguró Nicola—. Como madre de Mei, creo que ha sido maltratada emocional, física y sexualmente por ese monstruo desde que me marché. Y que su supuesta desaparición durante los acontecimientos de Ganímedes es una estratagema para ocultar que al final la ha asesinado.

Las lágrimas surcaban sin freno las mejillas de Nicola, pero tanto su voz como su mirada estaban muertas como un pescado podrido.

—Yo soy la única culpable —continuó—. Nunca debí marcharme sin llevarme también a mi pequeña...

37

Avasarala

—Yo soy la única culpable —dijo la mujer con los ojos inundados de lágrimas.

Avasarala detuvo el vídeo y se reclinó en la silla. El corazón le latía más rápido de lo normal y sentía cómo los pensamientos nadaban bajo el hielo de su mente consciente. Le dio la impresión de que si alguien apretara la oreja contra su cabeza, oiría el zumbido de su cerebro.

Bobbie estaba sentada en la cama con dosel. Conseguía hacerla parecer pequeña, algo impresionante de por sí. Tenía una pierna bajo el cuerpo y una baraja de cartas delante, colocada sobre la colcha verde y dorada. La marciana había dejado de hacer caso al solitario. Miraba a Avasarala, y la anciana sintió que una sonrisilla empezaba a abrirse camino hacia sus labios.

—Hay que joderse —dijo—. Le tienen miedo.

—¿Quién tiene miedo de quién?

—Errinwright está actuando contra Holden y ese cabrón de Meng, sea quien sea. Lo acaban de obligar a actuar. Yo no he sido capaz de hacerlo nunca.

—¿No cree que el botánico abusara de su hija? —preguntó Bobbie, con curiosidad.

—Puede que sí, pero esto... —Dio un golpecito a la cara inmóvil y lacrimosa de la exmujer del botánico—. Es una campaña de desprestigio. Te apuesto la paga de una semana a que he almorzado con la mujer que la coordina.

La mirada escéptica de Bobbie consiguió que Avasarala sonriera aún más.

—Esto —siguió diciendo Avasarala— es la primera cosa buena de verdad que ha ocurrido desde que nos subimos a este burdel flotante. Tengo trabajo que hacer. Joder, ojalá estuviera en mi despacho.

—¿Quiere un té?

—Ginebra —respondió Avasarala, activando la cámara de su terminal—. Vamos a celebrarlo.

En la imagen de la cámara parecía mucho más pequeña de lo que era en realidad. Las habitaciones estaban diseñadas para llamar la atención desde cualquier ángulo en el que se colocara, como si estuviera atrapada en una postal. Cualquier pasajero del yate podía alardear de encontrarse allí sin decir ni una palabra, pero con la poca gravedad que había, su pelo se separaba de la cabeza como si acabara de levantarse de la cama. O peor, la hacía parecer exhausta a nivel emocional y deteriorada a nivel físico.

«Deja estar todo eso —se dijo a sí misma—. Ponte la máscara.»

Respiró hondo, hizo un gesto obsceno a la cámara y empezó a grabar.

—Almirante Souther —dijo—, muchas gracias por su último mensaje. He descubierto algo que quizá sea de su interés. Parece que alguien se ha disgustado hace poco con James Holden. Si me encontrara junto a la flota en lugar de flotando por ahí en medio del puto Sistema Solar, lo invitaría a un café para hablar sobre ello, pero, como es imposible, voy a permitirle el acceso a algunos de mis archivos personales. He estado siguiendo a Holden. Eche un vistazo a lo que tengo y dígame si llega a las mismas conclusiones que yo.

Envió el mensaje. Lo siguiente que debería haber hecho era contactar con Errinwright. Si la situación hubiera sido la que ambos fingían que era, Avasarala lo habría mantenido involucrado e informado. Durante un momento, pensó en guardar las formas, en seguir fingiendo. Bobbie se inclinó sobre ella desde la derecha y dejó en el escritorio una copa de ginebra, que emitió un suave tintineo. Avasarala la cogió y dio un pequeño sorbo. La ginebra que destilaba la marca de Mao era excelente, incluso sin la rodaja de cáscara de lima.

«Al carajo. Que le den a Errinwright.» Abrió la lista de contactos, pasó los nombres hasta encontrar el que quería y pulsó el botón de grabar.

—Señora Corlinowski, acabo de ver el vídeo filtrado en el que se acusa a Praxidike Meng de tirarse a su adorable pequeña de cinco años. ¿Me podría decir en qué momento el Departamento de Prensa de la ONU se convirtió en un puto tribunal de divorcios? Si sale a la luz que estamos detrás de esto, me gustaría saber el nombre de la persona a la que voy a tener que cesar en público, y ahora mismo me da la impresión de que es usted. Dé recuerdos a Richard de mi parte y responda antes de que los despida a usted y a su incompetencia.

Detuvo la grabación y pulsó el botón de enviar.

—¿Cree que ha sido ella la que lo ha preparado? —preguntó Bobbie.

—Podría ser —dijo Avasarala, y dio otro sorbo a la ginebra. Estaba buena. Si no tenía cuidado, iba a beber demasiado—. Si no lo es, descubrirá quién ha sido y nos lo servirá en bandeja de plata. Emma Corlinowski es una cobarde. Por eso la adoro.

Durante la hora siguiente, Avasarala envió una docena de mensajes más, actuación teatral tras actuación teatral. Abrió una investigación de responsabilidad a la exmujer de Meng y solicitó un estudio legal para saber si se podía acusar de calumnias a la ONU. Puso en alerta roja a la coordinadora de las ayudas de Ganímedes para que recopilara toda la información posible sobre Mei Meng y su búsqueda. Realizó solicitudes de alta prioridad para que se identificara al doctor y a la mujer del vídeo de Holden. Y terminó con una diatriba de veinte minutos dirigida a un antiguo compañero de almacenamiento de datos que incluía una disimulada y tácita solicitud de la misma información.

Errinwright había cambiado las reglas del juego. De haber tenido libertad, Avasarala habría sido imparable. Pero tal y como estaban las cosas, tenía que dar por hecho que cualquier movimiento que realizara se iba a catalogar y contrarrestar desde el momento en que lo hiciera. Errinwright y sus aliados eran humanos y, si mantenía un flujo constante de solicitudes y demandas, de parrafadas y halagos, quizá pasaran algo por alto. O quizá alguien de un canal de noticias se diera cuenta del repunte de actividad y lo investigara. O como mínimo, sus esfuerzos quizás impedirían que Errinwright durmiera bien alguna noche.

Era lo único que podía hacer. No era suficiente. Los largos años que llevaba practicando la sutil danza de la política y el poder la habían dejado con unas expectativas y unos reflejos que no podía expresar desde allí. El retraso la frustraba muchísimo y se desquitaba con cualquiera a quien estuviera grabando un vídeo en el momento. Se sentía como una intérprete de talla mundial delante de un auditorio lleno hasta los topes que se veía obligada a tocar un silbato.

No se dio cuenta de que se había terminado la ginebra. Se llevó la copa a los labios, la encontró vacía y recordó que no era la primera vez que lo hacía. Habían pasado cinco horas. Solo había recibido tres respuestas de los casi cincuenta mensajes que había enviado. No se debía solo al retraso. Era porque alguien estaba haciendo el control de daños.

Tampoco se dio cuenta de que tenía hambre hasta que Cotyar entró con un plato y le llegó el aroma del cordero al curry y la sandía. Su estómago despertó con un rugido y Avasarala apagó el terminal.

—Me acabas de salvar la vida —dijo al hombre mientras hacía un gesto hacia el escritorio.

—Ha sido idea de la sargenta Draper —aclaró él—. Después de que le preguntara tres veces y la ignorara.

—No lo recuerdo —dijo ella mientras Cotyar le ponía el plato delante—. ¿Es que aquí no hay sirvientes? ¿Por qué me traes tú la comida?

—Sí que hay, señora, pero no permito que entren aquí.

—Eso es pasarse, ¿no crees? ¿Estás nervioso?

—Lo que usted diga, señora.

Avasarala comió rápido. Le dolía la espalda y sentía punzadas en la pierna izquierda por pasar demasiado tiempo sentada en la misma posición. Eran el tipo de cosas que no le pasaban cuando era joven. Por otra parte, en aquellos tiempos no tenía la capacidad de abroncar a todos los peces gordos de la Organización de las Naciones Unidas y que se la tomaran en serio. El tiempo le había robado la fuerza, pero le había proporcionado poder a cambio. Era un trato justo.

No esperó a terminar la comida. Encendió el terminal mientras tragaba los últimos bocados. Tenía cuatro mensajes en espera. Uno de Souther, alabado fuera su marchito corazón. Otro de alguien de asesoramiento legal cuyo nombre no reconoció, otro del mismo lugar pero del que sí reconocía el nombre y el último de Michael-Jon, que era probable que estuviera relacionado con Venus. Abrió el mensaje de Souther.

El almirante apareció en pantalla y Avasarala tuvo que refrenarse para no saludarlo. Era una grabación en vídeo, no imagen en tiempo real. Lo odiaba.

—Chrisjen —dijo el almirante—. Tiene que tener cuidado con toda esa información que me envía. Arjun se va a poner celoso. No sabía que nuestro amigo Jimmy tenía algo que ver con todo este último revuelo.

«Nuestro amigo Jimmy.» No quería decir el apellido de Holden en voz alta. Interesante. Souther esperaba que hubiera algún filtro activo de búsqueda configurado para entresacar la palabra «Holden». Intentó adivinar si el almirante creía que filtro estaba en sus propios mensajes salientes o en los entrantes de ella. Si Errinwright había sido listo, que lo era, vigilaría el tráfico de los dos en ambos sentidos. ¿Acaso tenía miedo de alguien más? ¿Cuántos jugadores había en la mesa? No tenía suficiente información para seguir por ahí, pero al menos era interesante saberlo.

—Veo hacia dónde podrían llevarla sus preocupaciones —dijo Souther—. Estoy haciendo averiguaciones, pero ya sabe cómo son estas cosas. Puede que sepamos algo en un minuto o que se retrase todo un año. Pero no perdamos el contacto. Aquí están pasando cosas más que suficientes para hacerme desear que pudiéramos tener ese almuerzo juntos. Todos tenemos muchas ganas de verla de nuevo.

«Menuda mentira más descarada», pensó Avasarala. Aun así, era un detalle por su parte decirlo. Arrastró el tenedor por el fondo del plato y recogió un fino residuo de curry adherido a la plata.

El primer mensaje era de un joven con acento brasileño que le explicaba que la ONU no tenía nada que ver con el vídeo que había puesto en circulación Nicola Mulko y, por lo tanto, no se le podía atribuir ninguna responsabilidad. El segundo era del supervisor del chico, disculpándose en su nombre y asegurándole que tendría un informe completo antes de que acabara el día, lo cual se parecía más a lo que esperaba. La gente inteligente aún tenía miedo de ella. Saberlo la nutrió más que el cordero que acababa de comer.

Mientras extendía el brazo hacia la pantalla, la nave se movió a sus pies y la gravedad tiró de ella un poco hacia un lado. Apoyó la mano en el escritorio. El curry y los restos de la ginebra se le revolvieron en las tripas.

—¿Eso estaba previsto? —gritó.

—Sí, señora —respondió Cotyar desde la habitación contigua—. Una rectificación de rumbo estaba prevista.

—Pues no pasa nunca en mi puto despacho —dijo ella.

Michael-Jon apareció en la pantalla. El hombre parecía un tanto confuso, pero podría haber sido cosa del ángulo de la cara. Avasarala sintió que algo iba mal.

Por un instante, visualizó la *Arboghast* flotando y desmontándose. Por inercia, paró el vídeo. Algo al fondo de su mente quería apartarse de aquello. No saber nada.

No era difícil comprender por qué Errinwright, Nguyen y su camarilla se habían apartado del tema de Venus, del caos alienígena que estaba transformándose en orden y en algo más que orden. Ella también sentía aquel miedo ancestral acechando al fondo de su mente. Era mucho más fácil centrarse en el juego de siempre, en los patrones conocidos, en la vieja historia de guerra y conflicto, en el engaño y la muerte. Por espantoso que fuese, al menos era familiar. Era conocido.

De niña había visto una película en la que un hombre veía la cara de Dios. Durante la primera hora, el protagonista llevaba la aburrida vida de quien aguanta con la ayuda básica en la costa meridional de África. Pero al ver a Dios, había una escena en la que el hombre gimoteaba durante diez minutos, para luego pasarse otra hora intentando recuperarse y volver a la misma vida absurda que tenía al principio. Avasarala había odiado la película. Pero en aquel momento, casi la entendía. Apartarse era algo natural. Aunque fuese estúpido, absurdo y autodestructivo, era natural.

Guerra. Matanza. Muerte. Toda la violencia que abrazaban Errinwright y sus hombres (y sabía casi a ciencia cierta que todos eran hombres) los atraía porque les resultaba reconfortante. Y porque estaban asustados.

Bueno, pues ella también.

—Putos cobardes —dijo mientras volvía a reanudar el vídeo.

—Venus es capaz de pensar —dijo Michael-Jon, en lugar de saludar o seguir cualquier protocolo social—. He hecho que el equipo de análisis de señales investigara los datos que recibimos de las corrientes eléctricas y de agua, y hemos encontrado un modelo plausible. Solo tiene una correlación de un sesenta por ciento, pero estoy más cómodo con él que con el puro azar. A pesar de que, como es obvio, tiene una anatomía diferente, su estructura funcional se parece, más que a nada, a la de un cetáceo resolviendo problemas de razonamiento espacial. A ver, sigue estando el asunto del vacío explicativo, y en eso no puedo ayudar, pero con lo que hemos visto hasta ahora, estoy bastante seguro de que los patrones que vimos eran que estaba pensando. Eran los mismos pensamientos, como neuronas comunicándose.

Miró hacia la cámara como esperando respuesta de Avasarala y pareció un poco decepcionado al no obtenerla.

—He pensado que querrías saberlo —dijo antes de parar la grabación.

Antes de que Avasarala pudiera preparar una respuesta, llegó un nuevo mensaje de Souther. Lo abrió, con una sensación de alivio y gratitud de la que se avergonzó un poco.

—Chrisjen —dijo el hombre—, tenemos un problema. Debería comprobar las asignaciones de fuerzas en Ganímedes y decirme si estamos viendo lo mismo.

Avasarala frunció el ceño. El retraso ya superaba los veintiocho minutos. Preparó una solicitud estándar, la envió y se levantó. Tenía la espalda hecha un desastre. Anduvo hacia la sala común de la *suite*. Bobbie, Cotyar y otros tres hombres estaban sentados en círculo con una baraja de cartas repartida. Póquer. Avasarala se acercó a ellos, haciendo juego de caderas cuando notaba molestias al moverse. La baja gravedad hacía que le dolieran las articulaciones. Se agachó junto a Bobbie.

—Repartidme a mí también en la próxima mano —dijo.

La orden procedía de Nguyen, y a primera vista no tenía sentido alguno. Seis destructores de la ONU habían recibido la orden de abandonar la patrulla de Ganímedes y quemar fuerte con un rumbo que parecía no llevar a ninguna parte. Los primeros informes indicaban que, tras un tiempo prudencial de preguntarse qué coño pasaba, Marte había enviado un destacamento similar hacia el mismo lugar.

Nguyen planeaba algo, y Avasarala no tenía ni idea de qué podía ser. Pero Souther la había avisado de ello y pensaba que sería capaz de ver algo.

Descubrirlo le llevó una hora más. La *Rocinante* de Holden había partido de la estación Tycho quemando suave en dirección al sistema joviano. Quizás hubiera registrado su plan de vuelo en la APE, pero no había informado a la Tierra ni a Marte, lo que significaba que Nguyen también lo vigilaba.

No solo le tenían miedo. Estaban decididos a acabar con él.

Avasarala se sentó en silencio un momento largo antes de volver a levantarse y regresar a la partida. Cotyar y Bobbie estaban al final de una ronda de apuestas altas, por lo que la pila de trocitos de chocolate que usaban para apostar tenía casi cinco centímetros de altura.

—Señor Cotyar —dijo Avasarala—, sargenta Draper. Vengan conmigo, por favor.

Las cartas desaparecieron. Los tres hombres se miraron entre ellos, nerviosos, mientras Avasarala volvía hacia su dormitorio. Cerró la puerta con mucha suavidad después de que entraran Cotyar y Bobbie. Ni siquiera chasqueó.

—Estoy a punto de hacer algo que quizá tire de algún gatillo —les dijo—. Si lo hago, la naturaleza de nuestra situación puede cambiar.

Cotyar y Bobbie cruzaron las miradas.

—Tengo cosas que querría sacar de la bodega —dijo Bobbie.

—Informaré a los hombres —dijo Cotyar.

—Diez minutos.

El retraso entre el *Guanshiyin* y la *Rocinante* también era demasiado como para mantener una conversación, pero menor que el que había para enviar un mensaje a la Tierra. La sensación de estar tan lejos de casa empezaba a resultarle un poco mareante. Cotyar entró en la habitación y asintió una vez. Avasarala encendió el terminal y solicitó una conexión por mensaje láser. Introdujo el código del transpondedor de la *Rocinante*. Menos de un minuto después, llegó un mensaje para informar de que se había rechazado la conexión. Avasarala sonrió para sí misma y abrió una conexión con el puesto de mando.

—Aquí la ayudante de la subsecretaría Avasarala —anunció, como si pudiera estar llamando alguna otra persona a bordo—. ¿Qué coño ha pasado con su sistema de mensajería láser?

—Lo siento mucho, señora —dijo un joven de brillantes ojos azules y pelo corto y rubio—. Ese canal de comunicaciones no se encuentra disponible ahora mismo.

—¿Por qué coño no se encuentra disponible?

—No se encuentra disponible, señora.

—Muy bien. No quería hacer esto por radio, pero puedo emitir si es necesario.

—Siento informarle de que no será posible —respondió el chico.

Avasarala respiró muy hondo y soltó el aire entre los dientes.

—Póngame con el capitán —exigió.

La imagen cambió un momento después. El capitán era un hombre de cara enjuta con los ojos marrones de un setter irlandés. Por la expresión de su boca y lo apretados que tenía los labios, Avasarala dedujo que aquel hombre sabía la que se le venía encima, al menos a grandes rasgos. Avasarala se quedó mirando a cámara fijamente un instante. Era un truco que había aprendido al principio de su carrera. Mirar hacia la pantalla hacía que la otra persona se sintiera observada. Pero mirar justo hacia el pequeño punto negro de la lente era como clavarle la mirada.

—Capitán, necesito enviar un mensaje de alta prioridad.

—Lo siento mucho. Tenemos problemas técnicos con la batería de comunicaciones.

—¿Tiene un sistema de respaldo? ¿Una lanzadera que podamos activar? ¿Cualquier cosa?

—Ahora mismo, no.

—Me está mintiendo —afirmó Avasarala. Luego, al ver que el hombre no decía nada, añadió—: Solicito oficialmente que este yate active su baliza de emergencia y cambie de rumbo hacia el lugar más cercano donde pueda recibir ayuda.

—Me va a ser imposible cumplir con su solicitud, señora. Si tiene un poco de paciencia, la llevaremos a Ganímedes sana y salva. Seguro que cualquier reparación pertinente puede efectuarse al llegar.

Avasarala se inclinó hacia el terminal.

—Puedo subir ahí arriba para que tengamos esta conversación cara a cara —dijo—. Capitán, conoce la ley tan bien como yo. Active la baliza o deme acceso a las comunicaciones.

—Señora, es usted la invitada de Jules-Pierre Mao, y la respeto. Pero el señor Mao es el propietario de esta nave y yo respondo ante él.

—Lo tomaré como un no.

—Lo siento mucho.

—Cometes un error, gilipollas de mierda —dijo Avasarala justo antes de cortar la comunicación.

Bobbie entró en la habitación. Tenía el rostro resplandeciente y un aire ansioso, como un perro que corre tirando de su correa. La gravedad cambió ligeramente. Otra corrección de rumbo, pero no un cambio.

—¿Cómo ha ido? —preguntó Bobbie.

—Declaro que esta nave ha infringido las leyes y los protocolos pertinentes —anunció Avasarala—. Cotyar, eres testigo de ello.

—Lo que usted diga, señora.

—Muy bien. Bobbie, ponme al mando de esta puta nave.

38

Bobbie

—¿Necesitas algo más de nosotros? —preguntó Cotyar.

Dos de sus hombres estaban trasladando una caja grande con un letrero que rezaba ROPA FORMAL hacia la habitación de Avasarala. Usaban una plataforma grande para mover muebles y no dejaban de gruñir por el esfuerzo. A pesar del llevadero cuarto de g del impulso del *Guanshiyin*, la armadura de Bobbie pesaba más de cien kilos.

—¿Seguro que en esta habitación no hay vigilancia? —preguntó Bobbie—. Esto saldrá mucho mejor si no tienen ni idea de lo que está a punto de ocurrir.

Cotyar se encogió de hombros.

—No he podido detectar ningún dispositivo de escucha activo.

—Pues muy bien —sentenció Bobbie mientras daba un golpecito en la caja de fibra de vidrio con los nudillos—. Ábrela.

Cotyar tocó algo en su terminal portátil y los cierres de la caja emitieron un sonido agudo al abrirse. Bobbie separó de un tirón el panel abierto y lo apoyó contra la pared. Dentro de la caja, suspendida entre una maraña de cintas elásticas, estaba su armadura.

Cotyar silbó.

—Una Goliath III. No puedo creer que te dejaran conservarla.

Bobbie cogió el casco y lo dejó en la cama, para luego sacar de las cintas el resto de partes de la armadura y colocarlas una por una en el suelo.

—Se la dieron a vuestros encargados de tecnología para comprobar el vídeo que estaba almacenado en ella. Cuando Avasarala le siguió el rastro, descubrió que cogía polvo en un armario. A nadie pareció importarle que se la llevara.

Sacó el brazal derecho de la armadura. No esperaba que le hubieran dejado la munición de dos milímetros que usaba el arma integrada, pero se sorprendió al ver que habían sacado el arma entera del armazón. Tenía sentido que retiraran el armamento antes de entregar la armadura a unos civiles, pero aquello no evitaba que se sintiera molesta.

—Mierda —exclamó—. No dispararé a nadie, por lo visto.

—Si lo hicieras —dijo Cotyar, con una sonrisa—, ¿las balas perderían velocidad siquiera al atravesar los dos cascos de la nave y dejar escapar todo el aire?

—No —dijo Bobbie mientras ponía la última pieza de la armadura en el suelo y empezaba a sacar las herramientas necesarias para volver a montarla—, pero eso podría ser un punto a mi favor. El arma de este equipo está diseñada para atravesar armaduras similares, por lo que cualquier proyectil que pudiera penetrar mi armadura también debería poder atravesar el casco de la nave. Lo que quiere decir...

—Que el personal de seguridad de esta nave no tiene armas capaces de atravesar tu armadura —terminó Cotyar—. A tus órdenes. ¿Cuántos de los míos quieres que te acompañen?

—Ninguno —respondió Bobbie al tiempo que insertaba en la parte trasera de la armadura la batería nueva que le habían dado los técnicos de Avasarala y el panel brillaba en un adorable color verde que indicaba «energía al máximo»—. Cuando empiece con lo mío, lo lógico sería que fueran a por la ayudante de la subsecretaría para usarla de rehén. Tu trabajo es impedirlo.

Cotyar volvió a sonreír. Una sonrisa sin atisbo de humor.

—A tus órdenes.

Bobbie tardó poco menos de tres horas en volver a montar la armadura y prepararla para la batalla. Solo le habría llevado dos, pero se permitió una hora más porque recordó que le faltaba práctica. Cuanto menos iba faltando para tenerla terminada, más se apretaba el nudo que tenía en el estómago. En parte se debía a la tensión natural antes de una batalla, que su etapa con los marines le había enseñado a aprovechar. Permitió que el estrés la obligara a comprobarlo todo tres veces. Cuando estuviera en el fragor de la lucha, sería demasiado tarde para hacerlo.

Pero en el fondo Bobbie sabía que la posibilidad de la violencia no era lo único que le revolvía las tripas. Era imposible olvidar lo que había ocurrido la última vez que llevó puesta esa armadura. El esmalte rojo del camuflaje marciano estaba picado y arañado debido a la explosión del monstruo y a su derrape a alta velocidad por el hielo de Ganímedes. En la rodilla vio un pequeño escape de fluidos que le recordó al soldado Hillman. A su amigo, a Hilly. Mientras limpiaba el protector facial del casco, recordó la última vez que había hablado con el teniente Givens, su oficial al mando, justo antes de que el monstruo lo partiera en dos.

Cuando la armadura estuvo terminada y tendida en el suelo, abierta y preparada para que Bobbie entrara en ella, un escalofrío le recorrió la espalda. Por primera vez desde que la usaba, el interior le pareció pequeño. Sepulcral.

—No —dijo para sí misma.

—¿No? —preguntó Cotyar, que estaba sentado en el suelo a su lado y sostenía las herramientas que pensaba que podían ser necesarias. Había estado tan callado durante el proceso de ensamblaje que Bobbie había olvidado su presencia.

—No tengo miedo de volvérmela a poner —aclaró.

—Vale —respondió Cotyar, asintiendo. Luego metió las herramientas en la caja—. Lo que tú digas.

Bobbie se puso en pie y sacó de la caja el leotardo negro de cuerpo entero que se llevaba debajo de la armadura. Sin pensar, se quedó en ropa interior y empezó a ponerse aquella prenda ceñida. Estaba sacando puntas de cable de la armadura y conectándolos a los sensores que había repartidos por el leotardo cuando se dio cuenta de que Cotyar se había vuelto de espaldas a ella y de que el tono de piel marrón claro de su cara había pasado a ser rojo como la superficie de Marte.

—Vaya —dijo la marine—. Perdona. Me he desnudado para ponerme esto tantas veces delante de mis compañeros que ya lo hago por inercia.

—No hace falta que te disculpes —dijo Cotyar, sin darse la vuelta—. Es solo que me ha cogido desprevenido.

El hombre aventuró una mirada hacia ella y, cuando vio que Bobbie ya llevaba puesto el leotardo, se volvió de nuevo para ayudarla a conectarlo a la armadura.

—Eres... —dijo, y calló durante un latido del corazón—. Eres maravillosa.

Le llegó el turno a ella de ruborizarse.

—¿No estás casado? —preguntó Bobbie mientras sonreía, feliz por aquella distracción. La sensación tan humana de incomodidad ante los indicios de cortejo sexual alejó de su mente al monstruo.

—Sí —respondió Cotyar, al tiempo que unía el último conductor a un sensor en la parte baja de la espalda de la marine—. Mucho. Pero no soy ciego.

—Gracias —dijo Bobbie, y le dio una palmadita amistosa en el hombro. Tras unos momentos forcejeando con la estrechez de la armadura, se sentó en el torso abierto y se deslizó hacia abajo, hasta que metió al completo las piernas y los brazos—. Ciérramela.

Cotyar selló el torso como Bobbie le había enseñado, para luego ponerle el casco y fijarlo en su sitio. Dentro de la armadura, el visor táctico se iluminó con la rutina de arranque. La envolvió un zumbido suave y casi subliminal. Activó la batería de micromotores y bombas que alimentaba la exomusculatura y se incorporó.

Cotyar la miraba con gesto inquisitivo. Bobbie activó el altavoz externo y dijo:

—Vale, parece que aquí dentro todo está bien. Tenemos luz verde.

Se puso en pie sin esfuerzo y sintió aquella vieja sensación de fuerza casi ilimitada que recorría sus miembros. Sabía que, si se impulsaba con fuerza con las piernas, daría contra el techo con la suficiente fuerza para provocarle daños graves. Un movimiento repentino con el brazo bastaría para lanzar por los aires la cama con dosel o romperle la espalda a Cotyar. Saberlo la obligaba a moverse con una suavidad deliberada que era fruto de un largo entrenamiento.

Cotyar metió la mano en su chaqueta y sacó una pistola negra y lisa de balas corrientes. Bobbie sabía que el equipo de seguridad las llevaba cargadas con munición plástica de alto impacto, para no abrir agujeros en el casco de la nave. Era el mismo tipo de munición que usaría el equipo de seguridad de Mao. Cotyar hizo ademán de pasársela, pero entonces comparó el grosor de los dedos acorazados de la armadura con el espacio para el gatillo de la pistola y se encogió de hombros, como pidiendo perdón.

—No la voy a necesitar —dijo Bobbie. La voz sonó metálica, desalmada, inhumana.

Cotyar sonrió de nuevo.

—A tus órdenes.

Bobbie pulsó con fuerza el botón que llamaba el ascensor de la quilla y luego deambuló de un lado a otro por la sala mientras se acostumbraba a los movimientos de la armadura. Había un nanosegundo de retraso entre la intención de mover un miembro y la reacción de la armadura, lo que daba un cierto aire onírico al acto de caminar, como si el deseo de mover una extremidad y el movimiento en sí parecieran dos acontecimientos separados. Las horas de entrenamiento habían conseguido hacer desaparecer aquella sensación cuando Bobbie llevaba la armadura, pero siempre tardaba unos minutos en acostumbrarse a la extrañeza que entrañaba.

Avasarala entró en la sala común desde la habitación que usaban como centro de comunicaciones y se sentó en el bar. Se sirvió un chupito bien cargado de ginebra y exprimió unas gotas de lima sobre el líquido, casi sin pensárselo. La anciana llevaba unos días bebiendo más de lo habitual, pero no era misión de Bobbie señalárselo. Quizá la ayudaba a dormir.

Como habían pasado varios minutos y no llegaba el ascensor, Bobbie se acercó a trompicones hacia la consola y pulso el botón varias veces más. Apareció un mensaje que rezaba FUERA DE SERVICIO.

—Joder —dijo en voz baja—. De verdad nos tienen secuestrados.

Había dejado conectados los altavoces externos y aquella voz inhumana que salía de la armadura retumbó por toda la habitación. Avasarala no levantó la vista de la bebida, pero sí que dijo:

—Recuerda lo que te dije.

—¿Cómo? —preguntó Bobbie, sin prestar atención.

Subió a trompicones por la escalerilla de la tripulación hacia la escotilla de la cubierta que tenían encima y pulsó el botón. La escotilla se abrió. Aquello significaba que todo el mundo seguía fingiendo que la situación no era un secuestro. Podían encontrar una excusa para el ascensor, pero explicar por qué la ayudante de la subsecretaría estaba aislada del resto de la nave les habría costado más. Quizá pensaran que una septuagenaria sería reacia a subir por la escalerilla y bastaba con apagar el ascensor. Tal vez tuvieran razón. Avasarala no parecía en forma como para subir sesenta metros de escalones, ni en aquella baja gravedad.

—Nadie de esa gente estuvo en Ganímedes —dijo Avasarala.

—Vale —respondió Bobbie, sin captar el sentido de la afirmación.

—Nunca podrás matar a los suficientes para que vuelva tu pelotón —aclaró Avasarala. Se terminó la ginebra, se levantó del bar y se marchó a su habitación.

Bobbie no respondió. Se impulsó hacia la cubierta superior y la escotilla se cerró a su paso.

Su armadura estaba diseñada precisamente para una misión de aquellas características. Las armaduras de exploración de la clase Goliath original estaban construidas para equipos de abordaje a naves en batallas espaciales, por lo que tenían mucha maniobrabilidad en espacios reducidos. Por buena que fuese una armadura, no servía de nada si impedía al soldado que la llevaba subir escalerillas, atravesar escotillas y moverse cómodamente en microgravedad.

Bobbie ascendió hasta la escotilla de la siguiente cubierta y pulsó el botón. La consola respondió con una luz de aviso roja. Después de echar un vistazo a los menús descubrió la razón: habían dejado el ascensor de la tripulación sobre la escotilla y lo habían desconectado para crear una barricada. Lo que indicaba que sabían que Avasarala y los suyos tramaban algo.

Estaba en otra sala de descanso, casi idéntica a la que acababa de abandonar. Bobbie miró a su alrededor hasta encontrar el lugar más probable en el que hubieran podido ocultar una cámara. Saludó con la mano. «Esto no me detendrá, chicos.»

Volvió a bajar por la escalerilla y se dirigió hacia el enorme cuarto de baño. En una nave tan lujosa, no era adecuado llamarlo el tigre. Buscó durante unos momentos la escotilla de servicio del mamparo, que estaba bien escondida. Bobbie la arrancó de la pared.

Al otro lado encontró un revoltijo de tuberías y un pasillo estrecho en el que apenas podía entrar con su armadura. Se metió y recorrió el camino entre tuberías a lo largo de dos cubiertas. Luego dio una patada a la otra escotilla de servicio y entró en la habitación contigua.

Aquel compartimento resultó ser una cocina secundaria que contaba con una serie de fogones y hornos en una pared, varios refrigeradores y muchas encimeras, todas de acero inoxidable resplandeciente.

Su armadura le advirtió que alguien la apuntaba y el visor táctico le mostró con delgadas líneas rojas los rayos infrarrojos que dirigían hacia ella y solían ser invisibles. Tenía media docena de esas líneas en el torso, todas ellas procedentes de las armas negras y compactas del personal de seguridad de Mao-Kwik que había en el extremo opuesto de la estancia.

Bobbie se enderezó. Tuvo que reconocer a los matones el mérito de no retroceder. El visor táctico de la armadura repasó la base de datos de armas y le informó de que los hombres llevaban subfusiles de 5 milímetros con el almacenamiento de munición estándar de trescientos proyectiles y una cadencia de diez disparos por segundo. La armadura calificó las armas como una amenaza baja, a menos que usaran munición explosiva perforadora, algo improbable debido a que detrás de ella estaba el casco de la nave.

Bobbie se aseguró de que los altavoces externos seguían encendidos y dijo:

—Muy bien, chicos, vamos a...

Abrieron fuego.

Por un instante, la cocina se convirtió en un caos. La munición de plástico de alto impacto rebotó contra su armadura, los mamparos y toda la habitación. Reventó recipientes de comida deshidratada, sacó ollas y sartenes de sus enganches magnéticos e hizo volar por los aires pequeños utensilios, que se convirtieron en una vorágine de acero inoxidable y pedazos de plástico. Con mucha mala suerte, un proyectil rebotó y dio a uno de los guardias en toda la nariz, lo que le abrió un agujero en la cara e hizo que se desplomara en el suelo al instante, con un gesto de sorpresa en el rostro que era casi cómico.

No habían pasado ni dos segundos y Bobbie ya había atravesado la nube de acero del centro de la habitación y se había abalanzado sobre los cinco guardias restantes, con los brazos extendidos como una jugadora de fútbol americano a punto de realizar un placaje. Los guardias salieron despedidos contra el mamparo en un revoltijo de carne y luego cayeron al suelo, inertes. La armadura empezó a mostrarle las constantes vitales de los hombres en el visor táctico, pero Bobbie lo desactivó sin mirarlas. No quería saberlo. Un hombre se movió y empezó a levantar el arma hacia ella. Bobbie le dio un suave empujón y el tipo salió volando por los aires hasta golpearse contra el mamparo opuesto. No volvió a moverse.

Bobbie miró a su alrededor para ver si había cámaras. No encontró ninguna, pero confió en que la hubiera. Si alguien había visto lo que acababa de ocurrir, quizá no volverían a enviar a nadie para atacarla.

En la escalerilla de la quilla, descubrió que habían bloqueado el ascensor usando una palanca para impedir que se cerrara la escotilla del suelo. Los protocolos básicos de seguridad de la nave no permitían al ascensor moverse hasta otra cubierta a menos que la cubierta superior estuviera sellada. Bobbie arrancó la palanca, la lanzó por la estancia y pulsó el botón para llamar al ascensor, que ascendió por el hueco hasta su altura y se detuvo. Subió a él y apretó el botón que llevaba al puente, ocho cubiertas más arriba. Ocho escotillas presurizadas más.

Ocho posibles emboscadas más.

Apretó los puños hasta que le dolieron los nudillos dentro de los guantes acorazados. «Pues que vengan.»

El ascensor se detuvo tres cubiertas más arriba y el panel la informó de que las escotillas de presurización que la separaban del puente se habían abierto manualmente. Preferían arriesgarse a que escapara más de la mitad del oxígeno de la nave antes que dejarla subir. De algún modo, le resultó gratificante dar más miedo que una despresurización repentina.

Salió del ascensor y vio que se encontraba en una cubierta que debía ser la de los camarotes de la tripulación, aunque parecía que la habían evacuado. No vio ni un alma. Después de un paseo rápido por el lugar, contó que había doce pequeños camarotes y dos baños, a los que sí se podía llamar razonablemente tigres. La tripulación no tenía adornos bañados en oro. Tampoco tenían un bar a su disposición. Ni un servicio de comida las veinticuatro horas. Ver las condiciones espartanas en las que vivían los tripulantes del *Guanshiyin* le recordó las últimas palabras que le había dicho Avasarala. No eran más que tripulantes.

Ninguno de ellos merecía morir por lo que había ocurrido en Ganímedes.

Bobbie se alegró de no llevar armas.

Encontró otra escotilla de acceso en el tigre y la abrió de un tirón. Para su sorpresa, el pasillo de servicio terminaba unos metros por encima de ella. La estructura de la nave le impedía continuar por ahí. Nunca había visto el *Guanshiyin* desde fuera, así que no tenía ni idea de qué podía ser. Pero necesitaba subir otras cinco cubiertas y no iba a permitir que aquello la detuviera.

Después de diez minutos de búsqueda, encontró una escotilla de servicio que atravesaba el casco exterior. Había arrancado las dos escotillas del casco interior en dos cubiertas diferentes por lo que, si abría aquella, esas dos cubiertas se despresurizarían. Pero el pasillo de la escalerilla central estaba sellado en la cubierta de Avasarala, por lo que los suyos estarían a salvo. Y la razón por la que hacía todo aquello era que la escotilla que daba a las cubiertas superiores estaba sellada, y era de esperar que la mayor parte de la tripulación se encontrara allí.

Pensó en los seis hombres de la cocina y sintió remordimientos. Ellos habían disparado primero, pero si alguno seguía vivo tampoco quería que se asfixiaran mientras dormían.

Por suerte, no resultó un problema, ya que la escotilla daba a una pequeña esclusa de aire del tamaño de un armario. El ciclo de apertura terminó un minuto después y Bobbie salió al exterior de la nave.

El casco era triple. Cómo no. El señor del imperio Mao-Kwik no iba a confiar su valioso pellejo a nada menos que lo más seguro que la humanidad fuese capaz de construir. Y aquel diseño ostentoso de la nave se extendía también al casco exterior. La mayor parte de las naves militares estaban pintadas de negro, para hacerlas difíciles de detectar visualmente en el espacio. En cambio, las naves civiles solían dejarse sin pintar, es decir, grises, o con una capa básica en colores corporativos.

El *Guanshiyin* tenía pintado en el casco un mural de vivos colores. Bobbie estaba demasiado cerca para saber qué representaba, pero bajo sus pies distinguió lo que parecía hierba y un gigantesco casco de caballo. Mao había hecho que pintaran su nave con un mural que incluía caballos y hierba. Y casi nadie iba a poder verlo jamás.

Bobbie se aseguró de que las botas y los guantes magnéticos estaban a la potencia suficiente para contrarrestar la aceleración de un cuarto de g de la nave y empezó a ascender por el lateral. No tardó en llegar al punto en que comenzaba el callejón sin salida entre los cascos y vio que era un muelle para lanzaderas que estaba vacío. Las cosas serían muy diferentes si Avasarala le hubiera dejado hacer aquello antes de que Mao escapara en la lanzadera.

«Casco triple», pensó Bobbie. Máxima redundancia.

Tuvo un presentimiento y recorrió la nave hasta el otro lado. Y en efecto, había otro muelle para lanzaderas. Pero la nave que contenía no era una lanzadera corriente para distancias cortas. Era elegante y alargada, con un armazón para motores el doble de grande que el de una nave normal de su eslora. Tenía el nombre escrito en letras rojas y llamativas a lo largo de la proa: *Jabalí*.

Una pinaza de carreras.

Bobbie regresó hacia el muelle vacío y usó la esclusa de aire cercana para entrar en la nave. Los códigos militares de control manual que envió su armadura funcionaron, para su sorpresa. La esclusa daba a la cubierta inmediatamente inferior al puente, la que se usaba para mantenimiento y depósito de suministros de las lanzaderas. En el centro de la cubierta había un taller mecánico enorme, ocupado por el capitán del *Guanshiyin* y sus oficiales de alto rango. No había personal de seguridad ni armas a la vista.

El capitán se tocó la oreja en el antiquísimo gesto de «¿me oyes?». Bobbie asintió con el puño y luego volvió a encender los altavoces externos para decir:

—Sí.

—No somos personal militar —dijo el capitán—. No podemos defendernos de un armamento así, pero no voy a entregarle esta nave sin saber cuáles son sus intenciones. Mi segundo de a bordo se encuentra en la cubierta superior y está preparado para destruir la nave si no llegamos a un acuerdo.

Bobbie sonrió, aunque no sabía si aquel hombre le veía la cara a través del casco.

—Ha detenido de manera ilegal a un miembro de alto nivel del gobierno de la ONU. Como miembro de su equipo de seguridad, vengo a exigir que se la escolte de inmediato a un puerto de su elección, con la mayor presteza.

La marine hizo un gesto de indiferencia con los brazos, al estilo cinturiano.

—O también puede hacer saltar la nave por los aires. Aunque me parecería una reacción un poco exagerada, cuando lo único que pedimos es que vuelvan a activar las comunicaciones por radio de la ayudante de la subsecretaría.

El capitán asintió y saltó a la vista que se relajaba. Pasara lo que pasara, no tenía elección. Y como no tenía elección, tampoco tenía responsabilidad alguna.

—Estábamos cumpliendo órdenes. Lo verá en el archivo de registro cuando tomen el mando.

—Se lo haré saber a la señora.

El capitán volvió a asentir.

—En ese caso, la nave es suya.

Bobbie abrió un canal de radio con Cotyar.

—Hemos ganado. ¿Me pones con su majestad? —Y mientras esperaba a Avasarala, Bobbie dijo al capitán—: Hay seis personas de seguridad heridas abajo. Envíen un equipo médico.

—¿Bobbie? —dijo Avasarala por radio.

—La nave es suya, señora.

—Genial. Dígale al capitán que tenemos que ir a la mayor velocidad posible para interceptar a Holden. Vamos a llegar a él antes que Nguyen.

—Hum, esto es un yate de lujo. Está construido para ir cómodo a g bajo. Seguro que puede llegar a un g si hace falta, pero dudo que acelere mucho más que eso.

—El almirante Nguyen está a punto de matar a los únicos que

podrían saber qué coño está pasando de verdad —dijo Avasarala, sin gritar pero casi—. ¡No tenemos tiempo de pasear por ahí como si no supiéramos con qué jodido prostituto quedarnos!

—Anda —dijo Bobbie. Y al cabo de un momento, añadió—: Si esto es una carrera, sé dónde hay una nave de carreras...

39

Holden

Holden se sirvió un café de la cafetera de la cocina y el potente aroma inundó la estancia. Sintió cómo la tripulación le clavaba la mirada en la espalda, una sensación casi física. Los había llamado a todos allí y, cuando llegaron y tomaron asiento, les había dado la espalda para ponerse a preparar café. «Intento sacar tiempo de donde sea porque he olvidado cómo decir lo que quería decir.» Echó azúcar en el café a pesar de que siempre lo bebía sin, solo para ganar algo más de tiempo mientras lo removía.

—Vale. ¿Quiénes somos? —preguntó mientras meneaba la cucharilla.

La pregunta quedó en el aire, y Holden se volvió hacia ellos y se apoyó en la encimera sosteniendo un café que no le apetecía sin dejar de remover.

—Lo pregunto en serio —insistió—. ¿Quiénes somos? Es la cuestión a la que termino volviendo siempre.

—Esto... —dijo Amos, revolviéndose en el asiento—. Yo me llamo Amos, capi. ¿Te encuentras bien?

Nadie dijo nada más. Alex miraba la mesa que tenía delante y su oscuro cuero cabelludo resplandecía a la brillante luz de la cocina bajo el pelo ralo. Prax estaba sentado en la encimera junto al fregadero y se miraba las manos. Las abría y cerraba de vez en cuando, como si intentara descubrir para qué servían.

La única que lo miraba era Naomi. Llevaba el pelo recogido

en una coleta muy tirante, y tenía clavados en él sus ojos almendrados y negros. Era un poco desconcertante.

—Hace poco he descubierto algo sobre mí —continuó Holden, sin dejar que la mirada impertérrita de Naomi lo distrajera—. Os he tratado a todos como si me debierais algo. Y ninguno me debéis nada. Lo que significa que os he tratado como a una mierda.

—No —objetó Alex sin levantar la mirada.

—Sí —insistió Holden, y no dijo nada más hasta que Alex lo miró—. Sí. A ti incluso más que a los demás. Porque he pasado muchísimo miedo y los cobardes siempre buscamos un objetivo fácil. Y tú vienes a ser la mejor persona que conozco, Alex. Así que te he tratado mal porque sabía que no me ibas a replicar. Espero que puedas perdonarme lo que he hecho, porque de verdad que lo lamento muchísimo.

—Claro, te perdono, capi —dijo Alex con su acento marcado y una sonrisa.

—Intentaré merecerlo —respondió Holden, un poco molesto porque Alex se lo hubiera puesto tan fácil—. Hace poco, Alex me dijo algo que me ha hecho reflexionar mucho. Me recordó que aquí nadie es un empleado. Que no estamos en la *Canterbury*. Que ya no trabajamos para Pur & Limp. Y que no soy más dueño de esta nave que ninguno de vosotros. Aceptamos el contrato de la APE a cambio de una paga y los gastos de la nave, pero nunca hemos hablado de qué hacer en caso de que nos sobrara dinero.

—Tú mismo abriste esa cuenta —dijo Alex.

—Sí, tenemos una cuenta bancaria con todo el dinero restante. La última vez que lo miré, teníamos casi ochenta de los grandes. Yo creo que deberíamos dejarlo ahí para los gastos de la nave, pero mi opinión cuenta lo mismo que la vuestra. No es mi dinero. Es de todos. Nos lo hemos ganado.

—Pero el capitán eres tú —dijo Amos, y señaló la cafetera.

Mientras Holden le servía una taza, dijo:

—¿Lo soy? Era el segundo de a bordo de la *Canterbury*. Lo

normal era que pasara a ser capitán después de que destruyeran la *Cant*. —Pasó el café a Amos y se sentó a la mesa con el resto de la tripulación—. Pero ya hace tiempo que no somos esas personas. Lo que somos ahora es cuatro tipos que en realidad no trabajan para nadie...

Prax carraspeó al oírlo, y Holden asintió a modo de disculpa.

—Al menos no a largo plazo, por decirlo así. No hay empresa ni gobierno que me conceda autoridad sobre la tripulación. Somos solo cuatro personas que más o menos son dueñas de una nave que Marte intentará recuperar a la mínima que pueda.

—Fue un rescate legítimo —matizó Alex.

—Y espero que los marcianos estén de acuerdo contigo cuando se lo expliques —respondió Holden—. Pero eso no cambia mi pregunta: ¿quiénes somos?

Naomi asintió con el puño.

—Sé adónde quieres llegar. Hemos dejado aparcadas estas cosas porque no hemos podido parar ni un momento desde que ocurrió lo de la *Canterbury*.

—Y creo —añadió Holden— que es el mejor momento para aclararlas. Tenemos un contrato para ayudar a Prax a encontrar a su hija y nos va a pagar para mantener la nave. Cuando encontremos a Mei, ¿cómo vamos a encontrar el siguiente encargo? ¿Buscaremos otro siquiera? ¿Venderemos la *Roci* a la APE y nos jubilaremos en Titán? Creo que deberíamos tener claras esas cosas.

Nadie dijo nada. Prax bajó de la encimera y se puso a rebuscar por los muebles. Un minuto o dos después, sacó un paquete que por un lado rezaba PUDIN DE CHOCOLATE y dijo:

—¿Puedo hacérmelo?

Naomi rio. Alex dijo:

—Que lo disfrutes, doctor.

Prax sacó un bol y empezó a mezclar los ingredientes. El botánico dejó de estar atento a ellos y, por extraño que pareciera, aquello creó una sensación de intimidad en la tripulación. El elemento externo se había puesto a hacer otra cosa y podían hablar entre ellos. Holden se preguntó si Prax lo sabía y lo estaba haciendo a propósito.

Amos sorbió lo que le quedaba del café.

—Bueno, esta reunión la has convocado tú, capi —dijo—. ¿Tenías algo en mente?

—Sí —dijo Holden, después de reflexionar un instante—. Sí, más o menos.

Naomi le puso una mano en el brazo y sonrió.

—Te escuchamos.

—Creo que deberíamos casarnos —dijo, guiñando un ojo a Naomi—. Vamos a quitarnos problemas y legalizarlo.

—Un momento —dijo ella. La expresión que puso fue más aterrorizada de lo que habría querido Holden.

—No, no, estaba medio de broma —dijo Holden—. Pero solo medio. Mirad, he estado pensando en mis padres. Al principio crearon la asociación colectiva por la granja. Todos eran amigos y querían comprar aquella propiedad en Montana, por lo que formaron un grupo lo bastante grande como para poder permitírselo. No era algo sexual. Padre Tom y padre Caesar ya eran pareja sexual y monógamos. Madre Tamara era soltera. Padre Joseph, padre Anton, madre Elise y madre Sophie eran ya una unidad civil poliamorosa. Padre Dimitri se unió un mes después, cuando empezó a salir con Tamara. Crearon una unión civil para ser todos propietarios de la granja. Si hubieran pagado impuestos por niños por separado, no se la habrían podido permitir, así que me tuvieron a mí en grupo.

—La Tierra —anunció Alex— es un sitio raro de cojones.

—Que un bebé tenga ocho padres tampoco es algo normal allí —dijo Amos.

—Pero tiene sentido desde un punto de vista económico si se tienen en cuenta los impuestos por bebé —explicó Holden—. Tampoco es que sea algo inaudito.

—¿Y qué pasa con la gente que hace bebés sin pagar los impuestos? —preguntó Alex.

—Pasar desapercibido es más complicado de lo que crees

—dijo Holden—. A menos que nunca lo lleves al médico o recurras solo a los mercados negros.

Amos y Naomi cruzaron una mirada fugaz que Holden fingió no ver.

—Muy bien —continuó Holden—. Olvidaos de los bebés un momento. Lo que intento decir es que tenemos que constituirnos en sociedad. Si tenemos intención de seguir juntos, tenemos que formalizarlo legalmente. Podemos hacer un borrador de los documentos en alguna estación independiente de los planetas exteriores, como Ceres o Europa, y establecernos como propietarios de la empresa.

—¿Y a qué se dedicaría nuestra pequeña empresa? —preguntó Naomi.

—Eso mismo —dijo Holden, con tono triunfal.

—Esto... —volvió a decir Amos.

—No, me refiero a que eso es justo lo que os preguntaba —continuó Holden—. ¿Quiénes somos? ¿A qué queremos dedicarnos? Porque cuando venza el contrato que tenemos con Prax, tendremos una cuenta bancaria bien surtida, una nave de guerra de alta tecnología y seremos libres para hacer lo que nos salga de las narices.

—Vaya, capi —exclamó Amos—. Se me acaba de poner morcillona.

—¿A que sí? —respondió Holden con una sonrisa.

Prax dejó de mezclar cosas en el bol y lo metió en la nevera. Se giró y los miró, con la cautela de alguien que teme que lo echen si lo ven. Holden se acercó a él y lo rodeó con un brazo por encima de los hombros.

—Es probable que nuestro amigo Prax no sea el único que necesita contratar una nave como esta, ¿verdad?

—Somos lo más rápido y cañero que pueda encontrar cualquier civilucho—dijo Alex, asintiendo con la cabeza.

—Y cuando encontremos a Mei tendremos toda la buena fama que necesitamos —continuó Holden—. ¿Qué mejor publicidad que esa?

—Admítelo, capi —dijo Amos—. No te disgusta ser famoso.

—Si nos da trabajo, no.

—Es mucho más probable que acabemos arruinados, sin aire y a la deriva en el vacío —dijo Naomi.

—Siempre va a ser una posibilidad —admitió Holden—, pero, tíos, ¿no os apetece ser vuestros propios jefes para variar? Si vemos que no podemos ganarnos la vida por nuestra cuenta, siempre podemos vender la nave por un montón de pasta y separarnos. Tenemos un plan de fuga.

—Sí —dijo Amos—. Está de puta madre. Hagámoslo. ¿Por dónde empezamos?

—Bueno —dijo Holden—, eso es otra cosa nueva que deberíamos hacer. Creo que tenemos que votar. Ninguno de nosotros es propietario de la nave, así que yo digo que a partir de ahora votemos las cosas importantes como esta.

—Todo el que esté a favor de constituirnos como empresa y convertirnos en propietarios de la nave que levante la mano —dijo Amos.

Para alivio de Holden, todos la levantaron. Hasta Prax hizo el ademán de levantarla, se dio cuenta y la bajó.

—Buscaré un abogado en Ceres y empezaremos a preparar el papeleo —afirmó Holden—. Pero eso nos lleva a otra cosa. Una empresa puede ser propietaria de una nave, pero no su capitán registrado. Tendremos que votar para ver quién ostenta ese título.

Amos empezó a reír.

—Es que me parto contigo, capi. Que levante la mano el que no quiera que Holden sea el capitán.

Nadie levantó la mano.

—¿Lo ves? —dijo Amos.

Holden hizo un amago de decir algo, pero se detuvo cuando sintió que se le cerraba la garganta y se le encogía el estómago.

—Vaya —dijo Amos con una sonrisa en la cara—, parece que te ha tocado.

Naomi asintió y sonrió a Holden, con lo que consiguió que el dolor que sentía en el pecho empeorara.

—Yo soy ingeniera —dijo—. No hay programa en esta nave que no haya modificado o reescrito, y ha llegado a un punto en el que me veo capaz de desmontarla y volverla a unir pieza a pieza. Pero se me da fatal echarme faroles. Y nunca voy a ser quien se plante delante de las armadas de los planetas interiores y les diga que ya se están quitando de en medio.

—Lo mismo digo —convino Alex—. Yo lo único que quiero es seguir pilotando a esta chica. Tan simple como eso. No necesito más para ser feliz.

Holden hizo otro amago de hablar, pero para su sorpresa y bochorno, los ojos se le llenaron de lágrimas justo cuando abrió la boca. Amos lo salvó.

—Yo soy poco más que un chapuzas —dijo—. Trasteo con las herramientas y me limito a esperar a que Naomi me diga cuándo y dónde meterlas. No quiero llevar nada más grande que el taller mecánico. Tú eres al que le gusta hablar. Te he visto plantar cara a Fred Johnson, a capitanes de la armada de la ONU, a forajidos de la APE y a piratas espaciales hasta arriba de droga. Hablas mejor con el culo que la mayoría de la gente con la boca estando sobrios.

—Gracias —terminó por decir Holden—. Os quiero, chicos. Lo sabéis, ¿verdad?

—Además —continuó Amos—, nadie de esta nave se esforzaría más que tú en recibir un tiro por mí. Es algo que me gusta de un capitán.

—Gracias —repitió Holden.

—Pues yo diría que está decidido —afirmó Alex mientras se levantaba y se dirigía a la escalerilla—. Voy a confirmar que no vayamos directos hacia una roca o algo así.

Holden vio cómo se marchaba y le gustó ver que se enjugaba las lágrimas tan pronto como salía de la cocina. No pasaba nada por ser un llorón si estabas rodeado de otros llorones.

Prax le dio una palmadita incómoda en el hombro y dijo:

—Vuelve a la cocina en una hora, que el pudin estará listo. —Luego se marchó camino de su camarote. Ya estaba leyendo mensajes en su terminal portátil antes de cerrar la puerta.

—Vale —dijo Amos—. ¿Ahora qué?

—Amos —dijo Naomi mientras se levantaba y se acercaba a Holden—. Encárgate un rato por mí del centro de mando.

—Recibido —dijo Amos, con una voz que parecía contener una sonrisa. Subió por la escalerilla y se perdió de vista. Luego se oyó el sonido de la escotilla al abrirse y cerrarse detrás de él.

—Hola —dijo Holden—. ¿Lo he hecho bien?

Naomi asintió.

—Siento que vuelves a ser tú. Estaba preocupada por no volverte a ver jamás.

—Si no hubieras tirado de mí para sacarme del agujero que estaba excavando para mí mismo, ninguno de los dos lo habría hecho.

Naomi se inclinó hacia delante para besarlo y él la rodeó con los brazos para acercársela. Cuando pararon para respirar, Holden dijo:

—¿No es muy pronto?

—Calla —dijo Naomi, y volvió a besarlo.

Sin quitarle los labios de la boca, Naomi separó su cuerpo del suyo y empezó a intentar desabrocharse la cremallera del mono. Uno de aquellos ridículos monos militares de Marte que venían con la nave y tenían grabado en la espalda el nombre TACHI. Si iban a fundar su propia empresa, necesitarían algo mejor. Los monos tenían sentido para una vida en el espacio llena de cambios de gravedad y partes mecánicas y grasientas. Pero necesitarían algo hecho a medida, con sus propios colores corporativos. Con el nombre ROCINANTE en la espalda.

Naomi metió la mano dentro del mono de Holden, por debajo de la camiseta, y él dejó de pensar en todos aquellos temas estilísticos.

—¿En mi catre o en el tuyo? —preguntó Holden.

—¿Tienes tu propio catre?

«Ahora ya no.»

Hacer el amor con Naomi siempre había sido diferente a hacerlo con cualquier otra persona. La diferencia era física. Era la única cinturiana con la que Holden se había acostado, lo que implicaba algunas variaciones fisiológicas. Pero, para él, aquello no era lo más notable. Lo que hacía diferente a Naomi era que habían sido amigos durante cinco años antes de acostarse juntos.

No era una afirmación muy halagadora sobre el carácter de Holden, y recordarlo hacía que se avergonzara, pero en lo referente al sexo siempre había sido bastante superficial. Tiraba los tejos a potenciales compañeras sexuales minutos después de haberlas conocido y, como era guapo y encantador, solía llevarse a la cama a las que le interesaban. Siempre se había permitido confundir enseguida el encaprichamiento con el afecto genuino. Uno de los peores recuerdos que tenía era el día en que Naomi se lo había dicho. El día que sacó a relucir aquel jueguecito de convencerse a sí mismo de que le importaban todas las mujeres con las que se había acostado para no sentir que las utilizaba.

Pero era lo que había hecho. Que algunas de aquellas mujeres también lo hubieran utilizado a él no le hacía sentir mejor al respecto.

Como Naomi era tan diferente en lo físico al ideal que se había creado creciendo en la Tierra, Holden no la había visto como posible compañera sexual cuando los presentaron. Y el resultado era que había llegado a conocerla como persona, sin todo el bagaje sexual que solía arrastrar. Cuando sus sentimientos por ella se convirtieron en algo más que amistad, se sorprendió.

Y de alguna manera, aquello lo cambiaba todo en lo relativo al sexo. Los movimientos eran los mismos, pero el deseo de comunicar afecto en lugar del de demostrar habilidad cambiaba lo que significaba todo. Después de acostarse con ella por primera vez, se había quedado tumbado en la cama durante horas pensando que llevaba años haciéndolo mal y se acababa de dar cuenta.

Le estaba volviendo a pasar.

Naomi dormía a su lado, con un brazo sobre el pecho de Holden y las piernas entrelazadas con las de él, con la tripa pegada a sus caderas y los pechos clavados en sus costillas. Nunca había estado del mismo modo con otra persona y supo que así era como tenía que ser. Se sentía completamente a gusto y satisfecho. Alcanzaba a imaginar un futuro en el que no había sido capaz de demostrar que había cambiado, uno en el que ella no había vuelto con él. Se vio a sí mismo compartiendo cama durante años, décadas, con varias compañeras sexuales para intentar volver a sentir aquella sensación y que no lo conseguía porque, por supuesto, en realidad no era del todo cuestión de sexo.

Pensarlo hizo que le doliera el estómago.

Naomi hablaba en sueños. Susurró algo misterioso al cuello de Holden, y el repentino cosquilleo lo sacó de la duermevela en la que comenzaba a sumirse. Apretó la cabeza de Naomi contra su pecho y la besó en la coronilla. Luego se colocó de lado y se permitió dormir.

La consola de pared que había sobre la cama empezó a sonar.

—¿Quién es? —preguntó, de pronto más cansado que nunca. Acababa de cerrar los ojos un segundo antes y sabía que en aquel momento no podía volver a abrirlos.

—Soy yo, capitán —dijo Alex. Holden quería gritarle, pero no encontró fuerzas para hacerlo.

—Vale.

—Tienes que ver esto. —Alex no dijo más, pero había algo en su tono que despertó a Holden. Se incorporó en la cama y apartó el brazo de Naomi. Ella dijo algo en sueños, pero no se despertó.

—Vale —repitió Holden mientras encendía el monitor.

Una anciana de pelo blanco con unas facciones muy raras lo miraba desde el otro lado de la pantalla. El desconcierto hizo que le costara un segundo darse cuenta de que no estaba deformada, sino aplastada por una aceleración enorme. Con una voz distorsionada por la fuerza de gravedad que le aplastaba la garganta, la mujer dijo:

—Me llamo Chrisjen Avasarala. Soy la ayudante de la subsecretaría de administración ejecutiva de la ONU. Un almirante de la ONU ha enviado seis destructores clase Munroe desde el sistema joviano para destruir su nave. Rastree este código de transpondedor y venga a reunirse conmigo o tanto usted como el resto de su tripulación morirá. Esto no es una puta broma.

40

Prax

La aceleración lo aplastó contra el asiento de colisión. Solo era de cuatro g, pero hasta un único g era suficiente para necesitar casi el cóctel completo de medicamentos. Había vivido en un lugar que lo mantenía débil. Era algo que ya sabía, claro, pero sobre todo en términos de xilemas y floemas. Siempre había tomado los medicamentos suplementarios para estimular el crecimiento óseo en gravedad baja. Había hecho la cantidad de ejercicio recomendada. Casi siempre. Pero, en el fondo, también había pensado que todo aquello era una idiotez. Prax era botánico. Viviría y moriría en los mismos túneles con esa cómoda baja gravedad, menos de un quinto de la que había en la Tierra. Nunca tendría razón alguna para viajar a la Tierra. Y menos razón todavía tendría para experimentar un acelerón a alta gravedad. Pero allí estaba ahora, encajado en aquel gel como si se encontrara en el fondo del océano. Tenía la visión borrosa y cada respiración le exigía esfuerzo. Cuando se le hiperextendió la rodilla, intentó gritar, pero no pudo coger aire para hacerlo.

Al resto le iría mejor. Estaban acostumbrados a ese tipo de cosas. Sabían que sobrevivirían. Pero el rombencéfalo de Prax no estaba seguro. Unas agujas se le clavaron en el muslo y le inyectaron otro cóctel de hormonas y medicamentos paralizantes. Un frío helado se extendió desde el lugar de las inyecciones y lo asoló una sensación paradójica que combinaba miedo y tranquilidad. Llegado a aquel punto, era un acto de equilibrismo entre mantener los vasos sanguíneos elásticos para que no se partieran y recios para que no reventaran. Su mente perdió pie y dejó en su lugar algo distante y calculador, como si su cuerpo se limitara a funcionar sin tener conciencia propia. Era como una pura función ejecutiva sin sensación del yo. Lo que antes era su mente sabía las mismas cosas que él, recordaba las mismas cosas, pero no era él.

Se puso a hacer inventario en aquel estado alterado de conciencia. ¿Pasaría algo si moría? ¿Quería vivir? Y en caso afirmativo, ¿en qué términos? Pensó en la pérdida de su hija como si fuera un objeto físico. La pérdida era el rosa pastel de una concha aplastada donde antes había estado el rojo de la sangre vieja y costrosa. El rojo de un cordón umbilical que espera a caer libre. Recordó a Mei, su aspecto. El encanto de su risa. Seguro que ya no sería así. Eso en caso de que estuviera viva, que no era lo más probable.

Con la mente doblegada por la gravedad, Prax sonrió. Sus labios no se movieron, claro. Se había equivocado. Siempre había estado equivocado. Creía que todas las horas que había pasado sentado, solo y pensando que Mei había muerto le habían servido para hacerse más fuerte, lo habían preparado para lo peor. Pero no había sido así en absoluto. Lo había dicho en voz alta y había intentado creérselo porque la idea era reconfortante.

Si la niña estaba muerta, no la estarían torturando. Si estaba muerta, no estaría asustada. Si estaba muerta, él sería el único que sufriría el dolor, solo él, y ella estaría a salvo. Reparó sin placer ni dolor en que su estado mental era patológico. Pero le habían arrebatado la vida y a su hija, había estado a punto de morir de hambre mientras el efecto en cascada acababa con los restos de Ganímedes, le habían disparado, se había enfrentado a una máquina de matar medio alienígena y, en aquel momento, todo el Sistema Solar pensaba que era un pedófilo que había pegado a su esposa. No tenía motivos para estar cuerdo. Estarlo no iba a servirle de nada.

Y, para colmo, la rodilla le dolía horrores.

En algún lugar muy lejano, uno con luz y aire, algo zumbó tres veces y la montaña salió de encima de su esternón. Volvió en sí mismo como si saliera del fondo de una piscina.

—Muy bien —dijo Alex por el canal de comunicaciones de la nave—. La cena está lista. Tomaros un par de minutos para que el hígado se os separe de la columna y nos reuniremos en la cocina. Solo tenemos cincuenta minutos, así que aprovechadlos.

Prax respiró hondo, soltó el aire entre los dientes y luego se incorporó. Le dolía todo el cuerpo, como si lo tuviera magullado. Su terminal portátil indicaba que el impulso estaba a un tercio de g, pero le daba la impresión de que era mucho menos. Sacó las piernas por un lado del asiento y la rodilla le estalló con un crujido húmedo. Tocó su terminal.

—No sé si puedo caminar —dijo—. Mi rodilla.

—Aguanta, doctor —oyó decir a Amos por el altavoz—. Voy a echarle un ojo. Ahora mismo soy lo más parecido a un médico que tenemos, a no ser que quieras que se encargue la enfermería.

—Tú no uses el soldador y ya está —dijo Holden—. No sirve con personas.

El canal quedó en silencio. Mientras esperaba, Prax revisó los mensajes que le habían llegado. La lista no cabía en la pantalla, pero había sido así desde que hicieron la transmisión. Lo que sí había cambiado eran los títulos de los mensajes.

Deberían torturar a los violadores de niños hasta la muerte
No hagas caso a los que te odian
Te creo
Mi padre me hizo lo mismo
Encuentra a Dios antes de que sea demasiado tarde

No los abrió. Buscó las noticias en las que figurara su nombre y el de Mei y encontró unas siete mil en las que aparecían esas palabras clave. Con el nombre de Nicola solo había cincuenta.

Hubo un tiempo en el que había amado a Nicola, o al menos creído que la amaba. En aquella época quería hacerle el amor como si le fuera la vida en ello. Pensó que había sido una buena época. Todas aquellas noches que habían pasado juntos. Mei había salido del cuerpo de Nicola. Era difícil creer que algo tan bello e importante hubiera formado parte de una mujer que, visto lo visto, no había llegado a conocer bien. Ni siquiera como padre de su hija había llegado a conocer bien a la mujer que había sido capaz de protagonizar aquel vídeo.

Abrió el campo de grabación del terminal portátil, se colocó en el centro de la cámara y se humedeció los labios.

—Nicola...

Veinte segundos después, lo cerró y borró la grabación. No tenía nada que decir. «¿Quién eres y quién te crees que soy yo?» era lo que más se acercaba a lo que quería expresar, pero le daba igual la respuesta a las dos preguntas.

Volvió a abrir los mensajes y estableció un filtro negativo para los nombres de quienes habían ayudado a que investigara. No había nada nuevo desde la última vez.

—¿Qué tal, doctor? —preguntó Amos mientras entraba en la pequeña estancia.

—Lo siento —dijo Prax, volviendo a dejar su terminal en el soporte que había junto al asiento de colisión—. Es que durante este último acelerón...

Se señaló la rodilla. La tenía hinchada, pero no tan mal como esperaba. Pensó que tendría el doble del tamaño habitual, pero los antiinflamatorios que le habían inyectado habían hecho su trabajo. Amos asintió, puso una mano contra el esternón de Prax y lo empujó contra el gel.

—A mí a veces se me disloca un dedo del pie —dijo Amos—. Es una articulación muy pequeña pero, como la tengas mal colocada en un quemado fuerte, duele un cojón. Intenta relajarte, doctor.

Amos le dobló la rodilla dos veces para notar la fricción al tacto.

—No está tan mal. Venga, estírala. Muy bien.

Amos rodeó el tobillo de Prax con una mano y con la otra agarró el marco del asiento, para luego empezar a tirar lenta pero inexorablemente. La rodilla de Prax estalló de dolor, crujió de una manera estruendosa y húmeda y le dio la nauseabunda sensación de que los tendones rozaban el hueso.

—Listo —dijo Amos—. Cuando volvamos a acelerar, asegúrate de que la tienes bien colocada. Como se te vuelva a hiperextender así, te saltará la rótula por los aires. Cuidado, ¿vale?

—Vale —dijo Prax mientras se incorporaba en el asiento.

—Siento mucho tener que hacer esto, doctor —dijo Amos mientras le ponía una mano en el pecho y lo empujaba de nuevo contra el respaldo—. Sé que tienes un día de mierda y tal, pero ya sabes cómo va.

Prax frunció el ceño. Le dolían todos los músculos de la cara.

—¿A qué te refieres?

—A todas las gilipolleces que están diciendo sobre la niña y tú. Porque son gilipolleces, ¿verdad?

—Por supuesto —respondió Prax.

—Porque, ya sabes, hay veces que pasan cosas que no querías que pasaran. Que tienes un mal día y pierdes los nervios. Esas cosas. O joder, que te emborrachas. La de cosas que he hecho yo yendo hasta las trancas. A veces me las tienen que contar después. —Amos sonrió—. Solo te estoy diciendo que, si hay algo de verdad en ello, algo que están inflando y exagerando, es mejor que lo sepamos cuanto antes, ¿vale?

—Nunca he hecho nada de lo que dijo esa mujer.

—Puedes decirme la verdad y no pasará nada, doctor. Lo entiendo. Los tíos a veces hacen cosas y eso no los convierte en malas personas.

Prax apartó la mano de Amos y se incorporó en el asiento. Tenía la rodilla mucho mejor.

—En realidad, sí —objetó Prax—. Sí que los convierte en malas personas.

La expresión de Amos se relajó y la sonrisa le cambió de una manera que Prax no fue capaz de entender del todo.

—Muy bien, doctor. Como te decía, lo siento mucho, pero de verdad tenía que preguntártelo.

—No pasa nada —dijo Prax, poniéndose en pie. Durante un segundo, le dio la impresión de que la rodilla le iba a ceder, pero no lo hizo. Prax dio un paso con cuidado, luego otro. Iba bien. Se giró hacia la cocina, pero la conversación no había terminado—. Si hubiera... Si hubiera hecho esas cosas, ¿te habría parecido bien?

—Joder, ni de broma. Te habría roto el cuello y tirado por la esclusa de aire —dijo Amos, dándole una palmadita en el hombro.

—Ah —dijo Prax, con un leve alivio que se le extendió por el pecho—. Gracias.

—Para eso estamos.

Cuando Amos y Prax llegaron a la cocina, encontraron allí a los otros tres, pero el lugar seguía dando la sensación de estar solo medio lleno. Naomi y Alex estaban sentados uno frente a otro en la mesa. Ninguno de los dos parecía tan hecho polvo como se sentía Prax. Holden estaba cerca de la pared y se dio la vuelta con un bol de espuma en cada mano. Dentro había un lodo parduzco que olía a calor, tierra y hojas cocinadas. Prax sintió un hambre atroz nada más olerlo.

—¿Quieres sopa de lentejas? —preguntó Holden mientras Prax y Amos se sentaban a ambos lados de Alex.

—Me encantaría —respondió Prax.

—Yo me tomaré un tubito de potingue —dijo Amos—. Las lentejas me dan gases y no creo que os guste mucho que me estalle el intestino la próxima vez que aceleremos.

Holden puso delante de Prax un bol recién hecho y alcanzó a Amos un tubo blanco con la boquilla negra. Luego se sentó al lado de Naomi. No se tocaron, pero la conexión que había entre ellos era inconfundible. Se preguntó si Mei había deseado alguna vez que se reconciliara con Nicola. Aquello ya era imposible.

—Muy bien, Alex —dijo Holden—. ¿Qué tenemos?

—Lo mismo que antes —respondió Alex—. Seis destructores quemando a toda máquina hacia nosotros. Otra fuerza igual de potente quema también detrás de ellos y tenemos una pinaza de carreras que nos enseña el culo por el otro lado.

—Espera —interrumpió Prax—. ¿Se aleja?

—Ajusta su rumbo al nuestro. Ya ha hecho el giro y empieza a reducir velocidad para interceptarnos.

Prax cerró los ojos para imaginarse los vectores.

—¿Nos falta poco para llegar, entonces? —preguntó.

—Muy poco —respondió Alex—. Dieciocho, veinte horas.

—¿Qué va a ocurrir? ¿Nos pillarán las naves de la Tierra?

—Nos pillarán bien pillados —dijo Alex—, pero esa pinaza llegará antes. Quizá dentro de cuatro días.

Prax saboreó una cucharada de sopa de lentejas. El sabor era igual de bueno que el olor. Había hojas verdes y oscuras mezcladas con las lentejas. Intentó extender una de ellas con la cuchara para identificarla. Parecía una espinaca. El borde del tallo no era igual del todo, pero estaba cocinada, así que...

—¿Cómo sabemos que no es una trampa? —preguntó Amos.

—No lo sabemos —respondió Holden—. Pero no sé qué trampa podría ser.

—La de arrestarnos en lugar de matarnos —sugirió Naomi—. Tened en cuenta que estamos a punto de abrirle la esclusa a alguien con un puesto muy importante en el gobierno de la Tierra.

—Entonces, ¿esa mujer es quien dice ser? —preguntó Prax.

—Eso parece —respondió Holden.

Alex levantó la mano.

—Bueno, si la duda está entre hablar con una abuelita de la ONU o que nos frían el culo seis destructores, yo creo que mejor vamos abriendo las galletas y preparando el té, ¿no?

—Está todo muy avanzado para idear otro plan, sí —dijo Naomi—. Me pone de muy mala leche que sea la Tierra la que venga a salvarme de la Tierra, ojo.

—Las estructuras nunca son monolíticas —dijo Prax—. Hay más variaciones genéticas dentro de los cinturianos, marcianos o terrícolas que entre las tres razas. La evolución predice algunas divisiones entre las estructuras grupales y las alianzas con los miembros externos. Con los helechos pasa algo parecido.

—¿Helechos? —preguntó Naomi.

—Los helechos pueden ser muy agresivos —dijo Prax.

Los interrumpió un sonido suave, tres notas ascendentes, como si alguien tañera unas campanas con suavidad.

—Vale, ya estáis tragando —dijo Alex—. Eso es el aviso de quince minutos.

Amos hizo un prodigioso sonido de absorción y el tubo blanco se le arrugó en los labios. Prax dejó la cuchara y se llevó a la boca el bol de lentejas para no dejar ni gota. Holden hizo lo mismo y luego empezó a recoger la vajilla usada.

—Si alguien tiene que ir al tigre, que sea ya —ordenó—. Volveremos a hablar en...

—Ocho horas —dijo Alex.

—Ocho horas —repitió Holden.

Prax sintió que se le encogía el pecho. Tocaba otra ronda de aquella aceleración aplastante. Horas que tenía que pasar en el asiento mientras las agujas intentaban que su metabolismo no se viniera abajo. Le parecía un infierno. Se levantó de la mesa, saludó a todos con la cabeza y volvió a su catre. Tenía la rodilla mucho mejor y esperaba que siguiera así la próxima vez que se levantara. Sonó el aviso de diez minutos. Se reclinó en el asiento e intentó que su cuerpo quedara alineado a la perfección. Luego esperó. Y esperó.

Rodó a un lado y cogió el terminal portátil. Tenía siete mensajes nuevos. Dos de ellos eran de apoyo, tres de odio, uno con destinatario equivocado y otro era el estado de la cuenta de caridad. No se molestó en leerlos.

Encendió la cámara.

—Nicola —empezó a decir—. No sé lo que te han contado. No sé si de verdad crees todas las cosas que has dicho, pero sí sé que nunca te he tocado enfadado, ni siquiera al final. Y si es cierto que me tenías miedo, no sé por qué pudo ser. Quiero a Mei con toda mi alma. Moriría antes que dejar que alguien le hiciera daño. Y ahora medio Sistema Solar piensa que yo mismo le he hecho daño...

Detuvo la grabación y volvió a empezar.

—Nicola. De verdad creía que ya no quedaba nada entre nosotros que traicionar.

Se detuvo. Sonó la alarma de los cinco minutos mientras se atusaba el pelo con los dedos. Le dolía cada uno de los folículos. Se preguntó si aquella sería la razón por la que Amos llevaba el pelo rapado. Había muchísimas cosas sobre las naves que a uno no se le ocurrían hasta que no iba en una de ellas.

—Nicola...

Borró todas las grabaciones y se conectó al interfaz del banco donde tenía la cuenta de caridad. Contaba con un formato de seguridad para solicitudes que podía cifrar para enviar una transferencia autorizada tan pronto como la velocidad de la luz lo llevara a los ordenadores del banco. Lo rellenó rápido. Sonó el aviso de los dos minutos, a más volumen y más insistente. Cuando quedaban treinta segundos, devolvió a Nicola el dinero que le había prestado. Ya no les quedaba nada de qué hablar.

Colocó el terminal portátil en su sitio y se tumbó. El ordenador realizó una cuenta atrás desde veinte y la montaña volvió a caerle encima.

—¿Qué tal la rodilla? —preguntó Amos.

—Bastante bien —dijo Prax—. Me he quedado sorprendido. Pensé que tendría secuelas.

—Eso es que ahora no se te ha hiperextendido —aclaró Amos—. A mi dedo del pie también le ha ido bien.

Sonó un ruido grave por toda la nave, y la cubierta se movió debajo de Prax. Holden, que estaba a la derecha del botánico, se pasó el fusil a la mano izquierda y tocó un panel de control.

—¿Alex?
—Sí, ha sido un poco brusco. Lo siento, pero... Un momento. Vale, capi. Se ha sellado y están llamando a la puerta.

Holden se volvió a cambiar de mano el rifle. Amos también tenía un arma preparada. Naomi estaba a su lado, sin nada en las manos aparte de un terminal conectado al centro de operaciones de la nave. Si algo iba mal, tener el control de las funciones de la nave podría ser más útil que llevar un arma. Todos llevaban puestas las armaduras articuladas de los militares marcianos que había en la nave. Las dos naves aceleraban en paralelo a un tercio de g. Los destructores terrícolas no habían dejado de seguirlos a toda máquina.

—Supongo que las armas significan que piensas que podría ser una trampa, ¿no, capi? —preguntó Amos.

—Recibirla con una guardia de honor no tiene nada de malo —respondió Holden.

Prax levantó la mano.

—No te volveremos a dar una nunca —afirmó Holden—. No te ofendas.

—No, es que... ¿La guardia de honor no suele pertenecer al mismo bando de la gente que protege?

—Bueno, pues toca ampliar un poco las definiciones —dijo Naomi. Su voz tenía un matiz de tensión.

—No es más que una política anciana —dijo Holden—. Y en esa pinaza solo caben dos personas. Los superamos en número. Y si las cosas se ponen feas, tenemos a Alex vigilando desde el asiento del piloto. Estás mirando, ¿verdad?

—Ya te digo —respondió Alex.

—Por lo que, si hay sorpresas, Naomi desenganchará las naves y Alex nos sacará de aquí.

—Pero eso no nos ayudará mucho con los destructores —dijo Prax.

Naomi le puso una mano en el brazo y se lo apretó con suavidad.

—Tampoco creo que tú acabes de ayudar mucho, Prax.

La esclusa de aire exterior inició el ciclo de apertura con un zumbido distante. Las luces cambiaron del color rojo al verde.

—¡Guau! —exclamó Alex.

—¿Algún problema? —espetó Holden.

—No, es que...

Se abrió la puerta interior y Prax vio entrar por ella a la persona más grande que había visto en toda su vida, ataviada con algún tipo de armadura para aumentar la fuerza. De no haber sido por la transparencia del protector facial, habría pensado que se trataba de un robot bípedo de dos metros. A través del protector, Prax vio unas facciones femeninas: unos ojos grandes y negros sobre una piel del color del café con leche. La mujer los analizó con una mirada en la que se podía palpar la amenaza de violencia. Al lado de Prax, Amos dio un inconsciente paso atrás.

—Tú eres el capitán —afirmó la mujer a través de los altavoces de la armadura, que hacían que su voz sonara amplificada y artificial. No parecía una pregunta.

—Lo soy —respondió Holden—. Debo decir que parecías un poco distinta en la pantalla.

El chiste cayó en el olvido y la gigante dio un paso hacia el interior.

—¿Pensabas dispararme con eso? —preguntó, señalando el arma de Holden con un guante acorazado gigante.

—¿Habría funcionado?

—Es probable que no —dijo la gigante. Dio otro pequeño paso y la armadura chirrió al moverse. Holden y Amos dieron un paso atrás al mismo tiempo.

—Considéranos una guardia de honor, pues —sugirió Holden.

—Ya me siento honrada. ¿Os importa apartarlas?

—Claro.

Dos minutos después habían guardado las armas y la mujerona, que aún no les había dicho cómo se llamaba, tocó algo dentro del casco con la barbilla y dijo:

—Despejado. Puede pasar.

La esclusa de aire volvió a realizar el ciclo de apertura, pasó de rojo a verde y se volvió a oír el zumbido al abrirse las puertas. La mujer que entró en la estancia en aquella ocasión era más pequeña que cualquiera de ellos. Tenía el pelo gris y alborotado, y su sari naranja flotaba de manera extraña en la baja gravedad a la que se encontraban.

—Ayudante de la subsecretaría Avasarala —dijo Holden—. Bienvenida a bordo. Si hay algo que pueda...

—Tú eres Naomi Nagata —lo interrumpió la ancianita esmirriada.

Holden y Naomi cruzaron las miradas y Naomi hizo un gesto de indiferencia con las manos.

—Sí, soy yo.

—¿Cómo coño consigues tener tan bien el pelo? Mírame, parece que un puto erizo se haya follado el mío.

—Esto...

—Conservar las apariencias es lo que os va a mantener con vida. No tenemos tiempo de andar jodiendo la marrana. Nagata, empieza a ponerme guapa y femenina. Holden...

—Soy ingeniera, no una maldita estilista —dijo Naomi, con una voz en la que empezaba a colarse la ira.

—Señora —dijo Holden—. Está en mi nave y esta es mi tripulación. La mitad de nosotros ni siquiera somos ciudadanos de la Tierra y sencillamente no obedecemos órdenes suyas.

—Muy bien, señorita Nagata. Si queremos evitar que esta nave se convierta en una bola de gas caliente, tenemos que enviar un comunicado de prensa y no estoy preparada para hacerlo. ¿Le importaría ayudarme, por favor?

—Muy bien —respondió Naomi.

—Gracias. Y capitán, aféitese, joder, que buena falta le hace.

41

Avasarala

Después de haber estado en el *Guanshiyin*, la *Rocinante* parecía adusta, simplona y utilitaria. No tenía moqueta de lujo, sino solo una espuma cubierta de tela para suavizar las esquinas y las zonas angulosas contra las que podrían hacerse daño los soldados cuando la nave realizara maniobras bruscas. El aire olía al plástico recalentado de los recicladores de aire militares en lugar de a miel y canela. La cubierta no era muy amplia, no tenía grandes camas unipersonales ni zonas privadas, aparte de una estancia para el capitán que era del tamaño de una letrina.

La mayor parte del metraje que habían grabado estaba rodado en la bodega de carga, con un ángulo desde el que no se veía el armamento ni la munición. Alguien que conociera las naves militares marcianas podría haber deducido dónde estaba. Para el resto, era poco más que un espacio abierto con cajones de cargamento al fondo. Naomi Nagata la había ayudado con el comunicado. Para su sorpresa, se le daba muy bien editar vídeos y, cuando Avasarala tuvo claro que la tripulación masculina no iba a poder grabar una locución profesional, Naomi también la ayudó en eso.

La tripulación estaba reunida en la enfermería, lugar en el que el mecánico Amos Burton había configurado un canal para mostrar las imágenes del terminal portátil de Avasarala. El hombre estaba sentado en una camilla para pacientes, con las piernas cruzadas y una sonrisa amigable en los labios. Si Avasarala no hubiera leído los archivos de inteligencia de la tripulación de Holden, nunca habría imaginado de lo que era capaz aquel hombre.

Los otros estaban dispersos, formando un semicírculo. Bobbie estaba sentada junto a Alex Kamal; los marcianos se habían colocado juntos de manera inconsciente. Praxidike Meng estaba al fondo de la habitación. Avasarala no habría sabido decir si era su presencia lo que incomodaba a aquel hombre o si siempre era así.

—Muy bien —dijo—. Última oportunidad para hacer aportaciones.

—Ojalá tuviera unas palomitas —dijo Amos. El escáner médico emitió un destello, mostró un código de emisión y luego se vieron unas letras blancas mayúsculas que rezaban: PARA EMISIÓN INMEDIATA.

Avasarala y Holden aparecieron en la pantalla. Hablaba ella, con las manos extendidas, como si explicara algo. Holden tenía el gesto serio y estaba girado hacia ella. La voz de Naomi Nagata era tranquila, enérgica y profesional.

—Ha tenido lugar un acontecimiento sorprendente. La ayudante de Sadavir Errinwright, el subsecretario de administración ejecutiva, se ha reunido hoy con el representante de la APE James Holden y una representante militar de Marte para discutir las potencialmente cruciales revelaciones que rodean al espantoso ataque sobre Ganímedes.

La imagen pasó a mostrar a Avasarala, inclinada hacia delante para que el cuello le luciera más largo y ocultar la piel fofa que tenía debajo de la barbilla. La práctica hacía que pareciera natural, pero casi podía oír cómo Arjun se reía de ella. Un rótulo en la parte inferior de la pantalla anunciaba su nombre y puesto de trabajo.

—Confío en viajar hasta el sistema joviano con el capitán Holden —continuó Avasarala—. La Organización de las Naciones Unidas de la Tierra alberga la firme creencia de que una investigación multilateral al respecto es la mejor manera de restaurar el equilibrio y la paz en el sistema.

La imagen cambió para mostrar a Holden y Avasarala sentados en la cocina con el botánico. En esa ocasión, el pequeño científico era el que hablaba, y ella y Holden fingían escuchar. Regresó la locución.

—Preguntados por las acusaciones esgrimidas contra Praxidike Meng, cuya búsqueda de su hija se ha convertido en la cara más humana de la tragedia de Ganímedes, la delegación de la Tierra se ha mostrado tajante.

La cámara volvió a pasar a Avasarala, que tenía una expresión afligida en el rostro. Movía la cabeza, negando con un movimiento casi subliminal.

—Nicola Mulko es una figura trágica en este asunto, y condeno personalmente la irresponsabilidad de los medios que permiten que se emitan vídeos en crudo de personas con problemas mentales como si fueran hechos verificados. No cabe duda de que Mulko abandonó a su marido y a su hija, y sus problemas psicológicos merecen ser tratados de manera digna en privado.

Fuera del encuadre, Nagata preguntó:

—Entonces, ¿culpa usted a los medios?

—Sin duda —respondió Avasarala mientras la imagen cambiaba para mostrar la fotografía de un bebé con una alegre mirada de ojos negros y dos coletas—. Tenemos plena confianza en el amor y la dedicación del doctor Meng hacia Mei, y nos alegra formar parte del esfuerzo colectivo para devolver a la niña a casa sana y salva.

La grabación terminó.

—Muy bien —dijo Avasarala—. ¿Algún comentario?

—Yo ya no trabajo para la APE —dijo Holden.

—Yo no estoy autorizada para representar a la milicia marciana —añadió Bobbie—. Ni siquiera tengo claro que aún pueda trabajar para usted.

—Gracias por vuestras aportaciones. ¿Alguien tiene algún

comentario relevante? —preguntó Avasarala. Hubo un momento de silencio.

—Yo lo veo bien —afirmó Praxidike Meng.

Sí que había un detalle en el que la *Rocinante* superaba con mucho al *Guanshiyin*, y era el único que importaba a Avasarala. Tenía los mensajes láser a su disposición. El retraso era peor y cada vez estaba más lejos de la Tierra, pero saber que podía enviar un mensaje sin que pasara por las manos de Nguyen o Errinwright le daba sensación de libertad. No podría controlar lo que ocurriría cuando esos mensajes llegaran a la Tierra, pero eso siempre era así. Formaba parte del juego.

El almirante Souther parecía cansado, pero era difícil saber mucho más sobre él viéndolo en aquella pantalla tan pequeña.

—Ha dado usted un mazazo al avispero, Chrisjen —acusó el hombre—. Da toda la sensación de que acaba de ofrecerse como escudo humano para un hatajo de personas que no trabajan para nosotros. Y supongo que ese era su plan.

—He hecho lo que me pidió. Y sí, Nguyen se reunió varias veces con Jules-Pierre Mao. La primera, justo después de su declaración sobre Protogen. Y sí, Errinwright lo sabía. Pero eso no revela demasiado. Yo misma me he reunido con Mao. Es una víbora, pero si dejara de tener tratos con hombres como él, no le quedaría mucho que hacer.

—La campaña de difamación a su amigo científico surgió de la oficina ejecutiva, y debo decir que ha conseguido que muchos miembros de las fuerzas armadas nos pongamos muy nerviosos. Empieza a parecer que hay facciones dentro del liderazgo, y deja de estar tan claro las órdenes de quién debemos obedecer. Si se da el caso, nuestro amigo Errinwright aún tiene más rango que usted, por lo que si él o el secretario general me dan una orden directa, voy a necesitar un motivo de peso para considerarla ilegal. Esto huele muy mal, pero no me sirve como motivo. Ya sabe a lo que me refiero.

La grabación se detuvo. Avasarala apretó los dedos contra los labios. Claro que lo entendía. No le gustaba, pero lo entendía. Se incorporó en el asiento. Le dolían las articulaciones debido a la carrera para alcanzar a la *Rocinante* y también por la manera en la que la nave se movía a sus pies, correcciones de rumbo que giraban la gravedad uno o dos grados y le producían leves náuseas. Al menos había llegado hasta allí.

El pasillo que llevaba a la cocina era pequeño, pero se torcía un poco antes de llegar a la entrada. Las voces se oían bien, por lo que Avasarala caminó sin hacer ruido. El grave acento marciano era el del piloto, y las vocales y el timbre de voz de Bobbie tampoco dejaban lugar a dudas.

—... Y va y le dice al capitán dónde ponerse y qué aspecto debe tener. Pensé varias veces que Amos la iba a tirar por la esclusa de aire.

—Que lo intente —replicó Bobbie.

—¿Y trabajas para ella?

—Ya no sé para quién coño trabajo. Creo que Marte aún me paga el sueldo, pero los gastos del día a día me los paga el presupuesto de su oficina. La verdad es que no he podido parar para planteármelo.

—Suena duro.

—Soy marine —dijo Bobbie, y Avasarala se quedó quieta. El tono tenía algo raro. Era tranquilo, casi relajado. Casi como si no tuviera problemas. Qué interesante.

—¿Esa mujer le cae bien a alguien? —preguntó el piloto.

—No —respondió Bobbie casi antes de que terminara de hablar—. Ya lo creo que no. Y ella lo mantiene así. Siempre hace esa jugada que hizo con Holden de entrar en la nave y ponerse a dar órdenes como si fuera suya. ¿El secretario general? Lo llama cabeza de chorlito a la cara.

—¿Y por qué es tan malhablada?

—Forma parte de su encanto —respondió Bobbie.

El piloto rio entre dientes y se oyó un sorbido cuando bebió algo.

—Es posible que esté malinterpretando la política —dijo. Un instante después añadió—: ¿Te cae bien?

—Me cae bien.

—¿Por qué?

—Porque nos preocupan las mismas cosas —dijo Bobbie, y el tono pensativo de su voz hizo que Avasarala se sintiera incómoda por escuchar a escondidas aquella conversación. Carraspeó y entró en la cocina.

—¿Dónde está Holden? —preguntó.

—Durmiendo, lo más seguro —respondió el piloto—. Según el horario que llevamos en la nave, son las dos de la madrugada.

—Ah —dijo Avasarala. Para ella era media tarde. Aquello iba a ser un poco problemático. Su vida parecía haber pasado a girar en torno a los retrasos, a esperar a que los mensajes atravesaran la inmensa negrura del vacío. Aquello al menos le daba tiempo para prepararse.

—Me gustaría reunir a todo el pasaje cuando despierten —dijo Avasarala—. Bobbie, vuelve a ponerte tu traje de gala.

Bobbie tardó unos segundos en comprender a qué se refería.

—Vas a enseñarles el monstruo —dijo la anciana—. Y luego vamos a sentarnos aquí para hablar hasta que descubramos qué es lo que saben exactamente los tripulantes de esta nave. Han preocupado tanto a los malos que han enviado a sus matones para asesinarlos.

—Ah, sí, por cierto —dijo el piloto—, los destructores han reducido a velocidad de crucero, pero aun así no se han retirado.

—No importa —aseguró Avasarala—. Todo el mundo sabe que estoy en esta nave. Nadie nos va a disparar.

Cuando llegó la mañana en la nave, lo que para Avasarala era bien entrada la noche, la tripulación volvió a reunirse. En vez de llevar la servoarmadura al completo a la cocina, Avasarala había copiado el vídeo guardado y se lo había entregado a Naomi. Los miembros de la tripulación estaban descansados y tenían buen aspecto, menos el piloto, que se había quedado hablando con

Bobbie hasta tarde, y el botánico, que parecía que siempre arrastraba el cansancio.

—Se supone que no se lo puedo enseñar a nadie —dijo Avasarala, mirando a Holden fijamente—. Pero en esta nave, en este momento, creo que todos tenemos que poner las cartas sobre la mesa. Estoy dispuesta a ser la primera. Este es el ataque contra Ganímedes. Lo que dio lugar a todo. ¿Naomi?

Naomi reprodujo el vídeo, y Bobbie se dio la vuelta para mirar hacia el mamparo. Avasarala tampoco miró, porque tenía la atención puesta en las caras de los demás. Mientras a su espalda se desataba aquella carnicería sanguinolenta, se dedicó a estudiarlos y a entender un poco mejor a las personas con las que estaba tratando. Amos, el ingeniero, miraba con la calma reservada de un asesino profesional. Aquello no la sorprendió. Al principio, Holden, Naomi y Alex se aterrorizaron, y Avasarala vio cómo Alex y Naomi entraban en una especie de *shock*. El piloto tenía lágrimas en los ojos. Holden, por su parte, se retrajo. Dobló los hombros hacia delante y en sus ojos y las comisuras de sus labios Avasarala vio arder una ira contenida. Interesante. Bobbie lloraba abiertamente sin mirar a la pantalla y tenía una expresión melancólica, como si estuviera en un funeral. Un servicio conmemorativo. Praxidike, al que todos llamaban Prax, era el único que casi daba la impresión de estar feliz. Cuando terminó el vídeo y aquella monstruosidad detonó, el hombre aplaudió y gritó de placer.

—Claro, era eso —dijo—. Tenías razón, Alex. ¿Has visto cómo empezaron a crecerle más miembros? Es un fallo catastrófico de los sistemas de restricción. Sí que era una medida de seguridad.

—Muy bien —dijo Avasarala—. ¿Por qué no vuelves a explicarlo pero poniéndome en antecedentes? ¿Qué es lo que era una medida de seguridad?

—La otra forma de vida de la protomolécula eyectó el dispositivo explosivo de su cuerpo antes de que detonara. Verá, esas... cosas, los soldados protomoleculares o lo que sean, están saltándose su programación y creo que Merrian lo sabía. No ha encontrado la manera de evitarlo, porque las restricciones fallan.

—¿Quién es Marion y qué tiene que ver con todo esto? —preguntó Avasarala.

—¿No quería más nombres, abuelita? —dijo Amos.

—Dejadme empezar por el principio —dijo Holden, y relató el ataque del monstruo polizonte, los daños a la puerta de la bodega y el plan de Prax para sacarlo de la nave y atomizarlo con el escape del motor.

Avasarala les pasó los datos que tenía sobre los picos de energía de Venus, y Prax los cogió y se puso a echarles un vistazo mientras afirmaba que estaba seguro de que había una base secreta en Ío en la que se desarrollaban aquellas cosas. Aquello dejó descolocada a Avasarala.

—Y se llevaron allí a tu hija —aventuró Avasarala.

—Se los llevaron a todos —dijo Prax.

—¿Por qué harían algo así?

—Porque no tienen sistema inmunológico —explicó Prax—. Y, en consecuencia, son más fáciles de modificar para la protomolécula. Tienen menos sistemas fisiológicos que se opongan a las nuevas restricciones celulares, y los soldados creados a partir de ellos seguro que duran muchísimo más.

—Joder, doctor —dijo Amos—. ¿Van a convertir a Mei en una de esas cosas repugnantes?

—Es probable —dijo Prax, frunciendo el ceño—. Acabo de caer en la cuenta.

—Pero ¿por qué hacen algo así? —preguntó Holden—. No tiene sentido.

—Para venderlos a una potencia militar como arma de asalto —explicó Avasarala—. Para consolidar el poder antes de... bueno, antes de un puto apocalipsis.

—Por aclarar un poco las cosas —dijo Alex, que había levantado la mano—. ¿Se nos viene encima un apocalipsis? ¿Se supone que deberíamos haberlo sabido antes?

—Venus —respondió Avasarala.

—Vale. Ese apocalipsis —dijo Alex, bajando la mano—. Muy bien.

—Soldados que pueden viajar sin naves —reflexionó Naomi—. Podrías lanzarlos disparados estando a g alta un rato, parar los motores y dejar que sigan sus trayectorias. ¿Cómo rastrear algo así?

—Pero no funcionaría —explicó Prax—. ¿Recuerdas? Escapan de sus restricciones. Y como pueden compartir información, cada vez será más difícil someterlos a ningún tipo de programación nueva.

La habitación quedó en silencio. Prax parecía confuso.

—¿Pueden compartir información? —preguntó Avasarala.

—Pues claro —dijo Prax—. Mire sus picos de energía. El primero tuvo lugar mientras esa cosa luchaba contra Bobbie y los otros marines en Ganímedes. El segundo, cuando el otro bicho se liberó en el laboratorio. El tercer repunte, cuando lo matamos con la *Rocinante*. Cada vez que han atacado a una de esas criaturas, Venus ha reaccionado. Están interconectadas. Supongo que son capaces de compartir todo tipo de información crítica. Y eso incluye la manera de escapar a sus restricciones.

—Si usan estas cosas contra la gente —terció Holden—, no habrá manera de detenerlas. Se desharán de esas bombas de emergencia y seguirán a lo suyo. Habrá una batalla tras otra.

—Esto... no —dijo Prax—. El problema no es ese. El problema es la cascada otra vez. Cuando la protomolécula alcance un poco de libertad, tendrá a su disposición más herramientas para erosionar otros sistemas de limitación, lo que le proporcionará más herramientas para erosionar más restricciones, y así sucesivamente. El programa original, o algo parecido, acabará por tomar el control sobre cualquier nueva programación. Volverán a sus orígenes.

Bobbie se inclinó hacia delante, con la cabeza echada un poco a la derecha. Su voz sonó tranquila, pero había en ella un tono violento que la volvió más estruendosa que si gritara.

—Por lo que, si sueltan esas cosas en Marte, seguirán siendo soldados como el primero durante un tiempo. Pero luego empezarán a soltar esas bombas, igual que hizo el vuestro. Y luego... ¿convertirán Marte en Eros?

—Bueno, en algo peor que Eros —respondió Prax—. Cualquier ciudad de tamaño medio de Marte tiene un número de habitantes con un orden de magnitud superior al que tenía Eros.

La sala quedó en silencio. En el monitor, la cámara de la armadura de Bobbie apuntaba hacia arriba, hacia un cielo estrellado y lleno de naves de batalla disparándose entre sí en la órbita.

—Tengo que enviar unos mensajes —dijo Avasarala.

—¿Sabe esas cosas semihumanas que ha creado? Pues no son sus siervos. No puede controlarlos —dijo Avasarala—. Jules-Pierre Mao le vendió una mentira. Sé por qué quiere mantenerme al margen, y creo que es un puto imbécil por hacerlo, pero dejemos eso a un lado. Ahora da igual. Limítese a no pulsar ese gatillo, joder. ¿Entiende lo que estoy diciendo? No lo haga. Será el único responsable de la mayor y más mortífera cagada de la historia de la humanidad. Y eso que yo estoy en la misma nave que el puto Jim Holden, así que el listón no es que esté bajo precisamente.

La grabación completa duró casi media hora. Avasarala adjuntó el vídeo de seguridad de la *Rocinante* en el que aparecía el polizón. Luego tuvo que eliminar una disertación de quince minutos cuando Prax llegó a la parte de la explicación en la que aseguraba que iban a convertir a su hija en un soldado protomolecular y, en aquella ocasión, empezó a llorar desconsolado. Avasarala hizo lo que pudo para resumir, pero no estaba nada segura de haber expuesto bien los detalles. Pensó en pedir ayuda a Michael-Jon, pero al final decidió no hacerlo. Mejor mantener las cosas en familia.

Envió el mensaje. Conocía a Errinwright, así que suponía que no recibiría una respuesta inmediata. Se tomaría una hora o dos para evaluar la situación, sopesar lo que había expuesto Avasarala y respondería más tarde, cuando ella ya llevara un rato macerando la situación.

Avasarala esperaba que demostrara ser una persona cuerda. Tenía que hacerlo.

Necesitaba dormir. Sintió cómo la fatiga se empezaba a adueñar de su conciencia y la ralentizaba, pero cuando se tumbó, el descanso le pareció algo muy lejano, como su hogar. Como Arjun. Pensó en grabar un mensaje para él, pero solo habría servido para hacerla sentir aún más aislada. Una hora después, se levantó y anduvo por las estancias. Su cuerpo le indicaba que era medianoche o más, y la actividad de a bordo (los sonidos rítmicos que provenían del taller mecánico, una airada conversación entre Holden y Alex sobre el mantenimiento de los sistemas electrónicos o Praxidike sentado a solas en la cocina trabajando con una caja de esquejes hidropónicos) aportaba un ambiente nocturno muy surrealista.

Pensó en enviar otro mensaje a Souther. En su caso, el retraso sería mucho menor, y Avasarala tenía las suficientes ganas de obtener una respuesta para conformarse con cualquier cosa. Pero cuando llegó la respuesta, no fue en forma de mensaje.

—Capitán —llamó Alex por el canal de comunicaciones general—, deberías subir al centro de mando para ver esto.

Por el tono de voz, Avasarala sabía que no era algún asunto rutinario. Encontró el ascensor hacia el centro de mando cuando Holden ya subía en él, así que en lugar de esperar subió por la escalerilla. No era la única que había acudido a la llamada. Bobbie estaba en un asiento y miraba la misma pantalla que Holden. Información táctica luminosa que subía muy rápido por la pantalla y una docena de puntos rojos y resplandecientes para marcar los cambios. Avasarala no entendía la mayor parte de lo que veía, pero el mensaje era claro. Los destructores habían empezado a moverse.

—Muy bien —dijo Holden—. ¿Qué es lo que tenemos?

—Todos los destructores de la Tierra quemando a mucha potencia. Seis g —respondió Alex.

—¿Van hacía Ío?
—Te aseguro que no.

Aquella era la respuesta de Errinwright. Ni mensaje, ni negociación. Ni siquiera una señal de que había recibido la petición de contenerse que le había hecho Avasarala. Eran naves de guerra. La desesperación duró solo un instante. Luego llegó la rabia.

—¿Bobbie?
—Sí.
—¿Recuerdas aquello que me dijiste de que no era consciente del peligro que corría?
—¿Cuándo usted me respondió que yo no conocía las reglas del juego?
—Sí, eso.
—Lo recuerdo. ¿Qué pasa?
—Es el momento perfecto para que me sueltes un «te lo dije».

42

Holden

Holden había pasado un mes en el Laboratorio Electrónico de Guerra Diamond Head de Oahu. Había sido su primer destino al salir de la Escuela de Aspirantes a Oficial. Durante ese tiempo le había quedado claro que no tenía intención ninguna de convertirse en un empollón de inteligencia naval, de que no le gustaba nada el poi y sí las mujeres polinesias. En aquella época había estado muy ocupado para intentar ligar con alguna, pero había disfrutado el poco tiempo libre mirándolas en la playa. Desde aquel momento, le volvían loco las mujeres con curvas y el pelo largo y negro.

La marine marciana se parecía a una de esas pequeñas chicas guapas de la playa, pero era como si alguien hubiera usado un programa de edición para aumentar el tamaño normal a un ciento cincuenta por ciento. Las proporciones, el cabello negro, los ojos negros y lo demás era igual. Pero gigante. Aquello le provocó un cortocircuito mental. El duende que vivía recluido en su cabeza no paraba de cambiar de opinión y gritarle «¡Líate con ella!» o ¡Aléjate de ella!». Y, lo que era aún peor, ella se había dado cuenta. Lo había calado y parecía haber decidido que se merecía poco más que una sonrisilla cansada momentos después de que se conocieran.

—¿Necesita que lo repasemos? —preguntó, con aquella sonrisilla que se burlaba de él. Estaban sentados juntos en la cocina, lugar en el que le había descrito de la mejor manera posible la información que tenía la inteligencia de Marte para enfrentarse a un destructor ligero de clase Munroe.

«¡No!», quiso gritar Holden. «Te he oído. No soy un colgado. Y tengo una novia encantadora con la que estoy comprometido, ¡así que deja de mirarme como si fuera un adolescente inútil que solo quiere mirar debajo de tu falda!»

Pero en ese momento volvió a mirarla y su subconsciente volvió a vacilar entre el miedo y la atracción, y su centro del habla le volvió a fallar. Otra vez.

—No —dijo mientras miraba la lista muy organizada que la marciana le había enviado al terminal portátil—. Creo que esta información es... muy informativa.

Con el rabillo del ojo vio cómo la sonrisilla desaparecía y se centró más en la lista.

—Muy bien —dijo Bobbie—. Me voy a retirar al catre. Con su permiso, por supuesto. Capitán.

—Permiso concedido —respondió Holden—. Claro. Vaya. Al catre.

Bobbie se puso en pie sin apoyarse en los reposabrazos de la silla. Había crecido en gravedad marciana. Podía tener una masa de cien kilos a un g, perfectamente. Fanfarroneaba. Holden hizo como que la ignoraba, y ella se marchó de la cocina.

—Menuda planta, ¿verdad? —dijo Avasarala mientras entraba en la cocina y se dejaba caer en la silla que acababa de quedar vacía. Holden la miró y vio una sonrisilla muy diferente. Una que decía que aquella anciana era capaz de ver a través de su máscara y reconocer la guerra que disputaban los duendes que tenía en la cabeza. Pero aquella mujer no era una polinesia enorme, así que descargó su frustración en ella.

—Sí, es un bombón —afirmó—, pero, aun así, vamos a morir.
—¿Cómo?
—Cuando esos destructores nos alcancen, que lo harán, vamos a morir. La única razón por la que todavía no nos han bañado con torpedos es porque saben que nuestro sistema de CDP pueden encargarse de cualquier cosa que nos disparen a esa distancia.

Avasarala se inclinó hacia delante en la silla, suspiró profundamente y la sonrisilla se convirtió en una sonrisa triste y muy sincera.

—Supongo que no hay manera de que le puedas preparar una taza de té a una ancianita, ¿verdad?

Holden negó con la cabeza.

—Lo siento. En la nave no nos gusta el té. Café sí que tenemos, si quiere.

—Estoy tan cansada que no me importaría. Con mucha crema y mucho azúcar.

—Qué le parece —dijo Holden mientras le servía la taza—, con mucho azúcar y mucho polvo llamado «blanqueador».

—Suena a aguachirle, pero venga.

Holden se sentó y le pasó aquel café «blanqueado» y dulce. La anciana lo cogió e hizo una mueca mientras daba varios tragos largos.

—Explícate —dijo mientras volvía a beber—. Eso que acabas de decir.

—Los destructores van a matarnos —repitió Holden—. La sargenta ha dicho que usted no creía que las naves de la ONU le fueran a disparar, pero estoy de acuerdo con ella. Eso ha sido muy descuidado.

—Que sí. Pero ¿qué es ese «sistema de CDP»?

Holden se esforzó para no fruncir el ceño. Esperaba muchas cosas de aquella mujer, pero no que fuera tan ignorante.

—Cañones de defensa en punta. Si esos destructores nos disparan torpedos desde esa distancia, los sistemas de objetivos de los CDP no tendrán problema para destruirlos. Por lo que esperarán a estar más cerca y acabar con nosotros. Yo creo que unos tres días.

—Ya veo —reflexionó Avasarala—. ¿Y qué plan tienes?

Holden soltó una carcajada en la que no había ni pizca de gracia.

—¿Plan? Mi único plan es morir dentro de una bola de plasma supercalentada. No hay forma posible de que una corbeta de asalto, nosotros, pueda salir airosa del ataque de seis destructores ligeros. La nave no es de la misma categoría y, contra una, quizá podríamos tener suerte. Pero ¿contra seis? Imposible. Estamos condenados.

—He leído tu informe —dijo Avasarala—. Te enfrentaste a una corbeta de la ONU durante el incidente de Eros.

—Eso es. Una corbeta. Estábamos igualados y les pedí que se retiraran porque amenacé a la nave científica desarmada a la que escoltaban. Esto no es lo mismo ni de lejos.

—¿Y entonces cuál sería el último recurso de James Holden?

Holden se quedó en silencio durante un rato.

—Se chivaría —respondió Holden—. Ya sabemos qué es lo que ocurre. Tenemos todas las piezas. Mao-Kwik, los monstruos de la protomolécula, el lugar al que se han llevado a los niños... todo. Podemos meter todos esos datos en un archivo y emitirlo al universo. Nos matarán si es eso lo que quieren, pero será nuestra venganza póstuma. La manera de evitar que ocurra algo peor.

—No —aseguró Avasarala.

—¿Cómo que no? No se olvide de la nave en la que se encuentra.

—Perdona, ¿acaso te he dado a entender que me importa un carajo que esta sea tu nave? Si ha sido así, solo era por ser educada —respondió Avasarala, fulminándolo con la mirada—. No vas a mandar a tomar por culo todo el puto Sistema Solar porque solo conozcas una manera de hacer las cosas. Tenemos al fuego cosas más importantes.

Holden contó hasta diez mentalmente y luego preguntó:

—¿Y cuál es su plan?

—Enviar los datos a dos almirantes concretos de la ONU —respondió mientras tocaba su terminal portátil. El de Holden sonó al recibir el archivo—. Souther y Leniki. Aunque el importante es Souther. Leniki no me cae bien y no está muy al día con el tema, pero puede ser un buen apoyo.

—¿Quiere que mi última labor antes de morir a manos de un

almirante de la ONU sea enviar toda la información vital que tengo a otro almirante de la ONU?

Avasarala se inclinó hacia delante en la silla mientras se frotaba las sienes con la punta de los dedos. Holden esperó.

—Estoy cansada —dijo un momento después—. Y echo de menos a mi marido. Me duelen los brazos por el simple hecho de no poder abrazarlo. ¿Sabes a qué me refiero?

—Sé justo a qué se refiere.

—Quiero que entiendas que, ahora mismo, estoy aquí enfrentándome a la posibilidad de no volver a verlo nunca más. Ni a él ni a mis nietos. Ni a mi hija. Los doctores me han asegurado que es probable que me queden unos treinta años de vida. Tiempo suficiente para ver crecer a mis nietos y quizás hasta a un biznieto o dos. Pero parece que, en lugar de eso, me va a matar un almirante cabrón y pichafloja llamado Nguyen.

Holden casi sintió cómo el peso inevitable de aquellos seis destructores se abalanzaba sobre ellos. Mensajeros de la muerte. Era como si alguien le clavara por detrás una pistola en las costillas. Quería zarandear a aquella anciana para que le dijera ya qué era lo que pretendía.

Avasarala le sonrió.

—Mi última acción en el universo no va a ser mandar a tomar por culo todo aquello por lo que he estado luchando hasta ahora.

Holden luchó por enfrentarse a su frustración. Se levantó y abrió el frigorífico.

—Vaya, queda algo de pudin. ¿Quiere?

—He leído tu perfil psicológico. Sé todo lo que tengo que saber sobre esa mierda que pregonas de que «todo el mundo debería tener acceso a toda la información». Pero ¿hasta qué punto eres culpable de la guerra que está teniendo lugar? ¿Cuánto es culpa de esas emisiones pirata que has enviado? ¿Eh?

—No tengo la culpa —respondió Holden—. Cuando pones contra las cuerdas a un psicótico desesperado es normal que haga cosas de psicótico desesperado. Me niego a que salgan impunes por el miedo que pueda tener a su reacción. Cuando lo hacen, esos psicóticos desesperados acaban en puestos de importancia.

Avasarala rio. Para sorpresa de Holden, sonaba agradable.

—Todo el que entienda de verdad lo que ocurre estará, como mínimo, desesperado y es posible que también psicótico. Con trastorno disociativo, al menos. Deja que te explique cómo veo yo las cosas —dijo Avasarala—. Si le cuentas a todo el mundo lo que ocurre, obtienes una reacción, sí. Y quizá, semanas, meses o años después, consigues que se solucione todo. Pero, si se lo dices a la gente indicada, es posible que las cosas se puedan solucionar ya mismo.

Amos y Prax entraron juntos en la cocina. Amos tenía un termo enorme en la mano y fue directo hacia la cafetera. Prax iba detrás y cogió una taza. Avasarala entrecerró los ojos y dijo:

—Quizás incluso podamos salvar a esa niña.

—¿A Mei? —preguntó Prax de improviso mientras soltaba la taza y se daba la vuelta.

«Qué poca clase», pensó Holden. «Hasta para una política.»

—Sí, Mei —respondió Avasarala—. De eso se trata, ¿no, Jim? Esto no es una cruzada personal. Intentamos salvar a la pequeña de los malos.

—Explíqueme cómo... —empezó a decir Holden, pero Avasarala continuó hablando y lo interrumpió.

—La ONU no es el único bando. Ni siquiera hay solo una empresa. Hay miles de pequeños bandos insignificantes que luchan el uno contra el otro. Son los que ahora mismo controlan el tablero, pero es algo temporal. Siempre es temporal. Conozco gente que puede ir en contra de Nguyen y los suyos. Que pueden dejarlos sin ayudas, sin naves y hasta denunciarlos frente a un tribunal militar si les damos tiempo. Pero no se puede hacer nada si entramos en guerra con Marte. Y, como dejes al descubierto todo lo que sabemos, Marte no podrá esperar para entender las sutilezas, se verán obligados a lanzar un ataque preventivo contra la flota de Nguyen, Ío y lo que quede de Ganímedes. Contra todo.

—¿Ío? —preguntó Prax—. Pero Mei...

—Y por eso quiere que le enviemos toda la información a su pequeña camarilla política de la Tierra, aunque el mayor problema aquí es la existencia de pequeñas camarillas políticas en la Tierra.

—Sí —respondió Avasarala—. Y yo soy la última esperanza de la que dispone esa niña. Tienes que confiar en mí.

—Pues no lo hago. Ni por asomo. Creo que usted es parte del problema. Creo que solo es capaz de atender a las maniobras políticas y los juegos de poder. Creo que lo que quiere es salir ganando. Así que no, ni por asomo confío en usted.

—Esto... ¿capi? —llamó Amos mientras cerraba poco a poco la tapa de rosca del termo—. ¿No te olvidas de algo?

—¿De qué, Amos? ¿De qué me olvido?

—¿No habías dicho que ahora teníamos que votar para estas cosas?

—No te enfades —dijo Naomi. Estaba estirada sobre un asiento de colisión junto al panel principal de operaciones de la cubierta del centro de mando. Holden estaba sentado al otro lado de la estancia, en el panel de comunicaciones. Acababa de enviar el archivo de datos de Avasarala a los dos almirantes de la ONU que la anciana le había indicado. Estuvo tentado de enviarlo por un canal abierto, pero la tripulación había tratado el asunto y el plan de la mujer había ganado. Lo de votar le había parecido muy buena idea cuando lo dijo la primera vez, pero ahora que había perdido su primera votación, la cosa había cambiado. Iban a morir todos en dos días, así que al menos no tendría que volver a soportar aquel bochorno.

—Si nos matan y esos almirantes lameculos de Avasarala no consiguen hacer nada con los datos que les acabamos de enviar, todo esto no habrá servido para nada.

—¿Crees que ignorarán los datos? —preguntó Naomi.

—No lo sé. Ese es el problema. No sé lo que harán. Hemos conocido a esta política de la ONU hace dos días y ya se ha adueñado de la nave.

—Pues envía los datos a alguien más —sugirió Naomi—. A alguien en quien confíes y que no diga nada. Alguien capaz de reaccionar si resulta que los tipos de la ONU son del bando equivocado.

—No es mala idea.

—¿A Fred, quizá?

—No —rio Holden—. Fred los usaría como moneda de cambio política. Negociaría con ellos. Tiene que ser alguien que no tenga nada que ganar ni perder por usarlos. Tengo que pensarlo bien.

Naomi se levantó y se acercó a él, luego le unió las piernas y se sentó sobre su regazo mientras lo miraba fijamente.

—Y encima vamos a morir todos. Eso complica las cosas aún más.

«No vamos a morir todos.»

—Naomi, reúne a la tripulación, la marine y Avasarala. En la cocina, supongo. Tengo que anunciar un asunto de última hora. Nos vemos allí dentro de diez minutos.

Naomi le dio un beso suave en la nariz.

—Muy bien. Allí estaremos.

Cuando la perdió de vista después de que se marchara por la escalerilla de la tripulación, Holden abrió la taquilla del comandante de buque. Dentro encontró varios libros con códigos inservibles, un manual de la ley naval de Marte y una pistola con dos cargadores de proyectiles de gel balístico. Cogió el arma, la cargó y se colocó el cinto con la cartuchera en la cadera.

Luego volvió al puesto de comunicaciones y envió el paquete de datos de Avasarala en un mensaje láser que recorrería Ceres, Marte, la Luna y la Tierra a través de enrutadores públicos. Era improbable que resultara sospechoso. Pulsó el botón de grabar y dijo:

—Hola, mamá. Échale un vistazo a esto. Enséñaselo a la familia. No tengo ni idea de cómo sabrás cuándo es el momento, pero cuando llegue, haz lo que te parezca oportuno. Confío en vosotros. Os quiero.

Antes de que dijera nada más o se le ocurriera algo mejor, pulsó la tecla de enviar y apagó la consola.

Llamó al ascensor, porque le llevaría más tiempo ir así que por la escalerilla y necesitaba ese tiempo para pensar qué hacer durante los siguientes diez minutos. Cuando llegó a la cubierta de la tripulación, todavía no sabía muy bien qué hacer, pero cuadró los hombros y entró en la cocina sin pensar.

Amos, Alex y Naomi estaban sentados a un lado de la mesa y lo miraron. Prax ocupaba su sitio habitual en la encimera. Bobbie y Avasarala estaban sentadas de lado para mirar hacia Holden. La marine se encontraba a menos de dos metros de él y no había nada entre ellos. Si la cosa se torcía, aquello podía llegar a ser un problema.

Dejó caer la mano en la culata del arma que tenía en la cadera y se aseguró de que el resto lo viera. Luego dijo:

—Tenemos unos dos días antes de que los sujetos de la armada de la ONU estén a la distancia necesaria para superar nuestras defensas y destruir la nave con un bombardeo.

Alex asintió. Nadie dijo nada.

—Pero también tenemos enganchada al casco la pinaza de carreras de Mao en la que vino Avasarala. Vamos a hacer que dos personas suban a bordo y se marchen en ella. Nosotros daremos la vuelta con la *Roci* y nos lanzaremos directos contra las naves de la ONU para darle tiempo a la pinaza. Quién sabe, quizás hasta podamos acabar con algún destructor y ganarnos un pedacito de cielo.

—Que te cagas —dijo Amos.

—No me parece mal —dijo Avasarala—. ¿Quiénes serán los cabrones con suerte? ¿Y cómo haremos para que los destructores de la ONU no vaporicen la pinaza después de acabar con esta nave?

—Prax y Naomi —dijo Holden de inmediato, antes de que nadie tuviera tiempo de hablar—. Prax y Naomi irán en la nave.

—Muy bien —dijo Amos mientras asentía.

—¿Por qué? —preguntaron Naomi y Avasarala al unísono.

—Prax porque es la cara visible de todo este asunto. También es el que lo ha descubierto todo. Y porque, cuando alguien rescate por fin a su pequeña, lo ideal sería que su padre siguiera vivo —respondió Holden. Luego dio unos golpes con los dedos en la culata del arma—. Y Naomi porque me sale de los cojones. ¿Alguna pregunta?

—Ninguna —respondió Alex—. Por mi parte, bien.

Holden miraba fijamente a la marine. Si alguien se lanzaba a quitarle el arma, sería ella. Y trabajaba para Avasarala. Si la anciana decidía que quería ir a bordo de la *Jabalí*, sería la marine la que intentaría conseguirlo. Pero, para sorpresa de Holden, solo se movió para levantar una mano.

—¿Sargenta? —llamó Holden.

—Dos de esas seis naves marcianas que van detrás de los tipos de la ONU son cruceros rápidos de la nueva clase Raptor. Es probable que sean capaces de alcanzar la *Jabalí* si se lo proponen.

—¿Seguro? —preguntó Holden—. Tengo la impresión de que están ahí para vigilar las naves de la ONU y nada más.

—Bueno, es posible, pero... —Se quedó en silencio en mitad de la frase, con la mirada perdida.

—Pues ese es el plan —zanjó Holden—. Prax y Naomi, coged todos los suministros que necesitéis y subidlos a bordo de la *Jabalí*. Me gustaría que el resto esperara aquí mientras lo hacen.

—Un momento... —protestó Naomi, con voz iracunda.

Antes de que continuara, Bobbie volvió a hablar.

—¿Sabéis qué? Acabo de tener una idea.

43

Bobbie

Todos se habían olvidado de algo. Bobbie lo tenía en la punta de la lengua, pero no era capaz de darse cuenta. Hizo un repaso mental de todo lo que había ocurrido: estaba claro que aquel capullo de Nguyen tenía intención de destruir la *Rocinante*, a pesar de que se encontrara a bordo un político de la ONU. Avasarala había pensado que su presencia allí haría que las naves se retiraran, pero al parecer estaba a punto de perder aquella apuesta. Los seis destructores de la ONU seguían de camino hacia ellos.

Y otras seis naves seguían a los destructores.

Entre ellas, como le acababa de indicar a Holden, había dos cruceros de ataque rápido de clase Raptor. Equipo militar marciano de alta gama, capaz de hacer frente a un destructor de la ONU. Además de los dos cruceros, había cuatro destructores marcianos. No sabría decir si eran mejores o peores que los de la ONU, pero con los cruceros en los flancos, contaban con un buen tonelaje y mayor potencia de fuego. Seguían a las naves de la ONU para comprobar que no iban de camino a intensificar el conflicto.

«Que no iban a acabar con la vida de la única política de la ONU que no se moría por entrar en guerra con Marte.»

—¿Sabéis qué? —dijo Bobbie sin pensárselo—. Acabo de tener una idea...

La cocina quedó en silencio.

Aquella situación recordó a Bobbie el momento incómodo

de cuando había hablado en la sala de conferencias de la ONU y tirado por el retrete su carrera militar. El capitán Holden, el niño guapo con el ego un poco subido, la miraba con la boca abierta y un gesto desconcertante. Parecía una persona muy enfadada a la que acabaran de cortarle el rollo en medio de una bronca. Avasarala también la miraba. Pero conocía mejor a aquella mujer y sabía que en su gesto no había rabia. Solo curiosidad.

—Bueno —dijo Bobbie—, hay seis naves marcianas detrás de las de la ONU. Y las marcianas son mejores. Ambas flotas están en alerta máxima.

Nadie se movió ni dijo nada. Avasarala había pasado de la curiosidad a fruncir el ceño.

—Por lo que —continuó Bobbie— puede que quieran ayudarnos.

Las arrugas de la frente de Avasarala se hicieron más profundas.

—¿Por qué querrían los marcianos ayudarme a evitar que me asesine la puta flota de mi propio bando? —preguntó la anciana.

—No hay nada de malo en preguntar, ¿no?

—No —respondió Holden—. Tienes razón. ¿Estamos todos de acuerdo?

—¿Quién hablará con ellos? —preguntó Avasarala—. ¿Tú? ¿La traidora?

Aquellas palabras eran un golpe bajo, pero Bobbie sabía a qué se refería la mujer. Estaba haciendo que se enfrentara a la peor respuesta que podía recibir de Marte para ver cuál era su reacción.

—Sí, yo romperé el hielo —dijo Bobbie—. Pero usted será la encargada de convencerlos.

Avasarala se la quedó mirando durante un minuto y luego dijo:

—Muy bien.

—¿Puede repetir, *Rocinante*? —dijo el comandante marciano. La conexión sonaba tan nítida que parecía que el hombre estaba con ellos en la estancia. Lo que lo había confundido no era la calidad del sonido. Avasarala habló despacio y pronunció las palabras con cuidado.

—Soy Chrisjen Avasarala, la ayudante de la subsecretaría de la Organización de las Naciones Unidas de la Tierra —repitió la anciana—. Estoy en misión de paz, de camino hacia el sistema joviano, y estoy a punto de sufrir un ataque por parte de un traidor de la armada de la ONU. ¡Sálvenme, joder! Si lo hacen, conseguiré que mi gobierno deje de atacar su planeta.

—Voy a tener que enviar su solicitud a mis superiores —dijo el comandante. No había señal de vídeo, pero la sonrisa era palpable en su voz.

—Llame a quien tenga que llamar —dijo Avasarala—. Pero consiga una respuesta antes de que estos malnacidos empiecen a lanzar misiles. ¿Podrá?

—Haré lo que pueda, señora.

La delgaducha, la que se llamaba Naomi, cortó la conexión y se giró para mirar a Bobbie.

—¿Me podrías repetir por qué crees que nos van a ayudar?

—Marte no quiere meterse en una guerra —respondió Bobbie, con la esperanza de no estar dándoselas de lista—. Si ven que la única voz de la razón del gobierno de la Tierra se encuentra en una nave que está a punto de ser destruida por unos traidores de la ONU, tiene sentido que se inmiscuyan.

—Parece que te las estás dando un poco de lista —dijo Naomi.

—También hay que tener en cuenta —continuó Avasarala— que les acabo de dar permiso para disparar a la armada de la ONU sin que haya repercusiones políticas.

—Aunque ayuden —interrumpió Holden—, no tienen manera de evitar que las naves de la ONU nos peguen algún tiro. Necesitamos un plan para enfrentarnos a ellas.

—Pero si acabamos de idear este otro plan —protestó Amos.

—Yo sigo opinando que Prax y Naomi deberían subir a la *Jabalí* —dijo Holden.

—Empiezo a pensar que es mala idea —aseguró Avasarala. Dio un sorbo al café e hizo una mueca. La anciana echaba mucho de menos sus cinco tazas de té diarias.

—Explíquese —insistió Holden.

—Si los marcianos deciden ponerse de nuestra parte, cambiará todo el panorama para las naves de la ONU. Según mis cálculos, lo tendrán difícil para enfrentarse a siete enemigos.

—Muy bien —aceptó Holden.

—Les interesa no quedar como unos traidores en los libros de historia. Si el plan de Nguyen no sale bien, como mínimo todos los de su bando tendrán que enfrentarse a un tribunal militar. Lo mejor que pueden hacer para evitarlo es asegurarse de que no sobrevivo a esta batalla, sin importar quién salga vencedor.

—Lo que quiere decir que dispararán a la *Roci* —indicó Naomi—. No a la pinaza.

—Claro que no —dijo Avasarala, entre carcajadas—. Porque yo estaré en la pinaza. Pensad por un momento que creen que intentáis proteger a la desesperada una nave de huida en la que no estoy. Y seguro que la *Jabalí* no tiene esos CDP de los que hablabais antes, ¿verdad?

Para sorpresa de Bobbie, Holden asentía mientras hablaba Avasarala. Empezaba a pensar de él que era un sabelotodo que solo era capaz de enamorarse de sus propias ideas.

—Sí —dijo Holden—. Tiene toda la razón. Irán a por todas contra la *Jabalí* mientras intenta escapar. Y no tiene manera de defenderse.

—Lo que quiere decir que tendremos que vivir o morir todos juntos en esta nave —dijo Naomi, con un suspiro—. Como siempre.

—Pues necesitamos un plan para enfrentarlos —repitió Holden.

—La tripulación es muy pequeña —dijo Bobbie, animada

porque la conversación se había desviado hacia un tema que conocía mejor—. ¿Cuál es el cargo de cada uno?

—Oficial de operaciones —dijo Holden, señalando a Naomi—. También realiza trabajos de electrónica y tácticas defensivas. Y teniendo en cuenta que nunca lo había hecho antes de que acabáramos en esta nave, se le da de maravilla. Mecánico... —dijo Holden, señalando a Amos.

—Chapuzas —lo interrumpió Amos—. Hago lo que puedo para evitar que la nave se desarme cuando la llenan de agujeros.

—Yo suelo encargarme del puesto de batalla en el centro de mando —dijo Holden.

—¿Quién es el artillero? —preguntó Bobbie.

—Aquí —respondió Alex, señalándose a sí mismo.

—¿Te encargas de pilotar y de marcar los objetivos? —dijo Bobbie—. Impresionante.

La piel oscura de Alex se oscureció un poco más. Su acento del Valles Marineris había pasado de ser molesto a encantador. Y era un encanto cuando se sonrojaba.

—Esto... no. El capi es quien se encarga de los objetivos desde el puesto de batalla, normalmente. Pero yo soy el que abre fuego.

—Pues decidido —dijo Bobbie, volviéndose hacia Holden—. Me encargaré de las armas.

—No pretendo ofender, sargenta... —dijo Holden.

—Artillera —interrumpió Bobbie.

—Artillera —repitió Holden mientras asentía—. Pero ¿estás cualificada para encargarte de las armas de una nave?

Bobbie prefirió no sentirse ofendida y se limitó a sonreír a Holden.

—He visto la armadura y las armas que llevabais cuando llegamos a la nave. Tenéis un PAP en la bodega, ¿verdad?

—¿Qué es un PAP? —preguntó Avasarala.

—Un paquete de asalto portátil. Equipamiento de asalto para los marines. No es tan bueno como mi servoarmadura de reconocimiento, pero tiene equipo completo para media docena de soldados de infantería.

—Sí —respondió Holden—. Lo encontramos ahí.

—Lo encontrasteis porque esta es una nave de batalla rápida y versátil. Hacer de cañonera es solo una de sus funciones. También sirve para el transporte de equipos de asalto. Y mi rango de sargenta de artillería tiene un significado muy específico.

—Así es —confirmó Alex—. Especialista en equipamiento.

—Tengo que tener competencia con todos los sistemas armamentísticos que mi pelotón o compañía pueda llegar a operar durante un despliegue. Y eso incluye los sistemas de armamento de una nave de batalla como esta.

—Ya veo... —empezó a decir Holden, pero Bobbie le interrumpió.

—Considérame tu artillera.

Como la mayor parte de las cosas con las que Bobbie se topaba en su vida, el asiento del operador de armas estaba pensado para alguien de menor tamaño. El arnés de cinco puntos se le clavaba en las caderas y los hombros. Aunque lo había separado del todo, tenía la consola de control de armas demasiado cerca para acomodar bien los brazos en el asiento de colisión mientras la usaba. Aquello sería un problema si tuvieran que maniobrar a mucha velocidad y aumentara la gravedad de la aceleración, lo que era obvio que iba a ocurrir una vez comenzara la refriega.

Colocó los hombros lo mejor que pudo para que los brazos no se le desencajaran cuando tuvieran que acelerar y se acomodó dentro del arnés.

—Pase lo que pase, esto va a terminar rápido. Es probable que no te dé tiempo de ponerte muy cómoda —dijo Alex desde su asiento, a cierta altura detrás de ella.

—Qué halagüeño.

Holden habló por el canal de comunicaciones de la nave:

—Acabamos de ponernos al alcance máximo de las armas. Podrían dispararnos ahora mismo o dentro de veinte horas. Permaneced amarrados. Activad el sistema de riesgo vital solo cuan-

do dé la orden. Esperó que todos tengáis bien puesto el catéter.
—El mío aprieta mucho —dijo Amos.
Alex habló a su espalda, y su voz se oyó por el canal de comunicaciones un segundo después.
—Es tipo condón, chico. No te lo tienes que meter en ningún lado.
Bobbie no pudo evitar reírse y levantó una mano a su espalda para que Alex le chocara los cinco.
—Tenemos luz verde en los sistemas del centro de mando. ¿Podéis confirmar los demás?
—Luz verde en los controles de vuelo —dijo Alex.
—Luz verde en los sistemas electrónicos —confirmó Naomi.
—Todo listo por aquí abajo —dijo Amos.
—Armas listas y con ganas de marcha —terminó Bobbie. Hasta en aquella situación, amarrada a una silla dos tallas más pequeña de un buque de guerra marciano capitaneado por uno de los hombres más buscados de los planetas interiores, se sentía genial. Bobbie reprimió un grito de alegría y abrió la pantalla de amenaza de Holden. El capitán ya tenía marcados los seis destructores de la ONU que los perseguían. Bobbie marcó el buque líder y esperó a que la *Rocinante* le proporcionara una opción personalizada para enfrentarse a él. La *Roci* calculó que las probabilidades de impacto eran del cero coma uno por ciento. Cambió entre varios objetivos mientras se acostumbraba al tiempo de respuesta y los controles del nuevo equipo. Tocó un botón para abrir la información de los objetivos y examinó las especificaciones de los destructores de la ONU.

Cuando se aburrió de leer la información de las naves, abrió la pantalla táctica. Vio un pequeño punto verde perseguido por seis rojos un poco más grandes a los que, a su vez, perseguían seis puntos azules. Aquello estaba mal. Los puntos de los terrícolas deberían ser azules y los de los marcianos, rojos. Indicó a la *Roci* que cambiara los patrones de color. La *Rocinante* estaba orientada hacia las naves que la perseguían. En el mapa, daba la impresión de que las naves iban de camino a chocarse, pero en realidad la *Rocinante* había comenzado a desacelerar para que las naves de la ONU se acercaran a ella más rápido. Las trece naves que participaban en la refriega volaban en dirección al Sol. La diferencia era que la *Roci* lo hacía de culo.

Bobbie miró la hora y vio que trastear con los controles le había ahorrado menos de quince minutos.

—Odio tener que esperar para luchar.

—Yo también, hermana —dijo Alex.

—¿Esto tiene algún juego? —preguntó Bobbie mientras tocaba la consola.

—Veo, veo —respondió Alex—, una cosita que empieza por D.

—Destructor —dijo Bobbie—. Seis cañones, ocho CDP y un cañón de riel montado en la quilla.

—Muy bien. Te toca.

—Joder, mira que odio esperar para luchar.

La batalla comenzó de improviso y por todo lo alto. Bobbie esperaba que hubiera algunos disparos de advertencia. Como algún que otro torpedo disparado a máximo alcance para comprobar que la tripulación de la *Rocinante* controlaba bien los sistemas de armamento y tenía todo en orden. Pero, en lugar de eso, las naves de la ONU se acercaron lo máximo posible y la *Roci* tuvo que echar el freno para poder encararlas.

Bobbie vio que las seis naves de la ONU se acercaban cada vez más a la línea roja que había en la pantalla de amenaza. Aquella línea roja representaba el punto en el que una descarga de torpedos de las seis naves sería insostenible para los cañones de defensa en punta de la *Roci*.

Al mismo tiempo, las seis naves marcianas se acercaban a la línea verde de la pantalla, que representaba el alcance óptimo para disparar a las naves de la ONU. Era como jugar al gallinita ciega a gran escala, como si todos esperaran a ver quién se retiraba primero.

Alex maniobraba con el propulsor de desaceleración para asegurarse de que los marcianos llegaban al alcance de las naves terrícolas, antes de que los atacaran a ellos. Cuando empezaron los disparos, dejó los propulsores e intentó moverse por la zona de combate a la mayor velocidad posible. Aquella era la razón principal por la que habían encarado las naves de la ONU. Huyendo solo habrían conseguido permanecer al alcance de las armas durante más tiempo.

En aquel momento, un punto rojo (uno de los cruceros rápidos de ataque marciano) cruzó la línea verde y empezaron a sonar las alarmas por toda la nave.

—Nos atacan —dijo Naomi—. ¡El crucero marciano ha disparado ocho torpedos!

Bobbie los había visto. Eran unos puntitos amarillos que cambiaban a color naranja una vez que aceleraban. La respuesta de las naves de la ONU no se hizo esperar. La mitad de ellas giraron para encarar las naves marcianas que las perseguían y abrieron fuego con los cañones de riel y los cañones de defensa en punta. El espacio que había entre los dos grupos en la pantalla táctica se llenó de puntitos amarillos y naranjas.

—¡Atención! —gritó Naomi—. ¡Seis torpedos en trayectoria de colisión!

Medio segundo después, Bobbie vio cómo aparecía en su pantalla de control de los CDP la información vectorial y de velocidad de los torpedos. Holden tenía razón. A la cinturiana flacucha se le daba bien. Tenía unos tiempos de reacción envidiables. Bobbie marcó los seis torpedos con los CDP y la nave comenzó a vibrar al ritmo de los cañones.

—Preparados para el zumo —dijo Alex, y Bobbie sintió cómo el asiento le clavaba media docena de agujas. Sintió un frío que le recorrió las venas y que terminó por arderle. Agitó la cabeza para evitar que se le nublara la vista, y Alex volvió a hablar—: Tres... Dos...

Nunca llegó a decir «uno». La *Rocinante* dio un golpetazo por detrás a Bobbie y la aplastó contra el asiento de colisión. En el último momento, recordó que tenía que colocar bien los hombros y evitó que aquel impulso de diez g le rompiera los brazos.

La primera andanada de seis torpedos que les habían disparado desapareció uno a uno de la pantalla de amenaza a medida que la *Roci* apuntaba y los destruía. Había más torpedos en camino, pero la flota marciana ya había roto las filas terrícolas y el espacio que rodeaba las naves se había convertido en una amalgama de estelas de motores y detonaciones. Bobbie indicó a la *Roci* que apuntara a todo lo que se colocara en un vector de acercamiento y le disparara con los cañones de defensa en punta, dejando el resto en manos de los ingenieros marcianos y de la voluntad del universo.

Cambió una de las pantallas grandes para mostrar una cámara delantera, que se podría considerar una ventana hacia la batalla. El cielo que tenía delante se llenó de los resplandores blancos y las nubes de gases de los torpedos que explotaban. Las naves de la ONU habían llegado a la conclusión de que los marcianos eran la verdadera amenaza y las seis ya habían encarado las naves enemigas. Bobbie tocó un botón para colocar un filtro de la pantalla de amenaza en la imagen de vídeo y el cielo se llenó de repente de las manchas de luz que se movían a una velocidad imposible con las que la nave marcaba la trayectoria de cada torpedo y proyectil.

La *Rocinante* se acercaba a toda velocidad a los destructores de la ONU y la aceleración bajó a dos g.

—Allá vamos —dijo Alex.

Bobbie abrió el sistema de apuntado de los torpedos y marcó el cono de motores de dos de las naves.

—Van dos —dijo mientras lanzaba dos peces al agua. Las estelas de los motores iluminaron el cielo cuando los torpedos salieron despedidos. El indicador de disparo se puso de color rojo mientras la nave recargaba los tubos. Bobbie había pasado a marcar el cono de otras dos naves de la ONU. Disparó otros dos torpedos justo cuando el indicador se volvió a poner verde. Marcó los dos últimos destructores y comprobó el estado de los dos primeros torpedos. Los CDP de los destructores los habían destruido. Vio cómo unas manchas de luz se abalanzaban sobre ellos, y Alex escoró la nave para salir de la trayectoria de los proyectiles.

No fue suficiente. Una luz ambiental amarilla y rotatoria iluminó la cabina y sonó la bocina eléctrica ditonal.

—Nos han dado —dijo Holden, con voz tranquila—. Despresurizando. Espero que todos tengáis el casco bien puesto.

Holden desconectó el sistema de aire de la nave, y los sonidos se fueron apagando hasta que Bobbie oyó con claridad su respiración y el zumbido del canal general de comunicaciones que resonaba en el casco.

—Vaya —dijo Amos por el canal—. Han sido tres impactos. Proyectiles pequeños, puede que munición de los CDP. Nos han atravesado sin darle a nada importante.

—Han agujereado mi camarote —dijo Prax, el científico.

—No me extraña que te hayas despertado —dijo Amos, con voz alegre.

—Me aseguré de estar a salvo —dijo Prax, sin atisbo de humor en la voz.

—Silencio —ordenó Holden, sin malicia alguna—. Dejad el canal libre, por favor.

Bobbie dejó que la parte de su cerebro que se encargaba del pensamiento racional escuchara aquel rifirrafe. En aquel momento, no la estaba usando para nada. La parte que se encargaba de marcar objetivos y disparar torpedos funcionaba con autonomía. Era una alimaña la que controlaba aquella parte de ella.

No llevaba la cuenta de cuántos torpedos había disparado, pero, en un momento dado, vio un resplandor enorme y la cámara se oscureció por un instante. Cuando volvió la imagen, un destructor de la ONU se había partido en dos y las dos mitades del casco habían salido despedidas en dirección contraria y dejaban a su paso una ligera estela de gas y pequeños restos. Algunas de esas cosas que se veían flotar serían tripulantes de la nave. Bobbie ignoró aquel pensamiento, pero la alimaña de su interior se alegró.

La destrucción de la primera nave de la ONU hizo que cambiaran las tornas y, en cuestión de minutos, las otras cinco naves recibieron daños irreversibles o quedaron destruidas. Un capitán de la ONU envió una llamada de auxilio y se rindió de inmediato.

Bobbie miró la pantalla. Tres naves de la ONU habían sido destruidas y las otras tres estaban dañadas. Los marcianos habían perdido dos destructores y uno de los cruceros tenía daños graves. La *Rocinante* tenía tres agujeros de proyectiles que los habían dejado sin aire, pero no había más daños.

Habían ganado.

—Madre mía —dijo Alex—. Capitán, tenemos que pillar una de estas.

Bobbie tardó un rato en darse cuenta de que se refería a ella.

—Se lo agradezco en nombre del gobierno de la ONU —dijo Avasarala al comandante de Marte—. O al menos de la facción del gobierno de la ONU que está bajo mi mando. Vamos de camino a Ío para destruir algunas naves más y, si podemos, detener el apocalipsis. ¿Quiere venir?

Bobbie abrió un canal privado con Avasarala.

—Ahora todos somos traidores.

—¡Ja! —rio la anciana—. Solo si perdemos.

44

Holden

Desde fuera, el daño que había recibido la *Rocinante* era casi imperceptible. Los tres proyectiles de los cañones de defensa en punta que había disparado un destructor de la ONU habían impactado justo delante de la enfermería y realizado un recorrido diagonal por la nave hasta salir por el taller mecánico, dos cubiertas por debajo. Por el camino, uno de ellos había atravesado tres camarotes de la cubierta de la tripulación. Holden esperaba que el botánico tuviera alguna herida, sobre todo después de la manera en la que le había respondido a Amos. Pero cuando Holden se encontró con él después de la batalla, se sorprendió por la manera despreocupada en la que el científico se había encogido de hombros.

—Ha sido un buen susto —se había limitado a decir.

Lo fácil habría sido echarle la culpa a la conmoción. Habían secuestrado a su hija y había pasado meses viviendo en Ganímedes a medida que se venía abajo la estructura social de la estación. Era fácil pensar que aquella calma de Prax era la precursora de una crisis nerviosa y emocional. Era un hecho que aquel hombre había perdido la razón más de una vez, y muchas de esas veces en el peor de los momentos. Pero Holden sabía que, a pesar de los problemas, Prax era todo un ejemplo. Tenía una fuerza implacable que lo hacía avanzar. Aunque el universo se encargara de derribarlo una y otra vez, si no acababa con su vida, él no dejaba de levantarse y seguir arrastrándose hacia su objetivo. Holden pensó que seguramente había sido un científico muy bueno. Uno que se enorgullecía de las pequeñas victorias y no se dejaba amedrentar por los fracasos. Uno que seguía adelante hasta llegar donde tenía que llegar.

Incluso en aquel momento, pocas horas después de haber estado a punto de que un proyectil de alta velocidad los partiera en dos, Prax estaba en las cubiertas inferiores con Naomi y Avasarala remendando los agujeros de la nave. Nadie se lo había pedido. Se había bajado de su catre para echar una mano. Holden estaba encima de uno de los agujeros de entrada de los proyectiles en el casco exterior de la nave. El pequeño obús había dibujado un agujero circular perfecto y había dejado el resto del metal casi intacto. Había atravesado cinco centímetros de blindaje de aleación de gran resistencia a tal velocidad que ni lo había abollado.

—Lo he encontrado —dijo Holden—. No sale luz del interior, así que parece que ya está arreglado por dentro.

—Voy —anunció Amos, que apareció dando tumbos por el casco con las botas magnéticas puestas y un soldador portátil en las manos. Bobbie iba detrás de él con aquella sofisticada servoarmadura y unas láminas grandes para los arreglos.

Mientras Bobbie y Amos se encargaban de sellar las fisuras del casco exterior, Holden se centró en encontrar otro de los agujeros. A su alrededor, vio deambular los tres buques de guerra marcianos que quedaban y que protegían la *Rocinante* como si se tratara de una guardia de honor. Tenían los motores apagados y eran poco más que unas manchas negras que se apreciaban a la luz de aquel mar de estrellas. Incluso con las indicaciones de la *Roci* que llegaban a su traje y con el visor táctico que le indicaba dónde se encontraban, era casi imposible verlas.

Holden miró el crucero marciano en el visor táctico hasta que pasó junto a una aglomeración resplandeciente de la elíptica de la Vía Láctea. Durante un instante, la nave se convirtió en una silueta negra enmarcada por el vetusto resplandor blanco de miles de millones de estrellas. Un cono vaporoso de un blanco traslúcido apareció por un flanco de la nave, que volvió a aquel fondo negro moteado de estrellas. Holden deseó que Naomi se encontrara allí con él y disfrutara también de aquellas vistas, tanto que hasta le dolía pensarlo.

—Había olvidado lo bonitas que son las vistas —dijo por el canal privado que tenían abierto.

—¿Estás soñando despierto mientras los demás hacen el trabajo sucio?

—Sí. Muchas de estas estrellas tienen planetas que orbitan a su alrededor. Son más las que tienen que las que no. Miles de millones de mundos. Quinientos millones de planetas en las zonas habitables, según las últimas estimaciones. ¿Crees que nuestros nietos llegarán a ver alguno?

—¿Nuestros nietos?

—Cuando termine todo.

—Piensa también —dijo Naomi— que al menos uno de esos planetas es el lugar en el que viven los creadores de la protomolécula. Quizá deberíamos evitar ese.

—¿Quieres que te diga la verdad? Ese es uno de los que más me gustaría ver. Conocer a los responsables. Saber cuál es su cometido. Me encantaría poder hacerles preguntas. Dentro de lo malo, comparten ese impulso humano de encontrar lugares habitables para mudarse. Puede que tengamos más cosas en común de las que creemos.

—Ten en cuenta que antes de hacerlo matan a los habitantes.

Holden resopló.

—Es lo que hemos hecho nosotros desde que inventamos la lanza. El problema es que a ellos se les da tan bien que da miedo.

—¿Has encontrado el otro agujero? —preguntó Amos por el canal general, interrumpiendo la conversación. Holden dejó de mirar el cielo y bajó la vista hacia el metal que tenía debajo. Usó el mapa de daños de la *Roci* que le mostraba el visor táctico y, en un momento, encontró el siguiente agujero de entrada.

—Sí, sí, aquí está —dijo.

Amos y Bobbie empezaron a moverse hacia él.

—Capi —dijo Alex desde la cabina—. El capitán de ese crucero de la ARCM quiere hablar contigo.

—Conecta por mi traje.

—Recibido —afirmó Alex, y la estática de la radio cambió de tono.

—¿Capitán Holden?

—Le recibo. Adelante.

—Aquí el capitán Richard Tseng de la ARCM *Cidonia*. Perdón por no haber hablado antes con usted. He tenido que encargarme del control de daños y preparar los rescates y las reparaciones de las naves.

—Lo entiendo, capitán —dijo Holden al tiempo que intentaba, sin suerte, ver dónde estaba la *Cidonia*—. Yo estoy en el casco exterior arreglando unos agujeros. He visto a sus chicos encender motores hace nada.

—Mi segundo de a bordo dice que quería hablar usted conmigo.

—Sí, dele las gracias por toda la ayuda que nos ha prestado hasta el momento —pidió Holden—. Mire, hemos usado muchísimas de nuestras reservas en la refriega. Disparamos catorce torpedos y casi la mitad de la munición de nuestros cañones de defensa en punta. Como nuestra nave antes formaba parte de su flota, he pensado que quizá tuviera suministros que nos sirvan.

—Claro —respondió el capitán Tseng sin un atisbo de duda—. Le diré al destructor *Sally Ride* que se acerqué a ustedes para reponer la munición.

—Vaya —respondió Holden, sorprendido porque hubiera aceptado tan rápido. Pensaba que iba a tener que negociar—. Muchas gracias.

—Me gustaría pasarle el análisis de la batalla que ha hecho mi oficial de inteligencia. Seguro que lo encuentra interesante. El resumen es que esa primera muerte fue la que rompió las defensas de la ONU y la decantó a nuestro favor. Y fue suya. Está claro que les salió caro darles la espalda.

—El crédito es de los suyos, capitán —dijo Holden entre carcajadas—. Una sargenta de artillería de Marte se ha encargado de nuestras armas.

Se hizo un silencio, y luego Tseng dijo:

—Cuando termine todo, me gustaría invitarlo a una copa y que me cuente cómo acaba un oficial de la marina de la ONU al que han despedido por conducta deshonrosa al mando de una torpedera robada de la ARCM tripulada por personal militar de Marte y con una importante política de la ONU a bordo.

—Es una historia de las buenas —respondió Holden—. Hablando de marcianos, me gustaría regalarle algo a uno de los míos. ¿Lleva a bordo de la *Cidonia* un destacamento de marines?

—Sí, ¿por qué?

—¿Y alguno pertenece a las Fuerzas de Reconocimiento?

—Sí. Repito. ¿Por qué?

—Necesitamos equipamiento que es posible que tenga en su arsenal.

Le dijo al capitán Tseng lo que necesitaba, y el capitán respondió:

—Haré que la *Ride* le lleve una cuando le transfiramos la munición.

La ARCM *Sally Ride* había salido indemne de la refriega. Cuando se acercó a la *Rocinante*, el flanco oscuro del destructor marciano estaba suave e intacto, como un pozo de agua negra. Después de que Alex y el piloto de la *Ride* cuadraran el rumbo, se abrió una gran escotilla por un costado desde la que salió una tenue luz roja de emergencia. Dos arpones magnéticos salieron disparados de la nave para unirlas mediante diez metros de cable.

—Aquí la teniente Graves —dijo una voz femenina—. Preparados para la transferencia cuando den la orden.

La voz de la teniente Graves parecía la de una chica de instituto. Holden respondió:

—Adelante. Nosotros estamos listos. —Cambió el canal al de Naomi y dijo—: Abre las escotillas. Llegan nuevos tripulantes.

A unos metros de donde estaba Holden, se abrió en el casco una escotilla de un metro de ancho y ocho de largo. A los lados de la abertura había un complicado sistema de raíles y mecanismos. Al fondo vio tres de los torpedos antinaves que le quedaban a la *Rocinante*.

—Aquí van siete —dijo Holden, señalando el compartimento para torpedos abierto—. Y otros siete por el otro lado.

—Recibido —dijo Graves

Por la escotilla abierta de la *Ride* asomó la silueta blanca y delgada de un torpedo de plasma y la de los tripulantes con mochilas de maniobras extravehiculares que lo flanqueaban. Llevaron el torpedo por las dos guías de la *Roci* entre suaves ráfagas de nitrógeno comprimido. Luego, con la ayuda de las mejoras de fuerza de la armadura de Bobbie, lo colocaron en posición al principio del compartimento.

—El primero ya está en posición —anunció Bobbie.

—Recibido —dijo Naomi, y un segundo después las guías motorizadas cobraron vida y lo bajaron hacia el cargador.

Holden miró cómo había transcurrido el tiempo en el visor táctico. Transportar y cargar los catorce torpedos, pensó, les iba a llevar varias horas.

—Amos —llamó—, ¿dónde estás?

—Terminando el último parche en el taller mecánico —respondió el mecánico—. ¿Necesitas algo?

—Cuando termines con eso, coge un par de mochilas de maniobras extravehiculares. Vendrás conmigo a coger el resto de suministros. Deberían ser tres cajas de munición de CDP y algunas cosas más.

—Acabo de terminar. Naomi, ábreme la puerta de carga, ¿quieres?

Holden miró cómo trabajaban Bobbie y los tripulantes de la *Ride* y, cuando Amos llegó a su lado con las dos mochilas de maniobras, ya habían cargado dos torpedos más.

—Teniente Graves, dos tripulantes de la *Rocinante* solicitamos permiso para abordar y coger el resto de los suministros.

—Permiso concedido, *Rocinante*.

La munición de los CDP se almacenaba en cajas de veinte mil y a un g aquello habría pesado más de quinientos kilos. En la microgravedad de aquellas naves que iban a la deriva, dos personas con mochilas de maniobras extravehiculares podían ser capaces de transportar una de ellas si se tomaban tiempo y recargaban el nitrógeno líquido después de cada viaje. Sin un *mecha* de rescate o una pequeña lanzadera disponible, no tenían otra opción.

Empujaron poco a poco cada una de las cajas hacia la popa de la *Rocinante* durante un «acelerón» de veinte segundos de la mochila de Amos. Cuando llegaron a la popa, cerca de la puerta de carga, Holden se propulsó durante el mismo tiempo con su mochila para lograr detener la caja. Los dos maniobraron con ella para meterla en la nave y engancharla en un mamparo. Aquel proceso era largo y, al menos Holden, en cada viaje tenía que lidiar con aquel momento de frenar la caja en el que se le disparaba el corazón. Siempre se imaginaba cómo le fallaba la mochila y salía despedido con la caja de munición hacia el espacio mientras Amos miraba cómo se perdía en la distancia. Aquello era absurdo, claro, Amos podría ir a recogerlo con una nueva mochila de maniobras. O la nave moverse un poco. O la *Ride* enviar una lanzadera de rescate. O cualquiera de la infinidad de maneras que había de salvarlo sin problemas.

Pero los humanos no habían vivido ni trabajado en el espacio el tiempo suficiente para evitar que una parte primitiva del cerebro pensara: «Voy a caer. Voy a caer durante una eternidad.»

La tripulación de la *Ride* terminó de transportar los torpedos justo en el momento en el que Holden y Amos habían enganchado la última de las cajas de munición de CDP en la bodega.

—Naomi —llamó Holden por el canal abierto de comunicaciones—. ¿Tenemos luz verde?

—Por aquí parece que todo está bien. Los torpedos nuevos están conectados a la *Roci* y operativos.

—Fantástico. Amos y yo vamos a entrar por la esclusa de aire de la bodega. Puedes cerrar la puerta de carga. Alex, cuando Naomi confirme que todo está bien, haz saber a la *Cidonia* que estamos preparados para pegar un acelerón hacia Ío cuando le parezca bien al capitán.

Mientras la tripulación preparaba la nave para el viaje a Ío, Holden y Amos se deshicieron del equipo y lo guardaron en el taller mecánico. Había seis discos grises, tres a cada lado de la estancia, uno frente a otro, que indicaban los lugares en los que los proyectiles habían atravesado aquella parte de la nave.

—¿Qué es esa otra caja que te han dado los marcianos? —preguntó Amos mientras se quitaba una enorme bota magnética.

—Un regalo para Bobbie —respondió Holden—. No digas nada hasta que se lo demos, ¿vale?

—Claro, sin problema, capi. Pero si resulta ser un ramo de rosas de tallo largo, no me gustaría estar delante cuando Naomi lo descubra. Además, creo que Alex...

—No, es algo mucho más práctico que las rosas... —empezó a decir Holden, pero luego recapituló la conversación mentalmente—. ¿Alex? ¿Qué pasa con Alex?

Amos hizo un gesto de indiferencia con las manos, como un cinturiano.

—Creo que está un poco colado por esa marine grandullona.

—No jodas. —Holden no se lo podía creer. No es que Bobbie no fuera atractiva. Nada de eso. Pero sí que era grande e intimidaba mucho. Y Alex era un tío tranquilo y apacible. También era verdad que ambos eran marcianos e, independientemente, de lo cosmopolita que se volviera alguien, las raíces siempre llamaban. Quizás el hecho de que fueran los dos únicos marcianos de la nave había sido suficiente. Pero Alex estaba cerca de los cincuenta, se quedaba calvo sin remedio y lucía los michelines con la humilde discreción de un hombre de mediana edad. La sargenta Draper no tenía más de treinta y parecía una ilustración sacada de un cómic, una de esas llenas de músculos. Holden no pudo evitar imaginar si hacían buena pareja. No, no la hacían.

—Vaya —se limitó a decir—. ¿Es recíproco?

—No tengo ni idea —respondió Amos, volviendo a hacer aquel gesto—. La sargenta no es muy parlanchina, pero no creo que tenga intención de hacerle daño, si es lo que quieres saber. Aunque, bueno, tampoco es que podamos detenerla.

—A ti también te da miedo, ¿verdad?

—Mira —dijo Amos, con una sonrisa en la cara—. Se podría decir que yo soy un principiante aventajado con las escaramuzas, pero he visto a esa mujer dentro y fuera de esa bonita carcasa metálica que lleva. Es una profesional. No jugamos en la misma liga.

La *Rocinante* empezó a recuperar la gravedad. Alex había encendido el motor, lo que significaba que empezaba el viaje a Ío. Holden se levantó y dedicó un momento a que sus articulaciones se volvieran a acostumbrar a la sensación de peso. Le dio una palmada a Amos en la espalda.

—A ver —dijo—, estás hasta arriba de torpedos y munición, tienes tres naves de guerra marcianas detrás, una anciana muy enfadada porque tiene mono de té y una marine de Marte que podría matarte con los dientes. ¿Qué haces?

—Usted dirá, capitán.

—Encontrar un adversario a tu altura.

45

Avasarala

—Señor, en mi opinión —dijo Avasarala—, la suerte ya está echada. Ahora mismo podemos tomar dos caminos diferentes. Lo importante es decidir cuál. Hasta el momento, he podido evitar que la información se haga pública, pero, cuando lo haga, será devastador. Y, como ya sabemos que esa cosa es capaz de comunicarse, las posibilidades de usar de manera eficaz esos híbridos de humano y protomolécula para fines militares son nulas. Si los usamos como arma, crearemos un segundo Venus, cometeremos un genocidio y perderemos cualquier excusa ética que se oponga al uso de armas, incluido el empleo de asteroides propulsados para atacar la Tierra.

»Espero que perdone que me dirija a usted de esta forma, señor, pero esto ha sido una cagada desde el primer momento. El daño que se le ha hecho a la estabilidad de la humanidad es inimaginable. Ya tenemos claro que ese proyecto que se desarrolla en Venus está al tanto de los acontecimientos que han tenido lugar en el sistema joviano. Es de esperar que las muestras que se encuentran aquí fuera conozcan ya la información recopilada durante la destrucción de la *Arboghast*. Limitarnos a decir que estamos en una situación comprometida es infravalorar mucho lo sucedido.

»Si conseguimos gestionar la situación de manera adecuada, podríamos revertir la situación. Por esa razón, he hecho todo lo posible en mi situación actual. La coalición que he creado entre Marte, sujetos del Cinturón y el gobierno legítimo de la Tierra está lista para actuar. Pero la Organización de las Naciones Unidas debe distanciarse de la situación y poner su empeño en aislar y desacreditar a la facción del gobierno que nos ha estado dando por culo. Lo siento de nuevo por las formas, señor.

»Le he enviado copia de los datos aquí presentes a los almirantes Souther y Leniki, así como al equipo al que he encargado la gestión del problema de Venus. Se encuentran a su disposición en caso de que tenga alguna duda si yo no estoy disponible.

»Siento mucho ponerle en una situación así, señor, pero va a tener que elegir bando. Y rápido. Los acontecimientos han llegado a su punto álgido. Si está dispuesto a formar parte de la facción correcta de la historia, tiene que dar un paso ahora.

«Si es que realmente hay una facción correcta en esta historia», pensó. Intentó encontrar algo más que decir, algún otro argumento capaz de traspasar la arcaica corteza que rodeaba el cerebro del secretario general. No había nada más, y repetirse con un lenguaje digno de los libros de texto puede que llegara a sonar condescendiente. Detuvo la grabación, borró los últimos segundos, que había pasado mirando a la cámara con desesperación, y lo envió con todas las marcas de alta prioridad que había y la encriptación para datos diplomáticos.

La situación había llegado hasta aquel punto. Toda la civilización humana, todo lo que se había logrado, desde la primera pintura en una cueva hasta escapar del pozo de gravedad y alcanzar la antesala de las estrellas, dependía de que un hombre cuyo mayor logro había sido ir a la cárcel por escribir mala poesía tuviera los cojones de enfrentarse a Errinwright. La nave corrigió el rumbo a sus pies, se movió como si un ascensor se saliera de las guías por un instante. Avasarala intentó sentarse, pero el asiento se movió sobre los cardanes. Por Dios, cómo odiaba viajar por el espacio.

—¿Funcionará?

El botánico estaba en el umbral de la puerta. Era delgado como un fideo y tenía la cabeza algo mayor de lo que debería haber sido normal para su cuerpo. No tenía una complexión tan extraña como la de un cinturiano, pero tampoco la de alguien que hubiera crecido en una gravedad normal. Estaba en la puerta y movía las manos, inquieto, con apariencia misteriosa, mirada perdida y porte espectral.

—No lo sé —respondió Avasarala—. Si estuviera allí podría hacer que las cosas se decantaran hacia donde quisiera. Podría estrujar los testículos necesarios hasta hacerlos entrar en razón. Pero desde aquí... Quizá funcione. O quizá no.

—Pero desde aquí puede hablar con quien quiera, ¿no?

—No es lo mismo.

El hombre asintió y se sumió en sus pensamientos. A pesar de las diferencias en el color de piel y complexión, le recordó de improviso a Michael-Jon. Causaba la misma sensación de estar un tanto distanciado de todo. Solo que en Michael-Jon ese distanciamiento estaba cercano al autismo, y a Praxidike Meng se le veía más interesado en la gente que lo rodeaba.

—Tienen a Nicola —continuó—. La han obligado a decir esas cosas horribles sobre mí. Y sobre Mei.

—Pues claro que sí. Es a lo que se dedican. Y, si quisieran, también podrían conseguir documentación e informes policiales con la fecha adecuada para respaldar la información e introducirlos en la base de datos de todos los lugares en los que has vivido.

—Odio que la gente piense que soy capaz de algo así.

Avasarala asintió y luego se encogió de hombros.

—La reputación siempre dista mucho de la realidad —afirmó—. Podría hacer una lista con media docena de virtuosos sin parangón que son personas terribles, malvadas y de dudosa moralidad. Y te sorprendería conocer los nombres de las mejores personas que conozco. En la pantalla, nadie se comporta igual que cuando lo tienes cara a cara.

—Holden —dijo Prax.

—Bueno, él es una excepción —reconoció Avasarala.

El botánico bajó la vista y luego volvió a levantar la cabeza. Tenía una expresión de arrepentimiento en la mirada.

—Es posible que Mei esté muerta —dijo el hombre.

—Pero no crees que lo esté.

—Ha pasado mucho tiempo. Aunque tengan la medicina, es muy probable que ya la hayan convertido en una de esas... cosas.

—Tampoco crees que lo hayan hecho —añadió Avasarala. El botánico se inclinó hacia delante, con el ceño fruncido, como si ella le hubiera planteado un problema que no podía resolver de inmediato—. Asegúrame que estás dispuesto a bombardear Ío. Puedo disparar treinta bombas nucleares en este preciso instante. Apagarles los motores y que vayan en caída libre. No todas llegarán al objetivo, pero alguna sí. Confírmamelo ahora y puedo reducir Ío a gravilla antes de que lleguemos.

—Tiene razón —aseguró Prax. Y luego añadió un momento después—: ¿Por qué no lo hace?

—¿Quieres saber la verdad o la excusa que suelo poner?

—¿Las dos?

—La excusa es la siguiente —comenzó a decir Avasarala—: No sé lo que hay en el laboratorio. No puedo dar por hecho que solo hay monstruos y, si lo destruyo, puede que también destruya los registros que me permitan saber dónde se encuentra el resto. No sé quiénes son todos los responsables y tampoco tengo pruebas contra algunos de los que sé que son responsables. Puede que las encuentre ahí abajo, así que iré, lo descubriré y luego reduciré el laboratorio a esquirlas radioactivas.

—Las razones son buenas.

—Es una buena excusa, sí. Muy convincente.

—Pero la razón es que puede que Mei siga con vida.

—Yo no mato niños —dijo Avasarala—. Ni aunque sea lo correcto. Te sorprendería descubrir la de veces que algo así ha ido en contra de mi carrera como política. La gente solía pensar que era débil, hasta que encontré el truco.

—El truco.

—Si consigues hacer que se ruboricen, pensarán que eres un hueso duro de roer —dijo Avasarala—. Mi marido lo llama la máscara.
—Vaya —dijo Prax—. Gracias.

Esperar era peor que tener miedo ante la batalla en sí. Su cuerpo quería moverse, escapar de aquel asiento y andar por las zonas a las que estaba acostumbrada. Su inconsciente deseaba acción, movimiento y confrontación. Anduvo de un lado a otro de la nave una y otra vez. Se hacía preguntas sobre los tripulantes con los que se encontraba en los pasillos y las respondía gracias a los informes de inteligencia que había leído. El mecánico, Amos Burton. Había estado implicado en varios asesinatos, lo habían acusado, pero nunca había llegado a juicio. Se había hecho la vasectomía desde el momento que había alcanzado la edad legal para ello. Naomi Nagata, la ingeniera. Tenía dos másteres. Le habían ofrecido una beca con todos los gastos pagados para hacer un doctorado en la estación Ceres y la había rechazado. Alex Kamal, el piloto. Siete borracheras y denuncias por alteración del orden público cuando tenía veintitantos. Tenía un hijo en Marte que no había conocido. James Holden, el hombre sin secretos. Un estúpido consagrado que había arrastrado el Sistema Solar hacia la guerra y que parecía que no era consciente de todo el daño que había causado. Un idealista. El tipo de persona más peligrosa que existe. Y también un buen hombre.
Reflexionó sobre la importancia que tenía todo aquello.
La única persona importante que tenía cerca para hablar sin retraso y que la conversación no se convirtiera en un intercambio de misivas era Souther, pero como por descontado estaba en el mismo bando que Nguyen y se preparaba para enfrentarse a las naves que la protegían, no confiaba mucho es sus posibilidades.
—¿Sabe algo de él? —preguntó el hombre por el terminal de Avasarala.

—No —respondió ella—. No sé por qué ese maldito cabeza de chorlito tarda tanto.

—Le ha pedido que le dé la espalda a su hombre de mayor confianza.

—¿Y por qué le cuesta tanto? Cuando yo lo hice, tardé como cinco minutos. «Soren, eres un gilipollas. Sal de mi vista.» No es nada complicado.

—¿Y si no se lo cree? —preguntó Souther.

Avasarala suspiró.

—Pues le volveré a llamar para pedirle que espíe por mí.

—Bien —dijo Souther, con una sonrisilla—. ¿Y por qué cree que lo haría?

—No es que crea que tenga muchas posibilidades de conseguirlo, pero nunca se sabe. Puedo ser muy convincente.

Le llegó una notificación al terminal. Un mensaje nuevo. De Arjun.

—Tengo que dejarle —dijo Avasarala—. Esté al loro de cualquier cosa que oiga, o como quiera que se diga por aquí arriba, que no creo que sepan lo que es un loro.

—Cuídese, Chrisjen —dijo Souther antes de desaparecer y que se volviera a ver el fondo verde de la desconexión.

A su alrededor, la cocina estaba vacía. No obstante, podría entrar alguien. Se levantó el dobladillo del sari y anduvo hacia su pequeño camarote. Cerró la puerta antes de abrir el archivo en el terminal.

Arjun estaba en su escritorio, llevaba ropa formal, desabrochada en el cuello y las mangas. Tenía el aspecto de un hombre que acabara de llegar de una mala fiesta. La luz del Sol asomaba detrás de él. Era por la tarde. Era por la tarde cuando lo había enviado. Y quizá todavía lo fuera. Tocó la pantalla y acarició con los dedos los hombros de su marido.

—Por lo que cuentas en tu mensaje, supongo que cabe la posibilidad de que no vuelvas a casa.

—Lo siento —dijo a la pantalla.

—Como te imaginarás... es una sensación inquietante —aseguró el hombre antes de que una sonrisa irrumpiera en su gesto, en el que, ahora que lo veía bien, brillaban unos ojos enrojecidos por las lágrimas—. Pero ¿qué puedo hacer yo? Doy clases de poesía a estudiantes universitarios. No tengo poder en este mundo en el que vivimos. No pienses en mí. No te distraigas de tu cometido por mi culpa. Y si no vuelves...

Arjun respiró hondo.

—Si hay más vida, allí te encontrare. Si no, buscaré.

Agachó la cabeza y la volvió a levantar.

—Te quiero, Kiki. Y siempre te querré, sea cual sea la distancia que nos separe.

El mensaje terminó. Avasarala cerró los ojos. A su alrededor, la nave le dio la impresión de ser igual de hermética y agobiante que un ataúd. El sonido que la rodeaba empezó a atosigarla de tal manera que le dieron ganas de gritar. Luego, de dormir. Lloró durante unos instantes. No podía hacer otra cosa. Había quemado el último cartucho y lo único que le quedaba era meditar y preocuparse.

Media hora después, el terminal volvió a sonar y la despertó de sus pesadillas. Era Errinwright. La ansiedad le formó un nudo en la garganta. Levantó un dedo para empezar a reproducir el vídeo, pero luego hizo una pausa. No quería. No quería volver a aquel mundo, volver a ponerse la máscara. Quería volver a ver a Arjun. Reprodujo el mensaje.

Errinwright parecía enfadado. Quizá cansado fuera una mejor descripción. Su apariencia agradable se había esfumado y había dado paso a un hombre hecho de agua, sal y amenazas.

—Chrisjen —dijo—. Sé que no me va a entender, pero he hecho todo lo que está en mi mano para mantenerlos a salvo a los suyos y a usted. No sabe hasta qué punto se ha enfangado y lo mucho que lo ha jodido todo. Me habría gustado que, en lugar de huir con James Holden como una quinceañera salidorra, hubiera tenido la decencia de contármelo todo antes. La verdad, no creo que haya mejor manera de ensuciar la credibilidad profesional que había conseguido que hacer lo que ha hecho.

»La envié al *Guanshiyin* para quitarla de en medio porque sabía que las cosas se iban a poner serias. Bueno, pues así se han puesto, pero usted se ha quedado en medio y no es capaz de comprender la situación. Millones de personas podrían morir de una forma terrible por culpa de su egoísmo. Usted es una de esas personas. Arjun es otra. Y su hija. Ahora todos están en peligro por su culpa.

En la imagen, Errinwright unió las manos y apoyó los nudillos contra el labio inferior, la típica imagen de un padre que da una reprimenda.

—Si vuelve ahora mismo, puede que... puede que sea capaz de salvarla. Su carrera no, olvídese de ella. Se acabó. Aquí abajo todo el mundo piensa que trabaja para Marte y la APE. Todos creen que nos ha traicionado y eso es algo que no se puede cambiar. Pero puedo salvar su vida y la de su familia. Para ello, deshágase de ese circo que ha montado ahora mismo.

»No queda mucho tiempo, Chrisjen. Las cosas más importantes de su vida penden de un hilo, y no seré capaz de ayudarla si no me ayuda a hacerlo. Esto ha llegado demasiado lejos.

»Es la última oportunidad que tendremos. Si la deja escapar, la próxima vez que hablemos habrá víctimas.

El mensaje terminó. Avasarala lo volvió a reproducir. Luego lo hizo por tercera vez. Tenía en la cara una sonrisa salvaje.

Encontró a Bobbie en la cubierta de operaciones con el piloto, Alex. Dejaron de hablar cuando entró Avasarala, y Bobbie hizo un gesto inquisitivo. Avasarala levantó un dedo y cambió el canal de vídeo para mostrarlo en los monitores de la nave. Errinwright apareció en ellos. En aquellas grandes pantallas podía verle los poros y cada uno de los pelos de sus cejas. Mientras el hombre hablaba, Avasarala vio cómo Alex y Bobbie se ponían serios y se inclinaban poco a poco hacia la pantalla, como si estuvieran sentados en una partida de póquer a punto de terminar y fuera una mano decisiva.

—Muy bien —dijo Bobbie—. ¿Ahora qué hacemos?

—Abrimos el puto champán —respondió Avasarala—. ¿Qué

acaba de decir? El mensaje no dice nada. Nada. No ha dejado de dar rodeos mientras paladeaba esas palabras envenenadas. ¿Y qué sacamos en claro? Amenazas. Nadie usa las amenazas.

—Un momento —sugirió Alex—. ¿Insinúa que es buena señal?

—Es una señal excelente —continuó Avasarala, justo antes de que algo muy pequeño se iluminara en su mente y empezara a reír e insultar al mismo tiempo.

—¿Qué? ¿Qué ocurre?

—Si hay más vida, allí te encontraré. Si no, buscaré. Es un puto haiku. Ese hombre solo tiene cabeza para una cosa, pero qué bien se le da. Poesía. No quiero saber nada de la poesía.

No la entendieron, pero tampoco hizo falta. El mensaje de verdad llegó cinco horas más tarde. Se emitió a través de una canal público de noticias y lo difundió el secretario general Esteban Sorrento-Gillis. Al anciano se le daba de fábula poner gesto serio y decidido al mismo tiempo. Si no hubiera sido un ejecutivo del mayor gobierno de la historia de la especie humana, lo hubiera bordado como anunciante de bebidas saludables.

Toda la tripulación estaba reunida: Amos, Naomi, Holden y Alex. También Prax. Estaban apretujados en la cubierta de operaciones. Tantas respiraciones saturaban un poco los recicladores de aire y aquello había recalentado el ambiente. Todos miraron cómo el secretario general se subía al estrado en la pantalla.

—Esta noche voy a anunciar la formación inmediata de un comité de investigación. Se han realizado acusaciones a varios individuos del equipo de gobierno de la Organización de las Naciones Unidas y sus fuerzas militares en las que se les acusa de actos no autorizados y puede que ilegales con algunas empresas privadas. Si las acusaciones son ciertas, deberán tratarse de la mejor manera posible. Si son infundadas, se clarificará y los responsables de propagarlas serán llevados ante la justicia.

»Como sabréis, yo mismo pasé muchos años como prisionero político.

—No me jodas —exclamó Avasarala, dando palmadas de alegría—. Ha usado el discurso del alienado. Menuda manera de apretar el culo. Se va a hacer daño.

—He dedicado mi legislatura como secretario general a acabar con la corrupción y, mientras siga en esta posición, voy a seguir dedicando mis esfuerzos a ello. Nuestro mundo y el Sistema Solar que compartimos merecen que las Naciones Unidas respeten los valores éticos, morales y espirituales que nos unen como especie.

En el vídeo, Esteban Sorrento-Gillis asintió, se dio la vuelta y se marchó entre el clamor de una andanada de preguntas sin respuesta mientras los presentadores tomaban la palabra y se dedicaban a comentar todas las consecuencias políticas.

—Muy bien —comentó Holden—. ¿Ha dicho algo importante este hombre?

—Ha dicho que va a ir contra Errinwright —respondió Avasarala—. Si no le quedara nada de influencia, nunca habría realizado un anuncio así. Joder, cómo me encantaría estar ahí.

Errinwright estaba fuera de juego. Solo quedaban Nguyen, Mao, Strickland (o quienquiera que fuera), los soldados protomoleculares que casi no se podían controlar y la amenaza creciente de Venus. Soltó un suspiró entrecortado, que resonó en su garganta y faringe.

—Señoras y señores —dijo Avasarala—, acabo de resolver el problema más pequeño que teníamos.

46

Bobbie

Una de las cosas que Bobbie recordaba mejor era el día en el que le informaron de su traslado a las instalaciones de entrenamiento de las Fuerzas Especiales de la Segunda Fuerza Expedicionaria. La cima de la carrera de un soldado raso marciano. Ya había entrenado con un sargento de la Fuerza de Reconocimiento en el campo de entrenamiento. Llevaba una servoarmadura roja y brillante y había realizado una demostración de cómo utilizarla en gran variedad de situaciones tácticas. Al final, les había dicho que trasladarían a los cuatro mejores soldados a las instalaciones de las Fuerzas Especiales, que estaban en la ladera del Hecates Tholus, y los entrenarían para llevar una armadura similar y que formaran parte de la unidad de batalla más admirada de todo el Sistema Solar.

Bobbie supo que aquella era su oportunidad.

Se decidió a ocupar uno de aquellos cuatro puestos. Se lanzó al campo de entrenamiento y entrenó con toda su alma. Y resultó que fue suficiente para conseguir la plaza. No solo quedó entre los cuatro primeros, sino que acabó en primera posición por una diferencia abrumadora. No tardó en llegar la carta de traslado en la que se le ordenaba que diera parte en la base de Hécate para realizar un entrenamiento de reconocimiento. Vaya si había merecido la pena. Llamó a su padre y se pasó dos minutos gritando. Cuando consiguió calmarse y decirle la razón de aquella llamada, el hombre gritó durante casi más tiempo que ella.

«Ahora eres una de las mejores, mi niña», le había dicho al final. Y el afecto que había en aquellas palabras nunca la había abandonado desde entonces.

Incluso en aquel momento, sentada en la cubierta de metal gris del taller mecánico de una nave marciana robada. Con todos sus compañeros convertidos en poco más que pedazos desperdigados por la superficie helada de Ganímedes. Sin saber cuál era su condición como militar y que la lealtad a su nación había quedado en entredicho, con razón. A pesar de todo, aquel «ahora eres una de las mejores, mi niña» aún la hacía sonreír. Sintió unas ganas tremendas de llamar a su padre y decirle lo que había ocurrido. Siempre se habían llevado bien, ya que ella era la única de sus hermanos que había elegido la carrera militar. Aquello había estrechado la relación. Sabía que aquel hombre comprendería cuánto costaba darle la espalda a todo para vengar a su pelotón.

Tuvo la terrible premonición de que nunca volvería a ver a su padre.

Aunque atravesaran Júpiter con media flota de la ONU pisándoles los talones y llegaran a su destino, el almirante Nguyen y las más de doce naves que controlaba no conseguirían detenerlos en el vacío. Además, aunque consiguieran detener lo que fuera que estuviera ocurriendo en la órbita de Ío y mantener intacta la *Rocinante*, Holden pretendía atracar y salvar a la hija de Prax.

Ahí abajo se encontrarían con los monstruos.

Bobbie lo sabía a ciencia cierta, estaba muy segura de ello. Todas las noches soñaba que volvía a enfrentarse a aquella cosa. Lo veía mover los dedos largos y observarla con aquellos ojos enormes, cerúleos y resplandecientes. Listo para terminar lo que había comenzado meses atrás en Ganímedes. En sus sueños, la marine levantaba un arma que le crecía en la mano y empezaba a disparar a la criatura mientras esta corría hacia ella y salpicaba aquellas telarañas negras de los agujeros que se cerraban al instante, como si su cuerpo fuera líquido. Siempre se despertaba antes de que la alcanzara, pero sabía cómo terminaba el sueño: con su cuerpo helado y despedazado en la superficie. También sabía que, cuando Holden llevara a su equipo a los laboratorios de Ío donde se creaban los monstruos, iría con él. Aquella imagen del sueño cobraría vida en la realidad. Estaba igual de segura de ello que del amor que le profesaba su padre. Estaba preparada.

Las piezas de la armadura estaban esparcidas por el suelo a su alrededor. Tenían por delante semanas de viaje hasta llegar a Ío, lo que le permitiría ponerla a punto y volver a montarla. El taller mecánico de la *Rocinante* estaba bien surtido y las herramientas eran de manufactura marciana. El lugar perfecto. La armadura se había usado mucho y no se le había dedicado mucho tiempo de mantenimiento, aunque en realidad lo hacía para distraerse. Una armadura de reconocimiento marciana era una máquina muy compleja y que tenía que estar muy en consonancia con el usuario que la llevara. Desmontarla y volver a acoplarla no era una tarea trivial, requería una concentración extrema. Cada momento que pasaba trabajando era un momento en el que no pensaba en el monstruo que iba a matarla en Ío.

Por desgracia, aquella abstracción había llegado a su fin. Había terminado con el mantenimiento, en el que encontró una microrrotura en una pequeña válvula que causaba una fuga lenta pero constante del líquido del propulsor de la rodilla. Había llegado el momento de volver a montarla. Aquello parecía un ritual. Una puesta a punto antes de salir a encontrarse con la muerte en el campo de batalla.

«He visto demasiadas películas de Kurosawa», pensó. Aun así, no consiguió apartar la idea de la cabeza. Aquel pensamiento era una forma agradable de convertir la ira y las ganas de suicidarse en honor y un noble sacrificio.

Cogió la pieza de ensamblaje del torso y la limpió con cuidado con un trapo húmedo, quitó las últimas trazas de polvo y aceite que tenía pegadas a la superficie. El olor a metal y lubricante inundó el ambiente. Mientras atornillaba en el chasis las placas de metal de la armadura, que tenían el esmalte rojo lleno de miles de arañazos y marcas, dejó de tomárselo con tanta solemnidad y se puso a ello. Era como si montara su propio ataúd. Dependiendo del resultado de aquella batalla final, todo aquel caucho, cerámica y metal de aleación podría convertirse en el lugar donde descansaría su cadáver por el resto de la eternidad.

Le dio la vuelta al ensamblaje del torso y empezó a limpiar la parte trasera. Allí encontró una marca enorme en el esmaltado, lugar con el que había derrapado por la superficie de Ganímedes cuando el monstruo se había autodestruido justo delante de ella. Cogió una llave inglesa, pero la soltó al instante para ponerse a dar golpecitos con los nudillos en la cubierta.

Pero ¿por qué?

¿Por qué el monstruo había explotado en aquel momento? Recordó cómo había empezado a cambiar. Como, mientras Bobbie lo miraba, habían empezado a surgir varios miembros de su cuerpo. Si Prax tenía razón, aquel era el momento en el que habían fallado los sistemas de limitación que los científicos de Mao habían instalado en la criatura. Y habían preparado la bomba para que detonara si la criatura empezaba a perder el control. Pero aquello solo hacía que le volvieran a surgir preguntas. ¿Por qué el control fisiológico de la criatura había fallado en aquel preciso momento? Prax había dicho que los procesos de regeneración eran una buena excusa para los errores de los sistemas de limitación, y su pelotón había dejado de disparar mientras se abalanzaba sobre ellos. En aquel momento, no le dio la impresión de que sufriera daño alguno, pero la curación de cada herida era el equivalente a un repunte de la actividad celular del monstruo, o lo que fuera que tuviera aquella cosa en lugar de células. La regeneración que desencadenaba cada una de ellas podía hacer que el sistema se viniera abajo.

Quizás aquella fuera la respuesta: no había que intentar acabar con el monstruo, sino hacerle el daño suficiente para que fallaran los sistemas y se activara la autodestrucción. No hacía falta ni que Bobbie sobreviviera, solo que aguantara lo suficiente para hacer a la criatura el daño suficiente para sobrecargarla. Solo le hacía falta contar con tiempo para hacerle mucho daño.

Dejó a un lado la placa de la armadura con la que trabajaba en ese momento y cogió el casco. El vídeo de la batalla todavía estaba en la memoria. No lo había vuelto a ver desde que Avasarala se lo había puesto a la tripulación de la *Roci*. No tenía fuerzas para hacerlo.

Se puso en pie y pulsó el botón de comunicaciones de la consola de pared.

—Naomi, ¿estás en el centro de operaciones?

—Aquí ando —respondió Naomi unos segundos después—. ¿Necesitas algo, sargenta?

—¿Crees que podrías conectar mi casco a la *Roci*? He encendido la radio, pero no se puede conectar con sistemas civiles. La nave es de nuestro bando, así que supongo que tendrá las contraseñas y será compatible.

Se hizo una pausa larga que Bobbie aprovechó para dejar el casco sobre una mesa de trabajo que había junto a la consola de pared más cercana y esperó.

—La *Roci* ha detectado un nódulo de radio al que se puede conectar. Tiene el nombre «RCM MR Goliath III 24397A15».

—Esa misma —dijo Bobbie—. ¿Puedes dar permiso para controlar ese nódulo desde la consola del taller mecánico?

—Hecho —respondió Naomi un segundo después.

—Gracias —dijo Bobbie justo antes cortar la llamada. Le llevó un momento volver a acostumbrarse al programa de vídeo del ejército de Marte para convencer al sistema de que usara algoritmos anticuados para el desencriptado de datos. Después de probar varias cosas, por fin consiguió que las imágenes de la batalla de Ganímedes aparecieran en la pantalla. Puso el vídeo en bucle y volvió a sentarse en la cubierta junto a la armadura.

Mientras se reproducía el vídeo por primera vez, terminó de atornillar la parte trasera y se puso a colocar el suministro de energía y el sistema hidráulico principal del torso. Intentó que las imágenes de la pantalla no consiguieran que los sentimientos volvieran a aflorar en ella ni darles la mayor importancia ni pensar que se trataban de un rompecabezas que tenía que solucionar. Se limitó a dejar la mente en blanco y centrarse en la armadura mientras el subconsciente se encargaba de procesar lo que veía en pantalla.

Aquella distracción hizo que, en ocasiones, tuviera que volver a repetir algunos pasos, pero no le importaba. No iba a contrarreloj. Terminó de colocar el suministro de energía y los motores principales. Se encendieron unas luces verdes en el terminal portátil que había conectado en el ordenador central de la armadura. En la pantalla que estaba junto al casco, un soldado de la ONU salía despedido hacia ella por la superficie de Ganímedes. Las imágenes se emborronaron cuando lo esquivó. Cuando la imagen volvió a centrarse, tanto el marine de la ONU como su amigo Tev Hillman habían muerto.

Bobbie cogió una pieza de ensamblaje de un brazo y empezó a conectarla al torso. El monstruo cogió a un soldado con una armadura muy parecida a la suya y lo tiró con tanta fuerza que lo mató al instante. Era imposible defenderse contra una fuerza de tal calibre, lo único que se podía hacer era evitar que te cogiera. Se concentró en volver a ensamblar el brazo.

Cuando volvió a mirar la pantalla, el vídeo ya había vuelto a empezar. El monstruo corría por el hielo y perseguía a los soldados de la ONU. Mató a uno de ellos. La Bobbie del vídeo empezó a disparar, y luego el resto del escuadrón hizo lo propio.

La criatura era rápida, pero cuando los soldados de la ONU abrieron fuego contra las filas de los marcianos, le costó reaccionar. Quizás era rápida en línea recta, pero no para maniobras laterales. Era posible que aquella información fuera útil. El vídeo volvió a llegar al momento en el que lanzaba por los aires al soldado Hillman. La criatura reaccionaba a los disparos y a las heridas, aunque no conseguían que se detuviera. Bobbie recordó el vídeo en el que Holden y Amos se enfrentaban a la criatura en la bodega de carga de la *Rocinante*. El monstruo prácticamente los había ignorado hasta que Amos empezó a dispararle, momento en el que comenzó la violencia.

Pero la primera criatura había atacado directamente a las tropas de la ONU en la estación. Por lo que, al menos en cierta medida, se les podía controlar, dar órdenes. Cuando no tenían órdenes que seguir, al parecer pasaban a un estado de inercia en el que se centraban en aumentar la energía para poder deshacerse de las limitaciones. En ese estado, ignoraban casi todo menos la comida y la violencia. La próxima vez que viera una, a menos que tuviera órdenes directas de atacarla, podría usar esa información para ponerse en una situación ventajosa y enfrentarse al monstruo en el lugar en el que quisiera. Aquello también iba a serle útil.

Terminó de unir el ensamblaje del brazo y lo probó. Volvió a ver la luz verde de antes. Al menos no se había olvidado de cómo hacer su trabajo, a pesar de no saber muy bien para quién estaba trabajando.

Vio en la pantalla cómo el monstruo se abalanzaba contra un costado del gran *mecha Yojimbo* y arrancaba de cuajo la cabina. Sa'id, el piloto, salió despedido. El monstruo había vuelto a arrancar algo y mandarlo por los aires. Tenía sentido. Con esa combinación de fuerza e inmunidad al daño de los proyectiles, correr en línea recta hacia el adversario y partirlo en dos era una estrategia ganadora. Lanzar objetos pesados a velocidades letales estaba muy relacionado con la fuerza, y la energía cinética era un arma de doble filo. El blindaje era capaz de bloquear los proyectiles o láseres y quizás de amortiguar algún impacto, pero nadie había sido capaz de fabricar uno capaz de evitar la energía cinética de una masa enorme que se desplazara a gran velocidad. Al menos, no se había fabricado de manera que un humano pudiera ponérselo como prenda. Si se tenía la fuerza necesaria, un contenedor de basura era mejor arma que una pistola.

Por ese motivo, la criatura corría hacia sus enemigos para atacar, con la esperanza de cogerlos y terminar así el combate. Si no lo conseguía, intentaba lanzar objetos pesados contra sus oponentes. El monstruo de la bodega de la nave había estado a punto de matar a Jim Holden con una caja enorme. Por desgracia, la armadura tenía muchas de las mismas limitaciones que la criatura. Aunque gracias a ella Bobbie podía ser muy rápida, también limitaba mucho las maniobras laterales. Igual que muchas de las cosas que eran rápidas. A los guepardos y los caballos tampoco se les daba muy bien correr hacia los lados. Bobbie era muy fuerte cuando tenía puesta la armadura, pero no tan fuerte como esa cosa. Tenía la ventaja de las armas de fuego, lo que le permitía atacar a la criatura desde la distancia mientras escapaba de ella. El monstruo no podía tirarle ningún objeto pesado sin antes detenerse y afianzarse. Aunque tuviera una fuerza descomunal, tenía peso, y Newton tenía su opinión sobre qué ocurría cuando un cuerpo ligero tiraba uno de mayor peso.

Cuando terminó de montar la armadura, había visto el vídeo más de cien veces y el desarrollo táctico de la batalla empezaba a cobrar forma en su mente. En los entrenamientos de combate cuerpo a cuerpo, Bobbie había sido capaz de superar a la mayoría de los oponentes, pero los luchadores pequeños y escurridizos, que sabían bien cómo hacer fintas, eran los que le daban más problemas. Ella tendría que interpretar ese papel en este combate. Tendría que golpear y salir corriendo. No podía detenerse en ningún momento. Aun así, necesitaría tener mucha suerte, porque iba a luchar contra alguien de una categoría de peso superior y un golpe de aquel monstruo sería más que suficiente para tumbarla en la lona.

La otra ventaja que tenía era que, en realidad, no le hacía falta ganar. Solo tenía que hacerle el daño suficiente para que el monstruo se suicidara. Cuando al fin se metió en la armadura renovada y la cerró para realizar la prueba final, estaba muy segura de que podía conseguirlo.

Bobbie supuso que aquel nuevo descubrimiento sobre la batalla que estaba a punto de tener lugar le haría dormir más tranquila, pero después de estar tres horas dando vueltas y vueltas en el catre, se rindió. Había algo que no dejaba de dar vueltas en su cabeza. Intentaba encontrar el *bushido*, pero aún había muchas cosas que la tenían intranquila. Cosas que la mantenían alejada de él.

Cogió un albornoz grande y suave que había robado del *Guanshiyin* y subió a la cubierta de operaciones en la escalerilla automática. Era el tercer turno, así que la nave estaba desierta. Holden y Naomi compartían camarote, y Bobbie descubrió que envidiaba aquel contacto humano. Aquella certeza de tener algo a lo que aferrarse entre tanta incertidumbre. Avasarala estaba en el camarote que le habían prestado y puede que se hubiera dedicado a enviar mensajes a la gente de la Tierra. Era probable que Alex durmiera en su habitación, y por un momento pensó en despertarlo. Le gustaba ese piloto tan normal. Era auténtico de una manera que Bobbie no había visto desde que había dejado el servicio activo. Pero también sabía que despertar a un hombre a las tres de la mañana vestida de aquel modo podía enviar el mensaje equivocado. En lugar de intentar explicarle que lo único que quería era tener a alguien con quien hablar, pasó de largo la cubierta de la tripulación y siguió hacia arriba.

Amos estaba sentado en un puesto del centro de operaciones y le daba la espalda, era el encargado de la última guardia. Para que no se asustara, Bobbie carraspeó. Amos no se movió ni reacciono, así que la marine anduvo hasta el puesto de comunicaciones, lo miró y vio que tenía los ojos cerrados y su respiración era muy profunda y constante. Dormirse durante una guardia en una nave de la ARCM suponía, como poco, un castigo disciplinario. Parecía que Holden había dejado de lado la disciplina desde sus días en la armada.

Bobbie abrió el sistema de comunicaciones y buscó el repetidor más cercano para enviar un mensaje láser. Lo primero que hizo fue llamar a su padre.

—Hola, papi. No creo que te convenga responder este mensaje. Estamos en una situación insostenible que no tardará en cambiar, pero quizás escucharás muchas tonterías en los medios durante los próximos días. Puede que algunas de esas tonterías sean sobre mí. Lo único que quiero que sepas es que os quiero, a ti y a todos, que quiero mucho a Marte. Todo lo que he hecho ha sido para intentar protegerte a ti y a nuestro hogar. Puede que las formas no hayan sido las más adecuadas, pero las cosas se han complicado mucho y es difícil saber qué hacer. Ahora creo que sé lo que tengo que hacer y voy a hacerlo. Te quiero. A ti y a mamá. Dile a los chicos que son unos gilipollas.

Antes de cerrar la grabación, extendió el brazo y tocó la pantalla.

—Adiós, papá.

Pulsó la tecla de enviar, pero le dio la impresión de que faltaba algo. Las personas que no pertenecían a su familia y habían intentado ayudarle durante los últimos tres meses estaban con ella en esa nave, así que no tenía sentido.

O quizá sí. En aquella nave no estaban todos los importantes.

Bobbie marcó de memoria otro número y dijo:

—Hola, capitán Martens. Soy yo. Creo que sé lo que intentaba hacerme ver, pero en aquel momento no estaba preparada, estaba demasiado centrada en mí. Pero no fue tiempo perdido. Ahora lo entiendo. Sé que no fue culpa mía. Sé que solo estaba en el lugar equivocado en el momento equivocado. Voy a empezar de nuevo porque ahora lo entiendo. No me voy a enfadar ni a hacerme daño ni a culparme por ello. Voy a limitarme a cumplir mis órdenes para que esto se acabe.

Sintió un alivio muy grande en el pecho y pulsó el botón de enviar. Había dejado atados todos los cabos y podía marcharse a Ío y hacer lo que tenía que hacer sin remordimientos. Suspiró hondo y se dejó caer en el asiento de colisión hasta quedar casi en horizontal. De repente se sentía cansada, como si pudiera dormir durante una semana. Se preguntó si alguien se enfadaría al verla dormir en el centro de operaciones en lugar de volver a bajar a su camarote.

No recordaba haberse quedado dormida, pero ahí estaba, estirándose en el asiento de colisión del puesto de comunicaciones con una babilla colgando. Por suerte, parecía que el albornoz no se le había movido demasiado, así que al menos no se había quedado con el culo al aire delante de todo el mundo.

—¿Artillera? —llamó Holden con un tono de voz que denotaba que no era la primera vez que lo decía. Estaba en pie junto a ella y miraba con cara de preocupación.

—Lo siento, lo siento —respondió Bobbie mientras se incorporaba y se colocaba bien la bata por la parte central—. Anoche necesitaba enviar unos mensajes, pero parece que estaba más cansada de lo que creía.

—Eso parece, sí —dijo Holden—. No pasa nada. Puede dormir donde quiera.

—Muy bien —agradeció Bobbie mientras se dirigía a la escalerilla de la tripulación—. Creo que es el momento de darme una ducha e intentar volver a ser persona.

Holden asintió mientras se marchaba, con una sonrisa sospechosa en la cara.

—Claro. Reúnase conmigo en el taller mecánico cuando esté lista.

—Recibido —respondió Bobbie mientras se dejaba caer por la escalerilla.

Después de darse una ducha tan larga que rozaba lo inmoral y ponerse el uniforme rojo y gris de servicio, se sirvió un café en la cocina y se dirigió al taller mecánico. Holden ya se encontraba allí. Estaba junto a una caja del tamaño de una funda de guitarra que había colocado sobre una mesa de trabajo y otra cuadrada y más grande a sus pies en la cubierta. Cuando Bobbie entró en el compartimento, Holden dio unos golpecitos a la caja de la mesa.

—Es para usted. Cuando subió a bordo, vi que había perdido la suya.

Bobbie dudó unos instantes, luego se acercó a la caja y la abrió. Dentro había una ametralladora Gatling de inyección electrónica, munición de 2 milímetros y tres cañones, un modelo que los marines denominaban Centella Mark V. Era nueva y resplandeciente y el tipo exacto que encajaría en su armadura.

—Es maravillosa —dijo la marine cuando recuperó el aliento—. Pero, sin munición, es poco más que una porra un tanto incómoda.

Holden le dio unas patadas a la caja que tenía en el suelo.

—Cinco mil balas sin casquillos de dos milímetros. Incendiarias.

—¿Munición incendiaria?

—No lo olvide, yo también he visto a ese monstruo de cerca. La munición perforadora no sirve de mucho, de hecho hace menos daño a los tejidos. Como el laboratorio tenía preparadas bombas incendiarias para acabar con los monstruos, supongo que es un buen indicativo de que no son ignífugos.

Bobbie sacó de la caja aquella arma pesada y la puso en el suelo junto a la armadura que había vuelto a montar hacía poco.

—Qué caña.

47

Holden

Holden estaba sentado en la consola de control de batalla de la cubierta de operaciones y veía cómo se les venía encima el Ragnarök. El almirante Souther, que Avasarala les había asegurado que era de los buenos, había unido sus naves a la pequeña pero creciente flota marciana que se dirigía a Ío. La docena de naves de la flota del almirante Nguyen esperaba en órbita alrededor de la luna. Más naves marcianas y de la ONU quemaban a toda máquina hacia allí desde Saturno y el Cinturón. Cuando todo el mundo llegara al destino, en la zona de batalla habría cerca de unos treinta y cinco buques capital y docenas de interceptores más pequeños y corbetas, como la *Rocinante*.

Tres docenas de buques capital. Holden intentó recordar si había visto en acción una flota de ese calibre en alguna ocasión, pero falló en su intento. Contando los buques insignia del almirante Nguyen y del almirante Souther, habría unos cuatro acorazados de clase Truman de la ONU entre las naves, y los marcianos tendrían otros tres acorazados de clase Donnager, que contaban con potencia de fuego suficiente para despoblar un planeta. El resto sería una mezcla de cruceros y destructores, que no tenían tanta potencia, pero sí la suficiente para destruir la *Rocinante*. Sin embargo, todo aquello era lo que menos preocupaba a Holden.

En teoría, su bando era el que contaba con una flota más numerosa. Desde que Souther y los marcianos habían aunado esfuerzos, doblaban la cantidad de naves del contingente de Nguyen. Pero ¿cuántas naves de la Tierra estarían dispuestas a disparar a los suyos y seguir las órdenes de un almirante y una política desterrada? Era muy posible que, cuando comenzaran los disparos, muchas de las naves de la ONU empezaran a acusar inexplicables fallos en las comunicaciones y quedaran a la espera de ver cómo terminaba todo. Y eso no era lo peor que podía ocurrir. Lo peor era que algunas de las naves de Souther podían cambiar de bando cuando los marcianos empezaran a disparar a los terrícolas. La batalla podía convertirse en un batiburrillo de naves que se disparaban entre ellas sin tener idea de quién estaba de parte de quién.

Podía llegar a convertirse en una masacre.

—Tenemos el doble de naves —dijo Avasarala desde el lugar que ya ocupaba siempre junto al puesto de comunicaciones.

Holden estuvo a punto de objetar algo, pero se lo pensó mejor. Al fin y al cabo, iba a dar igual. Avasarala tenía una opinión y era imposible hacerla cambiar de idea. Necesitaba creer que todos los esfuerzos que había hecho no habían sido en vano, que valdría la pena cuando la flota llegara a su destino y aquel payaso de Nguyen se rindiera al ver que tenía delante una fuerza que lo superaba en número. La verdad era que la versión de Avasarala podía ser tan cierta como lo que Holden pensaba que iba a ocurrir. Nadie lo sabría con seguridad hasta que fuera demasiado tarde.

—¿Cuánto queda? —preguntó Avasarala mientras sorbía la burbuja para líquidos llena del café aguado que se había acostumbrado a beber en lugar de té.

Holden pensó comentarle que la información de navegación de la *Roci* estaba disponible en las consolas de todos los puestos, pero no lo hizo. Avasarala no quería que le enseñaran a hacerlo, quería que se lo dijeran. No estaba acostumbrada a valerse por ella misma. Para ella, Holden era un subordinado. Se preguntó cómo distribuir la cadena de mando en una situación como aquella. ¿Cuántos capitanes ilegales con una nave robada harían falta para estar al mismo nivel que un oficial de la ONU caído en deshonra? Era un asunto que podría mantener ocupados a los tribunales durante varias décadas.

Holden tampoco había sido justo con Avasarala. En realidad, no era por no obedecer las órdenes de la anciana, sino porque la mujer no tenía ninguna experiencia con ese tipo de situaciones. Era la persona menos útil de las que había en aquella estancia, y no tenía sentido que se empeñara en mantener su control. Que intentara remodelar la realidad que la rodeaba para ser la persona que quería aparentar ser.

Aunque quizá tan solo necesitara oír la voz de alguien.

—Quedan dieciocho horas —anunció Holden—. La mayor parte de las naves que no forman parte de nuestra flota llegará antes. Y, las que no lo hagan, llegarán cuando todo haya acabado, así que podemos ignorarlas.

—Dieciocho horas —repitió Avasarala. Por el tono de voz, parecía sorprendida—. El espacio es enorme, joder. La misma mierda de siempre.

Holden había adivinado. Lo único que quería era hablar, así que le siguió el juego.

—¿Qué es lo de siempre?

—El imperio. Todo imperio crece hasta que las cosas empiezan a escapar a su control. Empezamos peleándonos por ver quién se quedaba las mejores ramas de los árboles. Luego, bajamos de ellos y luchamos por hacernos con el control de una buena extensión de terreno llena de árboles. Después, alguien empezó a montar a caballo y los imperios se extendieron a lo largo de cientos y miles de kilómetros. Gracias a los barcos cruzamos los océanos. Gracias al motor Epstein, llegamos a los planetas exteriores...

La voz de Avasarala se apagó poco a poco y tocó algo en la consola de comunicaciones. No dijo a quién le enviaba mensajes, y Holden no preguntó. Al terminar, continuó:

—Pero la historia siempre se repite. No importa lo buena que sea la tecnología que uses, llegará un punto en el que controles tantos territorios que no serás capaz de mantenerlos.

—¿Se refiere a los planetas exteriores?

—No solo a eso —dijo, a medida que su voz bajaba de tono y se volvía más reflexiva—. Hablo del maldito concepto de imperio en sí. Los británicos no pudieron controlar la India ni Estados Unidos porque la gente no estaba por la labor de hacer caso a un rey que estaba a seis mil kilómetros de distancia.

Holden jugueteó con la boquilla de aire de su consola y se la apuntó hacia la cara. Aquel aire fresco olía un poco a lubricante y ozono.

—La logística siempre es un problema.

—En serio. Tener que viajar seis mil kilómetros por el Atlántico para luchar contra los colonizadores le da al enemigo una ventaja tremenda.

—Al menos —empezó de decir Holden—, los terrícolas nos dimos cuenta de ello antes de empezar un enfrentamiento con Marte. Está incluso más lejos. Y a veces el Sol se interpone en nuestro camino.

—Algunos nunca nos han perdonado que no bajáramos los humos a Marte cuando tuvimos la oportunidad —continuó Avasarala—. Y trabajo para algunos de ellos. Idiotas de mierda.

—Pensaba que la moraleja de su historia era que al final esas personas siempre pierden.

—Esas personas —dijo Avasarala mientras se incorporaba y se dirigía despacio hacia la escalerilla de la tripulación— no son el problema real. Venus podría estar dando cobijo a una avanzadilla del primer imperio que es capaz de controlar todo su territorio. Y esa maldita protomolécula nos ha dejado en evidencia y demostrado lo insignificante que es el nuestro. Estamos a punto de perder el Sistema Solar porque pensamos que podríamos construir aeropuertos de bambú y ser capaces de recibir un cargamento.

—Vaya a dormir tranquila —dijo Holden mientras la anciana llamaba al ascensor—. Derrotaremos a esos imperios uno a uno.

—Quizá —dijo Avasarala mientras desaparecía en el interior de la nave, y la escotilla de la cubierta se cerró a su paso.

—¿Por qué nadie dispara? —preguntó Prax. Había subido a la cubierta de operaciones detrás de Naomi, como si fuera un niño perdido. Estaba sentado en uno de los muchos asientos de colisión sin usar. Miraba la pantalla principal, con un gesto entre fascinado y aterrorizado.

En la gran pantalla táctica se veía una mezcolanza de puntos rojos y verdes que representaba las tres docenas de buques capitales en órbita alrededor de Ío. La *Roci* había marcado las naves de la Tierra de color verde y las de Marte, de rojo. Aquella simplicidad era confusa, porque en realidad la situación era mucho más complicada que eso. Holden sabía que los sistemas iban a tener problemas para identificar a los enemigos cuando alguien empezara a disparar.

Por el momento, varias de las naves flotaban tranquilas sobre Ío, como una amenaza enorme e implícita. Aquello recordaba a Holden a los cocodrilos que había visto en el zoo de pequeño. Unas criaturas gigantes, acorazadas y llenas de dientes que, no obstante, se limitaban a flotar en la superficie del agua como estatuas. Ni siquiera parpadeaban. Cuando les tiraban comida a la jaula, salían disparados hacia ella a una velocidad descomunal.

«Esperamos a que la sangre salpique el agua.»

—¿Por qué nadie dispara? —repitió Prax.

—Oye, doctor —llamó Amos. Estaba apoltronado en un asiento de colisión contiguo al de Prax. Holden envidiaba la serenidad tan plácida que emanaba de él—. ¿Recuerdas cuando en Ganímedes nos enfrentamos a esos tipos con armas y nadie disparó hasta que decidiste quitarle el seguro a la pistola?

Prax se puso pálido. Holden supuso que había recordado el baño de sangre en el que se había convertido aquel enfrentamiento.

—Sí —respondió el científico—. Lo recuerdo.

—Pues esto es lo mismo —continuó Amos—. Pero nadie le ha quitado el seguro al arma todavía.

—Entiendo —dijo Prax.

Si alguien decidía dar el pistoletazo de salida al enfrentamiento, Holden sabía que descubrir quién disparaba a quién sería el primer problema con el que se iban a encontrar.

—Avasarala, ¿tiene alguna información sobre la situación política? En esa pantalla hay demasiados puntos verdes. ¿Cuáles son los nuestros?

Avasarala se encogió de hombros y continuó escuchando las comunicaciones abiertas de las naves.

—Naomi, ¿alguna idea?

—Por el momento, la flota de Nguyen solo apunta a naves terrícolas —respondió mientras señalaba las naves en la pantalla táctica principal para que todos lo vieran—. Las naves marcianas han hecho lo propio. Las naves de Souther no han marcado ningún objetivo, y Souther ni siquiera ha abierto los tubos. Supongo que aún tiene la esperanza de que todo esto se resuelva de manera pacífica.

—Por favor, envía mis agradecimientos al oficial de inteligencia de la nave de Souther —indicó Holden a Naomi—. Y pídele si nos puede pasar identificadores amigo-enemigo para que esto no pase a la historia como la mayor cagada del Sistema Solar.

—Muy bien —respondió Naomi, que se puso a realizar la llamada.

—Que todo el mundo se ponga los trajes, Amos —continuó Holden—. Revísanos antes de bajar. Espero que no tengamos que disparar, pero lo que espero y lo que ocurre en realidad son cosas que casi nunca suelen coincidir.

—Recibido —respondió Amos, luego se bajó del asiento y empezó a deambular por la cubierta con las botas magnéticas mientras comprobaba que todo el mundo tuviera los cascos sellados.

—Probando, probando, probando —repitió Holden por el canal de comunicaciones de la tripulación. Todos los de la nave respondieron a la llamada uno a uno. Todos menos una, que tenía una categoría profesional más alta que la suya y ya había decidido lo que iban a hacer, algo contra lo que Holden no podía hacer nada.

—Un momento —interrumpió Avasarala. Luego pulsó un botón en la consola, y todos empezaron a oír un canal externo por la radio de los trajes.

—... Lanzamiento inminente contra los objetivos de Marte. Tenemos una batería de misiles cargados con un arma biológica letal preparada para disparar. Tienen una hora para abandonar la órbita de Ío o realizaremos un lanzamiento inminente contra los objetivos de Marte. Tenemos...

Avasarala desconectó el canal externo.

—Parece que se ha unido a la fiesta un tercer bando —aventuró Amos.

—No —respondió Avasarala—. Es Nguyen. Nos sobrepasa en número, por lo que ha ordenado a sus compinches de Mao en la superficie de Ío que nos amenacen. Va a... Maldición.

Volvió a pulsar algo en la consola y se volvió a oír una voz por la radio. Esta era la de una mujer con un marcado acento marciano.

—Ío, aquí la almirante Muhan de la Armada de la República Congresual de Marte. Si disparan algo mayor que un cohete de agua, reduciremos a gravilla esa luna de mierda. ¿Recibido?

Amos se inclinó hacia Prax.

—¿Ves? Ahora es cuando han empezado a quitar el seguro a las armas.

Prax asintió.

—Ya veo.

—Parece —dijo Holden mientras reparaba en la ira contenida que rezumaba la voz de la almirante marciana— que la cosa está a punto de salirse de madre.

—Aquí el almirante Nguyen, a bordo de la *AONU Agatha*

King —dijo una voz nueva—. El almirante Souther se encuentra en la zona de manera ilegal, bajo las órdenes de un oficial civil de la ONU que no cuenta con autoridad militar. Es por ello que ordeno a todas las naves al mando del almirante Souther que se detengan de inmediato. Y, además, que el buque insignia de la flota del almirante lo ponga bajo arresto por traición y...

—Venga ya, silencio —respondió Souther por el mismo canal—. Soy parte de una misión legal que pretende encontrar pruebas de un proyecto secreto de armas biológicas en Ío que se ha desarrollado con financiación y equipo ilegal de la ONU. Un proyecto del que el almirante Nguyen es responsable directo y va en contra de las directivas de la ONU...

Avasarala desconectó el canal.

—Muy bien —dijo la anciana. Luego abrió el protector facial de su casco y soltó un profundo suspiro. Abrió el bolso y sacó un pistacho. Quitó la cáscara y se comió el fruto con mirada reflexiva. Luego tiró los restos en la papelera de reciclaje que tenía junto a ella. Un minúsculo pedazo de piel del fruto flotó a su alrededor en microgravedad—. En serio, esto va bien. No es más que pose. Mientras no dejen de compararse el tamaño de la polla, nadie va a disparar.

—Pero no podemos quedarnos a esperar —dijo Prax, negando con la cabeza. Amos flotaba delante de él y le comprobaba el casco. Prax lo apartó e intentó ponerse en pie. Salió despedido del asiento de colisión y no se acordó de activar las botas magnéticas—. Si Mei se encuentra ahí abajo, tenemos que ir. Acaban de decir que van a hacer picadillo la luna. Tenemos que ir antes de que lo hagan.

La voz de Prax reverberó como el quejido de un violín desafinado. Empezaba a sentirse angustiado, una angustia que también había contagiado a los demás, aunque Prax fuera al que parecía afectar más y el que había reaccionado antes. Holden lanzó una mirada a Amos, pero el grandullón tenía un gesto de sorpresa por el empellón que le había dado el científico, que era mucho más pequeño que él.

—Están comentando que van a destruir la base. ¡Tenemos que bajar! —continuó el científico, a medida que el pánico empezaba a abrirse paso en su voz.

—No vamos a hacer nada —dijo Holden—. No haremos nada hasta que sepamos bien cómo se van a desarrollar las cosas.

—¿Hemos venido hasta aquí para no hacer nada? —replicó Prax.

—Doctor, no queremos ser los que hagamos el primer movimiento —respondió Amos mientras ponía una mano sobre el hombro de Prax y volvía a impulsarlo hacia la cubierta. El botánico se quitó de encima la mano con brusquedad sin darse la vuelta y se impulsó en su asiento hacia Avasarala.

—Deme ese micrófono. Déjeme hablar con ellos —ordenó Prax, extendiendo la mano hacia la consola de comunicaciones de la anciana—. Puedo...

Holden se impulsó desde su asiento de colisión y cogió al científico en el aire. Rodaron por la cubierta hasta que los paró el mamparo. La gruesa capa de refuerzo antiproyectiles absorbió el impacto, pero Holden sintió cómo Prax soltaba el aire cuando golpeó con la cadera la boca del estómago del hombrecillo.

—¡Ay! —dijo Prax, que se hizo un ovillo y no dejó de flotar.

Holden encendió con los pies las botas magnéticas y lo empujó por la estancia hacia Amos.

—Llévalo abajo, métele en su catre y ponlo hasta el culo de sedantes. Luego dirígete a ingeniería y prepara todo para la batalla.

Amos asintió y cogió a Prax mientras flotaba.

—Muy bien.

Un momento después, los dos habían bajado por la escotilla de la cubierta, que se cerró detrás de ellos.

Holden miró a su alrededor y se encontró con las miradas sorprendidas de Avasarala y Naomi, pero las ignoró. Aquella fijación de Prax porque su hija fuera más importante que cualquier otra cosa casi los había vuelto a poner en un aprieto. Y, aunque

Holden entendía los sentimientos del botánico, tener que evitar que los matara a todos cada vez que alguien nombraba a Mei era una situación que no se podían permitir en aquellos momentos. Hacía que se enfadara y le daba ganas de gritar.

—¿Dónde coño está Bobbie? —preguntó, sin dirigirse a nadie en particular. No la había visto desde que habían llegado a la órbita de Ío.

—Me acabo de encontrar con ella en el taller mecánico —respondió Amos por la radio—. Había desmontado mi escopeta. Creo que está preparando todas las armas y armaduras.

—Eso... —empezó de decir Holden, que estaba preparándose para gritar—. Eso será útil. Dile que se ponga la armadura y encienda la radio. A partir de ahora las cosas pueden torcerse en cualquier momento.

Descansó unos segundos para respirar y calmarse un poco, luego volvió al puesto de operaciones de combate.

—¿Estás bien? —preguntó Naomi por el canal privado.

—No —respondió Holden, pulsando el botón con la barbilla para asegurarse de que solo lo escuchaba ella—. No, la verdad es que estoy cagado de miedo.

—Pensé que ya no nos pasaban esas cosas.

—¿Cagarnos de miedo?

—No —respondió Naomi, con una voz que dejaba entrever una sonrisa—. Sentirnos culpables por ello. Yo también tengo miedo.

—Te quiero —dijo Holden, sintiendo ese cosquilleo que le recorría el cuerpo cada vez que lo decía, mezcla de miedo y orgullo.

—Debería estar más pendiente de su puesto, capitán —dijo ella, para provocarlo. Naomi nunca le respondía con las mismas palabras cuando Holden le decía que la quería. Una vez le había dicho que la gente las decía demasiado y que eso hacía que perdieran sentido. Él lo entendía, pero aquella vez había esperado que incumpliera esa regla. Necesitaba oírlo.

Avasarala estaba inclinada sobre el puesto de comunicaciones como una anciana mística que escudriñara una sucia bola de cristal. El traje espacial le quedaba grande como la ropa que le cuelga a los espantapájaros. Holden pensó decirle que se colocara el casco, pero lo dejó pasar. La mujer tenía edad suficiente para decidir y sabía el riesgo que acarreaba comer durante una batalla.

Cada cierto tiempo, metía la mano en el bolso y sacaba un fruto seco. El aire que la rodeaba se había llenado de una nube cada vez mayor de pequeños trozos de piel de pistacho. Le pareció un engorro tener que permitir que ensuciara la nave, pero ninguna nave de batalla era tan frágil como para peligrar por algún que otro desperdicio flotante. Los pequeños restos de las cáscaras podían ser absorbidos por el sistema de reciclado de aire de la nave, donde no pasarían de los filtros, o caer al suelo con toda la basura cuando tuviera lugar un acelerón. Y una vez en el suelo, era fácil barrerlos. Holden se preguntó si Avasarala había limpiado algo en su vida alguna vez.

Mientras Holden la miraba, la anciana inclinó la cabeza ligeramente a un lado y escuchó con sumo interés algo que solo ella era capaz de oír. Echó las manos hacia delante, con reflejos felinos, y tocó la pantalla. Se oyó otra voz diferente por el canal de radio de la nave, una apagada por el zumbido de la estática característico de aquellas que estaban a millones de kilómetros de distancia en el espacio.

—... General Estaban Sorrento-Gillis. Hace tiempo, anuncié la formación de un comité de investigación para buscar pruebas sobre un posible uso incorrecto de los recursos de la ONU para investigación armamentística biológica ilegal. A pesar de que el comité sigue activo y todavía no está preparado para presentar cargos, por el bien de la seguridad pública y para facilitar una investigación más completa y rigurosa, varios trabajadores de puestos importantes de la ONU deberán acudir a la Tierra para someterse a un interrogatorio. El primero, el almirante Augusto Nguyen, de la Armada de la Organización de las Naciones Unidas. Segundo...

Avasarala pulsó el panel para apagar la transmisión y se quedó con la boca abierta mientras miraba la consola durante varios segundos.

—Por fin, joder.

Empezaron a sonar las alarmas por toda la nave.

48

Avasarala

—Enemigos localizados —dijo Naomi sobre el estruendo de las alarmas—. La nave insignia de la ONU ha empezado a disparar.

Avasarala se cerró el casco y vio cómo aparecía un mensaje en la pantalla interior que confirmaba que estaba sellado. Luego tocó la consola de comunicaciones, la mente le iba a más revoluciones que las manos. Errinwright había llegado a un acuerdo y Nguyen se había enterado. El almirante se había quedado en la estacada y se lo había tomado mal. Apareció un aviso en la consola: mensaje entrante de alta prioridad. Avasarala pulsó para abrirlo, y Souther apareció en la consola y en el resto de pantallas de la cubierta de operaciones.

—Aquí el almirante Souther. Por la presente, me hago con el mando...

—Me parece perfecto —dijo Naomi—. Pero necesito mi pantalla ya. Tengo cosas que hacer.

—Lo siento. Lo siento —se disculpó Avasarala—. He tocado lo que no debía.

—... De esta fuerza especial. El almirante Nguyen queda relevado de su cargo. Cualquier tipo de hostilidad será...

Avasarala cambió la imagen a su pantalla y, mientras, también cambió de mensaje. Nguyen tenía la cara morada y llevaba su uniforme con orgullo.

—... Es ilegal y una incautación sin precedentes. Lleven al almirante Souther a los calabozos hasta que...

Aparecieron cinco solicitudes de comunicación, cada una de ellas con un nombre y un número corto de identificación de transpondedor. Las ignoró todas y pulsó el botón de emisión. Avasarala miró hacia la cámara cuando se iluminó el indicador de emisión.

—Aquí la ayudante de la subsecretaría Chrisjen Avasarala, en representación del gobierno civil de la Tierra —dijo—. El almirante Souther tiene autorización y control legal de la fuerza especial. Se llevarán a cabo acciones legales contra cualquiera que rechace o desobedezca sus órdenes. Repito: el almirante Souther tiene autorización y control legal de...

Naomi gruñó por lo bajo. Avasarala detuvo la emisión y se giró hacia ella.

—Vale —dijo Holden—. Esto no va bien.

—¿El qué? ¿Qué no va bien?

—Una nave de la Tierra acaba de recibir tres impactos de torpedo.

—¿Es mucho?

—Los CDP no han conseguido detenerlos —explicó Naomi—. Los torpedos de la ONU tienen códigos de transpondedor que los marcan como aliados, así que pasan sin problema alguno. Los sistemas no están pensados para recibir proyectiles de buques de la ONU.

—Tres son muchos —dijo Holden mientras se amarraba al asiento de colisión. Avasarala no lo vio tocar ningún control, pero sin duda debió de hacerlo, porque al hablar se le oyó por los altavoces del casco y los de toda la nave.

—Ha comenzado. Tenéis veinte segundos para amarraros bien en algún lugar.

—Alto y claro —respondió Bobbie desde el lugar de la nave en el que se encontraba.

—Asegúrate de que el doctor también esté amarrado y siga sedado —explicó Amos—. Voy de camino a ingeniería.

—¿Nos vamos a meter en el ajo? —preguntó Alex.

—Ahí fuera hay unos treinta y cinco buques capitales y la mayoría son mayores que nosotros. ¿Qué te parece si nos conformamos con que no nos agujereen?

—Sí, señor —respondió Alex desde la cubierta del piloto. En aquellas circunstancias, la democracia y los votos no tenían sentido. Por suerte. Al menos Holden mantenía el control cuando era necesario que una persona tomara el mando.

—Se acercan dos atacantes —dijo Naomi—. Todavía hay gente que piensa que somos los malos.

—Eso es por Avasarala —dijo Bobbie.

Antes de que Avasarala se riera, la gravedad aumentó y cambió hacia un lado: la *Rocinante* había entrado en liza. Su asiento se movió y crujió. El gel amortiguador se endurecía y ablandaba a su alrededor.

—¿Alex?

—A por ellos —dijo Alex—. No me vendría mal una artillera, señor.

—¿Hay tiempo de que suba hasta aquí sin correr peligro?

—Ni de broma —dijo Alex—. Se acercan tres más.

—Puedo controlar los CDP desde aquí, señor —anunció Bobbie—. No es lo mismo que si estuviera ahí, pero es algo que os ahorro.

—Naomi, pasa el control de los CDP a la sargenta.

—Transferencia de control de los CDP realizada. Todos tuyos, Bobbie.

—Control recibido —confirmó Bobbie.

La pantalla de Avasarala era una maraña de notificaciones de mensajes recibidos que no dejaban de parpadear. Comenzó a abrirlos. La *Kennedy* advertía que el mando de Souther era ilegal. El primer oficial de la *Tritón* anunciaba que el capitán había sido relevado de su cargo y esperaba las órdenes de Souther. El destructor marciano *Iani Chaos* intentaba ponerse en contacto con Avasarala para saber a qué naves de la Tierra tenía permitido disparar.

Avasarala abrió la pantalla táctica. Un cúmulo de puntos rojos y verdes señalaba los enjambres de naves y unas líneas plateadas, lo que podía tratarse de una descarga de proyectiles de los CDP o la trayectoria de los torpedos.

—¿Nosotros somos los rojos o los verdes? —preguntó Avasarala—. ¿Cómo nos distingo en esta puta basura?

—Marte es rojo. La Tierra, verde —explicó Naomi.

—¿Y cómo sabemos cuáles de la Tierra son nuestros?

—Descúbralo —respondió Holden al tiempo que desaparecía de improviso uno de los puntos verdes—. ¿Alex?

—La *Darius* ha quitado el seguro de los CDP y ha empezado a disparar a todo lo que tiene a su alcance, sea aliado o enemigo. Y... joder.

La silla de Avasarala volvió a moverse. Ascendió y la comprimió contra el gel, que se endureció hasta que no le dejó ni levantar los brazos. En la pantalla táctica, la maraña de naves, fueran aliadas, enemigas o ambiguas, también se movió un poco, y dos puntos dorados empezaron a crecer mientras sus notaciones de proximidad descendían.

—Señora ayudante de la subsecretaría o lo que quiera que sea —llamó Holden—, es el momento de que responda a alguna de esas solicitudes de comunicación.

Avasarala sintió como si alguien le estrujara las tripas desde abajo. Notó que cierto regusto salado y a bilis le subía por la garganta. Empezó a sudar, pero no por la temperatura, sino por las náuseas. Se esforzó para mover las manos hasta el panel de control y los dos puntos dorados desaparecieron.

—Gracias, Bobbie —dijo Alex—. Voy a subir. Intentaré colocarnos detrás de los marcianos, para cubrirnos de la refriega.

Avasarala empezó a llamar. En el fragor de la batalla, lo único que podía hacer era aquello: llamar. Hablar. Lo mismo que hacía siempre. Aquello la reconfortó. La *Greenville* había aceptado las órdenes de Souther. La *Tanaka* no respondía. La *Dyson* aceptó la llamada, pero solo se oyó cómo los tripulantes se gritaban los unos a los otros. Aquello era una locura.

Llegó un mensaje de Souther, y Avasarala lo aceptó. Contenía los nuevos códigos identificadores amigo-enemigo y aceptó la actualización. En la pantalla táctica, la mayor parte de los puntos verdes cambiaron a blanco.

—Gracias —dijo Holden.

Avasarala tragó en lugar de decir «de nada». Era como si las drogas antieméticas funcionaran para todo el mundo menos para ella. No le apetecía nada vomitar dentro del casco. Uno de los seis puntos verdes que quedaban se desvaneció, y otro pasó a ser blanco.

—Hala, por la retaguardia —exclamó Alex—. Eso ha sido un golpe bajo.

El número de identificación de Souther volvió a aparecer en la consola de Avasarala, que aceptó el mensaje mientras la *Roci* volvía a girar.

—... La rendición inmediata del buque insignia *King* y del almirante Augusto Nguyen —estaba diciendo Souther. Tenía el fleco flotando por encima de su cabeza, como la cola de un pavo real, debido a la baja gravedad en la que se mantenía a causa de la velocidad de la nave. Una sonrisa afilada como una navaja le iluminaba la cara—. Cualquier nave que afirme que mis órdenes no son legales o legítimas perderá el indulto. Tienen treinta segundos a partir de ahora.

En la pantalla táctica, ya casi no quedaba rastro de marcas plateadas o doradas. Las naves se movieron al amparo de sus complicados vectores. Avasarala vio como todos los puntos verdes que quedaban se volvían blancos. Todos menos uno.

—No seas estúpido, Nguyen —dijo Avasarala—. Se acabó.

La cubierta de operaciones se quedó en silencio por un instante, la tensión casi era palpable. La voz de Naomi rompió el embrujo.

—Vienen más enemigos. Son muchos.

—¿De dónde? —preguntó Holden.

—De la superficie.

Avasarala no tocó nada, pero la pantalla táctica comenzó a redistribuirse. Dejó de lado esa maraña roja y blanca de naves con el único y desafiante punto verde, que pasó a ocupar un cuarto del tamaño que tenía antes, y la curva del horizonte de la luna cubrió toda la parte interior de la pantalla. Como si fueran reales, se veían cientos de delgadas líneas amarillas que ascendían desde la superficie.

—¿De cuántos estamos hablando? —preguntó Holden—. Necesito saber cuántos son.

—Doscientos diecinueve. No. Espera. Doscientos treinta.

—Por mis barbas, ¿qué son? ¿Torpedos? —preguntó Alex.

—No —interrumpió Bobbie—. Son monstruos. Han lanzado los monstruos.

Avasarala abrió el canal de retransmisiones. Era probable que tuviera el pelo en peores condiciones que las de Souther, pero la vanidad no tenía cabida en aquella situación. Que pudiera hablar sin tener miedo a vomitarse era más que suficiente.

—Aquí Avasarala —dijo—. En pantalla podéis observar el lanzamiento de una nueva arma basada en la protomolécula y que se ha enviado de manera ilegal contra Marte. Tenemos que cargarnos a esos cabrones mientras están en el aire, ahora mismo. Todos.

—Nos ha llegado una orden de control desde el buque insignia de Souther —anunció Naomi—. ¿La aceptamos?

—Y un carajo —respondió Alex.

—No, pero monitoriza la solicitud —dijo Holden—. No voy a dejar mi nave en manos de un ordenador de control de armamento, pero, aun así, tenemos que ayudar.

—La *King* ha empezado a acelerar al máximo —anunció Alex—. Parece que pretende salir por patas.

En la pantalla, el arma que salía de la superficie de Ío empezaba a desplegarse: algunos de los proyectiles se desplazaban en ángulos imprevistos, otros realizaban tirabuzones y otros tenían trayectorias que se torcían como las patas articuladas de un insecto. Cualquiera de ellos podía suponer la destrucción de un planeta, y los datos de aceleración indicaban que se desplazaban a diez, quince o veinte g. Ningún humano era capaz de sobrevivir a una aceleración constante de veinte g. Nada que fuera humano lo era.

De las naves surgieron luces parpadeantes de color dorado que se abalanzaron al encuentro de las de Ío. El ritmo lento y pausado de los acontecimientos de la pantalla contrastaba con el de los datos. Los torpedos de plasma aceleraban al máximo y, aun así, tardaron varios segundos en llegar al cúmulo principal de criaturas. Avasarala vio detonar los primeros y cómo la columna de monstruos protomoleculares se dividía en una docena de rastros. Una acción evasiva.

—Algunos se dirigen hacia nosotros, capi —dijo Alex—. No creo que estén diseñados para atravesar el casco de una nave, pero no me extrañaría que lo hicieran, de todas maneras.

—Vamos a meternos de lleno y ver qué podemos hacer. No debemos permitir que ninguno de esos... Un momento, ¿dónde están?

La ofensiva de monstruos desapareció de la pantalla táctica en un abrir y cerrar de ojos. Los rastros se desvanecieron.

—Han dejado de acelerar —dijo Naomi—. Y los transpondedores de radiofrecuencia no detectan nada. Deben tener material que absorbe señales de radar.

—¿Tenemos datos de la trayectoria? ¿Sabemos hacia dónde se dirigían?

La pantalla táctica empezó a parpadear. Parecían luciérnagas. Los monstruos aparecían y desaparecían, aceleraban hacia direcciones que parecían aleatorias, pero nunca dejaban de dispersarse

—Esto va a ser una putada —dijo Alex—. ¿Bobbie?

—Tengo varios enemigos en la mira. Ponlos al alcance de los CDP.

—Agarraos —advirtió Alex—. Nos vamos de paseo.

La *Roci* se sacudió con mucha fuerza, y la gravedad empujó a Avasarala contra el asiento. Las sacudidas de la nave parecían provenir de su cuerpo, luego de los CDP, y luego volvió a sentir que estaban en su interior. En la pantalla, las armadas combinadas de la Tierra y Marte se desplegaron para seguir a los enemigos casi invisibles. La gravedad de la aceleración cambió y el sillón giró sin previo aviso. Intentó cerrar los ojos, pero se sintió peor.

—Vaya.

—¿Qué ocurre, Naomi? —preguntó Holden—. «Vaya», ¿qué?

—La *King* ha hecho algo extraño. He registrado mucha actividad de los propulsores de maniobra y...Vaya.

—Vaya, ¿qué? Explícate. Necesito que te expliques.

—Tiene un agujero —explicó Naomi—. Un monstruo la ha atravesado.

—Os dije que podía pasar —recordó Alex—. Menuda putada estar en esa nave. Aun así, al menos le ha pasado a los malos.

—La tripulación no es responsable de sus acciones —advirtió Bobbie—. De hecho, puede que ni siquiera sepan que Souther está ahora al mando. Tenemos que ayudarles.

—No podemos —aseguró Holden—. Nos dispararían.

—¿Queréis callaros ya, joder? —dijo Avasarala—. Y dejad de mover la maldita nave de una vez. Dejadla en línea recta y quedaos quietos unos minutos.

Ignoraron la solicitud de comunicaciones que había enviado durante cinco minutos. Luego diez. Cuando se activó la baliza de emergencia de la *King*, todavía no habían respondido, pero llegó una señal de emisión un momento después.

—Aquí el almirante Nguyen del buque de batalla *King Agatha* de la Organización de las Naciones Unidas. Ofrezco mi rendición a la armada de la ONU a cambio de una evacuación inmediata. Repito: Ofrezco mi rendición a cualquier nave militar de las Naciones Unidas a cambio de una evacuación inmediata.

Souther respondió en la misma frecuencia.

—Aquí la *Okimbo*. ¿Cuál es su situación?

—Tenemos una posible alerta biológica —respondió Nguyen. La angustia y el tono agudo de su voz hacía que pareciera que alguien lo estrangulaba. En la pantalla táctica, varios puntos blancos se movieron hacia el verde.

—Aguante, *King* —dijo Souther—. Vamos de camino.

—Y una mierda —interrumpió Avasarala, luego continuó soltando improperios en voz baja mientras abría su canal para emitir—. Y una mierda. Aquí Avasarala. Declaro la *Agatha King* en cuarentena y bajo orden de contención. Ninguna nave podrá atracar en ella ni aceptar transferencias de material o personal. Cualquier otra nave que lo haga también quedará en cuarentena y bajo orden de contención.

Dos de los puntos blancos se dieron la vuelta. Otros tres continuaron. Avasarala volvió a abrir el canal.

—¿Soy la única que se acuerda de Eros? ¿Qué coño creéis que ha pasado en la *King*? No os acerquéis.

El resto de puntos blancos se dio la vuelta. Cuando Nguyen respondió a la solicitud de llamada de Avasarala, la mujer se había olvidado de que todavía la tenía pendiente. El hombre tenía un aspecto terrible, aunque sabía que ella no lucía mucho mejor. «¿Cuántas guerras habían terminado así?», reflexionó. «Con dos personas agotadas y de aspecto nauseabundo mirándose fijamente mientras el mundo se venía abajo a su alrededor.»

—¿Qué quieres de mí? —preguntó Nguyen—. Ya me he rendido. He perdido. Mis hombres no merecen morir por su negligencia.

—De negligencia, nada —respondió Avasarala—. No podemos hacerlo. Se liberaría la protomolécula. Ese sistema de control tuyo tan sofisticado no funciona. La protomolécula es infecciosa.

—No hay pruebas de eso —dijo el hombre, de una manera que parecía indicar lo contrario.

—Ya ha ocurrido, ¿verdad? —dijo la mujer—. Enciende las cámaras internas. Déjanos ver.

—No voy a hacerlo.

Avasarala dejó escapar el aire. Había ocurrido.

—Lo siento mucho —dijo—. Mierda. Lo siento mucho.

Las cejas de Nguyen se elevaron un poco. Apretó los labios, que se le estrecharon y se volvieron blancos.

Avasarala creyó ver lágrimas en sus ojos, pero quizá solo fuera debido a la transmisión.

—Tienes que encender los transpondedores —ordenó Avasarala. Al ver que no respondía, continuó—: No podemos convertir la protomolécula en un arma. No somos capaces de comprenderla. No podemos controlarla. Acabas de enviar a Marte una sentencia de muerte. No puedo salvarte, de verdad. Pero vuelve a encender esos transpondedores y ayúdame a salvar el planeta.

Quedaron en silencio. Avasarala sintió cómo la atención de Holden y Naomi se le clavaba en la nuca como un rayo calorífico. Nguyen negó con la cabeza e hizo una mueca, como si mantuviera una discusión consigo mismo.

—Nguyen —insistió Avasarala—. ¿Qué ha ocurrido? La nave, ¿está muy mal?

—Sácame de aquí y encenderé los transpondedores —aseguró—. Déjame en un calabozo el resto de mi vida, me da igual, pero sácame de esta nave.

Avasarala intentó inclinarse hacia delante, pero solo consiguió que se moviera un poco su asiento de colisión. Intentó convencerlo con las palabras más amables que pudo, trató de que se diera cuenta de que se había equivocado y había sido malvado, y de que iba a morir de forma terrible a manos de su propia arma. Avasarala vio a aquel hombrecillo miope, enfadado y asustado e intentó que recuperara la decencia humana.

No lo consiguió.

—No puedo —respondió.

—Pues no me hagas perder más el tiempo —dijo el hombre justo antes de desconectarse.

Avasarala se reclinó y se tapó los ojos con las manos.

—Nos llegan unas lecturas la mar de extrañas de ese buque de guerra —anunció Alex—. Naomi, ¿has visto eso?

—Lo siento. Dame un segundo.

—¿Qué has visto, Alex? —preguntó Holden.

—Ha disminuido la actividad del reactor. La radiación interna de la nave ha aumentado de forma exponencial. Es como si hubieran descargado la energía del reactor por el reciclador de aire.

—Eso no parece muy saludable —dijo Amos.

La cubierta de operaciones volvió a quedarse en silencio. Avasarala extendió la mano para abrir un canal con Souther, pero se detuvo a medio camino. No sabía qué decir. La voz que oyó por el canal de comunicaciones de la nave sonaba narcotizada y adormecida. Al principio no reconoció a Prax, y el hombre tuvo que repetir el mensaje para que Avasarala llegara a entender qué quería decir.

—Una incubadora —dijo el botánico—. Intenta convertir la nave en una incubadora. Como Eros.

—¿Sabe cómo hacerlo? —preguntó Bobbie.

—Eso parece —continuó Naomi.

—Vamos a tener que hacer trizas a esa cosa —dijo la marine—. ¿Tenemos potencia de fuego suficiente?

Avasarala volvió a abrir los ojos. Intentó sentir algo que no fuera aquella tristeza pelágica. Tenía que haber esperanza. Incluso Pandora tuvo esperanza.

Holden fue el único que dijo lo que ella pensaba.

—Aunque lo hagamos, no salvaremos a Marte.

—¿Y si los destruimos a todos? —preguntó Alex—. Ya sé que hay miles de esas cosas, pero quizá... ¿creéis que podemos?

—Es difícil deducirlo, si tenemos en cuenta que tenemos que guiarnos por la trayectoria balística —dijo Bobbie—. Si dejamos aunque solo sea uno y llega a Marte...

Empezó a perder la voz. Había estado cerquísima de poder detenerlo y estaba viendo cómo se le escapaba entre los dedos. Tenía un nudo en la garganta. Pero no habían fallado. Todavía no. Se tenía que poder solucionar de alguna manera. Seguro que todavía podían hacer algo.

Le envió a Souther la última conversación que había mantenido con Nguyen. Quizás a él se le ocurriera algo. Quizá tuviera un arma secreta salida de la nada que fuera capaz de conseguir aquellos códigos. Quizá la camaradería militar consiguiera hacer aflorar la poca humanidad que quedaba en Nguyen.

Diez minutos después, una lanzadera de salvamento salió disparada de la *King*. Souther ni se molestó en contactar con Avasarala antes de destruirla. La cubierta de operaciones parecía un tanatorio.

—Venga —dijo Holden— Lo primero es lo primero. Vamos a centrarnos en lo importante. Si Mei está ahí abajo, tenemos que rescatarla.

—Cuenta conmigo —respondió Amos—. Y tenemos que llevar al doctor. Eso no lo vamos a poder evitar.

—Eso pensaba, sí —dijo Holden—. Chicos, vosotros bajaréis la *Roci* a la superficie.

—¿Nosotros? —preguntó Naomi.

—Yo iré al buque de batalla en la pinaza —dijo Holden—. Los códigos de activación de los transpondedores estarán en el NIE.

—¿Tú? —preguntó Avasarala.

—En el incidente de Eros solo sobrevivieron dos personas —dijo Holden—. Y yo soy el único que queda.

49

Holden

—No lo hagas —dijo Naomi. No era una súplica ni un lloriqueo. Ni siquiera una orden. La firmeza de aquella solicitud yacía en la placidez de su simplicidad—. No vayas.

Holden abrió la taquilla donde estaba el traje, fuera de la esclusa de aire principal, y extendió la mano para coger la armadura de manufactura marciana. El recuerdo repentino y visceral de la radiación que había sufrido en Eros le hizo detenerse.

—La *King* debe llevar horas sufriendo la radiación, ¿no?

—No vayas —repitió Naomi.

—Bobbie —llamó Holden por el canal.

—Presente —respondió la marine, con un gruñido. Ayudaba a Amos a preparar el equipo para el asalto a la estación científica de Mao. Después del encuentro que Holden había tenido con el híbrido protomolecular de Mao, supuso que irían armados hasta las trancas.

—¿Qué seguridad tienen estos trajes marcianos estándar frente a la radiación?

—¿Uno como el mío?

—No, una servoarmadura, no. Sé que esas tienen que ser más resistentes de lo normal por si os afecta alguna explosión cercana. Hablo de esas que sacamos del PAP.

—Deben tener la misma seguridad que un traje de aislamiento. No mucha si se trata de una exposición prolongada a niveles altos de radiación.

—Mierda —respondió Holden. Luego añadió—: Gracias. —Cortó la comunicación en la consola y cerró la taquilla—. Necesito un traje antirradiación completo, lo que quiere decir que tendré mejor protección contra ella, pero ningún tipo de resistencia contra los proyectiles.

—¿Cuánta radiación soportarás y cuántas veces más te puedes ver afectado antes de que sea demasiado tarde?

—La misma que la última vez. Al menos una vez más —respondió Holden, con una sonrisa en la cara. Naomi no se la devolvió. El capitán volvió a pulsar el botón de comunicaciones y dijo—: Amos, tráeme un traje antirradiación de ingeniería. Lo más resistente que tengamos a bordo.

—Muy bien —respondió Amos.

Holden abrió la taquilla de equipamiento y sacó el rifle de asalto que guardaba. Era grande, negro y estaba diseñado para intimidar. Marcaría de inmediato a cualquiera que identificara como una amenaza. Lo guardó y decidió coger una pistola. El traje antirradiación le haría pasar desapercibido, era el tipo de traje que llevaría cualquier miembro de un equipo de control de daños durante una emergencia. Si se limitaba a llevar una pistola de mantenimiento en la funda de la cadera, era posible que no lo consideraran parte del problema.

Y, con la protomolécula campando a sus anchas en la *King* y la nave llena de radiación, el problema iba a ser bien gordo.

Si Prax y Avasarala estaban en lo cierto y la protomolécula se comunicaba entre sí sin que fuera necesario el contacto físico, aquel mejunje presente en la *King* tendría la misma información que el mejunje de Venus. Información entre la que se contaban datos cruciales sobre la construcción de naves espaciales humanas, ya que aquella cosa había desarmado la *Arboghast*, pero también la manera de transformar a los humanos en zombis vomitadores. En Eros había realizado aquel truco cerca de un millón de veces. Tenía práctica.

Era muy posible que todos los humanos de la *King* ya fueran zombis vomitadores. Y, por desgracia, aquella era la mejor de las posibilidades. Los zombis vomitadores suponían una muerte segura para todo aquel que estuviera al descubierto, pero si Holden llevaba un traje de aislamiento y antirradiación completo, serían como mucho una ligera molestia.

El peor de los casos era que la protomolécula fuera tan buena transformando a los humanos a estas alturas que la nave estuviera a rebosar de híbridos letales como al que se enfrentaron en la bodega de carga. Esa situación sería imposible de superar, así que decidió pensar que era imposible que ocurriera. Además, la protomolécula no había creado a ninguno de aquellos soldados en Eros. Miller no había tenido tiempo de describir lo que había encontrado allí, pero había pasado mucho tiempo en la estación buscando a Julie y nunca había informado de un ataque. La protomolécula era muy agresiva e invasiva. Podía matar a un millón de humanos en horas y convertirlos en materiales para sus propósitos, fueran cuales fueran. Pero aquella invasión la realizaba a nivel celular: actuaba como un virus, no como un ejército.

«No dejes de pensar en eso», reflexionó Holden. Aquello hacía que su plan fuera posible de realizar.

Sacó de la taquilla una pistola compacta semiautomática y una funda. Naomi lo miró mientras llenaba un cargador para el arma y tres de repuesto, pero la ingeniera no dijo nada. Cuando Holden metió la última bala en el último de los cargadores, Amos apareció flotando por la estancia con un traje grande y rojo a cuestas.

—Este es el mejor que tenemos, capi —dijo—. Es el que se usa cuando las cosas están muy jodidas. Debería ser suficiente para los niveles que hay en esa nave. Resiste hasta seis horas de exposición, aunque solo tiene reservas de aire para dos, así que da un poco igual.

Holden examinó aquel traje enorme. La superficie estaba fabricada de un material gomoso y consistente. Era posible que pudiera detener un ataque con uñas o dientes, pero no resistiría un cuchillo o una bala. La reserva de aire estaba debajo de aquel recubrimiento antirradiación y formaba un bulto enorme y horrible en la espalda del que lo llevara. Tuvo muchas dificultades para conseguir que el traje flotara hacia él y luego para detenerlo, lo que indicaba que debía de ser muy pesado.

—Cuando lo lleve puesto no me voy a mover muy rápido, ¿verdad?

—No —respondió Amos mientras torcía el gesto—. No están fabricados para meterse en un tiroteo. Como alguien dispare, vas a estar bien jodido.

Naomi asintió, pero no dijo nada.

—Amos —dijo Holden mientras agarraba el brazo del mecánico, que ya se había empezado a marchar—. Cuando lleguéis a la superficie, la artillera tomará el mando. Es una profesional y estará en su salsa. Pero necesito que te encargues de mantener a salvo a Prax, porque ese tipo es idiota. Lo único que te pido es que lo saques a él y a su pequeña con vida de esa luna y los traigas a la nave.

Amos lo miró con tristeza por un instante.

—Claro que lo haré, capi. Si algo llega a tocar a ese hombre o a su niña, será porque ha pasado por encima de mi cadáver. Y eso es difícil.

Holden tiró de Amos y le dio un abrazo rápido.

—Lo siento por el que se atreva a intentarlo. Eres un tripulante ejemplar, Amos, que lo sepas.

Amos se apartó.

—Actúas como si no fueras a volver.

Holden miró de reojo a Naomi, pero la expresión de la mujer no había cambiado. Amos rio un instante y luego le dio una palmadita a Holden en la espalda con tanta fuerza que le rechinaron los dientes.

—No jodas —dijo Amos—. Eres el tipo más duro que conozco. —Sin dejar tiempo para que Holden respondiera, Amos se marchó por la escalerilla de la tripulación y bajó hacia la cubierta inferior.

Naomi se impulsó un poco en el mamparo y flotó hacia Holden. La resistencia del aire hizo que se detuviera a cincuenta centímetros de él. La ingeniera todavía era la persona que mejor había visto moverse en microgravedad, una bailarina en gravedad cero. Holden tuvo que contenerse para no abrazarla y atraerla hacia él. La expresión de Naomi denotaba que no era lo que quería. Se quedó ahí flotando delante de él durante un momento, sin decir nada, y luego extendió una mano larga y delgada para tocarle la mejilla. La mano estaba fría y era suave.

—No vayas —dijo la mujer. Por su voz, Holden supo que aquella era la última vez que se lo pedía.

Holden se echó hacia atrás e hizo un gesto de indiferencia mientras se dirigía hacia el traje.

—Si no lo hago yo, ¿quién lo hará? ¿Crees que Avasarala podría atravesar una turba de zombis vomitadores? Ni siquiera sabría distinguir la cocina del NIE. Amos debe rescatar a la pequeña, lo necesita y conoces la razón. Prax también tiene que estar allí. Y Bobbie se encargará de mantenerlos con vida.

Se puso aquel traje abultado en los hombros, selló la parte delantera y dejó el casco colgando sobre la espalda. Las botas magnéticas se encendieron cuando las golpeó con los talones. Se impulsó contra la cubierta y se enganchó.

—¿Tú? —preguntó a Naomi—. ¿Quieres que te envíe a ti? Apostaría cualquier cosa a que puedes encargarte de miles de zombis, pero tienes casi la misma idea del NIE que Avasarala. ¿Qué sentido tiene?

—Las cosas volvían a irnos bien —respondió Naomi—. No es justo.

—Mira —continuó Holden—, dile a los marcianos que salvar a su planeta es pago más que suficiente por ese problemilla de robar una nave de la armada, ¿te parece? —Holden sabía que lo único que iba a conseguir así era quitar hierro al asunto, y que Naomi lo odiaría. Pero la mujer lo conocía, sabía que tenía mucho miedo y no se enfadaría con él. Sintió cómo el amor que le profesaba le recorría la espalda y le provocaba un cosquilleo en el cuero cabelludo.

—Muy bien —respondió Naomi, con cara seria—. Pero vas

a volver. Me quedaré en la nave y no me despegaré de la radio. Haremos las cosas juntos en todo momento. Nada de hacerse el héroe. Con cabeza, nada de balas. Y solucionaremos los problemas entre los dos. Prométemelo. Más te vale prometérmelo.

Holden no aguantó más, la atrajo con los brazos y la besó.

—Me parece bien. Por favor, ayúdame a salir vivo de esta. Me encantaría.

Volar con la *Jabalí* hasta la destrozada *King* fue como ir en coche de carreras a la tienda de la esquina. La nave estaba a unos pocos miles de kilómetros de la *Rocinante*, una distancia suficiente para una mochila de maniobras extravehiculares con buen impulso. Pero en lugar de eso, usó la que probablemente era la nave más rápida de todo el sistema joviano, maniobrando a hervores y a una aceleración del cinco por ciento mientras atravesaba los restos de la batalla que acababa de tener lugar. Podía sentir cómo la *Jabalí* tiraba de las riendas con reproche cada vez que se impulsaba. La distancia hasta la nave dañada era muy poca y las condiciones eran muy peligrosas, por lo que programar una ruta le habría llevado más tiempo que hacerlo a mano. A pesar de desplazarse a tan poca velocidad, la *Jabalí* tenía problemas para mantener la proa en dirección a la *King*.

«No quieres ir», parecía que le decía la nave. «Es un lugar terrible.»

—Cierto, la verdad es que no quiero —dijo Holden mientras daba golpecitos a la consola que tenía delante—. Pero no me mates por el camino. ¿Vale, bonita?

Un pedazo enorme de lo que parecía que había sido un destructor pasó flotando a su lado. Tenía los bordes aserrados y aún brillaban debido al calor. Holden movió la palanca de mando y puso la *Jabalí* de lado para alejarse de aquel destrozo. La proa volvió a desplazarse.

—Resístete todo lo que quieras, no vamos a cambiar de destino.

Una parte de Holden estaba decepcionada porque el viaje hubiera resultado ser tan peligroso. Nunca antes había volado a Ío, y las vistas de la luna desde las pantallas eran espectaculares. En la cara posterior del satélite, un volcán expulsaba partículas de silicato fundido a tanta altura que veía el rastro que dejaban en el espacio. La columna de humo se enfrió y dejó a su paso un reguero de cristales de silicato que reflejaron la luz de Júpiter y brillaron como diamantes en aquella negrura. Algunos continuarían a la deriva, disparados desde el pozo de gravedad que era Ío, hasta formar parte del insignificante sistema de anillos de Júpiter. En cualquier otra circunstancia, aquello habría sido una imagen preciosa.

Pero la peligrosidad del viaje hizo que Holden tuviera que centrarse en los instrumentos y las pantallas que tenía delante, sin quitar la vista de la enorme *Agatha King*, que cada vez era más grande y flotaba en el interior de una nube de chatarra.

Cuando llegó al alcance, Holden intentó usar el sistema automático de atraque de la nave, pero, como sospechaba, no recibió respuesta de la *King*. Pilotó la *Jabalí* hasta la esclusa de aire externa más cercana e informó a los sistemas de la *Rocinante* que mantuvieran la nave a una distancia mínima de cinco metros. La nave de carreras no estaba preparada para atracar junto a otra nave en el espacio. No contaba ni con un conducto de abordaje rudimentario. Tenía que llegar a la *King* dando un pequeño paseo por el espacio.

Souther había proporcionado a Avasarala un código maestro de control, y Holden hizo que la *Jabalí* lo transmitiera. La esclusa de aire comenzó a realizar el ciclo de apertura.

Holden rellenó el suministro de aire del traje antirradiación en la esclusa de la *Jabalí*. Cuando entrara en el buque insignia de Nguyen no podría confiar en la calidad del aire, ni siquiera en el de las estaciones de carga. No podía quedar expuesto a nada de lo que había en la *King*. Nada.

Cuando la barra del suministro de aire llegó al cien por cien, encendió la radio y llamó a Naomi.

—Voy a entrar.

—No veo nada anormal —dijo Naomi. La luz de retransmisión de vídeo de su visor táctico estaba encendida. Naomi vería lo mismo que él. Aquello lo tranquilizó, pero también hizo que se sintiera más solo. Era como llamar a un amigo que vivía muy lejos.

Holden abrió la esclusa de aire. Los dos minutos que tardaba la *King* en cerrar la puerta exterior y llenar de aire la estancia le parecieron interminables. No tenía forma de saber qué iba a encontrar al otro lado de la puerta interior de la esclusa cuando se abriera. Holden dejó caer la mano sobre la culata de la pistola, con una indiferencia muy alejada de lo que sentía en realidad.

La puerta interior se abrió.

El graznido repentino de su traje antirradiación casi le provocó un ataque al corazón. Pulsó con la barbilla los controles para apagar la alarma sonora, aunque dejó activado el medidor de radiación externa. Aquellos datos no lo tranquilizaban, pero el traje afirmaba que, con los niveles actuales, no corría peligro alguno. Menos mal.

Holden salió de la esclusa de aire y entró en una pequeña estancia llena de taquillas de almacenamiento y equipo para maniobras extravehiculares. Parecía vacía, pero oyó un ruido que venía de una taquilla y giró justo a tiempo para ver cómo un hombre ataviado con el uniforme de la armada de la ONU salía disparado de ella con una llave inglesa en la mano. El pesado traje antirradiación no permitió que Holden esquivara el golpe, y recibió el aparatoso impacto de la llave inglesa en el casco.

—¡Jim! —gritó Naomi por la radio.

—¡Muere, cabrón! —gritó el tripulante. Hizo un amago de dar otro golpe con la llave, pero no llevaba botas magnéticas y, sin el apoyo de la cubierta, el hombre comenzó a rotar en el aire. Holden le quitó el arma y la lanzó a un lado. Con la mano izquierda, agarró al hombre para que dejara de rotar y con la derecha, desenfundó la pistola.

—Como me rompas el traje, te tiro por la esclusa —dijo Holden. Echó un vistazo a las pantallas de estado del traje sin dejar de apuntar con el arma al loco de la llave inglesa.

—Parece que está bien —dijo Naomi, con voz aliviada—. No hay ningún indicador rojo ni amarillo. El casco es más resistente de lo que parece.

—¿Qué coño hacías en la taquilla? —preguntó Holden al hombre.

—Estaba trabajando aquí cuando esa... cosa... subió a bordo —respondió el hombre. Era un terrícola de cuerpo compacto, con la piel pálida y el pelo rapado y de un pelirrojo muy llamativo. En el traje, tenía un parche que rezaba LARSON—. Durante los cierres de emergencias se sellan todas las puertas. Me he quedado atrapado aquí, pero por el sistema interno de seguridad he podido ver qué ha ocurrido. Esperaba encontrar un traje y salir por la esclusa, pero también estaba sellada. Lo que me lleva a preguntarme: ¿cómo has conseguido entrar?

—Tengo nivel de control de almirante —respondió Holden. Luego dijo a Naomi, con tranquilidad—: Con los niveles de radiación actuales, ¿qué posibilidades de sobrevivir tiene nuestro amigo?

—Tiene posibilidades —respondió—. Si conseguimos llevarlo a una enfermería en las próximas horas.

—Venga, vienes conmigo. Vamos al NIE. Llévame rápido y ganarás una vía de escape de esta barcaza —dijo Holden a Larson.

—¡Sí, señor! —respondió Larson, haciendo un saludo militar.

—Cree que eres almirante —dijo Naomi.

—Larson, póngase un traje de aislamiento. Rápido.

—¡Señor, sí, señor!

Los trajes que tenían en las taquillas de almacenamiento de la esclusa de aire al menos tendrían su propio suministro de aire. Aquello reduciría un poco la radiación que absorbía el joven marinero. Y un traje que evitara el contacto con el aire también reduciría el riesgo de infección por la protomolécula mientras andaban por la nave.

Holden esperó hasta que Larson se hubo puesto el traje y luego transmitió el código a la escotilla para abrir la puerta.

—Usted, delante, Larson. Diríjase al núcleo de información estratégica, lo más rápido que pueda. Si nos encontramos con alguien, sobre todo si es alguien que vomita, manténgase alejado y deje que yo me encargue.

—Sí, señor —respondió Larson, con una voz apagada por la estática de la radio. Luego se impulsó hacia el pasillo. Creyó a pies juntillas lo que había dicho Holden y lo llevó con presteza por la destrozada *Agatha King*. Solo se detuvieron cuando encontraron una escotilla cerrada y solo el tiempo suficiente para que Holden usara los códigos y la abriera.

Las zonas de la nave por las que pasaron no parecían haber sufrido daños. El receptáculo que contenía el arma biológica había impactado más lejos en dirección a popa, y el monstruo había ido directo hacia la sala del reactor. Según Larson, había matado a varias personas por el camino, entre ellas el contingente de marines presente en la nave que había intentado detenerla. Pero cuando esa cosa había entrado en ingeniería, se había limitado a ignorar al resto de la tripulación. Larson aseguró que, poco después de entrar, el sistema de cámaras de seguridad de la nave había fallado. No había forma de saber dónde estaba el monstruo ni de salir de aquella sala de almacenamiento de la esclusa. Larson se había escondido en una taquilla para esperar a que saliera.

—Cuando entró, ese trasto grande y rojo fue lo único que fui capaz de ver —explicó Larson—. Pensé que era otro de esos monstruos.

Que no hubiera daños visibles en la nave era una buena noticia. Significaba que las escotillas y el resto de sistemas por los que habían pasado todavía funcionaban. Que no hubiera un monstruo campando a sus anchas por la nave era una noticia aún mejor. Lo que más preocupaba a Holden era no haber visto a nadie. Una nave de ese tamaño tenía miles de tripulantes, y habían pasado por zonas de la nave en las que deberían haberse topado con gente. Por el momento no se habían cruzado con nadie.

De vez en cuando pasaban cerca de un charco de mejunje marrón en el suelo, lo que no era una señal nada halagüeña.

Larson se detuvo junto a una escotilla cerrada para que Holden recuperara el aliento. Aquel traje antirradiación pesado no estaba pensado para realizar viajes tan largos y empezaba a oler mucho a sudor. Holden paró un minuto a descansar y dejó que los sistemas refrigeradores del traje hicieran que bajara la temperatura.

—Estamos a punto de atravesar la cocina y llegaremos a una de las salas de ascensores. El NIE está en la cubierta que tenemos justo encima. Quedan cinco minutos. Diez, como mucho —afirmó Larson.

Holden comprobó el suministro de aire y vio que ya se había agotado casi la mitad. Se acercaba a un punto de no retorno, pero hubo algo en la voz de Larson que le llamó la atención. La manera en la que había pronunciado «cocina».

—¿Hay algo que me quieras contar sobre la cocina?

—No estoy seguro —dijo Larson—, pero cuando las cámaras dejaron de funcionar aún esperaba que alguien fuera a por mí, así que me puse a intentar llamar por el sistema de comunicaciones. Al ver que no daba resultado, hice que la *King* comprobara dónde estaba la gente que conocía. Un rato después, buscara a quien buscara, la respuesta siempre era la misma: la cocina de popa.

—Entonces —dijo Holden— es probable que en esa cocina haya miles de tripulantes infectados, ¿no?

Larson se encogió de hombros, un gesto casi imperceptible debido al traje de aislamiento que llevaba puesto.

—Quizás el monstruo los haya matado y metido ahí dentro.

—Claro, seguro que eso es lo que ha ocurrido —respondió Holden mientras desenfundaba el arma y deslizaba la corredera para meter una bala en la recámara—. Lo que pongo en duda es que estén muertos.

Antes de que Larson preguntara a qué se refería, Holden usó el traje para desbloquear la escotilla.

—Cuando abra la puerta, avanza hacia los ascensores lo más rápido que puedas. Iré detrás de ti. No te detengas, pase lo que pase. Tienes que llevarme al NIE. ¿Entendido?

Larson asintió dentro del casco.

—Muy bien. A la de tres.

Holden empezó a contar, con una mano en la escotilla y la otra sobre el arma. Cuando llegó a tres, abrió la puerta de golpe. Larson apoyó los pies contra el mamparo y se impulsó hacia el pasillo al otro lado de la estancia.

Unos pequeños puntos cerúleos flotaban por la estancia alrededor de ellos, como luciérnagas. Eran iguales a las luces que Miller había descrito la segunda vez que había entrado en Eros. Aquella de la que nunca llegó a volver. En esos momentos, las luciérnagas estaban en esa nave.

Holden alcanzó a ver la puerta de un ascensor al final del pasillo. El sonido de sus pisadas retumbaba detrás de Larson a cada paso que daba con las botas magnéticas. Cuando estaba a mitad del pasillo, Larson pasó por delante de una escotilla abierta.

El joven empezó a gritar.

Holden se acercó a él lo más rápido que le permitieron el traje antirradiación y las botas magnéticas. Larson seguía flotando por el pasillo, pero había empezado a gritar y agitarse en el aire, como un hombre sumergido que luchara por sobrevivir al ahogamiento. Holden estaba a punto de llegar a la escotilla abierta, pero justo entonces algo salió de ella y se interpuso en su camino. Al principio pensó que era uno de aquellos zombis vomitadores con los que se habían encontrado en Eros. Se movía despacio y la parte frontal del uniforme de la armada que llevaba estaba cubierta de vómito marrón. Pero cuando se giró para mirar a Holden, los ojos le brillaban con un mortecino tono azulado, y Holden vio en ellos una inteligencia que no estaba presente en los muertos vivientes.

La protomolécula había aprendido una lección en aquel asteroide. Holden estaba cara a cara con una versión nueva y mejorada de los zombis vomitadores.

Holden no esperó para ver qué hacía la criatura. Sin detenerse, levantó la pistola y le disparó a la cabeza. Sintió alivio al ver que la luz se apagaba en los ojos de aquella cosa, y que se alejaba de la cubierta y dejaba en el aire tras de sí un reguero de aquel mejunje marrón mientras rotaba. Cuando pasó por la escotilla abierta, se aventuró para ver qué había dentro.

El lugar estaba lleno de aquellos nuevos zombis vomitadores. Había cientos, y todos lo miraban con aquellos ojos azules y desconcertantes. Holden apartó la vista hacia el pasillo y empezó a correr. Detrás de él oyó el bramido cada vez mayor de las criaturas, que gritaron al unísono y se agarraron a los mamparos y a la cubierta para perseguirlo.

—¡Vamos! ¡Al ascensor! —gritó a Larson mientras maldecía el peso de aquel traje antirradiación, que no hacía sino retrasarlo.

—Dios, ¿qué era eso? —preguntó Naomi. Holden había olvidado que la mujer lo veía todo. No gastó el aliento en responder. Larson se había recuperado del ataque de pánico y se afanaba para abrir las puertas del ascensor. Holden corrió para ponerse a su lado y luego se dio la vuelta para mirar detrás de ellos. El pasillo estaba a rebosar con docenas de aquellos zombis vomitadores de ojos azules que se agarraban a los mamparos, al techo y a la cubierta como arañas. Las luces azules que tenían por ojos se arremolinaban por la estancia, como si flotaran al ritmo de una corriente de aire que Holden era incapaz de sentir.

—¡Más rápido! —indicó a Larson mientras apuntaba con el arma al primer zombi y le pegaba un tiro en la cabeza. La criatura se soltó de la pared y dejó a su paso aquel líquido marrón. El zombi de detrás lo apartó de un golpe y lo envió rotando en el aire por el pasillo hacia ellos. Holden se puso delante de Larson para protegerlo y el menjunje marrón le salpicó el pecho y el visor. Si no hubiera llevado los trajes sellados, aquello habría sido una sentencia de muerte. Holden reprimió un escalofrío y disparó a dos zombis más. El resto continuó hacia ellos sin detenerse.

A su espalda, Larson soltó un improperio cuando las puertas del ascensor se abrieron solo un poco para luego volverse a cerrar alrededor de su brazo. El tripulante las empujó con la espalda y una pierna y consiguió volver a abrirlas.

—¡Estamos dentro! —gritó Larson.

Holden se impulsó hacia el hueco del ascensor mientras disparaba el resto del cargador contra las criaturas. Una media docena de zombis recibieron el impacto y empezaron a flotar y soltar aquel mejunje. Cuando entró en el hueco, Larson cerró las puertas.

—Tenemos que subir un nivel —dijo el tripulante, sin dejar de jadear a causa del miedo y el esfuerzo. Se impulsó en el mamparo y flotó hacia las puertas superiores, que abrió haciendo palanca. Holden lo siguió de cerca mientras recargaba el arma. Justo al otro lado de la puerta había una escotilla blindada que tenía grabada en letras blancas la palabra NIE. Holden se acercó y transmitió el código de apertura con el traje. Detrás de él, Larson soltó las puertas para que se cerraran. El aullido de los zombis se colaba por el hueco del ascensor.

—Tenemos que darnos prisa —anunció Holden mientras pulsaba el botón para abrir el NIE. Entró a la fuerza antes de la escotilla terminara el ciclo de apertura. Larson la atravesó flotando detrás de él.

Solo quedaba un hombre en el NIE: un asiático bajito y de complexión fuerte que llevaba puesto el uniforme de almirante y sostenía con mano temblorosa un arma de gran calibre.

—Quietos ahí —dijo.

—¡Almirante Nguyen! —exclamó Larson—. ¡Está vivo!

Nguyen lo ignoró.

—Supongo que ha venido a por los códigos de control remoto de los vehículos de lanzamiento del arma biológica. Aquí los tengo. —Levantó un terminal portátil—. Son suyos a cambio de que me saque de esta nave.

—Él nos sacará de aquí —dijo Larson, señalando a Holden—. Dijo que también me ayudaría.

—Ni de coña —respondió Holden a Nguyen—. Ni lo pienses. O atiendes a la poca humanidad que te queda y me das esos códigos o los cogeré de tu cadáver. A mí me importa una mierda cualquiera de las dos opciones. Tú decides.

Nguyen miró a Larson y a Holden mientras apretaba el terminal portátil y la pistola con tanta fuerza que los nudillos se le pusieron blancos.

—¡No! Tienes que...

Holden le disparó en la garganta. En algún lugar recóndito de su mente, vio cómo el inspector Miller asentía.

—Empieza a buscar una ruta alternativa hacia mi nave —dijo Holden a Larson mientras se acercaba a recoger el terminal portátil que flotaba junto al cadáver de Nguyen. Tardó un instante en encontrar el interruptor de autodestrucción de la *King*, que estaba oculto dentro de un panel cerrado. También consiguió acceder a él gracias a los códigos de control de Souther.

—Lo siento —dijo Holden con voz sosegada a Naomi mientras lo abría—. Sé que te dije que no iba a volver a hacer algo así, pero no había tiempo para...

—No —interrumpió Naomi, con voz triste—. Ese cabrón merecía morir. Y sé que te vas a sentir muy mal por haberlo hecho. Eso me vale.

Cuando se abrió el panel, solo había un botón al otro lado. Y ni siquiera era rojo, era de un color blanco industrial.

—¿Este es el botón para que la nave salte por los aires?

—No tiene temporizador —indicó Naomi.

—Bueno, es un sistema de seguridad antiabordaje. Si alguien abre el panel y pulsa el botón es porque la nave está perdida. No es lógico poner un temporizador y que alguien tenga la oportunidad de anularlo.

—Es un problema de ingeniería —dijo Naomi. Ya sabía lo que Holden estaba pensando en aquel momento e intentó darle una solución al problema antes de que lo dijera en voz alta—. Podemos resolverlo.

—No podemos —repuso Holden, sintiendo una especie de

tranquilidad a pesar de que esperaba sentirse muy triste—. En estos momentos hay varios cientos de zombis muy enfadados que intentan subir por el hueco del ascensor. No hay manera de encontrar una solución que no pase por dejarme aquí tirado.

Una mano le apretó el hombro. Miró hacia arriba, y Larson dijo:

—Yo lo pulsaré.

—No, no tienes que...

Larson le enseñó el brazo. La manga del traje de aislamiento tenía una pequeña rasgadura en el lugar en el que se habían cerrado las puertas del ascensor. Los bordes del agujero estaban embadurnados con una mancha marrón del tamaño de una mano.

—Supongo que he tenido una suerte de mierda. He visto los vídeos de Eros, como todo el mundo —dijo Larson—. No se puede arriesgar a llevarme. Puede que dentro de nada... —Hizo una pausa y señaló el ascensor con la cabeza—. Puede que me convierta en una de esas cosas.

Holden estrechó la mano de Larson. Los guantes eran tan grandes que no sintió nada.

—Lo siento mucho.

—Al menos lo ha intentado —dijo Larson, con una sonrisa triste en la cara—. Gracias a usted no moriré de sed en una taquilla de almacenamiento.

—Se lo haré saber al almirante Souther —dijo Holden—. Lo sabrá todo el mundo.

—Venga —dijo Larson mientras flotaba junto al botón que estaba a punto de convertir la *Agatha King* en una pequeña estrella por unos instantes. Se quitó el casco y respiró hondo—. Hay otra esclusa de aire tres cubiertas por encima de nosotros. Si todavía no han entrado en el hueco del ascensor, le dará tiempo a llegar.

—Larson...

—Debería marcharse ya.

Holden tuvo que quitarse el traje en la esclusa de la *King*. Estaba recubierto de aquel mejunje marrón y no podía arriesgarse a entrar así en la *Jabalí*. Se irradió un poco mientras robaba otro traje espacial de la ONU de una de las taquillas y se cambiaba. Era justo igual al que llevaba Larson. Cuando llegó a la *Jabalí*, envió los códigos de control remoto a la nave de Souther. Poco antes de que llegara a la *Rocinante*, la *Agatha King* desapareció, convertida en una bola de fuego blanco.

50

Bobbie

—El capitán se acaba de marchar —dijo Amos a Bobbie cuando volvió al taller mecánico. La marine flotaba medio metro por encima de la cubierta en medio de un pequeño batiburrillo circular de tecnología mortífera. A su espalda, tenía preparada la armadura de reconocimiento que había limpiado y reacondicionado. Dentro de la tronera del brazo derecho brillaba el cañón del arma que acababa de instalar. A su izquierda, flotaba la escopeta favorita de Amos, que había vuelto a montar. El resto del círculo lo conformaban pistolas, granadas, un cuchillo militar y una amplia variedad de cargadores para armas. Bobbie hizo un último inventario de cabeza y llegó a la conclusión de que había hecho todo lo que estaba en su mano.

—Cree que es posible que no vuelva —continuó Amos. Luego se agachó para recoger la escopeta automática. Le echó un buen vistazo y asintió hacia Bobbie para indicar que la veía bien.

—Encaminarte a una batalla de la que sabes que no vas a volver ayuda a ver las cosas con más claridad —respondió Bobbie. Extendió las manos para agarrarse a la armadura y se impulsó hacia ella para ponérsela. Aquello no era fácil en microgravedad. Tuvo que contorsionarse y retorcerse para meter las piernas antes de poder empezar a cerrarla alrededor del torso. Se dio cuenta de que Amos no había dejado de mirarla. Una sonrisa bobalicona iluminaba la cara del mecánico.

—Venga ya. ¿Te pones a pensar en eso ahora? —preguntó—.

¿Acabas de decir que tu capitán ha partido hacia una muerte segura y lo único que se te pasa por la cabeza es un «hala, ¡mira qué tetas!»?

Amos no dejó de sonreír, la reprimenda no lo había achantado para nada.

—Bueno, es que esos leotardos no dejan mucho a la imaginación. Nada más.

Bobbie puso los ojos en blanco.

—Créeme, si pudiera llevar un suéter abultado dentro de mi servoarmadura de combate articulada, tampoco lo llevaría. Sería una estupidez. —Pulsó los controles para sellar la armadura, que se cerró a su alrededor como una segunda piel. Cerró el casco y usó los altavoces externos de la armadura para hablar con Amos, a sabiendas de que su voz iba a sonar robótica e inhumana.

»Será mejor que te subas los pantalones, grandullón —dijo, con una voz que resonó por toda la estancia. Amos dio un paso atrás de forma inconsciente—. Puede que el capitán no sea el único que se dirige hacia su final.

Bobbie subió a la escalerilla automática y dejó que la llevara hacia la cubierta de operaciones. Avasarala estaba amarrada al asiento del puesto de comunicaciones. Naomi estaba en el lugar que solía ocupar Holden, junto a la pantalla táctica. Era posible que Alex ya estuviera arriba, en la cabina del piloto. Bobbie abrió el visor del casco para que su voz sonara normal.

—¿Todo listo? —preguntó a Avasarala.

La anciana asintió y levantó una mano para indicarle que esperara mientras terminaba de hablar con alguien por el micro de su casco.

—Los marcianos ya han desplegado todo un pelotón —dijo al tiempo que se apartaba el micro de la cara—. Pero tienen órdenes de crear un perímetro y acordonar la base mientras algún superior que esté más arriba en la pirámide alimenticia decide qué hacer.

—No irán a... —empezó a decir Bobbie, pero Avasarala la interrumpió, haciendo un gesto displicente con la mano.

—No, joder —dijo—. Yo estoy mucho más arriba en la pirámide alimenticia y ya he decidido que vamos a destruir ese matadero tan pronto como salgáis de la superficie. He dejado que sigan peleándose por el tema para daros tiempo de rescatar a esos niños.

Bobbie hizo un gesto asertivo con el puño a Avasarala. Los marines de reconocimiento estaban entrenados para usar el lenguaje físico de los cinturianos cuando llevaban puesta la armadura de combate. Avasarala miró el puño desconcertada.

—Venga —dijo—, deja de hacer tonterías con esas manos y vete a rescatar a los niños de los huevos.

Bobbie volvió al ascensor mientras conectaba la armadura al canal de comunicaciones de la nave.

—Amos, Prax, nos vemos en la esclusa de aire dentro de cinco minutos. Id preparados y listos para partir. Alex, acércanos a la plataforma para estar allí en diez minutos.

—Recibido —respondió Alex—. Buena caza, soldado.

Bobbie se preguntó si, con el tiempo suficiente, podrían llegar a ser amigos. Un pensamiento muy agradable.

Cuando llegó a la esclusa de aire, Amos la esperaba por fuera. Llevaba una armadura ligera marciana y aquella arma enorme. Prax llegó corriendo a la estancia unos minutos después y todavía no había conseguido ponerse bien el traje prestado. Parecía un niño que se hubiera puesto los zapatos de su padre. Mientras Amos lo ayudaba a terminar de vestirse, Alex habló por el canal de la esclusa:

—Bajamos. Agarraos a algo.

Bobbie encendió al máximo las botas magnéticas para afianzarse en la cubierta mientras la nave se movía bajo sus pies. Amos y Prax se sentaron en unas sillas que habían sacado de la pared y se amarraron.

—Repasemos el plan una vez más —dijo Bobbie al tiempo que abría las fotos de satélite del recinto que habían sacado. Se conectó a la *Roci* y las pasó a la consola de pared—. Entraremos por la esclusa de aire. Si está cerrada, Amos reventará la puerta exterior con explosivos. Tenemos que entrar rápido, la armadura no os protegerá durante mucho tiempo del despiadado cinturón de radiación en el que orbita Ío. Prax, tienes el enlace de radio que preparó Naomi, así que cuando estemos dentro, empezarás a buscar el nódulo de red para conectarte. No tenemos información sobre la disposición de la base, así que cuanto más rápido consigamos que Naomi piratee el sistema, más rápido podremos encontrar a esos niños.

—Me gusta más el plan de emergencia —dijo Amos.

—¿Plan de emergencia? —preguntó Prax.

—El plan de emergencia consiste en que cojo al primer tío que veamos y le parto la boca hasta que nos diga dónde están los niños.

Prax asintió.

—Pues sí. A mí también me gusta.

Bobbie ignoró aquella conversación de gallitos. Cada uno lidiaba con los nervios de la batalla a su manera. La marine prefería hacer listas con una minuciosidad obsesiva, pero dárselas de machote y amenazar también estaba bien.

—Cuando consigamos la localización, tenéis que ir a por los niños a toda prisa. Yo me encargaré de despejar el camino de salida.

—Me parece bien —afirmó Amos.

—No os confundáis —dijo Bobbie—. Ío es uno de los peores lugares del Sistema Solar. Tiene una tectónica inestable y es muy radioactivo. No me extraña que se ocultaran aquí. No subestiméis el peligro que entraña el simple hecho de encontrarnos en esta luna de mierda.

—Dos minutos —anunció Alex por el canal de comunicaciones.

Bobbie respiró hondo.

—Y eso no es lo peor. Esos gilipollas han lanzado varios cientos de humanos protomoleculares híbridos hacia Marte. Lo ideal sería que los hubieran disparado a todos, pero algo me dice que no será así. Es posible que nos encontremos con alguno de esos monstruos en el interior.

«He soñado con ese momento», pensó, pero no llegó a decirlo, le pareció contraproducente.

—Si vemos uno, yo me encargo. Amos, casi te cargas a tu capitán cuando os enfrentasteis a ese de la bodega de carga. Como intentes hacer algo parecido conmigo, te arranco un brazo. No me pongas a prueba.

—Vale, jefa —respondió Amos—. Tampoco hace falta ponerme los huevos por corbata. Recibido.

—Un minuto —anunció Alex.

—Ya hay marines de Marte alrededor del perímetro y nos han dado el visto bueno para bajar. Si se nos escapa alguien del complejo, no hace falta que vayamos detrás de él. Los marines se encargarán antes de que llegue demasiado lejos.

—Treinta segundos.

—Preparaos —dijo Bobbie. Luego abrió la pantalla de estado de la armadura en el visor táctico. Todo estaba en verde, incluso los indicadores de munición, que mostraban que había dos mil proyectiles incendiarios.

Un siseo largo y cada vez más quedo indicó que se evacuaba el aire de la esclusa, que acabó con poco menos que un retazo de atmósfera que tendría la misma densidad que la ligera neblina de azufre de Ío. Antes de que la nave llegara a la plataforma, Amos se incorporó del asiento, se puso en pie y pegó el casco al de Bobbie. Gritó:

—A por esos cabrones, marine.

La esclusa de aire exterior se abrió, y la alarma de radiación del traje de Bobbie empezó a sonar. La armadura también le indicó que la atmósfera del exterior no era apta para la vida. Empujó a Amos hacia la esclusa abierta y luego hizo lo propio con Prax.

—¡Venga, vamos, vamos!

Amos correteo por el suelo dando saltitos torpes mientras sus jadeos sonaban a través de la radio de la armadura de Bobbie. Prax lo seguía de cerca y parecía más cómodo a baja gravedad. No le costaba seguir el ritmo. Bobbie salió de la *Roci* y saltó de ella con fuerza, lo que hizo que en el punto más alto del salto llegara a estar a siete metros sobre la superficie. Inspeccionó la zona con la mirada mientras la armadura realizaba un barrido con el radar y los sensores electromagnéticos en busca de objetivos. No encontró nada.

Cayó al suelo junto al torpe de Amos y volvió a saltar para llegar a la esclusa antes que nadie. Tocó el botón y la puerta exterior comenzó el ciclo de apertura. Claro, ¿para qué iba a hacer falta cerrar las puertas en Ío? Nadie iba a venir andando por aquel yermo de azufre y silicona fundida para robar la plata de la familia.

Amos se metió en la esclusa dando tumbos y solo se paró a tomar aliento cuando estaba en el interior. Bobbie entró detrás de Prax un segundo después y, justo cuando estaba a punto de decirle a Amos que cerrara la esclusa, la radio se desconectó.

Se dio la vuelta rápido y buscó algún movimiento por la superficie de la luna. Amos se acercó a ella por detrás y apretó el casco contra la armadura de Bobbie. Gritó, pero casi no se le oía.

—¿Qué pasa?

En lugar de gritar para responder, Bobbie salió fuera de la esclusa, señaló a Amos y luego hacia la puerta interior. Con los dedos gesticuló para imitar a una persona andando. Amos realizó un gesto asertivo con una mano, entró de nuevo en la esclusa de aire y cerró la puerta exterior.

Pasara lo que pasara ahí dentro, ya dependía solo de Amos y Prax. Bobbie les deseó suerte.

La marine detectó el movimiento antes que la armadura. Algo se desplazaba contra aquel fondo amarillo sulfúreo. Algo que no era del mismo color. Intentó seguir el rastro con la mirada e hizo que la armadura lo marcara con un láser de objetivo. No pensaba perderlo de vista. Quizás esa cosa fuera capaz de engullir las ondas de radio, pero que pudiera verla en el radar significaba que la luz rebotaba en ella igual que en todo lo demás.

Se movió de nuevo. No demasiado deprisa y cerca del suelo. Si Bobbie no hubiera estado pendiente de ella, no la habría visto. Intentaba pasar desapercibida, lo que indicaba que aquella cosa no sabía que la marine la había visto. El indicador de alcance del láser de la armadura señaló que solo estaba a trescientos metros de distancia. Bobbie tenía la teoría de que, una vez que la criatura supiera que la había visto, cargaría contra ella en línea recta para intentar agarrarla y despedazarla. Si veía que no podía llegar hasta ella, empezaría a tirarle cosas. Lo único que necesitaba era hacerle daño hasta que el programa fallara y se autodestruyera. Pero eran demasiadas teorías.

Había llegado el momento de ponerlas a prueba.

Bobbie apuntó con el arma. La armadura la ayudó a corregir la trayectoria para compensar la desviación del proyectil por la distancia, pero usaba proyectiles de alta velocidad y estaba en una luna con gravedad fraccional. La caída del proyectil a una distancia de trescientos metros sería casi nula. Sabía que la criatura era incapaz de verlo a través del visor opaco de la armadura, pero, aun así, le tiró un besó volado.

—He vuelto, cariño. Dile hola a mami.

Apretó el gatillo del arma. Cincuenta balas salieron disparadas hacia el objetivo y cruzaron la distancia que los separaba en menos de treinta décimas de segundo. Las cincuenta dieron en el blanco y perdieron algo de la energía cinética que las impulsaba al atravesar al monstruo. Cuando lo hicieron, también explotó la punta de cada una de las balas y se prendió fuego el gel inflamable autooxidante que llevaban dentro. Cincuenta rastros de bala ardientes e intensos pero que se extinguieron rápidamente atravesaron al monstruo.

Algunos de los filamentos negros que salieron despedidos por los orificios de salida de las balas también se prendieron fuego y desaparecieron en un instante.

El monstruo se abalanzó hacia Bobbie a una velocidad que debería haber sido imposible en aquella gravedad tan baja. Cada uno de los impulsos que daba con los miembros debería de haberlo lanzado por los aires. Se aferraba a la superficie de silicato de Ío como si llevara unas botas magnéticas y se encontrara sobre la cubierta de metal de una nave. Se dirigía hacia ella a una velocidad aterradora. Aquellos ojos cerúleos refulgían como relámpagos. Esas manos enormes e imposibles se extendían hacia ella, y la criatura las abría y las cerraba mientras corría. Todo aquello se parecía mucho a sus pesadillas. Durante una milésima de segundo, Bobbie deseó poder quedarse quieta y ver cómo se desarrollaba el final de aquella escena que nunca había visto. Otra parte de su mente esperaba que se despertara inundada en sudor como le había pasado otras muchas veces.

Bobbie se quedó mirando cómo el monstruo se dirigía hacia ella y se sintió más tranquila al ver las quemaduras negras en los lugares en los que los proyectiles habían atravesado su cuerpo. No vio ese reguero de filamentos negros alrededor que hacía que luego se volvieran a cerrar, como si los proyectiles hubieran atravesado agua. Esta vez no. Lo había herido y quería seguir haciéndole daño.

La marine se dio la vuelta y echó a correr dando saltos en un ángulo de noventa grados en la dirección a la que se dirigía la criatura. La armadura conservó el láser de objetivo apuntando al monstruo, lo que le permitió saber dónde se encontraba sin tener que girarse a mirar. Como esperaba, se había girado para seguirla, pero trastabilló.

—Eres rápido en línea recta —dijo Bobbie—, pero los giros los llevas como el culo.

Cuando la criatura se dio cuenta de que Bobbie no se iba a quedar quieta para que se acercara, se detuvo. La marine tropezó hasta detenerse y se volvió para mirarla. Se agachó y arrancó un pedazo del antiguo lecho de lava de la superficie. Luego se volvió a agachar y se agarró al suelo con la otra mano.

—Ahí vamos —dijo Bobbie para sí misma.

Bobbie saltó hacia un lado al tiempo que la criatura extendía el brazo con fuerza hacia delante. La roca pasó a centímetros de ella, que flotaba hacia un lado. Cuando volvió a caer en la superficie, comenzó a disparar al mismo tiempo que derrapaba por ella. En esta ocasión, disparó durante varios segundos, y cientos de proyectiles alcanzaron y atravesaron a la criatura.

—*Anything you can do I can do better* —cantó con la respiración entrecortada—. *I can do anything better than you.*

Las balas arrancaron pedazos grandes y ardientes del monstruo y estuvieron a punto de cercenarle el brazo izquierdo. La criatura giró sobre sí misma y cayó al suelo. Bobbie dio un saltito para volver a ponerse en pie, preparada para lanzarse a la carrera si veía que el monstruo se volvía a levantar. No lo hizo. Se limitó a temblar mientras rodaba de un lado a otro sobre la espalda. La cabeza del monstruo empezó a crecer y los ojos azules centellearon aún más. Bobbie vio cómo algo se removía debajo de su piel negra y quitinosa.

—¡Explota, hijo de puta! —gritó la marine mientras esperaba a que se activara el explosivo.

Pero en lugar de ello, la criatura se puso en pie de improviso, se arrancó un pedazo del abdomen y lo tiró hacia Bobbie. Cuando la marine se dio cuenta de lo que acababa de ocurrir, la bomba tan solo estaba a unos pocos metros de ella. Explotó y la lanzó por los aires. Derrapó por la superficie de Ío mientras en la armadura no dejaban de resonar avisos de emergencia. Cuando se detuvo al fin, el visor táctico parecía un adorno de Navidad con tantas luces rojas y verdes. Intentó mover las extremidades, pero le pesaban un quintal. El procesador de movimiento de la armadura, el ordenador que interpretaba los movimientos de su cuerpo y los transformaba en órdenes para los impulsores, estaba dañado. La armadura intentaba reiniciarlo al mismo tiempo que lo desviaba para intentar ejecutar el programa en otro lugar. En el visor táctico parpadeaba un mensaje en ámbar que rezaba: ESPERE, POR FAVOR.

Bobbie todavía no podía mover la cabeza, por lo que, cuando el monstruo se inclinó sobre ella, la cogió por sorpresa. Reprimió un grito. Habría dado igual, la atmósfera de azufre de Ío era demasiado escasa para transportar las ondas de sonido. El monstruo no la habría oído. Pero aunque la nueva Bobbie no tenía problema alguno con morir en el campo de batalla, quedaba en ella lo suficiente de la antigua Bobbie para no ponerse a gritar como un bebé.

El monstruo se inclinó hacia ella para mirarla, con unos ojos enormes y curiosos como los de un niño que brillaban de un azul resplandeciente. Parecía que le había hecho mucho daño con el arma, pero la criatura no lo acusaba. Golpeó el torso de la armadura con un dedo y luego empezó a temblar y la roció por todas partes con un mejunje espeso y marrón.

—Pero qué desagradable —gritó al monstruo. Si hubiera tenido el traje abierto, mancharse con aquella mierda protomolecular habría sido el último de sus problemas. Pero, aun así, ¿cómo se supone que iba a limpiar aquel estropicio?

El monstruo inclinó la cabeza y la miró con curiosidad. Volvió a darle un toque en la armadura y jugueteó con un dedo entre las junturas, como si buscara el hueco para llegar a su piel. Bobbie había visto cómo una de esas cosas era capaz de destrozar un *mecha* de combate de nueve toneladas. Romperle la armadura no sería un problema, pero era como si no quisiera hacerle daño, por alguna razón. La marine vio cómo un tubo flexible salía del torso de la criatura y empezaba a sondear la armadura en lugar del dedo. El mejunje marrón no dejaba de rezumar de aquel nuevo apéndice.

El indicador de estado de armamento pasó de luz roja a verde. Bobbie hizo girar los cañones para probar el arma. Funcionaba. Se movieron, pero la armadura le indicó que «Espere, por favor». Quizá si el monstruo se aburría y empezaba a deambular por delante del cañón, podría pegarle algún tiro.

Aquel tubo empezó a sondear la armadura con más insistencia. Se internaba por los huecos y disparaba de vez en cuando el líquido marrón. Era repulsivo y daba mucho miedo, como si un asesino en serie no dejara de restregarse contra sus ropas con la insistencia de un adolescente cachondo.

—A la mierda ya, joder —dijo. Estaba harta de ver cómo aquella cosa no dejaba de toquetearla sin que ella pudiera hacer nada, ahí bocarriba en el suelo. El brazo derecho de la armadura era pesado, y los impulsores que le proporcionaban tanta fuerza cuando funcionaban, se resistían al movimiento cuando no. Levantar el brazo era como hacer una repetición de *press* de banca con un brazo y con un guante de plomo puesto. Aun así, lo hizo hasta que sintió un chasquido, que podría haber venido del brazo o de la armadura. No fue capaz de distinguirlo porque estaba demasiado nerviosa para procesar el dolor.

Pero cuando sonó aquel chasquido, el brazo ascendió y golpeó la cabeza del monstruo con el puño.

—Nos vemos, colega —dijo. El monstruo se giró para mirarla con curiosidad. Bobbie apretó el gatillo hasta el indicador de munición llegó a cero y el arma dejó de girar. La criatura había dejado de existir de hombros hacia arriba. La marine dejó caer el brazo al suelo, exhausta.

«DESVÍO COMPLETADO —dijo la armadura—. REINICIANDO.» Cuando volvió a oír aquel zumbido subliminal, Bobbie empezó a reír y no pudo parar. Se quitó de encima el cadáver del monstruo y se sentó.

—Mejor, que el camino de vuelta a la nave es un buen trecho.

51

Prax

Prax corrió.

A su alrededor, los muros de la estación eran angulosos por la parte central y formaban un hexágono alargado. La gravedad no era mucho mayor que la normal en Ganímedes y, después de haberse pasado semanas con acelerones de un g, tenía que tener cuidado para no salir despedido hacia el techo a cada paso. Amos avanzaba a zancadas delante de él. Cada una de ellas era baja, corta y rápida. En sus manos, la escopeta iba siempre a la misma altura.

Cuando llegaron a una intersección en forma de T, se encontraron con una mujer. De pelo negro y piel oscura. No era la que se había llevado a Mei. Abrió los ojos como platos y salió corriendo.

—Ya saben que hemos llegado —dijo Prax. Jadeaba un poco.

—Seguro que vernos no es el primer indicio que tienen, doctor —explicó Amos. Tenía la voz muy tranquila, pero había algo que hacía que sonara más intensa. Algo que podía ser rabia.

Se detuvieron en la intersección. Prax se agachó y puso los codos sobre las rodillas para descansar y recuperar el aliento. Era un acto reflejo antiguo y primitivo. A menos de 0,2 g, la sangre no bombeaba mejor por poner la cabeza a la altura del corazón. En realidad, habría sido mejor mantenerse erecto que estrechar los vasos sanguíneos. Se obligó a ponerse en pie.

—¿Dónde tengo que enchufar el enlace de radio para Naomi? —preguntó a Amos.

Amos se encogió de hombros y señaló una pared.

—Quizá deberíamos limitarnos a seguir las indicaciones.

En la pared había indicaciones con varias flechas de colores que señalaban en direcciones diferentes. CONTROL AMB., CAFETERÍA y LABORATORIO PRINCIPAL. Amos tocó la que rezaba LABORATORIO PRINCIPAL con el cañón de la escopeta.

—Me parece bien —indicó Prax.

—¿Listo para seguir?

—Listo —respondió Prax, aunque era posible que no lo estuviera.

Le dio la impresión de que el suelo se había movido y luego sintió un temblor largo y ominoso en la planta de los pies.

—¿Naomi? ¿Estás ahí?

—Estoy. Tengo que encargarme del capitán por la otra línea. Puede que a veces tarde en responder. ¿Todo bien?

—Puede que esté exagerando —dijo Amos—, pero acabo de oír como si algo nos disparara. No están disparando a la base, ¿verdad?

—No están disparando a la base —repitió Naomi desde la nave, con el hilillo de voz que llegaba debido a la señal atenuada—. Parece que los del lugar intentan defenderse, pero por el momento nuestros marines no han abierto fuego.

—Diles que se relajen —dijo Amos, corriendo por el pasillo hacia el laboratorio principal. Prax saltaba detrás de él, calculó mal y se golpeó el brazo contra el techo.

—Lo haré cuando me pregunten —respondió Naomi.

Los pasillos tenían una estructura laberíntica, pero era un laberinto similar al que Prax había recorrido toda la vida. La lógica institucional de las instalaciones de investigación era la misma en todas partes. La distribución era diferente: el presupuesto siempre determinaba la cantidad de detalles y la materia de la investigación definía el equipamiento que había en el lugar, pero la esencia era la misma. Y tenía la misma esencia que el hogar de Prax.

Se encontraron con dos personas más que corrían por los pasillos como ellos. La primera era una joven cinturiana que llevaba una bata blanca de laboratorio. El segundo era un hombre de piel negra muy obeso que tenía la complexión de un terrícola. Llevaba un uniforme rígido que tenía toda la pinta de ser el del personal administrativo. Ninguno de los dos intentó detenerlos, por lo que Prax se olvidó de ellos tan pronto como se perdieron de vista.

La sala de escáneres estaba detrás de varios sellos de presión negativa. Cuando Prax y Amos los atravesaron, les dio la impresión de que las corrientes de aire los impulsaban hacia dentro para que se dieran prisa. Volvieron a sentir el temblor, aquella vez más intenso y de quince segundos de duración. Lo mismo podía ser una batalla que la formación de un volcán en las cercanías. No habría manera de distinguirlo. Prax sabía que tenían que haber construido aquella base con la inestabilidad de las placas tectónicas en mente. Se preguntó por un momento qué precauciones habrían tomado y luego dejó de pensar en ello. Tampoco es que pudiera hacer algo al respecto.

La sala de escáneres del laboratorio era casi igual que la que compartía en Ganímedes, lo tenía todo: desde la maraña de pantallas de reverberación completa hasta las lentes de gravedad inferencial. En una esquina había una mesa bajita y naranja sobre la que se mostraba la imagen holográfica de una colonia celular que se dividía muy rápido. Había otras dos puertas de salida aparte de por la que habían entrado. Oyeron cómo varias personas se gritaban no muy lejos.

Prax señaló una puerta.

—Por esta —dijo—. Mira las bisagras. Esa está preparada para atravesarse con una camilla.

El pasillo del otro lado estaba más caliente y húmedo. No al nivel de un invernadero, pero casi. Se abrió hasta formar una galería con un techo que se alzaba a cinco metros de altura. En el suelo y el techo había raíles fijos para mover equipamiento pesado y jaulas contenedoras. Había varios compartimentos dispuestos en horizontal y, al parecer, cada uno de ellos contaba con un puesto de investigación que no era muy diferente al que Prax usaba cuando era estudiante: una mesa electrónica, una consola de pared, una caja de control de inventario y las jaulas para los especímenes. Los gritos se oían más cerca. No se había dado cuenta, pero Amos le cogió la cabeza y la giró hacia uno de los puestos más alejados de la galería. La voz de un hombre venía de aquella dirección, una voz que sonaba muy alta, tensa y enfadada.

—... No se puede decir que sea una evacuación si no hay lugar al que evacuar —decía—. No voy a deshacerme de la última moneda de cambio que me queda.

—No tienes opción —respondió una mujer—. Baja el arma y vamos a solucionarlo. Te he dado trabajo durante siete años y conseguiré que trabajes siete más, pero no...

—¿Acaso deliras? ¿Crees que hay futuro después de lo que acaba de ocurrir?

Amos señaló hacia delante con la escopeta y empezó a avanzar, decidido. Prax lo siguió, intentando no hacer ruido. Hacía meses que no oía la voz del doctor Strickland, pero aquel hombre que gritaba podía ser él. Era una posibilidad.

—Vamos a dejar las cosas claras —dijo el hombre—. No tenemos nada. Nada. La única esperanza que aún nos queda para negociar son ellos. ¿Por qué crees que siguen vivos?

—Carlos —dijo la mujer mientras Prax llegaba a la esquina del puesto—. Hablaremos sobre el tema más tarde. Una fuerza enemiga hostil está atacando la base en estos momentos y, si todavía sigues aquí cuando atraviesen esa escotilla...

—Eso —interrumpió Amos—, ¿qué pasaría en ese caso?

El puesto era como los demás. Strickland, porque ya no cabía duda de que era Strickland, estaba de pie junto a una jaula de transporte de metal que le llegaba hasta la cadera. En las jaulas de los especímenes había media docena de niños inmóviles, que estarían dormidos o drogados. Strickland también tenía en la mano un arma pequeña con la que apuntaba a la mujer que Prax había visto en el vídeo. La mujer llevaba un uniforme tosco, del tipo que usaban las fuerzas de seguridad para hacer que el personal pareciera más fiero e intimidatorio. Y funcionaba.

—Hemos salido por la otra escotilla —dijo Prax mientras señalaba sobre el hombro.

—¿Pa?

Tan solo una sílaba, pronunciada en voz baja. Surgió del carrito de transporte y sonó más alta que todas las semanas de explosiones, proyectiles Gauss y gritos de gente malherida o muerta. Prax fue incapaz de tomar aliento, de moverse. Quería decirle a todos los que estaban allí que bajaran las armas, que tuvieran cuidado. Había una niña cerca. Su niña.

La pistola de Strickland resonó y un proyectil que parecía explosivo hizo que el cuello y la cara de la mujer reventaran en un reguero de sangre y cartílagos. Intentó gritar, pero tenía la laringe tan destrozada que lo único que consiguió fue emitir una exhalación potente que sonó a húmedo. Amos levantó la escopeta, pero Strickland (o Merrian o como fuera que se llamara) puso el arma sobre la jaula y estuvo a punto de venirse abajo debido al alivio que pareció sentir. La mujer se derrumbó, y la sangre y la carne cayeron con ella y se dispersaron por el suelo como una colcha con puntilla roja.

—Gracias a Dios que habéis venido —dijo el doctor—. Dios, menos mal que habéis venido. He intentado detenerla todo lo que he podido. Doctor Meng no puedo ni imaginarme lo difícil que habrá sido para usted. Lo siento muchísimo.

Prax dio un paso al frente. La mujer volvió a emitir otra de esas respiraciones entrecortadas, como si su sistema nervioso ya no supiera qué hacer. Strickland le sonrió, con aquella sonrisa tranquilizadora que recordaba de todas las veces que había acudido a su consulta durante los años anteriores. Prax encontró los controles del transportador y se agachó para abrirlos. El panel lateral emitió un chasquido cuando los cierres magnéticos se desacoplaron. El panel se enrolló hacia arriba y desapareció bajo la estructura del carrito.

Durante un instante terrible que lo dejó sin aliento, Prax vio a otra niña. Tenía el pelo negro y brillante y la piel de una tonalidad color cáscara de huevo. Podría haber sido la hermana mayor de Mei. En ese momento, la niña se movió. Solo había sido un pequeño gesto con la cabeza, pero fue suficiente para que el cerebro de Prax reconociera a su pequeña en aquel cuerpo de niña mayor. Todos los meses que había pasado en Ganímedes, las semanas en la estación Tycho y las que había pasado en el espacio, todo ese tiempo Mei había crecido sin que él la viera.

—Qué grande está —dijo—. Ha crecido mucho.

Mei frunció el ceño y la piel se le arrugó sobre las cejas. Cuando hacía aquel gesto se parecía a Nicola. Luego abrió los ojos. Tenía la mirada perdida y vacía. Prax tiró del seguro del casco y se lo quitó. El aire de la estación tenía un ligero aroma a cobre y azufre.

Mei fijo la mirada en él y sonrió.

—Pa —repitió, y levantó una mano. Cuando Prax extendió la suya para tocarla, Mei le agarró un dedo y se impulsó hacia los brazos de su padre. El científico la apretó contra el pecho y sintió el peso y la calidez apabullantes de su pequeño cuerpo (ya no era minúsculo, sino solo pequeño).

—Está sedada —dijo Strickland—, pero está sana. Su sistema inmune ha estado funcionando como un reloj.

—Mi niña —dijo Prax—. Mi niña perfecta.

Los ojos de Mei se cerraron, pero sonrió y emitió un gruñidito animal de satisfacción.

—Ni se imagina cuánto lo siento por lo que ha ocurrido —dijo Strickland—. Si hubiera tenido alguna manera de comunicarme con usted y decirle lo que pasaba, lo habría hecho sin duda. Esto ha sido peor que una pesadilla.

—¿Insinúas que tú también has sido un prisionero? —preguntó Amos.

—Casi todo el personal técnico del lugar se encuentra aquí en contra de su voluntad —respondió Strickland—. Cuando firmamos, nos prometieron una libertad y unos recursos con los que hasta el momento solo habíamos soñado. Cuando empecé, pensé de verdad que podríamos marcar la diferencia. Estaba equivocadísimo y, por mucho que pida perdón, nunca será suficiente.

La sangre de Prax le revoloteaba por todo el cuerpo. Sentía un calor que salía de su torso e irradiaba hacia sus extremidades. Era como si le hubieran inoculado una dosis del medicamento con más efecto eufórico de la historia de la farmacia. El pelo de la niña olía al champú de laboratorio barato que usaba de joven para bañar perros en los laboratorios. Se levantó de improviso, y la masa de su cuerpo y el impulso hicieron que se elevara varios centímetros del suelo. Tenía las rodillas manchadas y, un momento después, se dio cuenta de que se había arrodillado sobre sangre.

—¿Qué han hecho con los niños? ¿Hay más por aquí? —preguntó Amos.

—Estos son los únicos que he podido salvar. Todos están sedados para evacuarlos —respondió Strickland—. Pero tenemos que irnos ya. Tenemos que salir de la estación. Tengo que entregarme a las autoridades.

—¿Y eso por qué? —preguntó Amos.

—Tengo que contar lo que ha ocurrido aquí —respondió Strickland—. Tengo que confesar todos los crímenes que se han cometido.

—Ya, claro —dijo Amos—. Oye, Prax, ¿crees que podrías alcanzarme eso de ahí? —Amos señaló con la escopeta a una caja cercana.

Prax se giró para mirar a Amos. Era como si tuviera que esforzarse para recordar dónde estaba y lo que hacían.

—Vaya —respondió el científico—. Claro.

Mientras sostenía a Mei con un brazo, Prax cogió el arma de Strickland y lo apuntó con ella.

—No —dijo Strickland—. No... no lo entendéis. La víctima soy yo. No me quedaba más remedio. Me obligaron. Ella me obligó.

—¿Sabes? —dijo Amos—. Quizá pertenezca a lo que los de

tu calaña llaman clase obrera, pero eso no significa que sea estúpido. Eres un sociópata a sueldo de Protogen y no me creo ninguna de las mentiras que intentas colarnos, gilipollas.

La ira se apropió de la cara de Strickland, como si se hubiera quitado una máscara.

—Protogen está acabada —respondió—. Ya no existe.

—Claro —aseguró Amos—. Lo que pasa es que he dicho mal el nombre de la empresa. Ese es el problema.

Mei murmuró algo y extendió la mano detrás de la oreja de Prax para agarrarle del pelo. Strickland dio un paso atrás, apretaba las manos con fuerza.

—La he salvado —dijo—. Esa niña está viva gracias a mí. La tenían lista para las unidades de segunda generación y la saqué del proyecto. Los saqué a todos. Si no hubiera sido por mí todos estos niños estarían muertos. Muertos no, algo peor.

—Fue culpa del vídeo, ¿verdad? —dijo Prax—. Viste que lo íbamos a descubrir y quisiste asegurarte de que tenías controlada a la niña que salía en la pantalla, la que buscaba todo el mundo.

—¿Habrías preferido que no lo hubiera hecho? —preguntó Strickland—. Aunque así fuera, fui yo el que la salvó.

—En realidad, creo que eso confirma que fue el capitán Holden —respondió Prax—. Pero entiendo lo que quieres decir.

La pistola de Strickland solo tenía un interruptor para el pulgar en la parte trasera. Lo pulsó para activar el seguro.

—Mi hogar ya no existe —dijo Prax, que empezó a hablar despacio—. Mi trabajo ya no existe. La mayor parte de la gente que conozco está muerta o desperdigada por el sistema. Un gobierno importante asegura que he abusado de mujeres y niños. El último mes he recibido más de ochenta amenazas de muerte explícitas de completos desconocidos. ¿Y sabes qué? No me importa.

Strickland se humedeció los labios mientras no dejaba de mover la cabeza para mirar a Prax y Amos.

—No necesito matarte —afirmó Prax—. Ya he recuperado a mi hija. La venganza no es algo que me interese.

Strickland respiró hondo y soltó el aire poco a poco. Prax vio cómo el cuerpo del hombre se relajaba, y un gesto entre alivio y regocijo aparecía en las comisuras de sus labios. Mei dio una sacudida cuando oyó el disparo de la escopeta automática de Amos, pero volvió a apoyarse contra el hombro de Prax sin derramar una lágrima ni mirar a su alrededor. El cuerpo de Strickland cayó al suelo despacio, con los brazos colgando en los costados. Por el lugar que antes ocupaba su cabeza estaban saltando chorros de sangre arterial que manchaban las paredes, cada uno más débil que el anterior.

Amos se encogió de hombros.

—Bueno, esa era otra opción —dijo Prax.

—¿Tienes algún plan para sacar...?

La escotilla que tenían detrás se abrió, y un hombre entró corriendo.

—¿Qué ha pasado aquí? Me ha parecido oír...

Amos levantó la escopeta automática. El hombre que acababa de llegar comenzó a retroceder y soltó un pequeño gemido de terror mientras se retiraba. Amos carraspeó.

—¿Tienes algún plan para sacar a los niños de aquí?

Volver a dejar a Mei en el carrito de transporte fue una de las cosas más difíciles que Prax había hecho jamás. Quería llevarla encima, apretar la cara de la niña contra la suya. Era un instinto primario, como si los centros nerviosos más profundos del cerebro anhelaran la seguridad de aquel contacto físico. Pero el traje que llevaba puesto el científico no iba a proteger a la niña de la radiación ni de la ínfima atmósfera sulfurosa de Ío, algo que sí que haría el carrito. La colocó con suavidad junto a otros dos niños mientras Amos dejaba a los otros cuatro en un segundo transporte. El más pequeño de todos aún llevaba pañales de bebé. Prax se preguntó si también lo habrían traído de Ganímedes. Los carritos se deslizaron con suavidad por el suelo de la estación y solo vibraban cuando cruzaban los raíles.

—¿Recuerdas cómo volver a la superficie? —preguntó Amos.
—Creo que sí —respondió Prax.
—Esto... ¿doctor? Te aconsejo que te vuelvas a poner el casco.
—¡Anda! Claro. Gracias.

Media docena de hombres ataviados con uniforme de seguridad habían formado una barricada en la intersección en forma de T y se habían preparado para defender el laboratorio contra los ataques. Como Amos les lanzó las granadas desde atrás, la cobertura fue menos efectiva de lo que habían previsto, pero, aun así, les llevó varios minutos apartar los cadáveres y los restos de la barricada para poder pasar por allí con los carritos.

Prax sabía que quizás en otras circunstancias la violencia le habría molestado. No la sangre ni los cuerpos. Había pasado mucho tiempo realizando disecciones e incluso vivisecciones de miembros cercenados, lo que le permitía dejar a un lado todo aquello que veía y mantener a raya el miedo a las vísceras. Pero que la situación fuera resultado de la rabia y que aquellos hombres y mujeres que acababa de despedazar no hubieran donado el cuerpo o tejidos le habría afectado en otro momento. El universo le había arrebatado aquella sensación, y ya no sabía decir con seguridad cuándo había ocurrido. Una parte de él estaba entumecida y quizá se quedara así para siempre. Sentía que había perdido algo, pero no era más que una impresión intelectual. Lo único que notaba era el alivio reconfortante y renovador de saber que Mei estaba viva junto a él, eso y una necesidad animal y salvaje de protegerla que le impedía perderla de vista, quizás hasta que se marchara a estudiar a la universidad.

Los carritos de transporte eran más complicados de arrastrar en la superficie debido a que las ruedas no estaban preparadas para la cubierta irregular del terreno. Prax siguió el ejemplo de Amos y le dio la vuelta para arrastrarlo en lugar de empujarlo.

Bobbie andaba a paso lento hacia la *Rocinante*. Se movía a duras penas y tenía la armadura arañada y sucia. Un fluido transparente le corría por la espalda.

—No os acerquéis a mí —avisó—. Estoy cubierta de ese mejunje protomolecular.

—Eso es un peligro —dijo Amos—. ¿Sabes cómo limpiarlo?

—La verdad es que no —respondió—. ¿Cómo ha ido el rescate?

—Hemos recuperado a niños suficientes para montar un coro, pero nos han faltado algunos para llegar al equipo de béisbol —respondió Amos.

—Mei está aquí —añadió Prax—. Está bien.

—Me alegro —dijo Bobbie, y a pesar del cansancio pareció sincera.

Cuando llegaron a la esclusa de aire, Amos y Prax colocaron los carritos contra la pared del fondo mientras Bobbie se quedaba fuera. Prax comprobó los indicadores de los transportes. Tenían aire suficiente para otros cuarenta minutos.

—Todo bien —indicó Amos—. Listos.

—Voy a buscar un soplete de emergencia —dijo Bobbie. Luego la armadura se descompuso a su alrededor. La imagen era particular: ver cómo las curvas y planchas blindadas se abrían a su alrededor, como si se tratara de una flor, para luego caer al suelo, dejando al descubierto a aquella mujer, con los ojos cerrados y la boca abierta. Estiró la mano para que Amos la ayudara a salir, y aquel gesto recordó a Prax el momento en el que Mei lo había vuelto a ver.

—Venga, doctor —llamó Amos.

—Ciclo de cierre iniciado —anunció Prax. Cerró la esclusa exterior, y los rodeó una corriente de aire fresco. Diez segundos después, el pecho de Bobbie empezó a moverse como un fuelle. Treinta segundos después, la atmósfera ya casi se había recuperado por completo.

—¿Cómo ha ido todo, chicos? —preguntó Naomi mientras Prax abría los carritos. Los niños estaban dormidos, y Mei se chupaba dos dedos, igual que había hecho desde que era un bebé. El científico todavía no se había acostumbrado a verla tan mayor.

—Estamos enteros —dijo Amos—. Opino que deberíamos salir cagando leches de aquí y hacer saltar por los aires ese sitio.

—De puta madre, equipo —se oyó decir a Avasarala a lo lejos.

—Entendido —dijo Naomi—. Estamos preparando el despegue. Avisadme cuando los nuevos pasajeros estén acomodados en la nave.

Prax se quitó el casco y se sentó junto a Bobbie. Con aquella prenda interior negra y de cuerpo entero, parecía que acabara de volver de un gimnasio. Podría haber sido una persona cualquiera.

—Me alegro de que hayas recuperado a tu hija —dijo la marine.

—Gracias. Siento que hayas perdido la armadura —dijo Prax.

Bobbie se encogió de hombros.

—Tal y como están las cosas, era poco más que un recuerdo romántico —dijo al tiempo que se abría la puerta interior de la esclusa.

—Ciclo de cierre completado, Naomi —anunció Amos—. Hemos vuelto a casa.

52

Avasarala

Había terminado todo. Pero, en realidad, no, aquello no acabaría nunca.

—Ahora todos somos amigos —dijo Souther. Hablar con él sin retraso era un lujo que iba a echar de menos—. Y si nos retiramos ahora, con lo malheridos que estamos, diría que estaremos un tiempo sin problemas. Creo que a ambos bandos nos va a llevar varios años recuperar las flotas que teníamos antes de que empezara todo. Han quedado muy diezmadas.

—¿Y los niños?

—Los están examinando. Mi oficial médico tiene contacto con una lista de doctores que tratan problemas pediátricos de inmunodeficiencia. Queda poco para ponernos a buscar a los padres y devolverlos a casa.

—Bien —dijo Avasarala—. Eso es lo que quería oír. ¿Y lo otro?

Souther asintió. En baja gravedad parecía más joven. Ambos parecían más jóvenes. La piel no se les desparramaba al no haber nada que tirara de ella hacia abajo. Avasarala vio el aspecto que aquel hombre había tenido de niño.

—Tenemos localizados ciento setenta y un objetivos. Todos se mueven en dirección al Sol a mucha velocidad, pero no aceleran ni son capaces de esquivar. Nos limitaremos a no hacer nada y esperaremos a que se encuentren cerca de Marte y sean fáciles de eliminar.

—¿Seguro que es buena idea?

—Cuando digo «cerca», me refiero a cuando queden semanas a la velocidad actual. El espacio es muy grande.

Se hizo un silencio que, en lugar de resultar incómodo, parecía que los uniera aún más.

—Me gustaría que volviera a casa en una de las nuestras —dijo Souther.

—¿Y tener que pasar en el espacio varias semanas más por culpa del papeleo? Ni de milagro. Además, voy a volver con James Holden, la sargenta Roberta Draper y Mei Meng. Es algo muy simbólico. La prensa va a reventar. Juntos: la Tierra, Marte, los Planetas Exteriores y sea cual sea el bando en el que ahora esté Holden.

—Es una celebridad —respondió Souther—. Esos son un bando aparte.

—El chico no cae tan mal cuando consigues obviar su arrogancia. Sea como fuere, estoy en esta nave y no hay ninguna reparación que hacer antes de quemar. Ya lo he contratado. Y me importa una mierda cualquier opinión sobre relajarnos con los presupuestos.

—De acuerdo —aceptó Souther—. Pues nos volveremos a ver cuando bajemos al pozo de gravedad.

—Allí nos vemos —respondió Avasarala. Luego se desconectó.

Avasarala se incorporó y se impulsó con suavidad por la cubierta de operaciones. Habría sido mucho más sencillo impulsarse por el hueco de la escalerilla de la tripulación y volar como siempre había soñado desde que era niña. Era tentador. Pero la verdad era que suponía que o se impulsaría más de la cuenta y se golpearía con algo o que lo haría muy flojo y la resistencia del aire la haría detenerse sin nada sólido cerca a lo que agarrarse. Usó los asideros y se impulsó con cuidado hacia la cocina. Las puertas presurizadas se abrieron cuando se acercó y se cerraron detrás de ella, con el suave sonido sibilante de la hidráulica y el retumbar metálico. Cuando llegó a la cubierta de la tripulación, oyó unas voces, luego descifró las palabras y luego vio a las personas que hablaban.

—... Tenemos que cerrarla —decía Prax—. Lo digo porque ya ha cumplido su cometido. ¿Crees que me podrían demandar?

—Demandarte es algo que pueden hacer siempre —respondió Holden—. Lo que importa es que no tengan motivos para ganar el juicio.

—Pero es que yo no quiero que me demanden. Tenemos que cerrarla.

—He puesto un aviso en la página para informar sobre la situación actual y activado un paso de confirmación antes de realizar las transferencias.

Avasarala se impulsó hacia la cocina. Prax y Holden flotaban junto a la cafetera. El científico tenía cara de desconcierto, y Holden una expresión un tanto engreída. Ambos tenían burbujas para líquidos llenas de café, pero Prax parecía haberse olvidado de ella. El botánico tenía los ojos y la boca muy abiertos, a pesar de encontrarse en microgravedad.

—¿A quién van a demandar? —preguntó Avasarala.

—Ahora que hemos recuperado a Mei —explicó Holden—, Prax quiere que la gente deje de darle dinero.

—Es demasiado —confirmó el botánico, mirando a Avasarala como si esperara que estuviera de acuerdo con él—. Me refiero a que...

—¿Y si los consideras fondos excedentes? —preguntó Avasarala.

—No es tanto dinero como para retirarse —explicó Holden—. Al menos no tanto como para retirarse y vivir una vida llena de comodidades.

—Pero el dinero es tuyo —dijo Prax, que se giró hacia Holden con un atisbo de esperanza—. Tú eres el que abriste la cuenta.

—Yo ya me he cobrado la tarifa de la *Rocinante*. Créeme, nos has pagado muy bien —dijo Holden, que hizo un ademán de rechazo con las manos—. Todo lo que queda es para ti. Bueno, para Mei y para ti.

Avasarala frunció el ceño. Aquello cambiaba un poco el plan que había preparado en su cabeza. Pensaba que, después de lo ocurrido, tendría una excusa para ofrecer un contrato a Prax, pero Jim Holden había vuelto a entrometerse en el último momento para ponerlo todo patas arriba.

—Felicidades —dijo Avasarala—. ¿Habéis visto a Bobbie? Tengo que hablar con ella.

—Iba camino del taller mecánico la última vez que la vi.

—Gracias —respondió Avasarala, volviendo a impulsarse y pasando de largo. Si Praxidike Meng tenía la riqueza suficiente para vivir por su cuenta, era probable que no aceptara un trabajo para reconstruir Ganímedes por razones económicas. Pero, aun así, todavía podía convencerlo de que era un bien social. Su hija y él eran la cara visible de la tragedia, y hacer que el botánico se encargara de todo significaría más para la gente que todas las cifras y previsiones de lo complicadas que iban a ser las cosas sin que los suministros de comida volvieran a estar disponibles.

Como había ocurrido antes, Avasarala se movía tan despacio y con cuidado que oyó las voces antes de llegar al taller mecánico. Eran de Bobbie y Amos, que reían. No podía creer que fuera a interrumpir un momento íntimo como aquel, pero sonaba como si fuera una guerra de cosquillas. Oyó cómo la diversión hacía gritar a Mei, y Avasarala comprendió lo que ocurría.

El taller mecánico era el último lugar de la nave, quizá con la excepción de ingeniería, en el que a Avasarala se le habría ocurrido jugar con una niña pequeña, pero allí estaba, agitando los brazos y las piernas. El pelo negro le llegaba a los hombros y se arremolinaba a su alrededor con el constante giro de su cuerpo. La alegría hacía que le brillara la cara. Bobbie y Amos estaban frente a frente en los extremos del taller. Avasarala vio cómo Bobbie cogía a la pequeña en el aire y la lanzaba hacia Amos. Pensó que no quedaba mucho para que la niña empezara a perder los dientes de leche. Se preguntó cuánto recordaría Mei de todo aquello cuando se convirtiera en adulta.

—¿Estáis locos? —preguntó Avasarala cuando Amos cogió a la niña—. Esto no es un parque infantil.

—¿Qué tal? —respondió Amos—. Era solo un momento. El capitán y el doctor necesitaban un minuto a solas, así que se me ocurrió que podíamos bajar con la chiquilla y darle una vuelta por la nave.

—Cuando se juega a la pelota con un niño, lo normal es que el niño no sea la pu... no sea la pelota —dijo Avasarala mientras se acercaba a él—. Yo me encargo de ella. No tenéis ni idea de cómo cuidar a una pequeña. Es un milagro que hayáis llegado a adultos.

—Eso es muy cierto —afirmó Amos con tono amistoso, mientras soltaba a la niña.

—Ven con la yaya —dijo Avasarala.

—¿Qué es una yaya? —preguntó.

—Yo soy la yaya —dijo Avasarala, que apretó a la niña contra su cuerpo. Le dieron ganas de ponérsela sobre el regazo y sentir el peso de la chiquilla, pero sostenerla en microgravedad era una sensación rara. Agradable, pero rara. Mei olía a vainilla y parafina—. ¿Cuánto tiempo queda para que empecemos a acelerar? Empiezo a sentirme como un pu... como un globo que flota a la deriva por la nave.

—Nos largaremos de aquí en cuanto Alex y Naomi terminen el mantenimiento de los ordenadores de motor —respondió Amos.

—¿Dónde está papi? —preguntó Mei.

—Muy bien —dijo Avasarala—. Tenemos un calendario que cumplir, y no os pago por darme clases de flotación. Papi está hablando con el capitán, Mei-Mei.

—¿Dónde? —exigió saber la niña—. ¿Dónde está? Quiero ver a pa.

—Yo te llevo con él, niña —dijo Amos mientras extendía una manaza. Luego miró a Avasarala—. Se olvida de él durante cinco minutos y luego no deja de preguntar «¿dónde está papi?» todo el rato.

—Es normal —aceptó Avasarala—. Son tal para cual.

—Cierto —dijo el mecánico grandullón. Luego acercó a la niña a su centro de gravedad y se impulsó hacia arriba para llegar a la cocina. Amos no usó asideros. Avasarala vio cómo se alejaba y luego miró hacia Bobbie.

Bobbie flotaba suavemente con el pelo desparramado a su alrededor. Tenía la cara y el cuerpo más relajados de lo que Avasarala los había visto nunca. Aquello debería darle un aire de serenidad, pero Avasarala no podía dejar de pensar que tenía el aspecto de una mujer ahogada.

—¿Qué tal? —saludó Bobbie—. ¿Sabe algo de los técnicos de la Tierra?

—Sí —respondió Avasarala—. Ha tenido lugar otro pico de energía. Mayor que los anteriores. Prax tenía razón. Están conectados y, aún peor, no tienen retraso en las comunicaciones. Venus reaccionó antes de que la información de la batalla tuviera tiempo de llegar al planeta por los canales habituales.

—Vaya —dijo Bobbie—. Eso es malo, ¿verdad?

—Es raro como un perro verde, pero quién sabe a qué podría deberse. Han dicho no sé qué de entrelazamiento cuántico, pero vete tú a saber qué es eso. La mejor teoría que tenemos es que esos picos son como chutes de adrenalina para la protomolécula. Cuando una parte del organismo se ve afectada por la violencia, el resto se pone en alerta hasta que pasa el peligro.

—Bueno, eso puede significar que tiene miedo de algo. Es bueno saber que puede que tenga alguna vulnerabilidad.

Se hizo el silencio por un momento. En algún lugar de la nave ocurrió algo, y Mei chilló. Bobbie se puso tensa, pero Avasarala no reaccionó. Era interesante ver las reacciones de la gente que no estaba acostumbrada a los niños cuando Mei hacía algo. No sabían distinguir la diferencia entre el miedo y la satisfacción. Avasarala descubrió que Prax y ella eran los únicos expertos en gritos de niños que había en aquella nave.

—Te buscaba —dijo Avasarala.

—Pues aquí estoy —dijo Bobbie, encogiéndose de hombros.

—¿Es un problema?
—No la entiendo. ¿Qué puede ser un problema?
—Estar aquí.

Bobbie apartó la mirada y se puso seria. Eso era lo que Avasarala esperaba que ocurriera.

—Bajaste ahí para morir, pero el puto universo volvió a salirse con la suya. Ganaste. Estás viva. Sigues teniendo los mismos problemas.

—Algunos, sí —respondió Bobbie—, pero no todos. Al menos hemos ganado ese juego suyo.

Avasarala se atragantó al reír entre dientes y empezó a rotar en el aire. Extendió la mano para apoyarse contra la pared y detenerse.

—Mi juego es así. No consiste en ganar, sino en aguantar sin perder. Mira a Errinwright. Perdió. O Soren o Nguyen, a los que eliminé de la partida mientras yo sigo en ella. ¿Qué pasará ahora? Nguyen va a tener que dimitir porque todo el mundo está en su contra, y a mí me ofrecerán su puesto.

—¿Lo quiere?

—Da igual que lo quiera o no. Me lo ofrecerán porque, si el cabeza de chorlito no me lo ofrece, la gente pensara que está en mi contra. Y yo lo aceptaré porque, si no lo hago, la gente pensará que ya no soy ambiciosa y dejará de temerme. Responderé directamente ante el secretario general. Tendré más poder y más responsabilidades. Más amigos y más enemigos. Es el precio a pagar por continuar en la partida.

—Habla como si hubiera alguna alternativa.

—La hay. Podría retirarme.

—¿Y por qué no lo hace?

—Bueno, lo haré —respondió Avasarala—. Lo haré cuando mi hijo vuelva a casa. ¿Y tú? ¿Tienes pensado retirarte?

—¿Se refiere a si pretendo seguir poniendo mi vida en peligro?

—Eso mismo.

Hubo una pausa. Aquello era buena señal. Significaba que Bobbie se iba a pensar la respuesta.

—No —respondió—. No lo creo. Perder en una batalla es una cosa, es una situación honorable. Pero nunca podría dejarlo así, por las buenas.

—Tu situación actual es muy interesante —continuó Avasarala—. Deberías pensar bien tu siguiente paso.

—¿Qué situación? ¿Ser una *ronin*?

—Ser una traidora para tu gobierno, pero una heroína para tu nación. Una mártir que sigue viva. Una marciana cuya mejor y única amiga está a punto de liderar el gobierno de la Tierra.

—Usted no es mi única amiga —dijo Bobbie.

—Eso lo creerás tú. Alex y Amos no cuentan. Esos solo quieren llevarte al huerto.

—¿Y usted no?

Avasarala volvió a reír. Bobbie sonrió, al menos. Ya era más de lo que había hecho desde que volvió a la nave. Tenía la mirada perdida y melancólica.

—Aún me siento afectada —continuó—. Pensé que lo olvidaría, que enfrentarme a ello me ayudaría a superarlo.

—No lo olvidarás. Nunca. Pero aprenderás a vivir con ello.

—¿Con qué?

—Con esa afección —respondió Avasarala—. Piensa bien lo que quieres hacer. Piensa bien en qué quieres convertirte. Y luego, ven a verme. Haré lo posible por ayudarte si está en mi mano.

—¿Por qué? —preguntó Bobbie—. De verdad, ¿por qué lo hace? Soy una soldado. He cumplido mi misión. Es cierto que fue más complicada y extraña que cualquier otra que haya cumplido nunca, pero se acabó. Lo hice porque era lo que había que hacer. No me debe nada.

Avasarala arqueó una ceja.

—Hacer favores políticos es la manera que tengo de demostrar cariño —respondió Avasarala.

—Muy bien, chicos —se oyó decir a Alex por el sistema de megafonía—. Todo listo para quemar en treinta segundos a menos que alguien diga lo contrario. Que todo el mundo se prepare para agarrarse a algo.

—Le agradezco la oferta —dijo Bobbie—, pero puede que pase un tiempo antes de saber si quiero algo así.
—¿Y qué harás entonces? A corto plazo, quiero decir.
—Volveré a casa —respondió—. Quiero ver a mi familia. A mi padre. Me quedaré con ellos una temporada. Reflexionaré sobre quién soy. Sobre cómo volver a empezar de cero. Algo así.
—Mi puerta está abierta, Bobbie. Cuando quieras, mi puerta está abierta.

El vuelo de regreso a la Luna fue un incordio. Avasarala se pasó siete horas al día en el asiento de colisión, enviando y recibiendo mensajes con tiempos de retraso diferentes. En la Tierra, Sadavir Errinwright recibió una conmemoración íntima en la que se honró su carrera en la ONU durante una pequeña ceremonia privada. Luego se marchó para pasar más tiempo con la familia, criar pollos o lo que quiera que fuera a hacer con las décadas de vida que le quedaban por delante. Fuera lo que fuera, no tenía nada que ver con ostentar poder político.

La investigación de la base de Ío siguió su curso y todo parecía apuntar hacia la Tierra, no hacia Marte. Fuera quien fuera el responsable del gobierno marciano que se había puesto en contra de Errinwright, parecía que se iba a salir con la suya. Habían perdido el arma biológica más importante de la historia de la humanidad, pero habían salvado sus carreras profesionales. En la política abundaban las pequeñas ironías como aquella.

Avasarala empezó a preparar su nuevo despacho a pesar de encontrarse ausente. La primera vez que entró en él, ya llevaba en el puesto más de un mes. La sensación era similar a conducir un coche desde el asiento trasero. Lo odiaba.

Además, Mei Meng había llegado a la conclusión de que aquella anciana era divertida y se pasaba gran parte del día intentando llamar su atención. No tenía tiempo para jugar con una pequeña, pero era algo que no podía evitar. Así que lo hizo. Y también tuvo que hacer ejercicio para que no la metieran en una enfermería cuando volviera a estar a un g. El cóctel de esteroides le causaba sofocos y hacía que le costara dormir. Tuvo que asistir al cumpleaños de sus nietas a través de una pantalla. En uno de ellos tuvo veinte minutos de retraso y en el otro, cuatro.

Al atravesar la nube de monstruos protomoleculares que avanzaban en dirección al Sol, tuvo pesadillas durante dos noches seguidas, pero terminaron por cesar. Ambos gobiernos vigilaban a cada una de las criaturas, y aquellos pequeños fardos mortíferos que había enviado Errinwright no daban señales de vida y avanzaban feliz y tranquilamente hacia su destrucción.

Cada vez tenía más ganas de llegar a casa.

Cuando atracaron en la Luna, se sintió como una mujer hambrienta a la que le ponen un pedazo de manzana en los labios y no la dejan morder. Desde allí veía los cielos azules y blancos del planeta durante el día y su negrura dorada por las noches. Era un mundo precioso. Sin parangón en el Sistema Solar. Su jardín estaba allá abajo. También su despacho. Y su cama.

Pero Arjun no.

El hombre la esperaba en la plataforma de atraque con sus mejores galas y un ramo de lilas naturales en la mano. La escasa gravedad también lo hacía parecer más joven, aunque tenía los ojos un poco rojos. Sintió la curiosidad de Holden y su tripulación cuando se acercó a su marido. Se preguntarían cómo podía aquel hombre estar casado con alguien tan desagradable e insoportable como Chrisjen Avasarala. Si sería él el que la controlaba o una víctima más. Si una relación así podía funcionar.

—Bienvenida a casa —dijo Arjun en voz baja mientras ella se dejaba caer en sus brazos.

Olía a él. Avasarala apoyó la cabeza contra su hombro y en aquel momento le dio igual no encontrarse en la Tierra.

Aquel era su hogar.

53

Holden

—Hola, mamá. ¡Estamos en la Luna!

El pequeño retraso en las comunicaciones desde la Luna era de solo seis segundos de ida y vuelta, pero más que suficiente para dar lugar a silencios incómodos entre cada respuesta. Madre Elise lo miró desde la pantalla de vídeo de la habitación del hotel durante cinco segundos y luego la imagen se empezó a mover.

—¡Jimmy! ¿Bajarás a vernos?

Se refería a bajar al pozo de gravedad. Volver a casa. Holden tenía muchas ganas de hacerlo. Llevaba años sin pasar por la granja de Montana que tenían sus padres. Pero en aquella ocasión Naomi estaba con él, y los cinturianos no bajaban a la Tierra.

—No, mamá, esta vez no. Pero me gustaría que subierais todos para vernos aquí. Yo invito al viaje en lanzadera. Y Avasarala, la subsecretaria de la ONU, será la anfitriona, por eso las habitaciones son tan pijas.

Con tanto retraso, era difícil no ponerse a divagar. La otra persona nunca llegaba a enviar esas sutiles señales físicas que indicaban que le tocaba hablar. Holden se obligó a dejarse de cháchara y esperó la respuesta. Elise miraba la pantalla mientras esperaba a que transcurriera el tiempo de retraso. Holden se dio cuenta de cuánto había envejecido durante los años que había pasado fuera de casa. Tenía el pelo castaño oscuro, casi negro, y las canas que lo salpicaban, las patas de gallo y las arrugas alrededor de la boca se le notaban mucho más. Cinco segundos después, la mujer hizo un ademán de rechazo con la mano a la pantalla.

—Ya sabes que Tom nunca subirá en una lanzadera a la Luna. Odia la microgravedad. Baja tú y ven a vernos. Montaremos una fiesta. Puedes traer a tus amigos.

Holden sonrió.

—Mamá, necesito que subáis porque quiero que conozcáis a alguien. ¿Recuerdas a aquella mujer sobre la que te hablé? ¿Naomi Nagata? Te dije que había quedado con ella, pero la cosa se ha vuelto más seria. De hecho, lo tengo muy claro. Y vamos a pasar un tiempo en la Luna mientras se solucionan varios temas políticos. Me gustaría mucho que vinierais a verme y que conocierais a Naomi.

Fue algo muy sutil, pero cinco segundos después vio cómo su madre hacía una ligera mueca que disimuló con una gran sonrisa.

—¿Lo tienes claro? ¿A qué te refieres? ¿Os vais a casar? Siempre pensé que querrías hijos biológicos... —Su voz se fue apagando, pero no quitó aquella sonrisa brusca e incómoda.

—Mamá —explicó Holden—, los terrícolas y los cinturianos puedes tener hijos sin problema. No somos especies diferentes.

—Claro —respondió su madre unos segundos después, mientras asentía con brusquedad—. Pero si tienes hijos ahí fuera... —Dejó de hablar y su sonrisa se relajó un poco.

—Serán cinturianos —terminó Holden—. Sí, es algo a lo que os vais a tener que acostumbrar.

Cinco segundos después, la mujer asintió. Con brusquedad de nuevo.

—Entonces creo que lo mejor será que subamos y conozcamos a esa mujer que te ha convencido para abandonar la Tierra. Debe de ser muy especial.

—Sí —afirmó Holden—. Lo es.

Elise se movió, incómoda, durante un segundo. Luego recuperó la sonrisa, mucho menos forzada esta vez.

—Conseguiré que Tom suba a esa lanzadera aunque tenga que arrastrarlo por los pelos.

—Te quiero, mamá —dijo Holden. Sus padres habían pasado la vida en la Tierra. Los únicos habitantes de los planetas exteriores que conocían eran los villanos caricaturizados que protagonizaban algunos de los vídeos de los canales de entretenimiento. No dijo nada de aquellos prejuicios tan arraigados que tenían porque sabía que desaparecerían cuando conocieran a Naomi. Cuando hubieran pasado unos días en compañía de la cinturiana y no pudieran evitar enamorarse de ella.

—Por cierto, una cosa más. ¿Recuerdas los datos que te envié hace tiempo? Guárdamelos. No digas nada y guárdalos. Puede que los necesite, depende de cómo vayan las cosas los próximos meses.

—Mis padres son racistas —dijo Holden a Naomi ese mismo día por la noche. La cinturiana estaba echa un ovillo detrás de él y apoyaba la cara en la oreja de Holden. Una pierna larga y morena cruzaba la cadera del capitán.

—Muy bien —susurró.

La habitación de hotel que les había conseguido Avasarala era lujosa a niveles ofensivos. El colchón era tan suave que, con la gravedad la Luna, parecía que flotaban sobre una nube. El sistema de reciclado de aire despedía aromas artesanales creados por el perfumero a sueldo que tenía el hotel. El de aquella noche se llamaba *Retazos de césped*. A Holden no le olía mucho a césped, pero era agradable. Le recordaba un poco a tierra. No obstante, Holden sospechaba que los nombres de los perfumes se ponían al azar. También sospechaba que el hotel tenía los niveles de oxígeno demasiado altos. Se sentía demasiado bien, sospechosamente.

—Les preocupa que nuestros hijos salgan cinturianos —dijo Holden.

—Nada de hijos —susurró Naomi. Antes de que Holden preguntará que a qué se refería, la mujer empezó a roncarle en el oído.

Al día siguiente, Holden despertó antes que Naomi, se puso la ropa de más calidad que tenía y se dirigió a la estación. Tenía que hacer una última cosa antes de dar por terminado todo aquel desastre.

Tenía que ver a Jules Mao.

Avasarala le había dicho que Jules Mao se contaba entre los políticos de alto rango, generales y líderes corporativos que habían sido arrestados después de lo de Ío. Era el único que Avasarala iba a ir a visitar en persona. Lo habían encontrado en su estación L5 mientras intentaba por todos los medios escapar hacia los planetas exteriores en una de sus naves rápidas, por lo que la anciana había ordenado que lo trajeran a la Luna para hablar con él.

Aquel era el día que se iban a reunir. Holden había preguntado a Avasarala si podía estar presente, sin esperanza alguna, pero la mujer se había echado a reír durante un buen rato para luego decir:

—Holden, no se me ocurre nada más humillante para ese hombre que que veas cómo deshago todos sus planes. Joder, pues claro que puedes venir.

Por esa razón, Holden se había escabullido del hotel en el que se hospedaba hacia las calles de Lowell City. No tardó en llegar a la estación de metro en bicitaxi y, después de veinte minutos de viaje, alcanzó el complejo de la Organización de las Naciones Unidas en la Nueva Haya. Un asistente joven y alegre lo recibió al llegar y lo escoltó con mucha eficiencia por el enrevesado laberinto de pasillos del complejo hasta que llegaron ante una puerta con un letrero que rezaba SALA DE CONFERENCIAS 34.

—Puede esperar dentro, señor —dijo el simpático asistente.

—No, ¿sabes qué? —dijo Holden, dando una palmada al chico en el hombro—. Creo que voy a esperar aquí fuera.

El asistente bajó un poco la cabeza y se marchó por el pasillo, mirando su terminal portátil para saber cuál era la próxima tarea. Holden se apoyó en la pared y esperó. En baja gravedad, estar de pie requería prácticamente el mismo esfuerzo que estar sentado, y le apetecía mucho ver llegar a Mao escoltado por las autoridades por los pasillos para acudir a la reunión.

Sonó el terminal portátil. Holden había recibido un mensaje de texto corto de Avasarala que decía: VAMOS DE CAMINO.

Menos de cinco minutos después, Jules-Pierre Mao salió de un ascensor y entró en el pasillo, flanqueado por dos de los oficiales de la policía militar más grandes que Holden había visto nunca. Mao tenía las manos esposadas delante. El hombre conseguía parecer arrogante y dar la impresión de que controlaba la situación a pesar de llevar un mono de prisionero, las manos inmovilizadas y de que lo escoltaran dos guardias armados. Cuando se acercaron, Holden se enderezó y se interpuso en su camino. Un policía militar tiró del brazo de Mao para que se detuviera y asintió con sutileza a Holden. Daba la impresión de que el mensaje era: «Cualquier cosa que le hagas a este tío me va a parecer bien.» Holden intuyó que si sacaba una pistola y disparaba a Mao en aquel pasillo, los policías militares argumentarían una ceguera temporal y declararían no haber visto nada.

Pero no quería disparar a Mao. Quería lo que siempre parecía querer en situaciones como aquella. Quería saber el porqué.

—¿Mereció la pena?

A pesar de que medían lo mismo, Mao consiguió dar la impresión de que lo miraba desde arriba y fruncía el ceño.

—¿Y usted es?

—Ja, venga ya —dijo Holden, con una sonrisa en la cara—. Me conoce. Soy James Holden. Ayudé a hundir a sus colegas de Protogen y ahora estoy a punto de hacer lo mismo con usted. También soy el que encontró a su hija después de que la protomolécula la matara. Le repetiré la pregunta. ¿Mereció la pena?

Mao no respondió.

—Una hija muerta, una empresa acabada, millones de personas asesinadas, un Sistema Solar que es posible que nunca vuelva a tener estabilidad. ¿Mereció la pena?

—¿Por qué ha venido? —preguntó Mao, al fin. En aquel momento pareció más pequeño. No miró a Holden a los ojos al preguntar.

—Estaba en la misma habitación que Dresden cuando recibió su merecido y fui yo el que se encargó del almirante que tenía como perrito faldero. Me da la sensación de que el universo quiere que esté aquí ahora que le ha tocado.

—Antony Dresden —dijo Mao— recibió tres disparos en la cabeza, como si se tratara de una ejecución. ¿Ese es el concepto que tiene usted de la justicia?

Holden rio.

—Pues dudo que Chrisjen Avasarala vaya a pegarle un tiro en la cara. ¿Cree que lo que le espera será mejor?

Mao no respondió, y Holden miró a los policías militares e hizo un gesto para señalar la puerta de la sala de conferencias. Los hombres parecieron un poco decepcionados cuando empujaron a Mao dentro de la habitación y lo ataron a una silla.

—Si nos necesita, estaremos esperando fuera, señor —dijo el policía militar más alto. Luego se colocaron uno a cada lado de la puerta.

Holden entró en la sala de conferencias y tomó asiento, pero no dijo nada más a Mao. Un momento después, Avasarala entró en la habitación mientras hablaba por el terminal portátil.

—Me importa una mierda quién cumpla años hoy. O lo haces antes de que termine mi reunión o te pongo los huevos de corbata. —Hizo una pausa mientras la persona que estaba al otro lado de la línea respondía. Sonrió a Mao y añadió—: Venga, que sea rápido. Tengo la impresión de que esta reunión va a ser corta. Ha sido un placer hablar contigo.

Se dejó caer en una silla justo en frente de Mao, al otro lado de la mesa. No miró a Holden ni hizo nada que indicara que estaba allí. Holden sospechó que era porque no iba a salir en la grabación de vídeo. Avasarala puso el terminal portátil en la mesa y se reclinó en la silla. No dijo nada durante varios segundos que se volvieron muy tensos. Cuando al fin lo hizo, se dirigió a Holden, aunque seguía sin mirar hacia él.

—¿Ya te han pagado por haberme traído hasta aquí?

—Ya hemos cobrado, sí —respondió Holden.

—Muy bien. Quería ofrecerte un contrato a largo plazo. Será civil, claro, pero...

Mao carraspeó. Avasarala sonrió.

—Sé que estás ahí. Ahora estoy contigo.

—Ya tengo un contrato —dijo Holden—. Vamos a escoltar a la primera flotilla de reconstrucción a Ganímedes. Y después de eso creo que es posible que consigamos otro trabajo de escolta desde allí. Hay muchísima gente que se está mudando y que no quiere tener problemas con piratas por el camino.

—¿Estás seguro?

La cara de Mao se volvió blanca por la humillación. Holden se limitó a disfrutar del momento.

—Estoy harto de trabajar para el gobierno —dijo Holden—. No lo llevo bien.

—¿En serio? Trabajabas para la APE. Eso no es un gobierno, es un equipo de rugby con sistema monetario. Sí, Jules, ¿qué quieres? ¿Te traigo un orinal?

—Todo esto escapa a su control —dijo Mao—. No he venido aquí para que se me falte al respeto.

Avasarala tenía una sonrisa resplandeciente.

—¿Estás seguro? Una pregunta: ¿recuerdas lo que dije la primera vez que nos vimos?

—Me pidió que le dijera si estaba relacionado de alguna manera con el proyecto de la protomolécula que llevaba a cabo Protogen.

—No —dijo Avasarala—. Bueno, sí, esa fue mi pregunta. Pero esa no es la parte que debería preocuparte. Me mentiste. No cabe duda de que estás relacionado con el proyecto armamentístico de Protogen y preguntar eso es lo mismo que si te preguntara que de qué color es un martes. No tiene sentido.

—Vamos al grano —dijo Mao—. Puedo...

—No —interrumpió Avasarala—. Lo que debería importarte es lo que dije justo antes de que te marcharas. ¿Lo recuerdas?

Mao la miró, inexpresivo.

—Diría que no. Te dije que si terminaba por descubrir que me habías ocultado algo, no me iba a gustar.

—Sus palabras exactas fueron —dijo Mao con una sonrisa burlona—: «No soy la clase de persona a la que le conviene joder.»

—Veo que lo recuerdas —dijo Avasarala, sin un atisbo de humor en la voz—. Bien. Pues es el momento de que descubras a qué me refería.

—Tengo información adicional que podría ser útil para...

—Cállate la puta boca —dijo Avasarala, que parecía enfadada por primera vez—. La próxima vez que digas algo, haré que esos dos policías militares del pasillo te agarren mientras te golpeo con la silla. ¿Me has entendido?

Mao no respondió, lo que indicó que sí que la había entendido.

—No tienes ni idea de lo que me has costado —continuó Avasarala—. Me han ascendido. ¿Conoces el Comité de Planificación Económica? Pues ahora está a mi cargo. ¿El Servicio de Salud Pública? Nunca tuve que preocuparme de él porque era un grano en el culo de Errinwright. Pues ahora me encargo yo. ¿El Comité de Regulación Financiera? También. Te has cargado mi calendario durante las próximas dos décadas.

»Esto no es una negociación —dijo la anciana—. Te he traído para presumir. Te voy a meter en un agujero tan profundo que hasta tu mujer se olvidará de tu existencia. Voy a usar el antiguo puesto de Errinwright para desmantelar todo lo que habías construido, pieza a pieza, para luego dejar que se lo lleve la corriente. Y me aseguraré de que veas cómo ocurre. Lo único que vas a tener en ese agujero es una televisión con noticias las veinticuatro horas. Además, como nunca nos vamos a volver a ver, quiero asegurarme de que me recuerdes bien cada vez que destruya algo que lleve tu nombre. Voy a borrarte de la historia.

Mao la miró, desafiante, pero Holden vio que no era más que una máscara. Avasarala sabía justo cómo hacerle daño, porque los hombres como él vivían para dejar un legado. Se tenían por los arquitectos del futuro. Para él, lo que le decía Avasarala era peor que la muerte.

Mao lanzó una mirada fugaz a Holden, como diciéndole: «Ahora sí que quiero que me pegues esos tres tiros en la cabeza, por favor.»

Holden sonrió.

54

Prax

Mei estaba sentada en el regazo de Prax, pero tenía la mirada fija hacia la izquierda, como si lanzara un rayo láser por los ojos. Se llevó la mano a la boca y, con suavidad, escupió en la palma de la mano un montón de espaguetis a medio masticar. Luego extendió la mano hacia Amos.

—Están asquerosos —dijo.

El grandullón rio entre dientes.

—Bueno, antes no sé, pero ahora sí que están asquerosos, pequeña —respondió Amos mientras abría una servilleta—. ¿Por qué no los dejas aquí?

—Lo siento —dijo Prax—. Es que...

—Es una niña, doctor —respondió Amos—. Es normal que hagan cosas así.

A pesar de tratarse de una cena, no la llamaron así. Fue un banquete financiado por la Organización de las Naciones Unidades en las instalaciones de la Nueva Haya en la Luna. Prax no supo si lo que había en la pared era una ventana o una pantalla de ultra alta definición, pero en ella se veía la Tierra, que resplandecía azul y blanca en el horizonte. Había mesas por toda la estancia, dispuestas de una forma semiorgánica que Avasarala les había explicado que era la última moda: «Para mí es como si algún gilipollas las hubiera colocado donde le diera la gana.»

En el lugar había prácticamente el mismo número de conocidos que de desconocidos, y verlos segregarse era algo fascinante.

A su derecha había varias mesas llenas de hombres y mujeres bajos y fornidos con uniformes profesionales y militares, que orbitaban alrededor de Avasarala y Arjun, su marido, que parecía estar entretenido. Hablaban sobre análisis de sistemas de financiación y de controlar las relaciones con los medios de comunicación. Cada mano de persona de los planetas exteriores que estrechaban era un acto inclusivo que se veía anulado por sus temas de conversación. A su izquierda había un grupo de científicos ataviados con las mejores ropas que tenían, chaquetas de vestir que habrían estado de moda diez años antes y trajes que pertenecían a una media docena de temporadas de moda distintas. En aquel grupo se entremezclaban terrícolas, marcianos y cinturianos, pero los temas de conversación eran igual de excluyentes: clasificación de nutrientes, tecnologías de permeabilidad ajustable de membranas o manifestaciones fenotípicas de fuerza. Aquel grupo era, al mismo tiempo, la gente del pasado de Prax y la de su futuro. La sociedad de Ganímedes, que había quedado hecha pedazos y se había vuelto a recomponer. De no ser por la mesa central en la que estaban Bobbie y la tripulación de la *Rocinante*, allí era donde habría estado, hablando sobre sistemas en cascada y cloroplastos de alimentación invisible.

Pero en el centro, solos y aislados, Holden y su tripulación estaban tan felices y tranquilos como si se encontraran en la cocina de la nave, quemando a través del vacío. Y Mei, que se había encariñado con Amos pero todavía no podía separarse de Prax sin echarse a gritar y llorar. Prax entendía exactamente cómo se sentía la niña y no creía que fuera un problema.

—Tú que has vivido en Ganímedes sabrás mucho sobre maternidad en baja gravedad, ¿no? —preguntó Holden—. Los cinturianos no corren más peligro de lo normal, ¿verdad?

Prax tragó un bocado de ensalada y negó con la cabeza.

—No, no. Es muy complicado, eso sí. Sobre todo a bordo de una nave, sin controles médicos exhaustivos. Ten en cuenta que en los embarazos naturales hay anormalidades de desarrollo o morfológicas cinco veces de cada seis.

—Cinco... —repitió Holden.

—Pero la mayoría las provocan problemas en la línea germinal —continuó Prax—. Casi todos los niños nacidos en Ganímedes fueron fruto de un implante después de un análisis genético completo. Si se descubre algún defecto letal, se desecha el cigoto y se empieza de cero. Las anormalidades que no son de línea germinal aparecen solo con el doble de frecuencia que en la Tierra, que no está tan mal.

—Ah —dijo Holden, con aspecto alicaído.

—¿Por qué preguntabas?

—Por nada —terció Naomi—. Holden solo quería hablar de algo.

—Papi, quiero tofu —dijo Mei, tirando de la oreja de Prax—. ¿Dónde está el tofu?

—A ver si encontramos algo de tofu —respondió Prax mientras apartaba la silla de la mesa—. Vamos.

Mientras recorrían la estancia y buscaban entre el gentío a alguien con un traje negro y formal de camarero en lugar de con un traje negro y formal de diplomático, una joven de mejillas sonrosadas se acercó con una bebida en la mano.

—Usted es Praxidike Meng —dijo—. Seguro que no se acuerda de mí.

—Hum, no —respondió él.

—Me llamo Carol Kiesowski —anunció la mujer mientras se tocaba la clavícula, como para dejar aún más claro que se refería a ella misma—. Intercambiamos mensajes alguna que otra vez justo después de que publicara el vídeo de Mei.

—Ah, sí —dijo Prax mientras intentaba a la desesperada recordar cualquier cosa sobre aquella mujer o los comentarios que había dejado.

—Solo quería decirle que creo que ambos son muy valientes —dijo la mujer, asintiendo con la cabeza. A Prax se le ocurrió que quizá estuviera borracha.

—Hijo de la grandísima puta —exclamó Avasarala, con voz tan alta que se oyó por encima del murmullo de las conversaciones.

La multitud se giró hacia ella. La anciana estaba mirando su terminal portátil.

—¿Qué es una puta, papi?

—Es un tipo de escarcha, cariño —dijo Prax—. ¿Qué ocurre?

—El antiguo jefe de Holden se nos ha adelantado —respondió Avasarala—. Supongo que ahora ya sabemos qué ha hecho con todos esos putos misiles que había robado.

Arjun tocó el hombro de su mujer y señaló a Prax. La mujer pareció avergonzarse de verdad.

—Perdón por mi vocabulario —dijo—. Me había olvidado de la niña.

Holden apareció por detrás de Prax.

—¿Mi jefe?

—Fred Johnson acaba de montar el espectáculo —dijo Avasarala—. ¿Recuerdas los monstruos de Nguyen? Esperábamos a que se acercaran más a Marte antes de derribarlos. Las señales de transpondedor sonaban altas y claras y los teníamos bien agarrados por los cojo... Bueno, pues cuando han pasado por el Cinturón, Johnson los ha bombardeado. A todos.

—Pero eso es bueno —dijo Prax—. Es bueno, ¿verdad?

—No si es él quien lo hace —respondió Avasarala—. Es una demostración de fuerza para dejar claro que el Cinturón tiene capacidad ofensiva.

Un hombre uniformado que estaba a la izquierda de Avasarala empezó a hablar al mismo tiempo que lo hacía una mujer detrás de ella. La necesidad de comentar lo ocurrido se había esparcido por todo aquel grupo. Prax se alejó. La mujer borracha señalaba a un hombre mientras hablaba a toda prisa; se había olvidado de Prax y Mei. El botánico encontró un camarero al fondo del salón, consiguió hacerlo ir a por tofu y volvió a su asiento. Nada más llegaron, Amos y Mei se pusieron a jugar a ver quién podía sonarse la nariz con más fuerza, y Prax se giró hacia Bobbie.

—Entonces, ¿vuelves a Marte? —preguntó. Era una pregunta educada e inocua, pero Bobbie apretó los labios con fuerza y asintió.

—Sí —respondió—. Resulta que mi hermano se va a casar. Intentaré llegar a tiempo para chafarle la despedida de soltero. ¿Y tú? ¿Vas a aceptar el trabajo de la vieja?

—Sí, eso creo —dijo Prax, sorprendido porque Bobbie supiera que Avasarala le había ofrecido trabajo. Todavía no era algo público—. Ganímedes conserva todas las ventajas básicas que tenía antes, como la magnetosfera y el hielo. Si se consigue salvar, aunque sea alguna que otra batería de espejos, ya será mejor que volver a empezar todo de cero. Me refiero a que, en Ganímedes, hay que tener en cuenta que...

Cuando empezaba a hablar del tema, le costaba parar. En muchos aspectos, Ganímedes había sido el centro de la civilización de los planetas exteriores. Todas las innovaciones en botánica se habían desarrollado en aquel lugar. Todos los avances en ciencias biológicas. Pero no era solo por eso. Había algo muy emocionante en el proceso de reconstrucción, algo que a su manera resultaba incluso más interesante que su crecimiento inicial. Hacer algo por primera vez era un proceso de exploración. Volver a crearlo significaba tener en cuenta todas las cosas que se habían aprendido, refinarlas, mejorarlas y perfeccionarlas. Aquello agobiaba un poco a Prax. Bobbie lo escuchó con una sonrisa melancólica en la cara.

Y no era solo Ganímedes. La humanidad siempre se había levantado sobre las ruinas de civilizaciones anteriores, como si la vida misma fuera una improvisación química a gran escala que comenzara con los replicadores más simples y creciera hasta desplomarse para volver a crecer de nuevo. La catástrofe era solo un paso más de aquel esquema recurrente, un preludio a lo que vendría después.

—Haces que suene romántico —dijo Bobbie, de una manera que casi parecía una acusación.

—No pretendía... —empezó a decir Prax, justo antes de que algo raro y húmedo se le metiera en la oreja. El susto lo hizo gritar y se giró para ver cómo Mei lo miraba con unos ojos y una sonrisa resplandecientes. Tenía el dedo índice lleno de saliva y, a su lado, Amos reía sin parar, mientras con una mano se agarraba la barriga y con la otra daba palmadas en la mesa y hacía temblar todo lo que había encima.

—¿A qué ha venido eso?

—Hola, papi. Te quiero.

—Toma —dijo Alex, pasando a Prax una servilleta limpia—. Te hará falta.

Lo sorprendió el silencio. No sabía desde hacía cuánto estaba en marcha, pero la consciencia de él lo inundó como una ola. La mitad política del salón estaba quieta y callada. A través de aquella maraña de cuerpos vio que Avasarala estaba inclinada hacia delante y tenía los codos apoyados en las rodillas, con el terminal portátil a escasos centímetros de la cara. Cuando se levantó, todos se apartaron a su alrededor. Era una mujer pequeña, pero capaz de dominar el lugar con solo abandonarlo.

—Algo no va bien —dijo Holden mientras se ponía en pie.

Sin mediar palabra, Prax, Naomi, Amos, Alex y Bobbie también fueron tras ella. Los políticos y los científicos también, entremezclándose por fin.

La sala de reuniones estaba al otro lado de un amplio pasillo, dispuesta como un anfiteatro de la Antigua Grecia. Detrás del podio del fondo había una pantalla enorme de alta definición. Avasarala bajó hasta un asiento, sin dejar de hablar rápido y en voz baja por el terminal portátil. Los demás la siguieron. La sensación de peligro se palpaba en el ambiente. La pantalla se puso en negro y alguien bajó la intensidad de las luces.

En la negrura de la pantalla apareció Venus, casi una silueta contra la luz de Sol. Era una imagen que Prax había visto antes cientos de veces. El vídeo podía proceder de cualquiera de las docenas de estaciones de monitorización. La marca temporal de la parte inferior izquierda de la pantalla indicaba que aquello había tenido lugar hacía cuarenta y siete minutos. Debajo de los números estaba escrito el nombre de una nave: la *Celestina*.

Cada vez que los soldados protomoleculares se habían encontrado en una situación violenta, Venus había reaccionado. La

APE acababa de destruir cientos de aquellos soldados semihumanos. Prax sintió algo a caballo entre la emoción y el terror.

La imagen se quebró y se recompuso, como si una interferencia hubiera confundido los sensores. Avasarala dijo algo cortante que bien podría haber sido un «enséñamelo». Un instante después, la imagen se detuvo y cambió. Se enfocó sobre una nave de color gris verdoso. Un letrero en la pantalla la identificó como la *Tritón*. El vídeo volvió a descomponerse y, cuando se arregló, la *Tritón* se había movido unos centímetros a la izquierda y empezado a rotar con brusquedad. Avasarala habló de nuevo. Pasaron unos segundos debido al retraso y la imagen volvió a cambiar a la original. Como Prax ya sabía dónde mirar, vio el pequeño punto que era la *Tritón* moviéndose cerca de la penumbra. A su alrededor había otras manchas minúsculas parecidas.

En la cara oculta de Venus comenzó a refulgir de forma intermitente un resplandor a escala planetaria debajo de la capa de nubes. Luego el brillo se volvió permanente.

Unos enormes filamentos de miles de kilómetros de longitud, similares a los radios de una rueda, se iluminaron de color blanco y luego desaparecieron. Las nubes de Venus se movieron, como si algo las agitara desde abajo. Aquello recordó a Prax la estela que dejaba un pez en un tanque de agua cuando pasaba muy cerca de la superficie. Algo enorme y brillante salió de la capa de nubes. Aquellos hilos iridiscentes en forma de radios se arquearon entre las inmensas tormentas eléctricas y se aglutinaron como los tentáculos de un pulpo, pero conectados a un inflexible nódulo central. Cuando se hubo abierto paso a través de la espesa capa de nubes de Venus, se lanzó en dirección contraria al Sol, hacia la nave que emitía las imágenes, pero pasó a su lado. Las demás naves cercanas se apartaron y diseminaron a su paso. La luz del Sol se reflejó contra un largo penacho de la atmósfera de Venus que aquella cosa había desplazado al salir y la hizo brillar como los copos de nieve y las esquirlas de hielo. Prax intentó poner en perspectiva el tamaño. Era tan grande como la estación Ceres. Tan grande como Ganímedes. Más grande. Replegó los brazos —los tentáculos— y aceleró sin que hubiera a la vista el escape de ningún motor. Estaba nadando en el vacío. El corazón de Prax latía a toda velocidad, pero tenía el cuerpo petrificado.

Mei le dio un leve bofetón en la mejilla y señaló hacia la pantalla.

—¿Qué es eso? —preguntó.

Epílogo

Holden

Holden reprodujo de nuevo el vídeo. La pantalla de pared de la cocina de la *Rocinante* en realidad era demasiado pequeña para mostrar todos los detalles de la grabación en alta definición de la *Celestina*, pero Holden no podía dejar de verlo, independientemente de la estancia en la que se encontrara. Un café al que no estaba haciendo caso se enfriaba en la mesa delante de él, junto a un bocadillo que no se había comido.

Un patrón intrincado de luces refulgió en Venus. La espesa capa de nubes se movió como si tuviera lugar una tormenta a escala planetaria. Y luego aquella cosa surgió de la superficie, dejando a su paso una espesa estela de la atmósfera de Venus.

—Vamos a la cama —dijo Naomi, inclinándose hacia delante en la silla para cogerle la mano—. Tienes que dormir.

—Es enorme. Y mira cómo aparta de su camino todas esas naves. Sin esfuerzo alguno, como una ballena atravesando un banco de olominas.

—¿Hay algo que puedas hacer al respecto?

—Es el fin, Naomi —dijo Holden, arrancando los ojos de la pantalla para mirarla a ella—. ¿Y si esto es el fin? Esto ya no es un virus alienígena. Esa cosa es lo que vino a hacer aquí la protomolécula. Es la razón por la que querían apropiarse de la vida de la Tierra. Podría ser cualquier cosa.

—¿Hay algo que puedas hacer al respecto? —repitió ella. Las

palabras sonaban duras, pero su voz era amable y le apretaba los dedos con cariño.

Holden volvió a mirar la pantalla y reinició el vídeo. Una docena de naves salieron disparadas de Venus, como hojas que giraran y salieran volando a causa de un vendaval. La superficie de la atmósfera empezó a agitarse y retorcerse.

—Vale —dijo Naomi, levantándose—. Yo me voy a la cama. No me despiertes cuando vengas. Estoy hecha polvo.

Holden asintió sin apartar los ojos del vídeo. Aquella cosa enorme se plegó sobre sí misma para formar una especie de dardo, como si un trapo húmedo se pellizcara por el centro y saliera volando. El planeta que dejó detrás parecía, de alguna manera, deteriorado, como si lo hubieran despojado de algo vital para construir aquel artefacto alienígena.

Y ahí lo tenían. Después de tantas batallas, de que la civilización humana hubiera quedado patas arriba tan solo por su presencia, la protomolécula había terminado el trabajo que había ido a realizar hacía miles de millones de años. ¿Podría sobrevivir la humanidad a algo así? ¿Sería la protomolécula consciente siquiera de la presencia humana, con su gran obra completada?

Lo que aterrorizaba a Holden no era que aquello significara el fin de una era, sino la sensación de que era el principio de algo a lo que la humanidad nunca se había enfrentado. Pasara lo que pasara a continuación, nadie estaba preparado para ello.

Le daba muchísimo miedo.

Un hombre carraspeó a su espalda.

A Holden le costó apartar la mirada de la pantalla, pero se volvió. El hombre estaba junto al frigorífico de la cocina, como si siempre hubiera estado allí. Llevaba un traje gris arrugado y un sobrero *porkpie* desgastado. Una luciérnaga azul y reluciente salió volando de su mejilla y flotó en el aire a su alrededor. El hombre la espantó como a un mosquito. Tenía una expresión de incomodidad y remordimiento.

—Hola —dijo el inspector Miller—. Tenemos que hablar.

Agradecimientos

El proceso de escritura de un libro nunca es tan solitario como puede parecer. Esta novela y esta saga no existirían sin el trabajo duro de Shawna McCarthy y Danny Baror, y tampoco sin la ayuda y dedicación de DongWon Song, Anne Clarke, Alex Lencicki, el inimitable Jack Womack y el magnífico equipo de Orbit. Nuestros agradecimientos también para Carrie, Kat y Jayné, por su apoyo y sus observaciones, y también para los chicos de Sakeriver. Muchas de las cosas guais de la novela están ahí gracias a ellos. Todos los errores, los desastres y la molesta verborrea son culpa nuestra.